Das Buch
Der Name Robert Ludlum bürgt für fesselnde Unterhaltung. Action, Spannung und politische Brisanz machen seine Thriller zu einem erstklassigen Lesevergnügen.
Als der Generalleutnant MacKenzie Hawks, genannt der »Falke«, aus der Armee ausgeschlossen wird, plant er einen großangelegten Rachefeldzug. Er gründet eine Tarnfirma, die aus dem Untergrund heraus Verbrechen organisiert - den »Gandolfo-Anschlag«. In »Das Osterman-Wochenende« finden sich einige ausgesuchte Männer und Frauen zusammen, um eine folgenschwere Entscheidung zu treffen: Die Existenz Amerikas und die Zukunft der ganzen restlichen Welt stehen auf dem Spiel.

Der Autor
Robert Ludlum, 1927 in New York geboren, begann nach seiner Rückkehr aus dem Zweiten Weltkrieg eine Karriere als Schauspieler. Trotz seines Erfolges am Theater und im Fernsehen, auch als Produzent, beschloß er mit vierzig, diese Karriere an den Nagel zu hängen.
1971 erschien sein erstes Buch *Das Scarlatti-Erbe* (01/9407), das auf Anhieb Platz 1 der Bestsellerlisten erreichte. Ähnlich erfolgreich waren auch alle folgenden Ludlum-Romane wie zum Beispiel *Die Scorpio-Illusion* (01/9608) oder *Der Ikarus-Plan* (01/10528): Seine Bücher erreichten eine Auflage von über 200 Millionen Exemplaren.
Robert Ludlum starb im März 2001.

ROBERT LUDLUM

DER GANDOLFO-ANSCHLAG

DAS OSTERMAN-WOCHENENDE

Zwei packende Thriller

WILHELM HEYNE VERLAG
MÜNCHEN

HEYNE ALLGEMEINE REIHE
Nr. 01/13334

Quellennachweis

DER GANDOLFO-ANSCHLAG/*The Road to Gandolfo*
Copyright © 1975 by Michael Shepherd
Copyright © der deutschen Ausgabe 1983
by Wilhelm Heyne Verlag GmbH & Co, KG, München
Aus dem Amerikanischen von Heinz Nagel
(Der Titel erschien bereits in der Allgemeinen Reihe
mit der Band-Nr. 01/6180).

DAS OSTERMAN-WOCHENENDE/
The Osterman Weekend
Copyright © 1972 by Robert Ludlum
Copyright © der deutschen Ausgabe
by Wilhelm Heyne Verlag GmbH & Co, KG, München
Aus dem Amerikanischen von Heinz Nagel
(Der Titel erschien bereits in der Allgemeinen Reihe
mit der Band-Nr. 01/5803).

Umwelthinweis:
Dieses Buch wurde auf
chlor- und säurefreiem Papier gedruckt.

2. Auflage

Taschenbuchausgabe 06/2001
Copyright © dieser Ausgabe 2001 by
Wilhelm Heyne Verlag GmbH & Co. KG, München
Printed in Germany 2001
http://www.heyne.de
Quellennachweis: s. Anhang
Umschlaggestaltung: Nele Schütz Design, München
Umschlagillustration: Imagine Fotoagentur/Westlight
Druck und Bindung: Elsnerdruck, Berlin

ISBN: 3-453-18666-4

Der Gandolfo-
Anschlag

Für John Patrick

Einen hervorragenden Schriftsteller
und einen geachteten Mann, von dem die Idee
zu diesem Roman stammt.

EIN GROSSER TEIL DER EREIGNISSE IN DIESEM ROMAN FAND VOR EINIGER ZEIT STATT. UND EINE GANZE MENGE SPIELT MORGEN. DIES IST DIE DICHTERISCHE FREIHEIT DES LITURGISCHEN DRAMAS.

Vorwort

Der Gandolfo-Anschlag ist einer jener seltenen, um nicht zu sagen verrückten Zufälle, wie sie einem Schriftsteller vielleicht nur ein- oder zweimal im Leben widerfahren. Infolge göttlicher oder dämonischer Vorsehung wird ihm ein Konzept vorgelegt, das die Flamme seiner Fantasie entfacht. Er ist überzeugt, es wahrhaft mit einer *überwältigenden* Idee zu tun zu haben, die ihm als Rückgrat einer wahrhaft *überwältigenden* Geschichte dienen wird. Auf dem Bildschirm seines Bewußtseins wechseln sich Visionen von kraftvollen Szenen ab, jede voll Dramatik und Bedeutung und ... Nun, verdammt, sie sind einfach *überwältigend*!

Stapel von Papier werden bereitgelegt. Die Schreibmaschine wird abgestaubt, Bleistifte werden gespitzt, Türen geschlossen. Berückende Musik erklingt, um die Geräusche von Menschen und Natur außerhalb der Zelle des überwältigenden Schaffensdrangs zu übertönen. Schöpferischer Zorn greift ein. Die Idee — gleichsam ein Donnerschlag, der eine unglaubliche Szenenfolge auslöst — beginnt Substanz anzunehmen, während Charaktere mit Gesichtern und Körpern hervortreten, mit individuellen Persönlichkeiten und Konflikten. Die Handlung beginnt zu strömen, komplizierte Zahnräder greifen ineinander und machen eine Menge Lärm — übertönen das Werk wahrer Meister, wie dieses Mozarts und — wie hieß er doch gleich? — Händels.

Aber plötzlich stimmt etwas nicht. Ich meine, es stimmt *wirklich* nicht!

Der Autor fängt zu kichern an. Er kann nicht mehr *aufhören* zu kichern.

Schrecklich! Überwältigende Ideen haben Anspruch auf ehrfürchtigen Respekt, weiß der Himmel! Über so etwas darf man nicht lachen!

Aber so sehr er sich auch bemüht — der arme Teufel, der die Geschichte erzählt, steckt in der Falle, wird von einer Fuge förmlich bombardiert, die immer wieder einen Satz wiederholt: *Das kann doch nicht wirklich dein Ernst sein.*

Der arme Teufel sieht seine Musen an. Warum blinzeln sie eigentlich? Ist das der *Messias*, den er hört, oder was sonst? Was ist aus dem überwältigenden Donnerschlag geworden? Warum gerät er plötzlich am klaren blauen Himmel aus dem Takt, als hätte er einen Schluckauf, als ginge er langsam in ein leiser werdendes *Kichern* über?

Der arme Teufel ist verwirrt, gibt auf. Oder besser gesagt, gibt nach, weil er inzwischen eine Menge Spaß daran hat. Schließlich geschah das alles zum Zeitpunkt von Watergate, und niemand könnte sich ein *solches* Drama ausdenken! Ich meine, kein Theater würde es aufführen. Zu jener Zeit, meine ich.

Also läßt sich der arme Teufel weitertreiben, hat einen Riesenspaß daran und fragt sich leicht benommen, wer wohl die Papiere unterzeichnen wird, wenn man ihn in die Anstalt einweist. Und er denkt sich, daß seine Frau die Leute wohl daran hindern wird, weil der Tölpel immerhin hier und da das Geschirr spült und einen verdammt guten Martini mixt.

Schließlich wird das Œuvre präsentiert, und man hört zur Befriedigung des armen Teufels hinter den Türen Gelächter, gefolgt von Protestgeschrei und Urteile wie ›nicht zu retten‹ oder ›schrecklich voreingenommen‹.

»Aber nicht unter Ihrem Namen!«

Die Zeit erlaubt den Wandel, und Wandel säubert.

Jetzt steht mein Name darüber, und ich hoffe, Sie haben Spaß darin. *Mir* hat es eine Menge Spaß gemacht.

Connecticut Shore, 1982   Robert Ludlum

TEIL I

Hinter jedem Unternehmen muß eine einmalige Kraft oder ein Motiv stehen, das sie von jeder anderen Firmenstruktur abhebt und ihr eine ganz eigene Identität verleiht.

Shepherd's Laws of Economics
Buch XXXII, Kapitel 12

Prolog

Die Menschenmassen sammelten sich auf dem Petersplatz. Tausende und aber Tausende von Gläubigen warteten in ehrfürchtiger Vorfreude darauf, daß der Papst auf den Balkon hinaustreten und seine Hände zum Segen erheben würde. Die Zeit des Fastens und der Gebete war vorbei. Im Zwielicht würde das Angelus durch den Vatikan hallen und das Fest des San Genarro einläuten. In ganz Rom würde man die Glocken hören, und sie würden Fröhlichkeit und Lebenslust ankündigen. Der Segen von Papst Franziskus dem Ersten würde das Zeichen zum Beginn der Lustbarkeiten geben.

Man würde in den Straßen tanzen, im Licht von Fackeln und Kerzen, berauscht von Musik und Wein. Auf der Piazza Navonna, dem Trevi und selbst auf Teilen des Palatinhügels standen lange Tische, die mit Pasta und Obst und allen möglichen Backwerken überladen waren. Denn war es nicht dieser Papst, der geliebte Franziskus, der das alles gelehrt hatte? Öffnet eure Herzen und eure Schränke für euren Nächsten, und er möge euch die seinen überlassen. Alle Menschen, hoch und niedrig, sollen begreifen, daß wir eine Familie sind. In diesen Zeiten der Mühsal und des Chaos und der hohen Preise — gibt es da einen besseren Weg, als sich den Geist des Herrn zu eigen zu machen und wahrhafte Liebe zum Nächsten zu zeigen?

Für ein paar Tage mögen Groll und Mißgunst beiseite treten. Trennendes soll vereint werden. Möge das Wort hinausgehen in die Welt, daß alle Männer Brüder sind, alle Frauen Schwestern, alle zusammen Geschwister — und in hohem Maße jeder der Hüter seines Nächsten. Auf nur ein paar Tage möge Barmherzigkeit und Mitgefühl und Dankbarkeit die Seele eines jeden beherrschen und das Süße und das Traurige teilen, denn es gibt kein Übel, das der Macht Gottes widerstehen könnte.

Umarmt euch, hebt euer Glas, lacht und weint und nehmt einander auf in Liebe. Die Welt soll sehen, daß man sich nicht zu schämen braucht, wenn der Geist der Menschlichkeit frohlockt. Und sobald euch dieser Geist berührt hat, sobald ihr die Stimmen von Bruder und Schwester gehört habt, sollt ihr die süßen Erinnerungen über das Fest von San Genarro hinaustragen und euer Leben von den Prinzipien des christlichen Wohlwollens leiten lassen. Es ist möglich, die Welt zu einem besseren Ort zu machen. Den Lebenden obliegt es, dies zu bewirken.

Das war die Lehre von Franziskus dem Ersten.

Atemlose Stille legte sich über die Zehntausende auf dem Petersplatz. Jede Sekunde würde jetzt die Gestalt des geliebten *Il Papa* mit Kraft und Würde und großer Liebe auf den Balkon hinaustreten und die Hände zum Segen erheben. Und dann würde das Angelus beginnen.

Im Inneren der hohen Vatikanräume sprachen Kardinäle, Monsignori und Priester in Gruppen miteinander, und immer wieder wanderten ihre Blicke zu der Gestalt des Papstes hinüber, der in der Ecke saß. Der Raum war von lebhaften Farben erfüllt, von Scharlachrot, Violett und makellosem Weiß. Roben und Kutten und Hüte — Symbole der höchsten Kirchenämter — schwankten und drehten sich und vermittelten die Illusion eines ständig bewegten Freskos.

Und in der Ecke, auf dem Stuhl aus Elfenbein und blauem Samt, saß der Statthalter Christi, Papst Franziskus der Erste. Er war ein einfacher Mann, wohlbeleibt, mit den kräftigen und doch sanften Zügen eines *Campagnuolo*, eines erdverbundenen Mannes. Dicht hinter ihm stand sein persönlicher Sekretär, ein junger schwarzer Priester aus Amerika, aus der Erzdiözese New York. Es war typisch für Franziskus, einen solchen päpstlichen Adjutanten zu haben.

Die beiden unterhielten sich mit leiser Stimme, und der Papst wandte seinen mächtigen Schädel. Seine großen, weichen, braunen Augen blickten ruhig zu dem jungen Priester auf.

»*Mannaggi!*« flüsterte Franziskus. Seine breite Bauernpranke bedeckte seine Lippen. »Das ist verrrückt! Die ganze Stadt wird eine Woche lang betrunken sein. Sie werden sich auf den Straßen lieben. Sind Sie sicher, daß das stimmt?«

»Ich habe es zweimal geprüft«, erwiderte der Neger und beugte sich in ruhiger Beflissenheit vor. »Wollen Sie mit ihm streiten?«

»Mein Gott, nein! Er war immer der Schlaueste in den Dörfern!«

Ein Kardinal schritt auf den Stuhl des Papstes zu und neigte sich vor. »Heiliger Vater, es ist Zeit«, sagte er leise. »Die Menge erwartet Sie.«

»Wer? Ja, natürlich. Gleich, mein guter Freund.«

Der Kardinal lächelte unter seinem riesigen Hut. Seine Augen waren von Bewunderung erfüllt. Franziskus nannte ihn immer seinen guten Freund. »Danke, Eure Heiligkeit.« Der Kardinal entfernte sich rückwärts gehend.

Der Statthalter Christi begann zu summen. Jetzt konnte man die Worte verstehen. »*Che gelida ... manina ... a rigio esanime ... ah, la, la-laa-tra-la, la, la-laa ...*«

»Was tun Sie?« Der junge päpstliche Adjutant aus der Erzdiözese New York, Distrikt Harlem, war sichtlich erregt.

»Die Arie des Rodolfo. Ah, dieser Puccini! Wenn ich nervös bin, hilft es mir, wenn ich singe.«

»Lassen Sie das, Mann! Oder wählen Sie einen Gregorianischen Gesang, zumindest eine Litanei.«

»Ich kenne keine. Ihr Italienisch wird immer besser, aber es ist immer noch nicht gut.«

»Ich gebe mir ja Mühe, Bruder. Ist nicht ganz leicht, mit Ihnen zu lernen. Kommen Sie jetzt, gehen wir auf den Balkon hinaus.«

»Drängen Sie mich nicht! Ich gehe ja schon. Mal sehen. Ich hebe die Hand. Und dann hinauf und hinunter und von rechts nach links ...«

»*Von links nach rechts*«, flüsterte der Priester heiser. »Hören Sie nicht zu? Wenn wir schon diese Komödie spielen, dann lernen Sie um Gottes willen wenigstens das Allernötigste!«

»Ich dachte, wenn ich etwas gebe — und nichts nehme —, sollte ich es umgekehrt machen.«

»Treiben Sie bloß keinen Unsinn! Versuchen Sie möglichst natürlich zu wirken.«

»Dann sollte ich vielleicht singen.«

»So natürlich nun auch wieder nicht! Kommen Sie schon!«

»Schon gut, schon *gut*.« Der Papst erhob sich aus seinem Stuhl und lächelte allen Anwesenden wohlwollend zu. Dann wandte er sich noch einmal an seinen Adjutanten und sprach so leise, daß keiner es hören konnte. »Falls jemand fragen sollte, welcher ist denn San Genarro?«

»Keiner wird fragen. Und wenn doch, dann benutzen Sie die Standardantwort.«

»Ah ja. ›Studiere die Schriften, mein Sohn.‹ Wissen Sie, das ist alles so verrückt!«

»Gehen Sie langsam, und halten Sie sich gerade. Und lächeln Sie, um Gottes willen, lächeln Sie! Sie sind *glücklich*.«

»Ich fühle mich *scheußlich*, Sie Afrikaner!«

Papst Franziskus der Erste, Statthalter Christi, trat durch die mächtigen Türen auf den Balkon hinaus, um von einem gewaltigen Lärm begrüßt zu werden, der die Grundfesten von Sankt Peter erschütterte. Tausende und aber Tausende hoben im Frohlocken des Geistes ihre Stimmen.

»Il Papa, il Papa, il Papa!«

Und während der Heilige Vater in den myriadenfachen Widerschein der orangeroten Sonne hinausging, die im Westen sank, hörten viele in seinem Gefolge die halblauten Klänge des Liedes, das die heiligen Lippen summten. Jeder glaubte, es müsse sich um irgendein obskures frühes Musikwerk handeln, das nur denen bekannt war, die höchste wissenschaftliche Weihen genossen hatten. Denn so umfassend war das Wissen des *erudito* Papst Franziskus.

»Che ... gelida ... manina ... a rigido esanimeee ... ah, la, la-laaa ... tra-la, la, la ... la-la-laaa ...«

1.

»Dieser Hurensohn!« Brigadegeneral Arnold Symington ließ den Briefbeschwerer auf die dicke Glasplatte fallen, die seinen Schreibtisch im Pentagon bedeckte. Das Glas zerbrach, und die Splitter flogen in allen Richtungen davon. *Das kann er doch nicht machen!«*

»Er hat es aber getan«, erwiderte der verängstigte Leutnant, der die Augen mit einer Hand vor dem Büroschrapnell geschützt hatte. »Die Chinesen sind äußerst erregt. Der Premierminister selbst hat den Beschwerdebrief an die diplomatische Mission diktiert. Der Leitartikel im *Roten Stern* befaßt sich damit, und Radio Peking verbreitet ihn ebenfalls.«

»Wie, zum Teufel, *können* sie das denn?« Symington zog sich einen Glassplitter aus der Kuppe seines kleinen Fingers. »Was, zum Teufel, sagen sie? ›Wir unterbrechen dieses Programm für eine wichtige Mitteilung: der amerikanische Militärvertreter, General MacKenzie Hawkins, hat auf dem Son-Tai-Platz einer zehn Fuß hohen Jadestatue die *Eier* abgeschossen?‹ — Unsinn! Das würde Peking nie zulassen — es ist zu vulgär.«

»Sie haben es etwas anders formuliert, Sir. Sie sagen, er hätte in der Verbotenen Stadt ein historisches Denkmal aus wertvollem Stein zerstört. Sie formulieren das so, als ob jemand das Lincoln-Denkmal in die Luft gejagt hätte.«

»Das ist doch eine andere Statue! Lincoln hat Kleider an. Man sieht seine Eier nicht! Das ist nicht dasselbe!«

»Dennoch hält das Weiße Haus die Parallele für angemessen, Sir. Der Präsident möchte, daß Hawkins entfernt wird. Genauer gesagt, mehr als entfernt — er möchte, daß er kassiert wird. Mit Kriegsgericht und allem Drum und Dran. Öffentlich.«

»Ach, du liebe Güte! Das kommt doch nicht in Frage.« Symington lehnte sich in seinem Sessel zurück, atmete tief durch und versuchte, sich wieder unter Kontrolle zu bekommen. Dann griff er nach dem Bericht auf seinem Schreibtisch. »Wir werden ihn versetzen und ihm eine Rüge erteilen. Wir werden eine Abschrift des — Verweises nach Peking schicken. Ja, wir werden es einen Verweis nennen.«

»Das genügt nicht, Sir. Das hat das Außenministerium eindeutig erklärt. Der Präsident schließt sich dieser Ansicht an. Wir befinden uns in Verhandlungen über ein Wirtschaftsabkommen ...«

»Herrgott noch mal, Leutnant!« unterbrach ihn der Brigadegeneral. »Man müßte diesem Wahnsinnsknaben im Weißen Haus endlich klarmachen, daß er sich nicht in alle Himmelsrichtungen ausbreiten kann. Mac Hawkins ist gewählt worden. Aus siebenundzwanzig Kandidaten. Ich erinnere mich noch genau daran, was der Präsident gesagt hat. Ganz genau. ›Dieser Schweinehund ist *perfekt!*‹«

»Das ist jetzt irrelevant, Sir. Er ist der Ansicht, daß die Wirtschaftsverhandlungen Vorrang gegenüber bisherigen Erwägungen haben.« Der Leutnant begann zu transpirieren.

»Ihr bringt mich noch um«, entgegnete Symington und senkte dabei drohend die Stimme. »Wie soll man das denn machen? Kann schon sein, daß Hawkins im Augenblick eure Diplomatenärsche ein wenig flattern läßt, aber damit kann man ja nicht einfach wegwischen, was einmal *relevant* war. Er war bei der Ardennenschlacht ein verdammter Teenagerheld *und* auf West Point beim Football. Und wenn es für das, was er in Südostasien geleistet hat, Orden gäbe, dann wäre nicht einmal Mac Hawkins kräftig genug, um den ganzen Klempnerladen zu tragen. Neben ihm sieht John Wayne wie ein Schwuler aus. Er ist *echt*, und deshalb hat dieser Clown im Weißen Haus ihn ausgesucht.«

»Ich finde wirklich, daß das Amt des Präsidenten — gleichgültig, was Sie von dem Mann halten — ich meine, als Oberkommandierender ...«

»*Pferdescheiße!*« brüllte der General und verlieh dem ordinären Fluch den Klang eines militärischen Befehls. »Ich erkläre Ihnen lediglich — und zwar mit den kräftigsten Worten, die mir zur Verfügung stehen — daß man einen MacKenzie Hawkins nicht öffentlich vor ein Kriegsgericht stellt, um eine Klage aus Peking zu befriedigen, ganz gleich, wie viele verdammte Handelsverträge auf dem Spiel stehen. Wissen Sie, *warum* Leutnant?«

Der junge Offizier antwortete leise: »Weil er einen Skandal entfachen würde. In aller Öffentlichkeit.«

»Genau«, bestätigte Symington tonlos. »Die Hawkinses dieses Landes haben eine Anhängerschaft, Leutnant. Das ist auch genau der Grund, weshalb unser Oberkommandierender ihn ausgewählt hat. Er ist ein politisches Beruhigungsmittel. Und wenn Sie glauben, daß Mac Hawkins das nicht weiß, nun — Sie mußten ihn ja nicht überreden, das war mein Job.«

»Auf diese Reaktion sind wir vorbereitet, General.« Die Worte des Leutnants waren kaum zu vernehmen.

Der General beugte sich vor, wobei er sorgfältig darauf achtete, die Ellbogen nicht auf das zersplitterte Glas zu stützen. »Das habe ich nicht verstanden.«

»Das Außenministerium hat einen harten Gegenschlag erwartet. Deshalb müssen wir eine aggressive Reaktion *darauf* einleiten. Das Weiße Haus bedauert diese Notwendigkeit, erkennt aber zur gegenwärtigen Stunde den Krisenquotienten an.«

»Damit habe ich so ungefähr gerechnet.« Symingtons Worte waren noch leiser als die des Leutnants. »Und jetzt werden Sie bitte deutlich. Wie wollen Sie ihn fertigmachen?«

Der Leutnant zögerte. »Ich bitte um Nachsicht, Sir, aber unser Ziel ist es nicht, äh — General Hawkins fertigzumachen. Wir befinden uns in einer hochgradig delikaten Lage. Die Volksrepublik verlangt Genugtuung. Und mit Recht! Was General Hawkins getan hat, war vulgär und primitiv. Dennoch lehnt er es ab, sich öffentlich zu entschuldigen.«

Symington blickte auf den Bericht, den er immer noch in der Hand hielt. »Steht hier, weshalb er sich weigert?«

»General Hawkins behauptet, es sei eine Falle gewesen. Seine Aussage steht auf Seite drei.«

Der Brigadegeneral blätterte um und las. Der Leutnant zog ein Taschentuch hervor und betupfte sich das Kinn. Symington legte den Bericht vorsichtig auf das zersplitterte Glas und blickte auf. »Wenn das, was Mac hier sagt, stimmt — dann war es wirklich eine Falle. Veröffentlichen Sie doch seine Version der Geschichte!«

»Er hat keine Version, General. Er war betrunken.«

»Mac sagt, er habe unter Drogeneinfluß gestanden — nicht unter Alkoholeinwirkung, Leutnant.«

»Er hat aber getrunken, Sir.«

»Und er stand unter Drogeneinfluß. Ich würde meinen, daß Mac den Unterschied kennt. Ich habe ihn schon Bourbon Whiskey schwitzen sehen.«

»Er leugnet aber gar nicht ab, daß er jenen Frevel begangen hat.«

»Er leugnet die Verantwortung für seine Handlungen. Hawkins war der beste Abwehrstratege in Indochina. Er hat selbst Kuriere und Vermittler in Kambodscha, Laos, den beiden Vietnams und wahrscheinlich auch jenseits der mandschurischen Grenze unter Drogen gesetzt. Er kennt den Unterschied verdammt genau.«

»Ich fürchte, sein Wissen macht hier keinerlei Unterschied, Sir. Der Krisenquotient erfordert, daß wir Pekings Wünsche erfüllen. Die Handelsverträge sind von eminenter Wichtigkeit. Offen gestanden, Sir, wir haben noch knapp zehn Tage Zeit, um alles ins Gleichgewicht zu bringen, um unseren Input zu leisten und zu positivem Druck zu kommen.«

Symington starrte den jungen Offizier entgeistert an. »Was soll das bedeuten?«

»Es ist sehr hart, so etwas auszusprechen. Aber General Hawkins hat seine eigenen Interessen über jene seiner dienstlichen Obliegenheiten gestellt. Wir werden ein Exempel statuieren müssen. Zum größeren Nutzen aller.«

»Ein Exempel? Weil jemand die Wahrheit ans Licht bringen will?«

»Es gibt eine höhere Pflicht, General.«

»Ich weiß«, sagte der Brigadier müde. »Eine Pflicht gegenüber den — Handelsverträgen.«

»Ganz offen gesagt, ja. Es gibt Zeiten, wo man Symbole über pragmatische Zielsetzungen stellen muß.«

»Okay. Aber Mac wird nicht stillhalten und für Sie ein abgeknicktes Symbol spielen. Worin besteht also Ihr — *Input*?«

»Es handelt sich um den Generalinspekteur«, erklärte der Leutnant etwa im Tonfall eines widerspenstigen Studenten, der im Biologieseminar einen abgeschnittenen Bandwurm anfaßt. »Wir nehmen an ihm eine gründliche Datenüberwachung vor. Wir wissen, daß er in Indochina in fragwürdige Aktivitäten verwickelt war. Wir haben Grund zu der Annahme, daß er internationale Verhaltensusancen verletzt hat.«

»Und ob er das hat! Er war einer der Besten!«

»Bezüglich dieser Usancen gibt es keine genauen Vorschriften. Die Spezialisten des Generalinspekteurs haben Aufzeichnungen, die viel weiter zurückreichen als die Aktivitäten von General Hawkins, die er *ex officio* betrieben hat.« Der Leutnant lächelte. Es war ein echtes Lächeln, und er war offenbar in bester Stimmung.

»Sie werden ihn also mit Untergrundoperationen zur Strecke bringen, von denen die Hälfte der Vereinigten Stabschefs und der größte Teil des CIA wissen, daß sie ihm eine ganze Ladung Belobigungen eintragen würden — wenn sie darüber sprechen könnten. Ihr Bastarde, ihr bringt mich um!« Symington nickte langsam, als wollte er sich selbst beipflichten.

»Vielleicht könnten Sie uns Zeit sparen, General. Würden Sie uns Einzelheiten liefern?«

»O nein! Wenn ihr diesen Hurensohn ans Kreuz schlagen wollt, dann müßt ihr euch schon selbst eins hinstellen!«

»Sie verstehen die Situation doch, oder, Sir?«

Der Brigadegeneral schob seinen Stuhl zurück und trat mit der Fußspitze ein paar Glassplitter beiseite. »Ich will Ihnen etwas sagen. Ich habe seit 1945 überhaupt nichts mehr verstanden.« Mit schmalen Augen blickte er den jungen Offizier an. »Ich weiß, daß Sie für Sechzehn-Hundert tätig sind, aber gehören Sie zur regulären Armee?«

»Nein, Sir. Reserve, Sonderauftrag. Ich bin von Y, J und B beurlaubt. Sozusagen zum Feuerlöschen, ehe die Fahnenstangen verbrennen.«

»Y, J und B ... Diese Abteilung kenne ich gar nicht.«

»Das ist keine Abteilung, Sir, sondern Youngblood, Jakel und Bowe in Los Angeles. Wir sind die führende Werbeagentur an der Küste.«

General Arnold Symingtons Gesicht nahm den Ausdruck eines verzweifelten Basset an. »Die Uniform sieht wirklich nett aus, Leutnant.« Er machte eine Pause und schüttelte dann in ungläubigem Staunen den Kopf.

Major Sam Devereaux, Beauftragter des Generalinspekteurbüros, blickte auf den Wandkalender. Er stand auf, trat hinter seinen Schreibtisch hervor, ging auf den Kalender zu und strich das Tagesdatum aus. Noch einen Monat und drei Tage, und er würde wieder Zivilist sein.

Nicht daß er je ein Soldat gewesen wäre. Nicht wirklich — nicht im Geiste. Sam war ein militärischer Unfall. Ein Unfall, kombiniert mit einem riesigen Fehler, der zu einer Verlängerung seiner Dienstzeit geführt hatte. Es war auf die Wahl zwischen zwei Alternativen hinausgelaufen — eine Verlängerung seiner Dienstzeit oder eine in Leavenworth zu verbüßende Strafe.

Sam war Rechtsanwalt, ein verdammt guter Anwalt, der sich auf Strafrecht spezialisiert hatte. Vor Jahren hatten ihm das Harvard College und dessen juristische Fakultät mehrmals dazu verholfen, den Militärdienst aufzuschieben. Zwei Jahre nach dem Examen hatte er in verschiedenen Anwaltsfirmen und schließlich vierzehn Monate in der bekannten Bostoner Anwaltskanzlei Aaron Pinkus Associates gearbeitet. Auf diese Weise war der Militärdienst zu einem lästigen Schatten verblaßt, der sein Leben kaum berührte. Er hatte die vielen Aufschübe vergessen.

Aber die Armee der Vereinigten Staaten vergaß so etwas nicht.

Während einer jener periodisch auftretenden Getriebeschäden der Militärbürokratie entdeckte das Pentagon, daß ihm zu wenig Anwälte zur Verfügung standen. Die Militärgerichtsbarkeit lag brach. Hunderte von Kriegsgerichtsverfahren auf Stützpunkten in der ganzen Welt konnten aus Mangel an Militärrichtern und Verteidigern nicht abgewickelt werden. Die Militärgefängnisse waren überfüllt. So fing das Pentagon an, die lang vergessenen Akten über Dienstaufschub durchzukämmen. Dutzende junger, alleinstehender, kinderloser Anwälte – verfügbares Fleisch – erhielten unabweisbare Einladungen, in denen die Bedeutung des Wortes ›Aufschub‹ im Gegensatz zu dem Wort ›Verzicht‹ erklärt wurde.

Das war der Unfall. Devereaux' Fehler kam viel später hinzu. Siebentausend Meilen entfernt, an den sich berührenden Grenzen von Laos, Burma und Thailand. Im Goldenen Dreieck.

Devereaux sah – aus Gründen, die nur Gott und die militärische Logistik kannten – niemals ein Kriegsgericht und trat noch weniger in einem solchen auf. Er wurde der juristischen Untersuchungsabteilung des Büros des Generalinspekteurs zugeteilt und nach Saigon geschickt, um dort zu überprüfen, welche Gesetze eigentlich verletzt wurden.

Es gab so viele, daß man sie nicht zählen konnte. Und da das Thema Drogenmißbrauch den Vorrang vor dem Schwarzen Markt erhielt – es gab einfach in letzterem zu viele Vertreter amerikanischen Unternehmertums – führten ihn seine Dienstpflichten ins Goldene Dreieck, wo im Auftrag mächtiger Männer in Saigon, Washington, Vientiane und Hongkong ein Fünftel des Narkotikaaufkommens der Welt verteilt wurde.

Sam war gewissenhaft. Er mochte Rauschgifthändler nicht, und er setzte die ganze Kraft seines Amtes gegen sie ein, sorgfältig darauf bedacht, daß seine Berichte nach

Saigon innerhalb der wirren Befehlsketten korrekt übermittelt wurden.

Keine Unterschriften. Nur Namen und Vergehen. Schließlich könnte ihm seine Tätigkeit eine Kugel oder einen Messerstich in den Rücken eintragen — zumindest aber ein Scherbengericht. Es war eine Lektion in Geheimdienstaktivitäten.

Seine Trophäen schlossen sieben ARVN-Generäle, einunddreißig Abgeordnete im Kongreß Thieus, zwölf Colonels der US-Army, drei Brigadegeneräle und achtundfünfzig sortierte Majore, Hauptmänner, Leutnants und Oberfeldwebel ein. Hinzu kamen noch fünf Kongreßabgeordnete, vier Senatoren, ein Kabinettsmitglied, elf leitende Angestellte amerikanischer Überseegesellschaften — von denen sechs bereits im Bereich von Wahlspenden genügend Ärger hatten — und ein Baptistenpriester mit kantigem Kinn mit umfangreicher Anhängerschaft.

Nach bestem Wissen Sams wurden ein Leutnant und zwei Oberfeldwebel unter Anklage gestellt, die übrigen Fälle waren ›in Schwebe‹.

So beging Sam Devereaux seinen Fehler. Seine Erkenntnis, daß die Mühlen der südostasiatischen Gerechtigkeit beim ersten Anzeichen äußerer Einflußnahme aus dem Takt zu geraten schienen, machte ihn so wütend, daß er beschloß, einen sehr großen Fisch im Netz der Korruption in die Falle zu locken und an ihm ein Exempel zu statuieren. Er wählte sich dafür einen Generalmajor in Bangkok. Einen Mann namens Heseltine Brokemichael. Generalmajor Heseltine Brokemichael, Examensjahrgang 1943 von West Point.

Sam besaß Beweise, sogar haufenweise. Durch eine Folge komplizierter Manöver, in denen er selbst als ›Kontaktmann‹ auftrat, als Beteiligter also, der unter Eid das Fehlverhalten des Generalmajors beschwören konnte, baute er seinen Fall gründlich auf. Es konnte unmöglich zwei Generäle Brokemichael geben, und Sam war ein Racheengel von einem Ankläger, der sein Opfer einkreiste.

Aber es gab zwei Generalmajore namens Brokemichael
— einer hieß Heseltine, einer Ethelred. Offensichtlich Vettern. Und der eine in Bangkok — Heseltine — war nicht der
in Vientiane — Ethelred. Der Vientiane-Brokemichael war
der Missetäter, nicht sein Vetter. Ferner war der Brokemichael in Bangkok in noch größerem Maße ein Racheengel
als Sam. Er glaubte, *er* würde Beweismaterial über einen
korrupten Mitarbeiter des Generalinspekteurs sammeln.
Und das tat er. Devereaux hatte die meisten internationalen
Schmuggelgesetze verletzt und *alle*, die das Weiße Haus je
erlassen hatte.

Sam wurde von der Militärpolizei verhaftet, in eine
Sicherheitszelle gebracht und darüber informiert, daß er
damit rechnen könnte, den größten Teil seines Lebens in
Leavenworth zu verbringen.

Glücklicherweise kam ihm ein höherer Offizier im Stab
des Generalinspekteurs zu Hilfe, der zwar nicht ganz den
Gerechtigkeitssinn begriff, der Sam dazu veranlaßt hatte, so
viele Verbrechen zu begehen, aber der immerhin Sams
juristische und ermittlerische Beiträge im Dienste des Generalinspekteurs anerkannte. Devereaux hatte tatsächlich
mehr Beweismaterial als jeder andere Justizoffizier in Südostasien beigebracht. Seine Arbeit im Außendienst glich die
Inaktivität in Washington aus.

So ließ dieser höhere Offizier zu, daß im Falle Sams ein
kleiner inoffizieller Handel getrieben wurde. Wenn Sam eine
vom wütenden Generalmajor Heseltine Brokemichael in
Bangkok verhängte Disziplinarstrafe auf sich nahm, die in
sechs Monaten Gehaltsabzug bestand, würde auf eine offizielle Anklage verzichtet werden. Und da war noch eine
weitere Bedingung. Er mußte seine Arbeit für das Büro des
Generalinspekteurs weitere zwei Jahre über seine eigentliche
Dienstzeit hinaus fortsetzen. Bis dahin, so nahm der höhere
Offizier an, würde das Chaos in Indochina denjenigen
übergeben werden, die für eben dieses Chaos verantwortlich
waren. Und damit würde die Belastung des Generalinspektorats wieder reduziert werden oder sogar ganz aufhören.

Es gab also zwei Möglichkeiten — Dienstzeitverlängerung oder Leavenworth.

Und so beschloß Major Sam Devereaux, patriotischer Bürgersoldat, seine Dienstzeit zu verlängern. Und das Chaos in Indochina reduzierte sich keineswegs, wurde jedoch den Verantwortlichen übertragen, und Devereaux wurde nach Washington D. C. zurückversetzt.

Noch ein Monat und drei Tage, sinnierte er, während er aus seinem Bürofenster blickte und die Militärpolizisten am Eingang beobachtete, die alle hinausfahrenden Fahrzeuge überprüften. Es war nach fünf. In zwei Stunden mußte er auf dem Dulles-Flughafen eine Maschine erreichen. Er hatte schon am Morgen seine Sachen gepackt und den Koffer mit ins Büro gebracht. Die vier Jahre näherten sich ihrem Ende. Zwei plus zwei. Vielleicht, überlegte er, würde er einmal diese Zeit bedauern, aber vergeudet war sie nicht gewesen. Der Abgrund der Korruption in Südostasien reichte auch in die hierarchischen Korridore Washingtons hinein. Die Bewohner dieser Korridore wußten, wer er war. Er hatte mehr Angebote von renommierten Anwaltsfirmen bekommen, als er beantworten, geschweige denn in Betracht ziehen konnte. Und er wollte sie nicht in Betracht ziehen — er mißbilligte sie. Ebenso, wie er den Vorgang mißbilligte, der augenblicklich auf seinem Schreibtisch lag.

Die Manipulatoren waren wieder am Werk. Diesmal sollte ein Laufbahnoffizier namens Hawkins gründlich diskreditiert werden. Generalleutnant MacKenzie Hawkins.

Im ersten Augenblick war Sam erschrocken. MacKenzie Hawkins war ein Original, eine Legende. Der Stoff, aus dem man einen Heldenkult machte — einen Heldenkult, der politisch rechts von Attila, dem Hunnenkönig, angesiedelt war.

Hawkins' Platz am militärischen Firmament war gesichert. Die *Bantam Books* hatten seine Biographie veröffentlicht — und noch ehe ein Wort auf dem Papier stand, waren auch die Rechte für den Vorabdruck und den Abdruck in *Reader's Digest* verkauft worden. Hollywood zahlte geradezu obszöne Beträge dafür, seine Lebensgeschichte zu verfilmen. Und die Antimilitaristen machten aus ihm einen Gegenstand des Faschistenhasses.

Seine Biographie wurde nicht gerade zum Bestseller, weil ihr Held nicht übermäßig kooperativ war. Offenbar gab es da gewisse persönliche Eigenheiten, die sein Bild in der Öffentlichkeit nicht gerade förderten, darunter auch vier Ehefrauen. Der Film erzielte keinen triumphalen Erfolg, da er endlose Schlachtszenen enthielt, wo der Mann höchstens andeutungsweise erschien, sah man von einem Schauspieler ab, der durch den Schlachtenstaub spähte und mit leicht lispelnder Stimme seinen Männern zubrüllte, sie sollten ›diese Gottlosen (Kanonendonner) fertigmachen, die es wagten, die ruhmreiche Flagge herunterzureißen! Packt sie, Jungs!‹

Hollywood hatte auch die vier Ehefrauen und gewisse andere Eigenheiten des ›technischen Beraters im Studio‹ entdeckt. MacKenzie Hawkins verbrauchte Starlets in rauhen Mengen und trieb es mit der Frau des Produzenten im Swimming-pool, während der Produzent wütend vom Wohnzimmerfenster aus zusah.

Aber den Film startete er dennoch. Herrgott, schließlich hatte er fast *sechs Millionen* gekostet!

Jene fehlgeleiteten Bemühungen hätten vielleicht einen anderen Mann dazu gebracht, in der Versenkung zu verschwinden, und wäre es nur aus Verlegenheit. Nicht aber Mac Hawkins. Im Kreis seiner Freunde machte er sich über die Verantwortlichen lustig und erheiterte seine Gäste mit Anekdoten über Manhattan und Hollywood.

Man schickte ihn mit einer neuen Spezialaufgabe auf die Kriegsakademie — Abwehr, Geheimdienstaktivitäten. Seine Vorgesetzten fühlten sich ein wenig sicherer, wenn der charismatische Hawkins im Geheimdienst eingesetzt wurde. Und aus dem Oberst wurde ein Brigadegeneral, und er eignete sich alles an, was es über seine neue Spezialität zu lernen gab. Er verbrachte zwei Jahre mit harter Arbeit und studierte jede Phase der Abwehrtätigkeit, bis seine Instruktoren nicht mehr wußten, worin sie ihn noch instruieren konnten.

So sandte man ihn nach Saigon, wo die eskalierenden Feindseligkeiten inzwischen zu einem ausgewachsenen Krieg aufgeblüht waren. Und in Vietnam, in den beiden Vietnam, in Laos und Kambodscha und Thailand und Burma korrumpierte Hawkins jene Leute, die andere korrumpierten, und die Ideologen auch. Berichte seiner Aktivitäten hinter den Linien und jenseits der neutralen Grenzen ließen ›Schutzreaktionen‹ als einzig logische Strategie erscheinen. So unorthodox, so offenkundig kriminell, waren seine Methoden, daß G-2 Saigon sich plötzlich dabei ertappte, wie es seine schiere Existenz ableugnete. Es gab immerhin Grenzen. Selbst für Geheimdienstaktivitäten.

Wenn *Amerika über alles* eine Maxime war, und das war es, dann sah Hawkins keinen Grund, warum diese Maxime nicht auch für die schmutzige Welt der Untergrundtätigkeit gelten sollte.

Und für Hawkins *stand* Amerika an erster Stelle — komme, was da wolle!

So fand Sam Devereaux es ein wenig traurig, daß ein solcher Mann von den Manipulatoren fertiggemacht werden sollte, von jenen Manipulatoren, die ihre Positionen nur deshalb bekleideten, weil sie sich selbst so ruhmreich in die Fahne gehüllt hatten. Hawkins war jetzt ein lästiger Löwe in der diplomatischen Arena, und man mußte ihn um des zweideutigen Denkens willen eliminieren. Die Männer, die seine Ehre hätten schützen müssen, taten jetzt ihr Bestes, um ihn möglichst schnell auszuschalten — in zehn Tagen, um genau zu sein.

Normalerweise hätte es Sam Vergnügen bereitet, einen Fall gegen einen messianischen Esel wie Hawkins aufzubauen. Und das würde er auch trotz seiner gegenteiligen Gefühle tun. Das war der letzte Vorgang, den er für das Büro des Generalinspekteurs erledigen würde, und er würde es nicht riskieren, daß man ihn noch einmal für zwei Jahre festhielt. Trotzdem war er traurig. Der Hawk, wie man ihn nannte — mochte er auch tausendmal ein fehlgeleiteter Fanatiker sein — verdiente etwas Besseres als das, was ihm bevorstand.

Vielleicht, dachte Sam, beruhten seine Depressionen auf den letzten ›Operativ‹-Instruktionen vom Weißen Haus: ›Finden Sie etwas im moralischen Bereich, was Hawkins nicht ableugnen kann. Überprüfen Sie, ob er sich jemals in die Obhut eines Psychiaters begeben hat.‹

Ein Psychiater! Jesus! Die lernten es *nie*.

Unterdessen hatte Sam ein Team von Ermittlungsbeamten nach Saigon geschickt, die versuchen sollten, ein paar negative Einzelheiten auszugraben. Und er mußte zum Dulles-Flughafen fahren, um dort eine Maschine nach Los Angeles zu nehmen.

Sämtliche Exfrauen von Hawkins lebten in einem Radius von dreißig Meilen von Malibu bis Beverly Hills. Die würden mehr bringen als jeder Psychiater. Gott! Ein Psychiater!

Auf der Pennsylvania Avenue 1600, Washington, D. C., waren die alle oberhalb der Schultern örtlich betäubt.

2.

»Mein Name ist Lin Shoo«, sagte der uniformierte Kommunist mit weicher Stimme und musterte mit seinen Schlitzaugen den großen, unordentlich wirkenden amerikanischen Soldaten, der in einem Ledersessel saß und in der einen Hand ein Glas Whiskey und in der anderen eine zerkaute Zigarre hielt. »Ich bin Kommandeur der Volkspartei Peking. Und Sie befinden sich in diesem Augenblick unter Hausarrest. Es bringt Ihnen keinen Nutzen, unhöflich zu sein. Dies sind lediglich Formalitäten.«

»Formalitäten wofür?« schrie MacKenzie Hawkins von seinem Lehnstuhl aus — dem einzigen westlichen Möbelstück in diesem orientalischen Haus. Er stellte seinen schweren Stiefel auf einen schwarzen Lacktisch und ließ die Hand über die lederbezogene Sessellehne hängen, so daß die brennende Zigarre gefährlich nahe an einen Seidenparavent geriet. »Es gibt keine verdammten Formalitäten außerhalb der diplomatischen Mission. Gehen Sie dorthin, und bringen Sie Ihre Klagen vor! Wahrscheinlich müssen Sie Schlange stehen.« Hawkins lachte glucksend und trank einen Schluck Whiskey.

»Sie haben sich dafür entschieden, außerhalb der Mission zu residieren«, fuhr der Chinese namens Lin Shoo fort, während seine Augen unruhig zwischen der Zigarre und dem Paravent hin und her wanderten. »Deshalb befinden Sie sich formell nicht auf dem Territorium der Vereinigten Staaten. Sie unterstehen also den Disziplinarmaßnahmen der Volkspolizei. Aber wir wissen, daß Sie nirgendwohin gehen werden, General. Deshalb habe ich gesagt, daß es sich um eine Formalität handelt.«

»Was haben Sie dort draußen?« Hawkins deutete mit seiner Zigarre auf die dünnen, rechteckigen Fenster.

»Auf jeder Seite Ihrer Residenz stehen zwei Streifenwagen. Insgesamt acht.«

»Das ist aber eine beschissen große Wachabteilung für jemanden, der nirgendwohin geht.«

»Kleine Freiheiten. Fotografisch sind zwei wünschenswerter als einer, und drei wirken drohend.«

»Sie nehmen sich Freiheiten heraus?« Hawkins zog an seiner Zigarre und ließ dann die Hand wieder über die Sessellehne hängen. Die Glut der Zigarre war nicht einmal einen Zoll von dem Seidengewebe entfernt.

»Ja, das hat das Erziehungsministerium getan. Sie werden zugeben, General, daß Ihr Isolationsort höchst angenehm ist, nicht wahr? Dies ist ein liebliches Haus auf einem lieblichen Hügel. So friedlich und mit einer schönen Aussicht!« Lin Shoo ging um den Sessel herum und schob den Paravent unauffällig von Hawkins Zigarre weg. Es war zu spät – die Glut hatte bereits einen kreisförmigen Brandfleck in dem Gewebe erzeugt.

»Ein teures Viertel«, erwiderte Hawkins. »Irgend jemand in diesem Volksparadies, wo niemand etwas besitzt und jeder alles besitzt, verdient sich hier ein paar schnelle Kröten. Vierhundert jeden Monat!«

»Sie können von Glück reden, daß Sie hier wohnen. Eigentum kann von Kollektiven gekauft werden. Ein Kollektiv ist keine private Eigentümerschaft.« Der Polizeibeamte ging zu der schmalen Öffnung, die zu dem einzigen Schlafzimmer des Hauses führte. Es war dunkel. Wo eigentlich Sonnenlicht durch das breite Fenster hätte strömen sollen, befand sich eine Decke, die über den Fensterrahmen an die dünne Wand genagelt war. Auf dem Boden lagen übereinandergehäufte Matten. Überall war Einwickelpapier von amerikanischen Schokoladestangen verstreut, und der Geruch von Whiskey hing deutlich in der Luft.

»Weshalb die Fotografien?«

Der Chinese wandte sich von dem unangenehmen Anblick ab. »Um der Welt zu zeigen, daß wir Sie besser behandeln, als Sie uns behandelt haben. Dieses Haus ist kein Tigerkäfig in Saigon und auch kein Verlies in den von Haien wimmelnden Gewässern von Holcotaz.«

»Alcatraz. Das gehört jetzt den Indianern.«

»Wie, bitte?«

»Ach, nichts ... Sie machen mit diesem Ding tolle Schlagzeilen, wie?«

Lin Shoo schwieg einen Augenblick lang. Es war eine Pause, wie sie tiefschürfenden Äußerungen voranzugehen pflegt. »Wenn jemand, der jahrelang die tiefempfundenen Ziele Ihres geliebten Mutterlandes öffentlich in den Schmutz gezogen hat, Ihr Lin-Kolon-Denkmal auf Ihrem Washington Platz in Ihrem Staat Columbia mit Dynamit in die Luft sprengen würde – dann würden die in Roben gekleideten Barbaren Ihres Obersten Gerichtshofs ihn ohne Zweifel inzwischen bereits exekutiert haben.« Der Chinese lächelte und glättete das Jackett seiner Mao-Uniform. »Wir verhalten uns nicht so primitiv. Jegliches Leben ist wertvoll. Selbst das eines kranken Hundes – wie das Ihre.«

»Und Ihr Knilche habt nie jemanden in den Dreck gezogen, was?«

»Unsere Anführer verkünden nur die Wahrheit. Das ist in der ganzen Welt allgemein bekannt — die Lektionen des unfehlbaren Vorsitzenden. Wahrheit bedeutet nicht, daß irgend etwas in den Dreck gezogen wird, General. Sie ist nichts weiter als Wahrheit — allwissende Wahrheit.«

»Wie mein Staat Columbia«, murmelte Hawkins und nahm den Fuß von dem Lacktisch. »Warum, zum Teufel, haben Sie gerade mich herausgepickt? Eine Menge Leute haben Unfreundlichkeiten über Sie gesagt. Warum bin ich so besonders?«

»Weil diese Leute nicht so berühmt sind. Oder berüchtigt, wenn Sie wollen — obwohl mir der Film Ihres Lebens gefallen hat. Sehr künstlerisch, ein Gedicht der Gewalt.«

»Den haben Sie gesehen, hm?«

»Für mich allein. Gewisse Teile waren herausgeschnitten. Diejenigen, die zeigen, wie der Schauspieler, der Sie darstellt, unsere heroische Jugend hinmordet. Sehr unzivilisiert und wild, General.« Der Kommunist ging um den schwarzen Lacktisch herum und lächelte wieder. »Ja, Sie sind ein berüchtigter Mann. Und jetzt haben Sie uns beleidigt, indem Sie ein hochgeschätztes Denkmal zerstört ...«

»Hören Sie schon auf! Ich weiß nicht einmal, was passiert ist. Ich stand unter Drogeneinfluß, und das wissen Sie verdammt gut. Ich war mit Ihrem General Lu Sin zusammen. Mit *seinen* Weibern, in *seinem* Haus.«

»Sie müssen uns unsere Ehre wieder zurückgeben, General Hawkins. Sehen Sie das nicht ein?« Lin Shoo sprach mit leiser Stimme weiter, als hätte Hawkins ihn nicht unterbrochen. »Es wäre eine einfache Angelegenheit für Sie, eine Entschuldigung auszusprechen. Eine Zeremonie ist dafür geplant worden. In Anwesenheit einer kleinen Zahl von Pressevertretern. Wir haben Ihnen die Worte aufgeschrieben.«

»*O Mann!*« Hawkins sprang auf und überragte den Polizeibeamten um mehr als einen Kopf. »Jetzt sind wir wieder da, wo wir angefangen haben! Wie oft muß ich das euch Bastarden noch klarmachen? *Amerikaner kriechen nicht im Dreck!* In keiner gottverdammten Zeremonie, mit oder ohne die gottverdammte Presse! Kapieren Sie das doch endlich, Sie Brechmittel!«

»Erregen Sie sich bitte nicht! Sie messen einer bloßen zeremoniellen Funktion viel zuviel Bedeutung bei. Sie bringen alle — *uns alle* — in eine höchst schwierige Lage. Eine kleine Zeremonie, so einfach, so geringfügig ...«

»Für mich ist sie das nicht! Ich vertrete die Streitkräfte der Vereinigten Staaten, und für uns ist sie nicht klein oder geringfügig! Wir stolpern nicht so leicht, Kumpel. Wir marschieren im Takt!«

»Wie, bitte?«

Hawkins zuckte mit den Schultern, seine eigenen Worte verwirrten ihn ein wenig. »Schon gut. Jedenfalls lautet die Antwort nein. Mag sein, daß Sie den betreßten Boys drunten in der Mission Angst machen, aber mich erschüttert ihr nicht.«

»*Die* haben doch an Sie appelliert, weil man sie dazu instruiert hat. Das ist Ihnen doch sicher klargeworden.«

»Doppelte Scheiße!« Hawkins ging an den offenen Kamin, trank aus seinem Glas und stellte es neben einer bunten Kassette auf den Sims. »Diese schwulen Säcke haben mit der Bande von Homos im Außenministerium etwas ausgekocht. Warten Sie nur, bis das Weiße Haus *meinen* Bericht gelesen hat. O Mann! Dann werdet ihr krummbeinigen Knirpse in die Berge rennen, und dann jagen wir *die* in die Luft!« Hawkins grinste, und seine Augen funkelten.

»Sie sind so vulgär«, sagte Lin Shoo leise und schüttelte betrübt den Kopf. Er griff nach der bunten Schachtel, die neben dem Glas des Generals stand. »Tsing-Taow-Knallfrösche. Die besten, die es auf der Welt gibt. So laut und so leuchtend hell, wenn sie *bäng, bäng, bäng* machen. Sehr nett anzusehen und zu hören.«

»Ja«, murmelte Hawkins, den der Themawechsel etwas verwirrte. »Lu Sin hat sie mir gegeben. Wir haben letzte Nacht eine ganze Menge davon hochgehen lassen, ehe der Scheißkerl mir das Betäubungsmittel verpaßt hat.«

»Sehr schön, General Hawkins. Ein schönes Geschenk.«
»Er war mir weiß Gott, wenigstens *etwas* schuldig.«
»Aber begreifen Sie denn nicht?« fuhr der Polizeibeamte fort. »Sie klingen wie — Explosivkörper. Und sehen aus wie — detonierende Munition, aber sie sind weder das eine noch das andere. Äußerlichkeiten — der Anschein von etwas anderem ... In sich wirklich, aber nur eine *Illusion* einer *anderen* Realität. Völlig ungefährlich.«
»Und?«
»Das ist genau das, worum Sie gebeten werden. Der Anschein, nicht die Wirklichkeit. Sie brauchen nur *so zu tun, als ob*. In einer kurzen, einfachen Zeremonie mit nur wenigen Worten, von denen *Sie* wissen, daß sie nur eine Illusion sind. Völlig ungefährlich — und sehr höflich.«
»*Nein!*« brüllte Hawkins. »Jeder weiß, was ein Knallfrosch ist. Und *niemand* wird wissen, daß ich nur so tue als ob.«
»Da muß ich Ihnen widersprechen. Es ist nichts anderes als ein diplomatisches Ritual. Jeder wird es verstehen, das dürfen Sie mir glauben.«
»So? Woher, zum Teufel, wissen Sie das denn? Sie sind ein Pekinger Bulle, kein Arschkriecher.«
Der Kommunist drehte die Schachtel mit den Feuerwerkskörpern zwischen den Fingern und seufzte dann hörbar. »Ich muß mich für die kleine Täuschung entschuldigen, General. Ich gehöre nicht der Volkspolizei an. Ich bin der zweite Vizepräfekt des Erziehungsministeriums. Ich bin hier, um an Sie zu appellieren — um an Ihre Vernunft zu appellieren. Aber das übrige entspricht der Wahrheit. Sie *stehen* unter Hausarrest, und die Leute draußen *sind* Polizisten.«
»Ich will verdammt sein! Einen Sesselwärmer haben die mir geschickt.« Wieder grinste Hawkins. »Ihr macht euch wirklich Sorgen, was?«
Wieder seufzte der Kommunist. »Ja. Die Idioten, die diese Geschichte angefangen haben, sind in Bergwerkskollektive in der äußeren Mongolei geschickt worden. Es war Wahn-

sinn, obwohl ich ihnen zugestehen muß, daß Sie eine Versuchung dargestellt haben, General Hawkins. Wissen Sie denn überhaupt, wie viele bissige Angriffe Sie gegen jeden Marxisten, Sozialisten und, verzeihen Sie mir, jede auch nur annähernd demokratisch orientierte Nation auf dieser Welt unternommen haben? Die schlimmsten Beispiele — ich sollte vielleicht sagen, die *besten* Beispiele von Demagogie!«

»Eine Menge von der Scheiße ist von den Leuten geschrieben worden, die mich dafür bezahlt haben, daß ich den Mund aufmache«, erwiderte Hawkins ein wenig nachdenklich. Und dann fügte er schnell hinzu. »Nicht, daß ich es nicht geglaubt hätte! Verdammt noch mal, ich glaube daran!«

»Sie sind unmöglich!« Lin Shoo stapfte mit dem Fuß auf wie ein eigensinniges Kind. »Sie sind ebenso von Sinnen wie Loo Sin und seine Bande knurrender Papierlöwen! Mögen Sie viele Steine zerschlagen und mit den mongolischen Schafen Unzucht treiben! Sie sind einfach unmöglich!«

Hawkins starrte auf das wütende Gesicht des Kommunisten und dann auf die buntfarbige Schachtel mit Feuerwerkskörpern, die er in der Hand hielt. Er hatte eine Entscheidung getroffen, und das wußten sie beide.

»Ich bin auch noch etwas anderes, Schlitzauge.« Der Generalleutnant ging auf Lin Shoo zu.

»Nein! *Nein!* Keine *Gewalt*, Sie Idiot ...« Aber der Protestschrei des Kommunisten kam zu spät. Hawkins hatte ihn am Uniformrock gepackt und blitzschnell hochgezogen, und nun versetzte er Lin Shoo einen Handkantenschlag gegen den Hals.

Der Vizepräfekt des Erziehungsministeriums sackte sofort bewußtlos zusammen.

Hawkins riß Lin Shoo die Schachtel mit den Feuerwerkskörpern aus der Hand und rannte um den Lacktisch herum ins Schlafzimmer. Er griff nach der über das Fenster genagelten Decke, zog sie ein wenig zur Seite und blickte hinaus auf den Hinterhof. Dort unterhielten sich die zwei Polizisten in aller Seelenruhe, die Gewehre locker auf den Boden gestützt. Hinter ihnen fiel der Hügel leicht zum Dorf hin ab.

Hawkins ließ die Decke wieder los und rannte ins Wohnzimmer zurück, kroch auf allen vieren zur Haustür. Dort richtete er sich auf und öffnete sie lautlos, einen Spaltbreit. Die zwei Polizisten waren etwa zehn Meter entfernt und wirkten ebenso gelassen wie die Männer hinter dem Haus, und was noch wichtiger war — sie blickten die Straße hinunter. Ihre Aufmerksamkeit galt nicht dem Haus.

MacKenzie riß die bunte Schachtel auf und schüttelte die durch Schnüre miteinander verbundenen Zylinder heraus. Er wand zwei Schnüre ineinander, drehte sie zu einer einzigen Zündschnur zusammen und holte sein Zippo-Feuerzeug aus der Tasche.

Jetzt zögerte er, hielt über sich selbst verärgert den Atem an. Dann ging er, die Feuerwerkskörper in der Hand, an den Fenstern vorbei ins Schlafzimmer und nahm dort seine Pistolentasche und den Patronengurt von einem Nagel an der dünnen Wand. Er schnallte sich die Waffe um, zog den .45er Colt heraus und überprüfte das Magazin. Befriedigt schob er die Waffe dann wieder in das Lederfutteral zurück und verließ das Schlafzimmer. Er ging um den Lehnsessel vor dem Han-Shu-Kamin herum, stieg über den reglosen Lin Shoo hinweg und kehrte zur Haustür zurück. Dort knipste er das Feuerzeug an und hielt die Flamme über die Zündschnur. Dann öffnete er die Tür und warf die Schnur mit den Knallfröschen ins Gras.

Jetzt zog Hawkins die Tür leise und schnell zu, verriegelte sie, zerrte ein kleines rotes Lackkästchen aus dem Vorraum und stemmte es gegend das dicke, mit Schnitzereien verzierte Türblatt. Dann rannte er ins Schlafzimmer zurück, zog die Decke vor dem Fenster zur Seite und wartete.

Die Explosionen waren sogar noch lauter, als er sie in Erinnerung hatte. Das kam wahrscheinlich daher, weil die zwei Bündel gegeneinander explodierten.

Die Wachen am hinteren Hausende wurden aus ihrer Lethargie gerissen. Ihre Waffen kollidierten mitten in der

Luft, als jeder die seine vom Boden hochriß. Die Karabiner in die Hüfte gestützt, rannten die zwei Männer auf die Vorderseite des Hauses zu.

In dem Augenblick, als sie um die Hausecke verschwunden waren, riß Hawkins die Decke herunter, trat gegen das dünne Holz und die noch dünneren Glasscheiben und zerschmetterte damit das ganze Fenster. Er sprang ins Gras hinaus und lief auf die Felder und den leichten Abhang zu.

3.

Am Fuß des Hügels erreichte er eine Sandstraße, die das ganze Dorf umrundete. Zahlreiche Wege führten wie die Speichen eines Rades direkt zu dem kleinen Marktplatz in der Mitte der Ansiedlung. Eine teilweise gepflasterte Straße zweigte tangential von der kreisförmigen Straße ab und stellte die Verbindung mit einer Asphaltstraße her, die etwa vier Meilen östlich lag. Die amerikanische diplomatische Mission lag zwölf Meilen weiter unten an jener Straße, bereits innerhalb der Stadtgrenzen von Peking.

Was er brauchte, war ein Fahrzeug, vorzugsweise ein Auto, aber Autos existierten außerhalb der obersten amtlichen Kreise nicht. Die Volkspolizei war natürlich motorisiert. Er hatte überlegt, ob er um den Hügel herumlaufen und den Wagen Lin Shoos suchen sollte, aber das war zu riskant. Selbst wenn er ihn fand und stahl, würde es ein markiertes Fahrzeug sein.

Hawkins umkreiste die Ortschaft und hielt sich oberhalb der Straße. Natürlich würden sie ihn verfolgen. Er konnte ewig in den Hügeln bleiben — das störte ihn nicht. Er hatte manchmal monatelang in den Bergen von Cong-Sol und Lai Tai in Kambodscha in unterirdischen Verstecken gehaust, und er verstand sich besser als die meisten Tiere auf das Leben in den Wäldern. Verdammt, schließlich war er ein Profi. Aber das hatte natürlich keinen Sinn. Er mußte die Mission erreichen und dafür sorgen, daß die freie Welt erfuhr, vor welchen Feinden sie im Staub kroch. Jetzt war das Maß voll, hol's der Teufel.

Die Mission konnte Radionachrichten aussenden, den ganzen Komplex verbarrikadieren und sich so lange halten, bis vor der Küste patrouillierende Flugzeugträger Maschinen schickten, die Bomben werfen konnten. Und selbst wenn das bedeutete, daß halb Peking in die Luft gejagt wurde, konnten die Hubschrauber hereinkommen und sie herausschlagen.

Natürlich würden sich die Zivilisten in die Hosen scheißen, aber er würde sie unter Kontrolle halten und diesen Schreibtischstrategen endlich einmal beibringen, wie man kämpfte. *Kämpfte!* Nicht redete!

MacKenzie unterbrach seinen fantasievollen Gedankenfluß. Unten rechts, etwa eine Viertelmeile entfernt, kam ein einzelnes Motorrad um die Straßenbiegung. Darauf saß ein *Shee-san*-Polizeibeamter, ein chinesischer Verkehrspolizist. Sein Gebet war erhört worden ...

Hawkins richtete sich im hohen Gras auf und robbte den Hügel hinunter. In weniger als einer Minute hatte er den Straßenrand erreicht. Das Motorrad war noch nicht zu sehen, hatte die Kurven noch nicht erreicht, aber er hörte, wie es näherkam. Er warf sich mitten auf der Straße in den Staub, zog die Beine an, um kleiner zu erscheinen, und hielt sich ganz still.

Der Motor heulte auf, als der Fahrer um die Kurve kam, und fing dann zu stottern an, als das Rad ruckartig abgebremst wurde. Der *Shee-san* stieg aus dem Sattel und trat den Seitenständer heraus. Hawkins konnte die schnellen Schritte hören und fühlen, als der Beamte näherkam.

Jetzt beugte sich der *Shee-san* über ihn und berührte ihn an den Schultern, fuhr zurück, als er die amerikanische Uniform erkannte. Mac bewegte sich. Der *Shee-san* kreischte schrill.

Fünf Minuten später hatte Hawkins den Uniformrock und die Hosen des *Shee-san* über seine hochgerollten Hosenbeine und sein Hemd gezwängt. Er schob sich die Schutzbrille des

Beamten über die Augen, setzte sich die lächerlich kleine Schildmütze auf den Kopf und benutzte den Kinnriemen dazu, die Mütze festzuhalten. Eine Warze aus Stoff, die auf seinem kurzgeschorenen grauschwarzen Haar saß. Zum Glück für sein Wohlbefinden hatte er eine Zigarre. Er zerkaute das eine Ende, bis es ihm saftig genug erschien, und zündete sie dann an.

Jetzt war er bereit zum Aufbruch.

Der diplomatische Attaché rannte in das Büro des Direktors, ohne ein Wort zu der Sekretärin zu sagen oder auch nur an die Tür zu klopfen. Der Direktor war gerade damit beschäftigt, mit einem Zahnstocher zwischen seinen Zähnen herumzubohren.

»Entschuldigen Sie, Sir. Ich habe gerade Anweisungen aus Washington erhalten! Ich wußte, Sie würden sie gleich lesen wollen!«

Der Direktor der diplomatischen Mission Peking griff nach dem Telegramm. Seine Augen weiteten sich, und dann riß er erstaunt den Mund auf. Der Zahnstocher fiel auf den Schreibtisch.

Er sah die Straßensperre, die ihm den Zugang zur Hauptstraße nach Peking verbarrikadierte. Sie befand sich etwa eine Dreiviertelmeile weiter unten an der Durchgangsstraße. Ein einzelner *Shee-san*-Streifenwagen und eine Reihe von Uniformierten, die nebeneinander auf der Straße standen, waren alles, was er durch die etwas angelaufenen Gläser seiner Schutzbrille erkennen konnte.

Als er näherkam, stellte er fest, daß die Posten einander etwas zuriefen. Ein Uniformierter trat vor und begann mit seinem Karabiner hysterisch in der Luft herumzufuchteln, um dem näherkommenden Motorradfahrer zu bedeuten, daß er anhalten sollte.

Da gab es nur eine Wahl, dachte Hawkins. Wenn du dir schon ein gottverdammtes Grab kaufst, dann mit allem Drum und Dran! Wenn du abtrittst, dann mit allen Waffen auf Repetierfeuer, mit flammenden Läufen, mit Donner und Blitz, tritt ab mit den Schreien dieser Kommunistenschweine in deinen Ohren!

Verdammt! Der Scheißstaub versperrte ihm die Sicht. Und sein verdammter Fuß glitt immer wieder von dem winzigen, beschissenen Gaspedal.

Er griff zu seiner Halfter und zog die .45er heraus.

Er konnte nicht besonders gut zielen. Aber, *Herrgott*, abdrücken konnte er! Und das tat er ein paarmal.

Zu seinem Erstaunen erwiderten die *Shee-san* das Feuer nicht. Statt dessen warfen sie sich in den Sand und schrien wie hysterische Ferkel, rutschten auf den Sandbergen herum und versuchten, der Feuerkraft seiner .45er dadurch zu entgehen, daß sie versuchten, geradezu in den Boden hineinzukriechen.

Verdammt! *Ekelhaft* war das!

Wenn ihn seine Schutzbrille im Verein mit dem Staub und dem Rauch seiner Zigarre nicht täuschte, dann hatte selbst der Kommandant der Truppe — ein Offizier, Herrgott, er mußte schließlich einer sein — hatte selbst *der* nicht den Mumm, sich zu wehren.

Ein *Offizier!*

MacKenzie fuhr mit Vollgas weiter und leerte das Magazin seiner .45er. Er flog über einen Sandhügel hinweg und landete an der anderen Seite auf einem leicht geneigten Grasberg. Während sein Motorrad durch die Luft schnellte, sah er unter sich die Köpfe der wild schreienden Chinesen und wünschte sich, er hätte mehr Munition. Er riß die Lenkstange wild herum, um die Straße wieder zu erreichen.

Verdammt! Jetzt war er wieder auf festem Boden! Er hatte die Barrikade durchbrochen! Mit Höchstgeschwindigkeit raste er auf der Hauptstraße nach Peking dahin.

Der glatte Beton war eine reine Freude. Die kreisenden Räder des Motorrads summten, der Wind blies ihm ins Gesicht — klare, berauschende, saubere, staublose Luft, die ihm den Rauch seiner Zigarre in Wolken um die Ohren trieb. Selbst die Schutzbrille war jetzt klar.

Die nächsten neun Meilen sauste er wie ein Meteor mit dem Sternenbanner hinter sich durch eine Chinesenstadt, die nicht ahnte, wie ihr geschah. Noch eine Meile, und er würde in die nördlichen Nebenstraßen von Peking einbiegen. Verdammt! Er würde es schaffen! Und dann, hol's der Teufel, würden diese Kommunistenschweine herausfinden, was ein amerikanischer Gegenschlag war!

Er preschte durch die überfüllten Straßen und schlitterte am Rand des Platzes der Glorreichen Blumen vom Bordstein. Hinter dem Platz stand das Missionsgebäude und überstrahlte mit seinen Alabasterwänden seine armselige Umgebung. Davor drängten sich die üblichen Scharen von Chinesen aus Peking und dem umliegenden Land und warteten darauf, einen Blick auf die eigenartigen, riesigen rosahäutigen Leute zu erhaschen, die durch die breiten Stahltüren innerhalb des mittelgroßen Komplexes ein und aus gingen.

Eigentlich war es kein besonders ansehnlicher Komplex. Es gab nicht einmal eine Ziegelwand oder einen stählernen Zaun, der die Mission geschützt hätte. Nur ein dünnes Gitterwerk aus Holz, das man zum Schutz gegen die Elemente lackiert hatte, umschloß den kurzgeschorenen Rasen, der vorne an die Stufe grenzte.

Nur vor den Fenstern und Türen waren eiserne Schutzgitter angebracht.

MacKenzie brachte die Maschine des Motorrads auf Hochtouren, in der Annahme, der Lärm würde dafür sorgen, daß die Zuschauer ihm Platz machten.

Das taten sie. Die Chinesen stoben auseinander, als er die Straße hinunterraste.

Und Hawkins wäre beinahe aus dem Sattel gestürzt, als er sah, worauf er mit fünfzig Stundenmeilen zuraste.

Da waren drei Gruppen hölzerner Barrikaden vor dem verschlossenen Gittertor. Und jede horizontale Planke war einen guten Fuß über der anderen angeordnet und formte so eine nach hinten zurückweichende Stufenmauer aus dicken Brettern, die sich an den zierlichen Zaun anlehnten.

Und davor standen in einer Reihe ein gutes Dutzend Soldaten in Präsentierhaltung, flankiert von zwei Offizieren, die alle nach vorn starrten — ihn anstarrten.

Das ist es, dachte MacKenzie. Jetzt bleibt nur noch die Geste, die Bewegung — der Akt selbst.

Totale Herausforderung!

Verdammt! Wenn er nur noch Munition gehabt hätte!

Er duckte sich und jagte sein Motorrad geradewegs auf das Zentrum der Barrikade zu, drehte den Gasgriff auf maximale Leistung und drückte den mit dem Fuß zu betätigenden Choke ganz hinunter.

Die Nadel des Tachometers fing zu zittern an und schoß zum Skalenrand. Mann und Maschine jagten wie eine fremdartige riesige Kugel aus Fleisch und Stahl durch den Luftkorridor.

Unter den Schreien der hysterischen Menge, und während die Soldaten in panischer Angst flüchteten, riß Hawkins die Lenkstange wütend herum und warf sich mit seinem ganzen Gewicht im Sattel nach hinten. Das Vorderrad hob sich wie ein abstrakter Phoenix vom Boden — gefolgt von einem wirren Gebilde, das aus der hinteren Motorradhälfte und dem Fahrer bestand — und prallte krachend gegen die obere Barrikade.

Holz und Gitterwerk zersplitterten dröhnend, während MacKenzie Hawkins in die Höhe schoß, durch die Schichten von Zerstörung, eine menschliche Kanone, die den Rest der Waffe hinter sich herzerrte und eine wahnwitzige Wirkung ausübte.

Das Motorrad preschte den Kiesweg hinunter, der zu den Stufen der Mission führte. Dabei wurde MacKenzie nach vorn geschleudert, vollführte einen Salto über die Lenkstange hinweg und rollte über die winzigen Steine, bis er gegen die erste Stufe der kurzen weißen Treppe stieß, die zu der weißen Stahltür hinaufführte. Die ganze Zeit hielt er die Zigarre zwischen den Zähnen, ohne sie ein einziges Mal loszulassen.

Jeden Augenblick würden sich diese Kommunistenschweine neu gruppieren, und dann würde ihr Feuer einsetzen, scharfe Stiche eisigen Schmerzes würden ihn durchbohren und ihm vielleicht nur noch ein paar Sekunden Zeit lassen, ehe das große Vergessen kam.

Aber er wartete vergeblich auf das Krachen der Schüsse. Nur immer lauteres Geschrei war zu vernehmen, ausgestoßen von der Menschenmenge und den Soldaten. Orientalische Köpfe spähten über den Rand des völlig zerdrückten hölzernen Bauwerks, über die zerfetzten Planken vor dem Gitterwerk. Die meisten der Soldaten, die sich zu Boden geworfen hatten, lagen jetzt auf Händen und Knien.

Und doch gab keiner einen Schuß ab. Dann begriff MacKenzie — im technischen Sinne befand er sich auf amerikanischem Territorium. Wenn er innerhalb der Anlage erschossen wurde, so könnte man daraufhin leicht behaupten, daß es sich um eine Exekution auf amerikanischem Boden gehandelt hätte. Daraus konnte ein internationaler Zwischenfall werden! Er verdankte es also diplomatischen Nettigkeiten, daß er noch am Leben war!

Er rappelte sich auf, rannte die Stufen zu der weißen Stahltür hinauf, drückte auf den Klingelknopf, hämmerte gleichzeitig mit der anderen Hand gegen die Türfüllung aus Metall. Keine Antwort.

Er pochte lauter und nahm die freie Hand nicht von der Glocke. Jetzt begann er auch zu schreien, und endlich — nach einer scheinbaren Ewigkeit — öffnete sich der kleine rechteckige Schlitz in der Tür.

Ein verängstigtes Augenpaar spähte hinaus.

»Um Himmels willen, ich bin *Hawkins*!« brüllte MacKenzie, wobei sein schreiender Mund nur wenige Zoll von den verstörten Augen entfernt war. »Machen Sie schon die verdammte Tür auf, Sie Hurensohn! Was, zum Teufel, tun Sie denn?«

Die Augen blinzelten, aber die Tür öffnete sich nicht.

Wieder brüllte Hawkins, wieder blinzelten die Augen. Nach einigen Sekunden war statt der Augen ein zitterndes Lippenpaar zu erkennen.

»Niemand — zu Hause, Sir«, lautete die gestammelte, unglaubliche Antwort.

»Was?!«

»Tut mir leid, General.«

Anstatt der zitternden Lippen war jetzt das Krachen von Metall auf Metall wahrzunehmen. Der Schlitz wurde geschlossen.

MacKenzie stand wie vom Blitz gerührt da. Dann fing er wieder an, gegen die Tür zu schlagen und zu brüllen und den Klingelknopf so kräftig zu drücken, daß das Bakelit zersprang.

Nichts.

Er blickte auf die Menschenmenge und die Soldaten und bemerkte, wie sie kicherten und schrien und grinsten.

Hawkins rannte die Treppen hinunter und hetzte quer über den Rasen. Sämtliche Fenster waren nicht nur geschlossen, auch die eisernen Innenjalousien hinter dem Gitterwerk waren heruntergelassen. Die ganze gottverdammte Mission war fest verrammelt, eine riesige, weiße, rechteckige Muschel, die zugeklappt war.

Er rannte an dem Gebäude entlang. Überall das gleiche — verschlossene Fenster, eiserne Jalousien, Gitterwerk.

Er stürmte über den Rasen an der Rückfront des Hauses zu dem breiten Hintereingang, trommelte gegen die Tür und schrie lauter als je zuvor in seinem Leben.

Schließlich öffnete sich der Schlitz, und ein anderes Augenpaar erschien — weniger verängstigt als die Augen am Vordereingang, aber dennoch weit aufgerissen und bestürzt.

»Machen Sie diese Scheißtür auf!«

Wieder erschienen Lippen, und jetzt konnte MacKenzie einen grauen Schnurrbart sehen. Es war der Botschafter.

»Verschwinden Sie, Hawkins!« befahl die tiefe, britisch wirkende Stimme, die im Establishment des Ostens ausgebildet worden war. »Sie sind völlig unwichtig.«

Und der Schlitz wurde wieder geschlossen.

MacKenzie stand reglos da. Raum und Zeit schienen in

einem Nichts zu verschmelzen. Auf unbestimmte Art wurde ihm bewußt, daß die Menschenmenge und die Soldaten jetzt um das Gitterwerk an den Seiten und am hinteren Teil der Mission herumgekommen waren.

Ohne richtig zu denken, zog er sich vom Eingang zurück und blickte an der Außenwand des Gebäudes nach oben, zum Dach.

Er konnte es schaffen, wenn er die Fenstergitter benutzte. Er sprang ans erste Fenster und kletterte an dem Gitterwerk nach oben, bis er die nächste Gitterstange erreicht hatte, die aus der Wand ragte.

In wenigen Minuten hatte er die Gebäudewand erklettert und zog sich jetzt an dem schrägen Dach nach oben.

Er arbeitete sich bis zum Giebel hinauf und sah sich um.

Die Fahnenstange stand mitten im Gras, links vom Kiesweg. Die Sterne und Streifen bewegten sich schwach in der Brise.

Generalleutnant MacKenzie Hawkins vergewisserte sich, aus welcher Richtung der Wind kam, und zog dann den Reißverschluß seiner Hose auf.

4.

Devereaux lächelte dem Portier im Beverly Hills Hotel zu, ging dann um das riesige Automobil herum auf die Fahrerseite, gab dem Garagenwächter ein Trinkgeld und setzte sich hinter das Steuer. Die grelle Sonne spiegelte sich in der Motorhaube. Alles war so typisch Kalifornien. Portiers, Garagenwächter, stumme Trinkgelder, übergroße Wagen und blendende Sonne.

Ebenso wie das Telefongespräch, das er vor zwei Stunden mit der ersten Mrs. MacKenzie Hawkins geführt hatte.

Er hatte sich dafür entschieden, logisch anzufangen, die fortschreitende Vernichtung des Mannes schrittweise zu betreiben. Ganz sicher würde sich dabei ein Schema entwickeln. Es würde einfacher sein, seinen Auftrag zu erledigen, wenn er zunächst eruierte, wie seine Zielperson mit der wirklich korrupten Welt in Berührung gekommen war. Weiche Seide und Geld, im Gegensatz zu Tod, Folter und der Arroganz von West Point ...

Regina Sommerville Hawkins war es, die diese erste Verbindung hergestellt hatte. Den Datenbänken zufolge stammte Regina aus dem Virginia Hunt Country, war reich und verwöhnt, ein Zögling von Foxcroft and Finch. 1947 hatte sie Jagd auf die Trophäe namens Hawkins gemacht — als der gefeierte jugendliche Kämpfer der Ardennenschlacht die Nation mit ähnlich atemberaubenden Leistungen auf dem Sportplatz beeindruckt hatte. Da Daddy Sommerville der größte Teil von Virginia Beach gehörte und Ginny eine echte Südstaatenschönheit war — Geld und Magnolien, nicht nur der Duft — ließ sich das leicht bewerkstelligen. Der heroische, durch die Ränge aufgestiegene Mann aus West Point wurde ihr vorgestellt, sofort von der gedehnten Sprechweise, dem großen Busen und den sonstigen Annehmlichkeiten dieser weichen, aber hartnäckigen Tochter der Föderation überwältigt und vorübergehend besiegt.

Daddy kannte eine Menge Leute in Washington, und so erwartete Regina im Verein mit Hawkins' eigenen Talenten und bisherigen Leistungen, daß sie binnen sechs Monaten die Frau eines Generals sein würde. Spätestens in einem Jahr.

In Washington. Oder Newport News. Oder New York. Oder vielleicht auf dem lieblichen Hawaii. Mit Bediensteten und Uniformen und Tanzveranstaltungen und noch mehr Bediensteten und ...

Aber Hawkins war etwas eigenartig, und Daddy kannte nicht so viele Leute, daß sie das seltsame Verhalten des jungen Ehemanns hätten zügeln können. Der Hawk wollte nicht das Leben der Schickeria von Washington, Newport News und New York führen. Er wollte bei seinen Soldaten sein. Und er war immerhin Träger der Kongreßmedaille. Die Bitte eines solchen Mannes lehnte man nicht leichthin ab. Regina vegetierte in abgelegenen Militärlagern dahin, wo ihr Mann wutentbrannt desinteressierte Wehrpflichtige für einen Krieg ausbildete, den es nicht gab. Und so beschloß sie, ihre Trophäe aufzugeben. Daddy kannte genug Leute, um das zu erleichtern. Hawkins wurde nach Westdeutschland versetzt, und Reginas Ärzte ließen keinen Zweifel daran, daß sie das Klima nicht ertragen würde. Die räumliche Entfernung zwischen den jungen Eheleuten machte es möglich, die ganze Geschichte in aller Stille abzupfeifen.

Jetzt, fast dreißig Jahre später, lebte Regina Sommerville Hawkins Clark Madison Greenberg mit ihrem vierten Ehemann Emmanuel Greenberg, einem Filmproduzenten, in einer Vorstadt von Los Angeles, die sich Tarzana nannte. Vor zwei Stunden hatte sie am Telefon zu Sam Devereaux gesagt: »Hören Sie, Süßer! Sie wollen über Mac reden? Ich rufe die Mädchen zusammen. Wir treffen uns fast jeden Donnerstag. Aber was, zum Teufel, ist schon ein Tag?«

Also schrieb sich Sam auf, wie man nach Tarzana kam, und fuhr jetzt in einem Mietwagen zu Reginas Villa. Das Autoradio spielte *Muddied Waters*, was ihm passend vorkam.

Er fand die Einfahrt zur Greenberg'schen Residenz, rollte bergab und überwand dann, davon war er überzeugt, den letzten Hügelkamm. Auf halbem Weg zum eigentlichen Besitz gab es ein eisernes Tor, das elektrisch bedient wurde. Es schwang auf, als er sich näherte.

Er parkte vor einer Garage für vier Fahrzeuge. Auf der Asphaltfläche davor standen zwei Cadillacs, ein Rolls Royce Typ Silver Cloud und als ziemlich auffälliger Kontrapunkt ein Maserati. Zwei uniformierte Chauffeure unterhielten sich gelangweilt, wobei sie an dem Rolls Royce lehnten. Sam stieg mit seinem Attachékoffer aus dem Wagen und schloß die Tür. »Ich bin Mrs. Greenbergs Effektenberater«, sagte er zu den Chauffeuren.

»Dann sind Sie hier richtig, Mann«, erwiderte der jüngere Chauffeur grinsend. »Merrill, Lynch und die Mädchen. So sollte man das nennen.«

»Vielleicht tut man das eines Tages. Ist das der Weg zur Tür?« Sam wies auf einen Plattenweg, der in einem Wäldchen aus kalifornischem Farn und Miniaturorangenbäumen zu verschwinden schien.

»Ja, Sir«, sagte der ältere, würdiger wirkende Chauffeur, als wäre es wichtig, die Formlosigkeit des jüngeren Mannes damit auszugleichen. »Nach rechts. Sie sehen es dann schon.«

Sam ging zur Haustür hinunter. Er hatte noch nie zuvor eine rosafarbene Tür gesehen, aber gewußt, daß dieses Erlebnis in Südkalifornien stattfinden würde — falls es tatsächlich dazu kommen sollte. Er drückte auf den Klingelknopf und hörte, wie Glocken die ersten Töne des Love-Story-Themas anschlugen. Er fragte sich, ob Regina wohl das Ende kannte.

Die Tür ging auf, und sie stand im Foyer. Sie trug eng anliegende Shorts und eine ähnlich enge, durchsichtige Bluse, unter der ihre riesigen Brüste herausfordernd nach vorn drängten. Ihr schönes, von dunklem Haar umrahmtes Gesicht war faltenlos, obwohl sie schon Mitte Vierzig war. Und sie trug ihren Körper mit dem Selbstbewußtsein der Jugend zur Schau.

»Sind Sie der Meedscher?« fragte sie mit dem langgezogenen e, wie man es in Hunt Country zu sprechen pflegte.

»Major Sam Devereaux«, bestätigte er. Es war natürlich albern, seinen Namen so förmlich zu betonen, wo doch seine ganze Aufmerksamkeit ihren zwei titanenhaften Herausforderungen galt.

»Kommen Sie rein! Wahrscheinlich haben Sie gedacht, eine Uniform würde uns beleidigen.«

»Kann schon sein ...« Devereaux lächelte ein wenig dümmlich, zwang sich, den Blick von ihrer Bluse abzuwenden, und betrat das Foyer.

Das Foyer war klein — der Eingang zu einem riesigen, tiefliegenden Wohnzimmer, dessen andere Wand ausschließlich aus Glas bestand. Hinter dem Glas lag ein nierenförmiger Swimming-pool, umgeben von einer Terrasse mit italienischen Fliesen, die wiederum von einem schmiedeeisernen Zaun eingeschlossen wurde. Dahinter konnte man ins Tal blicken.

All das bemerkte er nach vielleicht fünfzehn Sekunden. Die erste Viertelminute verging damit, daß er drei weitere Brüstepaare musterte.

Jedes Paar war auf seine eigene Art grandios. Voll und rund. Klein und spitz. Abfallend und doch argumentativ.

Sie gehörten der Reihe nach Madge, Lillian und Anne. Regina Greenberg machte ihn lächelnd mit allen dreien bekannt. Und Sam stellte automatisch eine Beziehung zwischen den Brüsten — den Mädchen — und den Daten in seinem Attachékoffer her.

Lillian war Nummer drei. Palo Alto, California.

Madge war Nummer zwei. Tuckahoe, New York.

Anne war Nummer vier. Detroit, Michigan.

Ein netter Querschnitt durch die amerikanische Weiblichkeit.

Regina — Ginny — war offensichtlich die Älteste, nicht so sehr, was ihr Aussehen anging, sondern in bezug auf ihre Autorität. In Wahrheit befanden sich nämlich alle Mädchen in jenem vagen Altersbereich zwischen Mitte dreißig und der nächsten Dekade — eine Altersspanne, die im südlichen Kalifornien besonders virtuos verschleiert wurde. Und ihre Kleidung war südkalifornisch-sexy in höchster Perfektion — lockerer Freizeitlook, der in Wirklichkeit jedoch mit größter Akkuratesse auf genau diesen Effekt abgestimmt war.

MacKenzie Hawkins war ein Mann, den man ob seines Geschmacks und seiner Fähigkeiten beneiden mußte.

Sie brachten die Höflichkeitsfloskeln schnell und höflich hinter sich. Sam wurde ein Drink angeboten, den er in dieser Gesellschaft nicht abzulehnen wagte, und dann bot man ihm einen Platz auf einem ausgepolsterten Bohnensack an, von dem er unmöglich wieder aufstehen konnte. Er brachte es irgendwie zuwege, den Attachékoffer neben sich zu stellen, erkannte aber sofort, daß die Verrenkungen, derer es bedürfen würde, um nach ihm zu greifen, ihn aufzuheben und ihn auf dem Schoß aufzuklappen, einen Gummimann erfordern würden. Daher hoffte er, daß es nicht zu dieser Notwendigkeit kommen würde.

»Nun, da wären wir alle«, verkündete Regina Greenberg mit ihrem gedehnten Südstaatenakzent. »Hawkins' Harem, sozusagen. Was will das Pentagon? Empfehlungen?«

»Die könnten wir ohne Einschränkung geben«, sagte Lillian strahlend.

»Mit Begeisterung«, bekräftigte Madge.

»*Oh*«, murmelte Anne.

»Ja — nun — die Fähigkeiten des Generals sind ungeheuer«, stammelte Sam. »Ich meine — nun — äh — ich habe nicht damit gerechnet, Sie hier alle gleichzeitig vorzufinden, zusammen. In einer Gruppe.«

»Wir sind sozusagen ein Klub, Major.« Madge, rund und voll, saß auf einem Bohnensack neben Sam und berührte ihn jetzt am Arm. »Ginny hat's Ihnen ja gesagt. Hawkins' ...«

»Ja, ich verstehe«, fiel Devereaux ihr hastig ins Wort.

»Wenn Sie mit einer von uns über Mac sprechen, dann sprechen Sie mit allen«, fügte Lillian — klein und spitz — mit honigsüßer Stimme hinzu, von der anderen Seite des Zimmers her.

»Richtig«, flötete Anne — abfallend, aber argumentativ —, die vor der mittleren Glasscheibe an der Wand zum Swimming-pool stand.

Regina Greenberg rekelte sich auf einer mit Jaguarhaut bezogenen Couch an der rechten Wand. »Falls keine beschlußfähige Mehrheit vorhanden ist, trete ich als Sprecherin auf. Und zwar, weil ich die erste war und damit Vorrang habe.«

»Nicht notwendigerweise an Jahren, Liebste«, entgegnete Madge. »Wir wollen nicht, daß du dich schlechtmachst.«

»Ich weiß nicht recht, wie ich anfangen soll«, sagte Sam und stürzte sich nichtsdestoweniger in medias res. Er ging zuerst sehr delikat auf die abstrakten Probleme ein, die immer dann auftraten, wenn man es mit einer höchst individualistischen Persönlichkeit zu tun hatte. Er erklärte langsam und vorsichtig, daß MacKenzie Hawkins seine Regierung in eine hochgradig delikate Lage gebracht hatte, aus der ein Ausweg gefunden werden mußte. Und obwohl besagte Regierung ganz ohne Zweifel von unsterblicher Dankbarkeit für General Hawkins' außergewöhnliche Leistungen erfüllt war, so erwies es sich doch oft als notwendig, Einzelheiten aus dem Leben eines Menschen zu studieren, um ihm — und seiner Regierung — bei der Bewältigung delikater Situationen behilflich zu sein. Häufig führte das teilweise Negative zum Positiven, und sei es nur, um das Affirmative auszugleichen und zu akzentuieren.

»Sie wollen ihn also zur Sau machen«, faßte Regina Greenberg zusammen. »Das mußte ja so kommen, nicht wahr, Girls?«

Ein Chor von Mhms war zu hören.

Sam war klug genug, nicht zu widersprechen. Der Raum, in dem er sich befand, enthielt mehr Intelligenz — oder Erkenntnisfähigkeit — als man auf den ersten Blick vielleicht hätte meinen können. »Weshalb sagen Sie das?« fragte er Ginny.

»Du liieeber Gott, Meedscher!« erwiderte die Titanin. »Mac war mit diesen Scheißern seit Jahren auf Kollisionskurs! Der durchschaut doch diese Scheißkerle. Deshalb mögen die es doch, wenn diese Liberalen aus dem Norden einen Narren aus ihm machen. Aber Mac ist kein Narr!«

»Im Augenblick hält ihn auch niemand für komisch, Mrs. Greenberg. Das kann ich Ihnen versichern.«

Anne, deren Silhouette sich auffällig vor dem Fenster abzeichnete, fragte in scharfem Ton: »Was hat Mac verbrochen?«

»Er hat ein nationales Denkmal verunstal ...« Sam hielt inne, das war eine schlechte Wortwahl. »Er hat ein Nationaldenkmal zerstört. Es gehört einer Regierung, mit der wir eine Détente aufrechterhalten wollen, und entspricht in etwa unserem Lincoln Memorial.«

»War er betrunken?« fragte Lillian, deren Augen und spitze Oberweite auf Sam gerichtet waren, zwei Batterien scharfer Artillerie.

»Das bestreitet er.«

»Dann war er es auch nicht«, behauptete Madge entschieden.

»Mac kann ein ganzes Bataillon unter den Tisch saufen.« Ginny Greenbergs gedehnte Worte wurden von einem heftigen Kopfnicken begleitet. »Aber er würde niemals, wirklich niemals, das Whiskeyspiel zum Nachteil seiner Uniform betreiben.«

»Er würde das nie in dieser Form aussprechen, Major«, setzte Lillian hinzu, »aber für ihn ist das eine strengere Regel als jeder Eid, den er je abgelegt hat.«

»Aus zwei Gründen«, erklärte Ginny. »Er will seinem Rang bestimmt keine Schande machen, aber für ihn ist es ebenso wichtig, daß diese Scheißer ihn nicht wegen einer Sauftour auslachen können.«

»Sie sehen also«, sagte Madge auf dem Bohnensack, »Mac hat das nicht mit dem Lincoln Memorial gemacht, was die ihm anhängen wollen. Er würde das einfach nicht tun.«

Sams Blick wanderte zwischen den Frauen hin und her. Keine dieser ehemaligen Mrs. Hawkinses würde ihm helfen — keine würde auch nur ein negatives Wort über den Mann von sich geben.

Warum?

Er mühte sich höllisch ab, aus dem Bohnensack herauszukommen, und versuchte die Haltung eines Anwalts beim Kreuzverhör einzunehmen, die Haltung eines sehr sanften, liebenswürdigen Anwalts. Er ging langsam vor dem breiten Fenster auf und ab. Anne nahm auf dem Bohnensack Platz.

»Natürlich«, begann er lächelnd, »bringen mich diese Umstände hier, diese Versammlung, auf einige Fragen. Nicht daß Sie in irgendeiner Weise zur Antwort verpflichtet wären. Aber, ganz offen gestanden, ich verstehe das nicht. Lassen Sie mich erklären ...«

»Lassen Sie *mich* antworten«, unterbrach ihn Regina. »Sie können sich nicht zusammenreimen, weshalb Hawkins' Harem seinen Namensheiligen beschützt. Stimmt's?«

»Stimmt.«

»Als Sprecherin«, fuhr Ginny fort, nachdem sie von den anderen ein zustimmendes Nicken zur Kenntnis genommen hatte, »will ich mich ganz knapp ausdrücken und gleich zur Sache kommen. Mac Hawkins ist ein Klassemann — im Bett und außerhalb, und fangen Sie bloß nicht an, wegen des Betts irgendwelche Witze zu machen, weil das in den meisten Ehen nämlich nicht mit dabei ist. Man kann mit dem Hurensohn nicht leben, aber das ist nicht sein Fehler. Mac hat uns etwas gegeben, das wir nie vergessen werden, weil es jeden Tag bei uns ist. Er hat uns beigebracht, aus unserer Schale auszubrechen. Klingt ganz einfach, was? ›Aus einer Schale ausbrechen.‹ Aber, Süßer, das macht einen *frei*. ›Du bist dein eigenes verdammtes Inventar‹, sagte er immer. ›Es gibt gar nichts, was du tun *mußt*. Und nichts, was du nicht tun *darfst*. Setz einfach das ein, was du hast, dein Inventar, und arbeite wie der Teufel.‹ Natürlich sind nicht alle von uns der Ansicht, daß das ein heiliges Gesetz wäre. Aber er hat, weiß Gott, eine jede von uns dazu gebracht, sich verdammt viel Mühe zu geben. Er hat uns frei gemacht, ehe das chic war, und wir sind nicht schlecht dabei gefahren. Sehen Sie, und deshalb würde sich keine von uns weigern, alles zu tun, was Mac von ihr verlangt — wenn er plötzlich vor der Tür stünde. Kapiert?«

»Kapiert«, erwiderte Sam leise.

Das Telefon klingelte. Regina griff hinter sich nach dem französischen Apparat auf dem Marmortisch. Sie wandte sich zu Sam. »Für Sie.«

Sam wirkte ein wenig verblüfft. »Ich habe Ihre Nummer im Hotel hinterlassen, aber ich dachte nicht . . .« Er ging zu dem Tischchen und nahm den Hörer auf.

»*Was* hat er?« Alles Blut wich aus Sams Gesicht. Er lauschte wieder. »Herrgott! *Nein*, das kann nicht wahr sein!« Und dann fuhr er fort, mit der kraftlosen Stimme eines Menschen, der einen schweren Schock erlitten hat: »Ja, Sir. Doch, ich glaube Ihnen schon, daß er es getan hat ... Ich werde zum Hotel zurückfahren und auf Anweisungen warten. Falls Sie es nicht vorziehen, die Sache jemand anderem zu übergeben — meine Dienstzeit ist in einem Monat um. Ich verstehe. Höchstens fünf Tage, Sir.«

Er legte auf und wandte sich wieder Hawkins' Harem zu, jenen vier herrlichen Paaren von Milchdrüsen, die so einladend wirkten und doch jeder Beschreibung spotteten.

»Wir werden Sie nicht brauchen, meine Damen. Aber Mac Hawkins vielleicht.«

»Ich bin Ihr einziger Kontakt zu Sechzehnhundert, Major«, sagte der junge Leutnant, während er in dem luxuriösen Zimmer des Beverly Hills Hotels auf und ab ging und nach Sams Ansicht ziemlich kindisch wirkte. »Für Sie trage ich die Bezeichnung Lodestone. Keine Namen, bitte.«

»Leutnant Lodestone. Sechzehnhundert. Klingt nett«, meinte Devereaux und schenkte sich einen Bourbon ein.

»An Ihrer Stelle wäre ich etwas vorsichtiger mit dem Alkohol.«

»Warum gehen Sie nicht lieber nach China? An meiner Stelle, meine ich.«

»Sie haben einen langen, langen Flug vor sich.«

»Nicht, wenn *Sie* fliegen — dann nicht.«

»In gewisser Weise würde ich das ganz gern tun. Ist Ihnen eigentlich klar, daß es dort drüben siebenhundert Millionen potentielle Kunden gibt? Ich hätte wirklich große Lust, mir diesen Markt einmal aus nächster Nähe anzusehen. Was für eine Chance!«

Der Leutnant stand am Hotelfenster, die Hände hinter dem Rücken verschränkt.

»Dann *fliegen* Sie doch, um Himmels willen! Ich kann in zweiunddreißig Tagen aus diesem Disneyland aussteigen und würde liebend gern darauf verzichten, meine Uniform gegen eine Maojacke einzutauschen!«

»Das geht leider nicht, Sir. Sechzehnhundert braucht jetzt eine positive PR. Da ist sonst keiner mehr da. Ein paar von den Leuten geben in Dannemora ein Hausblättchen heraus — verdammt!« Der Leutnant wandte sich vom Fenster ab und ging an den Schreibtisch, auf dem ein halbes Dutzend Fotografien im Format fünf mal sieben Zoll lag. »Es ist alles hier, Major. Alles, was Sie brauchen. Ein wenig verschwommen, aber man sieht ganz deutlich die Marke! Jetzt kann er es wirklich nicht mehr leugnen.«

Sam sah sich die verschwommenen, aber definierbaren Telefotos aus Peking an. »Fast hätte er es geschafft, nicht wahr?«

»Eine Schande!« Der Leutnant zuckte beim Studium der Fotos zusammen. »Es gibt wirklich nichts mehr zu sagen.«

»Nur, daß er es beinahe geschafft hätte.« Sam ging zu einem Lehnsessel und ließ sich mit seinem Bourbon hineinfallen. Der Leutnant folgte ihm.

»Der leitende Ermittlungsbeamte des Generalinspekteurs in Saigon wird Ihnen seine Berichte direkt nach Tokio schicken. Nehmen Sie sie mit nach Peking. Da steckt eine Menge drin.« Der junge Offizier lächelte offenherzig. »Nur für den Fall, daß Sie noch einen Nagel für den Sarg brauchen.«

»Mann, Sie sind aber ein netter Bursche. Haben Sie je Ihren Vater kennengelernt?« Sam nahm einen großen Schluck von seinem Bourbon.

»Sie dürfen das nicht persönlich sehen, Major. Das ist eine objektive Operation, und wir haben den ganzen Input. Es gehört alles zu dem ...«

»Sagen Sie nicht noch einmal ...«

»... Spielplan.« Lodestone schluckte die Worte hinunter. »Tut mir leid. Und, jedenfalls — wenn Sie das bitte nicht persönlich betrachten würden — was wollen Sie denn noch mehr? Der Mann ist verrückt. Ein gefährlicher, egoistischer Verrückter, der sich auf heftigste Art in ganz friedliche Vorgänge eingemischt hat.«

»Ich bin Anwalt, Leutnant, kein Racheengel. Ihr Verrückter hat einige Beiträge für andere — Spielpläne — gemacht. Er hat eine Menge Leute in seiner Ecke. Ich bin heute Nachmittag acht — nein, *vieren* begegnet.« Sam sah sein Glas an. Wohin war der Bourbon verschwunden?

»Aber jetzt nicht mehr, ganz bestimmt nicht«, sagte der Offizier lapidar.

»Was hat er nicht?«

»Seine Anhängerschaft, falls er welche hatte, wird sich in Luft auflösen.«

»Anhängerschaft? Ist er Politiker?« Sam gelangte zu dem Schluß, daß er noch einen Schluck brauchte. Er konnte diesem Klugscheißer nicht mehr länger folgen. Warum sich also nicht gleich richtig betrinken?

»Er hat auf das Sternenbanner *gepinkelt*! So etwas geht doch nicht!«

»Hat er das tatsächlich hingekriegt?«

»Wir schicken Sie nach China«, fuhr Lodestone fort, ohne auf die Frage einzugehen, »und zwar auf dem schnellstmöglichen Weg, in einer Phantomdüsenmaschine über die Nordroute mit Zwischenlandungen in Juneau und auf den Aleuten, nach Tokio. Von dort per Nachschubschiff nach Peking. Ich habe sämtliche Papiere, die Sie brauchen, aus Washington mitgebracht.«

Devereaux murmelte in sein Bourbonglas: »Ich mag moo goo gai pan nicht, und ich hasse Frühlingsrollen ...«

»Darf ich vorschlagen, daß Sie sich etwas ausruhen, Sir? Es ist fast dreiundzwanzig Uhr, und wir müssen um vier Uhr zum Luftstützpunkt. Sie starten im Morgengrauen.«

»Ich wünschte, ich hätte das gesagt, Lodestone. Klingt hübsch. Fünf Stunden. Und Sie sind draußen im Korridor und nicht *hier* drinnen.«

»Sir?« Der junge Mann legte den Kopf zur Seite.

»Ich werde Ihnen jetzt einen Befehl erteilen. Gehen Sie weg. Ich will Sie nicht mehr sehen, bis Sie hereinkommen, um meine Namensetiketten anzunähen.«

»Was?«

»Hauen Sie ab!« Und dann fiel es Sam wieder ein, und

seine Augen — wenn sie auch schon etwas glasig waren, lachten. »Wissen Sie, was Sie sind, Leutnant? Ein Scheißer sind Sie. Ein richtiger, ehrlicher Scheißer. Jetzt weiß ich, was das bedeutet!«

Vier Stunden ... Er zerbrach sich den Kopf.
Den Versuch war es wert. Aber vorher brauchte er noch einen Drink.
Er schenkte sich noch einen Bourbon ein, ging an den Schreibtisch und lachte über die Telefotos aus Peking. Der Hurensohn hatte etwas an sich, daran gab es nichts zu deuten, aber er war nicht an den Schreibtisch getreten, um sich die Fotografien anzusehen. Er zog die Schublade heraus und entnahm ihr sein Notizbuch, blätterte darin, gab sich große Mühe, seine eigene Schrift zu entziffern. Dann ging er ans Telefon, das neben dem Bett stand, wählte die Neun und dann die Nummer, die auf der Seite stand.
»Hallo?« Die Stimme war weich wie Magnolien, und Sam konnte tatsächlich die Oleanderblüten riechen.
»Mrs. Greenberg? Hier spricht Sam Devereaux ...«
»Oh, wie *geht's*?« Reginas Begrüßung war eindeutig enthusiastisch. Sie versuchte gar nicht erst ihre Freude darüber zu verbergen, daß der Anrufer ein Mann war. »Wir haben uns alle gefragt, welche von uns Sie anrufen werden. Ich fühle mich wirklich geschmeichelt, Meedscher! Ich meine, schließlich bin ich ja so etwas wie eine ältere Staatsfrau. Ich bin richtig gerührt.«
Ihr Mann war vermutlich verreist, dachte Sam unter dem Eindruck des Bourbons und erwärmt von der Erinnerung an ihre herausfordernde, durchsichtige Bluse.
»Das ist sehr freundlich von Ihnen. Sehen Sie, ich werde nämlich in Kürze eine lange Reise antreten. Über Meere und Berge und noch mehr Berge und Inseln und ...« *Herrgott!* Er hatte sich gar nicht zurechtgelegt, wie er es formulieren würde. Er war nicht einmal sicher gewesen, daß er es schaffen würde, ihre Nummer zu wählen. Diese verdammten Whiskey-Fantasien! »Nun, es ist ge- ge-heim. Sehr ge-

heim. Aber ich werde mit Ihrem — Namensheiligen sprechen.«

»Aber natürlich, Süßer! Und natürlich hatten Sie gar keine Chance, all diese wichtigen Regierungsfragen zu stellen. Das verstehe ich, *wirklich*.«

»Nun, da sind einige Dinge hochgekommen, besonders eines ...«

»Ja, das tut es gewöhnlich. Ich glaube, ich sollte wirklich alles in meiner Macht Stehende tun, um der Regierung in dieser delikaten Lage zu helfen. Sie sind im Beverly Hills?«

»Ja, Ma'am. Zimmer achthundertzwanzig.«

»Augenblick.« Sie legte die Hand über die Sprechmuschel, aber Sam konnte sie rufen hören. »*Manny!* Da ist ein nationaler Notfall. Ich muß in die Stadt.«

5.

»Major! Major Devereaux! Sie haben den Hörer von der Gabel genommen. Das dürfen Sie unter keinen Umständen.«

Ein unablässiges, lächerlich lautes Klopfen begleitete Lodestones nasale Rufe.

»Was zum Teufel ist das?« fragte Regina Greenberg und stieß dabei Sam unter der Decke an. »Das klingt wie ein nicht geölter Kolben.«

Devereaux öffnete die Augen und blickte in den Abgrund eines Katers. »Das, liebe Schutzheilige von Tarzana, ist die Stimme der bösen Menschen. Sie kommen an die Oberfläche, wenn die Erde sich aufbäumt.«

»Weißt du, wie spät es ist? Um Himmels willen, ruf doch die Hotelpolizei an.«

»Nein«, sagte Sam und stieg widerstrebend aus dem Bett. »Wenn ich das tue, wird dieser Herr die Vereinigten Stabschefs anrufen. Ich glaube, die haben schreckliche Angst vor ihm. Sie sind nämlich nur berufsmäßige Killer, aber er ist in der Werbung.«

Und ehe Devereaux richtig klar sehen konnte, hatten ihn Hände angekleidet, hatten ihn Wagen gefahren, hatten ihn Männer angeschrien — und jetzt saß er angeschnallt in einem Phantom Jet der Luftwaffe.

Alle lächelten sie. Jedermann in China lächelte. Mehr mit den Lippen als mit den Augen, dachte Sam.

Am Flugplatz von Peking wurde er von einem amerikanischen Diplomatenfahrzeug abgeholt, eskortiert von zwei chinesischen Militärfahrzeugen und acht chinesischen Armeeoffizieren, und alle lächelten, selbst auch die Fahrzeuge.

Die zwei nervösen Amerikaner, die mit dem Diplomatenwagen kamen, waren Attachés und ängstlich darauf bedacht, zur Mission zurückzukehren. Keiner von beiden schien sich in Gegenwart der chinesischen Soldaten wohl zu fühlen.

Ebensowenig schienen sie Wert darauf zu legen, irgend etwas mit ihm zu besprechen, vom Wetter abgesehen, was aber aufgrund des bedeckten Himmels nur wenig Abwechslung brachte. Jedesmal, wenn Sam das Thema MacKenzie Hawkins anschnitt — warum auch nicht? Schließlich hatte er sich auf *ihrem* Dach erleichtert — wurden ihre Münder schmal, und sie schüttelten die Köpfe. Ein kurzes Zucken zur Seite, und dann deuteten sie mit den Fingern auf verschiedene Stellen im Wagen unterhalb der Fenster. Und lachten — über nichts.

Schließlich begriff Devereaux, daß das Diplomatenfahrzeug ihrer Meinung nach mit Wanzen ausgestattet war. Also lachte Sam auch. Über nichts.

Wenn das Automobil *wirklich* mit elektronischen Abhörgeräten versehen war und wenn sie von jemandem *wirklich* belauscht wurden, dachte Devereaux, so beschwor jene Person jetzt wahrscheinlich das Bild von drei erwachsenen Männern herauf, die sich gegenseitig schmutzige Comics reichten.

Und wenn ihm die Fahrt vom Flughafen seltsam vorkam,

dann war sein halbstündiges Gespräch mit dem Botschafter in der diplomatischen Mission am Platz der Glorreichen Blumen geradezu lächerlich.

Er wurde von seinen kichernden Begleitern in das Gebäude komplimentiert, feierlich von einigen Amerikanern mit ernsten Gesichtern begrüßt, die sich wie Zuschauer in einem zoologischen Laboratorium im Korridor versammelt hatten — ein wenig besorgt um ihre Sicherheit, aber von dem neuen Tier fasziniert, das man zur Beobachtung hereinführte — und schnell durch einen Korridor zu einer großen Tür geschoben, die offensichtlich den Eingang zum Büro des Botschafters bildete. Drinnen angelangt, begrüßte ihn der Botschafter, indem er ihm schnell die Hand schüttelte und gleichzeitig zwei Finger der anderen an seinen leicht zitternden Schnurrbart hielt. Einer der Begleiter zog einen kleinen Gegenstand aus Metall, etwa so groß wie ein Päckchen Zigaretten, aus der Tasche und begann damit über die Fenster zu fahren, als wollte er die Glasscheiben segnen. Der Botschafter beobachtete den Mann bei seiner seltsamen Tätigkeit.

»Ich bin nicht sicher«, flüsterte der Attaché.

»Warum nicht?« fragte der Diplomat.

»Die Nadel hat sich ein wenig bewegt, aber das könnten die Lautsprecher auf dem Platz sein.«

»Verdammt! Wir brauchen bessere Taster. Schicken Sie ein verschlüsseltes Memo nach Washington.« Der Botschafter griff nach Sams Ellbogen und führte ihn zur Tür. »Kommen Sie mit, General.«

»Ich bin Major.«

»Das ist nett.«

Der Botschafter schob Sam aus dem Büro, über den Korridor, zu einer anderen Tür, die er öffnete, und stieg dann vor Devereaux einige Steinstufen hinunter in einen großen Kellerraum. An der Wand hing eine einzelne Glühbirne, die der Botschafter jetzt anknipste. Dann führte er Sam an mehreren Holzkisten vorbei zu einer weiteren Tür, die kaum sichtbar in die Wand eingelassen war. Sie war ungewöhnlich schwer, und der Diplomat mußte sich mit dem Fuß gegen die Betonwand stützen, um sie aufzuziehen. Dahinter lag ein begehbarer Kühlschrank, der seinem eigentlichen Zweck schon lange nicht mehr diente und jetzt als Weinkeller benutzt wurde.

Der Botschafter trat ein und riß ein Streichholz an. Auf einem der Regale stand eine halb heruntergebrannte Kerze. Der Botschafter hielt die Flamme an den Docht, und das Licht schwoll flackernd an und tanzte über Wände und Regale. Der Wein war nicht der beste, wie Devereaux feststellte.

Der Botschafter griff nach Sams Arm, zerrte ihn in die Mitte des kleinen Raums und zog dann die schwere Tür zu — aber nicht ganz.

Mit schmalen, aristokratischen Zügen, die durch die flackernde Kerzenflamme betont wurden, lächelte der Botschafter, um Nachsicht bittend. »Vielleicht kommen wir Ihnen leicht paranoid vor, aber das ist ganz bestimmt nicht der Fall, das kann ich Ihnen versichern.«

»O nein, Sir. Hier ist es sehr gemütlich. Und still.«

Sam versuchte, das Lächeln des Botschafters zu erwidern. Und erhielt in den nächsten dreißig Minuten seine letzten Instruktionen von seiner Regierung. Es war ein passender Platz, um sie entgegenzunehmen — tief im Untergrund, umgeben von Erde, in der Würmer wohnten, die nie das Licht des Tages erblickten.

Bewaffnet mit seinem Aktenkoffer und nicht einmal einem letzten Rest seines Mutes schritt Devereaux durch die breite Stahltür der Mission nach draußen, um dort von einem chinesischen Offizier begrüßt zu werden, der ihm vom Ende des Weges her zuwinkte. Sam sah jetzt zum erstenmal die Anzeichen der Zerstörung — große Holzsplitter, ein paar Winkeleisen, die über den Rasen verstreut lagen.

Der Offizier stand außerhalb des Missionsgeländes und grinste ein ausdrucksloses Grinsen. »Mein Name ist Lin Shoo, Major Deveroxx. Ich werde Sie zu Generalleutnant

Hawkins geleiten. Dort steht mein Wagen. Wenn ich Sie bitten dürfte ...«

Sam kletterte auf den Rücksitz des Militärwagens und lehnte sich nach hinten, den Aktenkoffer auf den Knien. Im Gegensatz zu dem nervösen Amerikaner hatte Lin Shoo keinerlei Hemmungen zu reden. Das Gespräch drehte sich sehr bald um MacKenzie Hawkins.

»Ein höchst reizbares Individuum, Major Deveroxx«, sagte der Chinese und schüttelte den Kopf. »Er ist von Drachen besessen.«

»Hat jemand versucht, vernünftig mit ihm zu reden?«

»Ich selbst. Mit großer, bezaubernder Überzeugungskraft.«

»Aber nicht mit großem oder bezauberndem Erfolg, nehme ich an.«

»Was kann ich Ihnen sagen? Er hat mich angegriffen. Das war sehr ungehörig.«

»Und *deshalb* wollen Sie einen richtigen Prozeß inszenieren? Der Botschafter sagte, Sie seien in diesem Punkt unnachgiebig. Ein Prozeß oder eine Menge Hazzerei.«

»Hazzerei?«

»Das ist ein jüdisches Wort, und es bedeutet Ärger.«

»Sie sehen aber nicht jüdisch aus ...«

»Was ist mit diesem Prozeß?« unterbrach ihn Sam. »Konzentriert sich die Anklage auf Körperverletzung?«

»O nein. Das wäre — philosophisch betrachtet — nicht konsequent. Wir Menschen erwarten, *physisch* zu leiden. Mühsal und Leid bewirken Kraft.« Lin Shoo lächelte. Devereaux wußte nicht, warum. »Der General wird wegen seiner Verbrechen gegen das Mutterland vor Gericht gestellt werden.«

»Also eine Erweiterung der ursprünglichen Anklage«, sagte Sam ruhig.

»Aber viel komplizierter«, erwiderte Lin Shoo, und sein Lächeln verblaßte zu resignierter Enttäuschung. »Willkürliche Zerstörung von nationalen Heiligtümern — nicht unähnlich Ihrem Linkolon-Denkmal. Einmal ist er ja, wie

Sie wissen, entkommen. Er fuhr mit einem gestohlenen Lastwagen gegen die Standbilder auf dem Son-Tai-Platz. Die Anklage lautet jetzt auf Beschädigung ehrwürdiger Kunstwerke. Die Statue, gegen die er prallte, ist nach Entwürfen der Frau des Vorsitzenden aus dem Stein gehauen worden, und dafür gibt es kein Gegenargument hinsichtlich Drogeneinfluß. Zu viele diplomatische Leute haben ihn gesehen. Er hat auf dem Son-Tai-Platz einen Riesenlärm gemacht.«

»Er wird mildernde Umstände in Anspruch nehmen.« Ein Versuch kann niemals schaden, dachte Devereaux.

»Ebenso wie bei Körperverletzung gibt es so etwas nicht.«

»Ich verstehe«, log Sam. Es hatte wenig Sinn, diesen Punkt weiterzuverfolgen. »Was könnte er denn bekommen?«

»Warum sollte er etwas bekommen? Er soll doch bestraft werden!«

»Ich meine seine Gefängnisstrafe. Wie lange muß er sitzen?«

»Etwa viertausendsiebenhundertundfünfzig Jahre.«

»*Was?* Ebensogut könnten Sie ihn hinrichten!«

»Das Leben ist für die Söhne und Töchter des Mutterlandes wertvoll. Jedes Lebewesen ist dazu fähig, seinen Beitrag zu leisten. Selbst ein bösartiger Verbrecher wie Ihr verrückter imperialistischer General. Er könnte noch viele produktive Jahre in der Mongolei verbringen.«

»Augenblick mal!« Devereaux drehte sich abrupt in seinem Sitz herum und sah Lin Shoo geradewegs in die Augen. Er war nicht sicher, aber er glaubte ein metallisches Klicken auf dem Vordersitz zu hören. Es klang so ähnlich, als würde der Sicherungshebel einer Pistole umgelegt.

Er beschloß, nicht daran zu denken. Das war besser so. Er wandte seine Aufmerksamkeit wieder Lin Shoo zu.

»Das ist doch *verrückt*! Sie wissen ganz genau, wie dumm das ist! Wovon, zum Teufel, reden Sie eigentlich? Viertausend – *Mongolei?*« Der Aktenkoffer fiel von seinen Knien. Er hörte wieder das metallische Klicken. »Ich meine, wollen wir doch vernünftig sein ...« Devereaux' Wortschwall versiegte. Er hob den Lederkoffer auf.

»Das sind die legitimen Strafen für solche Verbrechen«, sagte Lin Shoo. »Keine ausländische Regierung hat das Recht, die innere Disziplin ihrer Gastnation zu beeinflussen. Das ist unvorstellbar. Aber in diesem speziellen Fall wäre das vielleicht nicht völlig unvernünftig.«

Sam wartete eine Weile, ehe er weitersprach. Er beobachtete, wie sich Lin Shoos finstere Miene langsam, ganz langsam in sein vorheriges höfliches, humorloses Lächeln zurückverwandelte. »Entdecke ich hier die Anfänge einer außergerichtlichen Einigung?«

»Wieso außergerichtlich?«

»Sprechen wir über einen Kompromiß?«

Jetzt gestattete Lin Shoo seinem finsteren Blick, völlig zu verschwinden. Sein Lächeln kam echter Freundlichkeit so nahe, wie Devereaux sich das vorstellen konnte. »Bitte, ja. Ein Kompromiß wäre belehrend. Auch in einer Belehrung liegt Stärke.«

»Und vielleicht etwas weniger als viertausend Jahre in der Mongolei?«

»Es gibt da gewisse Möglichkeiten. Falls Sie Erfolg haben sollten, wo andere ihn nicht hatten. Schließlich könnte ein Kompromiß uns beiden Vorteile bringen.«

»Ich hoffe, Sie wissen, wie recht Sie haben. Hawkins ist ein Nationalheld.«

»Das war Ihr Speeroo Agaroo auch, Major. Ihr Präsident hat das selbst gesagt.«

»Was können Sie anbieten? Verzichten Sie auf den Prozeß?«

Lin Shoo ließ sein Lächeln ersterben. Zu plötzlich, wie Sam fand.

»Das können wir nicht tun. Die Verhandlung ist angekündigt worden. Zu viele Leute in der internationalen Gemeinschaft wissen davon.«

»Wollen Sie Ihr Gesicht wahren, oder wollen Sie Rohöl verkaufen?« Devereaux lehnte sich zurück, denn es war ja der chinesische Offizier, der einen Kompromiß erreichen wollte.

»Ein wenig von beidem — das wäre ein Kompromiß, oder nicht?«

»Was ist für Sie ein wenig? Für den Fall, daß es mir gelingt, Hawkins zur Vernunft zu bringen.«

»Eine Verringerung der Strafe könnte in Betracht gezogen werden.« Lin Shoos Lächeln kehrte zurück.

»Von viertausend auf zweitausendfünfhundert Jahre?« fragte Devereaux. »Sie sind so großherzig. Fangen wir doch mit einer Bewährung an. Ich verzichte auf einen Freispruch.«

»Wieso Bewährung?«

»Erkläre ich Ihnen später — es wird Ihnen gefallen. Geben Sie mir einen echten Anreiz, Hawkins zu bearbeiten.« Sam strich über den Griff seines Aktenkoffers und klopfte mit den Fingernägeln auf das Leder. Das war eine alberne Angewohnheit, die gewöhnlich die Konzentration des Gegners störte und manchmal zu übereilten Konzessionen führte.

»Ein chinesischer Prozeß kann viele Formen annehmen. Lang, prunkvoll und sehr rituell. Oder sehr kurz, schnell und unauffällig. Drei Monate oder drei Stunden. Ich kann vielleicht letzteres erreichen ...«

»Das *und* die Bewährung, und ich bin einverstanden«, sagte Sam schnell. »Das ist für mich Anreiz genug, um wirklich hart zu arbeiten. Der Handel gilt.«

»Diese Bewährung ... Sie werden das im juristischen Sinn erklären.«

»Im Grunde genommen wahren Sie nicht nur Ihr Gesicht und verkaufen Rohöl, sondern Sie können auch demonstrieren, wie hart Sie sind, und *trotzdem* Helden vor der Weltpresse sein. Alles auf einmal. Was könnte besser sein?«

Lin Shoo lächelte. Devereaux fragte sich kurz, ob hinter jenem Lächeln nicht mehr Verständnis steckte, als der Chinese ihm zeigen wollte. Dann verwarf er den Gedanken. Lin Shoo lenkte ihn ab, indem er eine Frage stellte und sie selbst beantwortete, ehe Sam etwas sagen konnte.

»Was besser sein könnte? Wenn General Hawkins nicht in China wäre, ja. *Das* wäre besser.«

»Was für ein Zufall! Das ist nämlich ein belangloser Teil einer Strafe, die auf Bewährung ausgesetzt ist.«

»Wirklich?« Lin Shoo blickte starr nach vorn.

»Mit Ihnen komme ich klar«, sagte Sam fast nachdenklich. »Jetzt muß ich mich nur noch um die andere Seite kümmern.«

6.

Man konnte die Zelle deutlich durch die einseitige verspiegelte Glasscheibe sehen, die sich in der schweren Stahltür befand. Es gab da ein Bett im westlichen Stil, einen Schreibtisch, in die Decke eingelassene Beleuchtungskörper, eine Schreibtischlampe, eine Nachttischbeleuchtung und einen großen Teppich auf dem Boden. In der rechten Wand führte eine offene Tür in ein kleines Badezimmer, links war ein Kleiderhaken an der Wand befestigt. Das Zimmer war höchstens zehn mal zwölf Fuß groß, aber, wenn man alles in Betracht zog, wesentlich großzügiger, als Sam es erwartet hatte.

Das einzige, was fehlte, war MacKenzie Hawkins.

»Sie sehen, wie wir um ihn bemüht sind«, sagte Lin Shoo, »wie gut die Unterkunft des Generals ausgestattet ist.«

»Ich bin beeindruckt«, erwiderte Devereaux. »Nur daß ich den General nicht sehe.«

»Oh, er ist anwesend.« Der Chinese lächelte und sprach mit leiser Stimme weiter. »Er vergnügt sich gern mit kleinen Spielchen. Er hört die Schritte und verbirgt sich auf der anderen Seite der Tür. Zweimal waren die Wachen beunruhigt und drangen unbedacht ein. Zum Glück waren es mehrere Leute, und deshalb konnten sie den General überwältigen, trotz seiner beträchtlichen Körperkräfte. Jetzt sind alle Wachschichten informiert. Seine Mahlzeiten werden ihm durch einen Schlitz übergeben.«

»Er versucht es immer noch ...« Sam schmunzelte. »Er ist wirklich einmalig.«

»Er ist vieles«, fügte Lin Shoo rätselhaft hinzu, während er zu einer vergitterten, kreisförmigen Öffnung unter der Glasscheibe ging und auf einen roten Knopf drückte. »General Hawkins? Bitte, General, zeigen Sie sich. Ich bin es, Ihr guter, großzügiger Freund Lin Shoo. Ich weiß, daß Sie neben der Tür stehen, General.«

»Steck dir's in den Hintern, Schlitzauge!«

Lin Shoo ließ den Knopf los und wandte sich zu Devereaux. »Er ist nicht immer gerade der Inbegriff von Höflichkeit.« Dann wandte er sich wieder der Sprechanlage zu und drückte noch einmal auf den Knopf. »Bitte, General, ich werde von einem Ihrer Landsmänner begleitet, von einem Vertreter Ihrer Regierung. Von den bewaffneten Streitkräften Ihrer Nation.«

»Sie sollten sich besser ihre verdammte Handtasche ansehen. Oder vielleicht hat sie es unter dem Rock! Ihr Lippenstift könnte eine Bombe sein!« schrie der unsichtbare General.

Lin Shoo wandte sich verstört Devereaux zu. Sam schob den Chinesen sachte weg, drückte selbst auf den Knopf und brüllte in den Lautsprecher: »Schluß jetzt, du Hühnerficker! Ich will jetzt diesen haarigen Arsch sehen, den du als Gesicht bezeichnest, sonst schieb ich diesen Scheißlippenstift durch deinen Freßschlitz! Ich mach dich zur Sau, du elender Hurensohn! Übrigens, Regina Greenberg läßt grüßen.«

Langsam tauchte MacKenzie Hawkins' mächtiger Schädel hinter der Glasscheibe auf, schob sich von der Seite her ins Blickfeld — riesig, kurzgeschoren, lederhäutig. Macs Gesicht wirkte völlig verwirrt. Eine halb zerkaute Zigarre hing ihm zwischen den Zähnen, unter geweiteten, blutunterlaufenen Augen, die ungläubige Neugier verrieten.

»Was sagen Sie?« Lin Shoos Lippen, die er sonst immer unter Kontrolle hatte, waren in maßlosem Erstaunen geöffnet.

»Das ist ein hochgradig geheimer Militärcode«, erklärte Devereaux. »Wir benutzen ihn nur unter außergewöhnlichen Umständen.«

»Ich will nicht weiter auf die Angelegenheit eingehen – das wäre unhöflich. Wenn Sie den Hebel neben der Scheibe herunterziehen, kann General Hawkins Sie sehen. Wenn Sie das Gefühl haben, daß das zweckmäßig wäre, lasse ich Sie hinein. Aber ich möchte bitte draußen bleiben.«

Sam betätigte den kleinen Hebel neben der Scheibe. Ein Klicken war zu hören. Das große Gesicht mit den zusammengekniffenen Augen reagierte sofort feindselig. Devereaux hatte das Gefühl, daß Hawkins etwas hochgradig Obszönes, aber völlig Unwichtiges sah. – Sam, den militärischen Unfall.

Devereaux nickte Lin Shoo zu. Der Chinese griff mit beiden Händen zu, als wollte er mit der einen ziehen und mit der anderen stoßen, und sperrte die Tür auf. Die schwere Stahlscheibe öffnete sich. Sam trat ein.

Er lief direkt in eine riesige Faust hinein, die auf ihn zuraste, auf unmittelbarem Kollisionskurs mit seinem linken Auge. Dann kam der Aufprall – der Raum, die Welt, die ganze Milchstraße gerieten aus der Bahn, und hunderttausend weiße Lichtpunkte tanzten um ihn.

Sam spürte das feuchte Tuch über seinem Gesicht, ehe er den Schmerz in seinem Schädel wahrnahm, besonders in seinem Auge, und er fand, daß das seltsam wäre. Er griff nach oben, zog das Tuch weg und blinzelte. Zuerst sah er nur eine weiße Decke. Die Glühbirne in der Mitte tat ihm weh, besonders im linken Auge. Er begriff, daß er auf einem Bett lag, und so rollte er sich zur Seite. Und da erinnerte er sich an alles.

Hawkins saß am Schreibtisch, der mit Papieren und Fotografien übersät war. Der General blätterte in einigen zusammengehefteten Papieren.

Devereaux brauchte seinen schmerzenden Schädel gar nicht zu bewegen, um zu wissen, daß sein Aktenkoffer irgendwo in der Nähe stand und geöffnet worden war. Trotzdem tat er es und sah ihn zu Hawkins Füßen, offen und umgekippt. Leer. Der Inhalt lag vor dem General.

Sam räusperte sich. Es fiel ihm nichts anderes ein. Hawkins drehte sich um. Sein Blick war alles andere als angenehm. Irgendwie fehlte jenes Band der Waffenbrüderschaft, das unter Männern in ihrer Lage eigentlich normal gewesen wäre.

»Ihr kleinen Scheißer habt euch ja mächtig Mühe gegeben, was?«

Mühsam schwang Devereaux die Beine über die Bettkante und griff sich an das linke Auge. Er berührte es vorsichtig, besonders, weil er auf dem Auge kaum sehen konnte. »Mag sein, daß ich ein Scheißer bin, aber so klein bin ich nicht, wie ich Ihnen eines Tages zu beweisen hoffe. Herrgott, tut das weh!«

»*Sie* wollen etwas beweisen?« Hawkins wies auf die Papiere und gestattete sich die Andeutung eines zynischen Grinsens. »Mir? Mit dem, was Sie über mich *wissen*? Sie haben vielleicht Nerven, Junge, das muß man Ihnen lassen.«

»Das ist genauso vorsintflutlich wie Sie selbst«, murmelte Sam und erhob sich. Unsicher stand er auf den Beinen. »Macht Ihnen der Lesestoff Spaß?«

»Das sieht ja so aus, als wollten die wieder einen Film über mich machen.«

»Firma Leavenworth. Ein Film aus der Gefängniswäscherei. Sie sind reif für die Klapsmühle.« Devereaux wies auf die Decke, die Hawkins über die Tür mit dem Fenster gehängt hatte. »Ist das schlau?« Er wies auf die Decke.

»Jedenfalls nicht dumm. Das verwirrt die Leute. Der orientalische Verstand hat zwei ausgeprägte Druckpunkte — Verwirrung und Peinlichkeit.« Hawkins sah dem anderen geradewegs in die Augen.

Diese Bemerkung verblüffte Sam. Vielleicht war es Hawkins' Wortwahl, vielleicht auch die stille Intelligenz, die aus seiner Stimme sprach. Jedenfalls hatte er damit nicht gerechnet. »Ich meine, es ist ziemlich nutzlos. Der Raum ist natürlich verwanzt. Verwanzt, zum Teufel! Die brauchen schließlich nur auf einen roten Knopf zu drücken und können alles hören, was wir sagen.«

»Falsch, Soldat«, entgegnete der General und stand. »Falls Sie ein Soldat *sind* und nicht ein verdammter Sesselwärmer! Kommen Sie her!« Hawkins ging auf die Decke zu und klappte zuerst die rechte Ecke und dann die linke Ecke zurück. An beiden Stellen waren kaum sichtbare Löcher in der Wand zu erkennen, die er mit feuchtem Toilettenpapier verstopft hatte. Hawkins ließ die Decke wieder herunterfallen und wies auf sechs weitere Toilettenpapierpfropfen, zwei an jeder Wand, oben und unten. Dann grinste er sein ledernes Grinsen. »Ich habe mir diese Scheißzelle Zoll für Zoll angesehen. Ich habe jedes Mikro blockiert. Sonst gibt es keine. Natürlich habe ich sie vorher nicht angerührt. Sehen Sie, wie sorgfältig diese verdammten Affen vorgegangen sind? Die haben sogar eines über dem Kopfkissen, für den Fall, daß ich im Schlaf geredet hätte. Das war am schwierigsten zu entdecken.«

Sam nickte etwas widerstrebend. Dann dachte er an das Offensichtliche. »Wenn Sie wirklich *jede* Wanze ausgeschaltet haben, dann werden die hereingerannt kommen und uns woandershin bringen. Das sollte Ihnen klar sein.«

»Und Sie sollten etwas gründlicher nachdenken. Eine elektronische Überwachung auf engem Raum ist immer mit einer einzelnen Einheit verbunden. Zuerst werden die denken, sie hätten einen Kurzschluß in der Einheit. Und die brauchen bestimmt eine Stunde, bis sie den ausfindig machen — wenn sie nicht die Wände einreißen müssen und es mit Sensoren schaffen. Das wird sie verwirren. Und wenn sie dann den Kurzschluß abgehakt haben, werden sie denken, daß *ich* die Mikrofone verstopft habe. Das wird ihnen peinlich sein. Verwirrung und Peinlichkeit, die Druckpunkte. Eine weitere Stunde brauchen sie dann, bis sie sich ausgedacht haben, wie sie uns in eine andere Zelle schaffen können, ohne zuzugeben, daß sie sich geirrt haben. Wir haben mindestens zwei Stunden Zeit. Sie sollten diese Zeit nützen und mir ein paar hübsche Erklärungen liefern.«

Devereaux hatte das deutliche Gefühl, daß es in der Tat besser wäre, wenn er ein paar hübsche Erklärungen liefern könnte. Hawkins war ein ausgekochter Profi, und Sam hielt gar nichts von einer Konfrontation. Ganz sicher nicht im physischen Sinn noch, wie er zu argwöhnen begann, im geistigen.

»Wollen Sie denn nicht hören, wie es Regina Greenberg geht?«

»Ich habe Ihre Notizen gelesen. Sie haben eine lausige Schrift.«

»Ich bin Rechtsanwalt. Alle Anwälte haben eine lausige Schrift. Das gehört zu unserem Prüfungsschema. Außerdem hatte ich auch nicht vor, die Notizen abtippen zu lassen.«

»Das will ich hoffen«, erwiderte Hawkins. »Außerdem haben Sie schmutzige Gedanken.«

»Und Sie haben einen verdammt guten Geschmack.«

»Ich diskutiere nicht über ehemalige Ehefrauen.«

»Die haben über *Sie* diskutiert«, konterte Sam.

»Ich kenne die Mädchen. Von denen haben Sie nichts gekriegt, was Sie brauchen könnten. Nicht von den Mädchen, ganz bestimmt nicht. Und was Sie sonst haben, geht mich nichts an.«

»Entdecke ich da einen moralischen Standpunkt?«

»Auf meine eigene primitive Art habe ich auch Klasse, Junge.« Hawkins wies auf den Schreibtisch. Sein Arm, die Hand und der ausgestreckte Finger waren wie erstarrt. »Und jetzt fangen Sie an, das Zeug da zu erklären.«

»Was gibt es da zu erklären? Sie haben es doch gelesen. Muß ich Ihnen da noch erklären, daß das einen absolut niet- und nagelfesten Fall von *persona non grata* auf der einen Seite und eine ziemliche Peinlichkeit auf der anderen darstellt? Falls ich das tun muß, habe ich es gerade getan.« Devereaux griff sich ans Auge. Es tat scheußlich weh. Deshalb nahm er wieder auf dem Bett Platz.

»Dieses Zeug in Indochina«, knurrte Hawkins, ging zum

Schreibtisch und griff nach den zusammegehefteten Blättern, »das ist so geschrieben, als hätte ich für diese Scheißasiaten gearbeitet!«

»Soweit würde ich nicht gehen«, erwiderte Sam. »Es wirft nur gewisse Fragen hinsichtlich Ihrer Methoden ...«

»Es geht zu weit, Junge!« unterbrach ihn der General. »Entweder habe ich für Sie gearbeitet oder für *beide* Seiten, oder ich habe die Hälfte aller Schmiergelder in Südostasien eingesteckt! *Oder* ich war so blöd, daß ich überhaupt nicht wußte, was ich tat!«

»*Ah!*« tönte Sam in einem falschen Tremolo. »Jetzt beginnen wir zu begreifen, sagte Alice zu Cock Robin. Ein Militärmann — echtes Militär, mit zwei Kongreßmedaillen — ist nicht gerade ein Typ, bei dem man darauf wetten würde, daß er ein Verräter ist. Aber all die Kämpfe, all der Lärm und das Hin- und Herhuschen hinter den Linien, die Gefangennahme, die Folter und die primitiven Mittel des Überlebens — die kumulative Wirkung von *all dem* würde ganz bestimmt ausreichen, um besagten Helden ins Land des Lächelns ausflippen zu lassen. Sehr traurig, aber es gibt Grenzen für das, was die menschliche Psyche ertragen kann.«

»Pferdekacke!« brüllte Hawkins. »Mein Kopf ist ein gutes Stück fester aufgeschraubt als die Birnen von diesen Scheißern, die all diesen Mist gemacht haben!«

»Zwei Punkte für den General«, sagte der Major und machte mit den Fingern das V-Zeichen. »Hiermit erkläre ich für die Akten, daß das Haupt des Generals besser festgeschraubt ist als alle Köpfe von Sechzehnhundert. Und, wie ich vielleicht hinzufügen darf, der General steckt ganz schön in der Scheiße.«

»Was soll das jetzt wieder heißen, Junge?«

»Ach, hören Sie doch auf, Hawkins! Sie sind erledigt. Ich weiß auch nicht, wie und weshalb es dazu kam. Ich weiß nur, daß Sie zum dümmsten Augenblick, den man sich denken kann, am falschen Platz standen. Sie haben zuviel Lärm gemacht, und Sie sind *ersetzbar*! Nicht nur ersetzbar, sondern verdammt überflüssig, und Sechzehnhundert wird Sie fallenlassen. Sie sind sogar ein *Exempel*!«

»Wiederum Pferdekacke! Warten Sie, bis das Pentagon Wind davon bekommt!«

»Das haben die — der Wind bläst ihnen die Nasen voll. Die Bonzen stoßen gegeneinander und rennen alle in die Duftfabrik. Sie existieren nicht, General! Höchstens in einer fehlgeleiteten Erinnerung.« Sam stand vom Bett auf. Der Schmerz in seinem Auge hatte sich inzwischen in seinem ganzen Schädel ausgebreitet.

»Das können Sie nicht verkaufen, und ich will es nicht kaufen«, erwiderte Hawkins abweisend. Aber seine Stimme ließ erkennen, daß sein Selbstvertrauen etwas geschrumpft war. »Ich habe Freunde. Ich habe eine Laufbahnakte, die sich wie ein Anwerbungsplakat liest. Verdammt noch mal, Soldat, ich bin General und bin ganz von unten aufgestiegen — aus dem beschissenen Schlamm in Belgien! Die werden mich nicht so behandeln!«

»Ich bin kein Soldat. Ich bin Rechtsanwalt, und ich sage Ihnen, daß man Sie abgeschrieben hat. Diese Teleaufnahmen von Ihren Freunden in Peking haben Ihnen den Rest gegeben. Sie haben durchgedreht und sind erledigt.«

»Das müssen die erst beweisen!«

»Das können sie auch. Mir hat man den Beweis vor etwa einer Stunde in einem pechschwarzen Keller übergeben. Ein Verrückter mit einer Kerze in der Hand hat das getan. Ein sehr solider Bürger. Sie sitzen schwer in der Tinte, General.«

Hawkins kniff die Augen zusammen und nahm die zerkaute, nicht angezündete Zigarre aus dem Mund. »Wie haben sie das geschafft?«

»›Mit Hilfe ärztlicher Akten.‹ Das ist das Beweismaterial. Psychiatrisch und physisch. ›Streßkollaps‹ ist nur der Anfang. Das Verteidigungsministerium wird eine Erklärung abgeben, die im wesentlichen besagen wird, man habe Sie bewußt in eine mehrdeutige Situation gebracht, um sich ein Bild von der Entwicklung machen zu können. ›Schizoide

Progression‹ nennt man das, glaube ich, widersprüchliche Ziele, so wie die Sache in Indochina. Außerdem lassen diese Bilder von Ihnen, wie Sie auf das Dach der Mission pinkeln, sehr komplizierte psychiatrische Erklärungen zu.«

»Ich habe eine *bessere*. Ich war verdammt zornig. Warten Sie, bis ich meine Version liefere!«

»Sie werden keine Chance bekommen, die vorzutragen. Wenn es darauf ankommt, ist der Präsident bereit, vor die Fernsehkameras zu treten, Ihre Vergangenheit zu loben, Ihre augenblicklichen medizinischen Akten zu veröffentlichen — mit herzzerreißendem Widerstreben natürlich — und das Land zu bitten, für Sie zu beten.«

»Dazu wird es nicht kommen.« Der General schüttelte zuversichtlich den Kopf. »Einem Präsidenten glaubt heutzutage kein Mensch mehr.«

»Vielleicht nicht, aber er hat eine Menge Knöpfe, auf die er drücken kann. Vielleicht nicht die seinen, aber genügend andere. Man wird Sie in einen Nike-Silo schnallen, wenn er das will.« Sam sah, daß in der kleinen Kammer, in der die Toilette untergebracht war, ein Metallspiegel an der Wand hing. Er ging auf die Tür zu.

»Aber weshalb sollte er das *tun*? Weshalb sollte irgend jemand so etwas zulassen?« Die Zigarre hing jetzt schlaff in Hawkins' Hand.

Devereaux sah sich Umfang und Farbton seines Veilchens über dem linken Auge an. »Weil wir Öl brauchen«, erwiderte er.

»Hm?« Hawkins ließ die Zigarre auf den Teppich fallen. Dann trat er, offensichtlich ohne darüber nachzudenken, darauf und zermalmte sie. »Öl?«

»Das ist zu kompliziert.« Sam betastete das empfindliche Fleisch rings um sein Auge. Er hatte seit über fünfzehn Jahren kein blaues Auge mehr gehabt und fragte sich, wie lange es wohl dauern würde, bis die Schwellung zurückging. »Nehmen Sie die Situation einfach so, wie sie ist, und machen Sie das beste Geschäft, das Sie herausschlagen können. Eine große Wahl haben Sie nicht.«

»Sie meinen, ich soll mich einfach hinlegen und nehmen, was mir geboten wird?«

Devereaux kam aus der Toilette, blieb stehen und seufzte. »Ich würde sagen, unser unmittelbares Ziel besteht darin, zu verhindern, daß Sie in die Mongolei geschickt werden. Auf etwa viertausend Jahre. Wenn Sie mitmachen, kriege ich das vielleicht hin.«

»Heißt das, daß Sie mich aus China rausholen können?«

»Ja.«

»Und ich muß mit diesen Scheißchinesen *und* Washington zusammenarbeiten?« Hawkins hatte die Augen zu schmalen Schlitzen zusammengezogen.

»Allerdings. Bis zum bitteren Ende.«

»Muß ich aus der Army austreten?«

»Hat doch keinen Sinn, wenn Sie drinbleiben. Oder?«

»Verdammter Mist!«

»Ich bin ganz Ihrer Meinung. Aber was haben Sie denn von der Army? Die Welt ist groß. An Ihrer Stelle würde ich sie genießen.«

Hawkins ging in zornigem Schweigen zum Schreibtisch zurück. Er nahm eines der Fotos, zuckte mit den Schultern und ließ es fallen. Dann griff er in die Tasche, um eine frische Zigarre herauszuholen. »Verdammt, Junge, jetzt denken Sie schon wieder nicht nach! Mag sein, daß Sie Rechtsanwalt sind, aber wie Sie ja selbst sagen, Soldat sind Sie keiner. Ein Feldkommandant saugt eine feindliche Patrouille auf, er füttert sie nicht, er macht sie nieder. Niemand wird zulassen, daß ich Spaß daran habe. Die werden mich in diesen Nike-Silo stecken, den Sie erwähnt haben. Um mich am Reden zu hindern.«

Devereaux atmete langsam aus. »Es besteht eine schwache Möglichkeit, daß ich einen Schild errichten kann, der für alle Betroffenen akzeptabel ist. Nachdem Sie *hier* drüben den ganzen Weg gegangen sind. Volles Geständnis, öffentliche Entschuldigung, mit allem Drum und Dran.«

»Verdammte Scheiße!«

»Die Mongolei, General ...«

Hawkins biß auf die Zigarre — als hätte er eine Kugel zwischen den Lippen, dachte Sam.

»Was ist das für ein ›Schild‹?«

»Auf den ersten Blick würde ich sagen — ein Brief an den Staatssekretär des Heeres mit einem Tonband, auf dem Sie ihn vorlesen und dessen Echtheit durch eine bereits vorhandene Aufnahme von Ihrer Stimme bestätigt wird. In dem Brief *und* auf dem Band erklären Sie, daß Sie sich in lichten Momenten Ihrer Krankheit bewußt sind — et cetera, et cetera.«

Hawkins starrte Devereaux an. »Sie sind von Sinnen!«

»In den Dakotas gibt es eine Menge Nike-Silos.«

»Herrgott!«

»Es ist nicht so schlimm, wie es klingt. Der Brief und das Tonband werden im Pentagon begraben werden. Man wird sie nur einsetzen, wenn Sie in der Öffentlichkeit Wellen schlagen. Beides sollte in, sagen wir, fünf Jahren zurückgegeben werden. Was halten Sie davon?«

Hawkins griff in die Tasche, um Streichhölzer herauszuholen. Er riß eines an, und eine Wolke würzigen Rauches hüllte fast sein Gesicht ein, aber seine Stimme war klar und deutlich hinter der Wolke zu vernehmen. »Auf der Chinesenstraße, von der Sie reden, spricht keiner von diesem pychiatrischen Bockmist. Keiner versucht, einen Verrückten aus mir zu machen.«

»Verdammt, nein. Sie sehen das völlig falsch. Wir würden doch nur von einfachen Ermüdungserscheinungen sprechen.« Devereaux ging in dem kleinen Raum auf und ab, wie er das so oft in Konferenzsälen tat, wenn er das Netz der Verteidigung wob. »Vielleicht ein wenig Alkohol — das macht sympathisch, wirkt fast nett, wenn der Klient ein Mann mit Mumm ist.« Sam blieb stehen und brachte Klarheit in seine Gedanken. »Die Chinesen würden es vorziehen, wenn die Sache ideologisch angepackt würde. Das würde sie beschwichtigen. Sie haben doch den Lichtblick bemerkt, General. Man ist großzügig zu Ihnen gewesen, sogar nett. Das Volksregime ist Klasse. *Und* tolerant. Das war Ihnen nicht klar. In Wirklichkeit tun Ihnen all diese häßlichen Dinge leid, die Sie seit einem Vierteljahrhundert sagen.«

»Verdammte Scheiße! Da kommt einem ja das Kotzen, Junge!« Mit einer Technik, die Sam in Erstaunen versetzte, ohne daß er sie hätte durchschauen können, brachte es Hawkins tatsächlich fertig, auf seiner Zigarre herumzukauen, während er brüllte. Und dann nahm er sie aus dem Mund und seine Stimme wurde leiser. »Ich weiß, ich weiß, die Silos und die Mongolei. *Jesus!*«

Devereaux sah den Mann an, und das bereitete ihm Schmerzen. Er ging ein paar Schritte auf ihn zu und sagte mit weicher Stimme: »Man hat Sie in die Zange genommen, General. Und diejenigen, die das gemacht haben, waren selbstgerechte Marionettenfiguren. Keiner weiß das besser als ich. Ich habe Ihre Akte gelesen und stimme vielleicht dem fünfzigsten Teil von dem zu, was Sie zu Ihrem Standpunkt gemacht haben. Sonst glaube ich in vieler Hinsicht, daß Sie schrecklich sind. Aber eines sind Sie nicht — ein Mann, der andere manipuliert. Und ein Witz sind Sie auch nicht. Erinnern Sie sich noch, was Sie den Mädchen gesagt haben? Sie haben gesagt, jeder sei sein eigenes Inventar. Das verrät mir eine ganze Menge. Lassen Sie sich also von mir helfen. Ich bin kein Soldat, aber ich bin ein verdammt guter Rechtsanwalt.«

Hawkins wandte sich ab. Der Mann ist jetzt verlegen, dachte Sam. Als dann die Antwort kam, klang sie so hilflos, daß er zusammenzuckte.

»Ich weiß nicht, warum es für mich so wichtig ist, was jemand sagt — und warum ich mich nicht mit einem Silo *oder* der Mongolei zufriedengebe. Verdammt noch mal, Junge, ich habe mehr als dreißig Jahre in der Armee verbracht. Wenn Sie mir diese Uniform wegnehmen — ganz gleich, in was Sie mich dann stecken — dann bin ich so nackt wie eine gerupfte Ente. Ich *kenne* nichts anderes als die Army. Ich weiß sonst nichts, bin für nichts anderes ausgebildet, wenn Sie es einmal richtig überlegen. Ich hatte nie etwas mit technischen Dingen zu tun — abgesehen von ein wenig bei G-2, solchen Dingen. Und von so extravaganten Dingen wie ›Verhandlungen‹ weiß ich auch nichts. Ich kann nichts weiter, als solchen Drecksäcken, die sich an der Armee bereichern wollen, das Leben schwermachen und sie schließlich in die Falle locken. In diesem Punkt stimmen diese Indochinaberichte. Ich war schlauer als das KGB und der CIA, das ARVN — und sogar schlauer als die Schwindler im Generalstab von Saigon. Aber das ist etwas anderes. Mit Leuten kann ich umgehen. Aber mir haben sie immer den Abschaum gegeben — das, was aus den Militärgefängnissen kam. Wenn das Zivilisten gewesen wären, dann hätte keiner zugelassen, daß die sich frei auf der Straße bewegen. Und ich habe mit denen etwas auf die Beine gestellt. Ich konnte diese raffinierten Bastarde unter Kontrolle halten. Das kam daher, daß ich mich in sie hineinversetzt und sie dann *benutzt* habe — ihre verdammten Tricks. Aber außerhalb der Army kann ich nichts.«

»Das sieht dem Mann, der einmal gesagt hat, jeder sei sein eigenes Inventar, aber gar nicht ähnlich. Sie sind viel besser.«

Hawkins drehte sich um und sah Sam an. Er sprach jetzt ganz langsam, nachdenklich. »Scheiße, mein Freund. Wissen Sie was? Das einzige, wofür man mich wirklich ausgebildet hat, ist vielleicht der Ganovenberuf. Und dort würde ich wahrscheinlich Mist bauen, weil mir Geld ziemlich egal ist.«

»Sie suchen die Herausforderung. Das tun talentierte Leute immer. Geld ist da ein Nebenprodukt. Gewöhnlich liegt die Herausforderung in den Beträgen, in dem, was sie darstellen, nicht in dem, was man damit kaufen kann.«

»Ja, wahrscheinlich.« Hawkins holte tief Atem und streckte sich dann. Er beginnt seine Resignation zu begreifen, dachte Devereaux. Der General ging ziellos an Sam vorbei und summte die ersten Takte aus *Mairzy-Doats* vor sich hin. Lange Erfahrung mit seinen Klienten hatte Devereaux gelehrt, einen solchen Augenblick abzuwarten, dem Klienten genügend Zeit zu lassen, so daß er seine Entscheidung voll akzeptieren konnte. »Augenblick, Junge. *Augen*blick.« Hawkins nahm die Zigarre aus dem Mund und sah Sam in die Augen. »Alle sind auf meine Kooperation scharf. Die Chinks, diese Arschlöcher in Washington — wahrscheinlich ein Dutzend Erdölkonglomerate. Ich meine, die *wollen* nicht nur, daß ich mich kooperativ verhalte — sie brauchen meine Mitarbeit. Und zwar so dringend, daß sie Akten dafür fälschen, einen Fall aufbauen ... Der ganze Mist ist außer *Kontrolle* geraten ...«

»Jetzt warten Sie mal. Wir haben es hier ...«

»Nein, *Sie* warten jetzt, Junge! Ich will Ihnen keine Schwierigkeiten machen. Ich biete Ihnen jetzt einen besseren Handel an, als Sie für möglich gehalten haben.« Hawkins steckte sich die Zigarre wieder zwischen die Zähne, und seine Augen leuchteten plötzlich. Seine Stimme klang nachdenklich, aber eindringlich. »Ich werde genau das tun — genau das *sagen*, was ihr Dreckskerle wollt. Wort für Wort, Geste für Geste. Ich werde jedem, der über den Son-Tai-Platz geht, in den Arsch kriechen, wenn euch was dran liegt. Aber *ich* will dafür zwei Dinge. Ich will aus China raus *und* aus der Army — beides zusammen. Und noch eines — drei Tage Zeit in den Archiven von G-2 in Washington. Ich will nur meine *eigenen* Akten, sonst keine. Was, zum Teufel, schließlich habe ich das gottverdammte Ding geschrieben! Ein letzter Blick auf den Beitrag, den ich geleistet habe, und Sie können mir so viele Wachen hinstellen, wie Sie wollen, ich werde meine letzte Auswertung vornehmen und dann alles zusammenzählen. Das ist die übliche Prozedur, wenn Abwehrbeamte entlassen werden. Nun, was halten Sie davon?«

Sam zögerte. »Ich weiß nicht. Das Zeug ist Verschlußsache ...«

»Aber doch nicht für den Beamten, der es geschrieben hat! Geheimdiensthandbuch Vorschrift 775, Nachtragsstatut. Tatsächlich *muß* er sogar seine letzte Auswertung machen.«

»Sind Sie *sicher*?«

»Ich bin in meinem ganzen Leben noch nie sicherer gewesen, Junge.«

»Nun, wenn es die Regel ist ...«

»Ich habe Ihnen doch gerade den Paragraphen genannt! Das ist die Militärbibel, Junge!«

»Dann sehe ich keine Hindernisse ...«

»Ich will es schriftlich. Und dafür kriegen Sie von mir diesen Brief und das Tonband mit der Bestätigung, ich sei so erledigt, daß ich Echsenscheiße fressen würde. Noch besser — *ich* werde jetzt ein Ultimatum stellen. Entweder erteilt mir Washington die schriftliche Anweisung, nach meiner Rückkehr in die Staaten der Vorschrift Sieben Sieben Fünf Folge zu leisten, oder ich entscheide mich für die Silos in der Mongolei! Es gibt zu Hause noch genügend Leute, die für mich sind. Mag sein, daß die alle ein bißchen spinnen, aber dafür können sie auch eine Menge Lärm machen.«

MacKenzie Hawkins schmunzelte. Seine Zigarre hatte sich inzwischen in eine zerdrückte, klebrige Masse verwandelt.

Jetzt kniff Sam die Augen zusammen. »Woran denken Sie?«

»An nichts Besonderes, Junge. Sie haben mich nur gerade an etwas erinnert. Jeder ist *tatsächlich* sein eigenes Inventar. Die Summe seiner Teile. Vielleicht wartet dort draußen *wirklich* eine verdammt große Welt, mit ein oder zwei Herausforderungen.«

TEIL II

Eine Firma in Privatbesitz — eine Gesellschaft also mit nur wenigen Investoren, gleichgültig, wie groß die Kapitalausstattung ist — muß in ihrem finanziellen Kern über Männer mit großzügigem Herzen und aufrechtem Charakter verfügen, über Männer, die dem Unternehmen mit Hingabe dienen und ihm eine Zielvorstellung geben können.

Shepherd's Laws of Economics
Buch CVI, Kapitel 38

7.

Die Verhandlung vor dem Volksgerichtshof verlief für alle Betroffenen nach Wunsch. MacKenzie Hawkins war geradezu ein Paradebeispiel für bekehrte, reformierte Feindseligkeit. Er war ein männliches Kätzchen, das seine Rolle vollendet spielte. Bei seiner Ankunft auf dem Travis-Luftwaffenstützpunkt in Kalifornien stieg er mit stoischer Miene aus dem Flugzeug, sprach klar und verständlich in die Kameras und zu der versammelten Menge, bezauberte die Medien und verhinderte, daß es zu irgendwelchen Aufwallungen von seiten der kreischenden Superpatrioten kam.

Er verkündete einfach, daß für jeden alten Soldaten — auch für junggebliebene alte Soldaten — einmal die Zeit kam, wo es sich geziemte, beiseitezutreten. Die Zeiten änderten sich, und mit ihnen auch die Wertmaßstäbe. Was vor einem Jahrzehnt als Perfidie gegolten hatte, war heutzutage vielleicht genau die richtige Handlungsweise. Der Soldat, der militärische *Geist*, war nicht dafür ausgerüstet — sollte auch nicht dazu ausgebildet werden — sich mit großen internationalen Dingen zu befassen. Es genügte, daß der Soldat ein einfacher Krieger in den Legionen seiner Nation *(sic — ibid — in gloria transit)* — daß MacKenzie Hawkins den ewigen Wahrheiten, so wie er sie auffaßte, Gefolgschaftstreue bewahrte.

Das alles war sehr erfrischend.

Es kam aus dem tiefsten Herzensgrund.

Und kein Wort davon war wahr.

Und Mac Hawkins war großartig.

Es hieß, daß der Mann im Pentagon ihn von einem bequemen Polstersessel aus beobachtete, seinen sechzig Kilo schweren Hund Python auf dem Schoß. Er lachte und klatschte über Pythons Fell in die Hände und stampfte mit den Füßen und kicherte und kam sich großartig vor. Seine Familie gesellte sich zu ihm und lachte, und dann klatschten sie alle mit den Händen und kicherten und stampften mit den Füßen, ganz wie Daddy. Sie wußten nicht genau, weshalb Daddy so fröhlich war, aber sie hatten schon lange keinen solchen Spaß mehr gehabt, nicht seit damals, als Daddy diesem schrecklichen kleinen Spaniel einen Bauchschuß verpaßt hatte.

Sam Devereaux betrachtete die Verwandlung von MacKenzie Hawkins vom brüllenden Bären zum passiven Kätzchen voll zweifelnder Ehrfurcht. Der Hawk hatte sich in einen Weichling verwandelt, und was dabei im Grunde fehlte, war das Motiv. Nicht daß Sam das drohende Gefängnis — Mongolei oder Leavenworth — leichthin abgetan hätte. Aber sobald Hawkins einmal dem Schuldspruch zugestimmt hatte, der öffentlichen Entschuldigung, dem Brief und den Gratisfotografien, die ihn zeigten, wie er mit gesenktem Haupt die auf Bewährung ausgesetzte Gefängnisstrafe von hundert Jahren entgegengenommen hatte, hätte er leicht wieder seine militärische Haltung annehmen und sich von Stürmen umbrausen lassen können. Statt dessen ging er ins Extrem, um jegliche Kontroverse zu vermeiden. Es schien, als wäre es wirklich sein Wunsch, dahinzuwelken (ein schrecklicher Ausdruck, dachte Devereaux).

Natürlich kam es Sam in den Sinn, daß Hawkins' Verhalten auf das Geschäft zurückzuführen war, das er mit Washington bezüglich der G-2-Akten abgeschlossen hatte — Vorschrift 775 — und MacKenzies Zugang zu diesem Material. Wenn dem so war, so hätte der General sich die Mühe sparen können. Drei Abwehrdienste hatten sich die Akten angesehen und nichts darin gefunden, was die nationale Sicherheit hätte gefährden können. Im großen und ganzen bezogen sich die Eintragungen auf uralte Verschwörungen in Saigon, einige alte Spekulationen über Agentennetze in Europa und eine Unmenge von Vermutungen und Gerüchten und nicht bewiesenen Andeutungen — im großen und ganzen war das alles Unsinn.

Wenn Hawkins ehrlich glaubte, er könnte aus diesen veralteten, unbestätigten Aufzeichnungen Geld schlagen — und aus welchem anderen Grund sollte er auf Vorschrift 775 bestehen? — dann bestand da keine Gefahr. Wenn man die

Inflation in Betracht zog und die reduzierte Pension, die er erhalten würde, und schließlich die Tatsache, daß er praktisch als unberührbar galt, so würde er es schon schwer genug haben. Und so war es eigentlich allen ziemlich gleichgültig, was er mit seinen alten Akten anfing. Außerdem — wenn es zu irgendwelchem Ärger kommen sollte, gab es da immer noch *den Brief*.

»Verdammt noch mal, es ist nett, wieder mal mit Ihnen zu reden, junger Mann.« MacKenzies Stimme klang am Telefon laut und begeistert und veranlaßte Sam, den Hörer vom Ohr wegzureißen. Zum Teil war die Geste auf die Lautstärke zurückzuführen, zum Teil auch auf nackte Berührungsangst.

Devereaux hatte den Hawk vor mehr als zwei Monaten in Kalifornien verlassen, gleich nach der Pressekonferenz in Travis. Sam war nach Washington zurückgeflogen. Er würde in knapp drei Tagen entlassen werden und hatte die Zeit damit verbracht, alle Schreibtischangelegenheiten abzuschließen, die jener glorreichen Stunde auch nur entfernt im Wege stehen könnten.

Hawkins war keine Schreibtischangelegenheit, aber seine bloße Anwesenheit war schon eine abstrakte Bedrohung. Prinzipiell.

»Hallo, Mac«, erwiderte Sam vorsichtig. Sie hatten zu Anfang des Prozesses in Peking auf ihre militärischen Titel verzichtet. »Sind Sie in Washington?«

»Wo sonst, Junge? Ich bin morgen wegen meiner 775 bei G-2. Wußten Sie das nicht?«

»Ich hatte ziemlich viel zu tun. Hier ist noch eine Menge zu erledigen. Es gab keinen Grund, mich über ihre 775 zu informieren.«

»Ich denke doch«, entgegnete der Hawk. »Sie werden mich geleiten. Ich dachte, das wüßten Sie.«

Plötzlich hatte Devereaux das Gefühl, als säße ihm ein riesiger Klumpen im Magen. Er zog geistesabwesend seine Schreibtischschublade auf und griff nach dem Maalox, während er fragte: »Ich soll Sie *geleiten*? Weshalb brauchen Sie einen Begleiter? Kennen Sie die Adresse nicht? Ich werde sie Ihnen geben, Mac. Ich habe sie hier. Bleiben Sie am Apparat. *Sergeant!* Ich brauche die Adresse der G-2-Archive. Bißchen fix, *Sergeant!*«

»Lassen Sie nur Sam«, tönte die besänftigende Stimme von MacKenzie Hawkins an sein Ohr. »Das ist nur eine Militärvorschrift, sonst nichts. Es gibt gar keinen Grund, sich darüber aufzuregen. Außerdem *kenne* ich die Adresse auswendig und Sie sollten sie auch im kleinen Finger haben, Junge — das ist Tatsache.«

»Ich *will* Sie nicht begleiten. Ich bin ein *lausiger* Begleiter! Ich habe mich in Kalifornien von Ihnen verabschiedet.«

»Dann können Sie mich beim Abendessen wieder begrüßen. Was sagen Sie dazu?«

Devereaux atmete tief durch. Er schluckte die Maalox-Pille und scheuchte die Dame vom Army-Frauenkorps davon, die ihm als Sergeant und Sekretärin diente. »Mac, tut mir leid, aber ich habe *wirklich* noch eine ganze Menge zu erledigen. Vielleicht gegen Ende der Woche, dann jederzeit — übermorgen. Um sechzehn Uhr, um es genau zu sagen.«

»Nun, Sam, ich dachte, wir sollten die G-2-Routine für morgen früh besprechen. Sie *müssen* dabei sein, Junge. So steht es in den Befehlen. Wir wollen doch nicht, daß dort drüben irgend etwas schiefgeht, oder? *Jesus!* Dann würden die keinen von uns beiden rauslassen.«

»Wo wollen Sie denn mit mir zu Abend essen?« fragte Devereaux und schnitt eine Grimasse. Die Maaloxflasche war leer.

Sie werden mich geleiten. Ich dachte, das wüßten Sie ... So steht es in den Befehlen. Wir wollen doch nicht, daß dort drüben irgend etwas schiefgeht, oder?

Nein, das möchten wir ganz bestimmt nicht. Devereaux schüttelte den Kopf. Ein junges Paar in der nächsten Nische starrte ihn an. Er hielt inne und grinste ein wenig dümmlich, worauf die zwei jungen Leute miteinander flüsterten und den Blick abwandten. Ihre Reaktion war klar — man wußte nie, wer als nächster verurteilt wurde.

Ein großer Mann kam durch den Torbogen herein und ging auf ihn zu. Jetzt war Sam an der Reihe, ihn anzustarren. Beeindruckt.

Es war der Hawk. Dessen war er sicher. Aber der große Mann, der sich höflich seinen Weg durch den überfüllten Raum bahnte, zeigte wenig Ähnlichkeit mit dem aufgelösten, auf seiner Zigarre kauenden MacKenzie, der ihn mit zusammengekniffenen Augen durch das Glasfenster einer Gefängniszelle in Peking angestarrt hatte. Und noch weniger dem kurzgeschorenen Hawkins, der die ganze Zeit dastand, als hätte er einen Ladestock verschluckt, und bei jedem Schritt, den er tat, den Eindruck erweckte, als marschierte er zu den Klängen von tausend Pfeifen — gegen kräftigen Wind.

Da war zunächst einmal der Van-Dyke-Bart. Zugegeben, er war noch neu, aber sehr gepflegt und sorgfältig gestutzt, ebenso wie das Haar. Er ließ es nicht nur wachsen, sondern es war offensichtlich von der Hand eines Fachmanns gestylt und lag jetzt in grauen Wellen über den Ohren. Sehr, sehr distinguiert. Und die Augen — nun, die Augen konnte man eigentlich nicht sehen, weil sie von leicht gefärbten Brillengläsern in einer Schildpattfassung verdeckt waren. Es war eine ganz leichte Färbung, die eher akademisch oder diplomatisch als geheimnisvoll wirkte.

Und wie der Mann ging! Du großer Gott! Hawkins' militärische Ladestockhaltung hatte sich in eine geschmackvolle, sogar verdammt elegante *Grazie* verwandelt. Seine ganze Attitüde hatte etwas Weiches an sich, etwas beiläufig Gleitendes, das mehr nach Palm Beach als nach Fort Benning paßte.

»Sie haben mich beobachtet«, sagte der Hawk, während er sich in die Nische schob. »Nicht schlecht, wie, Junge? Keiner von diesen Scheißern hat mich aufgehalten. Was sagen Sie dazu?«

»Ich bin erstaunt«, antwortete Sam.

»Das sollten Sie aber nicht sein, Junge. Das erste, was Sie bei einer Infiltration lernen, ist Anpassungsfähigkeit. Nicht nur, was das Terrain betrifft, sondern man erfährt da auch eine ganze Menge über lokale Sitten und Verhaltensweisen. Das ist ebenfalls eine Form der psychologischen Kriegführung.«

»Wovon, zum Teufel, reden Sie denn?«

»Vom Gebiet hinter den Linien, Sam. Das ist feindliches Territorium, wissen Sie das nicht?«

Als Mac Hawkins anmutig seine geeiste Vichyssoise gelöffelt hatte, war er ans Herz — den Kern — der Bombe vorgedrungen, die den Grund für sein Abendessen mit Sam geliefert hatte. Dieser Kern war auf explosive Weise in einem einzigen Namen eingekapselt.

Heseltine Brokemichael. Ehemaliger Generalmajor des Kommandos Bangkok. Augenblicklich in der Schwebe, Washington, D. C.

»Ja, Sam, der alte Brokey war in Korea und an anderen Punkten östlich und südlich mit mir zusammen. Ein verdammt guter Offizier, ein wenig hitzköpfig, aber schließlich mußte er sich ja dauernd mit diesem blöden Vetter auseinandersetzen. Wie hieß der Idiot doch gleich? Ethelred? Können Sie sich das vorstellen? *Zwei* Brokemichaels in derselben gottverdammten Army, und beide mit solchen Spinnernamen!«

»Ich habe keinen Hunger mehr«, murmelte Devereaux.

Der Hawk fuhr fort: »Ja, Sir, Sie haben Brokey wirklich die Laufbahn vermasselt. Er könnte keinen Stern mehr auf den Kragen bekommen, und wenn er sämtliche Astrologen im Pentagon kauft. Sehen Sie, die können nie *sicher* sein. Einer von den verdammten Brokemichaels ist ein Ganove, aber auch das haben Sie natürlich nie bewiesen.«

»Die haben mich ja nicht gelassen!« Devereaux' Flüstern reichte weiter, als ihm lieb war. Das Paar in der Nachbarnische starrte wieder zu ihnen herüber. Sam grinste erneut. »Ich hatte die Beweise. Ich habe den ganzen Fall aufgebaut. Aber die haben mich daran gehindert, etwas zu unternehmen!«

»Und ein guter Mann war erledigt — gerade, als die Vereinigten Stabschefs ihn mit freundlichen Blicken bedachten. Ich sage Ihnen, jammerschade ist das.«

»Hören Sie schon auf, Mac! Ich hatte den Kerl ...«

»Aber den falschen, Junge. Und selbst da haben Sie ernsthafte Unkorrektheiten begangen — sogar Straftaten, um Ihr sogenanntes Beweismaterial zusammenzukriegen.«

»Ich bin ein kalkuliertes Risiko eingegangen, weil ich verdammt zornig war. Ich habe mit zwei Jahren meines Lebens in dieser Hanswurstuniform dafür bezahlt. Und jetzt ist *Schluß*. Ich will raus.«

»Wirklich schade«, meinte Hawkins. »Ich höre das mit Bedauern, weil Sie möglicherweise noch ein wenig Zeit im Büro des GI verbringen müssen, wenn ich ...«

»*Moment mal!*« unterbrach Devereaux ihn mit einem Flüstern, das an die Lautstärke eines Brüllens heranreichte. »Ich bin übermorgen fertig! Nichts, *nichts* wird daran etwas ändern!«

»Hoffentlich nicht. Lassen Sie mich meine Erklärung beenden. Es könnte sein, daß Sie weiter dienen müssen, wenn ich dem alten Brokey diese verrückte Idee nicht ausreden kann, die er sich in den Kopf gesetzt hat. Sehen Sie, diese Anklage, die man in Bangkok gegen Sie erhoben hat, ist nicht wirklich fallengelassen worden. Man hat sie sozusagen in Schwebe gelassen, wegen der doch recht komplizierten Begleitumstände, und wo doch diese Friedensfreaks so gegen das Militär wettern. Verstehen Sie das richtig, Sam. Brokey verübelt Ihnen das nicht, aber er würde wirklich gern seine eigene Position klären, das müssen Sie einsehen. Er stellt sich vor, wenn er diese Anklage wieder in Kraft setzen würde, dann könnten Sie ja die Akten ausgraben und den *richtigen* Brokemichael schnappen. Es würde Ihnen gar nichts anderes übrigbleiben, sonst säßen Sie nämlich in der Tinte. Und dann würden die Stabschefs ihn wieder freundlich anlächeln, so wie früher. Das würde höchstens sechs oder sieben Monate in Anspruch nehmen. Im äußersten Fall ein Jahr — vielleicht achtzehn Monate, wenn der Prozeß sich in die Länge zöge, aber Sie würden dann beide bekommen, was Sie wollen ...«

»*Raus* will ich! Das ist alles, was ich möchte!« Sam knüllte seine Serviette so kräftig zusammen, daß sie fast ächzte. »Ich habe für meine moralische Entrüstung bezahlt. Das ist vorbei!«

»Für Sie ist es vorbei, Junge. Nicht jedoch für den alten Brokey.«

»Die Fakten liegen auf dem Tisch. Ich habe mich entschuldigt, das wurde schriftlich festgehalten. Übermorgen nach sechzehn Uhr werde ich eine Erklärung diktieren — einer zivilen Sekretärin — und das alles noch einmal mit einfachen Worten zusammenfassen, aber diesen Fall eröffne ich nicht noch einmal!«

»Das werden Sie doch tun — nämlich dann, wenn der alte Brokey eine bestimmte Akte aus Bangkok herausholt und einen Haftbefehl gegen Sie losläßt. Er ist immerhin General, Sam. Selbst wenn er Latrinendienst geschoben hat — was ich natürlich nicht weiß.«

Hawkins hatte die Lippen geschürzt und schüttelte jetzt langsam den Kopf, und seine großen, unschuldigen Augen hinter den eingefärbten Brillengläsern blickten alles andere als unschuldig.

»Also gut, Mac. Jetzt hören wir mit diesem Spielchen auf. Sie haben gesagt, das alles würde passieren, wenn Sie Brokemichael diesen Unsinn nicht ausreden könnten. *Können* Sie ihn zur Vernunft bringen?«

»Entweder das — oder ich müßte ihn für ein paar Tage aus dem Weg räumen. Ja, ich kann das eine oder das andere tun. Sobald Sie Ihre Entlassung in der Tasche haben, Junge, würde es Brokemichael verdammt schwerfallen, irgend jemandem einzutrichtern, daß man gegen Sie das Verfahren wieder eröffnen soll. Dieses Papier schränkt seine Möglichkeiten natürlich ein, das wissen Sie. Aber *Ihnen* brauche ich das ja nicht zu sagen.«

»Nein, das brauchen Sie nicht. Sagen Sie mir einfach, was für eine Teufelei Sie von mir verlangen.«

Der Hawk nahm seine getönte Brille ab und säuberte die Gläser so liebevoll, als würde er Jade polieren. »Nun, ich muß gestehen, daß ich gründlich über meine unmittelbare Zukunft nachgedacht habe. Und ich glaube, daß darin ein Platz für Sie ist, aber sicher bin ich nicht.«

»Das sollten Sie auch nicht sein. Nächste Woche werde ich wieder bei der Kanzlei Aaron Pinkus in Boston an meinem Schreibtisch sitzen, bei der ersten Anwaltsfirma, die es im ganzen Staat gibt.«

»Nun, Sie könnten ja ein paar Wochen warten. Sagen wir — einen Monat, oder? *Herrgott*, Junge, das waren jetzt vier Jahre! Was ist da schon ein weiterer Monat?«

»Eines Tages wird Aaron Pinkus in den Obersten Gerichtshof gerufen werden. Jeder Tag, den ich in seiner Firma verbringe, ist lehrreich, und ich werde nicht dreißig Jahre bezahlter Ausbildung in den Wind schlagen. Was soll das heißen — Sie meinen, da wäre ein Platz für mich? Was soll ich tun?«

»Es könnte sein, daß ich einen Anwalt brauche. Und ich halte Sie für den besten, der mir je über den Weg gelaufen ist.«

Sam seufzte. »Ich bin wahrscheinlich der einzige, der Ihnen je über den Weg gelaufen ist ...«

»Aber Sie haben ein paar schwache Punkte, junger Freund«, unterbrach ihn Hawkins und setzte seine getönte Brille wieder auf. »Ich bedaure, das sagen zu müssen, aber es ist Tatsache. Also weiß ich nicht, ob ich Sie engagieren soll oder nicht. Ich muß noch ein wenig über Sie nachdenken.«

»Sorgen Sie unterdessen dafür, daß Brokemichael mich in Ruhe läßt?«

Hawkins antwortete mit einer Gegenfrage. »Werden Sie in Erwägung ziehen, als mein Anwalt zu fungieren? Nur für ein paar Wochen? Sehen Sie, ich habe mir etwas Geld gespart ...«

»Ich weiß genau, wieviel Geld Sie haben«, fiel ihm Devereaux mitfühlend ins Wort. »Es konnte mir nicht verborgen bleiben. Brauchen Sie meinen Rat bezüglich irgendwelcher Investments?«

»In gewissem Sinne ...«

»Dann werde ich Ihnen uneingeschränkt helfen. Ehrlich.« Sam meinte es genauso, wie er es sagte. Nach einem ganzen Leben der Hingabe, des Risikos und des Dienstes an seiner Nation hatte Mac es fertiggebracht, eine Summe von etwa fünfzigtausend Dollar anzuhäufen. Und sonst keinerlei Besitz. Keine Häuser, keine Immobilien, keine Aktien. Nichts. Das und eine gekürzte Pension war alles, was ihm für den Rest seines Lebens zur Verfügung stand. »Und wenn ich Ihnen nicht den Rat geben kann, von dem ich glaube, daß Sie ihn haben sollen, werde ich jemand anderen finden, der dazu imstande ist.«

»Das ist richtig rührend, junger Freund.«

Schimmerten da etwa Tränen in den Augen dieses hartgesottenen Offiziers? Es war schwer zu erkennen, denn die getönte Brille war dazwischen.

»Das ist das wenigste, was ich tun kann. Was ich sage, klingt vielleicht abgedroschen, aber das ist das wenigste, was jeder Steuerzahler für Sie tun könnte. Sie haben viel geopfert, und jetzt haben diese Armleuchter Sie fertiggemacht. Das weiß ich.«

»Nun, Junge«, sagte Hawkins und holte tief und heroisch Atem, »jeder tut das, was er in dieser Welt tun muß. Und dann kommt der Augenblick — *autsch!* Dieser verdammte Tuntenanzug sitzt enger als eine Paradeuniform.« Der Hawk zog ein zusammengefaltetes, abgegriffenes Magazin aus der Brusttasche. Die einzelnen Seiten hatten Eselsohren und waren mit Rotstift markiert.

»Was ist das?« fragte Devereaux.

»Ach, kommunistisches Propagandamaterial, das die Schlitzaugen in meiner Zelle gelassen haben. Die übliche Kacke, eine Masse Schreibfehler und so. Das ist ein Artikel, der die Ungerechtigkeiten aufzeigen soll, die in den organisierten Religionen so verbreitet sind. Der Papst in Rom hat einen Vetter — es ist ungefähr so wie bei den Brokemichaels, nur daß der Heilige Vater und sein Cousin nicht denselben Namen tragen. Aber sie sehen sich ähnlich. Wie ein Ei dem anderen. Allerdings hat sich dieser Papstvetter einen Bart wachsen lassen, um die Ähnlichkeit zu verbergen.«

»Ich verstehe nicht ganz. Wo liegt da die Ungerechtigkeit?«

»Dieser Vetter ist ein kleiner Sänger in einer unbedeutenden Operngesellschaft und die halbe Zeit arbeitslos. Die chinesischen Kommunisten ziehen jetzt den naheliegenden Vergleich. Der Sänger singt sich für die Kultur des Volkes das Herz heraus und verhungert halb, während sein Vetter, der Papst, sich den Wanst vollschlägt und die Armen bestiehlt.«

»Das hat Sie so interessiert, daß Sie es sich angestrichen haben?«

»Zum Teufel, nein, Junge. Ich habe mir nur die Ungenauigkeiten herausgepickt, um sie einem meiner Freunde zu zeigen, einem Priester. Vielleicht überrascht es Sie, aber ich habe mich gründlich mit einigen Dingen befaßt, über die ich früher nie nachgedacht habe. Gott und die Kirche und dergleichen — daß Sie mir jetzt ja nicht lachen!«

Devereaux lächelte sanft. »Ich lache nie über solche Dinge. Ich glaube nicht, daß so etwas komisch ist. Die Gedanken, die sich ein Mensch über Religion macht, sind nicht nur sein verfassungsmäßiges Recht, sondern häufig das einzige, was ihn wirklich aufrecht erhält.«

»Das haben Sie jetzt aber verdammt nett ausgedrückt, wirklich tiefschürfend, Sam. Übrigens, noch etwas zu dieser Brokemichael-Geschichte. Morgen früh, bei G-2. Halten Sie hübsch die Klappe, und tun Sie, was ich sage.«

Hawkins wartete unter dem Vordach, als Sams Auto vor dem Hotel stehenblieb. Er hielt eine recht teuer wirkende Aktentasche in der einen Hand, öffnete den Wagenschlag mit der anderen und stieg hinein. Sein Gesicht war zu einem breiten Grinsen verzogen.

»*Verdammt noch mal!* Ein herrlicher Morgen ist das!«

Das war keineswegs der Fall. Es war kalt und feucht, und der Himmel versprach heftigen Regen.

»Ihr Barometer scheint ein wenig nachzugehen.«

»Unsinn! Jeder Tag hängt — wie das Alter — nur davon ab, wie man sich fühlt, Junge. Und ich fühle mich einfach großartig!« Hawkins strich die Revers seines Tweedanzuges glatt, zog die tiefrote Seidenkrawatte über dem modisch gestreiften Hemd zurecht und fuhr sich vorsichtig mit den Fingern durch die Frisur.

»Freut mich, daß Sie so gut gelaunt sind«, sagte Sam, startete den Wagen und reihte sich in den Verkehr ein. »Ich will Ihnen ja nicht die Stimmung verderben, aber Sie dürfen keine Aktentasche mitnehmen. Sie dürfen keine Papiere herausholen. Überhaupt nichts darf die Büros von G-2 verlassen.«

Hawkins lachte und zog eine Zigarre aus der Hemdtasche.

»Oh, zerbrechen Sie sich Ihren Juristenkopf nicht über Einzelheiten«, erwiderte er und schnitt die Zigarrenspitze mit einem silbernen Messerchen ab. »Das habe ich alles geregelt.«

»Da gibt es nichts zu regeln! Ich bin für Sie verantwortlich und habe vierundzwanzig Stunden zur Verfügung, in denen ich mir nicht das Geringste zuschulden kommen lassen darf.«

Devereaux reagierte seine üble Laune an der Hupe ab, die Fahrzeuge ringsum antworteten auf die gleiche Weise.

»*Herrgott*, sind Sie aber schlecht gelaunt!« rief Hawkins. »Sie achten jetzt bloß auf das, was vor uns liegt. Die Flanken kümmern Sie nicht.«

»*Verdammt*, kann denn niemand mehr ein klares, deutliches Englisch sprechen? Was für gottverdammte Flanken? Was soll *das* jetzt wieder bedeuten?«

»Es bedeutet das, was ich gestern abend gesagt habe«, erklärte MacKenzie, während er seine Zigarre anzündete.

»Tun Sie, was ich sage, und schlagen Sie keine Wellen. Übrigens, würden Sie gern wissen, wie der Mann heißt, der für die G-2-Archive verantwortlich ist? Nun, es gibt keinen Grund für Sie, das zu wissen, aber er ist ein verdammt schlauer Knabe, ein wirkliches Genie. Ich wußte gar nicht, was ich für unsere Streitkräfte tat, als ich ihn vor ein paar Jahren aus diesem Gefängnislager im Westen von Hanoi herausholte. Er kommt übrigens auch von West Point. Nun, wie finden Sie das? Abschlußjahrgang 47. Genau wie ich. Verdammt! Was es doch für Zufälle auf der Welt gibt ...«

»*Nein!* Nein, Mac, Nein, nein, nein! Das dürfen Sie nicht! Ich werde das nicht zulassen.« Wieder attackierte Sam die Hupe. Er hämmerte förmlich auf sie ein und erschreckte eine gehbehinderte alte Dame, der es schwerfiel, die Kreuzung zu überqueren. Das arme, zitternde Ding zog den Kopf noch tiefer zwischen die bebenden Schultern.

»Vorschrift 775 stellt eindeutig klar, daß ein Begleiter genau das und nicht mehr ist. Ein Begleiter. Kein Beobachter. Er führt den Geheimdienstbeamten zum Ort der Untersuchung und zurück, aber er darf den Raum selbst nicht betreten. Ich nehme an, daß es eine ganze Menge unehrlicher Anwälte gibt, Sam.«

MacKenzie sog genüßlich an seiner Zigarre.

»Da ist *noch* etwas, das in diesem Raum nicht zugelassen ist, Sie Hundesohn!« Wieder schlug Sam wütend auf die Hupe. Die gehbehinderte alte Dame brach in der Straßenmitte zusammen. »Und das ist eine *Aktentasche!*«

»Doch, die ist zulässig, wenn der Beamte seinen letzten Beitrag leistet. *Niemand* darf diesen Beitrag sehen, außer dem leitenden Archivbeamten von G-2. Es handelt sich um Verschlußsachen.«

»In der Tasche *ist* aber nichts!« schrie Sam.

»Woher wissen Sie das? Sie ist abgesperrt.«

Nachdem sie die Büros der Militärischen Abwehr betreten hatten, wurde Hawkins von zwei Militärpolizisten ruhig und professionell zu dem Raum eskortiert, der für sein 775 ausgewählt worden war. Sam bildete die Nachhut. Der ganze Vorgang kam ihm so formell wie eine Hinrichtung vor, nur daß Mac in seinem modischen Tweedanzug locker und leicht gebeugt wirkte und keineswegs so, als hätte er einen Ladestock verschluckt. Aber als die vier den Raum betreten hatten, richtete Hawkins sich auf, und statt seiner freundlichen Zivilistenstimme ließ er plötzlich wieder das heisere Bellen eines Generals ertönen. Er befahl den Militärpolizisten, Sam ins Nebenzimmer zu bringen und ihren Vorgesetzten herbeizurufen. Die MP-Hauptleute salutierten und führten Devereaux lautlos an den Ellbogen ins Nebenzimmer, warfen die Tür zu, versperrten sie, sahen sich im Korridor um und marschierten im Gleichschritt davon. Dann versperrten sie auch die nächste Tür.

Sam hatte das unbestimmte Gefühl, das alles schon einmal erlebt zu haben, und dann erinnerte er sich. Vor wenigen Wochen hatte er im Fernsehen den Film *Sieben Tage im Mai* gesehen. Er ging an das einzige Fenster und blickte hinaus. Und hinunter. Durch die Gitterstangen. Er befand sich vier Stockwerke über der Straße. G-2 geht kein Risiko mit juristischen Begleitern aus dem Büro des Generalinspekteurs ein, dachte er.

Aus dem Nebenzimmer drangen Stimmen herüber. Und dann erklang übertrieben maskulines Gelächter, in das sich einige Flüche mischten. Alte Kameraden, die sich an die gute alte Zeit erinnerten, wo man allen, außer den Generälen natürlich, den Arsch aufgerissen hatte. Sam nahm auf einem Sessel Platz und ergriff eine abgewetzte alte Ausgabe einer Propagandaschrift mit dem vielsagenden Titel *Keine Geschlechtskrankheiten in G-2*.

Seine Lektüre — die tatsächlich recht interessant war — wurde plötzlich durch sich monoton wiederholende Geräusche aus dem Nebenzimmer unterbrochen.

Ratataklack, ratataklack, ratataklack.

Devereaux schluckte ein paarmal und ärgerte sich, daß er seine Natrontabletten im Wagen gelassen hatte. Das Geräusch, das er hier zu hören bekam, war mit keinem anderen zu verwechseln, und wenn er sich noch so große Mühe gab. Es war eine Fotokopiermaschine.

War es vorstellbar, daß es in einem Raum für klassifizierte Akten ein Fotokopiergerät gab?

Andererseits, warum eigentlich nicht?

Die erste Frage war unendlich logischer. Eine Fotokopiermaschine war der exakte Widerspruch — theoretisch und praktisch — für den Zweck von Vorschrift 775.

Sam wandte sich wieder seiner Lektüre zu, war aber nicht einmal imstande, den Bildern Aufmerksamkeit zu schenken.

Eine Stunde und zwanzig Minuten später hörte das *Ratataklack* auf. Bald darauf war das metallische Klicken eines Schlosses zu vernehmen, und dann öffnete sich die Tür. MacKenzie kam heraus, mit seiner Aktentasche, die jetzt aus allen Nähten zu platzen drohte und mit blitzenden Stahlbändern zusammengehalten war. Am Griff hing eine Stahlkette, etwa einen Fuß lang.

»Was, zum Teufel, ist das?« fragte Devereaux. Seine Frage klang argwöhnisch und keineswegs freundlich.

»Nichts«, erwiderte der Hawk beiläufig. »Nur ein paar Fleet-Pac-Com-Sat-Transferakten.«

»Und was ist das?«

»*Major*«, fuhr MacKenzie mit erhobener Stimme fort und stand plötzlich kerzengerade da. »Das ist Brigadegeneral Beryzfickoosh! *Ach — tunngg!*«

Devereaux schoß aus seinem Sessel in die Höhe und salutierte, als ein breitschultriger Offizier mit zwölf Reihen Ordensspangen auf der Brust, einer Augenklappe und, das hätte Sam beschworen, einer Perücke auf dem Kopf ins Zimmer schritt. Sein Gruß wurde zackig erwidert, und dann streckte ihm der Offizier eine breite, muskulöse Pranke hin.

»Ich höre, Sie sollen bald entlassen werden, Major«, sagte der General barsch.

»Ja, Sir«, antwortete Devereaux und griff nach der ausgestreckten Hand.

Und im selben Augenblick warf Hawkins die Kette, an der die Aktentasche hing, über Sams Handgelenk, verstellte das Kombinationsschloß zwischen den Kettengliedern und sagte: »Erster Transfer abgeschlossen, General!«

»*Bestätigt*, Sir«, konterte der General, der immer noch Devereaux' Hand mit eisernem Griff festhielt, während sein eines Auge den Anwalt anstarrte. »Fleet-Pac-Com-Sat befindet sich jetzt in Ihrem Gewahrsam, Major! Bereitmachen für zweiten Transfer!«

»Wofür, General?«

»Sagen Sie!« Der General ließ Sams Hand los. »Sind Sie nicht der Juristensack, der den alten Brokey Brokemichael fertiggemacht hat?«

Devereaux' Magen revoltierte plötzlich. Schweißtropfen traten ihm auf die Stirn, während die schwere Aktentasche ihn fast zu Boden zog. »Die Geschichte hat zwei Seiten, Sir.«

»Da haben Sie verdammt recht!« schrie der General. »Brokeys Seite und die von irgendeinem Scheißzivilisten, der, wenn es mit rechten Dingen zuginge, irgendwo im Bau sitzen sollte!«

»Augenblick, General ...«

»*Was*, Soldat? Soll das etwa Gehorsamsverweigerung sein?«

»Nein, Sir. Überhaupt nicht, Sir. Ich möchte nur darauf hinweisen ...«

»Darauf hinweisen!« Sehen Sie lieber zu, daß Ihr Arsch auf diese Tür weist, und sorgen Sie für den Transfer von Fleet-Pac-Com-Sat, sonst weise ich Sie vor ein Kriegsgericht! Wegen Gehorsamsverweigerung und Inkompetenz!«

»Ja, Sir! Jawohl, Sir!« Sam versuchte zu salutieren, aber die Kette und die Aktentasche waren zu schwer, weshalb er eine schnelle Kehrtwendung vollführte und zur Tür ging, die auf wunderbare Weise von den zwei MP's geöffnet wurde.

Die Formalitäten am Empfang waren schnell erledigt. Die stählernen G-2-Bänder rings um die Aktentasche waren Symbole der Autorität. Devereaux leistete eine Unterschrift und wurde von einer Miniaturkamera lautlos fotografiert. Draußen auf der Straße angelangt, wandte Sam sich dem

Hawk zu. »Der Kerl ist verrückt! Noch zehn Sekunden, und er hätte mich in Einzelhaft stecken lassen. *Wofür?*«

»Der alte Brokey hat eine Menge Freunde«, sagte Mac-Kenzie. »Kommen Sie, ich fahre.«

»Danke.« Devereaux griff schwerfällig in die Tasche und gab Hawkins mit immer noch zitternder Hand die Schlüssel. Sie gingen zum Parkplatz und stiegen in den Wagen.

Fünfzehn Minuten später, mitten im Washingtoner Verkehrschaos, begannen sich Sams Nerven wieder zu beruhigen. Die Panik, die ihn bei dem Gedanken erfaßt hatte, ein verrückter, kurz vor dem Schlaganfall stehender General könnte seine Entlassung in der letzten Minute verhindern, begann zu verblassen. Aber an die Stelle jener Sorge trat unweigerlich eine andere, sehr substanzielle Angst. Eine Angst, die zum Teil durch das Schweigen des Hawks ausgelöst wurde.

»Mac, was zum Teufel soll ich jetzt mit diesem Haufen Papier anfangen? Wo findet denn dieser zweite Transfer statt?«

»Wissen Sie das nicht?«

»Natürlich nicht.«

»Der General glaubt das aber.«

»Nun, ich weiß es *nicht!*«

»Wollen Sie noch einmal umkehren und ihn fragen, Sam? Ich persönlich würde das nicht vorschlagen. Nicht, wenn man bedenkt, was er von Ihnen hält. *Herrgott!* Am Ende fallen ihm alle möglichen ernsthaften Pflichtverletzungen ein. Zudem sind Sie gerade fotografiert worden. Eines führt immer zum anderen – wissen Sie, was ich damit meine? So wie die Dominotheorie. Ihr Prozeß könnte ein oder zwei Jahre dauern.«

»*Was zum Teufel steckt in dieser Tasche, Hawkins?* Und machen Sie mir bloß nichts vor! Was für ein Zeug ist das?«

»Tut mir leid, Sam. Ich fürchte, ich darf nicht darüber sprechen. Sie müssen verstehen, Junge, das ist Geheimmaterial.«

Sam beugte sich auf der Couch nach vorn. Sein Arm war über den niedrigen Tisch gestreckt. MacKenzie zog die Säge über der Kette hin und her.

»Solbald ich diese verdammte Kette herunter habe, können wir uns mit dem Schloß beschäftigen«, sagte Mac beruhigend. »Mit einem kleinen Schweißbrenner wäre es einfacher.«

»Aber nicht an *meinen* Schlagadern, Sie Hundesohn! Und vielen Dank für die Mitteilung, daß Sie die Kombination nicht haben!«

»Immer mit der Ruhe! In zehn oder fünfzehn Minuten sind Sie das Ding los. Der Stahl ist nur ein wenig härter, als ich dachte.«

Eine Stunde und vierzehn Minuten später waren die letzten Kettenglieder durchschnitten, so daß jetzt nur noch ein Stück Kette und ein dreifaches Kombinationsschloß an Devereaux' Handgelenk hingen.

»Ich muß meinem Büro Bescheid sagen«, meinte Sam. »Man erwartet, daß ich mich melde.«

»Nein, das erwartet man nicht. Sie sind bei mir. Sie überwachen meine 775. So steht es in der Vereinbarung. Es dauert mindestens einen Tag, höchstens drei Tage.«

»Aber wir sind nicht dort.«

»Wir sind essen gegangen ...« MacKenzie räusperte sich.

»Ich könnte immer noch telefonieren ...«

»*Verdammt*, haben Sie denn gar kein Vertrauen zu mir? Warum, zum Teufel, glauben Sie eigentlich, daß ich bis heute früh gewartet habe, ehe ich zu G-2 gegangen bin? Sie haben noch einen Tag übrig, und *ich* bin für Ihre Zeit verantwortlich. Sie können keine Schwierigkeiten bekommen, wenn Sie nicht dort sind.«

»Natürlich nicht, keine Schwierigkeiten — nur ein Erschießungskommando.«

»Unsinn!« Hawkins stand vom Fußboden auf und trug die Aktentasche zum Hotelschreibtisch. »Aber bei mir sind Sie sicher. Ich weiß Bescheid, wie es beim GI zugeht. Man glaubt, man hätte alles erledigt, und dann kommt irgendein

Scheißer angetanzt und sagt einem, daß man nicht verschwinden darf, bevor irgendeine verdammte Akte fertig ist.«

Devereaux blickte zu dem General hinüber, der jetzt die G-2-Bänder aufschnappen ließ und die teure Aktentasche öffnete. In Macs Wahnsinn steckte Logik. Es gab ganz bestimmt irgendeine verdammte Akte, die irgendein verwirrter Vorgesetzter nicht übernehmen wollte. Man konnte einen Aktenvermerk verschlampen — oder nicht lesen. Aber eine Konfrontation oder auch nur eine Diskussion zwischen juristischen Beamten konnte nicht übersehen werden. Das, was Hawkins sagte, hatte einiges für sich. Sam war besser dran, wenn er seinem Büro fernblieb.

MacKenzie holte jetzt ein paar hundert fotokopierte Blätter heraus und legte sie neben die Aktentasche auf den Schreibtisch. Devereaux wies auf den Papierstapel und fragte vorsichtig: »Das ist alles *Ihre* 775?«

»Nun, nicht ganz. Eine ganze Menge davon ist ungeklärtes Zeug, das einfach nie weggeräumt worden ist.«

Sam fühlte sich plötzlich wesentlich unbehaglicher als in den letzten drei Stunden. »Moment mal! In G-2 haben Sie gesagt, es handle sich nur um Material über Leute, mit denen Sie einmal zu tun hatten.«

»Oder über Leute, mit denen *andere* Leute einmal zu tun hatten. Das hatte ich auch gesagt, Junge. Wirklich. Sie waren nur so erregt und haben nicht zugehört.«

»O Gott! Sie haben also Akten entnommen, die sich mit Themen befassen, mit denen *Sie* gar nichts zu tun haben?«

»Nein, Sam«, erwiderte der Hawk und schob einige Papiere zurecht. »*Sie* haben das getan. So steht es in dem Buch am Empfang. Ihre Unterschrift . . .«

Devereaux sank auf die Couch zurück. »Sie raffinierter Hundesohn.«

»So könnte man es ausdrücken«, pflichtete Hawkins ihm betrübt bei. »Manchmal hat es Zeiten gegeben — wenn ich hinter den Linien tätig war, müssen Sie wissen — wo ich mich auch fragte, wie ich mich überwinden konnte, das zu tun, was ich getan habe. Aber die Antwort war immer dieselbe. Ich bin fürs Überleben ausgebildet worden, Junge. Und ich überlebe.« Der Hawk hatte jetzt vier Stapel von Fotokopien aus seiner Aktentasche auf dem Schreibtisch aufgebaut. Er strich mit den Fingern darüber, als spielte er Klavier, und sah Sam dann nachdenklich an. »Ich glaube, Sie werden sich sehr gut machen. Sie werden doch den temporären Auftrag annehmen, mich als Anwalt zu vertreten, oder nicht? Es dauert nicht lang.«

»Und es ist ein wenig komplizierter als Geldanlagen, nicht wahr?« Devereaux blieb auf der Couch sitzen.

»Ein wenig, nehme ich an.«

»Und wenn ich ablehne, brauche ich mir Brokemichaels wegen nicht einmal Sorgen zu machen. Das ist eine Kleinigkeit. Jetzt haben wir es mit der Entnahme von Geheimdokumenten aus G-2 zu tun. Das ist ohne jede Einschränkung strafbar.«

»Ich fürchte schon.«

»Was muß ich tun?«

»Sie sollen nur ein paar Verträge ausarbeiten. Das wird Ihnen sicher keine große Mühe machen. Ich gründe eine Gesellschaft. Eine Firma, würden Sie das wahrscheinlich nennen.«

Sam holte tief Luft. »Das würde sich wirklich amüsant anhören, wenn es nicht so traurig wäre. Abgesehen vom Geschäftszweck gibt es da eine gar nicht so kleine Kleinigkeit hinsichtlich der Kapitalausstattung, die zur Gründung einer Gesellschaft erforderlich ist. Ich kenne Ihre finanziellen Mittel. Ich will Ihnen ja nicht zu nahe treten, aber Sie gehören nicht gerade zu den Leuten, die man gemeinhin als Firmengründer bezeichnet.«

»Sie haben kein Vertrauen, das ist Ihr Problem. Aber das wird sich vermutlich ändern.«

»Und was soll diese geheimnisvolle Bemerkung bedeuten?«

»Ganz einfach, daß ich die Einlagen bis auf den letzten

Dollar ausgerechnet habe.« Hawkins legte beide Hände auf die Fotokopien. So als schlüge er einen Akkord an.
»Was für Einlagen?«
»Vierzig Millionen Dollar.«
»*Was?!*« Sam erschrak so sehr, daß er mit einem Satz von der Couch aufsprang. Die herunterhängende Stahlkette folgte ihm blitzschnell, und das unterste Glied traf sein Auge.
Sein linkes Auge.
Und dann fing das Zimmer an, um ihn zu kreisen.

8.

Devereaux riß den Umschlag im gleichen Augenblick auf, in dem er die Hoteltür hinter sich schloß. Er zog das rechteckige dicke Papier heraus und starrte es an.
Es war ein Bankscheck, der auf seinen Namen ausgestellt war — ein Scheck über zehntausend Dollar.
Es war absurd.
Alles war absurd — nichts ergab mehr einen Sinn.
Er war genau eine Woche lang Zivilist gewesen. Es hatte keine Schwierigkeiten bezüglich seiner Entlassung gegeben. Kein Brokemichael war plötzlich aufgetaucht, und auch im Büro waren keine Probleme in letzter Minute entstanden, weil er sein Büro nämlich erst eine Stunde vor seiner offiziellen Verabschiedung aus dem Militärdienst aufgesucht hatte. Und als er dort eingetroffen war, hatte er nicht nur eine Klappe über dem linken Auge, sondern auch einen Verband um das rechte Handgelenk getragen. Wegen der Verbrennungen.
Er war aus seiner Wohnung ausgezogen, hatte seine Habseligkeiten nach Boston geschickt, war ihnen aber selbst nicht nachgereist, weil ein schlauer Hundesohn namens MacKenzie Hawkins erklärt hatte, er würde ›seinen Anwalt‹ in New York brauchen. Deshalb hatte sich Sam eine Zwei-Zimmer-Suite im Drake Hotel an der Park Avenue genom-

men, die jemand anderer für ihn reserviert und bezahlt hatte. Die Suite war für einen Monat gemietet. Hawkins dachte, das würde reichen.

Wofür? MacKenzie war noch nicht bereit, das ›auszuspucken‹. Aber Sam sollte sich darüber nicht den Kopf zerbrechen, alles ›lief auf Spesen‹.

Auf wessen Spesen?

Auf die Spesen der Firma.

Welcher Firma?

Der Firma, die Sam bald gründen würde.

Absurd!

Illusionen im Wert von vierzig Millionen Dollar — das schrie förmlich nach einer Gehirnoperation.

Und jetzt ein Bankscheck über zehntausend Dollar. Einfach so und ohne Quittung.

Lächerlich! Hawkins konnte sich das gar nicht leisten. Außerdem war er zu weit gegangen. Man schickte anderen Leuten (ganz besonders Anwälten) einfach keine zehntausend Dollar ohne irgendeine Erklärung. Das war einfach nicht normal.

Sam ging an das Hoteltelefon, sah sich die verwirrende Litanei auf dem Streifen an, den man unter dem Apparat herausziehen konnte, und ließ sich mit MacKenzie verbinden.

»Verdammt noch mal, Junge! So benimmt man sich nicht! Ich meine, Sie könnten sich wenigstens bedanken.«

»Wofür, zum Teufel? Für meine Beihilfe zu Ihrem Diebstahl? Woher haben Sie die zehntausend Dollar?«

»Von der Bank natürlich.«

»Ihre Ersparnisse?«

»Richtig. Ich habe sie keinem gestohlen, nur mir.«

»Aber warum?«

Auf der anderen Seite — in Washington — blieb es eine Weile stumm. »Sie haben das Wort einmal benutzt, junger Freund. Sie nannten es eine Gebührenvorauszahlung.«

Wieder folgte eine Pause. Diesmal in New York. »Ich glaube, ich habe gesagt, daß ich der einzige mir bekannte

Anwalt sei, der einmal eine Gebührenvorauszahlung mittels einer gewissen Erpressung erwirkte, für die man mich vor ein Erschießungskommando stellen könnte.«

»Ja, so ungefähr haben Sie es ausgedrückt. Und diesen Eindruck wollte ich korrigieren. Sie sollen wissen, daß ich Ihre Dienste hoch einschätze. Ich möchte ganz bestimmt nicht, daß Sie auf den Gedanken kommen, ich würde Sie nicht würdigen.«

»Hören Sie auf! Sie können sich das nicht leisten, und ich habe nichts für Sie getan.«

»Nun, Junge, ich glaube, ich weiß besser, was ich mir leisten kann. Und Sie *haben* etwas getan. Sie haben mich aus China herausgeholt, etwa viertausend Jahre, bevor meine Bewährungsfrist um war.«

»Das ist etwas anderes«, erwiderte Sam. »Ich meine ...«

»Und morgen ist Ihr erster Arbeitstag«, unterbrach ihn der Hawk. »Das ist nicht viel, aber immerhin ein Anfang.«

Diesmal dauerte die Pause in New York länger. »Ehe Sie etwas sagen, sollten Sie sich darüber im klaren sein, daß ich als Mitglied der Anwaltskammer sehr ausgeprägte ethische Prinzipien habe. Ich werde nichts tun, mit dem ich meinen Status als Anwalt irgendwie in Gefahr oder Mißkredit bringen könnte.«

Darauf antwortete Hawkins mit lauter Stimme und ohne das geringste Zögern: »Das will ich auch hoffen! Verdammt noch mal, Junge, ich will keinen schlüpfrigen Winkeladvokaten in *meiner* Firma. Das würde gar nicht gut auf dem Briefkopf aussehen ...«

»*Mac!*« schrie Devereaux verzweifelt. »Sie haben doch nicht etwa Briefpapier drucken lassen?«

»Nein. Das habe ich nur so gesagt. Aber das ist eine verdammt gute Idee.«

Sam konnte sich nur mühsam beherrschen. »Bitte! *Bitte!* In Boston gibt es eine Anwaltskanzlei und einen sehr netten Mann, der eines Tages Mitglied des Obersten Gerichtshofs sein wird und der mich in ein paar Wochen zurückerwartet. Er würde gar nicht erfreut sein, wenn ich während meines

Urlaubs von — von jemand anderem angestellt würde. Und Sie haben gesagt, meine Arbeit für Sie würde in drei oder vier Wochen abgeschlossen sein. Also bitte kein Briefpapier!«

»Okay«, stimmte Hawkins traurig zu.

»So, und was ist morgen? Ich werde Ihnen meinen jeweiligen Tagessatz in Rechnung stellen und von den Zehntausend abziehen. Den Rest schicke ich Ihnen am Monatsende zurück. Von Boston aus.«

»Oh, machen Sie sich deshalb keine Sorgen.«

»Die mache ich mir aber. Außerdem sollte ich Ihnen sagen, daß ich keine Anwaltslizenz im Staate New York habe. Möglicherweise muß ich dafür Gebühren bezahlen — das hängt davon ab, was ich für Sie tun soll. Ich nehme an, es geht um die Gründungspapiere dieser Firma, von der Sie sprechen.« Devereaux zündete sich eine Zigarette an. Er stellte äußerst befriedigt fest, daß seine Hände nicht zitterten.

»Nein, so weit sind wir noch nicht. Dazu kommen wir in ein paar Tagen. Morgen müssen Sie sich um einen Mann namens Dellacroce kümmern. Angelo Dellacroce. Er lebt in Scarsdale und besitzt einige Firmen in New York.«

»Was meinen Sie mit ›kümmern‹?«

»Nun, soviel ich gehört habe, hatte er geschäftliche Probleme. Ich würde gern wissen, wie ernsthaft diese Probleme sind. Oder waren. Sie sollen sozusagen herausbekommen, wie sein augenblickliches Befinden ist.«

»›Befinden‹?«

»In dem Sinne, daß er sich in Freiheit befindet und nicht im Gefängnis oder so etwas.«

Devereaux machte eine kurze Pause und sprach dann ruhig und gemessen, als müßte er einem Kind etwas erklären. »Ich bin Anwalt, nicht Privatdetektiv. Anwälte tun das, was Sie jetzt gerade sagen, nur im Fernsehen.«

Wieder ließ MacKenzie Hawkins' Antwort keine Sekunde auf sich warten. »Das glaube ich nicht. Wenn jemand Gründungsmitglied einer Gesellschaft werden möchte, dann sollte der Firmenanwalt doch herausfinden, ob der Betreffende stubenrein ist, oder nicht?«

»Nun, das würde davon abhängen, in welchem Maße er Teilhaber werden soll, denke ich.«

»In beträchtlichem Maße.«

»Sie meinen, dieser Angelo Dellacroce hat sein Interesse bekundet?«

»Ja, in gewisser Weise. Aber er soll nicht denken, ich sei unhöflich, indem ich Nachforschungen anstelle — wenn Sie verstehen, was ich meine.«

Devereaux bemerkte, daß seine Hand jetzt doch etwas zitterte. Das war ein schlechtes Zeichen — besser als Magenschmerzen, aber trotzdem beunruhigend. »Ich habe schon wieder dieses seltsame Gefühl. Sie enthalten mir Dinge vor, die Sie mir sagen sollten.«

»Alles zu seiner Zeit. Können Sie tun, was ich von Ihnen verlange?«

»Nun, es gibt hier eine Firma in der Stadt, die mein Büro immer benützt — jedenfalls früher benützt hat. Wahrscheinlich tut sie das immer noch. Die könnten mir vielleicht helfen.«

»Ausgezeichnet. Gehen Sie hin. Aber vergessen Sie nicht, Sam, wir haben eine Anwalt-Mandant-Beziehung. Das ist genauso, als wären Sie ein Arzt oder ein Priester oder eine gute Hure. Mein Name wird nicht erwähnt.«

»Auf den letzten Hinweis hätte ich verzichten können«, entgegnete Devereaux.

Verdammt. Jetzt knurrte sein Magen. Er legte auf.

»*Angelo Dellacroce!*« Jesse Barton, Seniorpartner, Sohn des Firmengründers von Barton, Barton und Whistlewhite, lachte. »Sam, Sie waren zu lange weg vom Fenster!«

»Ist es *so* schlimm?«

»Wir wollen einmal so sagen — wenn unser gemeinsamer Bostoner Freund und Ihr vormaliger Arbeitgeber — ich *unterstelle*, daß er immer noch Ihr Arbeitgeber ist — Aaron Pinkus zu der Ansicht gelangen sollte, daß Sie Dellacroce ernsthaft für irgendeine Geldangelegenheit in Betracht ziehen, würde er Ihre Mutter verständigen.«

»So schlimm?«

»Ich mache keine Witze. Aaron würde Zweifel an Ihrem Verstand äußern und persönlich Ihr Namensschild von der Bürotür entfernen.« Barton beugte sich vor. »Dellacroce ist Cosa Nostra und Mafia. Er steckt so dick in den verschiedenen Wohltätigkeitsrackets, daß der Kardinal ihn persönlich jedes Jahr zum Alfred E. Smith-Dinner einlädt. Und natürlich kann ihm keiner etwas anhaben. Er ist der Schrecken jedes Distriktsanwalts und Staatsanwalts. Die kommen nicht an ihn ran, aber nicht, weil sie es nicht versuchen.«

»Dann darf Aaron nichts von meiner ganz unschuldigen Erkundigung erfahren«, erwiderte Sam mit vertraulicher Stimme.

»Ihre Indiskretion ist bei mir sicher. Übrigens, ist es eine Indiskretion? Ist Ihr Klient wirklich so naiv?«

Sams Magen versuchte, an seiner Stelle zu antworten. Er begann ganz schnell zu reden, um das Geräusch zu übertönen. »Nach meiner Ansicht ja. Ich entledige mich da einer alten Verpflichtung, Jesse. Mein Mandant hat mir in Indochina Kopf und Kragen gerettet.«

»Ich verstehe.«

»Er ist also für mich wichtig«, fuhr Sam fort. »Und Sie finden, daß er naiv ist. In bezug auf diesen Dellacroce.«

»Das sollten Sie nicht so ohne weiteres hinnehmen«, meinte Barton und griff nach dem Telefon. »Miß Dempsey, ich brauche Phil Jensen am Apparat, bitte.« Jesse legte den Hörer wieder auf. »Jensen ist der zweite Mann im Büro des Staatsanwalts. Im Bundesdistrikt, nicht in der Stadt. Die haben Dellacroce auf dem Kieker, seit Phil dort eingetreten ist, und das ist jetzt schon fast drei Jahre her. Jensen hat auf ein Jahresgehalt von leicht sechzig Riesen verzichtet, um den bösen Leuten eins auszuwischen.«

»Wie lobenswert!«

»Quatsch. Er möchte Senator oder noch was Besseres werden. Dort verdient man das wahre Geld ...« Das

Telefon klingelte. Barton hob den Hörer ab. »Danke ... Hallo, Phil? Hier ist Jesse. Phil, da ist gerade ein alter Freund bei mir, der für ein paar Jahre verreist war. Er hat sich nach Angelo Dellacroce erkundigt ...«

Die Explosion am anderen Ende der Leitung hallte durch das ganze Büro. Jesse zuckte zusammen. »Nein, um Himmels willen, er hat nichts mit ihm zu tun! Glauben Sie denn, daß ich verrückt bin? Ich habe Ihnen doch gesagt, er war verreist — im Ausland, um es genauer zu formulieren.« Jesse lauschte einen Augenblick lang und sah dann zu Sam hinüber. »Waren Sie in Norditalien? ... Wo, Phil? ... In der Gegend von Mailand?«

Devereaux schüttelte den Kopf. Barton fuhr fort, ein Ohr am Telefon, den Blick unverwandt auf Sam gerichtet: »Oder Marseille? ... Oder Ankara? ... Und wie steht's mit Rashid?«

Devereaux schüttelte immer wieder den Kopf.

»*Algier?* ... Waren Sie in Algier? ... Nein, Phil, ganz kalt. Das ist wirklich eine ganz saubere Angelegenheit, sonst würde ich Sie doch nicht anrufen, oder? Eine einfache Investitionsangelegenheit, ganz legitim ... Ja, ich weiß, Phil ... Phil sagt, daß diesen Bastarden als nächstes Disneyland gehören wird ... Kommen Sie schon, Phil, das ist nicht koscher. Er wird ihm einfach den Rücken kehren. Ich wollte doch nur eine Bestätigung in bezug auf Dellacroces Status. Okay, schon gut. Klar. Danke.«

Barton legte den Hörer auf und lehnte sich zurück. »Da haben Sie's.«

»Ich habe vermutlich einen wunden Punkt berührt?«

»Das kann man wohl sagen. Dellacroce ist nicht nur letzte Woche aus einer wasserdichten Anklage herausgeschlüpft, sondern die Staatsanwaltschaft muß wegen einer undichten Stelle bei den Geschworenen sogar noch eine öffentliche Entschuldigung herausgeben. Was sagen Sie dazu?«

»Ich bin froh, daß ich nicht Jensen bin.«

»Jensen ist nicht froh darüber. Sein Büro wird Dellacroce ein paar Monate in Ruhe lassen und sich dann wieder auf ihn einschießen. Nicht daß es ihnen etwas nützen wird. Dellacroce hat den Arsch in Butter. Der rutscht so schnell aus einem Gerichtssaal heraus, wie er hineinrutscht.«

»Aber mein Mandant sollte Abstand halten.« Dem Tonfall nach, in dem Devereaux das aussprach, war das keine Frage.

»Er soll mindestens ein paar Kontinente zwischen sich und Dellacroce legen«, erwiderte Barton. »Hier machen nicht die Kleider Leute, sondern die Investoren. Da können Sie tatsächlich jeden zwischen Biscayne und San Clemente fragen.«

»Verdammt noch mal, ist das nicht interessant? Und sonst können Sie mir nichts erzählen?«

»Halten Sie sich fern von ihm«, sagte Devereaux und schob das Telefon etwas beiseite, um das Bourbonglas auf der anderen Seite des Schreibtischs zu erreichen. »So einen Burschen sollten Sie nicht in Ihre Nähe lassen.«

»Ich verstehe, was Sie sagen wollen.«

»Mir wäre lieber gewesen, wenn Sie gesagt hätten. ›Ja, Sam, ich werde mich von Angelo Dellacroce fernhalten.‹ Das würde ich gern hören.«

»Ich verstehe, was Sie sagen wollen.«

»Sie hören nicht zu. Wenn Sie einem Anwalt seine Gebühr bezahlen, dann hören Sie auf ihn. Und jetzt sprechen Sie mir nach: ›Ich werde nicht ...‹«

»Ich weiß, daß Sie einen schweren Tag hinter sich haben, aber Sie könnten sich vielleicht trotzdem mit dem nächsten Punkt auf der Tagesordnung befassen. Versuchen Sie wenigstens, ihren Denkapparat anzukurbeln.«

»Ich denke immer noch über Angelo Dellacroce nach.«

»Der Punkt ist erledigt, für ...«

»Freut mich, das zu hören ...«

»... für den Augenblick wenigstens. Und jetzt möchte ich, daß Sie einen Rohentwurf für einen Firmenvertrag ausarbeiten. Ein richtiges juristisches Dokument, wo sich Leute eintragen können, die Geld hineinstecken.«

»Leute wie Dellacroce?« Devereaux' Ton ließ keinen Zweifel an seinen Ansichten.

»*Verdammt*, vergessen Sie gefälligst diesen Spaghettibastard!«

»Nach allem, was ich über ihn weiß, sollten Sie ihn eher als königlichen Römer bezeichnen. Aber noch lieber wäre mir, wenn Sie ihn überhaupt nicht mehr erwähnten. Was für eine Art von Gesellschaft schwebt Ihnen vor? Wenn Sie wollen, daß die Firma in New York gegründet wird, muß ich einen anderen Anwalt einschalten. Das habe ich Ihnen gesagt.«

»Nein, Junge!« schrie Hawkins. »Ich möchte nicht, daß jemand anderer eingeschaltet wird! Sie müssen das allein machen!«

»Ich habe es Ihnen doch deutlich gesagt — meine Lizenz erlaubt es mir nicht, hier als Anwalt zu praktizieren. Ich kann im Staat New York keine Gründungspapiere einreichen.«

»Wer hat denn etwas von Einreichen gesagt? Ich will nur die Papiere.«

Sam war wie betäubt. Er wußte nicht recht, was der andere jetzt von ihm erwartete — was er sagen konnte. »Wollen Sie mir etwa weismachen, Sie hätten mich für zehntausend Dollar eingestellt, damit ich Papiere für Sie vorbereite, die Sie nicht *einreichen* wollen?«

»Ich habe doch nicht gesagt, daß ich das niemals tun würde. Ich will mir nur jetzt nicht den Kopf darüber zerbrechen.«

»Warum nehmen Sie sich nicht erst dann einen Anwalt, wenn Sie ihn brauchen? Und warum, zum Teufel, bin ich in New York?«

»Weil ich Sie nicht in Washington haben möchte. Zu Ihrem eigenen Nutzen. Und wenn ein Mann Geld für eine Firma aufbringt, dann braucht er einfach echte, juristisch aussehende Dokumente, die man ihm dafür gibt. Ich habe jetzt die Reihenfolge Ihrer Frage umgestellt.«

»Ich bin froh, daß Sie mir das gesagt haben. Ich will nicht

weiter darauf eingehen. Was für eine Firma soll das denn sein?«

»Eine ganz normale.«

»So etwas gibt es nicht. Jede Firma ist anders.«

»Ich meine die Art und Weise, in der die Profite geteilt werden — zwischen den Investoren ...«

»In diesem Punkt sind sie alle gleich. Oder sollten es zumindest sein.«

»Das ist die Art, die ich möchte. Keine krummen Touren!«

»Augenblick mal!« Devereaux legte den Hörer auf die Tischplatte und ging zu dem Stuhl hinüber, auf den er seinen Aktenkoffer gestellt hatte. Er nahm einen gelben Block mit liniertem Papier und zwei Bleistifte heraus, dann kehrte er zum Schreibtisch zurück. »Ich brauche jetzt Einzelheiten. Ich werde Ihnen einige Fragen stellen, damit ich dieses nicht einzureichende, inoffizielle Dokument vorbereiten kann.«

»Nur zu, Junge!«

»Wie soll der Firmenname lauten?«

»Darüber habe ich schon nachgedacht. Was halten Sie von Shepherd Company?«

»Nicht sehr viel. Ich weiß nicht, was das bedeutet. Nicht, daß es einen Unterschied machen würde. Sie können Ihr Unternehmen nennen, wie Sie wollen.«

»Mir gefällt Shepherd Company.«

»Schön.« Sam notierte sich die beiden Worte. »Adresse?«

»Vereinte Nationen.«

Devereaux starrte das Telefon an. »Was?«

»Die Adresse vom UNO-Gebäude.«

»Warum?«

»Das ist — symbolisch.«

»Sie können keine symbolische Adresse benutzen.«

»Warum nicht?«

»Nein, halt! Sie reichen die Papiere ja nicht ein. Und der Depositär?«

»Wer?«

»Die Bank, wo die Barmittel der Gesellschaft deponiert werden sollen.«

»Lassen Sie das offen. Ein paar Zeilen. Es werden einige Banken sein.«

Sams Bleistift stockte unwillkürlich. Er zwang ihn, wieder zu funktionieren. »Welchen Geschäftszweck soll die Firma erfüllen?«

In Washington blieb es eine Weile still. »Nennen Sie mir einige Geschäftszwecke, die gut klingen.«

Jetzt folgte eine längere Pause in New York. Devereaux' Bleistift sträubte sich ernsthaft. »Beginnen wir mit ›Absicht‹.«

»Nun, natürlich wollen wir Geld verdienen.«

»Wie?«

»Indem wir etwas haben, wofür die Leute zahlen wollen.«

»Fabrikation? Herstellung von Ware?«

»Nein, eigentlich nicht.«

»Vertrieb?«

»Das kommt der Sache schon näher. Weiter.«

»Wohin soll Ihre Ware vertrieben werden?«

»Ich brauche noch ein paar einschlägige Wörter«, erwiderte Hawkins.

»Ich bin kein Firmenanwalt, aber wenn ich mich richtig an meine Universitätszeit erinnere, besteht die Zielsetzung einer Firma — ihr Gewinnmotiv sozusagen — in der einen oder anderen Form der Herstellung, des Vertriebs, des Erwerbs oder von Dienstleistungen ...«

»Halt! Das ist es!«

»Dienstleistung?«

»Das ist gut, aber ich habe das vorher gemeint.«

Sam holte tief Atem. »Erwerb?«

»Das ist es. Erwerb.«

»Erwerb zu einem Preis und Abgabe zu einem zweiten, höheren Preis. Sie wollen in das Maklergeschäft einsteigen?«

»Ausgezeichnet, Sam. Jetzt lassen Sie Ihren Verstand arbeiten.«

Devereaux drückte den Bleistift gegen dessen körperlosen Widerstand und machte sich eine Notiz. »Wenn Sie Makler sind, muß es ein Produkt geben. Dienstleistungen oder Immobilien oder Waren ...«

»Von tiefreligiöser Natur«, unterbrach ihn MacKenzie mit leiser, würdevoller Stimme.

»Was?«

»Das Produkt.«

Sam atmete ein – es war ein langer Atemzug. Als er wieder ausatmete, war ein summendes Geräusch zu hören. »Wollen Sie damit sagen, daß Sie eine Gesellschaft gründen, um Maklergeschäfte mit religiösen Gegenständen zu betreiben?«

»Das ist es«, antwortete Hawkins schlicht.

»Um Himmels willen, *was*?«

»›Maklergeschäfte mit religiösen Gegenständen‹. Verdammt, Junge, das ist perfekt!«

Devereaux lieh sich von Barton die im Staat New York für eine Gesellschaft mit beschränkter Haftung üblichen Formulare aus. Es bereitete relativ wenig Mühe, seine Notizen in die Formulare zu übertragen und das Ganze dann von der Hotelsekretärin neu tippen zu lassen, als hätte er es diktiert. Als Sam sich das Endprodukt mit seinen Leerzeilen für Investoren, Depositäre, Beträge und der geheimnisvoll klingenden Beschreibung von ›Maklergeschäfte mit religiösen Kunstgegenständen‹ ansah, fand er, daß es gar nicht übel aussah.

Wirklich, wie ein Kapitel aus Blackstone. Ja, sinnierte Sam, als er den Umschlag mit den Verträgen, die er MacKenzie Hawkins schicken würde, in der Hand hielt. Es sah wirklich nicht übel aus. In ein paar Tagen würde er wieder in Boston sein, bei Aaron Pinkus. Seine ›juristische‹ Tätigkeit für den Hawk war beendet. Insgesamt hatte sie neun Tage in Anspruch genommen, knappe drei Wochen weniger als der Monat, den Mac geschätzt hatte.

Er hatte sich bereit erklärt, noch ein oder zwei Tage im

Drake zu bleiben, um Mac damit hinreichend Gelegenheit zu geben, die Arbeit seines Anwalts zu billigen. Für Sam stand es fest, daß seine Leistung Anerkennung finden würde, und so war es auch.

»Auf mein Wort, Sam, das ist tatsächlich ein imposantes Dokument«, sagte der Hawk am Telefon. »Erstaunlich, daß Sie das alles so schnell formulieren konnten!«

»Es gibt da gewisse Richtlinien, denen man folgen kann. So schwierig war es gar nicht.«

»Sie sind zu bescheiden, junger Freund.«

»Ich bin nur daran interessiert, nach Boston zurückzukehren ...« begann Sam.

»Das kann ich verstehen«, unterbrach ihn Hawkins, ohne die entsprechende Zustimmung, die den wachsenden Schmerz in Devereaux' Magen hätte eindämmen können.

»Hören Sie, Mac ...«

»Ich sehe, daß Sie mich zum Vorstand der Gesellschaft gemacht haben. Das haben Sie mir nicht gesagt.«

»Ich hatte keine anderen Namen zur Verfügung. Ich habe Sie bezüglich der Vorstandsmitglieder befragt, und Sie sagten, ich sollte das offenlassen.«

»Was besagen diese Titel ›Schriftführer‹ und ›Schatzmeister‹? Ist das wichtig?«

»Nur, wenn Sie die Dokumente einreichen.«

»Und wenn ich mich eines Tages dafür entscheiden sollte?«

»Üblicherweise werden zwei dieser Ämter in einer Person vereinigt. Die meisten Staaten verlangen bei einer Gesellschaft mit beschränkter Haftung aber wenigstens zwei geschäftsführende Partner.«

»Aber wenn ich wollte, könnte ich auch mehr haben, oder?«

»Sicher.«

»Ich wollte nur wissen, was korrekt ist, Sam. Aber es ist nicht wichtig. Ich werde die Dokumente nie einreichen. Sie dienen nur dazu, mir die Zeit zu vertreiben.«

Devereaux hatte das Gefühl, als könnte er eine gewisse

Melancholie aus Hawkins' Stimme heraushören. Begann Mac etwa, seine Fantasievorstellungen unter Kontrolle zu bekommen? Begann er zu begreifen, daß sein irrationaler Vorstoß in die juristischen Formalitäten der Firmengründung einfach nur ein Ausgleich für die mangelnde Möglichkeit war, militärische Entscheidungen zu treffen? Sam entspannte sich allmählich. Dieses alte Schlachtroß begann ihm leid zu tun. *Zeitvertreib* — das war ein Euphemismus für: *Ich muß meine Tage ausfüllen.* »Ich verstehe, General.«

»He, Sam, Sie haben mich seit Wochen nicht mehr mit ›General‹ angesprochen.«

»Verzeihen Sie, das ist mir nur so rausgerutscht.«

»Ich werde mich morgen bei Ihnen melden, Junge. Sie haben schwer gearbeitet, amüsieren Sie sich heute abend ein wenig. Und vergessen Sie nicht, Ihre Vergnügungen auf die Spesenrechnung zu setzen.«

»Was diese zehn Riesen betrifft — das ist sehr großzügig von Ihnen. Aber ich will das Geld nicht haben. Ich brauche es nicht. Ich werde meine Ausgaben abziehen — die Stenotypistin, die Nebenkosten und das alles — und schicke Ihnen den Rest zurück. Und dann kenne ich da einen Investmentberater in Washington ...«

Devereaux hielt inne. Er begriff, daß das Klicken am anderen Ende der Leitung das Gespräch beendet hatte.

Es hatte wirklich wenig Sinn, auf die Freuden des Lebens zu verzichten. Er hatte genügend Wochenenden in New York verbracht, um zu wissen, wo sich etwas tat. In den Singles' Bars an der Third Avenue.

Sam hatte geradezu spektakulären Erfolg. Ein wohlgerundetes junges Ding aus Omaha, Nebraska — dem Landsitz von Henry Fonda und Marlon Brando — war nach New York gekommen, um die Höhen des Broadway zu erklimmen. Die Kleine war ungeheuer beeindruckt, als sie die Bekanntschaft eines Anwalts machte, der häufig für Metro-Goldwyn-Warner-Brothers tätig war, wenn er nicht gerade Verträge für das *Masterpiece-Theater* abschloß.

Sam war ebenfalls beeindruckt. Die ganze Nacht hindurch, den größten Teil des nächsten Morgens, einen Teil des darauffolgenden Nachmittags und (mit ein paar Pausen für die Nahrungsaufnahme und ein wenig Konversation) bis in den nächsten Abend hinein.

Es war neun Uhr siebenundzwanzig, als das Telefon klingelte – neun Uhr neunundzwanzig, als das wohlgerundete junge Ding schläfrig sagte: »Sam, das Telefon steht auf meiner Seite.«

»Du bist sehr aufmerksam.«

»Soll ich abnehmen?« fragte sie.

»Ja, schließlich steht's ja auf deiner Seite.«

»Soll ich wirklich?«

Sam schlug die Augen auf. Das Mädchen hatte sich aufgerichtet und streckte sich. Das Laken war heruntergefallen. »Mach schnell«, sagte Devereaux.

»Nun, wenn du meinst ...«

»Ich bin nicht verheiratet, und meine Mutter weiß nicht, wo ich bin, und Aaron Pinkus würde es nichts ausmachen. Nimm ab, beeil dich und leg wieder auf.«

Das Mädchen griff nach dem Hörer. Sam griff nach dem Mädchen.

»Da ist ein Mann mit einer heiseren Stimme, der mit dir sprechen möchte. Er sagt, er heißt Angelo Dellacroce.« Sie reichte Sam den Hörer.

»He, *Sie*!« Die Worte schossen förmlich aus dem Telefon. »Sind Sie Samuel Deveruus, Schriftführer und Schatzmeister von dieser Shepherd Company?«

9.

Exgeneralleutnant MacKenzie Hawkins, dem zweimal der höchste Orden der Nation für außergewöhnliche Tapferkeit im tödlichen Kampf gegen den Feind zuerkannt worden war, duckte sich wie ein verängstigter Junge beim Anblick von Exmajor Sam Devereaux, bekannt als militärischer Unfall.

Hawkins konnte Sam am Eingang des North Hampton Golf Club aus dem Taxi steigen sehen. Die Messinglampen auf den Steinsäulen zu beiden Seiten der Einfahrt bildeten die einzige Lichtquelle. Es war eine kalte, wolkige Nacht, und kein Mond stand am Himmel. Aber das Licht der Messinglampen reichte aus, um Devereaux' besorgten Gesichtsausdruck erkennen zu lassen.

Sam war wütend, das war MacKenzie bewußt. Aber, dachte er, gelogen hatte er eigentlich nicht. Nicht wirklich. Er hatte Devereaux nie gesagt, daß er *nicht* an Angelo Dellacroce herantreten würde. Als Sam ihn diesbezüglich bedrängt hatte, hatte er nur gesagt, daß er dazu keinen Grund hätte. In diesem Augenblick. Nicht *später*.

Die Schriftführer-Schatzmeisterfunktion war etwas anderes. Auf dem Partnerschaftsvertrag sah das einmalig aus: ›*Samuel, Devereaux, Esq., Rechtsanwalt, Suite 4-F, Drake Hotel, New York.*‹ Unmittelbar über der Zeile, die für das zweitwichtigste Amt in der Shepherd Company reserviert war. Das alles konnte Devereaux nur Vorteile bringen, und das würde er gleich erkennen. Aber im Augenblick erinnerte Samuel Devereaux, Esq., an einen Bullen in einem Käfig, dem man ein rotes Tuch zeigt.

Der Hawk hatte sich zu dem Treffen mit Dellacroce einverstanden erklärt, weil es ihm paßte. Der Italiener war so besorgt, er könnte beobachtet werden, daß er darauf bestanden hatte, sich mit Mac zwischen Mitternacht und ein Uhr früh am sechsten Loch des North Hampton Golfklubs zu verabreden. Aber wenn Hawkins damit nicht einverstanden gewesen wäre und sich statt dessen für das Büro der Ball Telephone Company entschieden hätte, dann hätte Dellacroce kapituliert.

Dellacroce hatte nämlich keine Wahl. Mac besaß eine Akte über den Mafioso, und die hätte ihm eine Gefängnisstrafe eingetragen, die eines Gerichts in der Volksrepublik China würdig gewesen wäre.

Aber ein Zusammentreffen mitten in der Nacht auf einem von dicken Bäumen und Strömen und kleinen Seen umgebenen Terrain sagte Hawkins zu. In einem solchen Territorium fühlte er sich zu Hause. Es war nicht gerade Kambodscha oder Laos, aber ihm half das sozusagen, in Übung zu bleiben.

Er flog am Nachmittag von Washington ein, mietete sich mit falschen Papieren einen Wagen und fuhr nach North Hampton. Als die Dunkelheit hereingebrochen war, fuhr er um den Golfklub herum und parkte am Westrand. Dellacroce hatte ihm gesagt, daß der Klub abends geschlossen wurde und daß der Nachtwächter gegen einen seiner Männer ausgetauscht werden würde.

Was natürlich bedeutete, daß Dellacroce die Patrouillen überall verdoppeln würde, besonders in der Gegend des sechsten Lochs.

Die Taschen mit Rollen von dünner Schnur und drei Zoll breitem Klebepflaster vollgestopft, wandte Hawkins eine alte Ho-chi-Minh-Taktik an, die ihm in der Vergangenheit schon so manches Mal gute Dienste geleistet hatte. Er begann seinen Kommandoangriff an dem am weitesten innen liegenden Punkt im feindlichen Terrain und arbeitete sich nach vorn.

Um dreiundzwanzig Uhr fingen die feindlichen Patrouillen an, ihre Positionen im North Hampton Golfklub zu besetzen. Insgesamt waren es neun an der Zahl (ein paar mehr, als Mac erwartet hatte), und sie verteilten sich am Waldrand zu beiden Seiten der sechsten Bahn, wobei die Reihe nach hinten bis zum Klubhaus reichte. Hawkins machte nacheinander acht Wachtposten operationsunfähig. Er nahm ihnen alle Waffen ab, fesselte sie und verklebte ihnen die Gesichter mit Heftpflaster — alle Gesichtsmuskeln, nicht nur den Mund — und machte sie mit *Kai-sai*-Schlägen an der Schädelbasis bewußtlos. Dann arbeitete er sich zu dem neunten Mann zurück, der den Eingang bewachte.

Für diesen Mann hatte er sich eine Strategie aufbewahrt, die sich gegen die Pathet Lao als besonders wirksam erwiesen hatte. Der Wächter mußte nämlich imstande sein zu reden.

Der Mann war außergewöhnlich kooperativ. Besonders, nachdem Mac ihm die Hosen vom Schritt bis zum Umschlag aufgeschlitzt hatte.

Zehn Minuten vor Mitternacht rollte Dellacroces riesige schwarze Limousine schnell durch das Tor auf die breite Säulenallee zu. In der Dunkelheit sagte der neunte Mann, der an einer Säule festgebunden war: »Alles in Ordnung, Mr. Dellacroce. Die Jungs sind ausgeschwärmt, so wie Sie es wollten.«

Die Stimme des Mannes klang ein wenig hoch und wirkte etwas angespannt, aber Hawkins vermutete zurecht, daß Dellacroce andere Dinge im Sinn hatte.

»Okay, sehr gut«, lautete die heisere Antwort, als Dellacroce aus dem Auto stieg, flankiert von zwei kräftig gebauten Leibwächtern, die wie Gorillas dahintrabten, die Hände im Pelz. »Rocco, du bleibst hier bei Augie. Fingers, du kommst mit. Meat, du schaffst den Scheißwagen nach dort hinten auf den Parkplatz, wo man ihn nicht mehr sieht.«

Ehe Dellacroce und Fingers um die Ecke gebogen waren, hatte Hawkins den neunten Mann mittels *Kai-sai* aus dem Verkehr gezogen. Und als Dellacroce und Fingers über den Rasen verschwunden waren, hatte sich Rocco in friedlichem Vergessen zu Augie gesellt.

Der Herr namens Meat war Hawkins' nächstes Opfer. Es nahm fünf Minuten in Anspruch, aber nur, weil Meat ein erfahrener Kämpfer war. Er parkte die Limousine nicht am Rand des Parkplatzes. Statt dessen hatte er in der Mitte angehalten. Gut postiert, dachte Mac. Meat konnte all seine Flanken unbehindert beobachten. Meat war gut.

Aber nicht gut genug.

MacKenzie huschte schräg aus dem Parkplatz über den ersten Abschlagplatz und quer über das Feld, zur Bahn sechs. Da Dellacroce eindeutig erklärt hatte, daß er allein kommen würde, wußte Hawkins, daß Fingers sich irgendwo in der Dunkelheit verstecken würde, zweifellos am Waldrand, und wenn er ein Hirn im Kopf hatte, auf der anderen Seite der Bahn, an der Ostseite, wo er eine viel bessere Schußlinie hatte.

Aber Fingers hatte nicht viel Grips im Kopf. Er blieb auf der westlichen Bahn, lauerte geduckt im Unterholz, wo er die hintere Flanke nicht beobachten konnte.

Verdammt, dachte MacKenzie, es machte wirklich keinen Spaß, ein Arschloch wie Fingers fertigzumachen.

Trotzdem schnappte er sich den Burschen. Lautlos. In elf Sekunden.

Damit war Angelo Dellacroce allein auf Bahn sechs, das rotglühende Ende einer Zigarre stach aus seinen fetten Lippen, sein plumper Körper sackte bequem herunter, und er hatte die dicken Hände hinter dem Rücken verschränkt, als wartete er in einer etwas langweiligen Trattoria darauf, daß man ihm einen Teller mit Linguini servierte.

Drei Minuten später war Devereaux' Taxi auf der verlassenen Seitenstraße, die zum Golfklub führte, zu hören, und MacKenzie wartete hinter der Säule.

Als Sam etwas zögernd die Einfahrt heraufging, beschloß Hawkins, ihm nichts von den bewegungsunfähig gemachten Wachtposten zu sagen. Das würde den ehemaligen Major nur beunruhigen. Es war besser, wenn er glaubte, Dellacroce hätte sein Wort gehalten und wäre allein gekommen.

»*Verdammt!* Hallo, Sam!«

Devereaux warf sich auf den Boden und krallte sich in den Kies, als hinge sein Leben davon ab. Dann blickte er auf. MacKenzie zog eine kleine, aber kräftige Taschenlampe hervor und knipste sie an.

Der Exmajor war wirklich wütend. Sein Gesicht wirkte verkniffen und aufgedunsen, als wollte es jeden Augenblick unter der Haut explodieren.

»Sie sind ein unmoralischer Hundesohn!« flüsterte Sam, wobei sich Zorn und Angst vermengten. »Sie *Drecksack!* Sie sind das Widerwärtigste, was je gelebt hat! Was zum Teufel haben Sie getan, Sie Bastard?«

»He, he, so redet man doch nicht! Kommen Sie schon,

stehen Sie auf, Sie wirken richtig albern da auf dem Boden ...« MacKenzie griff nach Devereaux' Hand.

»Nicht anfassen, Sie Schnecke! Sie verdienen es nicht einmal, mongolische Schafe zu bumsen! Ich hätte zulassen sollen, daß Lin Shoo Ihnen die Fingernägel abzieht, einen nach dem anderen, viertausend Jahre lang! Sie sollen mich nicht anfassen!« Sam richtete sich mühsam auf.

»Hören Sie, Major ...«

»Sie sollen mich nicht Major nennen! Ich habe keine Erkennungsnummer mehr, ich will niemals mehr mit einem Titel angesprochen werden, der auch nur entfernt militärisch klingt! Ich bin Anwalt, aber ich bin nicht *Ihr* gottverdammter Anwalt! Wo zum Teufel sind wir? Wie viele ›Torpedos‹ haben denn ihre Schießeisen auf uns gerichtet?«

MacKenzie grinste. »Hier ist niemand, Junge. Nur Dellacroce, der wie ein netter Onkel bei einer Spaghettiparty draußen auf dem Golfplatz steht.«

»Das glaube ich nicht! Wissen Sie, was dieser Gorilla mir am Telefon geantwortet hat, als ich sagte, ich würde nicht hierherkommen? Dieser gottverdammte Gangster hat behauptet, daß das sehr schlecht für meine Gesundheit wäre!«

»Oh, darauf sollten Sie nicht achten. Diese Typen führen immer eine harte Sprache.«

»Harte Sprache! Daß ich nicht lache!« Devereaux versuchte, in der Dunkelheit etwas zu erkennen. »Dieser Verrückte hat gesagt, wenn ich zu spät käme, würde er einen Obstkorb ins Krankenhaus schicken — morgen! Und wenn ich versuchte, die Stadt zu verlassen, dann würde mich einer seiner Schläger finden — ein gewisser Meat. Und zwar, bevor die Woche um wäre!«

Der Hawk schüttelte den Kopf. »Meat ist nicht schlecht, aber ich glaube, den würden Sie schaffen. Ich würde mein Geld auf Sie setzen, Junge.«

»Ich will ihn nicht schaffen — ihn nicht und sonst keinen! Und Sie sollen auch kein Geld auf mich setzen! Sie werden mich nie wiedersehen! Ich wollte das nur hinter mich bringen. Ich möchte diesen Dellacroce kennenlernen und ihm sagen, daß die ganze Geschichte ein verrückter Irrtum ist! Ich habe etwas für Sie abtippen lassen, und das ist alles!«

»Jetzt hören Sie mir mal zu, Junge. Das ist jetzt eine typische Überreaktion. Sie brauchen sich überhaupt keine Sorgen zu machen.« Hawkins ging über den Rasen. Devereaux hielt mit ihm Schritt, und jedesmal, wenn er ein Geräusch hörte, zuckte sein Kopf herum. »Mr. Dellacroce wird äußerst kooperativ sein. Und er wird auch keine harten Reden mehr führen, das werden Sie sehen.«

»Was war das?« Ein quietschendes Geräusch war zu hören.

»Regen Sie sich doch nicht auf! Wahrscheinlich sind Sie in Hundescheiße getreten. Tun Sie mir einen Gefallen. Fangen Sie nicht an, irgend etwas zu erklären, so lange ich nicht mit Dellacroce gesprochen habe, okay? Ich brauche höchstens drei oder vier Minuten.«

»*Nein!* Unter keinen Umständen! Ich habe keine Lust, mir eine vielversprechende Anwaltskarriere auf einem Golfplatz der Cosa Nostra kaputtmachen zu lassen! Diese Leute treiben keine Spielchen! Die verwenden Revolver und Ketten und Zement! Und Flüsse! Was war das?« In den Bäumen war ein Flattern zu hören.

»Wir haben einen Vogel aufgeschreckt. Lassen Sie es mich so ausdrücken. Wenn Sie einfach den Mund halten, bis ich fertig bin, dann zahle ich Ihnen noch einmal zehntausend. In bar. Ohne Quittung. Wie wäre das?«

»Sie sind verrückt! Nein und nochmals nein. Weil ich das Geld nämlich nicht ausgeben kann, wenn ich auf einem Bostoner Friedhof unter der Erde liege! Sie könnten mir zehn Millionen anbieten — die Antwort wäre immer noch nein!«

»Das ist gar nicht so abwegig ...«

»Herrgott, lassen Sie sich in eine Anstalt einweisen, ehe das ein anderer für Sie tut!«

»Dann werde ich es, fürchte ich, so ausdrücken müssen — Sie halten entweder den Mund, bis ich meine Besprechung mit Mr. Dellacroce beendet habe, oder ich rufe morgen früh das FBI an und sage denen, daß da ein ehemaliger Major herumläuft und Abwehrdokumente verhökert, die er aus den G-2-Archiven entwendet hat.«

»O nein, das werden Sie nicht! Weil ich dann nämlich die Wahrheit sagen werde. Ich werde erzählen, wie Sie mich erpreßt und anschließend hereingelegt und dann wieder erpreßt haben. Die brummen Ihnen dann eine Gefängnisstrafe auf, daß Sie sich nach Peking zurückwünschen werden!«

»Jetzt wird es wirklich kompliziert, wie? Ich meine, Sie würden die Brokemichael-Geschichte wieder ans Licht zerren. Wie würde das denn aussehen? Ein Mann verletzt die Spionagegesetze, weil er Lust hat, ein paar zusätzliche Monate im Dienste seines Landes zu verbringen. In einem Polstersessel, wohlgemerkt, nicht einmal draußen im Feld. Eine ziemlich schwache Erpressung, würde ich sagen.«

»Sie *unmoralischer* ...«

»Ich weiß, ich weiß«, sagte der Hawk müde. »Sie wiederholen sich. Sie sollten nur endlich begreifen, daß mir das nichts ausmacht. Wie Sie selbst sagten, man hat mich ganz schön reingelegt. Ob die das noch einmal schaffen würden?«

Hawkins ging weiter. Devereaux folgte ihm widerstrebend, wobei sein Blick ständig hin und her huschte. Seine Nerven waren offensichtlich zum Zerreißen gespannt, und er mußte ein paarmal mit unartikulierten Krächzlauten zum Sprechen ansetzen, ehe er ein Wort hervorbrachte. »Haben Sie denn gar keinen Anstand, Sir? Überhaupt kein Mitgefühl? Empfinden Sie denn gar keine Liebe zu Ihren Mitmenschen?«

»Doch, ganz bestimmt«, erwiderte der Hawk. Sie überquerten jetzt den dritten Abschlagplatz. »Und jetzt halten Sie mal Ihre eloquente Zunge eine Weile im Zaum. Wenn es ihnen nicht paßt, wie die Dinge laufen, können Sie ja sagen, was Sie zu sagen haben. Könnte ich noch fairer sein?«

Der bedeckte Himmel begann aufzureißen, gelegentlich

schien der Mond durch die Wolkendecke. Und hundert Meter weiter vorn konnten sie die breitschultrige Gestalt von Angelo Dellacroce sehen, die Hände immer noch hinter dem Rücken verschränkt, immer noch einen glühenden Zigarrenstummel im Mund.

»Der muß vorn über und über voll Asche sein«, sagte Hawkins leise. Dann fragte er etwas lauter: »Mr. Dellacroce?«

Der korpulente Mann stieß ein knurrendes Geräusch aus. MacKenzie knipste seine Taschenlampe an und hielt sie sich über den Kopf, so daß der Lichtkegel auf sein stahlgraues Haar fiel und Schatten über seinen präzis gestutzten Van-Dyke-Bart warf.

»Sie machen sich zur Zielscheibe!« flüsterte Sam.

»Wer soll denn schießen?«

Sie gingen auf den Italiener zu. Mac streckte seine Hand aus. Dellacroce machte keine Anstalten, danach zu greifen. Hawkins sagte leise: »Selbst als ich in Vietnam eine Kapitulation annahm, hat man mir die Hand gereicht. Das unterscheidet uns irgendwie von den Tieren.«

Dellacroce holte widerstrebend die Rechte hinter dem Rücken hervor, und die beiden schüttelten sich die Hände. »Ich bin kein Vietnamese, und das hier ist keine Kapitulation«, sagte er mit seiner rostigen Stimme.

»Natürlich nicht«, antwortete MacKenzie munter. »Das ist der Anfang einer lukrativen Verbindung. Übrigens, das hier ist mein Anwalt und guter Freund Sam Devereaux ...«

»*Mac!*«

»Halten Sie den Mund, und geben Sie ihm die Hand«, befahl Hawkins *sotto voce*. »Verdammt noch mal, Jungs, ich habe gesagt, ihr sollt euch die Hand geben!«

Mit noch größerem Widerstreben schoben sich die beiden Hände langsam aufeinander zu, berührten sich kurz und lösten sich dann wieder voneinander, als fürchteten die beiden Besitzer, sie könnten sich infizieren.

»So ist es besser«, sagte der Hawk, geradezu enthusiastisch. »Jetzt können wir reden.«

Und das tat MacKenzie. Er fing an, indem er die illegalen Aktivitäten — im Inland wie im Ausland — Angelo Dellacroces aufzählte. Er brauchte zwei Minuten dazu.

»So, Mr. Dellacroce, und der Grund, daß die Behörden Sie nicht greifen können, liegt darin, daß sie zu keiner der Banken Zugang haben, die in diese diversen Unternehmungen eingeschaltet sind. Mir ist bewußt, daß Sie das verwundern wird, Sir, aber ich glaube, daß ich diesen Zugang habe. Da gibt es eine Bank in Genf — die ersten drei Ziffern der Kontonummer sind sieben, eins, fünf. Auf diesem Konto liegen knapp über zweiundsechzig Millionen Dollar ...«

»*Basta! Basta!*«

»... und die Einzahlungen sind unmittelbar von den Punkten aus erfolgt, die ich angedeutet habe. Nun vermute ich, daß Sie die neuen Schweizer Gesetze bezüglich solcher Konten studiert haben. Zugegebenermaßen sind es recht komplizierte Gesetze, weil Betrug außerhalb der Schweiz nicht notwendigerweise auch in Genf als Betrug angesehen wird. Aber, verdammt noch mal, ob sie es nun glauben oder nicht, Interpol hat jetzt eine Möglichkeit, diese Konten zu beschlagnahmen! Die brauchen dazu bloß die Kopie einer Zahlung — auf ein Sonderkonto — vorzulegen, die von einem rechtskräftig verurteilten Rauschgifthändler getätigt wurde. Und ich habe das wunderbare Glück, daß ich eine ganze Anzahl von Fotokopien solcher Zahlungsbelege in meinem Besitz habe ...«

»*Basta!* Halten Sie das Maul!« brüllte Dellacroce. »*Fingers! Manny! Carlo! Dino!* Herkommen! *Sofort!*«

Aber als Antwort waren nur die Geräusche der Nacht zu hören.

»Es ist niemand da, zumindest niemand, der Sie hören kann«, sagte der Hawk leise.

»*Was!? — Fingers! Figlio della putana!* Her da!«

Nichts.

»So, Mr. Dellacroce. Jetzt werden Sie und ich uns ein paar Schritte von meinem Freund und Anwalt entfernen, damit wir ganz privat sprechen können.« MacKenzie berührte den Arm des Italieners, den dieser sofort wegriß.

»*Meat! Augie! Rocco!* Hört ihr mich, Jungs? Herkommen!«

»Die schlafen, Sir«, sagte Hawkins mit freundlicher Stimme. »Es wird noch ein paar Stunden dauern, bis sie aufwachen.«

Dellacroces Kopf fuhr zu Mac herum. »Haben Sie Bullen mitgebracht? Wie viele Bullen haben Sie?«

»Keinen einzigen. Nur ich und mein guter Freund und Rechtsanwalt ...«

»Wie viele sind es? Allein könnten Sie nicht ...«

»Allein habe ich«, antwortete der Hawk.

»Meine besten Jungs!«

MacKenzie schmunzelte. »Dann möchte ich Ihre Nachschubtruppen nicht sehen. Und jetzt wird es Zeit für unser privates Gespräch.«

Der Hawk führte Dellacroce ein Stück abseits. Er redete leise genau vier Minuten und dreißig Sekunden auf ihn ein.

Und dann schrillte ein ohrenbetäubender Schrei durch die Stille am sechsten Loch.

»*Mannnnaaagggiii!*«

Und Angelo Dellacroce fiel auf dem manikürten Rasen in Ohnmacht.

MacKenzie beugte sich über ihn und ohrfeigte ihn sanft, bis er wieder zu Bewußtsein kam.

Sie redeten weiter, wobei der Hawk den Italiener am dicken Nacken hielt, als wäre er ein Krankenpfleger.

Dann kam wieder der Schrei.

»*Mannnnaaagggiii!*«

Und wieder fiel Dellacroce ihn Ohnmacht.

Also belebte der Hawk ihn aufs neue.

Und sie redeten weitere zwei Minuten.

»*Mannnnaaagggiii!*«

Diesmal ließ MacKenzie den Kopf des Mannes ins Gras sinken und stand auf. Der Mond war durch die nächtlichen

Wolken gebrochen und ließ den benommenen Sam erkennen, der Dellacroce ungläubig anstarrte. Das war's, dachte der Hawk, während er langsam auf Devereaux zuging. Es hatte keinen Sinn, es weiter hinauszuschieben. Er würde es Sam sagen müssen. Es gab keinen anderen Weg.

»Nun, Sam«, begann Mac ruhig und zuversichtlich, »das ist ein ziemlich guter Anfang. Mr. Dellacroce war geradezu erpicht darauf, sich zur Zahlung des vollen Betrags zu verpflichten, den wir für ihn reserviert hatten. Die Shepherd Company hat ihre ersten zehn Millionen Dollar.«

Die Knie versagten Devereaux den Dienst. Der Hawk sprang vor und packte ihn, ehe er zu Boden fiel. Nicht daß der Boden hart gewesen wäre, aber MacKenzie wollte Sam das Gefühl vermitteln, daß er ihm wichtig war. Es war immer gut, wenn ein Erster Adjutant wußte, daß der Befehlshaber um sein Wohlergehen besorgt war. »Verdammt, Junge, das muß aufhören! Sie benehmen sich fast genauso schlecht wie Mr. Dellacroce! Und das gehört sich nicht – Sie sind aus besserem Stoff!«

Sams Augen leuchteten glasig im Mondlicht. Die Worte, die sich seinen zitternden Lippen entrangen, wirkten unzusammenhängend, aber es gab da einige Sätze, die er oft genug wiederholte, so daß man sie verstehen konnte. »Schriftführer-Schatzmeister! ... Oh, mein Gott, ich bin *Schriftführer*-Schatzmeister! Zement für zehn Millionen Dollar! Ich stecke in einer Scheiße im Wert von zehn Millionen Dollar! Die werden mir Stiefel aus Zement anziehen! Ich bin ein toter Mann!«

»Jetzt hören Sie auf zu jammern! Sie sind ein ausgewachsener Anwalt. Sie sollten nicht so durchdrehen.«

»Ich hätte Ihnen nie begegnen dürfen, Sie Bastard! In meinem ganzen Leben ist mir nichts Schlimmeres passiert! Oh, mein Gott! Dieser Killer ist ohnmächtig!«

»Das wären Sie beinahe auch. Ich habe Sie im letzten Augenblick festgehalten.«

»*Schsch!* Verschwinden wir von hier! Ich schicke ihm einen Brief – ich besorge mir Briefpapier aus der Irrenanstalt von Bellevue — ich lasse mir bestätigen, daß Sie verrückt sind! Das Ganze war ein lausiger Witz!«

»Oh, Mr. Dellacroce weiß, daß das nicht so ist, Junge.« Hawkins tätschelte Devereaux mit der rechten Hand die Wange, während er ihn mit der linken am Genick festhielt, so daß er sich oberhalb der Hüften nicht bewegen konnte. »Dellacroce ist ein sehr religiöser Mann, die meisten von diesen Italienern sind so — ganz gleich, womit sie sich den Lebensunterhalt verdienen. Das sind zwei völlig getrennte Bereiche. Er weiß, daß ich ihm die Wahrheit gesagt habe.«

»Wovon zum Teufel reden Sie denn? Was hat denn die Religion mit all dem zu tun? Lassen Sie meinen Hals los, verdammt!«

»Die Religion hilft einem Menschen, die Wahrheit zu erkennen. Mag sein, daß sie ihm nicht gefällt. Seiner *Religion* gefällt sie vielleicht auch nicht, oder sie gibt nicht einmal zu, daß es die Wahrheit ist. Aber aufgrund seiner Einsicht kann der religiöse Mensch das, was echt ist, von der Pferdekacke unterscheiden. Können Sie mir folgen?«

»Keine Sekunde lang! Mein Hals tut weh!«

»Tut mir leid. Ich lasse Sie jetzt los. Aber es ist an der Zeit, daß wir miteinander sprechen.« MacKenzie ließ die Hand sinken. Im gleichen Augenblick wollte Devereaux losrennen, aber der Hawk griff sofort wieder zu und warf ihn ins Gras, wo er ihn eisern festhielt. »Ich habe gesagt, wir müssen reden. Sie sind ein vernünftiger Mensch. Sie müssen doch die Logik erkennen, die darin liegt.«

»Das Problem«, flüsterte Sam, der sich auf dem Boden wand, »liegt darin, daß Sie *nicht* vernünftig *und* nicht logisch sind! Wissen Sie, was Sie getan haben? Solche Typen . . .« Er machte eine Kopfbewegung. Seine Hände konnte er nicht gebrauchen. ». . . die frieren Leute ein, weil sie ihre Buchmacher beschummeln! Die denken sich gar nichts dabei, ein prunkvolles Begräbnis auszurichten — für einen *paisan*, der ihnen Geld unterschlagen hat! Ich weiß das. Ich bin aus *Boston.*«

»Das ist schon wieder eine von Ihren Überreaktionen. Mr. Dellacroce wird nichts dergleichen tun. Er weiß, wo er steht — und zwar in etwa zwanzig Fuß Lauge, wenn er sich nicht benimmt. Dieses Konto in Genf ... Er hat seine eigenen Leute bestohlen.«

Devereaux starrte Mac widerstrebend und argwöhnisch im Mondlicht an. »Sind Sie da sicher?«

»Das stand alles in den G-2-Akten. Das Unangenehme war nur, daß sich niemand einen Reim darauf macht. Ich glaube, die wollten das nicht. Dellacroces Verein unterstützt das Pentagon, da gibt es Regierungsverträge und Verbindungen mit den Gewerkschaften — wollen Sie mir jetzt zuhören?«

Mit einem Widerstreben, das aus seiner Angst geboren war, aber gleichzeitig mit einer Zustimmung, die auf Notwendigkeit fußte, nickte Sam. Der Hawk half ihm auf die Beine, und dann schlenderten die beiden Männer auf das sechste Loch zu. Jetzt hatten sie eine mächtige Eiche erreicht, deren Blätter wie ein Filter für das Mondlicht wirkten. Sam setzte sich, an den Stamm gelehnt, während Mac vor ihm auf ein Knie sank — ein Linienoffizier, der einem Stützpunktkommandanten Befehle erläutert.

»Erinnern Sie sich, wie ich Ihnen vor ein paar Wochen sagte, daß ich mich um Dinge gekümmert hätte, über die ich vorher nie viel nachgedacht hatte? Um Gott und die Kirche und solche Dinge.«

»Ich erinnere mich, wie ich sagte, ich würde nicht lachen ...« Devereaux' Antwort war ausdruckslos, vorsichtig. Monoton.

»Das war sehr klug, Junge. Nun, ich *habe* über einiges nachgedacht, aber nicht so, wie Sie vielleicht meinen. Sie und ich, wir wissen, daß neunundneunzig Prozent der ganzen Kommunistenpropaganda Pferdekacke ist. Jeder weiß das. Die unsere ist das nur zu — nun, sagen wir, fünfzig bis sechzig Prozent. Also haben wir in dem Punkt einen Vorsprung. Aber dieses eine Prozent Wahrheit bei den Roten hat mich nachdenklich gemacht. Ich meine die katholische Situation. Es geht nicht um das, was die Leute *glauben*. Das ist ihre Angelegenheit. Ich interessiere mich nur dafür, wie diese Organisation funktioniert. Und ich glaube, diese Burschen im Vatikan haben da eine so gute Sache laufen, daß sie davon ein wenig abgeben sollten. Ich meine, die haben Investitionen, Junge. Wenn der Aktienmarkt irgendwo auf der Welt ein paar Punkte steigt, machen die Trillionen.«

»Und wenn er sinkt, verlieren sie Trillionen.«

»Nein! Die Makler holen sie rechtzeitig raus, sonst fliegen die aus den Malteserrittern. Das gehört zum Arrangement. Und dann dürfen sie sich nicht mehr mit dem Papst fotografieren lassen.«

»Unsinn!«

»Wenn das Unsinn ist, warum haben dann sämtliche katholischen Makler an der Wall Street diese Initialen hinter ihren Namen? Kennen Sie irgendein Collegediplom, das mit dem Buchstaben R beginnt? Malta, Columbus, Lourdes. Und die Heiligen! Herrgott! Ritter von Assisi, Ritter von Petrus, Matthäus — seitenweise geht das so. Das ist wie ein Orden. Je mehr einer von diesen Knaben an der Börse für den Vatikan tut, desto besser ist das R hinter seinem Namen. Und Wall Street ist da nur ein Beispiel. Überall ist das so.«

»Ich glaube, Sie haben da ein paar komische Bücher gelesen, vielleicht über den Ku-Klux-Klan. Ausgabe 1920.«

»Verdammt. Nein, ich mag den Scheiß nicht. Jeder Mensch hat das Recht, das zu glauben, was ihm paßt. Ich spreche ja nur vom finanziellen Teil. Und dann all die Immobilien! Wissen Sie, was für Immobilien die Jungs im Vatikan haben? Ich schwöre Ihnen, die kassieren Miete von der Ginza bis zum Gazastreifen und den meisten Flecken dazwischen. Die besten Lagen in New York, Chicago, Hartford, Detroit gehören denen — so ziemlich jeder Fleck, wo die Iren, die Italiener, die Polaken und all dieses Volk hingezogen sind. Die stellen es immer auf dieselbe Art an. Ehe die Leute sich irgendwo niederlassen, kaufen sie das

Land auf und bauen eine große Kirche. Natürlich sind all diese Einwanderer in Ellis Island nervös, wo sie sich doch in fremdem Land befinden, und so bauen sie ihre Häuser nahe bei der Kirche. Nach einer Generation etwa sind ihre Kinder Anwälte und Zahnärzte und Autohändler. Und was tun sie? Sie ziehen in die Vororte hinaus und gehen dort, wo sie einmal gelebt haben, zur Arbeit, und das ist jetzt das *Stadt*zentrum, das *Geschäfts*viertel. Und der Besitz der Kirche wächst! Ein richtiges Schema ist das, Junge!«

»Ich versuche etwas Negatives zu finden, aber das kann ich nicht«, sagte Sam und starrte im Schatten den erregten Hawkins an. »Was stimmt denn nicht an diesem Schema?«

»Ich habe doch nicht gesagt, daß etwas daran falsch ist. Ich habe nur gesagt, daß das ein großartiges zentralisiertes Portefeuille ergibt.«

»Ein zentralisiertes Portefeuille? Sie haben sich ja einen ganz neuen Wortschatz zugelegt.«

»Wie Sie ganz richtig sagten, ich habe gelesen. Und gar keine so seltsamen Bücher, wie Sie vielleicht glauben. Sehen Sie, Sam, das Produkt, das diese Knaben im Vatikan produzieren — ich meine das gar nicht respektlos, nur im streng geschäftlichen Sinn — ändert sich nicht. Es muß sich vielleicht hier und da ein wenig anpassen, jemand schnappt sich dort ein Stückchen oder fügt ein wenig dazu, aber im Grunde bleibt die Ware immer dieselbe. Das reduziert die Kosten und gestattet eine gleichmäßige Ertragszahl, ohne daß es zu negativen Eintragungen kommt ...«

»Zu negativen Eintragungen?«

»Das ist ein Buchhaltungsbegriff.«

»Ich weiß, daß es ein Buchhaltungsbegriff ist. Woher wissen *Sie* ... Nein, sagen Sie es nicht. Ihr Lesestoff ...«

»Maggies Schlüpfer, Junge.«

»Was?«

»Schon gut. Sie haben's erfaßt, das wollte ich sagen. Jetzt stellen Sie sich einmal eine wirtschaftliche Situation vor, wo die Aktienbörsen und die Immobilienmärkte stabil bleiben, und das bedeutet, daß die Leute vom Vatikan die Banken im

Sack haben, weil sie *sowohl* das Geld, *als auch* das Land unter Kontrolle halten. Das sind die wesentlichen wirtschaftlichen Ressourcen. Und dazu fügen Sie jetzt ein Produkt, das minimale Montageveränderungen im Verein mit maximalem Kaufkraftwachstum erfordert — zum Teufel, Junge, das ist eine *Goldmine*.«

»Sie haben einiges gelesen. Aber wenn Sie recht haben, warum gibt es dann soviel Ärger über Konfessionsschulen und ihre Kosten?«

»Das sind Dienstleistungen, Sam. Das ist ein ganz anderer Kostenpunkt. Ich spreche von den Basisportefeuilles, nicht von den jährlichen Betriebskosten. Die schwanken natürlich je nach der Wirtschaftslage. Außerdem ist das vorwiegend Erpressung.«

»Äußerst scharfsinnig. In Boston würde man Sie gar nicht mögen.«

Der Hawk lehnte sich etwas zurück und sprach jetzt etwas leiser, aber nicht weniger eindringlich. »Sie haben vorher erwähnt, daß da etwas nicht stimmt. Nun, ich erwähne das ungern, weil es sich nur auf die Scheißbonzen bezieht und nicht die Soldaten. Aber da ist tatsächlich etwas, das ein wenig stinkt.«

»*Sie* haben einen *moralischen* Standpunkt gefunden?«

»Moral und Wirtschaft sollten in engerer Beziehung zueinander stehen, als das der Fall war — das weiß jeder. Nehmen Sie diese politische Geschichte. Keiner hat sich so viele Feuergefechte mit den Roten geliefert wie ich. Ver*dammt*, niemand wird mich begraben! Aber ich finde, daß diese katholischen Knaben im Vatikan — und das schließt all diese mächtigen Diözesen ein — die Bolschewisten ein wenig zu großzügig als Vorwand gebrauchen, um sich einer ganzen Menge von Reformen zu widersetzen, die es den Bauern leichter machen würden, ihren Lebensunterhalt aus dem harten Boden zu scharren.«

Devereaux sah Hawkins skeptisch von der Seite an. »Dieser Standpunkt ist schon ein wenig überholt. In der Kirche finden eine ganze Menge Veränderungen statt. Dieser neue Papst öffnet eine Menge Fenster. So wie es Johannes der dreiundzwanzigste getan hat.«

»Nicht schnell genug, Sam. Was die Bonzen im Vatikan brauchen, ist ein Revirement in der Kommandostruktur.«

Devereaux schüttelte den Kopf. »Sie können nicht ein zweitausend Jahre altes Schema über Nacht verändern ...«

»Oh, das ist mir klar«, unterbrach ihn der Hawk. »Und ich bin froh, daß Sie diesen neuen Papst erwähnt haben, diesen Franziskus. Weil er nämlich ein ziemlich populärer Knabe ist. Selbst diejenigen, die ihn nicht ausstehen können — weil er das tut, was er tut — wissen genau, daß er der größte Pluspunkt ist, den die in ihrer ganzen verdammten Kirche haben. Ich meine das natürlich nicht im religiösen Sinne. Ich beziehe keine solche Position.«

»Welche Position? In welchem Sinn?«

»Dieser Franziskus«, fuhr Mac fort, ohne auf Sams Fragen einzugehen, »ist mehr als einfach nur der Papst, und das ist für den Anfang schon eine ganze Menge. Er wird als Individuum geliebt. Wissen Sie, worauf ich hinausmöchte?«

»Ich wollte, Sie würden das nicht fragen.«

»Er ist der Typ von Mensch, für den jeder Katholik wirklich ein Opfer bringen würde. Begreifen Sie, was ich meine?«

»Diese Formulierung gefällt mir auch nicht.«

Der Hawk wechselte das Knie, auf dem sein Gewicht ruhte. Es war gut, sein Gewicht so häufig wie möglich zu verlagern, wenn man in einer unbeweglichen Position war. »Kennen Sie die geschätzte Zahl der gesamten kommunizierenden Mitgliedschaft der katholischen Kirche?«

»Die *was?*«

»Wissen Sie, wie viele Katholiken es auf der Welt gibt? Aber lassen Sie nur, ich will es Ihnen sagen. Vierhundert Millionen. Jetzt nehmen Sie im Durchschnitt nur einen amerikanischen Dollar — man müßte ein mittleres Datum für den Tageskurs festsetzen, und einige spenden mehr und die meisten weniger — das ergibt *vierhundert Millionen Dollar.*«

»Was ergibt das?«

»Den geschätzten Bruttobetrag.«

»Was für einen geschätzten Bruttobetrag?«

»Die geschäftlichen Dienstleistungen der Shepherd Company. Dieses ›Maklergeschäft mit religiösen Gegenständen‹. Das ergibt ein eindeutiges Verhältnis von zehn zu eins in bezug auf die Kapitalisierung, aber die Gewinnrate im Gegensatz zur Bruttozahl wird natürlich durch die notwendigen Ausgaben für Investitionen und Personal beeinträchtigt werden.«

»Was, zum Teufel, faseln Sie da?!«

»Wir werden den Papst entführen.«

»*Waas?*«

»Ich habe einen Koffer voll Bücher, Junge. Ich habe die taktischen Probleme gründlich studiert, und ich glaube, ich kriege das hin. Sehen Sie, es gibt da eine gewisse Chiesa di San Tommaso di Villanova in Gandolfo — entschuldigen Sie mein lausiges Italienisch — und der Weg vom Vatikan dorthin führt über eine Landstraße, die sich Via Appia Antica nennt. Das ist die Straße zu diesem Gandolfo — Castel Gandolfo nennen sie das. Diese Italiener begnügen sich nie mit einem Wort, wenn sie zwei gebrauchen können.«

»*Waaas?!*«

»Jetzt fangen Sie nicht wieder an, sich so aufzuplustern! Sie wecken mir noch Dellacroce.«

»*Waaas?*«

»Aber zuerst müssen wir noch das restliche Kapital beschaffen — dreißig Millionen. Ich glaube, ich habe die drei Investoren schon herausgefiltert, aber ich muß mir das noch einmal ansehen.« Der Hawk legte Devereaux die Hand auf den offenen Mund. »Jetzt fangen Sie nicht schon wieder an! Sie wiederholen sich ja nur.«

Devereaux' Augen quollen über MacKenzies Hand hervor, aber der Rest seines Körpers war wie erstarrt. Eine Art komatöser Schock, dachte Hawkins. Er hatte das häufig bei jungen Rekruten erlebt, wenn sie zum erstenmal ein Feuergefecht miterlebt hatten. Zumindest schrie Sam nicht. Er schlug auch nicht um sich. Er war einfach starr und wirkte irgendwie kalt. Der Hawk fuhr fort. Er hatte nicht mehr viel zu sagen. Die tiefschürfenden Kommandoanalysen würden später kommen. In gewisser Weise war er sogar froh, daß Devereaux so extrem reagierte. In seiner Begeisterung hätte er dem Anwalt beinahe taktische Informationen gegeben, von denen er gar nicht sicher war, ob Devereaux sie überhaupt bekommen sollte.

»Ich habe Sie nicht leichtfertig ausgewählt. Die Wahl des Ersten Adjutanten ist für einen Kommandanten nie einfach, denn der Führungsadjutant ist in mannigfacher Hinsicht so etwas wie eine Verlängerung seiner eigenen Person. Sie sind wegen Ihrer *Verdienste* ausgewählt worden, Junge. Ich will nicht sagen, daß Sie ideal sind. Sie haben Ihre Schwächen. Das habe ich Ihnen ja gesagt. Aber verdammt, Ihre Aktivposten überwiegen die Passivposten. Ich sage das als ehrlicher Freund ebenso wie als vorgesetzter Offizier.

»Nun werde ich Ihnen einige Befehle erteilen, von denen ich erwarte, daß Sie sie ausführen, ohne immer exakt zu wissen, weshalb sie lebenswichtig sind. Sie werden sie einfach akzeptieren müssen. Die Befehlsgewalt ist eine sehr einsame Verantwortung. Man hat nicht immer Zeit, anderen Menschen Gründe für diese oder jene Entscheidung mitzuteilen. Fragen Sie jeden beliebigen Frontoffizier, der ein Bataillon ins feindliche Feuer schickt. Aber Sie werden Hervorragendes leisten, ich weiß das einfach. Und falls Sie jemals in Versuchung kommen sollten, die Befehle Ihres vorgesetzten Offiziers in Frage zu stellen — oder wenn Sie das Gefühl haben sollten, daß Ihr Gewissen es Ihnen nicht gestattet, sie auszuführen, dann sollten Sie sich vor Augen führen, daß unser Investor Angelo Dellacroce der Ansicht ist, Sie allein hätten jene Liste seiner illegalen Aktivitäten zusammengestellt und mir geliefert, als Rechtsanwalt und Schriftführer-Schatzmeister der Shepherd Company. Ich glaube, das ist der Grund, weshalb er Ihnen nicht die Hand geben wollte. In Verbindung mit Ihren G-2-Spionageverfehlungen würde ich sagen, daß Ihre Position einigermaßen unhaltbar war. Aber an Ihrer Stelle würde ich mich eher dafür entscheiden, gegen die Hochverratsanklagen der Regierung anzugehen als gegen unseren Investoren, Mr. Dellacroce. Ich glaube, dieser Mafiabastard würde Ihnen die Eier abschneiden, durch den Fleischwolf drehen und bei Ihrem Begräbnis als Pastete auf den Tisch bringen. Wie Sie vorher ganz richtig sagten, es würde wahrscheinlich ein sehr teures Begräbnis werden.«

Jetzt gab es für den Hawk keinen Anlaß mehr, seinem Führungsadjutanten die Hand über den Mund zu halten. Sam hatte in einer Aufwallung von Panik ein paar unartikulierte Geräusche von sich gegeben und die Besinnung verloren.

Das Mondlicht, das durch die Blätter der mächtigen Eiche neben dem sechsten Loch schien, zeichnete gelbe und weiße Muster über Sams junge, friedliche, ohne Zweifel kräftige Züge.

Verdammt, dachte MacKenzie, aus dem Jungen wird noch was. Er braucht nur noch etwas Zeit, um die Fakten des Lebens in sich aufzunehmen. Aber wenn man das nicht weiß, würde man jetzt glauben, daß der Hundesohn tot ist.

10.

Sam Devereaux sank mutlos in den Hotelsessel und wünschte sich, er wäre gestorben.

Nun, nicht ganz — aber das würde sicher eine ganze Menge Probleme lösen. Es war natürlich durchaus möglich, daß es zu seinem Ableben kam, ob er sich dies nun wünschte oder nicht. Was seinen Blick zu dem verrückten, nicht offiziell eingereichten, aber ausgefüllten Vertrag über die Gründung einer Gesellschaft mit beschränkter Haftung zwischen der Shepherd Company, MacKenzie Hawkins, Vorstandsvorsitzendem, der North Hampton Corporation mit Mrs. Angelo Dellacroce als Vorstandsvorsitzendem und der Banque de Genève, Schweiz, als Depositär zurücklenkte. Er hielt das Dokument in der Hand und fragte sich etwas abwesend, was eigentlich aus seinen Fingernägeln geworden war.

Da, auf der ersten Seite, ganz deutlich, direkt unter dem Titel des Vorstandsvorsitzenden und über der Zeile, die für den Schriftführer-Schatzmeister reserviert war, stand sein Name.

Mr. Samuel Devereaux, Rechtsanwalt, Suite 4-F, The Drake Hotel, New York City.

Er überlegte, ob er die Eintragung in bezug auf das Drake Hotel ändern sollte, gab den Gedanken dann aber wieder auf. Was für einen Sinn hatte das schon? Auf der einen Flanke *(Flanke?)* stand die Regierung der Vereinigten Staaten mit ihren eindeutigen Spionagegesetzen. Und auf der anderen hatten sich Angelo Dellacroce und seine Ehrenwache versammelt, mit ihren weißen Krawatten auf weißen Hemden und dunklen Brillen und den schwarzen Anzügen und den äußerst unspezifischen Methoden, mit Leuten umzugehen, die sie ›verpfiffen‹, so wie zum Beispiel S. Devereaux, Rechtsanwalt.

Sam fragte sich, was Aaron Pinkus tun würde. Dann wurde ihm klar, was Aaron Pinkus tun würde, und er gab auch diesen Gedanken auf.

Pinkus würde sich für ihn in *Shiva*-Haltung auf den Boden setzen.

Er erhob sich aus seinem Sessel und schlenderte ziellos durch die Hotelsuite. Was, zum Teufel, sollte er jetzt tun? Was, in Gottes Namen, *konnte* er tun? Sein Blick fiel auf die nicht unterzeichnete, mit Maschine geschriebene Notiz, die auf dem Schreibtisch lag.

Die Kopien des Gründungsvertrags sind durch Boten an MacKenzie Hawkins, Esquire, Vorstandsvorsitzender der Shepherd Company, c/o The Watergate Hotel, Washington D. C., übermittelt worden. Instruktionen per Telegramm an: Banque de Genève. Der Transfer der Mittel erfordert die Anwesenheit des Schriftführer-Schatzmeisters der Shepherd Company, Samuel Devereaux, in Genf.

Er war *telegrafiert* worden — *international*.

In irgendeiner mit Marmor ausgekleideten Bankhalle in der Schweiz hatte ein mächtiger Makler internationaler Finanzen ihn ohne Zweifel bereits als den Bona-Fide-Überwacher der Überweisung von zehn Millionen Dollar auf ein Konto einer noch nicht aktenkundigen, aber sehr existenten Firma namens Shepherd aufgelistet.

Und das war es, was er nun tun würde — ob er es wollte oder nicht. Die Wahl, die sich ihm bot, war Genf — oder ein Leben lang Steineklopfen in Leavenworth. *Oder* Justiz im Dellacroce-Stil — mit den Füßen in Zement.

Den Papst kidnappen!

Mein Gott! Das war es, was der verrückte Bastard gesagt hatte. Er würde *den Papst kidnappen*.

Im Vergleich dazu verblaßten alle anderen Eskapaden des Hawks. Der Dritte Weltkrieg könnte erstrebenswerter sein! Ein einfacher Krieg wäre viel einfacher. Grenzen waren definiert, Ziele wurden entsprechend vertuscht, und Ideologien waren flexibel. Ein Krieg war ein Kinderspiel, verglichen mit vierhundert Millionen hysterischen Katholiken und Staatsoberhäuptern, die ihre kriecherischen Platitüden hinausposaunten und stöhnten und jeder nur vorstellbaren feindlichen Partei die Schuld gaben, ob sie nun extremistisch war oder nicht (und insgeheim froh, dieses lästige Ärgernis im Vatikan los zu sein, das sich überall einmischte) und ...

Mein Gott! Der Dritte Weltkrieg konnte sich als sehr logische Konsequenz von Hawkins' Tat ergeben!

Und mit dieser Erkenntnis wußte Sam, was er zu tun hatte. Er mußte MacKenzies Pläne vereiteln. Aber das konnte er nicht, wenn er sich in einer Einzelzelle in Leavenworth befand — wer würde ihm glauben? Und er konnte ihn ganz bestimmt nicht aufhalten, wenn er auf dem Grund des Hudson River lag, mit freundlichen Grüßen von Angelo Dellacroce — wer würde ihn dann hören?

Nein, die einzige Möglichkeit, den Wahnsinn des Hawks aus dem Bereich der Realität zu entfernen, lag darin, herauszufinden, wie MacKenzie seine Papstnummer abziehen wollte. Das dümmste wäre es, anzunehmen, daß er es nicht schaffen würde. Der Hawk war alles andere als ein Spaßmacher. Jeder, der das glaubte, brauchte sich nur ein paar von Macs Leistungen anzusehen — darunter vier außergewöhnliche Exehefrauen, die ihn anbeteten, und dann die Kleinigkeit, zehn Millionen Dollar Kapital aufzubringen, ganz zu schweigen von militärischen Leistungen in drei Jahrzehnten und ebenso vielen Kriegen.

Was der Hawk dem Berufsverbrechertum einbrachte, waren all die strategischen Errungenschaften, zur Perfektion getriebene Disziplin und die Führungseigenschaften eines erfahrenen Generals. MacKenzie fing ganz oben an. Er arbeitete sich nicht etwa nach oben — nein, er ging als ausgewachsener Kommandeur des Verbrechertums an den Start, und er hatte es bereits geschafft, einem Mafia-Don in seinem eigenen Hinterhof das Fürchten zu lernen.

Der Hundesohn hatte Stil. Herrgott!

Den Papst kidnappen!

Wer, zum Teufel, würde das glauben?

Samuel Devereaux glaubte es, so weit war es gekommen. Damit blieb S. Devereaux, Rechtsanwalt, nur noch übrig, sich den Kopf darüber zu zerbrechen, wie man die Tat verhindern konnte — und dabei am Leben und außerhalb der Gefängnismauern blieb. Langsam begann eine unbestimmte Idee Gestalt anzunehmen, aber sie war noch zu verschwommen, um einen Sinn zu ergeben. Und doch zeichnete sich innerhalb dieser vagen Umrisse der Kern einer Möglichkeit ab.

»Sei nicht zu zuversichtlich«, sagte Sam laut. »Du hast es hier mit einem Genie zu tun!«

Aber es *war* möglich. Er konnte so tun, als würde er sich MacKenzies Wünschen fügen, (immer mit großem Widerstreben — anders zu handeln, würde nicht zu ihm passen), das schandbare Geld einsammeln — und im letzten Augenblick die Investoren zusammentrommeln und die ganze Operation in die Luft jagen. Und um seine eigene Haut zu retten, würde er einiges inszenieren, zum Beispiel: ›Im Falle meines plötzlichen Ablebens sind meine Anwälte angewiesen, der Öffentlichkeit . . .‹

Dazu gehörte auch die Interpretation des Geschäftszwecks, dem die Shepherd Company diente: ›Maklergeschäfte mit religiösen Gegenständen.‹

Wer würde ihm glauben?

»Schluß damit!«

Sam erschrak über den Klang seiner eigenen Stimme. Noch mehr erschreckte ihn das Schrillen des Telefons. Er rannte zum Apparat, wie ein Mann unmittelbar vor seiner Hinrichtung, in Erwartung dessen, was der Gouverneur noch zu sagen hatte.

»Verdammt! Das muß der Anwalt *und* der Schriftführer *und* der Schatzmeister der Shepherd Company sein! Mit Aktiva über zehn Millionen Dollar! Wie finden Sie das?«

»Das ist eine Suggestivfrage. Darauf gehe ich nicht ein.«

»Wissen Sie was, Junge? Sie müssen ein Klasseanwalt sein!«

»Sind Sie sicher, daß Sie das am Telefon besprechen wollen?« fragte Devereaux. »Man hört da in letzter Zeit eine ganze Menge.«

»Oh, keine Sorge. Wir werden nichts sagen, was wir nicht sagen sollten. *Ich* werde das zumindest nicht tun. Und Sie werden ja hoffentlich auch darauf achten. Ich wollte Ihnen nur mitteilen, daß die zusätzlichen Kopien des Partnerschaftsvertrags unten liegen und auf Sie warten. Ich habe gestern abend einen alten Hauptfeldwebel, den ich einmal kannte, damit rübergeschickt . . .«

»Du lieber Gott, Sie haben *Duplikate* machen lassen? Sie verdammter Narr! Diese Kopierbüros behalten gewöhnlich einen Satz! Wenn es Fotokopien sind, dann wird es Negative geben!«

»Nicht dort, wo ich war. Hier in der Halle des Watergate steht eine große Maschine. Man steckt für jede Seite einen

Vierteldollar hinein – *Herrgott*! Sie hätten sehen sollen, was sich da für eine Menschenmenge angesammelt hat! Die sind hier ein wenig nervös, nicht wahr? Aber niemand hat etwas gesehen. Irgendwie war es schon seltsam. Alle starrten mich an, und keiner sagte was. Nur zwei Leute von der *Washington Post*, die von der Straße hereingelaufen kamen ...«

»Schon gut!« unterbrach ihn Devereaux. »Die Kopien sind also unten. Was zum Teufel soll ich jetzt damit anfangen?«

»Stecken Sie sie in Ihren hübschen Aktenkoffer – in den, den ich Ihnen gegeben habe. Bringen Sie sie nach Genf. Sie werden sie in der Schweiz natürlich nicht brauchen, aber es könnte sein, daß Sie auf dem Rückweg ein- oder zweimal Station machen müssen. Zum Beispiel in London – das steht schon ziemlich fest. Sie werden für ein oder zwei Tage im Savoy absteigen. In dem Genfer Hotel liegen die Flugtickets bereit – und alles übrige. Wenn Sie in London sind, wird Sie ein Herr namens Danforth anrufen. Sie wissen dann, was Sie zu tun haben.«

»Das ist ein faules Spiel. Ich werde nicht wissen, was zu tun ist. Sie können mich nicht einfach in diese verrückte Situation bringen und mir nichts sagen. Ich trage Dokumente bei mir! Mein Name steht auf den Dokumenten! Ich bin in die Übergabe von zehn Millionen Dollar verwickelt!«

»Jetzt beruhigen Sie sich«, ermahnte der Hawk sanft, aber mit fester Stimme. »Erinnern Sie sich an das, was ich Ihnen gesagt habe – es wird hin und wieder vorkommen, daß Sie als mein Adjutant aufgefordert werden, Befehle auszuführen ...«

»*Bockmist!*« schrie Sam. »Was soll ich zu den Leuten *sagen*?«

»Nun, was für den einen Bockmist ist, das ist für den anderen vielleicht verzuckerter Weizen. Wenn jemand Sie in die Enge treibt, dann sagen Sie einfach, Sie würden einem alten Soldaten helfen, der in aller Stille ein paar Dollar zusammenträgt, um eine religiöse Gesinnung unter den Menschen zu verbreiten — ein Brüderschaft.«

»Das ist absurd«, sagte Devereaux.

»Das ist die Shepherd Company«, sagte der Hawk.

MacKenzie nahm fünf Seiten von den vervielfältigten G-2-Akten, die über das Hotelbett verstreut waren, und trug sie durch das Zimmer zum Schreibtisch. Er setzte sich, ergriff einen roten Filzstift und begann jede einzelne Kopie in der linken oberen Ecke zu markieren. Eins bis fünf.

Verdammt! Das war das Gesetz der Serie, nach dem er gesucht hatte, das Schema, von dem er wußte, daß es da war, weil ein Mann unter den richtigen Umständen einfach nicht anders handeln kann, als wieder die erste Methode anzuwenden, mit der er sich sein Vermögen aufgebaut hat. Und weil die Zeit die Probleme und die Belastungen kleiner erscheinen läßt, die jemand vor Jahrzehnten empfunden hat, besonders, wenn die Profite bleiben.

Die Nachrichten, die er vor drei Jahren aus Hanoi erhalten hatte, waren verwirrend, aber authentisch gewesen. Authentisch in der Hinsicht, auf die es ankam. Alles andere war verwirrend.

Ein Engländer verdiente sich eine Stange Geld, indem er Waffen und Munition nach Nordvietnam lieferte.

Keine große Sache. London hatte nichts gegen Handelsbeziehungen mit dem Ostblock, obwohl es eindeutige Regelungen für Kriegsmaterial gab. Aber der Engländer war während jenes verrückten halbherzigen Konflikts aktiv geworden, als die Leute in Hanoi *und* Moskau *und* Peking Produktionsprobleme hatten. Jeder, der über Mittel und Wege verfügte, um Kriegsmaterial in nordvietnamesische Häfen umzuleiten, konnte damit eine Menge Geld verdienen.

Und ein gewisser Lord Sidney Danforth hatte genau das getan.

Er kaufte in den Vereinigten Staaten, Westdeutschland und Frankreich und lief dann unter chilenischer Flagge scheinbar die Häfen der jungen afrikanischen Staaten an.

Nur daß die Schiffe Afrika nicht einmal aus der Ferne zu sehen bekamen. Sie änderten ihren Kurs in internationalen Pazifikgewässern, fuhren nach Norden, tankten auf russischen Inseln auf und dampften dann als regelrechte Handelsschiffe in südlicher Richtung nach Haiphong.

G-2 konnte nie beweisen, daß Danforth in die Sache verwickelt war, weil die kommunistischen Gelder direkt zu den chilenischen Firmen wanderten und Danforth sich im Hintergrund hielt. Und Washington hatte kein Interesse daran, einen Zwischenfall zu provozieren. Danforth hatte großen Einfluß im Außenministerium. Vietnam war es nicht wert.

Zwei Dinge waren MacKenzie aufgefallen — die chilenische Flagge und die afrikanischen Häfen. Das war eine Deckung, die schon einmal benutzt worden war. Vor dreißig Jahren. Während des Zweiten Weltkriegs.

In Abwehrkreisen war allgemein bekannt, daß gewisse südamerikanische Firmen, die von außen finanziert wurden, Anfang der vierziger Jahre der Achse mit ungeheuren Profiten Kriegsmaterial geliefert hatten. In jenen hektischen Kriegstagen waren die offiziellen Bestimmungsorte stets Kapstadt und Port Elizabeth gewesen, weil die Akten in diesen Häfen bestenfalls als chaotisch zu bezeichnen waren, gewöhnlich aber überhaupt nicht existierten. Dutzende von Schiffen, die eigentlich in Südafrika hätten anlegen sollen, änderten im Südatlantik den Kurs und fuhren ins Mittelmeer. Meistens nach Italien.

War es möglich, daß ein gewisser Lord Sidney Danforth die Operationen imitierte, die er vor drei Jahrzehnten durchgeführt hatte?

Wenn man sich in den siebziger Jahren ein paar Millionen aus dem großen Kuchen Südostasien herausschnitt, so war das *eine* Sache — aber es war etwas völlig anderes, ein Vermögen aus dem Holocaust herauszuschlagen, der den Mut des britischen Löwen auf die Probe stellte. Wegen solcher Machenschaften konnte man sehr leicht von der Gästeliste des Buckingham Palace gestrichen werden.

Der Hawk sagte sich, daß es an der Zeit war, ein transatlantisches Telefongespräch mit Lord Sidney Danforth zu führen, einem zweiundsiebzig Jahre alten, zum Ritter geschlagenen Magnaten der britischen Industrie. Und einem der wohlhabendsten Männer Englands.

Verdammt! Die Shepherd Company zog wirklich die interessantesten Investoren an Land.

11.

Der *Strand* war überfüllt. Es war kurz nach fünf, und die Legionen der Büroangestellten strebten nach Hause. Sam war mit der Fünfzehn-Uhr-Vierzig-Maschine aus Genf in Heathrow eingetroffen und hatte keine Sekunde vergeudet, um sich den entspannenden Komfort einer Suite im Savoy zu gönnen. Das brauchte er jetzt. Genf war ein Alptraum gewesen.

Er hatte begriffen, daß er eine sehr ausgeprägte Ignoranz weitervermitteln mußte, was die Zielsetzungen der Shepherd Company betraf, wobei er seinen Mangel an Wissen in profunde Hochachtung für die nicht benannten Geldgeber kleidete. Dies galt insbesondere für den Vorstandsvorsitzenden, der von tief empfundener religiöser Überzeugung motiviert war.

Zunächst beeindruckte seine Bescheidenheit die Genfer Bankiers. Mein Gott, zehn Millionen Dollar, und der die Transaktion überwachende Anwalt lächelte nur und äußerte freundliche Banalitäten, sperrte sich, wenn man Identitäten von ihm erfahren wollte, und nickte seelenvoll in religiöser Gesinnung, wenn die atemberaubende Summe erwähnt wurde. Also luden sie ihn zum Mittagessen ein, wobei es eine Menge Drinks, viel Augenzwinkern und Angebote von Schlafzimmergymnastik von unglaublicher Vielfalt gab. Schließlich war man in der Schweiz, und Geld war Geld, und man durfte dieses Geschäftsgebaren keineswegs irgendwie mit Jodeln und Edelweiß und Heidi in ihrer blütenweißen Wäsche verwechseln. Langsam gelangte Devereaux, während sich aus den vielen Lunches Dinners entwickelten, zu der Überzeugung, daß die Genfer Banker ihn entweder für den dümmsten Anwalt halten mußten, der je der amerikanischen Anwaltskammer beigetreten war, oder für den unplausibelsten geheimen Mittelsmann, der je ihre Grenzen überquert hatte.

Diese Scharade hielt er drei Tage und drei Nächte durch und hinterließ ein halbes Dutzend verwirrter Schweizer Bürgermeister in tränenerfüllter Enttäuschung über von ihm nicht erwiderte Vertraulichkeiten, dafür aber mit restlos überforderten Mägen, und ebensolchen Lebern, die an den branchenüblichen Schmiermitteln litten. Und die Belastung, der Sam sich ausgesetzt sah, war unerträglich. Er hatte den Punkt erreicht, wo er sich auf nichts anderes mehr konzentrieren konnte als auf sein eigenes starres, ausdrucksloses Lächeln und die notwendige Kontrolle über seine Ängste. Er war so mit sich selbst beschäftigt, daß er, als ihn der stellvertretende Vorstandsvorsitzende der Banque de Genève zum Flughafen brachte und ihn dort verabschiedete, lächelnd ›Danke‹ sagte, während sich der Banker über seinen Regenmantel übergab.

In seinem Bestreben, Genf so schnell wie möglich zu verlassen, hatte er sein Rasierzeug liegengelassen, was die Erklärung dafür bot, daß er sich jetzt in The Strand befand und nach einer Drogerie suchte. Er ging an eineinhalb Häuserblocks in südlicher Richtung, bis er sich gegenüber dem Hippodrome befand, und betrat dort den Laden Strand Chemists. Nachdem er seine Käufe getätigt hatte, kehrte er zum Hotel zurück, voller Vorfreude auf ein langes, warmes Bad, eine Rasur und ein gutes Abendessen im Savoy Grill.

»Major Devereaux!« Die Stimme klang enthusiastisch, amerikanisch und weiblich. Sie drang aus dem Taxi, das im Savoy Court anhielt.

Es war ›Abfallend, aber Argumentativ‹, die vierte Mrs. MacKenzie Hawkins, die reizende Dame namens Anne. Sie warf sich auf Sam, schlang die Arme um seinen Hals und drückte ihre Wange und verschiedene andere Körperteile gegen ihn.

Dann zog sie sich sofort zurück und murmelte etwas verlegen: »Tut mir schrecklich leid. Huh, das war wirklich ein bißchen aufdringlich. Bitte, verzeihen Sie mir. Es war nur so furchtbar nett, wieder einmal ein vertrautes Gesicht zu sehen.«

»Sie brauchen sich nicht zu entschuldigen«, erwiderte Sam und erinnerte sich daran, daß Anne ihm als die naivste und jüngste der vier Frauen erschienen war. Sie hatte immer wieder ›oh‹ gemacht, wenn er sich richtig erinnerte. »Wohnen Sie im Savoy?«

»Ja, ich bin gestern abend angekommen. Ich war noch nie in England. Also bin ich gestern den ganzen Tag *überall* herumgelaufen. Huh, meine Füße schreien richtig!« Sie öffnete ihren sehr teuren Wildledermantel und blickte mit gerunzelter Stirn auf ihre reizenden Beine, die unter ihrem kurzen Rock sehr deutlich zu sehen waren.

»Nun, dann sollten Sie sich möglichst schnell setzen. In der Bar, meine ich.«

»Ich kann es Ihnen gar nicht *sagen*! Es ist einfach *wonnig*, wenn man wieder einmal jemanden sieht, den man kennt.«

»Sind Sie allein hier?«

»O ja. Don, das ist mein Mann — mein jetziger — hat so viel mit seinen Restaurants und seinen Booten und all den anderen Dingen zu tun, daß er letzte Woche in Los Angeles zu mir sagte: ›Annie, Honey, warum verschwindest du nicht für eine Weile? Das wird ein anstrengender Monat.‹ Nun, ich dachte an Mexiko und Palm Springs und all die üblichen Plätze, und dann dachte ich mir, verdammt, Annie, du bist nie in London gewesen. Also bin ich einfach losgeflogen.« Sie nickte dem Türsteher des Savoy strahlend zu und fuhr, während Sam sie durch den Eingang in die Halle komplimentierte, fort: »Don dachte, ich sei verrückt. Ich meine, wen kenne ich denn schon in England? Aber ich wollte irgendwohin, wo nicht all die üblichen Gesichter herumhängen, irgendwohin wo es wirklich völlig anders ist.«

»Hoffentlich habe ich Ihnen das jetzt nicht verdorben.«

»Wie?«

»Nun, Sie sagten, ich sei ein vertrautes Gesicht ...«

»Oh, du liebe Güte, nein! Ich habe ›vertraut‹ gesagt, aber das habe ich nicht so wörtlich gemeint. Ein einziger kleiner, kurzer Nachmittag bei Ginny ist doch nicht gleich *so* vertraut.«

»Jetzt verstehe ich. Die Bar ist dort oben.« Sam deutete mit einer Kopfbewegung auf die Treppe zur Linken, die in die American Bar des Savoy führte. Aber Anne blieb stehen und hielt immer noch seinen Arm fest.

»Major — meine Füße tun immer noch weh«, begann sie stockend, »und mein Hals auch, weil ich dauernd nach oben schauen mußte, und meine Schulter schmerzt von diesem verdammten Handtaschenriemen. Ich würde mich wirklich gern zuerst ein wenig ausruhen.«

»Oh, sicher«, antwortete Devereaux. »Wie gedankenlos von mir! Und wie dumm! Ich wollte mich ja auch gerade — äh — ein wenig zurechtmachen. Ich habe mein Rasierzeug in der Schweiz gelassen.« Er zeigte ihr die Tüte von Strand Chemists.

»Nun, das ist ja *wonnig*.«

»Ich rufe Sie in vielleicht einer Stunde an ...«

»Warum denn? Haben Sie sich einmal diese Riesenbäder oben angesehen? Mann! Die sind größer als manche von Dons Damentoiletten. In den Restaurants, meine ich. Da ist eine Menge Platz. Und diese riesigen, kuscheligen Handtücher! Ich schwöre, die sind so groß wie eine Bettdecke.« Sie kniff ihn in den Arm und lächelte unschuldig.

»Nun, das wäre eine Lösung ...«

»Die einzige. Kommen Sie schon, wir lassen uns ein paar Drinks kommen und machen es uns *wirklich* bequem.« Sie gingen zum Lift.

»Das ist sehr freundlich von Ihnen ...«

»Freundlich, zum Teufel! Ginny hat uns erzählt, daß Sie

angerufen haben. Richtig *geprahlt* hat sie damit. Jetzt bin ich dran. Sie waren in Genf?«

Sam blieb stehen. »Ich sprach von der Schweiz ...«
»Ist das nicht Genf?«

Annes Suite lag ebenfalls auf der Themseseite, ebenfalls im fünften Stock und bequemerweise höchstens fünfzig Fuß weiter unten am Korridor, an dem seine Suite lag.

Schweiz. Ist das nicht Genf? Devereaux ging einiges durch den Sinn, aber er war zu erschöpft, um sich länger damit zu befassen. Und zum erstenmal seit Tagen viel zu entspannt, um sich von diesem Gedanken stören zu lassen.

Die Zimmer waren den seinen sehr ähnlich. Eine hohe Decke mit echtem Stuck, wunderschöne alte Möbel — poliert, zweckmäßig — Schreibtische und Tische und Bilder und Sessel und ein Sofa, dessen sich auch Parke-Bernet nicht hätte schämen müssen; Kaminsimsuhren und Lampen, weder festgenagelt noch mit Plastikkärtchen versehen, die auf den Eigentümer hinwiesen; hohe Fenster, flankiert von geradezu königlichen Vorhängen, die auf den Fluß mit den Lichtern der kleinen Boote hinausblickten, auf die Gebäude dahinter und ganz besonders die Waterloo-Brücke.

Er saß im Wohnzimmer, auf dem mit Kissen übersäten Sofa, hatte die Schuhe ausgezogen und hielt ein Glas mit einem reichlich bemessenen Drink in der Hand. Auf BBC I spielten die Londoner Philharmoniker ein Vivaldikonzert, und die Heizung erfüllte den ganzen Raum mit wohligem Behagen. Den Leuten, die es verdienen, widerfahren gute Dinge, dachte Sam.

Anne kam aus dem Badezimmer und blieb in der Tür stehen. Plötzlich blieb Devereaux' Glas auf dem Weg zu seinem Mund förmlich in der Luft hängen. Sie war mit irgend etwas Durchsichtigem bekleidet (wenn das der richtige Ausdruck war), das der Fantasie wenig Spielraum ließ, sie jedoch in vollem Maße provozierte. Unter dem weichen Stoff schwollen ihre abfallenden, aber argumentativen Brüste zu errötenden Spitzen. Ihr langes, hellbraunes Haar fiel locker und sinnlich über ihre Schultern und rahmte ihre außergewöhnlichen Vorzüge ein. Und unter dem dünnen Stoff zeichneten sich vielversprechend ihre Beine ab.

Ohne ein Wort zu sagen, hob sie die Hand und winkte ihn zu sich. Er stand vom Sofa auf und folgte ihr.

In dem riesigen gekachelten Badezimmer war die enorm große Savoywanne mit dampfendem Wasser gefüllt. Ein paar tausend Bläschen verströmten den Duft von Rosen und Frühling. Anne griff nach seiner Krawatte, löste sie, zog ihm dann das Hemd aus, zog den Gürtel aus den Schlaufen, öffnete seine Hosen und ließ sie zu Boden sinken. Er stieß sie selbst mit den Füßen von sich.

Sie legte die Hände an seine Hüften und zog seine Shorts herunter und kniete dabei nieder.

Er saß auf dem Rand der warmen Wanne, während sie seine Socken auszog. Und sie hielt seinen linken Arm fest, als er über die Wannenwand glitt und sein Körper unter dem dampfenden weißen Schaum verschwand.

Sie richtete sich auf, löste eine Schleife am Hals, und dann fiel das durchsichtige Etwas auf den flauschigen weißen Teppich.

Sie war einmalig, göttlich.

Und sie stieg zu Sam in die Wanne.

»Willst du zum Dinner hinuntergehen?« fragte das Mädchen unter der Decke.

»Sicher«, erwiderte Devereaux unter ebenderselben.

»Weißt du, daß wir über drei Stunden geschlafen haben? Es ist fast halb zehn.« Sie streckte sich. Sam sah ihr dabei zu. »Nach dem Essen wollen wir in eins dieser Pubs gehen.«

»Wenn du magst«, entgegnete Devereaux, der sie immer noch betrachtete, ohne den Kopf vom Kissen zu heben. Sie hatte sich jetzt aufgesetzt, und das Laken war ihr auf die Hüften gefallen. ›Abfallend, aber Argumentativ‹ waren eine Herausforderung für alles, was sie überblickten.

»Huch«, flüsterte Anne, fast ein wenig verlegen, während sie sich herumdrehte und auf Sam hinunterblickte, der kaum ihr Gesicht sehen konnte. »Jetzt bin ich schon wieder vorlaut.«

»Freundlich ist da ein besseres Wort. Ich bin auch freundlich.«

»Du weißt schon, wie ich es meine.« Sie beugte sich über ihn und küßte ihn auf beide Augen. »Vielleicht hast du andere Pläne und mußt irgend etwas tun oder so.«

»Alle Pläne sind völlig flexibel, nur der augenblicklichen Eingebung und dem Vergnügen unterworfen.«

»Das klingt aber sehr sexy.«

»Ich fühle mich auch sehr sexy.«

»Ich danke dir.«

»Ich danke *dir*.« Sam griff über ihren weichen, lieblichen Rücken hinweg und zog das Laken über sie beide.

Zehn Minuten später (entweder zehn Minuten oder einige Stunden, dachte Devereaux) trafen sie die Entscheidung: sie brauchten wirklich etwas zu essen, eingeleitet natürlich durch einen kurzen, rauchigen Traum von geeistem Whiskey, den sie im Wohnzimmer auf der mit Kissen belegten Couch zu sich nahmen. Unter zwei weichen, riesigen Badetüchern.

»Ich glaube, man nennt das ›sybaritisch‹.« Sam zog sich das Frottiertuch auf dem Schoß zurecht. BBC I spielte jetzt ein Noël Coward-Potpourri, und der Rauch ihrer Zigaretten mischte sich in das warme, orangerote Licht des offenen Kamins. Nur zwei Lampen waren eingeschaltet. Der Raum wirkte, als müßte man darin von tausend Balladen träumen.

»Sybaritisch klingt so selbstsüchtig«, meinte das Mädchen. »Wir teilen alles, das ist nicht selbstsüchtig.«

Sam sah sie an. Hawkins vierte Frau war nicht dumm. Wie, zum Teufel, machte er das? Wie war das alles gekommen? »So, wie wir das miteinander teilen, ist es sybaritisch, glaube mir.«

»Wenn du willst«, antwortete sie lächelnd und stellte ihr Glas auf den Tisch.

»Es ist nicht wichtig. Warum ziehen wir uns nicht an und gehen essen?«

»Gut. Ich brauche nur ein paar Sekunden.« Sie sah seinen fragenden Blick. »Nein, bestimmt. Ich trödle nicht stundenlang herum. Mac hat einmal gesagt ...« Sie hielt verlegen inne.

»Schon gut«, murmelte er sanft. »Ich würde es wirklich gern hören.«

»Nun, er hat einmal gesagt, wenn man versucht, das Äußere zu sehr zu verändern, dann bringt man das Innere durcheinander, das geht gar nicht anders. Und das sollte man nicht tun, wenn es nicht einen wirklich guten Grund dafür gibt. Oder wenn man sich selbst gar nicht mag.« Sie schwang die Beine von der Couch und stand auf, hielt sich das Handtuch um den Leib. »Zum einen sehe ich keinen Grund dafür, und zum zweiten mag ich mich irgendwie. Das hat mir Mac auch beigebracht. Ich mag *uns*.«

»Ich auch«, sagte Devereaux. »Wenn du fertig bist, gehen wir in mein Zimmer, und dann ziehe ich mich um.«

»Gut. Ich werde dir das Hemd zuknöpfen und dir die Krawatte binden.« Sie grinste und rannte ins Schlafzimmer. Devereaux stand auf, nackt, warf das lange Handtuch über seine Schulter und ging zum Sideboard, wo auf einem silbernen Tablett eine Bar aufgebaut war. Er goß sich einen Scotch ein und dachte über Mac Hawkins' Philosophie nach.

Wenn man das Äußere zu sehr verändert — dann bringt man das Innere durcheinander.

Eigentlich war das gar nicht so übel.

Das kleine weiße Lämpchen leuchtete zwischen den roten und grünen Birnen auf dem Brett neben Devereaux' Tür. Sam und das Mädchen sahen es gleichzeitig, als sie den Korridor herunterkamen und sich seiner Suite näherten. Das war das Zeichen, daß den Gast an der Rezeption eine Nachricht erwartete. Devereaux fluchte halblaut.

Verdammt! Genf war also doch nicht so schnell ausgelöscht worden. Oder so vollkommen. Hawkins könnte ihn doch wenigstens einmal ordentlich schlafen lassen!

»Heute nachmittag hat auch eines dieser Lichter für mich gebrannt«, sagte Anne. »Ich kam gerade zurück, um die

Schuhe zu wechseln. Das bedeutet, daß du einen Telefonanruf bekommen hast.«

»Oder eine Nachricht.«

»Bei mir war es ein Anruf. Von Don in Santa Monica. Ich habe ihn schließlich erreicht. Weißt du, es war erst acht Uhr früh in Kalifornien.«

»Nett von ihm, daß er zum Telefonieren aufgestanden ist.«

»So ist es nicht. Meinem Mann gehören zwei Dinge in Santa Monica — ein Restaurant und ein Mädchen. Das Restaurant ist um acht Uhr früh nicht geöffnet — sei mir nicht böse, wenn das ordinär klingt. Ich glaube, Don wollte sich nur überzeugen, daß ich wirklich siebentausend Meilen entfernt war.« Anne lächelte ihm naiv zu. Er wußte nicht recht, wie er reagieren sollte, wenn man alles in Betracht zog.

»Eine mühsame Methode, um — nun, um nachzuprüfen ...« Sam knipste das Licht in seinem Vorraum an. Dahinter waren die Wohnzimmerlampen eingeschaltet, so wie er sie vor fünf Stunden verlassen hatte.

»Mein Mann leidet an einer Geisteskrankheit, die für Männer mit billigen Affären typisch ist. Du bist als Anwalt sicher damit vertraut. Er hat einen regelrechten Verfolgungswahn, daß man ihn erwischen könnte. Versteh mich richtig — es geht ihm nicht um die Moral. Wenn er voll ist, gibt er sogar damit an. Aber er hat eine Höllenangst, irgendein Gericht könnte ihm einmal Unsummen abknöpfen, falls ich aussteigen möchte.«

Sie gingen in sein Wohnzimmer. Er wollte etwas sagen — aber wenn er auch diesmal alles in Betracht zog, so wußte er nicht recht, was. Er entschied sich für eine ungefährliche Banalität. »Ich glaube, der Mann ist nicht bei Trost.«

»Du bist süß, aber das hättest du nicht sagen müssen. Andererseits ist das wahrscheinlich das einzige, was du sagen *konntest* ...«

»Suchen wir uns ein anderes Thema«, unterbrach er sie schnell und wies auf die Couch und den niedrigen Tisch

davor, mit den Zeitungen, die das Savoy geliefert hatte.
»Setz dich, ich bin gleich wieder da. Ich hab's nicht vergessen. Du knöpfst mir das Hemd zu und bindest mir den Schlips.« Sam ging zur Schlafzimmertür.

»Wirst du nicht unten anrufen?«

»Das hat Zeit«, antwortete er aus dem Schlafzimmer. »Ich habe nicht die Absicht, mich von irgend jemandem bei einem ruhigen Dinner stören zu lassen. Außerdem möchte ich dir noch ein oder zwei Pubs zeigen, falls die dann noch offen sind.«

»Du solltest wirklich rauskriegen, wer dich erreichen will. Es könnte wichtig sein.«

»*Du* bist wichtig!« schrie Sam und nahm einen beigefarbenen Jerseyanzug aus seinem Koffer.

»Es könnte sehr wichtig sein«, meinte das Mädchen im Wohnzimmer.

»*Du bist sehr wichtig*«, erwiderte er und wählte ein rotgestreiftes Hemd aus der nächsten Schicht von Kleidungsstücken.

»Ich bringe es *nie* fertig, ein Telefon nicht abzunehmen oder mich zu erkundigen, ob jemand angerufen hat, oder zurückzurufen — selbst wenn ich den Namen noch nie gehört habe.«

»Du bist kein Anwalt. Hast du je versucht, einen Anwalt am Tag, nachdem du ihn beauftragt hast, zu erreichen? Seine Sekretärin ist darauf gedrillt, mit vollendeter Überzeugung zu lügen.«

»Warum?« Anne stand jetzt in der Schlafzimmertür.

»Nun, schließlich hat er dein Geld und ist hinter dem nächsten Vorschuß her. Dein Fall führt vermutlich zu einem Briefwechsel mit dem Anwalt der Gegenseite, auch ohne zusätzliche Erklärungen. Er will keine Komplikationen.«

Anne ging zu ihm, während er in das rotgestreifte Hemd schlüpfte. Sie begann es nonchalant zuzuknöpfen. »Du bist ein ganz kühler Kunde. Da bist du hier in einem fremden Land ...«

»So fremd ist es mir gar nicht«, unterbrach er sie lächelnd. »Ich war schon mal hier. Ich bin dein Fremdenführer, das darfst du nicht vergessen.«

»Aber du bist gerade von Genf gekommen, wo es dir offensichtlich nicht besonders gut ergangen ist ...«

»Nicht so schlecht. Ich hab's überlebt.«

»Und jetzt versucht jemand verzweifelt, dich zu finden.«

»Was heißt verzweifelt? Ich kenne niemanden, der so verzweifelt ist.«

»Herrgott!« Anne zerrte an seinem Kragen, während sie ihn zuknöpfte. »So etwas macht mich nervös!«

»Warum?«

»Ich fühle mich verantwortlich!«

»Das solltest du nicht.« Devereaux war fasziniert. Sie wirkte jetzt sehr ernst. Er fragte sich ...

Das Telefon klingelte.

»Hallo?«

»Mr. Samuel Devereaux?« fragte die präzise Stimme eines männlichen Briten.

»Ja, hier ist Sam Devereaux.«

»Ich habe auf Ihren Anruf gewartet ...«

»Ich bin gerade angekommen«, fiel Sam ihm ins Wort. »Ich habe mich noch gar nicht nach Anrufen erkundigt. Wer spricht?«

»Im Augenblick nur eine Telefonnummer.«

Devereaux machte eine kurze Pause und entgegnete dann verärgert: »Dann sollte ich Ihnen sagen, daß Sie die ganze Nacht gewartet hätten. Ich erwidere keine Anrufe, wenn man mir nur eine Telefonnummer nennt.«

»Kommen Sie schon, Sir! Sie erwarten doch keinen anderen wichtigen Anruf.«

»Das ist ein wenig anmaßend, finde ich ...«

»Sie können finden, was Sie wollen, Sir! Ich habe es sehr eilig und bin recht verstimmt über Sie. Wo wollen Sie sich jetzt mit mir treffen?«

»Ich weiß nicht, ob ich das will. Ziehen Sie Leine, Basil, oder wie zum Teufel Sie sonst heißen.«

Diesmal entstand am anderen Ende der Leitung eine

Pause. Sam konnte schwere Atemzüge hören. Und dann sprach die Telefonnummer wieder. »Um Himmels willen, haben Sie Mitleid mit einem alten Mann! Ich habe Ihnen nichts zuleide getan.«

Plötzlich war Sam gerührt. Die Stimme klang so, als wäre der Mann verzweifelt. Er erinnerte sich an das letzte Gespräch mit Hawkins. »Sind Sie ...«

»Keine *Namen, bitte!*«

»Okay, keine Namen. Sind Sie zu erkennen?«

»Allerdings. Ich dachte, das wüßten Sie.«

»Das wußte ich nicht. Also treffen wir uns irgendwo außerhalb.«

»Natürlich. Ich dachte, das wüßten Sie ebenfalls.«

»Hören Sie auf, das zu sagen!« Devereaux wußte nicht, wer ihn in größere Wut versetzte — Hawkins oder der Engländer am Telefon. »Dann sollten Sie besser den Ort wählen, sofern Sie nicht ins Savoy kommen wollen.«

»Unmöglich! Das ist sehr freundlich von Ihnen. Ich habe einige Apartmenthäuser in Belgravia. Eines davon ist das Empire Arms. Kennen Sie es?«

»Ich kann es finden.«

»Gut. Ich werde dort sein. Apartment vier sieben. Ich brauche eine Stunde, um nach London zu kommen.«

»Sie brauchen sich nicht zu beeilen. Ich will mich nicht in einer Stunde mit Ihnen treffen.«

»Oh? Wann dann?«

»Wann schließen denn heutzutage die Pubs?«

»Um Mitternacht. In einer knappen Stunde.«

»Scheiße.«

»Wie, bitte?«

»Wir sehen uns um ein Uhr.«

»Ausgezeichnet. Ich werde den Türhüter im Empire verständigen. Und denken Sie daran — keine Namen! Einfach Apartment vier sieben.«

»Vier sieben.«

»Und, Devereaux, bringen Sie die Papiere mit.«

»Welche Papiere?«

Diesmal dauerte die Pause länger, und der Atem des Engländers ging noch schwerer. »Diesen verdammten Vertrag, Sie *Esel!*«

Anne akzeptierte nicht nur die Tatsache, daß sie sich beim Dinner beeilen mußten und daß er sein Hotel verlassen würde, sondern das schien sie sogar zu entzücken.

Sam wunderte sich immer weniger. *Warum* das so war, blieb ihm schleierhaft, aber das *Was* wurde immer klarer. Er versprach, nach seiner Rückkehr noch einen Schlummertrunk mit ihr zusammen einzunehmen. Wann, war unwichtig, sagte Anne und gab ihm einen Schlüssel.

Das Taxi hielt am Randstein vor dem Empire Arms. Als Sam das Apartment vier sieben erwähnte, wurde er von einem livrierten Türsteher auf einem komplizierten Weg durch einen Dienstboteneingang, über eine kurze Hintertreppe, einen Lastenaufzug und schließlich zum Lieferanteneingang der Wohnung geführt.

Ein finster blickender Mann mit einem Akzent aus dem Norden Englands verlangte eine Identifizierung und führte Sam dann durch eine Speisekammer, ein großes Wohnzimmer, eine Halle und schließlich in eine kleine, schwach beleuchtete Bibliothek, wo ein ziemlich häßlicher, kleiner alter Mann am Fenster saß − im Halbdunkel. Die Tür schloß sich. Devereaux stand da und paßte seine Augen dem schwachen Licht und dem unattraktiven Alten im Armsessel an.

»Mr. Devereaux − natürlich«, sagte der verrunzelte alte Mann.

»Ja. Sie müssen der Danforth sein, von dem Hawkins gesprochen hat.«

»Lord Sidney Danforth.« Der häßliche kleine Mann spie die häßlichen Worte aus, und dann wurde seine Stimme plötzlich süß wie Sirup. »Ich weiß nicht, wie Ihr Auftraggeber sich das zusammengereimt hat, was er sich zusammengereimt hat. Und ich gebe auch nichts zu. Das ist alles so lächerlich. Und so lange her. Nichtsdestoweniger bin ich ein guter Mann, ein wohltätiger Mann. Wahrhaftig ein *wunderbarer* Mann. Geben Sie mir die verdammten Papiere!«

»Was?«

»Den Vertrag, Sie unerträglicher Bastard!«

Leicht benommen griff Sam in seine Brusttasche, in der eine zusammengefaltete Kopie vom Partnerschaftsvertrag der Shepherd Company steckte. Er ging zu dem häßlichen kleinen Mann und reichte ihm die Papiere. Danforth klappte irgendwo aus der Armlehne seines Sessels so etwas wie eine Schreibtischplatte heraus und knipste oben an einem Regal eine Lampe an. Er fing zu lesen an.

»Schön«, sagte er keuchend und blätterte in den Papieren. »Die besagen absolut *nichts!*« Der kleine Brite griff nach einem Füllhalter und begann die leeren Stellen auszufüllen. Als er fertig war, faltete er die Papiere wieder zusammen und gab sie Devereaux angeekelt zurück. »Und jetzt hinaus! Ich bin ein wunderbarer Mann, großzügig — ein bescheidener Multimillionär, den jeder anbetet. Ich habe die außergewöhnlichen Ehren, mit denen man meine Person überhäuft hat, reichlich verdient. Das weiß jeder. Und niemand — ich wiederhole, *niemand* — könnte mich auch nur im entferntesten mit einem solchen Wahnsinn in Verbindung bringen! Ich verbreite nur die Gesinnung der Brüderschaft unter den Menschen — verstehen Sie mich? Die *Brüderschaft*, sage ich!«

»Ich verstehe gar nichts«, sagte Sam.

»Ich auch nicht«, erwiderte Danforth. »Die Überweisung wird auf den Cayman-Inseln stattfinden. Die Bank ist eingetragen, und die zehn Millionen werden binnen achtundvierzig Stunden übermittelt werden. Dann bin ich mit Ihnen fertig!«

»Die Cayman-Inseln?«

»Die sind in der Karibik, Sie Esel!«

12.

Als er den Korridor des Savoy hinunterging, konnte er das weiße Lämpchen schon fünfzehn Meter vor seiner Tür leuchten sehen. Er brauchte gar nicht näher heranzugehen, um zu wissen, daß es seine Tür war. Und dem Licht aus dem Weg zu gehen — das war ein zweiter, sehr guter Grund, Annes Suite aufzusuchen.

»Wenn das nicht du bist, Sam, dann habe ich Probleme!« rief sie aus dem Schlafzimmer.

»Ich bin es. Deine Probleme sind sehr angenehm.«

»Dann mag ich sie.«

Devereaux betrat das große Schlafzimmer mit den Fenstern, die auf den Fluß hinausblickten. Anne saß im Bett und las im Licht ihrer Tischlampe ein Taschenbuch mit buntem Umschlag. »Was ist das?« fragte er. »Das wirkt sehr eindrucksvoll.«

»Eine wunderbare Geschichte von den Frauen Heinrichs des Achten. Ich habe es heute morgen am Tower gekauft. Dieser Mann war ein Ungeheuer!«

»Das war er in Wirklichkeit nicht. Die meisten seiner Probleme waren geopolitischer Art.«

»Ich dachte immer, sie hätten unter seiner Gürtellinie gelegen!«

»Das ist historisch genauer, als du vielleicht glaubst. Wie wäre es mit einem Drink?«

»Zuerst mußt du telefonieren. Das habe ich versprochen. Ich habe gesagt, du würdest das als allererstes tun, sobald du wieder da bist.«

Das Mädchen blätterte gelassen eine Seite um. Sam war nicht nur erstaunt, sondern auch neugierig. »Was hast du gesagt?«

»MacKenzie hat angerufen. Aus Washington.« Wieder blätterte sie.

»MacKenzie?« Devereaux konnte nicht anders — er brüllte. »Einfach so — *MacKenzie hat angerufen!* Und du sitzt da, als hätte sich der Zimmerservice gemeldet, und sagst mir, MacKenzie hätte angerufen. Woher weißt *du* denn, daß er angerufen hat? Hat er *dich* angerufen?«

»Sam, reg dich doch nicht so auf.« Eiskalt blätterte sie wieder um. »Es ist ja nicht so, daß ich ihn nicht kennen würde, ich meine, nach allem ...«

»O nein! Erspar mir die Vergleiche! Ich möchte ja nur wissen, was das für ein verrückter Zufall ist, daß du siebentausend Meilen von zu Hause einen Telefonanruf eines Exehemannes entgegennimmst, der *mich* anruft — dreitausend Meilen von New York ...«

»Wenn du dich beruhigst, sage ich es dir. Wenn nicht, lese ich weiter.«

Devereaux dachte sehnsüchtig daran, wie gern er jetzt einen Drink gehabt hätte, unterdrückte aber seinen Zorn und entgegnete leise: »Ich bin ganz ruhig und würde wirklich gern hören, was du zu sagen hast.«

Anne legte das Buch beiseite und blickte zu ihm auf. »Zunächst einmal war Mac genauso aufgeregt wie du, als ich mich meldete.«

»Wie kam es denn, daß du dich gemeldet hast?«

»Weil ich mir Sorgen machte.«

»Das erklärt den Grund, aber nicht, wie es dazu kam.«

»Wenn du dich erinnerst — und das wirst du, wenn du dir Mühe gibst — dann hast du mich am Tisch unten verlassen. Du warst spät dran, und ich habe darauf bestanden. Ich sagte, ich würde dir die Rechnung abzeichnen und dann hinaufgehen. Stimmt das?«

»Ja, ich bin dir das Dinner noch schuldig.«

»Ein netter junger Mann im Frack mit einer weißen Krawatte kam an den Tisch und sagte, da sei ein Überseegespräch für dich. Sind die eigentlich immer so herausgeputzt?«

»Das ist im Savoy so Sitte. Was hast du gesagt?«

»Daß du erst sehr spät zurückkommen würdest. Ich wüßte nicht genau, wann. Er schien sich schrecklich aufzuregen, und da fragte ich ihn, ob ich ihm behilflich sein könnte. Er sagte, ein General Hawkins aus Washington wäre am Apparat, und ich glaube, der Rang und die Stadt haben ihn nervös gemacht. Mac tut das immer. Auf diese Weise kurbelt er am Telefon den Service an. Also sagte ich ihm, er soll sich keine Sorgen machen, ich würde mit dem alten Furz reden. Das schien ihm zu gefallen.« Anne wandte sich wieder ihrem Buch zu. »Und jetzt ruf ihn an. Die Nummer findest du auf dem Schreibtisch im anderen Zimmer. Sie liegt auch auf dem Schreibtisch bei dir und unten auch. Ich fühle mich sehr geschmeichelt, weil du sie zuerst hier bekommen hast.«

Es war möglich, überlegte Sam, unwahrscheinlich, aber immerhin im Rahmen des Möglichen, so wie gewisse Radiowellen auf die Möglichkeit zusätzlicher Zivilisation in der Milchstraße hindeuteten. »Was hat Hawkins gesagt? Wieso war er aufgeregt?«

»Oh, vermutlich, weil ich *hier* bin«, sagte Anne und blickte widerstrebend von ihrem Buch auf. »Er fing an zu fluchen und zu schreien und Befehle zu erteilen. Ich sagte, ›Mac, wasch dir den Mund mit brauner Seife aus!‹ Das habe ich immer zu ihm gesagt. Ich meine, er hat Ausdrücke gebraucht, die wir in Belle Isle vermeiden. Jedenfalls beruhigte er sich und fing an zu lachen.« Ihre Augen wanderten nach oben, blickten ins Leere. Sie erinnerte sich an etwas, dachte Sam, und das sind keineswegs kühle Erinnerungen. »Er fragte mich, ob ich den komischen Gigolokellner schon los bin — so nennt er Don — und wenn nicht, *warum* nicht. Und daß du ein so netter Bursche wärst. Weißt du, Mac hält eine ganze Menge von dir. Jedenfalls ist es sehr wichtig, daß du ihn zurückrufst. Ich sagte, es würde schrecklich spät werden, vielleicht drei Uhr früh. Aber er sagte, das sei schon in Ordnung. In Washington würde es ja nur zehn Uhr sein.«

»Hat es nicht bis morgen Zeit?«

»Nein. Für Mac ist es offenbar sehr wichtig. Er sagte, wenn du daran dächtest, es aufzuschieben, sollte ich dir sagen, es hätte etwas mit einem italienischen Herrn zu tun, der sich nach dir erkundigt hätte.«

»Hat er erwähnt, daß der Mann Bestattungsunternehmer ist?«

»Nein. Aber ich glaube wirklich, du solltest ihn anrufen. Wenn du ungestört sein willst, kannst du ja das Telefon im anderen Zimmer benutzen.«

»Verdammt noch mal, Junge! Ist das nicht eine kleine Welt! Da sind Sie auf der anderen Seite der Erdkugel, und auf wen stoßen Sie – die kleine alte Annie. Nicht daß sie alt wäre, verstehen Sie...«

»Ich verstehe«, fiel Sam dem Hawk ins Wort, »daß Sie mir Grüße von Dellacroce ausrichten wollen. Was haben Sie denn Ihrem tiefreligiösen Freund erzählt? Daß ich Jesus ans Kreuz geschlagen habe?«

»Verdammt, nein. Das war nur ein kleiner Stupser für den Fall, daß Sie zögern sollten, meinen Anruf zu erwidern. Ich habe nicht einmal mit Dellacroce gesprochen. Ich glaube nicht, daß ihm der Sinn nach weiteren Gesprächen steht. Ist Ihnen jetzt wohler?«

Devereaux zündete sich eine Zigarette an. Das half ihm, das leichte Stechen im Bereich seines Magens etwas zu verdrängen. »Ich will Ihnen die Wahrheit sagen, Mac. Es macht mich einfach nervös, daß Sie mich überhaupt angerufen haben. Das bringt mich auf den Gedanken, daß sie jetzt gleich etwas sagen werden, das mich weder Boston noch meiner Mutter noch meinem richtigen Arbeitgeber Aaron Pinkus näherbringt.«

MacKenzie Hawkins stieß einige glucksende Laute aus. »Sie sind ein sehr argwöhnischer Mensch. Das muß der Anwalt in Ihnen sein. Wie ist es mit Danforth gelaufen?«

»Der ist verrückt. Aber die Papiere hat er unterschrieben. Der hat zehn Millionen ausgespuckt, aus Gründen, die ich nicht einmal ahnen kann. Die Bank ist auf den Cayman-Inseln, und das ist wahrscheinlich auch der Grund für Ihren Anruf.«

»Glauben Sie, ich würde Sie auffordern, zu den Caymans zu fliegen? Das ist mir durch den Kopf gegangen. Aber das würde ich nie tun. Die Caymans machen keinen Spaß. Nur winzige, kleine, heiße Flecken mit einer Menge Banken und beschissenen Bankern. Die versuchen, eine zweite Schweiz daraus zu machen ... Nein, ich werde selbst hinfliegen und das erledigen. Und Ihr Konto ist um weitere zehn Riesen gewachsen. Ich dachte, Sie würden das gern wissen.«

»*Mac!*« Devereaux spürte einen Stich im Magen. »Das *können* Sie nicht tun!«

»Ist doch ganz einfach, Junge. Man braucht den Bankscheck nur auszustellen. Nur zur Verrechnung.«

»So habe ich es nicht gemeint. Sie haben nicht das *Recht*, Geld auf mein Konto zu überweisen.«

»Die Bank hatte keine Einwände ...«

»Die Bank würde nie Einwände haben! *Ich* habe Einwände! Ich! Herrgott, begreifen Sie denn nicht? Das bedeutet, daß Sie mich bezahlen!«

»Den zehnten Teil eines Prozents? Verdammt noch mal, Junge, damit betrüge ich Sie!«

»Ich *will* nicht bezahlt werden! Ich will nichts mit Ihrem Geld zu tun haben! Das macht mich zum *Mittäter!*«

»Davon weiß ich nichts, aber es ist doch sicher nicht richtig, daß ein Mensch die Zeit und die Talente eines anderen Menschen nutzt und dafür nichts bezahlt.« Hawkins' Stimme klang wie die eines ruhigen Evangelisten.

»Oh, halten Sie den Mund, Sie Hundesohn!« erwiderte Devereaux, der die Unvermeidlichkeit der Niederlage erkannt hatte. »Abgesehen von Danforth, weshalb haben Sie mich angerufen?«

»Nun, wenn Sie es schon erwähnen – es gibt da einen Typ in Westberlin, mit dem Sie reden sollten ...«, begann der Hawk.

»Warten Sie – sagen Sie es mir nicht sofort«, unterbrach Sam ihn müde. »Die Flugtickets und die Hotelreservierungen werden am Empfang des Savoy bereitliegen, ehe ich Rührei mit Speck sagen kann.«

»Bis morgen jedenfalls.«

»Okay, Mac, ich merke es selber, wenn ich erledigt bin.«

Er geriet immer tiefer hinein. Irgendwie, irgendwann, dachte Sam, würde er sich mit Gewalt aus diesem Schlamassel herausreißen müssen.

MacKenzie schrieb den Betrag in Ziffern auf.
$ 20 000 000, —
Dann schrieb er sie in Worten.
Zwanzig Millionen Dollar.
Seltsam, aber eigentlich hatte die Zahl überhaupt keine Wirkung auf ihn. Sie war einfach ein Mittel zum Zweck, sonst nichts. Obwohl es ihm in den Sinn gekommen war, das Ganze einen Glückstag zu nennen, sein Geld einzupacken und sich in den Süden Frankreichs zurückzuziehen. Aber das kam nicht in Frage. Das war es auch gar nicht, worum es ging. Das Geld war sowohl ein Mittel zum Zweck als auch ein Nebenprodukt und in seiner Art eine legitime Art der Strafe. Die zwei Gauner hatten es nicht anders verdient.

Aber die Zeit begann knapp zu werden. Er durfte sich nicht ablenken lassen. Noch ein paar Monate, dann würde es Sommer sein. Es gab ungeheuer viel zu tun. Die Auswahl und die Ausbildung des Hilfspersonals würde viel Zeit in Anspruch nehmen. Dann mußte er den Manöverplatz mieten und ausstatten, das würde schwierig sein. Insbesondere, wenn es darum ging, unter der Hand Ausrüstungsmaterial zu kaufen.

Die Manöver selbst würden mehrere Wochen beanspruchen. Wenn man alles bedachte, gab es sehr viel in kurzer Zeit zu bewerkstelligen. Und deshalb war die Versuchung groß, die ursprüngliche Strategie aufzugeben und mit nur einem Teil des vorgesehenen Kapitals anzufangen. Aber das wäre falsch, soviel stand fest. Er hatte die Zahl auf vierzig Millionen festgesetzt, nicht nur wegen der numerischen Symmetrie zu den vierhundert Millionen (obwohl das auf dem Partnerschaftsvertrag, auf den freien Stellen, die er ausgefüllt hatte, sehr proper aussah), sondern weil vierzig Millionen *alles* umfaßten, auch extreme Notfälle.

Sonst auch unter der Bezeichnung Evakuierung des Stützpunkts bekannt.

Es würden vierzig Millionen sein müssen. Jetzt war es an der Zeit, den dritten Investor ins Spiel zu bringen.

Heinrich König, Berlin.

Mit Herrn König war es nicht leicht gewesen. Sidney Danforth in Chile hatte den modus operandi überstrapaziert. Angelo Dellacroce war in bezug auf seine Zahlungen im Mittelmeerraum schlampig gewesen und hatte einen zu aufwendigen Lebenswandel gepflegt. Heinrich König hingegen hatte keine offenkundigen Fehler gemacht und in einem friedlichen Landstädtchen zwanzig Meilen von Berlin entfernt, das ruhige Leben eines Landedelmannes geführt.

Aber vor zweiundzwanzig Jahren hatte König ein ungeheuer gefährliches Spiel gespielt, auf brillante Art. Ein Spiel, das ihm nicht nur ein Vermögen eingetragen, sondern auch die Finanzierung und letztlich den Erfolg seiner verschiedenen geschäftlichen Unternehmungen gesichert hatte.

Auf dem Höhepunkt des kalten Krieges war König Doppelagent und Erpresser gewesen. Zunächst hatte er insgeheim Informationen über Agenten an beide Seiten weitergegeben und dann von Leuten, die eine Desavouierung fürchteten, Bargeld erpreßt, das aus den gegnerischen Abwehrkanälen kam. Bald lieferten ihm Dutzende von Ländern, die von dem wirtschaftlichen Wohlwollen der beiden Supermächte abhängig waren, exklusive internationale Steuervorteile für seine neuen Firmen. Am Ende zwang er Washington, London, Berlin, Bonn und Moskau mit der Eleganz eines Mephisto Erklärungen abzugeben, die seine Firmen von den gesetzlichen Vorschriften befreiten, die für andere Industrien galten. König schaffte dies, indem er jeder Seite erklärte, er würde andernfalls die jeweilige Gegenseite von den bisherigen Aktivitäten der ersteren verständigen.

Und dann trat König, zur großen Erleichterung vieler Regierungen, in den Ruhestand. Er hatte sein Imperium auf den niedergetrampelten Körpern — tot oder gelähmt — der halben bürokratischen und industriellen Bevölkerung Europas und Amerikas aufgebaut. Er war unberührbar geblieben, und dies wegen des sehr realen Schreckens von kettenreaktionsähnlichen Repressalien. Welcher Bürokrat, welcher Untersekretär, welcher Minister oder Staatsmann (in der Tat, welcher Regierungschef) würde schon den Zugang zu den Schrecken der Büchse Pandoras zulassen? Und so blieb König in seinem Ruhestand ebenso sicher wie während seiner glücklichen Tage heftiger Aktivität. Die Angst war der Knüppel, den König schwang.

Aber es gab weder Angst noch Knüppel, wenn ein Mann sich nicht um Reaktionen oder Repressalien scherte — ob sie nun von Regierungen, Industrien oder aus dem internationalen Bereich kamen. Und das war natürlich Hawkins' Waffe. Es gab nämlich eine internationale Armee der Opfer, die schnell in Marsch zu setzen war, wenn sie nur sicher sein konnte, dies ungestraft tun zu können. Wenn jeder erkannte, daß die Sünden seiner Vergangenheit allen anderen bekannt waren. Völlige Bloßstellung — das war die Drohung, mit der Mac arbeitete.

König würde ohne Zweifel die Logik dieser Methode erkennen. Das Fehlen dieser Logik war es gewesen, das ihm sein Vermögen garantiert hatte. Er konnte sich vorstellen, welche Auswirkungen ein paar hundert ausführliche Telegramme haben würden, die gleichzeitig an einige hundert Machthaber in der ganzen Welt abgesandt würden. O ja. König würde überzeugt sein, sobald man ein Sperrfeuer von Namen, Daten und Aktivitäten vor ihm herunterklapperte. MacKenzie nahm die Fotokopien, sorgte dafür, daß die einzelnen Stapel in der richtigen Reihenfolge blieben, und trug sie zu dem niedrigen Tischchen vor der Couch. Er setzte sich und begann, mit Rotstift auf jeder Seite zwei oder drei Spalten anzustreichen.

Alles lief wunderschön. Er brauchte nur seine Fähigkeiten und die logistischen Möglichkeiten realistisch einzuschätzen, die ihm zur Verfügung standen, und zur Wirkung zu bringen. Es galt einfach, Inventur zu machen. Er ging mit den Kopien zum Schreibtisch und ordnete die Papiere sorgfältig vor dem Telefon. Er war bereit, ruhig und leidenschaftslos eine Liste internationaler Verfehlungen vorzutragen, die selbst einem Dschingis Khan die Schamesröte ins Gesicht treiben würde.

Heinrich König würde sich von zehn Millionen Dollar trennen.

Mit Augen, die von der Erschöpfung schwarz gerändert waren, ging Devereaux am Berliner Tempelhof-Flughafen durch den Zoll, voll und ganz darauf vorbereitet, daß der wichtigtuerisch knurrende Neonazi, der sich seine Papiere und das Gepäck ansah, ihm einen Stempel auf die Stirn drückte. Herrgott, dachte er, man brauchte einem Deutschen bloß einen Stempel zu geben, und schon drehte er durch.

Einmal starrte er verblüfft den Inhalt seines eigenen Koffers an. Alles war sorgfältig zusammengefaltet und geordnet, so als hätte Bergdorf Goodman ihm beim Packen geholfen, und er packte seine Koffer einfach nicht so. Dann erinnerte er sich wie im Nebel, daß Anne alles erledigt hatte. Sie hatte nicht nur für ihn gepackt, sondern ihn sogar zur Kasse begleitet und ihm geholfen, seine Rechnung zu begleichen. Alles das hatte sie getan, überlegte Sam, weil er einfach nicht in dem Zustand gewesen war, um es selbst zu tun. Das Wahnsinnige seiner Lage hatte ihn zu einer Schlacht gegen eine Flasche Scotch veranlaßt. Und er hatte die Schlacht verloren. Das einzige, woran er sich erinnerte, war der Auftrag, daß er den verdammten Partnerschaftsvertrag an Hawkins zur Post bringen mußte.

Das Kempinski-Hotel in Berlin war gleichsam die teutonische Version des alten Sherry Netherland in New York, nur mit einer etwas gröber wirkenden Einrichtung. Die schwellenden Sessel in der Halle schienen eher aus Beton gegossen als aus Leder gefertigt zu sein. Dennoch schrie es nach Geld, poliertem Holz und schrecklich korrekten Angestellten, von denen Sam wußte, daß sie ihn und seine schwächliche Demokratenseele haßten.

Am Empfang wurde er effizient und schnell abgehakt. Ein unfreundlich wirkender, alternder SS-Oberführer geleitete ihn zu seinem Zimmer, wobei der Mann seinen Koffer behandelte, als enthielte er koscheres Essen. Sobald sie die Suite betreten hatten (sie war riesig — Mac Hawkins ließ ihn wirklich Erster Klasse reisen), ließ der Oberführer in den verschiedenen Räumen die Jalousien hochrattern und strahlte dabei die Autorität eines Mannes aus, der es gewöhnt war, einem Erschießungskommando Befehle zu erteilen. Devereaux, der um sein Leben fürchtete, gab ihm ein viel zu reichliches Trinkgeld, führte ihn zur Tür, als wäre er ein diplomatischer Gast, und verabschiedete sich mit einem wohlerzogenen ›Auf Wiedersehen‹.

Er öffnete seinen Koffer. Anne war darauf bedacht gewesen, ihm eine Flasche Scotch in ein Savoyhandtuch einzuwickeln. Wenn es je eine Zeit gab, das Unverdauliche in sich aufzunehmen, so war sie jetzt gekommen. Man brauchte nicht viel, nur ein kleines bißchen, um den Motor wieder in Gang zu bringen. Es klopfte an der Tür. Sam erschrak so sehr, daß er einen Mundvoll Whisky über das Bett hustete. Er verkorkte die Flasche und suchte verzweifelt nach einem Platz, an dem er sie verstecken konnte.

Unter dem Kopfkissen! Aber darüber lag die Bettdecke. Er hielt inne. Was tat er hier? Was zum Teufel war mit ihm los? Was *passierte* mit ihm. *Verdammt noch mal, MacKenzie Hawkins!*

Er holte tief Atem und stellte die Flasche langsam auf die Kommode. Dann atmete er noch einmal tief durch, öffnete die Tür und stieß sofort und unwillkürlich die ganze Luft aus, die er in den Lungen hatte. Vor der Tür stand die blonde Aphrodite aus Palo Alto, Kalifornien, die in seiner Erinnerung als ›Klein und Spitz‹ katalogisiert war. Die dritte Mrs. MacKenzie Hawkins. Lillian.

»Ich wußte doch, daß Sie das sind! Ich sagte zu dem Mann am Empfang, daß Sie das sein *mußten!*«

Sam war nicht mehr so sicher, weshalb er Lillian als ›Klein und Spitz‹ eingestuft hatte. ›Klein‹ war der Dame gegenüber ungerecht. Vielleicht war es nur ein Relativadjektiv im unmittelbaren visuellen Vergleich mit den sechs anderen.

Diese absurden Gedanken gingen Devereaux durch den Kopf. Und – das war ihm sehr bewußt – er starrte sie dabei an wie ein Zwölfjähriger sein erstes Sexmagazin, während Lillian ihm gegenübersaß und ihm erklärte, daß sie vor drei Tagen nach Berlin geflogen wäre, um dann dort an einem zweiwöchigen Kochkurs für Feinschmecker teilzunehmen.

Es war natürlich unglaublich. Schließlich war er ein erfahrener Anwalt. Er hatte Dutzende von Verbrechermentalitäten analysiert, hatte in allen Bereichen des gesellschaftlichen Dschungels von fähigen Lügnern die Schichten des Betrugs abgestreift. Trotz seines ausgepumpten Verstandes und ebensolchen Körpers war er nicht der Mann, der sich so leicht hinters Licht führen ließ. Und er würde das auch die dritte Mrs. MacKenzie Hawkins wissen lassen – *und wie er das würde!* Er starrte sie noch schärfer an und zuckte dann im Geist mit den Schultern. Was soll's?

»Da sind wir also, Sam. Ich darf Sie doch Sam nennen, oder darf ich nicht? Es ist wirklich erstaunlich, wohin einen die Liebe zur Kochkunst führen kann.«

»Aber es ist völlig plausibel, Lillian! Das ist es ja, was Zufälle so wahrhaft macht!« Sam lachte leicht hysterisch und gab sich große Mühe, seine Augen unter Kontrolle zu halten. Er war einfach zu erschöpft, um damit Erfolg zu haben; und so gab er es einfach auf und ließ seinen Augen freien Lauf.

»Und ich wüßte wirklich nicht, wie man Berlin besser kennenlernen könnte. Wenn wir Glück haben, finden wir vielleicht sogar einen Tennisplatz! Ich höre, daß das Hotel ein Schwimmbad hat, vielleicht auch eine Gymnastikhalle.« Lillian hielt inne, und Devereaux hatte das Gefühl, als würde er um etwas beraubt. In seinem ausgepumpten Zustand genoß er die weiche, atemlose akustische Massage. »Aber vielleicht unterstelle ich viel zuviel. Reisen Sie allein?«

Er wußte, daß er es nicht tun sollte. *Wirklich nicht.*
»Allein? So allein war ich nie zuvor in meinem Leben.«
»Nun, das geht natürlich nicht. Wenn es Ihnen nichts ausmacht, daß ich das sage — Sie sehen schrecklich müde aus. Ich glaube, Sie haben sich zu Tode gearbeitet. Sie brauchen wirklich jemanden, der sich um Sie kümmert.«
»Ich bin nur ein armer Schatten meines Wesens ...«
»Sie bedauernswertes Lämmchen! Kommen Sie her, dann massiere ich Ihnen die Schultern. Das wirkt Wunder, ganz bestimmt.«
»Ich bin nur noch ein schwacher Abklatsch meiner selbst. Ich bin angefüllt mit Vakuum und geschmolzenem Blei.«
»Erschöpft sind Sie, mein Lämmchen. So ist's brav ... Machen Sie sich's bequem, und legen Sie Lilli den Kopf auf den Schoß. Oh, Ihre Schläfen sind zu heiß und Ihre Halsmuskeln sind viel zu straff. So, so ist's besser. Fühlt sich das nicht besser an?«
Und ob ... Er spürte, wie ihre geschickten Finger sein Hemd aufknöpften, wie sanfte Hände über seine Brust strichen, sein Fleisch liebkosten, so zart, wie man das wohl von einem Engel erwarten durfte. Was, zum Teufel ... Er schlug die Augen auf, und ein Anblick der unerträglichen Lieblichkeit zweier herrlicher Brüste, nur wenige Zoll über seinem Gesicht, begrüßte ihn.
»Magst du eine heiße Wanne mit einer Menge Seifenschaum, der wie Rosen und Frühling duftet?« flüsterte er.
»Eigentlich nicht«, flüsterte sie zurück. »Ich mag lieber eine warme Dusche. Oder so was in dieser Richtung ...«
Sam lächelte.

13.

Ringsum war die Luft von aromatischem Duft erfüllt. Er brauchte die Augen gar nicht zu öffnen, um zu wissen, woher dieser Duft kam.
Wenn er überhaupt im Stande war, den vergangenen Tag auch nur einigermaßen genau zu rekonstruieren — und die Stille, die unterhalb seiner Gürtellinie herrschte, überzeugte

ihn davon, daß er das konnte — hatten sie den größten Teil der Nacht in der Dusche des Kempinski verbracht.

Sam schlug die Augen auf. Lillian saß neben ihm in die Kissen gelehnt, eine Hornbrille auf der etwas nach oben gerichteten Nase. Sie las etwas, das auf einem riesigen Stück ausgefransten Kartons stand, und das weiße Laken bedeckte ihre Brust, ohne dabei viel zu verbergen.

»Hallo«, sagte er leise.

»Guten Morgen!« Sie blickte auf ihn herunter und strahlte. »Weißt du, wie spät es ist?«

Dies blonde Geschöpf ist wirklich ein gesunder Typ, überlegte er. Wahrscheinlich kommt das von dem dauernden Surfen in Kalifornien, oder vielleicht hat MacKenzie Hawkins ihr beigebracht, wie man Liegestütze macht. »Meine Armbanduhr liegt mit meinem Hangelenk unter der Decke. Ich weiß nicht, wie spät es ist.«

»Es ist zwanzig nach zehn. Du hast elf Stunden geschlafen. Wie fühlst du dich?«

»Willst du mir sagen, daß wir gestern abend um halb zwölf zu Bett gegangen — daß ich um halb zwölf geschlafen habe?«

»Man muß dich bis zum Brandenburger Tor gehört haben. Ich habe dich immer wieder angestoßen, damit du zu schnarchen aufhörst. Wie ein ganzes Sägewerk hat das geklungen. Was macht dein Kopf?«

»Der sitzt ziemlich fest, glaube ich. Warum wohl?«

»All der Dampf. Und die Anstrengung. Dabei hast du gar nicht viel getrunken. Ich glaube, dein Blutkreislauf hat revoltiert.« Lillian nahm sich einen Bleistift vom Nachttisch und kreuzte etwas auf der Speisekarte an.

»Du riechst einmalig«, sagte er, nachdem er kurz zu ihr hinaufgesehen hatte, und erinnerte sich an den Augenblick, als sein Kopf auf ihrem Schoß gelegen hatte und ihre Finger wie Engelshände über seine Brust geglitten waren.

»Du auch, Lämmchen«, erwiderte sie lächelnd, nahm die Brille ab und sah auf Sam hinunter. »Weißt du, daß du einen sehr passablen Körper hast?«

»Nun, er hat seine Vorzüge.«

»Ich meine, du hast einen gesunden Körperbau, mäßig gute Proportionen und eine gute Körperkoordination. Es ist wirklich jammerschade, daß du ihn verkommen läßt.« Sie tippte sich mit der Brille gegen das Kinn, wie ein Arzt, der sich mit postoperativen Zuständen befaßt.

»Nun, ich würde nicht gerade ›verkommen‹ sagen. Ich habe einmal Lacrosse gespielt. Ich war ziemlich gut.«

»Ganz sicher warst du das, vor zehn Jahren. Und jetzt schau einmal her ...« Lilli legte ihre Brille weg und zog die Decke von Devereaux' Brust. »Da, siehst du? Und *hier* und hier und *hier*! Absolut kein Muskeltonus. Muskelpartien, die seit Jahren nicht mehr gebraucht worden sind. Und *hier*.«

»Autsch!«

»Deine *latissimi dorsi* existieren gar nicht. Wann hast du das letztemal Gymnastik getrieben?«

»Letzte Nacht. In der Dusche.«

»Gegen diesen Aspekt deiner Kondition läßt sich nichts einwenden. Aber das ist nur ein kleinerer Teil deines ganzen Lebens ...«

»Nein, für mich gar nicht!«

»... in bezug auf das ganze Muskelnetz. Dein Körper ist ein Tempel. Du darfst nicht zulassen, daß er durch Vernachlässigung und mangelnden Einsatz verkommt und zerbröckelt. Du mußt ihn aufputzen! Gib ihm eine Chance, sich zu strecken und zu atmen und nützlich zu sein. Dazu ist er bestimmt. Schau dir MacKenzie an ...«

»Einspruch, ich will mir MacKenzie nicht anschauen!«

»Ich meine das bildlich.«

»Ich hab's gewußt«, murmelte Devereaux niedergeschlagen. »Ich kann ihm nicht entkommen.«

»Ist dir klar, daß Mac über fünfzig ist? Aber sein Körper — straff, eine gespannte Feder mit perfektem Tonus ...«

Lillis Augen wanderten zur Decke — blickten ins Nichts. So wie Anne das im Savoy getan hatte. Sie erinnerte sich, so wie Anne sich erinnert hatte — und das waren keine kühlen Erinnerungen.

»Nun«, sagte Sam, »Hawkins hat schließlich auch sein ganzes Leben beim Militär verbracht. Mit Laufen und Springen und Töten und Foltern. Er mußte in Form bleiben, um zu überleben. Er hatte keine Wahl.«

»Da hast du unrecht. Mac begreift, was es bedeutet, über eine volle Kapazität zu verfügen und sein ganzes Potential zu erleben. Einmal hat er zu mir gesagt — nun, lassen wir das, es ist unwichtig.« Lillian nahm die Hand von Devereaux' Brust und griff nach ihrer Brille.

»Nein, bitte.« Das Schlafzimmer im Kempinski hätte ebensogut ein Schlafzimmer im Savoy sein können. Aber die Frauen waren nicht austauschbar. Sie waren durchaus Individuen. »Ich würde gern hören, was Mac gesagt hat.«

Sie strich nachdenklich über die Bügel der Brille. »Dein Körper sollte eine realistische Erweiterung deines Geistes sein, bis an seine Grenzen getrieben, aber nicht mißbraucht.«

»Mir hat das ›das Äußere ändern, das Innere durcheinanderbringen‹ besser gefallen ...«

»Was?«

»Das hat er auch gesagt. Vielleicht begreife ich es nicht — das Intellektuelle und das Physische sind Gegenpole. Ich könnte mir vielleicht vorstellen, vom Eiffelturm hinunterzufliegen, aber es ist wohl besser, wenn ich es nicht versuche.«

»Weil das nicht realistisch wäre — es wäre Mißbrauch. Aber du könntest es trainieren, in Rekordzeit an dem Turm hinunterzuklettern. *Das* wäre realistisch, eine *physische* Ausweitung deiner Fantasie. Und es ist wichtig, das zu versuchen.«

»Den Eiffelturm hinunterzuklettern?«

»Wenn es eine ernsthafte Erwägung ist, hinunterzufliegen.«

»Das ist es nicht. Wenn ich diesem pseudoscholastischen Knittelvers folgen kann, dann sagst du, wenn man in Betracht zieht, etwas zu tun, dann sollte man das auch nach besten Kräften in physische Begriffe übersetzen.«

»Ja. Das Wesentliche ist, daß man nicht träge bleiben

darf.« Lillian machte eine emphatische Handbewegung. Das Laken fiel herunter.

Unerträglich schön, dachte Devereaux. Aber im Augenblick unberührbar. Das Mädchen debattierte.

»Das ist entweder viel komplizierter oder viel einfacher, als es klingt«, entgegnete er.

»Es ist viel komplizierter, glaub mir«, antwortete sie. »Die Subtilität liegt in der Offensichtlichkeit.«

»Du glaubst also an dieses Konzept der Herausforderung, nicht wahr?« fragte Sam. »Ich meine, im Wesen ist es doch die notwendige Befriedigung, die man daraus bezieht, die Herausforderung anzunehmen, oder?«

»Ja, ich denke schon. Um ihrer selbst willen — um des Versuchs willen, nach dem zu greifen, was man sich vorstellen kann. Um das eigene Potential auf die Probe zu stellen.«

»Und das glaubst du.« In seinen Worten lag keine Frage.

»Ja. Warum?«

»Weil meine Fantasie in diesem Augenblick so heftig arbeitet, daß ich sie gar nicht ertragen kann. Ich empfinde die Notwendigkeit, um mich physisch auszudrücken — mein Potential auf die Probe zu stellen. Innerhalb vernünftiger Grenzen, natürlich.« Er erhob sich von seinem Stützpunktlager, bis er ihr gegenübersaß, bis ihre Augen auf gleicher Höhe waren. Er streckte die Hand aus und nahm ihre Brille, klappte sie zusammen und ließ sie über den Bettrand fallen. Dann streckte er die Hand aus, und sie gab ihm die Speisekarte.

Lillians Augen leuchteten, ihre Lippen hatten sich zu einem halben Lächeln geöffnet. »Ich habe mich schon gefragt, wann du das tun würdest.«

Und dann klingelte das Telefon.

Die Stimme am anderen Ende der Leitung gehörte einem Mann, der sich in seiner Jugend offenbar sämtliche Kriegsfilme der Warner Brothers angesehen hatte. Aus jeder Silbe, die er sprach, triefte das Böse.

»Nein — wir weigern uns, am Telefon zu sprechen.«

»Dann gehen Sie über die Straße, und machen Sie das Fenster auf«, erwiderte Devereaux gereizt. »Wir werden rufen.«

»Die Zeit ist sehr knapp! Sie gehen jetzt in die Halle zum ersten Stuhl vor dem Fenster, rechts vom Eingang! Tragen Sie eine zusammengefaltete ›Spiegel‹-Ausgabe unter dem Arm. Und schlagen Sie alle zwanzig Sekunden die Beine übereinander.«

»Im Sitzen?«

»Es würde sehr albern aussehen, wenn Sie im Stehen die Beine übereinanderschlagen würden, mein Herr.«

»Und wenn jemand auf dem Stuhl sitzt?«

Die Pause, die der andere machte, drückte sowohl Zorn als auch Verwirrung aus. Dann folgte ein kurzes, seltsames Geräusch. Es erinnerte an ein kleines Schwein, das frustriert quietschte. »Entfernen Sie ihn!« lautete die Antwort, die dem Quietschen folgte.

»Das ist albern.«

»Sie werden tun, was ich sage! Für Widerreden ist jetzt keine Zeit. Man wird mit Ihnen Verbindung aufnehmen. Fünfzehn Minuten.«

»He, Moment mal! Ich bin gerade aufgestanden. Ich habe noch nicht gefrühstückt. Ich muß mich rasieren ...«

»Vierzehn Minuten, mein Herr!«

»Ich habe Hunger!«

Ein lautes Klicken in der Leitung unterbrach die Verbindung. »Zum Teufel mit dem Kerl!« sagte Devereaux und wandte sich erwartungsvoll wieder der außergewöhnlichen Lillian zu.

Aber Lillian war nicht mehr dort, wo sie hätte sein sollen. Statt dessen stand sie, in Sams Bademantel gehüllt, auf der anderen Seite des Betts.

»Um ein Bonmot zu prägen, Liebster, die Glocke hat uns gerettet. Du hast zu tun, und ich muß mich auf den Unterricht vorbereiten.«

»*Unterricht?*«

»In Gretels Strudelschule«, sagte Lilli. »Vielleicht geht es dort nicht ganz so fachmännisch zu wie im Cordon Bleu in Paris, aber es macht wahrscheinlich mehr Spaß. Es beginnt um Mittag. Wir sind drüben in der Leipziger Straße, das ist in der Nähe von Unter den Linden. Ich sollte mich wirklich beeilen.«

»Und was ist mit — *uns*? Das Frühstück ... Und — duschst du morgens nicht?«

Lillian lachte. Es war ein nettes, echtes Lachen. »Die Schule ist um halb vier aus. Wir treffen uns hier.«

»Was für eine Zimmernummer hast du?«

»Fünfhundertelf.«

»Und ich fünfhundertneun. Ist das nicht wunderbar?«

Die Verwirrung in der Halle des Kempinski war absurd. ›Der erste Stuhl vor dem Fenster‹ war von einem älteren Herrn besetzt, dessen kurzgeschorener, kugelförmiger Kopf immer wieder nach vorn fiel, so daß sich seine dicken Nackenfalten strafften. Er döste. Unglücklicherweise lag eine zusammengefaltete Ausgabe des *Spiegel* auf seinem Schoß.

Der ältere Herr war zuerst verärgert und dann wütend über die beiden Männer, die links und rechts von ihm erschienen und ihm mit eindeutigen Worten erklärten, er solle aufstehen und mitkommen. Zweimal versuchte Sam, sich einzuschalten, und nach besten Kräften zu erklären, daß auch er eine zusammengefaltete Kopie des *Spiegel* besaß. Es nützte nichts. Die Männer interessierten sich nur für den Herrn in dem wuchtigen Lehnsessel. Schließlich stand Devereaux unmittelbar vor den zwei Kontaktleuten und schlug alle zwanzig Sekunden die Beine übereinander und wieder auseinander.

Worauf ein livrierter Page auf Sam zuging und in perfektem, lautem Englisch erklärte, wo es zur Herrentoilette ginge.

Dann marschierte eine walkürenhafte Frau auf das Trio zu, das immer noch um den Sessel stand, und begann mit einer Hutschachtel und einer ungewöhnlich großen, schwarzen Lederhandtasche auf die zwei Gestapotypen einzuschlagen.

Jetzt gibt es nur noch eine einzige Möglichkeit, dachte Devereaux. Er packte einen der Kontaktmänner am Hals und zog ihn aus der Kampfzone.

»Sie verrückter Hundesohn! *Ich* bin der Mann, den Sie suchen. Sie kommen doch von König, oder?«

Dreißig Sekunden später wurde Devereaux durch den Eingang des Kempinski auf die Straße und in die nächste Seitengasse gezerrt.

Weiter unten in der Gasse stand ein großer offener Lastwagen mit einer Segeltuchplane, der die halbe Straße versperrte. Unter der Plane waren Hunderte von Kisten aufeinandergestapelt, die mit Tausenden (Sam kam es zumindest so vor, als wären es Tausende) kreischender Hühner angefüllt waren.

Zwischen den Kisten war ein schmaler Gang frei. Er führte zum Hinterfenster der Fahrerkabine. Vor dem Fenster waren zwei winzige Hocker zu sehen.

»He, kommen Sie! Das ist ja lächerlich! Das ist – verdammt noch mal, das ist unhygienisch!«

Seine Begleiter nickten teutonisch und lächelten teutonisch und hievten Sam dann teutonisch in den winzigen Gang und schoben ihn den achtzehn Zoll breiten Korridor hinunter, zu den Hockern.

Ringsum pickten scharfe Schnäbel nach ihm. Die Mittagssonne war durch die schwere Segeltuchplane völlig verdeckt. Der Geruch nach Hühnerkot war unerträglich.

Sie fuhren fast eine Stunde über Land und erreichten schließlich einen größeren landwirtschaftlichen Komplex. Auf den Feldern graste Vieh, und durch die Öffnung des winzigen Ganges zwischen den Kisten und den fliegenden Federn konnte man Silos und Scheunen erkennen.

Endlich hielt der Laster. Begleiter Nummer eins grinste sein teutonisches Grinsen und führte Sam ins Freie.

Man eskortierte ihn in eine große Scheune, die nach

Rinderurin und frischem Mist roch. Man führte ihn — teutonisch — kreuz und quer durch das stinkende Gebäude, bis sie schließlich eine leere Box erreichten. Eine Reihe blauer Bänder ließ erkennen, daß es sich um die Residenz eines Preisstiers handelte.

Drinnen hockte auf einem Melkschemel, von dampfendem Rinderkot umgeben, der vierschrötige Mann, von dem Sam wußte, daß er Heinrich König hieß.

Er stand nicht auf. Er saß einfach da und starrte Devereaux an. In seinen winzigen Augen, die von dicken Fleischwülsten umgeben waren, blitzte es.

»So ...« König blieb reglos sitzen, zog das Wort angewidert in die Länge und verscheuchte die Eskorte.

»So?« erwiderte Sam mit etwas unsicherer Stimme. Er war sich der feuchten Hühnerexkremente auf seinen Schultern bewußt.

»Sie sind der Vertreter dieses Monstrums General Hawkins?« König sprach das Wort ›General‹ mit einem harten, teutonischen G aus.

»Ich würde das gern aufklären, wenn ich darf«, sagte Devereaux mit einem gezwungenen Lachen. »Tatsächlich bin ich nur ein entfernter Bekannter, ich kenne den Mann kaum. Ich bin ein Anwalt aus Boston. Eigentlich könnte man auch sagen, ein kleiner Angestellter in einer Anwaltskanzlei. Ich arbeite für einen kleinen Juden namens Pinkus. Er würde Ihnen nicht gefallen. Meine Mutter lebt in Quincy, und infolge eines seltsamen Zufalls ...«

»Genug!« In der Umgebung des Melkschemels war ein lauter Furz zu hören. »Sie sind der Kontaktmann, der Zwischenträger dieses Teufels aus der Hölle!«

»Nun, was das angeht, würde ich im juristischen Sinne die Beziehung anzweifeln müssen, wobei besagte Beziehung eindeutig von einer Klärung der Absichten in bezug auf vorheriges Wissen abhängt. Ich glaube nicht ...«

»Sie sind ein Schakal, eine Hyäne! Aber solche Hunde bellen immer laut, wenn genügend Fleisch da ist. Sagen Sie. Dieser Hawkins ... Er arbeitet doch für Gehlen, oder?«

»Für wen?«
»Für Gehlen!«
Jetzt erinnerte sich Devereaux. Gehlen war der Meisterspion des Dritten Reiches, der nach dem Krieg für alle Gruppen Geschäfte gemacht hatte. König durfte unter keinen Umständen annehmen, daß es eine Verbindung zwischen Hawkins und Gehlen gab. Das würde nämlich auch bedeuten, daß es eine Verbindung zu einem gewissen Sam Devereaux gab, der wiederum der Ansicht war, daß dies keineswegs seine Kragenweite war.

»Oh, ganz sicher nicht. Ich glaube nicht, daß General Hawkins je von diesem — wie hieß er doch gleich? — gehört hat. *Ich* jedenfalls habe den Namen noch nie gehört.« Der Hühnerkot unter Sams Hemd begann zu schmelzen.

König erhob sich langsam von dem Melkschemel, wobei ein zweiter Wind diese Bewegung laut und deutlich unterstrich. Er sprach leise und mit eindringlicher Feindseligkeit.

»Der General genießt meinen widerstrebenden Respekt. Er hat mir einen Idioten und Schwätzer geschickt. Her mit den Papieren, Sie Narr!«

»Die Papiere ...« Sam griff in die Innentasche nach einer weiteren Fotokopie des Partnerschaftsvertrags.

Der Deutsche betastete stumm die Papiere und drückte auf jedes, ehe er weiterblätterte. Seine hörbaren Reaktionen waren recht ungebildet — eine Kombination aller möglichen Körpergeräusche.

»Das ist ja eine Unverschämtheit! Eine Ungerechtigkeit! Überall politische Feinde! Und alle wollen mich vernichten!«

In Königs Mundwinkel stand der Speichel.

»Ich stimme Ihnen aus ganzem Herzen zu«, sagte Devereaux und nickte eifrig. »An Ihrer Stelle würde ich sie wegwerfen.«

»Das würde Ihnen gefallen. Ihnen allen. Sie alle haben es auf mich abgesehen! All die großen Beiträge, die ich geleistet habe und die den Frieden in der Welt bewahrten, die Feinde, die dauernd miteinander in Verbindung waren, die heiße Leitungen öffneten und rote Leitungen und blaue

Leitungen zwischen den Großmächten — das alles ist vergessen. Jetzt flüstert man hinter meinem Rücken. Man verbreitet Lügen über Bankkonten, die es nicht gibt, ja sogar über meine bescheidenen Wohnorte. Keiner will wahrhaben, daß ich jede Mark, die ich besitze, ehrlich verdient habe! Als ich mich in den Ruhestand zurückzog, konnte das keiner ertragen. Sie hätten mich so gerne als Prügelknaben behalten! Und jetzt das! Diese Ungerechtigkeit.«

»Oh, ich verstehe.«

»Gar nichts verstehen Sie! Geben Sie mir etwas zum Schreiben, Sie Idiot!«

Ein weiterer Furz, und er unterschrieb.

14.

Die Glocken des Angelus hallten feierlich über den Petersplatz. Ihr Klang schwebte über die marmornen Wächter Berninis hinweg und verlor sich jenseits der Kuppel in den Vatikanischen Gärten. Auf einer Bank aus weißem Stein saß ein korpulenter Mann und blickte in die orangeroten Strahlen der untergehenden Sonne. Ein Mann, dessen Gesicht sich am besten so beschreiben ließ, daß es guten Mutes, wenn auch nicht immer friedlich sieben Jahrzehnte überstanden hatte. Es war ein volles Gesicht, aber das Bäuerliche an der Knochenstruktur unter dem Fleisch strafte jeden Lügen, der etwa hätte behaupten wollen, es sei ein verzärteltes Gesicht. Die Augen des Mannes waren groß und braun und weich. Man konnte Kraft und Weisheit aus ihnen lesen, Resignation und Belustigung, zu gleichen Teilen.

Er trug die strahlendweiße Robe seines Amtes. Des höchsten Amtes in der heiligen apostolischen katholischen Kirche, wie es ihm zukam, dem Nachfolger Petri selbst, dem Bischof von Rom, dem geistlichen Herrn über vierhundert Millionen Seelen auf der Welt.

Papst Franziskus I., der Statthalter Christi, geboren in

den ersten Jahren des Jahrhunderts als Giovanni Bombalini in einem kleinen Dörfchen nördlich von Padua. Diese Geburt war bestenfalls nur beiläufig aufgezeichnet worden, denn die Bombalinis waren nicht wohlhabend. Giovanni wurde von einer Hebamme zur Welt gebracht, die häufig vergaß, dem Dorfschreiber von der Frucht ihrer Mühe (und der ihrer Patientin) zu berichten, sicher in dem Wissen, daß die Kirche irgend etwas tun würde, denn schließlich brachten Taufen Geld ein. Tatsächlich hätte man Giovanni Bombalinis Eintritt in diese Welt vielleicht nie offiziell aufgezeichnet, hätte sein Vater nicht mit seinem Vetter Frescobaldi, drei Dörfer weiter im Norden, eine Wette abgeschlossen, daß sein zweites Kind männlichen Geschlechts sein würde. Bombalini senior wollte das Risiko vermeiden, daß sein Vetter Frescobaldi sich irgendwie aus der Wette herauswand, und so ging er selbst zur Dorfverwaltung, um die Geburt eines männlichen Kindes zu melden.

Die Wette besagte darüber hinaus, daß Frescobaldis Frau — die im selben Monat niederkommen sollte — *keinen* Knaben gebären würde. Aber das tat sie natürlich, und so erledigte sich die Wette von selbst. Dieses Kind, Guido Frescobaldi, wurde — wieder jenen lückenhaften Aufzeichnungen zufolge — zwei Tage nach seinem Vetter Giovanni geboren.

Giovanni ließ bereits erkennen, daß er anders war als die anderen Kinder des Dorfes. Zu allererst zeigte er keine Lust, seinen Katechismus in der Weise zu lernen, daß er ihn sich Wort für Wort nach dem Gehör einprägte. Er wollte ihn *lesen* und *dann* memorieren. Das ärgerte den Dorfpriester, denn dieses Verhalten roch nach Frühreife und war irgendwie ein Affront gegenüber der Obrigkeit, aber das Kind ließ sich nicht von seinem Vorhaben abbringen.

Die Wege des Giovanni Bombalini waren in der Tat außergewöhnlich. Obwohl er sich der Arbeit auf den Feldern nie entzog, war er nur selten zu müde, um die halbe Nacht aufzubleiben und alles zu lesen, was er in die Hand bekommen konnte. Als er zwölf war, entdeckte er die

Biblioteca in Padua, die ganz bestimmt nicht zu vergleichen mit der Bücherei von Mailand oder Venedig oder Rom war. Aber diejenigen, die Giovanni kannten, sagten, daß er jedes Buch in Padua gelesen hatte und dann in Mailand und dann in Venedig. Und als er so weit gekommen war, empfahl ihn sein Priester den Heiligen Vätern. Die Kirche war die Antwort auf Giovannis Gebet. Und so lange er viel betete — was leichter, wenn auch keineswegs weniger zeitraubend als die Arbeit auf den Feldern war —, erlaubte man ihm, mehr zu lesen, als er es je für möglich gehalten hätte.

Mit zweiundzwanzig war Giovanni Bombalini ein gesalbter Priester. Manche sagten, der belesenste Priester von ganz Rom, ein *erudito fantastico*. Aber Giovanni besaß nicht das angemessen strenge Gesicht eines echten vatikanischen *erudito*, noch eignete er sich deren Attitüde der Sicherheit in bezug auf alltägliche Wahrheiten an. Er fand immer wieder Ausnahmen in der liturgischen Geschichte und wies darauf hin (manche sagten sogar, mit einem gewissen Maß an Bosheit), daß die Schriften der Kirche ihre Kraft aus ehrlichen Widersprüchen schöpften.

Mit sechsundzwanzig war Giovanni Bombalini so etwas wie ein Stachel im großen vatikanischen Fleisch. Und das wurde durch sein gereiftes Aussehen noch verstärkt, das geradezu die Antithese zu dem hageren, akademischen Image war, das Roms *eruditi* so ersehnten. Er war gleichsam die Karikatur eines Bauern aus den nördlichen Distrikten. Von kleinem Wuchs, breit und wohlbeleibt, sah er aus wie ein Landarbeiter, der eher in den Ziegenställen als in den Marmorhallen der verschiedenen Collegiae des Vatikans zu Hause war. Theologische Weisheit, Freundlichkeit oder tiefer Glaube an seine Kirche waren kein Ausgleich für das Ärgernis, das sein Geist und sein Aussehen darstellten. So fand man für ihn Posten an so unwahrscheinlichen Orten wie der Goldküste, Sierra Leone, Malta und, irrtümlich, Monte Carlo. Ein erschöpfter vatikanischer Bürokrat las den Namen Montes Claros zu flüchtig und setzte Monte Carlo ein — ohne Zweifel, weil er niemals von Brasiliens

Montes Claros gehört hatte. Und das Geschick des Giovanni Bombalini wendete sich.

Denn in die Schmelzkessel der hohen Einsätze und der aufgeputschten Gefühle wanderte der einfach aussehende Priester mit dem belustigten Blick und dem sanften Humor und einem Kopf, der mit mehr Wissen vollgepackt war, als es zwölf internationale Finanzmagnaten besaßen. Er hatte an der Goldküste, in Sierra Leone und Malta wenig zu tun gehabt, und aus diesem Grund, wenn er nicht betete oder die Eingeborenen unterrichtete, seine Zeit damit verbracht, zahllose Zeitungen zu studieren und sein ohnehin schon außergewöhnliches Gedächtnis mit noch mehr Wissen vollzustopfen.

Es ist allgemein bekannt, daß Leute, die dauernd in Bewegung sind, unter hohem Risiko leben und dabei dem Alkohol nicht aus dem Wege gehen, gelegentlich geistlichen Trost brauchen. Und so begann Pater Bombalini ein paar von der Herde abgekommene Lämmer zu trösten. Und sehr zum Erstaunen dieser ersten verstreuten Lämmer fanden sie in ihm nicht so sehr einen einfachen Priester, der ihnen auftrug, Buße zu tun, sondern einen höchst amüsanten Burschen, mit dem sie sich ausführlich über fast jedes Thema unterhalten konnten — sei es nun die Situation auf dem Weltmarkt, ein historischer Präzedenzfall für zu erwartende geopolitische Ereignisse oder, in ganz besonderem Maße die gute Küche (hier bevorzugte er die eher einfachen Saucen und verschmähte die Kunst der oft zu Unrecht gelobten *haute cuisine*).

Ehe zu viele Monate vergangen waren, war Pater Bombalini ein regelmäßiger Gast in vielen der größeren Hotelsuites und den großen Häusern der Côte d'Azur. Dieser ziemlich seltsam aussehende, rundliche Prälat war ein wunderbarer Erzähler, und man fühlte sich in seiner Gegenwart einfach wohl, ehe man auszog, um — mit Erfolg — seines Nächsten Weib zu begehren. Und das führte zu einer Anzahl außergewöhnlich hoher Spenden, die auf den Namen Pater Giovannis der Kirche zugingen. Mit zunehmender Häufigkeit.

Rom konnte Bombalini nicht länger übersehen. Die Verwalter der Vatikanschätze sorgten dafür.

Als der Krieg kam, hielt sich Monsignore Bombalini in verschiedenen alliierten Hauptstädten auf, wo er gelegentlich verschiedenen alliierten Armeen zugeteilt wurde. Zwei Gründe waren dafür verantwortlich. Der erste war seine mit großer Hartnäckigkeit gegenüber seinen Vorgesetzten abgegebene Erklärung, daß er angesichts der allgemein bekannten Hitlerschen Ziele nicht neutral bleiben konnte. Er untermauerte seine These mit sechzehn Seiten historischer theologischer und liturgischer Präzedenzfälle. Niemand außer den Jesuiten verstand seinen Schriftsatz, und sie waren auf seiner Seite. Also schloß Rom die Augen und hoffte auf das Beste. Der zweite Grund für seine Reisen während der Kriegszeit bestand darin, daß sich die internationale Klientel von Monte Carlo während der dreißiger Jahre aus Generälen, Diplomaten und Verbindungsleuten der Botschaften zusammensetzte. Sie alle liebten ihn. Es gab so viele interalliierte Anforderungen für seine Dienste, daß J. Edgar Hoover in Washington Bombalinis Akte mit dem Vermerk ›Höchst verdächtig. Vielleicht schwul‹, versah.

Die Nachkriegsjahre bedeuteten für Kardinal Bombalini einen schnellen Aufstieg auf der Stufenleiter des Vatikans. Ein großer Teil seines Erfolges war seiner engen Freundschaft mit Angelo Roncalli zuzuschreiben, mit dem er neben der Neigung für anständigen, nicht notwendigerweise exklusiven Wein und ein vergnügliches Kartenspiel nach den abendlichen Gebeten auch eine Anzahl höchst unorthodoxer Ansichten teilte.

Als er auf der weißen Steinbank im Garten des Vatikan saß, überlegte Giovanni Bombalini — Papst Franziskus —, wie sehr Roncalli ihm doch fehlte. Sie hatten gemeinsam so viel bewirkt. Es war schön gewesen. Und die Ähnlichkeit ihres Aufstiegs zum Stuhl des heiligen Petrus amüsierte ihn immer wieder aufs neue. Roncalli, Johannes, wäre auch amüsiert gewesen.

Sie beide waren Kompromißkandidaten, angeboten von

den strengen, orthodoxen Männern der Kurie, um die Feuer der Unzufriedenheit in der globalen Herde zu stillen. Keiner der beiden Kandidaten rechnete mit einer langen Regierungszeit. Aber Roncalli hatte es leicht gehabt. Er hatte sich nur mit theologischen Argumenten und unausgesprochenen sozialen Reformen auseinandersetzen müssen — nicht mit blöden jungen Priestern, die heiraten und Kinder haben oder, soweit sie von anderer Art waren, homosexuelle Pfarreien führen wollten. Nicht daß sie Giovanni persönlich belästigten — es gab absolut *nichts* im theologischen Gesetz oder im Dogma, das tatsächlich Heirat und Nachkommenschaft verbot. Und was das andere anging — wenn die Liebe zum Mitmenschen nicht die üblichen biblischen Vieldeutigkeiten überstieg, was hatten sie dann eigentlich gelernt? Aber, Mutter Gottes, wozu überhaupt die ganze Aufregung?

Es gab vieles zu tun — und die Ärzte hatten ihn nicht darüber in Zweifel gelassen, daß seine Zeit knapp bemessen war. Das war das einzige, worüber sie sich tatsächlich klar ausdrückten. Da war keine spezifische Krankheit, kein bestimmtes Gebrechen, auf das sie hätten hinweisen können. Sie konferierten nur miteinander und bestätigten, daß seine ›Lebensgeister‹ mit beunruhigendem Tempo schwächer wurden. Er hatte Offenheit von ihnen verlangt. Mutter Gottes, als ob er den Tod fürchtete! Er sehnte sich die Ruhe herbei. Er würde gemeinsam mit Roncalli die himmlischen Weingärten bestellen und dann wieder Baccara spielen. Nach der letzten Zählung schuldete Roncalli ihm knapp über sechshundert Millionen Lire.

Das hatte er den Ärzten gesagt, und sie blickten zu lange in ihre Mikroskope und zu kurz auf das Offensichtliche. Die Maschine fing an auszuleiern — so einfach war das. Worauf sie alle päpstlich nickten und würdevoll verkündeten: drei Monate, höchstens vier, Heiliger Vater.

Ärzte. *Basta!* Veterinäre mit *cugini* in der Kurie! Die Rechnungen, die sie stellten, waren unverschämt. Die Ziegenhirten von Padua verstanden mehr von Medizin.

Franziskus hörte Schritte hinter sich und drehte sich um. Ein junger päpstlicher Adjutant, dessen Name ihm im Augenblick entfallen war, kam den Gartenweg herauf. Der jugendliche Priester trug eine Schreibunterlage in der Hand, auf deren Unterseite ein Kruzifix gemalt war. Es sah albern aus.

»Eure Heiligkeit haben den Wunsch geäußert, daß wir vor der Vesperstunde einige Kleinigkeiten erledigen.«

»Ja, unbedingt, Pater. Was sind das für Kleinigkeiten?«

Der Adjutant rasselte eine Anzahl unwichtiger Veranstaltungen herunter, alle von zeremonieller Natur, und Giovanni schmeichelte dem jungen Prälaten, indem er dessen Meinung zu den meisten erbat.

»Dann ist hier die Bitte einer amerikanischen Zeitschrift; sie nennt sich *Viva Gourmet*. Ich würde das vor dem Heiligen Vater nicht erwähnen, wenn der Anfrage nicht eine Empfehlung des Informationsdienstes von den Bewaffneten Streitkräften der Vereinigten Staaten angeheftet wäre.«

»Eine höchst ungewöhnliche Kombination, nicht wahr, Pater?«

»Ja, Eure Heiligkeit, ganz unverständlich.«

»Und um was für eine Bitte handelt es sich?«

»Sie hatten die Unverfrorenheit, den Heiligen Vater zu bitten, sich einem Interview mit einer Journalistin bezüglich der Lieblingsspeisen des Papstes zu unterziehen.«

»Und warum ist das eine Unverfrorenheit?«

Der junge Prälat zögerte. Er schien für einen Augenblick verwirrt zu sein. Dann fuhr er mit neuem Selbstvertrauen fort: »Weil Kardinal Quartze das gesagt hat, Heiliger Vater.«

»Hat der gelehrte Kardinal seine Gründe genannt? Oder hat er sich, wie gewöhnlich, mit Gott beraten und einfach das göttliche Edikt weitergeleitet?« Franziskus gab sich Mühe, seine völlig natürliche Reaktion auf Ignatio Quartze nicht weiterzugeben. Der Kardinal war ihm natürlich in jeder Hinsicht ausgesprochen unsympathisch. Er war ein *erudito aristocratico* aus einer mächtigen Familie, die in der italienischen Schweiz lebte, und besaß die mitfühlende Wesensart einer in ihrer Ruhe gestörten Kobra. Darüber hinaus sieht er auch wie eine solche aus, dachte Giovanni.

»Das hat er, Heiliger Vater«, erwiderte der Priester. Im gleichen Augenblick war ihm eine gewisse Verlegenheit anzumerken. »Er — er ...«

»Darf ich vorschlagen, Pater«, sagte der Papst mit freundlichem Verständnis, »daß unser hochgeschätzter Kardinal der Meinung Ausdruck gegeben hat, die Lieblingsspeisen des Papstes wären nicht gerade eindrucksvoll?«

»Ich — ich ...«

»Ich sehe schon, daß er genau das getan hat. Nun, Pater, es entspricht der Wahrheit, daß ich eine wesentlich einfachere Küche als unser Kardinal mit dem peinlichen Nasentröpfchen schätze, aber das ist nicht auf einen Mangel an Wissen zurückzuführen. Lediglich auf einen Mangel an, sagen wir einmal, Prunkbedürfnis. Nicht daß unser Kardinal mit dem unglücklichen Blick, der beim Reden immer nach rechts wandert, prunkvoll wäre. Ich glaube nicht, daß ihm das je in den Sinn gekommen ist.«

»Nein, natürlich nicht, Heiliger Vater.«

»Ich glaube allerdings, daß es in dieser Zeit der hohen Preise und der weitverbreiteten Arbeitslosigkeit vielleicht eine gute Idee wäre, wenn ein Papst ein paar preisgünstige, wenn auch, wie ich Ihnen versichern kann, äußerst exzellente Speisen beschriebe. Wer ist diese Journalistin? Sie sagten doch, daß es sich um eine Dame handelt, oder? Sagen Sie es nur ja niemandem weiter, aber das sind die besten Köche.«

»Nein, ganz gewiß nicht, Euer Heiligkeit. Die Nonnen Roms sind äußerst beflissen ...«

»Ganz hervorragend, Pater. Wirklich hervorragend! Wer ist die Journalistin von diesem Feinschmeckerblatt?«

»Sie heißt Lillian von Schnabe. Sie stammt aus Kalifornien und ist mit einem älteren Mann verheiratet, mit einem deutschen Immigranten, der vor Hitler geflohen ist. Zufälligerweise weilt sie augenblicklich in Berlin.«

»Ich habe nur gefragt, wer sie ist, Pater. Nicht nach ihrer Biographie. Wie kommt es, daß Sie das alles wissen?«

»Das stand in der Empfehlung des Informationsdienstes von der Amerikanischen Armee. Die Militärs halten offenbar große Stücke auf sie.«

»Ja, anscheinend. Ihr Mann ist also vor Hitler geflohen? Man wendet sich nicht von so mitfühlenden Frauen ab. Angesichts der gegenwärtigen Lebensmittelpreise — ja, das schreit förmlich nach einer Anzahl preisgünstiger päpstlicher Gerichte. Treffen Sie eine Verabredung, Pater. Sie können auch unserem hochgeschätzten, unglücklicherweise an Atembeschwerden leidenden Kardinal sagen, daß Wir wahrhaft hoffen, daß Unsere Entscheidung ihn nicht beleidigt. *Viva Gourmet*. Der Herrgott ist gut zu mir gewesen. Das ist ein Zeichen der Anerkennung. Ich frage mich, weshalb die Korrespondentin dieser Zeitschrift sich ausgerechnet in Berlin aufhält? Es gibt einen Monsignore in Bonn, der einen ausgezeichneten Sauerbraten macht.«

»Ich schwöre, du hast Federn zwischen den Zähnen!« sagte Lillian, als Sam ins Zimmer kam.

»Immerhin besser als Hühnerscheiße.«

»Was?«

»Mein Gesprächspartner hatte ein seltsames Transportmittel.«

»Wovon redest du?«

»Ich möchte duschen.«

»Aber nicht mit *mir*, Honey!«

»Ich habe mein ganzes Leben noch keinen solchen Hunger gehabt. Die haben sich ja nicht einmal die Zeit für einen — wie zum Teufel heißt das? Einen Strudel — genommen. Es hieß immer nur ›eins, zwei, drei! Mach schnell!‹ Herrgott, ich bin am Verhungern! Die bilden sich wirklich ein, sie hätten den Krieg gewonnen.«

Lillian wich vor ihm zurück. »Du bist der schmutzigste, übelriechendste Mann, den ich je gesehen habe. Mich wundert nur, daß die dich überhaupt ins Hotel gelassen haben.«

»Ich glaube, wir sind im Stechschritt hereinmarschiert.« Sam entdeckte einen großen weißen Umschlag auf der Kommode. »Was ist das?«

»Der Empfang hat das geschickt. Sie sagten, es sei wichtig, und sie waren nicht sicher, daß du unten nach irgendwelchen Mitteilungen fragen würdest.«

»Ich kann daraus nur schließen, daß dein Ex, der Verrückte, wieder am Werk war.« Devereaux öffnete den Umschlag. Er enthielt Flugkarten und einen Zettel.

Sam brauchte den Zettel gar nicht zu lesen, die Flugkarten genügten schon.

Algier.

Dann las er den Zettel.

»*Nein!* Verdammt, *nein!* Das ist ja in weniger als einer Stunde!«

»Was?« fragte Lillian. »Das Flugzeug?«

»Was für ein Flugzeug? Wieso zum Teufel weißt *du* denn, daß es um ein Flugzeug geht?«

»Weil MacKenzie angerufen hat. Aus Washington. Du kannst dir vorstellen, wie er erschrocken ist, als ich mich gemeldet habe...«

»Spar mir die Einzelheiten!« brüllte Devereaux und rannte zum Telefon. »Ich habe diesem Hundesohn einiges zu sagen! Jeder Sträfling bekommt einmal einen Tag frei! Zumindest, um zu essen und sich zu waschen!«

»Du kannst ihn jetzt nicht erreichen«, sagte Lillian schnell. »Das war einer der Gründe, weshalb er angerufen hat. Er ist für den Rest des Tages unterwegs.«

Sam wandte sich drohend um. Dann hielt er inne. Dieses Mädchen würde ihn wahrscheinlich in Stücke reißen. »Und wahrscheinlich hat er sogar noch einen Vorschlag hinterlassen, weshalb es für mich gut ist, diese Maschine zu nehmen? Natürlich erst, als der Schock überwunden war, den ihm deine liebliche Stimme versetzt hatte.«

Lillian sah ihn verblüfft an. Devereaux fand, daß ihre

Verblüffung nicht ganz echt wirkte. »Mac erwähnte etwas bezüglich eines Deutschen namens König. Daß dieser König daran interessiert wäre, daß du Berlin verläßt — so oder so.«

»Wobei die weniger kontroverse Methode die wäre, daß ich mit der Air France nach Paris und dann von Paris nach Algier fliege?«

»Ja, das hat er gesagt. Wenn auch nicht genau mit diesen Worten. Er mag dich schrecklich gern, Sam. Er spricht von dir wie von einem Sohn. Von dem Sohn, den er nie hatte.«

»Wenn es einen Jakob gibt, dann bin ich Esau. Sonst bin ich als Absalom im Arsch.«

»Du brauchst wirklich nicht vulgär zu werden ...«

»Das ist das einzige, was mir noch übrigbleibt! Was zum Teufel erwartet mich in Algier?«

»Ein Scheich namens Azaz-Varak«, antwortete Lillian Hawkins von Schnabe.

Hawkins verließ das Watergate in einiger Hast. Er wollte nicht mit Sam sprechen. Er vertraute Lillian absolut, allen vier Mädchen vertraute er. Sie machten ihre Sache ausgezeichnet. Außerdem war er mit einem Israeli-Major verabredet, der mit einigem Glück die letzten Stücke des Puzzlespiels für ihn zusammensetzen würde, und dieses Zusammensetzspiel war Scheich Azaz-Varak. Ehe Devereaux nach Algier kam, würde er noch ein Telefongespräch führen müssen, und dieses Gespräch konnte der Hawk ohne jenen Punkt nicht führen, der den letzten Teil der Firmenfinanzierung sichern mußte.

Daß Azaz-Varak ein Dieb war, und zwar von globalen Dimensionen, war nichts Neues. Im Zweiten Weltkrieg hatte er gleichzeitig den Alliierten und der Achse zu unverschämten Preisen Öl verkauft und dabei nur diejenigen begünstigt, die sofort bar bezahlten. Das hatte keineswegs dazu geführt, daß sie seine Feinde wurden, vielmehr wurde seine Politik von Detroit bis Essen respektiert.

Aber der Krieg war inzwischen zu Geschichte geworden. Jener Krieg. Hawkins interessierte auch Azaz-Varaks Verhalten in einem viel jüngeren Konflikt — der Krise im Nahen Osten.

Azaz-Varak war nirgends zu finden.

Während im Nahen Osten wilde Flüche das Land erschütterten und die Welt zusah, wie Armeen gegeneinander anrannten, krisenbeladene Konferenzen stattfanden und unerhörte Profite gemacht wurden, begaben sich die habgierigsten Scheichs auf die Virgin Islands.

Verdammt! Es ergab einfach keinen Sinn! Also nahm sich MacKenzie noch einmal Azaz-Varaks Akten vor und studierte sie mit dem scharfen Blick des Fachmanns. Langsam kristallisierte sich in den Jahren zwischen 1946 und 1948 ein Schema heraus. Scheich Azaz-Varak hatte offenbar beträchtliche Zeit in Tel Aviv verbracht.

Nach den Aufzeichnungen hatte er die ersten paar Reisen in aller Öffentlichkeit unternommen. Man nahm an, daß Azaz-Varak Israeli-Frauen für seinen Harem suchte. Später freilich fuhr Azaz-Varak fort, nach Tel Aviv zu fliegen, aber nicht mehr so auffällig. Er landete vielmehr des Nachts auf abseits gelegenen Privatflugplätzen, die für seine modernsten und teuersten Privatmaschinen geeignet waren.

Ging es wieder um Frauen? Hawkins hatte ausführliche Nachforschungen angestellt und hatte trotzdem nicht einmal den Namen einer einzigen Israeli-Frau ausfindig machen können, die je in das Scheichtum von Azaz-Kuweit gegangen wäre.

Was aber hatte Azaz-Varak im Staate Israel getan? Und weshalb war er so häufig dorthin gereist?

Seltsamerweise lösten spezielle Informationen, von der Marineabwehr auf der Insel St. Thomas aufgestöbert, das Rätsel. Azaz-Varak war während des Nahostkrieges dorthin geflohen und bemühte sich, mehr Land aufzukaufen, als irgend jemand zu verkaufen wünschte. Als man ihn abwies, wurde er wütend. Die Inselbewohner hatten genügend Schwierigkeiten. Sie brauchten keine Araber mit Harems und Sklaven. Herrgott! *Sklaven!* Der bloße Gedanke reichte aus, um dem Chef des Touristikbüros eine Herzattacke einzutragen. Die Vorstellung, daß all diese Haushaltsangestellten in den Streik treten könnten, konnte einem den Magen umdrehen. Azaz-Varak wurde ganz systematisch daran gehindert, auch nur einen Eimer voll Sand zu kaufen. Als der Verdacht aufkam, er könnte versuchen, durch Strohmänner zu verhandeln, wurden Übereinkünfte geschlossen, bei denen Palm Beach vor Neid hätte grün anlaufen müssen. Mit einfachen Worten besagten diese Übereinkünfte: kein Scheißaraber durfte irgendwelches Land besitzen, pachten, mieten, besuchen oder auch nur widerrechtlich betreten. So brachte der kaufbegierige Scheich in seiner zornigen Enttäuschung eine amerikanische Holdinggesellschaft ins Spiel, die sich Buffalo Corporation nannte, und versuchte, über sie zu verhandeln. Immerhin gab es Gesetze, und St. Thomas war eine Besitzung der Vereinigten Staaten. Aber es bedurfte keiner besonders umfangreichen Untersuchungen seitens Hawkins', um der Tatsache auf die Spur zu kommen, daß die Buffalo Corporation — Adresse: Albany Street, Buffalo, New York, Telefon: nicht angegeben — ein Tochterunternehmen einer unbekannten Gesellschaft war, die sich Pan-Friendship nannte, deren Hauptbüro in Beirut lag und deren Telefonnummer ebenfalls nicht angegeben war.

Weitere Überseegespräche mit verschiedenen Gewährsleuten in Israel enthüllten schließlich, was Azaz-Varak während all jener Besuche in der Judenheimat getan hatte. Die Hälfte des gesamten Immobilienbesitzes in Tel Aviv gehörte ihm, wovon der größte Teil in den ärmeren Vierteln der Stadt lag.

Die Buffalo Corporation hatte Mieteinnahmen aus der ganzen Stadt. Und wenn der Israeli-Major, der im Versorgungswesen tätig war, einen Bericht bestätigen konnte, den der Hawk von ein paar alten kambodschanischen Freunden beim CIA bekommen hatte, war die Buffalo Corporation auch noch in einer anderen Branche tätig. In einer Branche, die für den Besitzer besagter Buffalo Corporation höchst unglückliche Implikationen enthielt, weil er eben der Araber war, der den Immobilienmaklern in St. Thomas solche Angst eingejagt hatte.

Der Bericht war ganz simpel. MacKenzie brauchte nur einen Militärbeamten, der ihn bestätigen mußte. Denn die Jungs vom CIA hatten erfahren, daß einer der Lieferanten der israelischen Armee während des Nahostkrieges eine wenig bekannte amerikanische Gesellschaft namens Buffalo Corporation war.

Scheich Azaz-Varak war nicht nur der Inhaber von der größeren Hälfte allen Wohnraums in Tel Aviv, sondern hatte auf dem Höhepunkt des Konflikts die israelische Kriegsmaschinerie mit Treibstoff versorgt, um zu verhindern, daß die Verrückten in Kairo seine Investitionen beschädigten.

Das ist die Art von Information, die es einfach notwendig macht, ein Ferngespräch zu führen, dachte MacKenzie Hawkins. Ein Ferngespräch mit dem Scheichtum von Azaz-Kuwait.

Devereaux wußte die Sympathie zu schätzen, die ihm die Air-France-Stewardeß entgegenbrachte, aber noch mehr hätte er es zu schätzen gewußt, wenn sie ihm etwas zu essen gebracht hätte. Die 727 hatte keine Vorräte an Bord, ein Zustand, der in Paris korrigiert werden würde. Dem Anschein nach — und es gab für ihn keine Möglichkeit, sich zu vergewissern — waren die deutschen Lieferfahrzeuge, von denen die Air France versorgt wurde, irgendwie auf der Interzonenautobahn hängengeblieben. Und was noch an Bord gewesen war, hatte die tschechoslowakische Bodenmannschaft in Prag gestohlen. Außerdem war das Essen in Paris besser.

So rauchte Sam Zigaretten, ertappte sich dabei, wie er auf Tabakfasern herumkaute, und versuchte sich auf die Aktivitäten von MacKenzie Hawkins zu konzentrieren. Sein Sitznachbar gehörte irgendeiner östlichen Religion an. Vielleicht war er ein Sikh, mit brauner, leicht grau getönter Haut, einem sehr kleinen schwarzen Bart, einem purpurfarbenen Turban und unruhigen Augen, die denen einer Ratte so stark ähnelten, wie das menschliche Augen überhaupt konnten. Das machte es ihm leichter, über MacKenzie nachzudenken. Auf dem Flug nach Paris würde ihm jedenfalls nicht nach Konversation zumute sein.

Hawkins hatte seine dritten zehn Millionen aufgebracht. Und jetzt war da nur noch ein arabischer Scheich, der als viertes und letztes Opfer ausersehen war. Was auch immer es war, das MacKenzie aus den Akten hervorgezaubert hatte, es stand jedenfalls in der Wirkung einer thermonuklearen Bombe in nichts nach. Herrgott! *Vierzig Millionen!*

Was hatte er damit vor? Welche Art von ›Geräten und Hilfspersonal‹ (was beim Teufel sie auch immer sein mochten?) konnte nur annähernd so viel kosten?

Man kidnappt zugegebenermaßen einen Papst nicht mit einem Dollar und einem Vierteldollar in der Tasche, aber war es notwendig, dafür die ganze italienische Staatsschuld auszugleichen?

Eines stand fest. Der Plan, den der Hawk für das Kidnapping ausgearbeitet hatte, sah den Austausch außergewöhnlicher Beträge vor, und wer auch immer solche Beträge akzeptierte, machte sich *ipso facto* der Mithilfe in der unverschämtesten Entführung der ganzen Geschichte schuldig. Das war ein weiterer Ausweg, den er, Sam, untersuchen konnte. Übrigens ein recht guter. Wenn er sich die Namen von einigen Lieferanten beschaffen konnte, die mit Mac Geschäfte machten, dann konnte er ihnen Angst einjagen, so viel Angst, daß sie ausstiegen. Der Hawk würde doch ganz sicher nicht zu jemandem sagen: ›Ja, ich kaufe den Eisenbahnzug, weil ich vorhabe, diesen Papsttypen zu kidnappen, und das wäre mir sehr hilfreich.‹ Nein, so ging ein erfahrener General ganz bestimmt nicht vor. Aber wenn er, Sam, sich an dieselbe Person heranmachte und sagte: ›Sie wissen schon, dieser Zug, den Sie an diesen bärtigen Idioten verkaufen wollen ... Er will ihn dazu einsetzen, den Papst zu kidnappen. Überschlafen Sie es einmal.‹ Nun, dann war das etwas völlig anderes. Der Zug würde nicht verkauft werden. Und wenn er verhindern konnte, daß ein Zug verkauft wurde, konnte er vielleicht auch verhindern, daß andere Ausrüstungsgegenstände den Hawk erreichten. MacKenzie war ein Produkt der Army. Nachschublinien waren für jede Operation von hervorragender Bedeutung. Ohne sie wurden ganze Strategien geändert, selbst aufgegeben. So stand es in der Bibel der Militärs.

Ja, dachte Devereaux und blickte durch das Fenster der lebensmittellosen Air-France-Maschine ins deutsche Zwielicht hinaus, das ist ein sehr vernünftiger Weg. In Verbindung mit seiner ersten Überlegung, daß er herausfinden mußte, wie der Hawk beabsichtigte, die Entführung zu bewerkstelligen, und der zweiten Überlegung — zu eruieren, womit MacKenzie seine Investoren erpreßte — stellten die Nachschubwege einen dritten wichtigen Bestandteil dar. Und das Ganze war Präventivmedizin.

Sam schloß die Augen und beschwor die Erinnerungen an die Vergangenheit herauf. Er befand sich im Keller seines Hauses in Quincy, Massachusetts. Auf dem großen Tisch, der mitten im Zimmer stand, war seine Modelleisenbahn aufgebaut, und die Züge fuhren im Kreis herum, vorbei an den Miniaturwäldern und über die winzigen Brücken und durch die Spielzeugtunnels. Aber an dem Bild war etwas Seltsames. Mit Ausnahme der Lokomotive und dem Kohlenwagen waren alle anderen Waggons mit der gleichen Aufschrift versehen: ›Kühlwagen, verderbliche Lebensmittel.‹

In Orly wurden die Passagiere nach Algier aufgefordert, in der Maschine zu bleiben. Aber das machte Devereaux nichts aus, als er den weißen Lieferwagen neben dem Flugzeug auftauchen sah und dann Zeuge wurde, wie Männer in weißen Mänteln makellose Stahlblechcontainer in die Bordküche schafften. Er lächelte sogar dem Mann mit den Rattenaugen neben sich zu und bemerkte dabei, daß der purpurfarbene Turban seines Sitznachbarn etwas über seine braune Stirn gerutscht war. Sam hätte vielleicht etwas gesagt — er hatte schon vor langer Zeit gelernt, daß selbst

Fremde dafür dankbar waren, wenn man ihnen sagte, daß ihr Hosenlatz offen war. Aber da einige andere beturbante Bekannte, die in Orly an Bord gegangen waren, zu dem Mann geeilt waren und ihm ihren Respekt erwiesen hatten, ohne dabei etwas zu sagen, war Devereaux zu der Ansicht gelangt, daß ihm das nicht zukam. Außerdem schienen die meisten anderen purpurfarbenen Turbane ebenfalls etwas schief zu sitzen. Vielleicht handelte es sich um eine besondere Eigenheit dieser religiösen Sekte.

Trotzdem konnte Sam nur an die makellosen Stahltabletts denken, die sich jetzt sicher in der Bordküche befanden und einladende Düfte von *escalope de veau, tornedos, sauce Béarnaise* und, wenn er sich nicht sehr täuschte, *steak au poivre* verbreiteten. Gott war in seinem Himmel und auch auf der Air France. Du lieber Himmel! Devereaux versuchte abzuschätzen, wie viele Stunden er bereits nichts mehr gegessen hatte — fast sechsunddreißig.

Unverständliche Worte dröhnten durch die Kabinenlautsprecher. Die 727 rollte wieder auf das Flugfeld hinaus. Zwei Minuten später waren sie in der Luft, und die Stewardessen gingen daran, die interessanteste Art von Literatur zu verteilen, die Sam sich vorstellen konnte — Speisekarten.

Seine Bestellung nahm mehr Zeit in Anspruch als die von sonst irgend jemandem in der ganzen Kabine. Teilweise war dies der Tatsache zuzuschreiben, daß er beim Sprechen eine starke Speichelabsonderung hatte und einige Male schlucken mußte. Dann folgte eine fast unerträgliche Stunde. Normalerweise war diese Zeit für Sam nicht unerträglich, da sie von Cocktails ausgefüllt war. Aber heute konnte er nicht trinken — sein Magen war zu leer.

Endlich ging die Stewardeß den Mittelgang hinunter, verteilte die Miniaturtischtücher, legte das in eine Serviette gehüllte Besteck auf und bestätigte noch einmal die zum Essen ausgewählten Weine. Sam konnte einfach nicht anders — er drehte sich immer wieder um und sah nach hinten. Die Düfte aus der Kombüse trieben ihn zum Wahnsinn. Jeder Geruch war für seine Nase ein wahres Bankett, und bei jedem erkennbaren Aroma lief ihm erneut das Wasser im Mund zusammen.

Und dann kam es natürlich so, wie es kommen mußte.

Der unheimlich aussehende Sikh neben ihm sprang von seinem Sitz auf und entwirrte seinen purpurfarbenen Turban. Aus dem Tuch fiel ein großer, gefährlich aussehender Revolver und landete krachend auf dem Deck der Maschine. Rattenauge warf sich nach vorn, hob ihn auf und schrie: »Aiyee! Aiyee! Aiyee! Al Fatah! Al Fatah! Aiyee!«

Das war das Signal. Eine schrille Symphonie von ›Aiyees‹ und ›Fatahs‹ war hinter der Ersten Klasse aus dem langen Rumpf der Maschine zu hören. Aus den Tiefen seiner Hosen zog Rattenblick einen besonders langen, mörderisch aussehenden Dolch.

Sam starrte ihn benommen an, völlig erledigt.

Der Mann war also kein Sikh. Er war ein Araber. Ein gottverdammter palästinensischer Scheißaraber.

Was auch sonst?

Die Stewardeß sah sich jetzt der mörderischen Klinge gegenüber. Der Lauf der riesigen Pistole bohrte sich zwischen ihre Brüste. Sie tat ihr Bestes, aber der Schrecken, der sie gepackt hielt, ließ sich nicht verbergen. »Verständigen Sie Ihren Kapitän!« kreischte der Palästinenser. »Diese Maschine fliegt nach Algerien weiter. Dies ist der Wunsch der Al Fatah! Nach Algier! Nur Algier! Sonst sterben Sie alle. *Sterben! Sterben!*«

»*Mais oui, Monsieur!*« schrie die Stewardeß. »Die Maschine fliegt nach Algier! *Das ist* unser Bestimmungsort, Monsieur!« Der Araber schien in sich zusammenzufallen. Seine wilden, durchdringenden Augen wurden plötzlich zu stumpfen Tümpeln, die mit Schlamm gefüllt zu sein schienen, und die winzigen Punkte aus fragendem Chaos inmitten des Schlamms verrieten seine Enttäuschung.

Dann leuchteten wieder Wahnsinn und Grausamkeit darin auf. Er fuchtelte mit seinem mächtigen Dolch in der Luft herum und brachte es fertig, mit der anderen Hand drohende Gesten mit seiner Pistole zu vollführen.

Seine dämonischen Schreie drohten das Spezialglas der Kabinenfenster zu sprengen. Aber zum Glück hielten sie stand.

»*Aiyee! Aiyee! Arafat!* Hört das Wort von *Arafat!* Jüdische Hunde und christliche Schweine! Es gibt nichts zu essen und kein Wasser, bis wir *landen! Das ist das Wort von Arafat!*«

Und in den tiefsten Tiefen von Sams Unterbewußtsein flüsterte eine leise Stimme: ›Die haben dich am Arsch, Baby.‹

15.

Der Regisseur zuckte zusammen, zwei Violinen und drei Hörner hatten während des Crescendo von ›Musettas Walzer‹ gepatzt. Das Finale des Akts war beim Teufel. Zum wiederholten Male!

Er machte sich eine Notiz für den Dirigenten, der, wie er sehen konnte, verzückt lächelte und offenbar die Dissonanz nicht bemerkt hatte. Verständlich — der Mann war praktisch stocktaub.

Als der Regisseur aufblickte, sah er, saß der Beleuchter wieder eingeschlafen war. Vielleicht war er auch austreten gegangen. Zum wiederholten Male. Der Scheinwerferkegel war nach unten gerichtet, völlig reglos, in das Orchester — auf einen verwirrten Flötisten und nicht auf Mimi.

Er machte sich eine Notiz.

Auf der Bühne selbst gab es eine weiteres Problem. Zwei Probleme. Die Pendeltüren, die in das Café führten, waren verkehrt herum eingehängt worden, mit dem V-förmigen Ausschnitt nach unten, so daß die Zuschauer hinter die Szene sehen konnten, wo jetzt zahlreiche nackte Füße abgerieben wurden und mehrere Schauspieler sich gelangweilt kratzten. Das zweite Problem war die Treppe auf der linken Bühne. Sie hatte sich gelöst, so daß Rodolfos Fuß ins Leere trat, was dazu führte, daß seine Strumpfhose bis zum Schritt aufplatzte.

Der Regisseur seufzte und machte sich zwei weitere

Notizen. Puccinis *La Bohème* wurde von der Truppe wie üblich malträtiert. *Managgia!*

Nachdem er drei Ausrufezeichen hinter seine sechsundzwanzigste Notiz gesetzt hatte, kam der Assistent des Direktors an sein Pult und reichte ihm einen Zettel.

Er war für Guido Frescobaldi bestimmt, und da jede Abwechslung der Tortur vorzuziehen war, sich den Rest des Akts anzusehen, faltete der Regisseur das Papier auseinander und las die wenigen Zeilen.

Dann stockte ihm unwillkürlich der Atem. Der alte Frescobaldi würde einen Anfall bekommen — wenn es Guido überhaupt möglich war, einen Anfall zu bekommen. Im Zuschauerraum war ein Zeitungsreporter, der sich mit Frescobaldi nach der Vorstellung treffen wollte.

Der Regisseur schüttelte traurig den Kopf und erinnerte sich lebhaft an Guidos Tränen und Proteste, als der letzte (und einzige) Reporter ihn interviewt hatte. Es waren sogar zwei Reporter gewesen — ein Mann aus Rom und ein allem Anschein nach stummer chinesischer Kollege. Beides Kommunisten.

Aber das Interview war es gar nicht gewesen, das Frescobaldi so verstimmt hatte, sondern der Artikel, der daraus entstanden war.

›Verarmter Opernkünstler müht sich um Kultur des Volkes ab, während sein Vetter, der Papst, in Luxus und vom Schweiß der unterdrückten Arbeiter lebt!‹

So hatte der Artikel begonnen. Auf der Titelseite der kommunistischen Zeitung *Lo Popolo* war er erschienen. Er hatte im weiteren Verlauf herausgearbeitet, daß infolge gründlicher Recherchen der *Popolo*-Journalisten, die stets über die unheilige Allianz des Kapitalismus mit der bösen organisierten Religion wachten, die krasse Ungerechtigkeit ans Licht gekommen war, die diesem Verwandten des mächtigen und despotischsten religiösen Führers der Welt zugemutet wurde. Diesem armen Mann, der dem Papst zu allem Überfluß noch so verblüffend ähnelte. Man schilderte, wie der eine, Guido Frescobaldi, seiner Kunst Opfer brachte, und wie sein Vetter, Papst Franziskus, in Saus und Braus lebte. Wie Guido sein großes Talent den Massen widmete und nie materiellen Lohn suchte — befriedigt, weil seine Leistung den Geist des Volkes den Höhen der Kunst entgegenführte, so ganz und gar unähnlich seinem Vetter, dem Papst, der überhaupt nichts leistete, sondern nur stets nach neuen Methoden suchte, um den verängstigten Armen das Geld abzuknöpfen. Guido Fescobaldi erschien wie ein irdischer Heiliger, während sein Vetter zum Schurken gestempelt wurde, der in den Katakomben, umgeben von seinen Schätzen, Orgien feierte.

Der Regisseur wußte nicht viel über Guidos Vetter oder das, was der in seinen Katakomben tat, aber er kannte Frescobaldi. Und der Reporter des *Popolo* hatte ein Porträt gezeichnet, das in einem gewissen Gegensatz zu dem Guido stand, den sie alle kannten. Aber *dieser* Guido war es, von dem die Welt außerhalb Mailands las. *Lo Popolo* verkündete in einem redaktionellen Beitrag, daß die erschütternde Geschichte in allen sozialistischen Ländern, China eingeschlossen, abgedruckt werden würde.

Oh, wie Frescobaldi sich erregt hatte! Das Ganze war ihm ungeheuer peinlich, und das konnte man seinem Geschrei auch entnehmen. Der Regisseur hoffte, daß es ihm gelingen würde, Guido während des Szenenwechsels abzufangen und ihm die Nachricht zu übermitteln. Aber es war nicht immer leicht, Guido während eines Szenenwechsels aufzuspüren. Und es war völlig sinnlos, den Zettel in seine Garderobe zu legen, denn dort würde er ihn nie finden.

Denn für Guido Frescobaldi war die Rolle des Alcindoro sein großer Augenblick in der Welt der Oper. Sie war sein einmaliger Triumph in einem Leben, das ganz seiner geliebten *musica* gewidmet war. Diese Rolle war der Beweis, daß Hartnäckigkeit wirklich und wahrhaftig den Vorrang vor Talent hatte.

Guido pflegten die Ereignisse auf der Bühne — und seine eigene Darbietung — so zu bewegen, daß er wie in Trance hinter den Kulissen einherwandelte, bis die Verwirrung eines Szenenwechsels vorüber war. Seine Augen waren dann unweigerlich feucht und sein Haupt hoch erhoben, erfüllt von dem Wissen, daß er sein Herzblut für die Zuhörer der Scala Minuscolo gegeben hatte, jener fünftrangigen Besetzung des weltberühmten Opernhauses. Es war gleichzeitig eine Ausbildungsstätte und ein musikalischer Friedhof, die es den Unerfahrenen erlaubte, einmal mit den Flügeln ihrer Stimme zu schlagen, während jene anderen, die ihren Höhepunkt bereits hinter sich hatten, so lange beschäftigt blieben, bis der große Kapellmeister sie zu jenem glorreichen Fest im Himmel rief.

Der Regisseur las den für Guido bestimmten Zettel noch einmal. Unter den Zuhörern befand sich an jenem Abend eine Journalistin namens Signora Greenberg, die sich mit Frescobaldi zu unterhalten wünschte. Keine geringere Quelle als der *Information Servizio* der Armee der Vereinigten Staaten hatte sie empfohlen. Und der Regisseur wußte sehr wohl, weshalb diese Signora Greenberg die Empfehlung in ihren Zettel übernommen hatte. Seit jenem schrecklichen Artikel weigerte sich Guido nämlich hartnäckig, irgend jemanden von der Presse zu empfangen. Er hatte sich sogar einen mächtigen Walroßschnurrbart und den dazu passenden Bart wachsen lassen, um die Ähnlichkeit zwischen sich und dem Papst zu verringern.

Die Kommunisten waren dumm. *Lo Popolo* suchte geradezu gewohnheitsmäßig Streit mit dem Vatikan, mußte aber bald erkennen, was jeder andere schon wußte: Papst Franziskus war kein Mann, den man in den Schmutz zog. Dazu war er einfach zu nett.

Guido Frescobaldi ist auch ein netter Bursche, dachte der Regisseur. Wie oft hatten sie am Abend nach der Vorstellung eine Flasche Wein oder zwei miteinander geteilt — ein Stichwortgeber in mittleren Jahren und altgewordener Charakterschauspieler, der sein Leben der Musik geweiht hatte.

Und welches Drama lag doch in der *wahren* Geschichte des Guido Frescobaldi! Ein Drama, das eines Puccini selbst würdig gewesen wäre.

Er lebte nur für seine geliebte Oper. Alles andere war für ihn belanglos, einzig und allein notwendig, um Leib und musikalische Seele zusammenzuhalten. Vor Jahren war er verheiratet gewesen. Und sechs Jahre später hatte seine Frau ihn verlassen und ihre sechs Kinder in ihr Heimatdorf in der Nähe von Padua mitgenommen, in die Sicherheit des nicht ganz unbescheidenen Bauernhofes ihres Vaters. Und dies, obwohl Frescobaldis Lebensumstände — was der Tradition nach die Lebensumstände seiner Familie bedeutete — keineswegs verzweifelt gewesen waren. Wenn sein eigenes Einkommen im Augenblick für *ihn* nicht ganz ausreiche, so entsprach das seinen Wünschen und entsprang keineswegs der Notwendigkeit. Die Frescobaldis waren tatsächlich einigermaßen wohlhabend. Ihre Vettern, die Bombalinis, waren sogar wohlhabend genug gewesen, um ihrem dritten Sohn Giovanni den Eintritt in die Kirche zu ermöglichen, und das erforderte, weiß Gott, einiges Geld.

Aber Guido wandte allen Dingen, die den Klerus, die Wirtschaft und den Ackerbau betrafen, den Rücken. Er interessierte sich nur für seine Musik, seine Oper. Er quälte seinen Vater und seine Mutter so lange, bis sie ihn auf die Akademie in Rom sandten, wo sich bald erwies, daß Guidos Leidenschaft für die Musik seine Talente weit in den Schatten stellte.

In Frescobaldi mochte das Feuer und die Seele aller Südländer wohnen, aber dazu war ihm auch von seinem Schöpfer ein geradezu erschütternd schlechtes Gehör verliehen worden. Und Papa Frescobaldi begann nervös zu werden. Die Leute, mit denen Guido sich umgab, waren *non stabile* — sie trugen komische Kleider.

Und so forderte Papa den zweiundzwanzigjährigen Guido auf, in das Dorf nördlich von Padua zurückzukehren. Er hatte jetzt acht Jahre in Rom studiert und keine erkennbaren Fortschritte erzielt. Man hatte ihm keine Arbeit — zumindest nicht in der Musikwelt — angeboten, und eine musikalische Zukunft schien ihm nicht zu winken.

Doch das ließ Guido kalt. Für ihn zählte es einzig und

allein, von Musik umgeben zu sein. Papa konnte das nicht verstehen. Papa war auch nicht länger bereit zu bezahlen, und so kam Guido nach Hause.

Frescobaldi der Ältere forderte seinen Sohn auf, seine nette Kusine Rosa Bombalini zu heiraten, der es schwerfiel, einen Mann zu finden. Papa würde Guido als Hochzeitsgeschenk einen *fonografo* schenken. Dann würde er sich so viel Musik anhören können, wie er wollte. Andererseits, wenn er Kusine Rosa nicht heiratete, würde Papa ihm den Arsch aufreißen.

Und so erduldete Guido Frescobaldi sechs Jahre lang, während sein Vetter und Schwager, Pater Giovanni Bombalini, im Vatikan studierte und an fremde Orte geschickt wurde, eine erzwungene Ehe mit dreihundert Pfund Selbstmitleid namens Rosa.

Am Morgen seines siebten Hochzeitstages gab er auf. Er erwachte schreiend, zerschlug Fenster, zerschmetterte Möbel, warf Töpfe mit Linguini gegen die Wände und sagte Rosa, sie und ihre sechs Kinder seien die widerwärtigsten Menschengeschöpfe, denen er je begegnet wäre.

Basta!
Alles hatte seine Grenzen!

Rosa sammelte ihre Kinder um sich und floh auf den Bauernhof, und Guido ging in die Stadt zum Pastaladen seines Vaters, packte eine Schüssel mit Tomatensauce, warf sie Papa ins Gesicht und verließ Padua für immer. Er zog nach Mailand.

Wenn die Welt ihn schon nicht als großen Operntenor feiern wollte, so würde er zumindest den großen Sängern und der großen Musik nahe sein. Er würde Toiletten säubern, Bühnen fegen, Kostüme nähen und Speere tragen. Alles würde er tun.

Er würde sein Leben La Scala widmen.

Und so war Frescobaldi im Lauf von vierzig Jahren langsam, aber zufrieden aufgestiegen — von den Toiletten zu den Besen, von der Nadel zu den Speeren. Schließlich gewährte man ihm jene ersten paar Worte auf der Bühne.

›Nicht so besonders viel singen, Guido! Eher reden, verstehst du?‹ Und die Offenheit, mit der er seine Gefühle hinaussang, machte ihn sofort zum Favoriten jener weniger anspruchsvollen Opernbesucher. Von La Scala Minuscolo. Wo die Eintrittskarten weniger kosteten.

Auf seine Art war Frescobaldi so etwas wie eine Institution. Er stand stets zur Verfügung, um bei den Proben zu helfen, um Stichworte zu geben, um für jemanden einzuspringen, um zu rezitieren. Und sein Wissen war gewaltig.

Nur einmal in all den Jahren kam es dazu, daß Guido jemandem Schwierigkeiten machte, und das war eigentlich gar nicht seine Schuld. Natürlich war das der Versuch von *Lo Popolo*, seinen Vetter, den Papst, in Verlegenheit zu bringen. Zum Glück hatte der kommunistische Schreiberling nichts von Frescobaldis früher Ehe mit der Schwester des Papstes erfahren. Das wäre ihm auch recht schwergefallen, weil Rosa Bombalini vor drei Jahrzehnten gestorben war. Sie hatte sich schlicht überfressen.

Eilig begab sich der Regisseur zu Frescobaldis Garderobe. Doch er kam zu spät. Die Dame, die da mit Guido sprach, war sicher die Signora Greenberg. Sie wirkte sehr amerikanisch und sehr wohlgeformt, aber ihr Italienisch war ein wenig seltsam. Ihre Worte waren etwas in die Länge gezogen, so als gähnte sie, aber die Dame wirkte keineswegs schläfrig.

»Sehen Sie, Signore Frescobaldi, der Zweck meines Artikels besteht darin, den häßlichen Dingen entgegenzuwirken, die diese Kommunisten geschrieben haben.«

»O ja, *bitte*!« rief Guido flehentlich. »Widerwärtig war das! Es gibt keinen besseren Mann auf der Welt als meinen lieben Vetter, *Il Papa*. Ich weine wegen all der Peinlichkeit, die ich verursacht habe!«

»Ich bin sicher, daß er das nicht so empfindet. Er spricht sehr freundlich von Ihnen.«

»Ja – ja, das kann ich mir denken«, erwiderte Frescobaldi, und Tränen traten ihm in die Augen. »Als Kinder haben wir miteinander auf den Feldern gespielt, wenn sich unsere Familien trafen. Giovanni — entschuldigen Sie, Papst Franziskus — war der Beste von all den Brüdern und Vettern. Er war ein guter Mensch, schon als Kind. Und Verstand hatte der!«

»Er wird glücklich sein, Sie wiederzusehen«, sagte die Signora. »Der genaue Zeitpunkt liegt noch nicht fest, aber er hofft, daß Sie sich gemeinsam mit ihm fotografieren lassen.«

Guido Frescobaldi konnte nicht mehr an sich halten. Obwohl er seine Würde keineswegs verloren hatte, weinte er — leise und ohne irgendwelche Gesten. »Er ist so freundlich. Wußten Sie, daß er mir damals, als dieses schreckliche Magazin herauskam, einen Brief geschickt hat, handschriftlich? Er hat mir geschrieben: ›Guido, mein Vetter und lieber Freund — weshalb hast Du Dich all die Jahre versteckt? Bitte, besuch mich, wenn Du nach Rom kommst. Wir werden Boccia miteinander spielen. Ich habe im Garten eine Bahn anlegen lassen. Wie immer, meinen Segen, Giovanni.‹« Frescobaldi betupfte sich die Augenwinkel. »Keine Spur von Ärger oder Mißvergnügen. Aber ich würde natürlich eine so große Persönlichkeit nie stören. Wer bin ich denn schon?«

»Er wußte, daß es nicht Ihre Schuld war. Ihrem Vetter ist es natürlich lieber, wenn nicht bekannt ist, daß wir diese antikommunistische Geschichte vorbereiten. So wie die Politik heutzutage aussieht ...«

»Ich sage kein Wort«, fiel Guido der Dame ins Wort. »Ich warte, bis ich von Ihnen höre, und ich werde nach Rom kommen. Wenn ich zu diesem Zeitpunkt einen Auftritt habe, muß meine zweite Besetzung für mich einspringen. Vielleicht werfen die Zuhörer dann mit Gemüse, aber für Franziskus tu ich *alles!*«

»Er wird gerührt sein.«

»Wußten Sie«, fragte Frescobaldi, beugte sich im Stuhl vor und sprach jetzt ganz leise, »daß das Gesicht unter diesem Schnurrbart dem meines Vetters sehr ähnlich ist?«

»Sie meinen, Sie sehen sich wirklich *ähnlich?*«

»Es war immer so — seit wir Kinder waren.«

»Das wäre mir nie in den Sinn gekommen. Aber jetzt, wo Sie es erwähnen, entdecke ich eine gewisse Ähnlichkeit.«

Der Regisseur schloß leis' die Tür, die halb offen gewesen war. Sie hatten ihn nicht gesehen, und es bedurfte auch gar keiner Unterbrechung. Guido wäre das vielleicht peinlich gewesen. Die Garderobe war klein. Frescobaldi würde also seinen Vetter, den Papst besuchen. *Buonissime!* Vielleicht konnte er den Papst dazu bewegen, La Scala Minuscolo einige Mittel zuzuweisen. Sie könnten das Geld brauchen.

»*Aiyee! Al Fatah! Arafat!*«

Die schreienden palästinensischen Revolutionäre rannten durch die Ausgangstüren und die Treppe hinunter auf die Betonfläche des Dar-el-Beida Flughafens. Sie umarmten und küßten einander und fuchtelten wild mit ihren Messern und Dolchen herum. Einem Unglücksraben wurde vor lauter Freude der Finger abgeschnitten, aber das konnte den Jubel nicht beeinträchtigen. Unter der Führung von Rattenauge rannte die Gruppe zu dem Zaum, der den Flugplatz umgab.

Niemand versuchte, sie aufzuhalten. Tatsächlich wanderten sogar die Scheinwerfer in ihre Richtung, um ihnen den Weg über den Zaun zu zeigen. Die Behörden hatten eingesehen, daß es wünschenswert wäre, wenn die Idioten auf diesem Weg vom Flugplatz verschwanden. Wenn sie das Abfertigungsgebäude betraten und den Flughafen durch die Türen verließen, würde auf diese Weise viel Gesicht verloren werden. Außerdem — je schneller sie verschwanden, desto besser. Dem Fremdenverkehr nützten sie keinesfalls.

Kaum hatte der letzte Palästinenser die Maschine verlassen, als Sam in die Kombüse der Air-France-Maschine geeilt war. Doch ohne Erfolg. Inmitten der Krise hatte die Air France den Kopf behalten — und ihren Geschäftssinn. Die blitzenden Metallbehälter waren sorgfältig verstaut und erwarteten die nächsten Passagiere.

»Ich habe für das verdammte Essen bezahlt!« schrie Sam.

»Es tut mir leid«, sagte die Stewardeß und lächelte

ausdruckslos. »Die Vorschriften lassen es nicht zu, daß nach der Landung serviert wird.«

»Um Himmels willen, man hat uns entführt!«

»Auf Ihrem Ticket steht Algier. Wir sind in Algier gelandet. Jetzt gibt es nichts mehr zu essen.«

»Das ist unmenschlich!«

»Das ist die Air France, Monsieur.«

Devereaux taumelte durch die Zollabfertigung. Er hielt vier amerikanische Fünf-Dollar-Noten in der Hand — aufgefächert, als würde er Karten spielen. Jeder der vier algerischen Inspektoren, die sich mit ihm befaßten, nahm einen der Scheine, lächelte und reichte Sam an den nächsten weiter. Kein Gepäck wurde geöffnet. Sam riß seinen Koffer vom Laufband und sah sich verzweifelt nach dem Flughafenrestaurant um.

Es war geschlossen. Religiöser Feiertag.

Die Taxifahrt vom Flughafen zum Hotel Aletti in der Rue de l'Enur El Khettabi trug nicht dazu bei, seine Nerven zu beruhigen oder seinen schmerzhaft leeren Magen zu besänftigen. Das Vehikel war uralt, der Fahrer noch älter und die Straße, die in die Stadt führte, steil und voller Kurven und Haarnadelkehren.

»Es tut uns schrecklich leid, Monsieur Devereaux«, sagte der dunkelhäutige Angestellte am Empfang in überaus präzisem Englisch, »ganz Algier befindet sich im Fastenzustand, bis die Sonne am Morgen aufgeht. Das ist Mohammeds Wille.«

Sam beugte sich über die marmorbelegte Theke und senkte seine Stimme zum Flüsterton ab. »Hören Sie, ich respektiere das Recht eines jeden, auf seine Art den Schöpfer zu ehren, aber ich habe nichts gegessen und besitze ein wenig Geld ...«

»Monsieur!« die Augen des Angestellten weiteten sich in algerischem Schock, als er Sam unterbrach und sich zu seiner ganzen Länge von etwa einem Meter fünfzig emporreckte. »Der Wille Mohammeds! Die Wege Allahs!«

»Du lieber Gott! Ich traue meinen *Augen* nicht!« Der Ruf

hallte quer durch die Halle des Aletti. Das Licht war schwach, die Decke hoch. Die Gestalt war halb von Schatten verhüllt. Sam erkannte nur, daß es sich um eine tiefe, eindeutig feminine Stimme handelte. Vielleicht hatte er sie schon einmal gehört, er war sich nicht sicher. Wie konnte er überhaupt irgendeiner Sache sicher sein — um diese Zeit, an einem solch unglaublichen Ort wie einer algerischen Hotelhalle — während eines algerischen religiösen Feiertags — in der letzten Phase des Verhungerns. Da war nichts mehr sicher.

Und dann ging die Gestalt durch das schwache Licht auf ihn zu, gleichsam hinter zwei enormen Brüsten, die in majestätischem Glanz die Luft teilten.

›Voll und rund.‹ Natürlich, weshalb gab er sich überhaupt die Mühe, überrascht zu tun? Zehn Millionen — dreißig Millionen, vierzig Millionen Dollar hatten aufgehört, ihn zu schockieren. Weshalb sollte ihn dann der Anblick von Mrs. MacKenzie Hawkins Nummer zwei erschrecken?

Sie drückte das kühle, feuchte Handtuch auf seine Stirn. Er lag auf dem Bett. Vor sechs Stunden hatte sie ihm die Schuhe, die Socken und das Hemd ausgezogen und gesagt, er solle sich hinlegen und aufhören zu zittern. Um die Wahrheit zu sagen, sie hatte ihm *befohlen*, damit aufzuhören. Und er sollte auch aufhören zusammenhanglos über verrückte Dinge zu plappern, so wie Nazis und Hühnerkot und Araber mit wilden Augen, die Flugzeuge in die Luft jagen wollten, weil diese Flugzeuge an Orte flogen, wohin sie fliegen sollten. So ein dummes Gerede!

Aber das lag jetzt sechs Stunden zurück. Und in der Zwischenzeit hatte sie seine Gedanken von Essen und MacKenzie Hawkins und einem Scheich namens Azaz-Varak abgelenkt und — oh, mein Gott! — *von der Entführung des Papstes!*

Sie hatte die Dimensionen des ganzen Wahnsinns auf die viel einfacheren Proportionen eines schrecklichen Alptraums zurückgeführt.

Ihr Name war Madge, daran hatte er sich erinnert. Und sie war neben ihm auf dem Bohnensack in Regina Greenbergs Wohnzimmer gesessen. Und sie hatte zu ihm hinübergegriffen und ihn jedesmal angefaßt, wenn sie irgend etwas besonders betonen wollte. Er erinnerte sich daran ganz deutlich, weil sie sich jedesmal auch zu ihm hinübergebeugt hatte. ›Voll und Rund‹ schienen dabei aus ihrer Bauernbluse zu platzen, so wie sie jetzt aus ihrem Seidenhemd zu platzen drohten.

»Es dauert nicht mehr lange«, sagte sie mit ihrer tiefen, irgendwie atemlos wirkenden Stimme. »Der Angestellte am Empfang hat versprochen, daß Sie das erste Tablett aus der Küche bekommen. Jetzt beruhigen Sie sich doch!«

»Sagen Sie es noch einmal.«

»Das mit dem Essen?«

»Nein, wie es kommt, daß Sie hier in Algerien sind. Das lenkt mich vom Essen ab.«

»Dann fangen Sie bloß wieder an, zusammenhanglos zu reden. Sie würden es einfach nicht glauben.«

»Vielleicht ist mir irgend etwas entgangen ...«

»Sie machen sich über mich lustig«, erwiderte Madge und beugte sich gefährlich weit vor, um ihm das Handtuch zurechtzuschieben. »Also gut. Mein verstorbener Mann war der führende Importeur für afrikanische Kunst an der Westküste. Seine Galerie war die größte in ganz Kalifornien. Als er starb, hatte er über hunderttausend Dollar in Musso-Grossai-Statuen aus dem siebzehnten Jahrhundert angelegt. Was zum Teufel soll ich denn mit fünfhundert Statuen von nackten Pygmäen anfangen? Da würden Sie das gleiche tun wie ich. Sie würden versuchen, den Transport aufzuhalten und Ihr Geld zurückzubekommen! Algier ist der Umschlagplatz für Musso-Grossai ... Verdammt, jetzt fangen Sie schon wieder an!«

Devereaux konnte einfach nicht anders. Er mußte so lachen, daß ihm die Tränen über die Wangen rollten. »Tut mir leid. Das ist einfach viel *erfinderischer* als ein plötzlicher Urlaub in London, inszeniert von einem Mann, der neben-

bei Seitensprünge macht. Oder eine Feinschmeckerschule in Berlin. Mein Gott, das ist einmalig! Fünfhundert nackte Pygmäen! Haben Sie sich das ausgedacht oder Mac?«
»Sie sind einfach zu mißtrauisch.« Madge lächelte sanft und wissend und nahm das Handtuch von seiner Stirn. »So kann man nicht leben. Kommen Sie, ich will das wieder anfeuchten. Das Frühstück müßte in fünfzehn oder zwanzig Minuten serviert werden.« Sie erhob sich vom Bett und blickte nachdenklich zum Fenster. Die orangeroten Strahlen des jungen Tages strömten ins Zimmer. »Die Sonne ist aufgegangen.«
Devereaux sah sie an. Das Licht der Morgendämmerung hob ihre Gesichtszüge hervor, betonte ihr kastanienfarbenes Haar und ließ ihr Gesicht in einem weichen Glanz erstrahlen. Es war kein junges Gesicht, aber es hatte etwas an sich, das viel besser war als Jugend. Eine Offenheit, die ein paar Jahre mehr oder weniger hinnahm und darüber lachen konnte. Da war etwas Unmittelbares, das Sam berührte.
»Wie Sie aussehen — einfach einmalig«, sagte er.
»Sie auch«, erwiderte sie leise. »Sie haben ein Gesicht, von dem ein alter Freund von mir einmal gesagt hat, es sei ein Gesicht, das man gern kennen möchte. Sie können einem in die Augen sehen. Mein Freund sagte: ›Du mußt auf die Augen achten, besonders in einer Menge, und sehen, ob sie zuhören.‹ Tatsächlich, das hat Mac gesagt. Das ist lange her. Ich nehme an, das klingt albern — Augen, die zuhören.«
»Es klingt gar nicht albern. Augen hören zu. Ich hatte einmal einen Freund, der immer auf die Cocktailpartys in Washington ging, und der sagte die ganze Zeit immer nur ›Hamburger‹ — einfach ›Hamburger‹, sonst nichts. Er schwor einen heiligen Eid, daß die Leute um ihn herum meistens nur ›sehr interessant, ich will mir das einmal in der Statistik ansehen‹ sagten. Oder: ›Haben Sie das schon dem Staatssekretär gesagt?‹. Er wußte immer, wer so etwas sagen würde, weil ihre Augen sich so schnell bewegten. Sie müssen wissen, er war nicht sehr wichtig.«

Magde lachte leise. Ihre Blicke begegneten sich. »Mir kommt er sehr wichtig vor.«

»Außerdem sind Sie nett.«

»Ja, da gebe ich mir auch große Mühe.« Sie sah wieder zum Fenster hinüber. »MacKenzie hat auch gesagt, daß viel zu viele Leute vor ihrer völlig natürlichen Neigung davonlaufen, sich über andere Menschen Gedanken zu machen. Als ob es ein Zeichen der Schwäche wäre, wenn man über andere Menschen nachdenkt und um sie besorgt ist. Er sagte: ›Verdammt noch mal, Midgey, ich mache mir auch Gedanken, und ich würde keinem von diesen Hundesöhnen raten, daß sie mich schwach nennen!‹ Und das hat auch nie einer getan.«

»Ich glaube, wenn man sich über andere Menschen Gedanken macht, dann ist das nur eine andere Art, nett zu sein«, fügte Devereaux hinzu und dachte dann ein wenig über diese Streicheleinheit nach.

»Besser kann man es gar nicht«, meinte Madge und trug das Handtuch ins Bad. »Ich bin gleich wieder da.«

Sam schloß die Tür. Sam wiederholte im Geist, was sie gesagt hatte.

›Zu viele Leute laufen vor ihrer völlig natürlichen Neigung, sich über andere Menschen Gedanken zu machen, davon. Als ob es ein Zeichen der Schwäche wäre, wenn man über andere Menschen nachdenkt und um sie besorgt ist.‹ MacKenzie war viel komplizierter, als es Devereaux lieb war. Zumindest, bevor das Frühstück kam.

Die Badezimmertür öffnete sich. Madge stand in der Tür und lächelte, aus ihren Augen leuchtete so viel echte Freude, als wüßte sie ganz genau, was für ein Bild sie ihm bot. Sie hatte ihr Kleid ausgezogen. Ihre Brüste waren jetzt liebevoll in elfenbeinfarbene Spitze gehüllt. Ihr kurzer Slip betonte die Rundung ihrer Hüften und legte Zeugnis ab für das weiche, weiße Fleisch an ihren Oberschenkeln, das berührt werden wollte.

Madge ging um das Bett herum und nahm seine reglose Hand. Sie setzte sich graziös und beugte sich zu ihm, und ihre unglaublichen Brüste streiften ihn, elektrisierten ihn so, daß er plötzlich ganz kurzatmig wurde. Sie küßte ihn auf die Lippen. Dann lehnte sie sich zurück, löste seinen Gürtel und zog mit den schnellen, eleganten Bewegungen einer Tänzerin seine Hose herunter.

»Aber Major, was Sie sich Nettes gedacht haben ...«

Und das algerische Terroristentelefon klingelte.

Der Sternenhimmel um ihn geriet aus dem Gleichgewicht. Die Vernunft verschwand in einer plötzlichen Aufwallung von Hysterie. Plötzlich war da kein Gedanke mehr an elfenbeinfarbene Spitze und weiches Fleisch. Statt dessen Schreie in arabischer Sprache, Befehle, die unglaubliche Gewalttätigkeit androhten, für den Fall, daß man ihnen nicht gehorchte.

»Wenn Sie auch nur eine Sekunde lang aufhören, von Schweinen und Hunden und Geiern zu brüllen, dann kann ich mir vielleicht zusammenreimen, was Sie eigentlich sagen wollen«, entgegnete Sam und hielt den Telefonhörer auf Armeslänge von sich ab. »*Ich* habe nur gesagt, daß ich nicht gleich hinunterkommen kann.«

»Ich bin der Abgesandte von Scheich Azaz-Varak!«

»Wer zum Teufel ist das?«

»Hund!«

»Ein Hund? Sie meinen, ein kleines Hündchen?«

»Still! Azaz-Varak ist der Gott aller Khans! Der Gebieter der Wüstenwinde, das Auge des Falken, der Mut aller Löwen von Judäa, der Fürst des Donners!«

»Wozu braucht er dann mich?« erkundigte sich Sam etwas zögernd, als er mit einigem Widerstreben den Namen des vierten Hawk-Opfers erkannt hatte. Die letzten zehn Millionen. Jesus! Er sah die zehn Millionen plötzlich eindringlicher vor sich als zehn Kartons mit Schokoladentorten.

»Still, Hund! Sonst wird man Ihnen beide Ohren vom Kopf schneiden und sie Ihnen mit heißen Eisen in Ihren Unaussprechlichen stecken!«

»Verdammt, das ist aber nicht nett! Sie werden jetzt

sofort höflicher mit mir reden, oder ich lege auf. In diesem Zimmer ist eine Dame.«

»Bitte, Mr. Deveroo«, sagte die Araberstimme plötzlich ganz sanft mit der Andeutung eines Jammers. »Im Namen Allahs, um der *Liebe* Allahs willen, machen Sie mir keine Schwierigkeiten. Wenn Sie mir Schwierigkeiten machen, dann sind *meine* Ohren dran, an einem unaussprechlichen Ort. Wir müssen sofort nach Tizi Ouzou abreisen.«

»Tizi — was?«

»Ouzou, Mr. Deveroo.«

»Ouzou? Sagten Sie Ouzou?«

Plötzlich geschah völlig unvermittelt das, was Sam am allerwenigsten erwartet hätte. Madge riß ihm den Hörer aus der Hand.

»Her damit!« befahl sie ihm. »Ich kenne Tizi Ouzou — mein Mann und ich sind einmal dort abgestiegen. Das ist ein schrecklicher Ort! Wer auch immer Sie sind, ich hoffe nur, daß Sie einen verdammt guten Grund haben, meinen Freund nach Tizi Ouzou zu bringen. Das ist das verdammte Ende der Welt. Ohne ein anständiges Hotel oder Restaurant, ganz zu schweigen von den sanitären Einrichtungen!«

Sie hielt den Hörer ans Ohr und nickte alle drei oder vier Sekunden. Das Jammern am anderen Ende der Leitung wurde immer lauter.

»Wirklich, Madge, ich kann ...«

»Still! Dieser Hundesohn ist nicht einmal ein Algerier ... Ja, ja ... Also gut. Dann kommen wir *beide* ... Sie können das akzeptieren oder es bleiben lassen, Sie Wüstenfloh, anders läuft nichts ... Das sind *deine Ohren*, Süßer ... Und noch etwas. Sobald wir ankommen, möchte ich eine riesige Mahlzeit für meinen Freund hier, kapiert? ... Und keine Biskuits aus Kameldung! Also gut. Fünf Minuten.«

Sie legte auf und lächelte Devereaux zu, der großteils nackt und leichenblaß war.

»Das war sehr großzügig, aber wirklich nicht notwendig ...«

»Sei nicht albern, du kennst diese Leute nicht. Ich schon.

Mit denen muß man energisch umspringen. Im Grunde sind sie ganz harmlos, trotz ihrer verdammten Messer. Außerdem — glaubst du denn, ich würde dich auch nur eine Minute aus den Augen lassen? Nachdem ich gesehen habe, was für nette Dinge du gedacht hast? Und in deinem Zustand!« Sie beugte sich über ihn und küßte ihn erneut.

»Das ist wirklich sehr rührend.«

Devereaux begriff, daß er in seinem geschwächten Zustand leicht Halluzinationen ausgesetzt sein könnte. Trotzdem war er nicht auf die zwei Araber in ihren weiten Umhängen vorbereitet, die in der Halle des Aletti warteten.

Peter Lorre und Boris Karloff. Ein gutes Stück jünger als die letzten Fotos, an die Sam sich erinnerte, aber sonst unverwechselbar.

Die nächsten zwanzig Minuten verstrichen wie im Fluge. Aber er mußte klar denken. Azaz-Varak (*wer* und *wo* das auch immer sein mochte) verkörperte für ihn den letzten Investor. Er mußte jetzt anfangen, seine eigene Gegenstrategie aufzubauen.

Peter Lorre saß neben Boris Karloff, der das Steuer übernommen hatte, auf dem Vordersitz. Der Wagen fegte durch die Straßen und raste gefährlich um die Ecken des morgendlichen Algier. Sie hatten die Hälfte einer Hügelstrecke hinter sich gebracht, als Devereaux plötzlich erkannte, daß sie in die Richtung des Dar-el-Beida-Flughafens fuhren.

»Fahren wir zu einem Flugzeug?« fragte Sam argwöhnisch.

Madge, die neben ihm saß, antwortete. »Oh, sicher, Süßer. Tizi Ouzou liegt etwa zweihundert Meilen östlich. Du würdest ganz bestimmt nicht mit dem Wagen hinfahren wollen. Ich war schon einmal dort.«

Devereaux sah sie an, wunderte sich und flüsterte: »Ich erinnere mich. Ich verstehe nur nicht, weshalb du hier bist. Weißt du, worauf du dich da eingelassen hast? Weißt du, was du tust?«

»Ich versuche nur, dir zu helfen.«

»Das hat Rose Mary Woods auch versucht.«

Das Innere des Helikopters war nur ein bißchen kleiner als die Haupthalle der Pennsylvania Station. Überall lagen schwellende Polster, und neben jedem Sitz stand eine prunkvolle Wasserpfeife, die an der Wand befestigt war und unter der eine Art Bunsenbrenner loderte. Hinten war eine offene Kombüse zu sehen.

Und nach drei Minuten in der Luft bekam Sam seit, wie es ihm erschien, einer Ewigkeit zum erstenmal wieder etwas, das einigermaßen an Nahrung erinnerte. Eine kleine Tasse mit einer bitteren schwarzen Flüssigkeit, die eine entfernte Ähnlichkeit mit Kaffee hatte, noch wesentlich mehr aber mit bitterer Lakritze, vermengt mit abgestandenen Sardinen.

Er trank die Flüssigkeit mit einem Schluck, schnitt eine Grimasse und sah die winzige, in Laken gehüllte Gestalt an, die ihm das Getränk gebracht hatte. Die winzige Gestalt hantierte an der Wasserpfeife herum und hielt ein Streichholz an den Brenner. Ein langer Gummischlauch mit einem Mundstück wurde von irgendwo herangeholt und Sam hingehalten.

Er nahm das Mundstück entgegen und überlegte. Wahrscheinlich würde ihm das nicht sonderlich gut tun, andererseits war es etwas, das man in den Mund stecken konnte. Er war inzwischen an einem Punkt angelangt, wo nichts schlimmer sein konnte als die halbbenommene Agonie, die er empfand. Er schob sich das Mundstück zwischen die Zähne und sog daran.

Es war eigentlich nicht Rauch — eher eine Art Dampf. Süß und gleichzeitig würzig. Wirklich sehr angenehm. Tatsächlich sogar recht köstlich. Auf seine Art irgendwie ablenkend.

Er sog kräftiger und dann schneller, sah zu Madge hinüber, die ihm auf ein paar Polstern gegenübersaß. »Würde es dir etwas ausmachen, meine Liebe?« hörte er sich ganz ruhig sagen. »Bitte, leg all deine Kleider ab.«

»Ich würde das nicht überstürzen«, erwiderte die junge Frau in einem provozierenden, atemlosen Flüstern.

Flüsterte sie wirklich? Ihre Stimme schien aus anderen Bereichen der Akustik einzutreffen.

»Zuest deine Bluse, wenn es dir nichts ausmacht.« Wieder war er nicht ganz sicher, ob er das wirklich gesagt hatte, was er sich sagen hörte. »Und dann, wenn du vielleicht dein Hemd ausziehen würdest, während du einen kleinen Schlangentanz vollführst, das wäre sehr nett.«

»Tu das verdammte Ding runter!«

»Ist es denn oben?« Er konnte tatsächlich ihr Parfüm riechen. Und er empfand jetzt keine Schmerzen mehr in seinem Magen. Statt dessen konnte er verspüren, wie eine große Kraft seinen ganzen Körper durchpulste. Er war zu gewaltigen Taten fähig. Er war — wie war das doch? — der Gebieter der Wüstenwinde. Ein Fürst des Donners, ein Schleuderer der Blitze, mit dem Mut aller Löwen Judäas.

»Das ist keine Lucky Strike, an der du da ziehst. Das ist reines Haschisch.«

»Wie . . .?« Die Information erreichte jenen winzigen Winkel seines Gehirns, der noch funktionierte. *Was zum Teufel tat er?* Er spuckte das Mundstück aus und versuchte das Flugzeug zu stabilisieren. Es mußte der Helikopter sein, weil . . . Da war etwas, das plötzlich um ihn kreiste. Der Löwe von Judäa begann zu schrumpfen. Eine ausgemergelte Miezekatze nahm seinen Platz ein.

Und dann hörte er die klagenden Worte von Peter Lorre, der aus der Steuerkanzel nach hinten gekommen war. »Wir sind auf Kurs Süd-Südost von Tizi Ouzou.«

»Wie kommt das?« Madge regte sich ziemlich auf und versuchte gar nicht erst das zu verbergen. »Sie haben Tizi gesagt, nicht sonstwo. Ich habe Freunde an der Rue Joucif, du Fliege! Mein verstorbener Mann hat der algerischen Regierung wirklich eine ganze Menge Gefälligkeiten erwiesen!«

»Tausend Nächte wonniger Vergebung, Dame von Deveroo, aber meine Regierung ist Azaz-Kuwait. Mein Scheich ist der Scheich aller Scheichs, der Gott aller Khans, das Auge des Falken, der Mut ...«

»*Wenn du mich rufst, wenn du mich rufst, mich rufst!*« Sam ertappte sich plötzlich dabei, wie er zu singen begann. So hörte es sich wenigstens an. Es war ein Lied.

»Mund halten, Major!« rief Madge.

»*Alleiin — ganz alleinn in dieser Nacht, die nur für uns ...*«

»Willst du ruhig sein!« herrschte ihn die junge Frau an.

»Ich fand, das würde gut zu dieser Situation passen«, murmelte Sam.

»Wohin fliegen wir?« fragte Madge den jammernden Araber, der Devereaux ansah, als wäre es nötig, den Amerikaner sorgfältig im Auge zu behalten.

»Siebzig Meilen südöstlich von Tizi-Ouzou liegt ein Wüstengebiet, das nur die Beduinenstämme durchziehen. Es ist sehr abgeschieden und eignet sich für vertrauliche Zusammentreffen. Ein Adlerzelt ist dort für den Scheich aller Scheichs, den Gott aller Khans, vorbereitet. Azaz-Varak der Herrliche kommt vom Heiligsten seiner Königreiche geflogen, um sich mit dem unaussprechlichen Hund namens Deveroo zu treffen.«

»Das ist schön, oh oh — Deveroo — ooh ooh ...«

»*Willst du den Mund halten!*«

16.

Die Landkarten waren überall verstreut, bedeckten das Bett im Watergate, übersäten den Couchtisch, waren über den Boden verteilt, gegen den Wandspiegel gelehnt und über das Sofa drapiert. Da gab es Straßenkarten von Benzingesellschaften, Eisenbahnkarten, ein paar mit Höhenangaben und andere mit geologischen und Vegetationsanalysen, sogar Luftaufnahmen aus unterschiedlichen Höhen von fünfhundert, fünfzehnhundert, fünftausend und zwanzigtausend Fuß.

Das und insgesamt dreihundertdreiundsechzig Fotografien von jedem Zollbreit Terrain, das untersucht worden war.

Nichts durfte dem Zufall überlassen bleiben.

Vor fünf Minuten hatte er die endgültige Entscheidung getroffen. Der Immobilienmakler aus der höchst vertraulichen internationalen Firma Les Châteaux Suisse des Grands Siècles würde in Kürze eintreffen. Natürlich unter strenger Geheimhaltung — das erste Gesetz der Châteaux Suisse war absolute Vertraulichkeit.

Mac hatte sich ein abseits liegendes Château im Kanton Valais, südlich von Zermatt in der Gegend von Champoluc ausgesucht. Die Ländereien, die es umgaben — insgesamt achtzig Hektar — lagen kartographisch betrachtet sozusagen im Schatten des Matterhorns und waren praktisch unzugänglich.

Zwei Faktoren waren es, die ihn dazu veranlaßt hatten. Erstens das Terrain. Es mußte so gut wie ein Duplikat von Basis Zero sein, wie Hawkins beschlossen hatte, sein Ziel zu benennen. Jede Biegung, jede Kurve und jedes Ansteigen in der Straße — jeder Hügel und jede kleine Anhöhe, die vielleicht beim Zugang oder der Flucht von Basis Zero eine Rolle spielen konnten, würden so präzis wie möglich simuliert werden müssen. Manöver hatten keinen Sinn, wenn das Trainingsgelände kein getreues Abbild der eigentlichen Kampfzone war.

Der zweite Faktor war die Unzugänglichkeit. Seine Operationsbasis — und als solche betrachtete Mac den gemieteten Besitz — mußte völlig vor den umliegenden Landstraßen und auch aus der Luft getarnt sein. Es mußte sich um eine Gegend handeln, wo man größere Ausrüstungsgegenstände in Sekundenschnelle verbergen, wo eine Gruppe von wenigstens einem Dutzend Männer mindestens acht Wochen lang leben und trainieren konnte.

Das zur Debatte stehende Château besaß diese Eigenschaften. Und es war nicht weit von Zürich entfernt. Das Kapital der Shepherd Company würde nach Zürich übertragen werden. Devereaux würde sich um diese Zentralisierung ihrer Finanzen kümmern und veranlassen müssen, daß der Mietvertrag in Ordnung ging.

Es klopfte diskret an der Hoteltür. MacKenzie stieg vorsichtig über die Landkarten und Fotos hinweg und stellte sich hinter die Tür, ganz dicht am Türrahmen.

»Monsieur D'Artagnan?« fragte er. Les Châteaux Suisse bediente sich stets irgendwelcher Decknamen.

»*Oui, mon général*«, tönte es leise aus dem Korridor.

Hawkins öffnete die Tür, und ein unauffälliger, wohlbeleibter Mann in mittleren Jahren trat ein. Selbst sein leicht gewachster Schnurrbart ist unauffällig, dachte MacKenzie. Es würde gar nicht leicht sein, ihn aus einer Menschenmenge herauszupicken.

»Ich sehe, Sie haben sich mit den Informationen befaßt, die wir Ihnen geschickt haben«, sagte Monsieur D'Artagnan in einem Akzent, der aus der Gegend westlich von Elsaß-Lothringen stammte. Er war offensichtlich ein Mann, der keine Zeit mit Höflichkeitsfloskeln vergeudete, und dafür war der Hawk ihm dankbar.

»Ja, das habe ich. Ich habe meine Entscheidung getroffen.«

»Welches Objekt?«

»Château Machenfeld.«

»Ahh, *Le Machenfeld! Magnifique — extraordinaire!* All die Geschichte, die ihren Schauplatz auf seinen Feldern hatte — die Schlachten, die auf ihren Granitzinnen gewonnen und verloren wurden ... Und die Installation ist immer wieder renoviert worden, das Modernste, was es gibt. Eine exquisite Wahl, die Sie da getroffen haben. Ich gratuliere Ihnen. Sie und ihr Gefolge religiöser Brüder werden sehr glücklich sein.« D'Artagnan zog den dicksten Umschlag, den Hawkins je gesehen hatte, aus einer Jackettasche. Die höchst vertrauliche Firma trug keine Aktentasche. Mac erinnerte sich — so viel vertrauliche Information in einem einzigen Behälter war zu gefährlich. Die Makler trugen nur jene Papiere bei sich, die unmittelbar benötigt wurden.

»Ist das der Mietvertrag?«

»*Oui, mon général.* Alles vollständig und bereit für das von Ihnen gewählte und vereinbarte Zeichen. Und natürlich die Kautionssumme für sechs Monate.«

»Nun, ehe wir dazu kommen, möchte ich noch einmal die Bedingungen besprechen ...«

»Gibt es *neue*, Monsieur?«

»Nein. Ich möchte nur sichergehen, daß Sie die alten richtig verstehen.«

»Aber *général*, alles ist doch bereits verstanden worden«, erwiderte D'Artagnan und lächelte. »Sie haben die Einzelheiten diktiert. Ich habe sie selbst niedergeschrieben, wie es bei uns üblich ist, und Sie haben die Niederschrift gebilligt. Hier, sehen Sie selbst.« Er reichte Hawkins die Papiere. »Sie sollten wissen, daß wir die Wünsche unserer Klienten nie ändern würden. Wir brauchen nur noch das Château einzusetzen und zu überprüfen, daß Ihre Forderungen nicht in Konflikt mit den Mietbedingungen des Eigentümers geraten können. Das habe ich freilich bereits mit allen in Frage kommenden Objekten getan. Es gibt keinen Konflikt.«

MacKenzie nahm die Papiere und bahnte sich seinen Weg zwischen den Landkarten und Fotografien hindurch zum Sofa. Mit einer Hand schob er zwei riesige Meßtischblätter beiseite und setzte sich.

»Ich möchte ganz sicher sein, daß das, was ich hier lese, auch das ist, was ich gehört habe.«

»Stellen Sie alle Fragen, die Sie wünschen. Unsere Politik bei Les Châteaux Suisse des Grands Siècles besteht vor allem darin, daß jeder Mitarbeiter mit allen Bedingungen völlig vertraut ist. Und wenn unser Geschäft abgeschlossen ist, werden die Papiere auf Mikrofilm aufgenommen und in den Safes der Gesellschaft in Genf verwahrt. Wir empfehlen, daß Sie mit Ihren Kopien ähnlich verfahren. Dann sind sie unauffindbar.«

Hawkins las laut: »›... wobei die erstgenannte Partei künftig als Mieter bezeichnet, *in nomine incognito* ...‹« Macs Blick wanderte nach unten. »Angesichts des Fehlens ... *communicatum directorum* zwischen der erstgenannten

Partei ... und der Partei ... Verdammt! Das klingt ja wie
ein Staatsvertrag.«

D'Artagnan lächelte. Sein gewachster Schnurrbart streckte sich dabei ein wenig. »Bitte, stellen Sie Ihre Fragen,
Monsieur.«

Und so fing es an.

Les Châteaux Suisse de Grands Siècles war alles andere
als nicht gründlich — in der Sprache eines Mietvertrags, der
von diesem Augenblick an niemals das Licht des Tages
sehen würde.

Zu allererst wurden die Identitäten der Vertragspartner
geheimgehalten und durften nie gegenüber irgendeinem
Individuum, einer Organisation, einem Gericht oder einer
Regierung offenbart werden. Kein Gesetz, sei es nun national oder international, hatte Vorrang vor dem Vertrag — er
war das einzige Gesetz. Zahlungen wurden an die Firma
entweder in bar oder in Form von Bankschecks geleistet, im
Falle der Shepherd Company von einem Depositär auf den
Cayman Islands.

Wann immer Erklärungen in bezug auf ›Herkunft‹ wünschenswert waren, würden diese geliefert werden, soweit
unumgänglich und der Geheimhaltung gegenüber Außenstehenden zweckdienlich erschien. Im Falle der Shepherd
Company würde in bezug auf ›Herkunft‹ die Erklärung
abgegeben werden, daß es sich um eine lose Vereinigung
internationaler Philanthropen handelte, die sich für das
Studium und die Vereinbarung historischer Religiosität
interessierten.

Alle Vorräte, Einrichtungen, Transportmittel und Dienste
würden unter Wahrung strikter Vertraulichkeit von Les
Châteaux Suisse des Grands Siècles beschafft und zu einem
Zweigbüro in Zermatt, Interlaken, Chamonix oder Grenoble transportiert werden. Jegliche Lieferung für Le Château Machenfeld würde zwischen Mitternacht und vier Uhr
morgens getätigt werden. Fahrer, Techniker und Arbeiter
würden, soweit möglich, aus den Reihen der Shepherd-Company-Brüderschaft stammen, und unmittelbar von Le

Machenfeld in die Zweigbüros geschickt werden. Andernfalls würden nur Angestellte von Les Châteaux Suisse mit wenigstens zehn Jahren Dienstzeit in der Firma für diese Lieferungen eingeteilt werden.

Sämtliche Zahlungen waren im voraus zu leisten. Sie würden auf Listenpreisen basieren, mit einem Zuschlag von vierzig Prozent für die vertraulichen Dienste von Les Châteaux Suisse.

»Das ist aber eine Menge Prozente«, meinte MacKenzie.

»Es ist auch eine sehr breite Straße«, erwiderte D'Artagnan. »Wir bieten unsere Dienste denen, die auf schmalen Straßen fahren, nicht an. Wir sind der Ansicht, daß unser Beratungshonorar dafür als Beweis ausreicht.«

Das stimmt, dachte der Hawk. Das ›Beratungshonorar‹ — zu verrechnen mit dem Mietzins, *falls* es zur Unterzeichnung eines Mietvertrags kam — betrug fünfhunderttausend Dollar.

»Sie leisten mächtig gute Arbeit, Mr. D'Artagnan«, sagte Hawkins und griff nach einem Füllhalter.

»Sie befinden sich in guten Händen. In wenigen Tagen werden Sie sozusagen vom Angesicht der Erde verschwinden.«

»Keine Sorge. Jeder, den ich kenne, wird äußerst dankbar sein, nie mehr von mir zu hören. Offenbar pflege ich Komplikationen zu verursachen.« Der Hawk lachte leise vor sich hin. Dann unterzeichnete er — mit dem Namen George Washington Rappaport.

D'Artagnan verließ das Hotel mit einem Bankscheck auf die Cayman Islands' Admiralty Bank in der Tasche. Es handelte sich um eine Million und vierhundertfünfundneunzigtausend Dollar.

Der Hawk nahm eine Handvoll Fotos und ging zum Sofa zurück. Als er sich setzte, wußte er, daß jetzt nicht die Zeit war, über die Majestät von Schloß Machenfeld nachzudenken. Es gab anderes zu bedenken. Machenfeld würde wertlos sein, wenn er nicht das Personal bereitstellte, das dort ausgebildet werden sollte. Aber Generalleutnant a. D.

MacKenzie Hawkins, zweimaliger Empfänger der Ehrenmedaille des Kongresses, wußte, wohin er wollte und wie er dorthin gelangen würde. Basis Zero lag einige Monate in der Zukunft. Aber die Reise hatte begonnen.

Er fragte sich, wie es Sam und Midgey wohl ergehen mochte. Verdammt, der Junge kam ganz schön in der Welt herum!

Der Helikopter setzte zur Landung an, sank senkrecht in die Tiefe und wirbelte riesige Sandmassen auf, die in wütenden Wolken vom Wüstenboden aufstiegen. Die Sandschwaden waren so dicht, daß Sam nur dem Ruck, der durch die Maschine ging, entnahm, daß sie gelandet waren.

Sie waren etwas länger in der Luft gewesen, als sie ursprünglich angenommen hatten. Es hatte ein kleines Navigationsproblem gegeben — der Pilot hatte sich verflogen. Es mußte die Schuld des Piloten sein, da es einfach undenkbar war, daß etwa das Adlerzelt von Azaz-Varak am falschen Ort stehen könnte. Aber dann sahen sie endlich den Segeltuchkomplex unter sich.

Der Sand senkte sich wieder, und Peter Lorre öffnete die Luke. Die Wüstensonne leuchtete grell und blendend. Sam hielt Madges Arm fest, als sie aus der Maschine stiegen. Der Sand schien zu kochen. »Wo zum Teufel sind wir?«

»*Aiyee! Aiyee! Aiyee! Aiyee!*«

Die Schreie waren überall, und ringsum war Bewegung. Beturbante Araber, deren Umhänge wie hundert weiße Segel im Wind flogen, kamen aus den verschiedenen Zelten auf sie zugerannt. Peter Lorre und Boris Karloff flankierten Sam und packten seine Arme, als würden sie einen Tierkadaver präsentieren. Madge stand vor ihm, als wäre sie im Begriff, einem Fleischer in einem Schlachthaus Anweisungen zu erteilen. Das rasende Bataillon aus Tüchern und Turbanen formierte sich zu zwei Reihen, die im Sand eine Art Spalier zu dem etwa fünfzig Meter entfernten größten Zelt bildeten.

Peter Lorres nasales Kreischen erfüllte die Luft. »*Aiyee!*

Das Auge des Falken! Der Schleuderer der Blitze! Der Gott aller Khans und der Scheich aller Scheichs!« Er wandte sich zu Sam und schrie noch lauter: »Knie nieder! *Unwürdige weiße Hyäne!*«

»Was?« Das war gar kein Ungehorsam. Devereaux hatte lediglich das Gefühl, daß ihm der Sand die Hosen zerschmelzen würde.

»Es ist besser, niederzuknien«, erklärte Boris Karloff mit seiner Grabesstimme, »als plötzlich auf Beinstummeln zu stehen.«

Der Sand war in der Tat unbequem. Und Sam fragte sich in einem Augenblick echten menschlichen Mitgefühls, was Madge wohl tun würde. Sie trug einen ganz kurzen Rock über ihren Wüstenstiefeln. Er kniff die Augen zusammen und sah zu ihr hinüber.

Er hätte sich die Besorgnis sparen können. Madge kniete keineswegs. Statt dessen war sie zur Seite getreten und stand jetzt aufrecht da. Ein spektakulärer Anblick.

»Miststück«, flüsterte er.

»Kopf behalten«, antwortete sie leise. »Ich meine das bildlich.«

»Aiyee! Seht den Fürsten von Donner und Blitz!« kreischte Peter Lorre.

An dem Zelt am Ende des Spaliers aus Tüchern und Turbanen entstand Bewegung. Zwei Lakaien fegten die Eingangsklappe zurück und warfen sich zu Boden, die Gesichter im Sand. Aus den Schatten trat ein Mann hervor, der ihn zutiefst enttäuschte, ein wandelnder Gegensatz zu den dramatischen Vorbereitungen für seinen Auftritt.

Der Fürst von Donner und Blitz war ein spindeldürrer, kleiner Araber. Unter seinem Turban blickte das häßlichste Gesicht hervor, das Devereaux je gesehen hatte. Unter der übergroßen, dünnen Hakennase waren Azaz-Varaks Lippen gekräuselt – wirklich *gekräuselt* – so daß sein dichter schwarzer Schnurrbart förmlich mit seiner Nase verwachsen schien. Seine fahlgelbe Haut – das bißchen, was davon zu sehen war – betonte die schwarzen Ringe um seine Augen.

Azaz-Varak kam näher, die Lippen zusammengepreßt, durch die Nase schnüffelnd und nickend. Er sah nur Madge an. Als er sprach, ging von seiner hohen Stimme eine gewisse Autorität aus.

»Die Weiber aus dem Lager des Löwen, der königliche Harem — niemand begreift die schreckliche Verantwortung, die auf meiner großzügigen Person lastet. Wünscht Ihr ein Kamel, Lady?«

Madge schüttelte den Kopf, ebenfalls mit einer gewissen Autorität. Azaz-Varak starrte sie immer noch an.

»Zwei Kamele? Das Flugzeug?«

»Ich bin in Trauer«, entgegnete Madge respektvoll, aber unnachgiebig. »Mein wohlhabender Scheich ist kurz nach dem letzten Halbmond verschieden. Du kennst die Regeln.«

Enttäuschung füllte die dunklen Augen Azaz-Varaks. Seine gekräuselten Lippen schmatzten zweimal, als er antwortete: »Ah, die furchtbare Last unseres Glaubens. Zwei Monde noch. Möge dein Scheich bei Allah Ruhe finden. Vielleicht besuchst du meine Paläste, wenn deine Zeit verstrichen ist.«

»Wir werden sehen. Im Augenblick ist mein Begleiter hungrig. Allah wünscht, daß er mich schützt — und das kann er nicht, wenn er in Ohnmacht fällt.«

Azaz-Varak sah Sam an, als studierte er den Kadaver vor der Schlachtung. »Dann hat er zwei Funktionen. Eine wertvoll, die andere verabscheuungswürdig. Komm, Hund! Zum Adlerzelt.«

»Dort gibt es was zu essen, wie?« Devereaux setzte sein freundlichstes Lächeln auf, als er sich hochrappelte.

»Du wirst von meinem Tisch essen, wenn unser Geschäft abgeschlossen ist. Bete zu Allah, daß es beendet ist, ehe der Schnee aus dem Norden hierher in die Wüste kommt. Hast du den unsagbaren Vertrag mitgebracht?«

Devereaux nickte. »Gibt es hier heißes Corned Beef?«

»*Schweigen!*« kreischte Peter Lorre.

»Lady«, sagte Azaz-Varak zu Madge gewandt, »meine Bediensteten werden dir jeden Wunsch erfüllen. Meine

Paläste sind von lieblichem Reiz, sie würden dir gefallen.«

»Das ist eine große Versuchung. Wir werden sehen, wo ich in einem Monat stehe.« Sie zwinkerte Azaz-Varak zu. Seine Lippen kräuselten sich noch mehr, ehe er mit den Fingern schnippte und ihnen dann zum Adlernest voranging.

Die Minuten dehnten sich zu Viertelstunden — und dann zu ganzen zwei Stunden. Devereaux glaubte unwiderruflich am Ende zu sein. Eine vielversprechende Juristenkarriere wurde hier zerstört, ausgehungert, inmitten eines gottverlassenen Wüstengebiets, siebzig Meilen südlich eines Ortes mit dem lächerlichen Namen Tizi Ouzou in Nordafrika.

Was das Ende so besonders lächerlich machte, war der Anblick Azaz-Varaks, der über jedem Satz in den Gesellschaftsverträgen der Shepherd Company brütete, wobei ihm acht bis zehn kreischende Araber über die Schultern sahen und heftig miteinander stritten. Jede Seite wurde behandelt, als wäre sie die einzige, jeder verschlungene — und unnötige — juristische Terminus auseinandergerissen, auf der Suche nach einer Bedeutung, die er gar nicht enthielt. Sam erkannte die schreckliche Ironie ganz deutlich — der esoterische legalistische Unsinn, der das Wesen des Lebensunterhalts eines jeden Rechtsanwalts bildete, hinderte ihn am eigenen Überleben.

Ein wahnsinniger Gedanke durchzuckte sein schmerzerfülltes Bewußtsein — wenn alle juristischen Dokumente so geschrieben wären, daß man sie zwischen den Mahlzeiten verstehen mußte — wenn man alle Mahlzeiten aufschob, bis sich besagtes Verständnis einstellte — würde der Zustand der Justiz und der Gerechtigkeit ein viel höheres Niveau einnehmen. Und die meisten Anwälte, die er kannte, würden arbeitslos sein.

Immer wieder ergriff einer von Azaz-Varaks Ministern ein Blatt und wies auf einen bestimmten Paragraphen und fragte ihn in ausgezeichnetem Englisch, was das bedeutete. Und jedesmal erklärte Devereaux, daß es sich um eine ganz übliche Klausel handelte — was auch jedesmal stimmte — und daß sie nicht wichtig wäre.

Aber wenn sie nicht wichtig war, weshalb war die Sprache dann so verwirrend? Nur wichtige Punkte sollten verwirrend formuliert werden — sonst bestand doch kein Bedarf nach Verwirrung.

Und dann — gute Dinge waren klar ausgedrückt, unwürdige Dinge oft verschleiert. War ›üblich‹ gleichbedeutend mit ›unwürdig‹?

Und so ging es weiter.

Bis Sam schließlich zu schreien begann.

Azaz-Varak und seine Ministerschar blickten zu ihm hinüber. Sie nickten, als wollten sie sagen: ›Das begreifen wir sehr gut.‹ Dann fuhren sie fort, einander anzuschreien.

Und in dem Augenblick, in dem die Dunkelheit anfing, seinen Verstand zu umnebeln, hörte Sam die Worte, die der Scheich der Scheichs im Falsett hervorstieß.

»Der Schnee des Nordens hat die Wüste erreicht, Unaussprechlicher. Diese widerwärtigen Papiere sind wie die Fußstapfen der Kamele im Sandsturm. Sie sind ohne Bedeutung. Ohne eine Bedeutung, die den Zorn Allahs oder den der internationalen Behörden über mich bringen könnte. Meine großmütige, allwissende Person hat sie unterzeichnet. Nicht daß ich den abscheulichen Andeutungen Glauben schenken würde, die man meinem Ohr gemacht hat, sondern lediglich, um mitzuhelfen, die Welt in Liebe zu einen, du verhaßter Hund.«

Azaz-Varak erhob sich von dem Berg aus Kissen und Polstern, der unter ihm aufgehäuft war. Er wurde von ein paar gebückten Ministern zu einem Teil des Zelts geführt, der durch Wandschirme abgetrennt war, und verschwand dahinter.

Peter Lorre kam mit dem Teilhabervertrag in der Hand auf Sam zu. Er gab ihn Devereaux und flüsterte: »Stecken Sie das in die Tasche! Es ist besser, wenn das Auge des Falken nicht mehr darauf fällt.«

»Kann man Falken essen?« fragte Sam.

Perplex starrte der kleine Araber ihn an. »Ihre Augen schwimmen in Ihren Höhlen, Abdul Deveroo. Glauben Sie dem Koran, Absatz eins, viertes Buch.«

»Was zum Teufel ist das?« Sam brachte kaum mehr ein Wort hervor.

»Die Mahlzeiten wurden den ungläubigen Heiden gebracht, und sie hörten auf, ungläubig zu sein.«

»Heißt das, daß wir jetzt was zu essen bekommen?«

»Das heißt es. Der Gott aller Khans hat sein Lieblingsgericht bestellt — gekochte Kamelhoden mit Wüstenrattenmagen geschmort.«

»*Aiyeeeee!*« Devereaux wurde bleich und sprang vom Boden des Adlerzeltes auf. Jetzt blieb ihm nichts mehr als die Selbstvernichtung.

Er würde schnell ein Ende finden. Sicher. Ohne zu denken, nur von blinder Wut erfüllt. Er rannte um die Kissen herum, über die Teppiche und hinaus in den Sand. Die Sonne ging unter. Sein Ende würde nahen, während die orangefarbene Sonne hinter dem Wüstenhorizont versank.

Gekochte Hoden! Rattenmagen!

»Madge! *Madge!*«

Wenn er sie nur erreichen könnte! Sie würde seiner Mutter und Aaron Pinkus die Nachricht von seinem Hinscheiden überbringen. Sie sollten wissen, daß er tapfer gestorben war.

»*Madge!* Wo bist du?«

Als die Worte an sein Ohr hallten, empfand er Verblüffung. Das paßte nicht zu den letzten Gedanken jener, die aus dem Leben schieden.

»Hallo, Süßer! Komm rüber. Schau was ich hier habe. Ich verstehe keinen Ton!«

Sam drehte sich um, die Knöchel tief im Sand, mit zitternden, ausgedörrten Lippen. Fünfzig Meter von ihm entfernt hatte sich eine Gruppe von Arabern um den Helikopter geschart, und alle spähten in die Pilotenkanzel.

Wie in Trance taumelte Devereaux auf das verblüffende Bild zu, das sich ihm bot. Die Araber quietschten und murrten, ließen ihn aber durch. Er hielt sich am Fenstersims fest und spähte hinein. Es war ganz einfach — die Maschine war bei der Landung in der Düne versunken.

Aber nicht seine Augen erlitten einen Schock. Nein — seine Ohren.

Ein betäubendes Knistern und Krachen von Störgeräuschen drang aus dem Armaturenbrett des Helikopters und füllte den engen Raum wie das Rattern von Preßlufthämmern in einem Tunnel. Madge saß auf dem Sessel des Copiloten, und ihre Bluse war um ein paar weitere Knöpfe geöffnet.

Dann hörte er die Worte, die das Störgeräusch übertönten, und erstarrte. Anstelle von Hunger und Erschöpfung trat einen Augenblick lang hypnotischer Schrecken.

»Midgey! Midgey! Mädchen! Bist du noch da?«

»Ja, Mac, ich bin noch da. Es ist nur Sam. Er ist jetzt fertig mit diesem Dingsbums.«

»*Verdammt!* Wie geht es ihm?«

»Hungrig ist er. Sehr hungrig«, sagte Madge und hantierte fachmännisch mit Schaltern und Knöpfen.

»Für die Verpflegung ist nachher noch genügend Zeit. Jede Armee marschiert mit dem Magen, aber zuerst muß die Feuerzone evakuiert werden! Ehe man ihr den Arsch abschießt! Hat er die Papiere?«

»Sie stecken in seiner Tasche...«

»Ein feiner junger Anwalt ist das, unser Junge! Der wird noch weit kommen. Und jetzt weg da, Midgey. Schaff ihn nach Dar Beida und auf die Maschine nach Zermatt. Bestätigen und Ende!«

»Bestätigt, Mac. Ende.« Madge drehte an ein paar Dutzend Schaltern, als wäre sie eine Computerprogrammiererin. Dann wandte sie ihr Gesicht Devereaux zu und strahlte. »Du wirst dich jetzt hübsch ausruhen, Sam. Mac hat gesagt, daß du dir wirklich einen Urlaub verdient hast.«

»Wer? Wo...?«

»In Zermatt, Süßer. Das ist in der Schweiz.«

TEIL III

Das reibungslose Funktionieren einer Firma hängt in hohem Maß von ihrem leitenden Personal ab, dessen Herkunft und Loyalität mit den Hauptzielen der Gesellschaft in Einklang stehen und dessen Identität im Erscheinungsbild der Firma aufgeht.

Shepherds Laws of Economics
Buch CXIV, Kapitel 92

17.

Als Kardinal Ignatio Quartze an das breite Fenster seines Büros im Vatikan eilte, verkündete jede Faser seines schmalen Aristokratengesichts den Zorn, der ihn erfüllte. Er hatte die Lippen zusammengepreßt, und seine nasale Stimme klang schrill wie das Pfeifen einer Gewehrkugel.

»Dieser Bombalini-Bauer geht zu weit! Ich sage Ihnen, er ist eine Schande für das Kolleg, das — möge Gott uns allen helfen — ihn auf den Heiligen Stuhl erhoben hat!«

Ein plumper, knabenhaft aussehender Priester hörte sich diesen Ausbruch an. Er saß, so gelassen das sein Habitus erlaubte, in einem purpurfarbenen Samtsessel in der Mitte des Raums. Seine rosafarbenen Wangen und die leicht geschürzten, dicken Lippen verrieten vielleicht eine etwas weniger aristokratische Herkunft, als sein Vorgesetzter sie vorweisen konnte, aber die gleiche Liebe zum Luxus. Und seine Stimme klang gerade wie das Schnurren einer Katze.

»Er war und bleibt nur eine Kompromißlösung, Kardinal. Man hat Ihnen versichert, daß sein Gesundheitszustand ihm keine lange Regierungszeit ermöglichen würde.«

»Jeder Tag ist zu lang. Unerträglich ist das!«

»Er hat eine gewisse — Demut an sich, die uns nützlich ist. Er hat die feindliche Presse beruhigt. Die Leute lieben ihn. Unsere Spendeneingänge aus der ganzen Welt sind fast so hoch wie unter Roncalli.«

»Bitte! Nicht diesen Namen! Was nützt ein päpstlicher Schatz, der sich ausdehnt und wieder zusammenzieht wie eine Ziehharmonika, weil der Heilige Stuhl alles unterstützt, was er in seine fetten Bauernhände bekommt? Und wir brauchen keine freundliche Presse. Wenn man uns angreift, dann ist das viel besser, weil es unsere Einigkeit stärkt! Niemand begreift das.«

»Oh, ich schon, Kardinal, wirklich . . .«

»Haben Sie ihn heute gesehen?« fuhr Quartze fort, als hätte der Priester nichts gesagt. »Er hat mich in aller Öffentlichkeit gedemütigt! Bei der Audienz! Er hat meine afrikanischen Zuweisungen in Frage gestellt.«

»Ein ganz offensichtliches Manöver, um diesen schrecklichen Neger bei Stimmung zu halten. Er beklagt sich andauernd.«

»Und nachher erzählt er der Vatikanwache Witze — *Witze*, stellen Sie sich das vor! Und mischt sich unter die Leute im Museum und ißt ein Eis — ein *Eis ißt* er, stellen Sie sich das vor — ein Eis, das ihm irgendeine fette Sizilianerin angeboten hat! Als nächstes wird er in der Herrentoilette eine Lira fallen lassen, und dann werden sämtliche Toilettensitze gestohlen! Unwürdig ist das! Was dieser Mann den Gebeinen des Heiligen Petrus antut! Die werden zu Staub zerfallen!«

»Es kann nicht mehr lange dauern, mein lieber Kardinal.«

»Lang genug! Er wird die Schatzkammer des Vatikans leeren und die Kurie mit Radikalen füllen!«

»Sie sind der nächste Papst. Die negativen Reaktionen der breiten mittleren Hierarchie unterstützen Sie. Es ist eine stumme Unterstützung, aber man kann eine tiefe Abneigung gegen den derzeitigen Heiligen Vater erkennen.«

Der Kardinal blieb stumm. Er zog die Mundwinkel etwas nach unten, als er auf den Platz hinausblickte, und schob das Kinn unter den dunklen Höhlen seiner tiefliegenden Augen vor. »Ich glaube, wir haben die Delegierten für uns gewonnen. Ronaldo, holen Sie mir die Pläne für meine Villa in San Vincente. Es beruhigt meine Nerven, wenn ich sie mir ansehen kann.«

»Natürlich«, sagte der Priester und erhob sich aus dem purpurfarbenen Sessel. »Sie müssen ruhig bleiben. Und wenn der Sommer kommt, sind Sie den Bombalini-Bauern los. Er wird wenigstens sechs Wochen in Castel Gandolfo bleiben.«

»Die *Pläne*, Ronaldo! Ich bin sehr erregt. Und doch bleibe ich mitten im Chaos der Mann im Vatikan, der sich am besten in der Hand hat — die Pläne, Sie Transvestit!« schrie der Kardinal.

Kaum hatte der päpstliche Adjutant mit seinem allgegenwärtigen Notizblock das Zimmer verlassen, als Papst Franziskus I. sich aus dem erhöhten weißen Samtsessel mit seiner hohen Rückenlehne erhob (einem Sitzmöbel, das dem Heiligen Sebastian Angst gemacht hätte) und neben der Dame von *Viva Gourmet* auf der Couch Platz nahm. Die Schönheit ihrer Stimme hatte ihn sofort beeindruckt. Sie klang warm und sehr melodisch, und sie paßte zu einer Frau, die so gesund aussah.

Der Adjutant hatte vorgeschlagen, das Interview auf zwanzig Minuten zu beschränken. Der Papst hatte vorgeschlagen, daß es dann enden sollte, wenn es abgeschlossen wäre. Das Gesicht der Journalistin hatte sich dabei vor Verlegenheit etwas gerötet, und so beruhigte Giovanni sie, indem er ins Englische überwechselte und sie fragte, ob es ihrer Ansicht nach wohl einen Markt für Notizblockhalter gab, auf deren Unterseite ein Kruzifix aufgemalt war. Sie hatte gelacht, während der Adjutant, der gar kein Englisch verstand, an der Tür stand und den Notizblock gleich wie eine Reliquie aus Plastik fest an seine Brust drückte.

Er würde den Adjutanten auswechseln müssen, dachte der Papst. Wieder einer dieser jungen Prälaten, den der Ehrgeiz von Ignatio Quartze verführt hatte. Der Kardinal handelte zu auffällig. Er manövrierte seine Günstlinge bereits in die päpstlichen Gemächer, ehe das päpstliche Begräbnis arrangiert war. Aber Franziskus' Entschluß stand fest. Die Kirche würde nicht in die päpstlichen Hände eines Ignatio Quartze fallen. In Hände übrigens, die den Kelch bei der Messe hielten, als wollten sie einem Huhn den Hals umdrehen.

Das Interview mit Lillian von Schnabe von *Viva Gourmet* war produktiv und angenehm. Giovanni verbreitete sich über zwei von seinen Lieblingsthemen — daß gutes, gesundes Essen aus billigen Zutaten hergestellt und mit einfachen, würzigen Saucen abgeschmeckt werden sollte und daß es in diesen Tagen hoher Preise ein Zeichen der Vornehmheit war

— ganz zu schweigen von christlicher Brüderschaft — wenn man seinen Tisch mit seinem Nächsten teilte.

Mrs. von Schnabe erkannte sofort, was er ihr klarmachen wollte. »Ist dies eine Abwandlung von ›Brot und Fisch‹, Eure Heiligkeit?«

»Wir wollen sagen, daß Er nicht in den wohlhabenderen Vierteln von Nazareth gepredigt hat. Eine Anzahl Seiner Wunder basierte auf ganz gesunden psychologischen Prinzipien, meine Liebe. Ich öffne meinen Korb mit Früchten, du öffnest deinen Korb mit Pasta — dann haben wir Obst *und* Pasta. Allein schon die einfache Addition liefert Vielfalt. Eine Vielfalt, die wir zu Recht mit mehr und nicht mit weniger gleichsetzen.«

»Und eine verbesserte Diät«, pflichtete Lillian ihm bei und nickte.

»*Perfetto*. Sehen Sie? Zwei *principios* — es verringert die Kosten und teilt das Angebot.«

»Das klingt beinahe sozialistisch, nicht wahr?«

»Wenn der Magen leer ist und die Preise hoch sind, wäre es dumm, an Etiketten zu denken. In der *Borsa Valori* — Sie nennen das die Aktienbörse — hält man nichts von offenen Körben — man verkauft sie. So gehört es sich auch, wenn man die Art ihrer Mühen bedenkt. Aber an solche Leute wende ich mich nicht. Sie essen im Grand Hotel auf Spesen. Ich glaube, das ist auch eine Ableitung von dem Prinzip, das sich ›Brot und Fisch‹ nennt.«

Sie diskutierten zahlreiche Rezepte, die auf Gerichten aus der bäuerlichen Vergangenheit des Papstes beruhten. Giovanni konnte erkennen, daß die nette Dame mit der hübschen Stimme beeindruckt war. Er hatte seine Hausarbeiten gemacht — in seinen Rezepten gab es Kohlehydrate, Proteine, Stärke, Kalorien, Eisen und alle möglichen Vitamine.

Lillian füllte einen halben Block und schrieb so schnell, wie der Papst sprach, unterbrach ihn gelegentlich, um ein Wort oder einen Satz zu klären. Nachdem beinahe eine Stunde verstrichen war, hielt sie inne und stellte eine Frage, die Giovanni nicht begriff.

»Wie steht es mit Ihren persönlichen Bedürfnissen, Eure Heiligkeit? Gibt es Einschränkungen oder besondere Notwendigkeiten für die Mahlzeiten, die man Ihnen bringt?«
»Che cosa? Was meinen Sie?«
»Wir sind das, was wir essen, wissen Sie?«
»Ich hoffe aufrichtig, daß ich das nicht bin. Ich stehe im siebten Lebensjahrzehnt, meine Liebe. Ein Übermaß von Zwiebeln oder Oliven oder Piment ... Aber das brauchen Sie nicht für Ihren Artikel. Leute meines Alters entdecken und regulieren Ihre persönlichen Bedürfnisse in diesem Bereich auf ganz natürlichem Weg.«
Lillian legte den Bleistift beiseite. »Ich wollte nicht neugierig sein, aber Sie sind ein so faszinierender Mann — und ich gelte als eine der besten Ernährungsexpertinnen in Amerika. Ich nehme an, ich wollte nur Ihrer Küche meine Hochachtung aussprechen.«
Ah, dachte Giovanni Bombalini, wie viele Jahre ist es doch her, daß eine so reizende Person des anderen Geschlechts um mich besorgt war! Er konnte sich nicht mehr erinnern, so lange lag es zurück! Nonnen mit verkniffenen Gesichtern oder diensteifrige Pflegeschwestern, ja. Aber eine so attraktive Dame mit einer so reizenden Stimme ...
»Nun, meine Liebe, diese schrecklichen Ärzte bestehen auf bestimmten Lebensmitteln ...«
Lillian griff wieder nach ihrem Bleistift.
Und sie unterhielten sich noch einmal eine Viertelstunde.
Schließlich klopfte es an der Tür der päpstlichen Gemächer. Franziskus erhob sich von der Couch und kehrte zu dem erhöhten weißen Samtsessel mit der hohen Rückenlehne zurück, der besser in ein biblisches Spektakel der Cinecitta gepaßt hätte.
Ein erregter Kardinal Ignatio Quartze stand in der Tür und betupfte sich die Adlernase mit einem Taschentuch, wobei sich seiner Kehle seltsame Geräusche entrangen. »Ich bedaure sehr, stören zu müssen, Heiliger Vater«, sagte er in italienischer Sprache und mit seiner hohen Falsettstimme, »aber man hat mich gerade informiert, daß Eure Heiligkeit

es für richtig befunden haben, meine Instruktionen bezüglich der Zusammenkunft der Bankiers für Christus zu mißbilligen.«

»›Mißbilligen‹ ist zu kräftig formuliert. Ich habe lediglich vorgeschlagen, daß der Ausschuß die Sache noch einmal beraten soll. Es erscheint mir unangemessen, die Sixtinische Kapelle inmitten der Frühjahrssaison zwei Tage für das Publikum zu schließen.«

»Wenn Sie mir verzeihen, wenn ich Gegenteiliges bemerke — die Sixtinische Kapelle ist der am höchsten geschätzte und am meisten besuchte Ort, den wir besitzen. Alle Versammlungen von Bedeutung werden dort abgehalten.«

»Und berauben dadurch jedes Jahr Tausende ihrer Schönheit. Ich bin nicht sicher, daß das wohlgetan ist.«

»Wir sind kein Vergnügungspark, Papst Franziskus.« Aus der Kehle des Kardinals kamen immer noch seltsame Geräusche. Jetzt schneuzte er sich mit aristokratischer Heftigkeit.

»Das frage ich mich manchmal«, erwiderte Giovanni. »Wir verkaufen so vielerlei Tand. Wußten Sie, daß es einen Verkaufsstand mit Rosenkranzkugeln aus gefärbtem Glas gibt?«

»*Bitte*, Eure Heiligkeit! Die Bankiers für Christus! Sie rechnen mit der Sixtinischen Kapelle. Wir wollen Angelegenheiten von äußerster Wichtigkeit besprechen und zum Abschluß bringen.«

»Ja, mein lieber Kardinal. Ich habe den Aktenvermerk erhalten. ›Wachstum für Jesus‹ — das klingt ein wenig gequält denke ich, aber wahrscheinlich hat es steuerliche Vorteile.« Giovannis Aufmerksamkeit wandte sich plötzlich wieder Lillian zu. Sie hatte ihren Notizblock höflich, aber entschieden zugeklappt und wollte offensichtlich gehen. Ah, was für ein angenehmes Zwischenspiel das gewesen war! Und Quartze würde das nicht zerstören. Er konnte warten. Franziskus wandte sich an die attraktive Dame mit der lieblichen Stimme. In Englisch natürlich, einer Sprache, die

Quartze nur lückenhaft verstand. »Wie unhöflich wir sind! Verzeihen Sie uns. Der erregte Kardinal mit den Propellern in den Nasenhöhlen hat wieder einmal festgestellt, daß mein Urteilsvermögen zu wünschen übrigläßt.«

»Dann würde ich sagen müssen, daß *sein* Urteilsvermögen viel zu wünschen übrigläßt«, entgegnete Lillian, erhob sich von der Couch und steckte ihren Block in die Handtasche. Sie sah in Giovannis Augen und fügte mit weicher, gefühlvoller Stimme hinzu: »Wahrscheinlich gehört es sich nicht, das zu sagen, aber da ich keine Katholikin bin, werde ich es dennoch aussprechen. Sie sind einer der attraktivsten Männer, die mir je begegnet sind. Hoffentlich beleidige ich Sie damit nicht.«

Giovanni Bombalini, Papst Franziskus, Statthalter Christi, spürte, wie sich fünfzig Jahre alte Erinnerungen in ihm regten. Und es waren gute Erinnerungen. In einem zutiefst heiligen Sinn — wofür er dankbar war. »Und Sie, meine Liebe, besitzen eine Ehrlichkeit, so irrig auch Ihre augenblickliche Meinung ist, die im warmen Licht Gottes einhergeht.«

»Wenn das so ist, dann nur, weil mir jemand Unterricht erteilt hat, der Ihnen sehr ähnlich ist. Obgleich nur wenige die Ähnlichkeit erkennen würden.«

»Ich bin geschmeichelt. Dieser — Jemand ... Überbringen Sie ihm den Segen eines Bauernpriesters.«

Lillian lächelte. Sie ging auf die Tür zu, wo Quartzes Taschentuch vor seinem erregten Gesicht flatterte und man immer noch ein Räuspern hinter seiner Adlernase und den schmalen Lippen hören konnte. Der Prälat trat zur Seite, um sie hinauszulassen, und gab sich große Mühe, sie zu ignorieren. So blieb Lillian kurz stehen und zwang ihn, sie anzusehen. Und als er das tat, zwinkerte sie ihm zu.

Als sie die Tür schloß, waren die Worte von Papst Franziskus klar und kräftig. In seinem Zorn hob der Papst seine Stimme und sprach englisch.

»Sprechen Sie mir nicht von der Sixtinischen Kapelle, Ingatio! Wir wollen lieber über diese Pläne sprechen, die ich angefordert habe — jene Pläne über Ihr Haus am Wasser in San Vincente. Was sind das für ›Sicherheitseinrichtungen‹? Eine Sauna?«

Hawkins hatte zwei Sitze in der Ersten Klasse der Swissair 747 reserviert. Da er viel Ellbogenfreiheit brauchte, wollte er keinen Sitznachbarn belästigen. Auf diese Weise konnte er die Aktendeckel neben sich verstauen und jederzeit danach greifen. Er hatte bewußt die Nachtmaschine nach Zürich gewählt. Die Reisenden würden vorwiegend Diplomaten, Banker und leitende Angestellte großer Firmen sein, die transatlantische Flüge gewöhnt waren. Sie würden die Nacht zum Schlafen benutzen und nicht dazu, neue Bekanntschaften zu schließen. Also würde ihn kaum jemand stören.

Denn er würde seine Wahl treffen, von Zürich aus Angebote hinausschicken müssen.

MacKenzies Koffer enthielt ein Sortiment von Personalakten, aus denen er seine Truppen auswählen würde. Das waren die letzten Akten, die er in den G-2-Archiven kopiert hatte. Die Glücklichen, die er ausgewählt hatte, würden seine Brigade sein — seine persönliche Armee, mit dem Privileg, an dem ungewöhnlichsten Manöver in der modernen Militärgeschichte teilnehmen zu dürfen. Und jeder Soldat würde aus diesem Einsatz als einer der reichsten Männer in seinem Teil der Welt heimkehren. Denn sie würden aus möglichst unterschiedlichen Teilen der Welt stammen. Eine der wesentlichsten Bedingungen für ihre Rekrutierung bestand nämlich darin, daß keiner je die Existenz der anderen bestätigen würde, sobald der Einsatz abgeschlossen war. Es würde besser sein, wenn sie von verschiedenen Orten kamen.

Die Dossiers im Aktenkoffer des Hawks befaßten sich mit den fähigsten Doppel- und Dreifachagenten in den Datenbänken der US-Army. Und es gab einen gemeinsamen Nenner für alle Akten — sämtliche Agenten waren zwangsweise pensioniert worden.

Die Konjunktur für Doppel- und Dreifachagenten war im Augenblick recht schwach. Die in den Dossiers geschilderten Experten waren schon geraume Zeit nicht mehr in bezahltem Einsatz gewesen, und für solche Männer war Untätigkeit ein Fluch. Sie bedeutete nicht nur Prestigeverlust in der internationalen Verbrecherwelt, sondern auch eine Verringerung im Lebensstandard.

Sie würden die Aussicht auf fünfhunderttausend Dollar pro Mann nicht einfach in den Wind schlagen. Und jeder potentielle Rekrut war das Geld wert. Jeder war der Beste in seinem Fach.

Das Ganze war eine Frage der Logistik. Es galt zu denken — und dann den anderen beim Denken zuvorzukommen. Jede Funktion mußte von einem Experten ausgeübt werden und jede Bewegung auf den Bruchteil einer Sekunde genau erfolgen.

Und das erforderte einen Befehlshaber, der von seinen Truppen fehlerlose Präzision forderte. Der sie so ausbildete, daß sie Höchstleistungen brachten. Der nicht geizte, wenn es auf Geräte oder die Simulation des Einsatzortes ankam. Der, soweit das technisch möglich war, die *exakten Umstände* duplizierte, die für den Angriff vorgesehen waren. Im wesentlichen also ein erstklassiger General. Er selbst, *verdammt!*

Sobald die Brigade ausgewählt und versammelt war, würde Mac die Basisstrategie vortragen. Dann würde er seinen Offizieren Gelegenheit geben, Verbesserungsvorschläge vorzubringen. Ein guter Kommandant hört sich seine untergeordneten Offiziere immer an, aber die letzte Entscheidung behielt er sich natürlich selbst vor.

Die Wochen der Ausbildung würden ihm zeigen, wo die Stärken und wo die Schwächen lagen. Sein Ziel bestand einzig und allein darin, jegliche Schwäche zu eliminieren.

Je weniger Truppen, desto besser, aber nicht gleich so wenige, daß sie die Effizienz der Mission beeinträchtigten ... Aus diesem Grunde gab es für jeden Soldaten nur eine Zahlung — fünfhunderttausend Dollar. Wenn sie sich schnappen ließen, würde es keine Belohnung geben, zumindest nicht die Art der Belohnung, hinter der sie her waren. Nur gewisse Zuweisungen für die Familie im Falle einer Gefangennahme. Das war etwas, was alle Armeen inzwischen für selbstverständlich hielten. Männer erbrachten bessere Leistungen unter Kampfbedingungen, wenn sie sich nicht um ihre Familien zu sorgen brauchten. Das war auch gut so. Ein weiterer Beweis für die Trennung zwischen den Spezies.

Die Shepherd Company würde bereits vor Basis Zero Mittel für die Angehörigen zur Bank bringen — Mittel, die natürlich nach erfolgreicher Vollendung der Operation von der Schlußzahlung abgezogen werden würden.

Verdammt! Er war nicht nur ein Profi, er war noch dazu ein verdammt gründlicher Profi. Wenn diese Idioten im Pentagon ihm die ganze US-Army übergeben hätten, dann hätten sie jetzt nicht all den Ärger mit den Freiwilligen. Diese Scheißer im Pentagon verstanden das nicht, was die Army als ›das Buch‹ kannte. Wenn ein Soldat das Buch als das nahm, was es war, und nicht versuchte, es politisch irgendwie zu verbiegen oder Zweideutigkeiten zu finden, hinter denen er sich verstecken konnte — nun, dann war es ein verdammt gutes Buch. Fehlerhaft, aber es funktionierte.

Doch er hatte keine Zeit, jetzt über diese Scheißer nachzudenken. Für ihn stand seine Brigade so ziemlich fest. Er benötigte sieben Spezialitäten — Tarnung, Sprengung, Sedativmedizin, Orientierung, Flugzeugtechnik, Fluchtkartographie und Elektronik.

Sieben Experten. Die Dossiers hatte er inzwischen auf zwölf zusammengestrichen. Ehe er Zürich erreichte, das wußte er, würde er die sieben haben. Es galt nur, die Akten immer wieder zu lesen. Er würde seine Angebote von Zürich aus abschicken, nicht vom Château Machenfeld. Nichts durfte irgendeinen Hinweis auf Machenfeld enthalten.

Sogar in Zürich würde er vorsichtig sein müssen. Nicht in bezug auf Spuren, mit diesem Problem würde er fertig werden. Aber er würde aufpassen müssen, um nicht auf

Sam Devereaux zu stoßen. Sam würde wenige Stunden nach seiner eigenen Ankunft in Zürich landen. Mac war auf Sams besondere Art, in Panik zu geraten, nicht vorbereitet. In Machenfeld würde er mit *diesem* Problem besser zurechtkommen.

Aber dann, dachte der Hawk, würde er sich darüber nicht mehr den Kopf zerbrechen müssen. Devereaux war das Problem der Mädchen, und die hatten ihre Aufträge überaus geschickt erledigt.

Verdammt! Großartig waren die! Ein Mann durfte sich glücklich preisen, wenn er ein solches Quartett von Frauen hinter sich hatte. ›Hinter jedem großen Mann ...‹, hieß es doch. Hinter *ihm* stand aber nicht *eine* Frau, sondern es waren *vier*.

Vier Frauen ohnegleichen! Sam konnte wirklich von Glück reden, und dabei wußte er es nicht einmal. Hawkins nahm sich vor, es Sam zu sagen, wenn er ihn in Machenfeld sah.

Morgen, wenn alles planmäßig lief.

Devereaux ging den Bahnsteig hinunter und suchte den Waggon mit der richtigen Nummer. Es war nicht leicht, weil er die ganze Zeit aufstoßen mußte. Er hatte während der ganzen Reise gegessen, von Tizi-wie-auch-immer-es-hieß über Algier und Rom bis Zürich. Madge hatte ihn zum Dar-el-Beida-Flughafen begleitet, aber während ihres Abschieds nicht mehr zugegeben, als sie schon bei der Begrüßung im Aletti-Hotel gesagt hatte.

Aber Sam hatte sich ohnehin dazu entschlossen, keine weiteren Spekulationen über die Mädchen anzustellen. Was auch immer sie dazu trieb, für den Hawk zu tun, was sie taten, konnte man getrost Krafft-Ebing überlassen. Er mußte sich auf andere Dinge konzentrieren.

Das Kapital von vierzig Millionen Dollar war eingezahlt. Hawkins hatte jetzt seine Murmeln (nein, seine Murmeln hatte er nicht, aber das war eine andere Frage) und würde jetzt anfangen, sein Spiel zu spielen. Der Hawk würde seine letzten Vorkehrungen treffen, seine Käufe tätigen, sein — wie nannte er das? — ›Versorgungspersonal‹ rekrutieren.

Jesus! Versorgungspersonal!

Um den Papst entführen zu können . . .

O Gott! Die ganze Welt war ein einziges riesiges Irrenhaus!

Für Sam gab es jetzt nur ein Thema, das ihn zu beschäftigen hatte, ein Ziel, von dem er sich nicht abbringen lassen durfte — wie konnte man MacKenzie Hawkins daran hindern?

Es waren sogar zwei Ziele — er selbst mußte dafür sorgen, daß er sich vor einer Gefängnisstrafe rettete und aus den mörderischen Krallen der Mafia, des englischen Hochadels, der Nazis und insbesondere dieser Araber, die seine Unaussprechlichen in etwas Unsagbares stopfen wollten.

Er fand sein Abteil, ein Abteil von der Art, die ihren Ruhm Rex Harrison und Margaret Lockwood zu verdanken hatten. Schatten und schwarze Samtvorhänge und das unablässige Poltern der stählernen Räder über die stählernen Schienen darunter, wie ein Symbol des unvermeidbaren Herannahens des Schrecklichen. Und große Fenster in den Schiebetüren, mit Vorhängen, die, wenn man sie plötzlich zurückzog, die Gesichter des Bösen enthüllten.

Nachtzug, Orientexpreß — und das Bild von Händen, die in die Falten dunkler Mäntel griffen und ganz langsam den schwarzen Stahl zahlreicher Pistolen herauszogen. Der Zug setzte sich in Bewegung.

»Also, ich *glaube* das einfach nicht. Der Meedscher! Ausgerechnet hier im alten Zürich!«

Es gab überhaupt keinen Anlaß, auch nur im geringsten verblüfft zu sein. Schließlich legte auch die Titanic pünktlich ab.

Regina Sommerville Hawkins Clark Madison Greenberg stand im Korridor vor dem Eisenbahnabteil und sprach ihn durch das holzgerahmte Fenster an. Sie schob die Tür auf und füllte die schmale Türöffnung mit Erinnerungen an Magnolienblüten. Sam setzte sich ruhig ans Fenster und staunte über seine eigene Gelassenheit. »Sie haben sich den Zeitpunkt ja geradezu brillant ausgesucht. Der Zug rollt bereits. Wenn ich versuchte, in Luzern auszusteigen, würden Sie vermutlich behaupten, ich hätte Sie belästigt.«

»Oh, wie kann man etwas so Komisches sagen! Ich hoffe doch, Sie haben unsere Zeit im Beverly Hills Hotel nicht vergessen. Ich werde das nie vergessen.«

»Meine Erinnerung hat keinen Anfang, keine Mitte und kein Ende. Die Welt treibt in tausend zerbrochenen Spiegeln Unzucht, und wir beflecken uns im Widerschein von Sodom und Gomorrha ... Jetzt sag schon endlich, wie es kommt, daß du *zufällig* gerade in Zürich bist, im Hauptbahnhof, ausgerechnet in diesem Zug und in diesem Abteil.«

»Oh, das ist doch ganz einfach. Manny dreht in Genf einen Film. Für die United Artists. Ich glaube, der ist so pornografisch, daß er außerhalb der Staaten gedreht werden muß.«

»Das wäre Genf, und das hier ist Zürich. Du kannst es besser. Soviel darf ich doch von Hawkins' Harem verlangen. Ein bißchen mehr Fantasie, bitte!«

»Ehrlich, jetzt wirst du richtig beleidigend!« Regina schwang ihren Vicunamantel zurück und stemmte die Hände selbstbewußt in die Hüften. Zwei Kanonen waren auf Devereaux gerichtet. »Ich glaube nicht, daß du dich über irgend etwas beklagen kannst. Da reißen wir uns aus einer sehr bequemen Umgebung heraus, kutschieren durch die ganze Welt, unterziehen uns allen möglichen Unbequemlichkeiten — *schnell, schnell, schnell* — überprüfen alles — kümmern uns um dich, um Leib und Seele — sorgen dafür, daß dir niemand etwas zuleide tut — sorgen uns um deinen Komfort — du lieber Gott, was könnten wir sonst noch tun? Und was ist der Lohn? *Man beleidigt uns!*«

Regina gab die empörte Pose auf und fing zu weinen an. Sie klappte ihre Handtasche auf, zog ein Kleenextuch heraus, setzte sich Sam gegenüber und begann sich die Augen zu betupfen.

Ein kleines, verlorenes, bedauernswertes Mädchen.

»He, komm schon! Das ist nicht fair.« Wie die meisten Männer war auch Sam gegenüber einer weinenden Frau völlig hilflos.

Regina schluchzte, ihr Busen wogte. Devereaux stand auf und kniete vor ihr nieder. »Schon gut. Es ist doch in Ordnung. Bitte, nicht weinen!«

Unter Tränen warf sie ihm einen dankbaren Blick zu. »Dann haßt du mich also nicht? Sag, daß du mich nicht haßt!«

»Wie könnte ich dich hasssen? Du bist doch so reizend — und so süß — um Himmels willen, hör zu weinen auf!«

Sie legte ihr Gesicht an das seine, ihre Lippen an sein Ohr. »Tut mir leid. Ich bin einfach erschöpft. Der Druck, unter dem ich die ganze Zeit stand, war einfach schrecklich. Ich habe Tag und Nacht am Telefon gewartet und mir immer Sorgen gemacht — und mir natürlich den Kopf zerbrochen. Du hast mir wirklich gefehlt.«

Ginnys Mantel war wie eine warme, angenehme Decke zwischen ihnen. Die breiten Revers hüllten Devereaux' Arme ein. Sie nahm seine beiden Hände und führte sie unter das dicke Tuch zu den weichen, warmen Hügeln der Schönheit, die sich unter dem Seidenstoff ihrer Bluse verbargen.

»So ist's besser. Hör jetzt auf zu weinen.« Sonst fiel ihm nichts ein, und deshalb sagte er es ganz leise.

Sie flüsterte in sein Ohr und löste damit alles mögliche in seinem Kreislauf aus. »Erinnerst du dich an diese herrlichen alten englischen Filme, die in solchen Zügen spielten?«

»Sicher. Rex Harrison, wie er Margaret Lockwood vor dem bösen Conrad Veit rettet ...«

»Ich glaube, man kann die Tür zuschieben und absperren. Und da sind Vorhänge ...«

Devereaux stand auf. Er sperrte die Tür ab, zog die Vorhänge zu und drehte sich wieder zu Regina um. Sie hatte inzwischen ihren Vicunamantel abgenommen und ihn einladend über das weiche Sitzpolster des Eisenbahnabteils gebreitet.

Unter ihnen verkörperte das Poltern von Metall auf

Metall die endlose Reise, ein irgendwie sinnlicher Rhythmus. Draußen huschte die schöne Landschaft der Schweiz vorbei, gebadet in der Schweizer Dämmerung.

»Wieviel Zeit haben wir bis Zermatt?« fragte er.

»Genug«, erwiderte sie und begann lächelnd ihre Bluse aufzuknöpfen. »Und wir werden es auch bemerken. Es ist die letzte Station.«

18.

Hawkins hatte sich im Hotel D'Accord in Zürich mit einem gefälschten Paß eingetragen. Er hatte ihn in Washington von einem CIA-Agenten gekauft, der begriffen hatte, daß die Gerichte ihn daran hindern würden, ein Buch zu schreiben, nachdem er in den Ruhestand getreten war. Der Mann hatte ihm eine Auswahl an Perücken und Geheimkameras angeboten, aber MacKenzie hatte darauf verzichtet. Als er sich in seinem Hotelzimmer häuslich eingerichtet hatte, führte ihn sein erster Weg wieder in die Halle hinunter, wo er mit einer der Telefonistinnen verhandelte — Bargeld gegen Kooperation. Da das Bargeld hundert Dollar betrug, kam man schnell überein, daß seine sämtlichen Gespräche und Telegramme über ihre Anlage laufen würden.

Der Hawk kehrte in sein Zimmer zurück und breitete die sieben Dossiers (seine Endauswahl) auf dem Couchtisch aus. Er war äußerst zufrieden. Diese Männer waren die geschicktesten, erfahrensten *Provocateurs* in ihren jeweiligen Bereichen. Jetzt kam es nur noch darauf an, sie in seinen Dienst zu stellen. Und MacKenzie wußte, daß er in diesem Punkt besonders qualifiziert war.

Er wußte, daß er vier telefonisch würde erreichen können. Drei telegrafisch. Zugegebenermaßen würde die telefonische Kontaktaufnahme nicht leicht sein, denn der betreffende Experte würde in keinem Fall anwesend sein. Aber er würde sie erreichen, indem er verschiedene Codes aus der Vergangenheit einsetzte. Ein Anruf würde in ein baskisches Fischerdorf in der Bucht von Biskaya führen, ein weiterer in eine ähnliche Küstenstadt auf Kreta. Ein dritter Anruf würde nach Stockholm gehen, zur Schwester des Spionageexperten, der im Augenblick als Priester der skandinavischen Baptistenkirche tätig war. Der Zielort des vierten Anrufs schließlich war Marseille, wo der Mann, den er suchte, als Pilot eines Hafenschleppers arbeitete.

Welch geographische Vielfalt! Außer den Leuten, die er telefonisch erreichen konnte (Biskaya, Kreta, Stockholm und Marseille), waren da noch die Telegramme — nach Athen, Rom, Beirut. Was für eine Ausweitung! Der Traum eines Abwehrchefs!

MacKenzie zog sein Jackett aus, warf es aufs Bett und holte sich eine frische Zigarre aus der Hemdtasche. Er zerkaute das eine Ende, bis es die richtige Konsistenz aufwies, und zündete sie dann an. Es war gerade neun Uhr fünfzehn. Der Nachmittagszug nach Zermatt ging um vier Uhr fünfzehn.

Sieben Stunden. Wenn das kein Omen war! Sieben Stunden und sieben Offiziere, die es zu rekrutieren galt ...

Er trug die drei Dossiers zum Schreibtisch und legte sie vor das Telefon. Die Telegramme hatten Vorrang.

Um genau zweiundzwanzig Minuten vor vier legte der Hawk den Hörer auf die Gabel und machte auf den Aktendeckel mit der Aufschrift *Marseille* einen roten Haken. Das war der letzte telefonische Kontakt. Er brauchte jetzt nur noch zwei Antworten — auf die Telegramme nach Athen und Beirut. Rom hatte vor zwei Stunden geantwortet. Rom war länger als die anderen arbeitslos gewesen.

Die Telefongespräche waren glatt verlaufen. In jedem einzelnen Fall waren die ursprünglichen Gespräche mit den Mittelsmännern — und Frauen — reserviert, höflich, allgemein, fast abstrakt gewesen. Und in jedem einzelnen Fall hatte MacKenzie genau die richtigen Worte gebraucht, ruhig, vertrauensvoll. Und jeder Experte, den er hatte erreichen wollen, hatte zurückgerufen.

Es hatte bei keinem Schwierigkeiten gegeben. Er hatte seine Vorschläge in der gleichen allgemein-verständlichen

Sprache vorgebracht. Das auslösende Moment war der Begriff ›gelber Berg‹ gewesen. Das war der höchste Einsatz, den ein Agent gewinnen konnte. Der Begriff ›gelber Berg‹ war ein ›Fünfhunderterschlüssel‹ mit einem Bankvorschuß gegen Notfälle. Die Sicherheitskontrollen schlossen ›unzugängliche Clearinghäuser‹ ein, die keine Verbindungen zu irgendwelchen internationalen Agenturen unterhielten. Der Zeitfaktor lag zwischen sechs und acht Wochen, je nach den ›technischen Feinheiten, die in dem komplizierten Vorgang nötig waren‹, und schließlich umfaßte sein eigener Hintergrund als Führer umfassende Dienste für ganze Regierungen in den meisten Teilen von Südostasien, wofür es Beweise auf verschiedenen Konten in Genf gab.

Er hatte seine Recherchen gut durchgeführt, bis auf den letzten waren alle Agenten darauf angewiesen, den gelben Berg anzubohren.

Hawkins erhob sich vom Schreibtisch und streckte sich. Es war ein langer Tag gewesen, und er war noch nicht zu Ende. In zwanzig Minuten würde er zum Bahnhof gehen müssen. Diese Zeit mußte er nutzen, um mit der Frau in der Telefonzentrale zu sprechen, um ihr Anweisungen zu übergeben, wie sie mit den Leuten verfahren sollte, die ihn zu erreichen versuchten. Die Anweisungen würden ganz einfach sein — er hatte das Zimmer für eine Woche gemietet, er würde in drei Tagen nach Zürich zurückkehren. Dann würde er zu erreichen sein, oder sie konnten ihrerseits eine Nummer hinterlassen. MacKenzie wollte nicht nach Zürich zurückkehren, aber Athen und Beirut waren Ausnahmerekruten.

Das Telefon klingelte. Athen.

Sechs Minuten später gehörte Athen zu seiner Truppe.

Noch einer.

Der Hawk stellte sein unberührtes Gepäck neben die Tür und packte wieder seinen Aktenkoffer, wobei er die Akte Beirut obenauf legte, wo er sie leicht erreichen konnte. Er sah auf die Uhr. Drei Minuten vor vier. Es hatte keinen Sinn, es noch länger hinauszuschieben. Er mußte zum Bahnhof. Er ging an den Schreibtisch zurück, wählte die Nummer der Zentrale und sagte der Frau, daß er ihr ein paar Anweisungen erteilen wollte ...

Sie unterbrach ihn höflich.

»Ja, selbstverständlich, mein Herr. Aber hat das einen Moment Zeit? Ich wollte Sie gerade anrufen. Da kommt ein Überseegespräch. Aus Beirut.«

Verdammt!

Sam schlug die Augen auf. Durch die breiten Verandatüren strömte das Sonnenlicht herein. Die blauen Seidenvorhänge wehten in der Morgenbrise. Er sah sich im Zimmer um. Die Decke war mindestens zwölf Fuß hoch, die kannelierten Säulen in den Ecken und die Schnitzereien überall schrien das Wort ›Château‹ förmlich hinaus. Dann begann langsam alles Gestalt anzunehmen. Er befand sich an einem Ort, der sich Château Machenfeld nannte, irgendwo südlich von Zermatt. Vor der schweren, ebenfalls mit Schnitzereien verzierten Tür seines Zimmers lag ein breiter Korridor mit persischen Gebetsteppichen auf dem glänzendpolierten schwarzen Parkettboden, die Wände waren mit Kandelabern geschmückt. Der Korridor führte zu einer pompösen Wendeltreppe und diese wiederum in eine Halle, die so groß wie ein respektabler Ballsaal war. Dort, inmitten von unschätzbar wertvollen Antiquitäten, auf die Renaissanceporträts herabblickten, lag der Eingang — gigantische Eichendoppelportale und dahinter eine Marmortreppe, die zu einer kreisförmigen Auffahrt hinunterführte, breit genug, um selbst den Leichenzug des Aufsichtsratsvorsitzenden von General Motors zu bewältigen.

Was hatte Hawkins getan? Und wie stellte er das an? O Gott! *Warum?* Wozu brauchte er eine solche Monstrosität?

Devereaux blickte auf die schlafende Regina hinunter, deren dunkelbraunes Haar das Kissen bedeckte und deren von der kalifornischen Sonne gebräuntes Gesicht halb von der Daunendecke bedeckt war. Falls sie die Antwort auf diese Fragen kannte, so war sie jedenfalls nicht bereit, sie ihm zu verraten. Von den vier ›Girls‹ war Ginny die raffinierteste. Alles war wie nach Drehbuch abgelaufen, bis zu dem Augenblick, in dem er eingeschlafen war. Aber er konnte ihr nicht böse sein, weil sie ihn faszinierte.

Unter ihrem weichen Äußeren, das in ihm immer wieder die Ahnung von Magnolienduft aufkommen ließ, verbarg sich ein stählerner Wille. Sie war eine Führernatur und hatte Freude daran, Leute zu manipulieren. Sie setzte ihre Gaben — geistige wie physische — mit Fantasie und Kühnheit und sogar mit Humor ein. Sie war durchaus imstande, im einen Augenblick mit geradezu missionarischer Inbrunst aufzutreten und im nächsten ein verlorenes kleines Mädchen inmitten des brennenden Atlanta zu sein. Sie war die lachende, provozierende Sirene auf der vom Mondlicht beschienenen Plantage, und im nächsten Augenblick, als hätte jemand auf einen Knopf gedrückt, eine verschwörerisch flüsternde Mata Hari, die einem verdächtig aussehenden Chauffeur im Schatten eines Bahnhofs Anweisungen erteilte.

»*Mack Feldmans Hintern in bitterem Selters!*«

So sehr Sam sich auch den Kopf zerbrach — genauso hatten die Worte geklungen, die Ginny dem seltsam aussehenden Mann mit der schwarzen Baskenmütze und dem goldenen Schneidezahn zugeflüstert hatte, während seine Katzenaugen sich an ihrer Bluse förmlich festklammerten.

»*Mac ist ein Filz!*« hatte die geflüsterte Antwort gelautet. »*Sein Visier ist im Blumentopf einer Autobombe!*«

Auf diese äußerst vielsagende Antwort hin hatte Ginny genickt, Deveraux am Arm ergriffen und ihn auf die Straße hinausgezogen.

»Trag den Koffer mit der linken Hand und pfeif etwas. Er wird in eine Seitengasse einbiegen, und dann warten wir an der Ecke auf ihn. Er wird dann den Wagen bringen.«

»Warum all der Unsinn? Die linke Hand! Das Pfeifen!«

»Andere Leute passen auf. Wir müssen sicherstellen, daß man uns nicht folgt.«

Irgendwie kam ihm jetzt das Orientexpreßthema etwas

übertrieben vor, aber er nahm trotzdem den Koffer gehorsam in die linke Hand und begann zu pfeifen.

»*Das* doch nicht, du Esel!«

»Wieso denn? Das ist eine Hymne ...«

»Hier nennt sich das ›Deutschland über alles‹!«

Er hatte das Thema gewechselt, war auf ›Rock of Ages‹ übergegangen, und in diesem Augenblick war ein anderer Mann, diesmal einer, der einen echten Conrad-Veidt-Mantel trug, sogar mit Samtrevers, auf Regina zugekommen und hatte leise zu ihr gesagt: »*Ihre Warzen sind im Waggon.*«

»*Mack Feldmans Hintern hat süße Grübchen*«, hatte sie leise, aber wie aus der Pistole geschossen erwidert. Und in Sekundenschnelle war ein langgestreckter schwarzer Wagen aus der finsteren Seitengasse herausgerast, und sie waren eingestiegen.

So hatte die anstrengende, zwei Stunden währende Fahrt begonnen. Endlose Meilen gewundener, bergauf führender Straßen, die aus den Schweizer Bergen und Wäldern herausgehauen waren, dazwischen immer wieder gespenstisches Mondlicht ... Bis sie schließlich eine Art Tor erreichten, das aber in Wirklichkeit gar kein Tor war, sondern ein echtes Fallgatter. Vor einem Burggraben.

Ein echter Burggraben! Mit schweren Planken, unter denen man Wasser plätschern hörte. Und dann eine weitere gewundene Straße, wieder den Berg hinauf, die an der riesigen, kreisförmigen Auffahrt vor dem mächtigsten Landhaus endete, das Sam je gesehen hatte, seit er mit den Pfadfindern in Fontainebleau gewesen war. Und selbst Fontainebleau hatte keine Zinnen. Wohl aber dieser Bau — hohe, eindeutig aus Stein bestehende Zinnen, eine Architektur, die man unwillkürlich mit Ivanhoe und dem Schwarzen Ritter in Verbindung brachte.

Eindrucksvoll, dieses Château Machenfeld, und dabei hatte er es nur nachts gesehen. Er war gar nicht sicher, ob er es bei Tag sehen wollte. Allein schon der Gedanke eines solch mächtigen Baus konnte einem Angst einjagen, wenn man ihn mit MacKenzie Hawkins in Verbindung brachte.

Aber was sollte das Château eigentlich? Wozu diente es? Wenn es der Kommandoposten dieses Hurensohnes sein sollte, warum hatte er dann nicht einfach Fenway Park gemietet? Schließlich brauchte man eine ganze Armee von Bediensteten, um den Kasten in Schuß zu halten. Und Bedienstete redeten. Man brauchte nur die Leute zu fragen, die in Nürnberg dabeigewesen waren oder in Siricas Gerichtssaal.

Aber Regina würde nicht reden. (Natürlich, sie war ja auch keine Bedienstete.) Obwohl er sich Mühe gegeben hatte. Während der ganzen Bahnfahrt von Zürich – nun, vielleicht nicht gerade jeden Augenblick – und die Hälfte der Nacht in Machenfeld – vielleicht weniger als die Hälfte – hatte er sich die größte Mühe gegeben, ihr irgendeine Information zu entlocken.

Sie hatten sich gleichsam ein Wortgefecht geliefert, in Andeutungen geredet, aber keiner von beiden hatte auch nur eine einzige positive Erklärung abgegeben, die zu echten Schlüssen führen konnte. Sie gab zu – sie hatte keine andere Wahl gehabt – daß sämtliche ›Girls‹ sich bereit gefunden hatten, zum richtigen Zeitpunkt am richtigen Ort aufzutauchen, damit er, Sam, Gesellschaft hatte und nicht in Versuchungen geführt wurde, die auf einer so langen Geschäftsreise nachteilige Auswirkungen auf ihn gehabt hätten. Damit er jemand Vertrauenswürdigen hatte, der Mitteilungen für ihn entgegennahm. Damit jemand auf ihn aufpaßte. Und was zum Teufel konnte das eigentlich schaden? Wo fand er schon eine so ergebene Truppe von Damen, die nur sein Wohl im Sinn hatte? Und die zugleich dafür sorgte, daß er seinen Zeitplan einhielt?

Wußte sie, welches Ziel seine ›Geschäftsreise‹ hatte?

Du lieber Gott, nein! Sie hatten nie gefragt. Keine von ihnen hatte gefragt.

Warum nicht?

Du großer Gott, Honey! Weil der Hawk es so gewollt hatte.

War denn keine von ihnen imstande, gewisse Schlüsse zu

ziehen? Lieber Gott, schließlich war Sams Tour nicht gerade mit der Geschäftsreise eines Schuhverkäufers in New England zu vergleichen.

Aber, *Honey!* Als sie mit dem Hawk verheiratet waren — jede für sich natürlich — hatte er immer mit streng geheimen Militärdingen zu tun, und sie wußten alle, daß sie keine Fragen stellen durften.

Aber jetzt war er doch nicht in der Army!

Dafür konnte aber doch die Army nichts!

Und so ging es hin und her.

Und dann begann er zu begreifen. Regina war kein Dummchen. Keine von Hawkins' Haremsdamen war dumm. Und Loyalität war ihr oberstes Gebot, natürlich Loyalität dem Hawk gegenüber. Wenn Ginny oder Lillian oder Madge oder Anne irgend etwas Konkretes wußten, würden sie das ihm jedenfalls nicht sagen. Wenn sie feststellten, daß irgend etwas nicht ganz zusammenpaßte, setzte jede für sich die Scheuklappen auf. Und das, was jede für sich tat, blieb ohne Beziehung zu irgendeinem äußeren Geschehen. Jedenfalls würde keine mit Sam diskutieren.

Und mitten in all dem Wahnsinn, den der Hawk ausgelöst hatte, war da noch ein Problem — Sam mochte die ›Girls‹ wirklich. Was auch immer sie dazu trieb, MacKenzie zu gehorchen — jede war ein Individuum für sich, jede — Gott helfe ihm — strahlte eine Ehrlichkeit aus, die er erfrischend fand. Wenn er ihnen daher sagte, was er wußte, würden sie im selben Augenblick zu Mittäterinnen, zu Komplizinnen in einer Verschwörung. Man mußte kein Anwalt sein, um das zu wissen. Und dabei war er einer.

Bis zur Stunde war jedes Mädchen sauber. Vielleicht nicht blütenweiß, vielleicht nicht einmal schneeweiß, aber im juristischen Sinne konnte man argumentieren, daß jede sozusagen im Vakuum tätig gewesen war. Unter den vorliegenden Umständen lag also keine Verschwörung vor.

›Danke, Herr Verteidiger. Das Gericht empfiehlt Ihnen, daß Sie sich Ihre Ausbildungskosten zurückzahlen lassen...‹

Sam stieg so leise wie möglich aus dem lächerlich dimensionierten Bett mit seinem Baldachin und sah seine Shorts auf halbem Weg zur Verandatür, die ohnehin sein Ziel war. Er fragte sich kurz, weshalb sie so weit vom Bett entfernt lagen. Dann erinnerte er sich und lächelte.

Aber jetzt war Morgen, ein neuer Tag, und die Dinge würden anders laufen. Eines hatte Ginny ihm gesagt, worauf sein weiteres Denken aufbaute — Hawkins würde am späten Nachmittag oder am frühen Abend eintreffen. Die Zeit bis dahin würde er nutzen, um so viel wie möglich über Château Machenfeld in Erfahrung zu bringen. Oder, genauer gesagt, darüber, was der Hawk mit Château Machenfeld vorhatte, in bezug auf einen gewissen Papst Franziskus, Statthalter Christi.

Jetzt mußte Sam seine eigene Gegenstrategie aufbauen. Hawkins war gut, daran bestand kein Zweifel. Aber er, Sam Devereaux, von der Quincy-Boston-Achse des Establishments der Ostküste, war auch nicht schlecht. Zuversicht! Selbstvertrauen! Mac besaß das — er auch.

Als er in seine Shorts schlüpfte, kam ihm der offensichtliche erste Schritt seiner Gegenstrategie in den Sinn. Dieser Schritt war nicht nur offensichtlich, sondern sonnenklar. Die Glocken klangen! Ein außergewöhnlicher Ort (Villa, Herrensitz, Gut, kleines Land) wie Machenfeld würde eine endlose Folge von Nachschublieferungen erfordern, um zu funktionieren. Und Lieferanten waren wie Bedienstete, sie konnten sehen und hören und Zeugnis ablegen. Die Neigung des Hawk für das Grandiose würde zugleich auch die größte Schwäche seiner Pläne sein. Sam hatte daran gedacht, Macs Nachschubversorgung als *eines* seiner Hilfsmittel in Betracht zu ziehen, vom militärischen Standpunkt aus gesehen, hatte aber dabei noch nicht bedacht, wie äußerst logisch das war. Vielleicht war das alles, was er brauchte.

Er würde Gerüchte in Umlauf bringen, die so massiv gefährlich, so gigantisch unglaublich waren wie der Anblick von Machenfeld selbst. Er würde mit den Bediensteten beginnen, dann die Lieferanten und schließlich jeden bearbeiten, der sich dem Château näherte, bis ein Zustand der Isolierung herbeigeführt war und er sich mit dem verlassenen Hawkins auseinandersetzen konnte und — was zum Teufel war das für ein Lärm?

Er eilte zur Verandatür und hinaus auf den kleinen Balkon. Von hier aus konnte man den hinteren Teil von Château Machenfeld überblicken. Er nahm an, daß es sich um den hinteren Teil handelte. Da war keine kreisförmige Auffahrt. Statt dessen gab es hier Gärten in Frühlingsblüte, mit kiesbedeckten Wegen und Spalieren und Dutzende kleiner Fischteiche, die aus dem Felsen gehauen waren. Hinter den Gärten dehnten sich grüne Felder, die in noch grünere, dunklere Wälder übergingen, hinter denen sich wiederum in der Ferne die majestätischen Alpen auftürmten.

Der Lärm hielt an, störte das friedliche Bild, das sich ihm bot. Zuerst konnte er nicht erkennen, woher die Geräusche kamen, und so kniff er die Augen zusammen, um sich besser orientieren zu können. Und wünschte sich sofort, daß er das nicht getan hätte. Jetzt konnte er nämlich sehen, was den Lärm verursachte.

Eins, zwei, drei — fünf, sechs — neun! Neun verschiedenartige — auf verrückte Weise verschiedenartige — Fahrzeuge bewegten sich langsam den Weg herunter, der an die Felder grenzte, bewegten sich in südlicher Richtung auf die umliegenden Wälder zu.

Es waren zwei lange schwarze Limousinen, ein riesiger Bulldozer, ein überdimensionierter Traktor mit Greifzangen und fünf — verdammt, ja — fünf Motorräder!

Es gehörte nicht viel Fantasie dazu, um sich daraus ein Bild zu machen. Der Hawk war im Begriff, ins Manöver zu ziehen! Er hatte sich seine eigene, persönliche päpstliche Eskorte mitgebracht! Das und genügend Geräte, um das Terrain so zu gestalten, wie er es wollte. Die Route besagter päpstlicher Eskorte...

Aber er war doch noch gar nicht in Machenfeld eingetroffen! Wie zum Teufel konnte er das — und was zum Teufel war *das*?

In seinem Zorn und in seiner Verwirrung packte Devereaux das Balkongeländer und schüttelte in enttäuschter Verwirrung den Kopf. Seine Augen wurden zu einem außergewöhnlichen Bild hingezogen, das sich etwa fünfzig Meter entfernt darbot.

In einem Hof vor zwei Flügeltüren, die wie der Eingang zu einer riesigen Küche aussahen, stand ein großer Mann mit Kochmütze, der gerade auf einem Bündel Papiere, die er in der Hand hielt, Gegenstände abhakte. Vor dem Mann stapelte sich ein Berg von Kisten, Kartons und Schachteln, der bestimmt fünfzehn Fuß hoch war.

Nachschublinien — *Scheiße!*

Es gab wahrscheinlich in ganz Europa nichts mehr, was Hawkins noch kaufen mußte. Dort unten lagerten genügend Lebensmittel, um die Hälfte aller Hungersnöte Indiens zu beenden! Dieser Hundesohn hatte genügend Rationen für eine ganze Armee angefordert, verdammt noch mal, eine Armee, die auf zwei Jahre ins Biwak ging!

Limousinen, Motorräder, Bulldozer, Traktoren, Lebensmittel für eine ganze Armee! Sams Gegenstrategie Nummer eins war bereits beim Teufel — besiegt von einer Parade neun idiotischer Fahrzeuge und einem erregten Exzentriker mit Kochmütze.

Die einzige Form der Isolierung, mit der in nächster Zukunft zu rechnen war, bestand darin, daß man von jeglichen Versorgungslinien abgeschnitten war. Sie waren auch völlig unnötig.

Blieben noch die Bediensteten. Das runde Dutzend von Angestellten, derer es bedurfte, um Machenfeld in Gang zu halten. Küchen, Gärten, Felder (das bedeutete wahrscheinlich Scheunen, vielleicht sogar lebendes Inventar), und wenigstens dreißig oder vierzig Zimmer, die gesäubert, gewachst und abgestaubt werden mußten ... Herrgott! Das erforderte doch einen Stab von mindestens zwanzig Leuten.

Er würde gleich beginnen. Vielleicht mit den Fahrern der

neun Vehikel. Er würde ihnen klarmachen, daß sie die verdammten Dinger aus dem Gelände des Châteaus entfernen mußten, ehe es zu spät war. Und dann würde er schnell von einer Gruppe von Bediensteten zur nächsten eilen. Sie sollten ruhig erfahren, und zwar in höchst ominösen, also juristisch gefärbten Worten, daß sie am besten schleunigst aus Machenfeld verschwanden, ehe sämtliche Agenten der Interpol auftauchten.

Alle Lebensmittelvorräte der ganzen Schweiz würden dem Hawk nichts nutzen, wenn niemand auf dem Gelände war, um das Gelände und das Anwesen in Gang zu halten. Und ein paar klug gewählte Worte, an die Besatzung der Fahrzeuge gerichtet, Worte wie ›internationale Verletzungen‹, ›persönliche Verantwortung‹ und ›lebenslängliche Gefängnisstrafe‹ würden ohne Zweifel jenen Strom von Motorrädern und Limousinen und Maschinen dazu veranlassen, diesen Burggraben in Höchstgeschwindigkeit zu verlassen und sich auf sichereres Terrain zu begeben.

Sam war so mit seiner neuen Strategie beschäftigt, daß er gar nicht bemerkte, wie seine Unterhosen immer wieder herunterrutschten und ihn dazu zwangen, sie mit einer Hand festzuhalten. Jetzt mußte er sich damit befassen. Während er sich nämlich ans Geländer klammerte, waren sie ihm bis auf die Knöchel heruntergerutscht. Er stellte schnell wieder einen Zustand der Schicklichkeit her und dachte dabei befriedigt, daß die Spielchen mit Ginny Greenberg schon verdammt aufregend gewesen sein mußten. Aber jetzt war keine Zeit für angenehme Reminiszenzen — die Arbeit rief. Seine Uhr zeigte ihm, daß es beinahe elf war. Es war ihm nicht bewußt gewesen, daß er so lange geschlafen hatte — die Spielchen waren nicht nur aufregend, sondern auch erschöpfend gewesen. Er hatte noch knapp fünf oder sechs Stunden Zeit, um alle zu verscheuchen. Ein großer Stab an Bediensteten hatte wahrscheinlich auch eine ganze Menge persönlicher Habseligkeiten. Und das wiederum bedeutete die Existenz von Transportmittel. Das alles war vielleicht komplizierter, als er geglaubt hatte. Aber eines mußte klar sein. Wenn die Bediensteten das Gelände von Machenfeld verließen, durften sie nicht zurückkehren, aus keinerlei Gründen. Alles andere würde seine Grundvoraussetzung schwächen — Machenfeld war eine Bedrohung für alle, die zurückblieben, deshalb mußten alle verschwinden.

Eine Evakuierung!

Was zum Teufel würde MacKenzie dann tun?

In seinem Zigarrensaft schmoren — *das* würde er tun.

Das Ganze war nur eine Frage der Logistik und der Durchführung.

Verdammt! Logistik und Durchführung! Jetzt fing er schon an, wie der Hawk zu denken! Und dieselbe Zuversicht wie der Hawk zu empfinden! Kühn sein! Das Unmögliche fordern! Das Schicksal bei den Hörnern packen und ...

Scheiße! Bevor irgend etwas geschehen konnte, mußte er sich anziehen. Er rannte wieder ins Zimmer. Ginny bewegte sich, stöhnte leise und vergrub sich dann noch tiefer unter der Daunendecke. Er stieg aus seiner zerrissenen Unterhose und schlich zu seinem Koffer, der auf einem Polstersessel vor der velourbedeckten Wand lag.

Er war leer.

In dem gottverdammten Koffer war nichts!

Er sah sich um, suchte einen Kleiderschrank.

Kleiderschränke. Es gab vier. Leer. Mit Ausnahme von Ginnys Kleidern.

Scheiße!

Er rannte so leise wie möglich zu der dicken, geschnitzten Tür und öffnete sie.

Auf der anderen Seite des breiten Korridors saß die schwarze Baskenmütze mit dem goldenen Schneidezahn und den Katzenaugen, die jetzt auf Sams untere Extremitäten gerichtet waren. In der Verwirrung war das vielleicht begreiflich. Nicht hingegen das zynische Feixen.

»Wo sind meine Kleider?« flüsterte Devereaux, schloß die Tür bis auf einen Spalt und lehnte sich dagegen.

»In der Wäscherei, mein Herr«, erwiderte die schwarze

Baskenmütze mit einem Akzent, der vielleicht in einem Schweizer Kanton entstanden sein mochte, den einmal Hermann Göring geleitet hatte.
»Alles?«
»Eine Aufmerksamkeit von Château Machenfeld. Alles war schmutzig.«
»Lächerlich!« Sam gab sich Mühe, die Stimme nicht zu erheben. Er wollte Ginny nicht wecken. »Niemand hat mich gefragt ...«
»Sie haben geschlafen, mein Herr«, unterbrach ihn die schwarze Baskenmütze und grinste verschwörerisch, wobei sein Goldzahn glänzte. »Sie waren sehr müde.«
»Nun, und jetzt bin ich sehr zornig! Ich will meine Kleider haben. Sofort!«
»Das geht nicht.«
»Warum nicht?«
»Die Wäscherei hat heute geschlossen.«
»Was? Warum haben Sie die Sachen dann hingebracht?«
»Das sagte ich Ihnen doch, mein Herr. Weil sie schmutzig waren.«
Sam starrte in die Katzenaugen auf der anderen Seite des Korridors. Sie hatten sich drohend verengt, und der Goldzahn war jetzt nicht mehr zu sehen, weil das Grinsen erloschen und der Mund ganz schmal geworden war. Sam schloß die Tür. Er mußte nachdenken. Schnell. Mac würde sagen, er müßte seine strategischen Hilfsmittel überdenken. Und er mußte hier raus.
Er hielt sich nicht gerade für einen Schläger, aber er war auch alles andere als ein Feigling. Er war ziemlich kräftig gebaut, und gleichgültig, was Lillian in Berlin gesagt hatte, er befand sich in recht guter Kondition. Trotzdem, wenn man alles in Betracht zog, so mußte man wohl davon ausgehen, daß der Verrückte in der schwarzen Baskenmutze dort draußen Hackfleisch aus ihm machen würde. Abgesehen davon, daß er nackt war, konnte er das Zimmer also nicht über die Treppe verlassen.
Strategie eins überdacht und verworfen.

Blieben also die Fenster, genauer gesagt, der kleine Balkon auf der anderen Seite der Tür.

Er hob seine Unterhose vom Boden auf, schlüpfte hinein und ging lautlos hinaus. Das Zimmer lag drei Stockwerke über der Erde, aber unmittelbar darunter war ein weiterer Balkon zu sehen. Wenn er sich am Bettlaken oder am Vorhang hinunterließ, würde er das ohne große Mühe schaffen.

Strategie zwei war also möglich.

Er ging wieder hinein und studierte die Vorhänge. Seine Mutter in Quincy hätte sie als Frühlingsvorhänge bezeichnet. Seide, dünn und durchsichtig, nicht kräftig. Strategie zwei begann zu verblassen. Dann fiel sein Blick auf die Bettlaken, wobei er den einladenden Anblick von Regina ignorierte, die sich jetzt mehr außerhalb der Daunendecke als darunter befand. Wenn man die Laken mit den Vorhängen vereinigte, würden sie ihn wahrscheinlich tragen. Strategie zwei begann wieder Gestalt anzunehmen.

Kampfkleidung.

Das war ein Problem. Außer Damenkleidern war da nichts.

Angenommen also, daß Strategie zwei Erfolg hatte und er den Boden erreichte, mußte er die Strategien drei und vier in Betracht ziehen. Und während er dies tat, sank seine Zuversicht wieder. Er konnte entweder in Unterhosen, die ihm immer wieder auf die Knöchel herunterrutschten, in Machenfeld herumrennen, oder er konnte eines von Ginnys Balenciaga-Kleidern anziehen und hoffen, daß die Reißverschlüsse hielten.

Ein Mann, der in rutschenden Unterhosen oder einem Original der Pariser Haute Couture herumrannte und Menschen alarmierte, würde vermutlich nicht allzu ernst genommen werden. Vielleicht galt es, sich mit den Strategien fünf und sechs auseinanderzusetzen — eingesperrt oder vergewaltigt zu werden.

Scheiße!

Er mußte einen klaren Kopf behalten. Er mußte sich jetzt

zusammenreißen und gründlich nachdenken. Langsam. Er durfte nicht zulassen, daß der Evakuierung etwas so Unwichtiges wie seine Kleidung im Wege stand. Was konnte der Hawk tun? Wie hieß dieser verdammte Ausdruck, den er so häufig benutzte?

Versorgungspersonal! Das war es.

Sam rannte wieder auf den Balkon hinaus. Der Mann in der Kochmütze war immer noch damit beschäftigt, Dinge auf seiner Liste abzuhaken. Wahrscheinlich würde er eine Woche dazu brauchen.

»*Pst! Pst!*« Devereaux beugte sich über das Geländer und erinnerte sich im letzten Augenblick daran, daß er die Unterhose nicht loslassen durfte. »He, *Sie!*« flüsterte er, so laut er konnte.

Der Mann blickte auf, war zuerst erschreckt, lächelte dann aber breit.

»*Ahh! Bonjour, Monsieur! Ça va?*« schrie er.

Sam legte den Zeigefinger an die Lippen. »Pst!« Er bedeutete dem Koch, näherzukommen.

Der Mann kam der Aufforderung nach und nahm dabei eine letzte Eintragung in seinen Papieren vor. »*Oui, monsieur?*«

»Man hält mich hier gefangen«, wisperte Devereaux mit würdevoller Eindringlichkeit und sehr viel Autorität. »Man hat mir die Kleider weggenommen. Ich brauche Kleider. Und wenn ich hinunterkomme, möchte ich, daß sich alle, die hier arbeiten, in der Küche versammeln. Ich habe etwas sehr Wichtiges zu sagen. Ich bin Rechtsanwalt, *Avocat.*«

Der Mann in der Kochmütze legte den Kopf zur Seite. »*Je ne comprends pas, monsieur. Desirez-vous le petit déjeuner?*«

»Was? Nein, ich will *Kleider. Sehen Sie?* Alles, was ich habe, ist das — *das hier.*« Sam zog an seiner zerrissenen Unterhose, so daß man sie zwischen den Geländerstangen sehen konnte, dann wies er auf seine Beine. »Ich brauche Hosen, *Beinkleider!* Sofort. *Bitte!*«

Der Gesichtsausdruck des Mannes wechselte von Verblüffung zu Argwohn. Vielleicht sogar Ekel, in den sich Feindseligkeit mischt. »*Vos sous-vêtements sont très jolis*«, sagte er, schüttelte den Kopf und wandte sich wieder dem Kistenstapel zu.

»Warten Sie! Warten Sie einen Augenblick!«

»Der Koch ist Franzose, mein Herr, aber so französisch nun auch wieder nicht.« Die Stimme kam von unten, von dem Balkon direkt unter ihm. Der Sprecher war ein riesenhafter, kahlköpfiger Mann mit breiten Schultern. »Er glaubt, daß Sie ihm ein höchst eigenartiges Angebot machen. Ich kann Ihnen versichern, er ist nicht interessiert.«

»Wer zum Teufel sind Sie?«

»Mein Name ist unwichtig. Ich verlasse das Château, wenn der neue Herr von Machenfeld eintrifft. Bis dahin ist mir jede Anweisung, die er gegeben hat, strenger Befehl. Und von Ihrer Kleidung ist in meinen Anweisungen keine Rede.«

Devereaux empfand den überwältigenden Drang, seine Unterhosen fallen zu lassen und Hawkins' Tat auf dem Dach der diplomatischen Mission in Peking zu kopieren, hielt sich aber zurück. Der Mann auf dem Balkon unter ihm war hünenhaft. Und verstand offensichtlich keinen Spaß. So beugte er sich nur über das Geländer und flüsterte im Verschwörerton: »Heil Hitler, Sie Arschloch!«

Der Arm des Mannes schoß nach oben. Seine Hacken klickten zusammen wie der Ladehebel eines Karabiners. »Jawohl! Sieg heil!«

»O Scheiße!« Sam drehte sich um und kehrte ins Zimmer zurück. In seiner Verzweiflung riß er sich die Unterhosen vom Leib und schleuderte sie von sich. Dann studierte er sie geistesabwesend, wie sie so vor ihm auf dem Boden lag. Vielleicht war das nur ein Zufall, ein Fehler im Gewebe. Er war nicht sicher. Aber plötzlich wirkte sie seltsam.

Er beugte sich vor und hob das Wäschestück auf.

Herrgott!

Das Gummiband war ganz bewußt an drei Stellen durchgeschnitten worden. Es handelte sich um Schnitte — keine

Risse. Da waren keine losen Fäden, kein zerrissenes Tuch. Jemand hatte das verdammte Ding mit einem scharfen Instrument aufgeschlitzt — absichtlich, um ihn auf die denkbar einfachste Methode bewegungsunfähig zu machen.

»*Du lieber Gott!* Was soll das ganze Geschrei?« Regina Greenberg gähnte und streckte sich, wobei sie schamhaft die Daunendecke über ihre riesigen Brüste zog.

»Du Miststück«, sagte Devereaux in stillem Zorn. »Du raffiniertes Miststück!«

»Was ist denn, Honey?«

»Hör mir auf mit Honey, du Südstaatenschwachkopf! Ich kann hier nicht *raus!*«

Ginny blinzelte und gähnte noch einmal. Als sie dann sprach, klang ihre Stimme ruhig und kontrolliert. »Weißt du, Mac hat einmal etwas gesagt, das mich in all den Jahren sehr beruhigt hat. Wenn die Geschütze rings um dich ausfallen und alles schrecklich aussieht — und glaub mir, es hat Zeiten gegeben, wo die Welt für mich ziemlich schrecklich ausgesehen hat — da mußt du an die guten Dinge denken, die du getan hast. An das, was du geleistet hast. Du darfst dann nicht über deine Fehler oder über deine Sünden nachgrübeln. Das deprimiert dich nur. Und wenn man deprimiert ist, dann kann man den einen Augenblick nicht nutzen, der sich ja plötzlich ergeben und der einem den Arsch retten könnte. Das Ganze ist eine Frage der geistigen Einstellung.«

»Was zum Teufel hat denn dieser Bockmist damit zu tun, daß ich keine Kleider habe?«

»Wahrscheinlich nicht sehr viel. Du hast nur so deprimiert gewirkt. Das ist nicht der richtige Gemütszustand, um vor den Hawk zu treten.«

Devereaux setzte schon zu einer zornigen Antwort an. Dann hielt er inne, sah den Ausdruck in Ginnys Augen und holte tief Atem. »Moment mal! ›Vor den Hawk zu treten‹ — du meinst, ich soll ihn bekämpfen? Ihn aufhalten?«

»Das ist deine Entscheidung, Sam. Ich will nur das, was für alle das Beste ist.«

»Wirst du mir helfen?«

Ginny überlegte kurz, dann erwiderte sie mit fester Stimme: »Nein, das werde ich nicht tun. Nicht so, wie du denkst. Dazu bin ich MacKenzie zuviel schuldig.«

»Lady!« platzte es aus Devereaux heraus. »Hast du eigentlich eine Ahnung, was dieser Wahnsinnige vorhat?«

Mrs. Hawkins Nummer eins sah ihn mit einem Ausdruck plötzlicher Unschuld an. »Ein Leutnant stellt das, was ein General gesagt hat, nicht in Frage, Major. Man kann von ihm nicht erwarten, daß er all die Feinheiten eines Befehls begreift...«

»Wovon zum Teufel reden wir eigentlich?«

»Du bist ein schlauer Junge. Der Hawk hätte dich nicht befördert, wenn du das nicht wärst. Ich will nur, daß er die besten Ratgeber hat, die er bekommen kann. Damit er das, was er tun möchte, auf die bestmögliche Art tun kann.« Ginny verkroch sich wieder unter der Daunendecke. »Ich bin wirklich sehr müde.«

Und dann sah Devereaux auf dem Nachttisch neben ihrem Kopf eine Schere.

19.

»Das mit den Kleidern tut mir leid«, sagte Hawk in dem riesigen Salon. Sam warf ihm einen bösen Blick zu und zog sich die Vorhangschärpe zurecht, die er als Gürtel um die Daunendecke benutzte. »Man sollte wirklich meinen, daß die mehr als einen Schlüssel für die Wäscherei haben, finden Sie nicht? Die vertrauen auch keinem. Da sieht man wieder, an was für Hausgäste die gewöhnt sein müssen.«

»Ach, halten Sie doch den Mund«, murmelte Devereaux, der es für notwendig fand, einen Doppelknoten in die Schärpe zu binden, weil die Seide immer wieder wegrutschte. »Die Wäscherin wird ja morgen hier sein, nehme ich an.«

»Ganz sicher. Sie gehört zu den wenigen Leuten, die

abends nach Hause fahren. Ins Dorf. Das wird sich natürlich ändern — eine ganze Menge wird sich ändern.«

»Sie brauchen nur zu sagen, daß *eine* Änderung vorgenommen wird, dann fahre ich zurück und esse mit Azaz-Varak zu Abend.«

»Kommen Sie, Sam, Sie denken eingleisig. Wir wollen von anderen Dingen sprechen. Sind Sie ganz sicher, daß Sie nicht ein Hemd und eine Hose haben möchten? Ich brauche nur hinaufzugehen und ...« Hawkins wies an dem halben Dutzend mit weißen Decken versehenen Polstersesseln vorbei auf die große Halle.

»Ich will nichts von Ihnen ... Nein, das nehme ich zurück. Ich will schon etwas. Ich möchte, daß Sie diesen Wahnsinn abblasen und mir gestatten, die Heimreise anzutreten.«

MacKenzie biß das zerkaute Ende seiner Zigarre ab und spuckte es einer Ritterrüstung zwischen die Füße. »Sie *werden* nach Hause zurückkehren, das verspreche ich. Sobald Sie die Finanzen der Firma zentralisiert und ein paar Anlagen getätigt haben, die unter gewissen Umständen angezapft werden können, werde ich Sie persönlich zum Flughafen fahren. Sie haben das Wort eines Generals.«

»Das ist die Denkweise eines Verrückten, der unter Gehirnerweichung leidet! Haben Sie denn überhaupt eine Ahnung, was Sie da von mir verlangen? Sie reden hier nicht von ein wenig Gänseleber, Sie reden von *vierzig Millionen Dollar!* Ich bin für mein Leben gezeichnet! In jedem Hauptquartier der Interpol und auf jeder Polizeistation in der ganzen zivilisierten Welt wird man meinen Steckbrief aushängen. Man setzt nicht seinen Namen auf Überweisungen im Wert von vierzig Millionen Dollar und rechnet damit, danach wieder eine normale Anwaltspraxis aufzunehmen. So etwas spricht sich herum.«

»Das stimmt nicht, und das wissen Sie auch ganz genau. Alles, was mit Schweizer Banken zusammenhängt, ist streng vertraulich.«

Devereaux sah sich um, um sich zu vergewissern, daß

niemand in Hörweite war. »Selbst wenn das so sein sollte, wird es nicht mehr so sein, sobald ein — Versuch unternommen worden ist, um eine — gewisse Person in Rom zu kidnappen! Und das ist *alles*, worauf es hinausläuft! Ein Versuch! Sie werden sich den Arsch verbrennen, und jeder Kontakt, den Sie seit jener Zeit in China hatten, wird mit dem Mikroskop untersucht werden. Und dann wird mein Name ans Licht kommen, ebenso wie die beschissenen vierzig Millionen Dollar in Zürich. Dann haben wir den Salat!«

»Verdammt noch mal, Junge, das haben wir doch schon hundertmal besprochen! Ihr Job ist jetzt erledigt oder wird es zumindest sein, sobald Sie das mit dem Geld klargekriegt haben. Sie haben dann nichts mehr damit zu tun. Und Sie sind *sauber*, Junge. Sauber und weiß, das weißeste Weiß, das es je gegeben hat, wie in einer Waschmittelwerbung!«

»Nein, das bin ich nicht.« Devereaux unterdrückte seine Erregung und flüsterte, während er die Daunendecke an sich preßte: »Ich habe gesagt, sobald man Sie festnagelt, nagelt man mich ebenfalls fest!«

»Wofür denn? Angenommen, Sie hätten recht — was ich für unmöglich halte — wofür könnte man Sie denn festnageln? Dafür, daß Sie Geld für einen alten Soldaten investiert haben, der behauptet hat, er würde Spenden zur Unterstützung seiner Organisation für die Verbreitung der religiösen Brüderschaft sammeln? Lassen Sie mich eine Frage stellen, Herr Anwalt, könnten Sie unter Eid aussagen, daß Sie irgend etwas Unrechtes getan haben?«

»Sie sind *wahnsinnig*!« Sam ging auf den Hawk zu und stolperte dabei über die Decke. »Sie haben es mir *gesagt*, Sie würden ...« Devereaux verstummte und machte Handbewegungen wie in einem Scharadenspiel, als wollte er sich einen Körper auf die Schultern laden und gleichzeitig das Kreuzzeichen machen.

»Zum *Teufel*, Junge, es gibt verschiedene Arten von Eiden. Seien Sie doch vernünftig. Außerdem würde das auf Hörensagen beruhen und wäre als Beweis unzulässig.«

Sam schloß die Augen. Langsam begann er zu begreifen, was es bedeutete, ein Märtyrer zu sein. Er fuhr fort, und seine Flüsterstimme klang angestrengt, aber kontrolliert: »Ich bin mit dieser Scheißaktentasche aus den Archiven gegangen, und die hat an einer Kette an meinem Handgelenk gebaumelt.«

»Davon einmal abgesehen«, murmelte MacKenzie. »Außerdem, das ist Armyscheiße. Keiner von uns hat für die Army besonders viel übrig. Noch etwas?«

Devereaux dachte nach. »Unter den gegebenen Umständen ist das alles. Das ist es ja gerade. In der ganzen Angelegenheit ist nichts sauber und korrekt gelaufen.«

»Das ist subjektiv«, meinte Hawkins, schüttelte den Kopf und bestätigte damit den Schluß, den Sam bereits gezogen hatte. »Es hat keine gewalttätigen Handlungen gegeben, niemand hat gelogen. Kein Diebstahl, keine Bestechung – alle haben freiwillig mitgemacht. Und wenn die im einzelnen angewandten Methoden ungewöhnlich erscheinen, so ist dies das Vorrecht eines jeden einzelnen Investors, so lange er nicht die Rechte anderer beeinträchtigt.« Mac machte eine Pause und sah Sam gerade in die Augen. »Und da ist noch etwas anderes. Sie hatten selbst gesagt, daß die erste Verantwortung eines Anwalts seinem Mandanten gilt, nicht abstrakten moralischen Zwiespältigkeiten.«

»Das habe ich gesagt?«

»Sicher haben Sie das.«

»Das ist nicht schlecht ...«

»Es ist sogar verdammt gut – höchst eloquent, das muß man Ihnen lassen. Sie haben eine goldene Zunge, junger Mann.«

Sam erwiderte den starren Blick des Hawk und versuchte hinter diese Maske zu sehen. Aber das war keine Maske. Der Mann meinte, was er sagte. Und da nichts die Menschen so vereint wie persönliche Aufrichtigkeit, entschied sich Devereaux dafür, persönlich aufrichtig zu sein.

»Hören Sie mir zu«, sagte er ruhig. »Nehmen wir einmal an, sie würden diesen – diesen Wahnsinn wirklich zu Ende führen, denn ein Wahnsinn ist es, das wissen Sie ja. Nehmen wir an, Sie würden es wirklich schaffen. Sie würden tatsächlich den Papst kidnappen und damit durchkommen. Sei es auch nur für ein paar Tage. Wissen Sie, was dann geschehen würde? Was Sie damit auslösen könnten?«

»Sicher weiß ich das. Vierhundert Millionen grüne Eierchen und vierhundert Millionen heulender Makrelenschnapper. Das soll keine Beleidigung sein, nur ein harmloses Wortbild.«

»Nein, Sie größenwahnsinniger Hurensohn! Internationalen Abscheu würden Sie hervorrufen! Und Vorwürfe! Und dann in erster Linie Anklagen. Die Regierungen würden mit dem Finger auf andere Regierungen zeigen! Präsidenten und Vorsitzende und Premierminister würden ihre blauen Leitungen und ihre roten Leitungen und dann sehr *heiße* Leitungen benutzen. Und ehe Sie richtig wissen, was geschieht, rezitiert irgendein Arschloch einen Code aus einer kleinen schwarzen Box in seinem Aktenkoffer, weil ihm das, was irgendein anderes Arschloch gesagt hat, nicht gefallen hat. Jesus, Mac! Sie könnten den Dritten Weltkrieg auslösen!«

»*Verdammt!* Ist es das, woran Sie gedacht haben?«

»Das ist es, woran ich *nicht* zu denken versucht habe.«

Hawkins warf seine Zigarre in die riesige Höhle, die Schloß Machenfeld als Kamin diente, und stand mit verschränkten Armen da, während in seinen Augen langsam eine Flamme erstarb. »Sam, Junge, Sie könnten nicht weiter von der Wahrheit entfernt sein. Wissen Sie, Junge, der Krieg ist nicht mehr das, was er einmal war. Da steckt kein Schwung mehr dahinter. Es gibt keine Trompeten und Trommeln und Männer mehr, die sich um andere Männer sorgen und einen Feind hassen, weil er dem, was man liebt, Schaden zufügen kann. Das alles ist jetzt dahin. Jetzt gibt es nur noch Knöpfe, auf die man drücken kann, und Politiker, die einem nicht in die Augen sehen können und die dauernd blinzeln und mit den Händen herumfuchteln, ohne damit eine prägnante Meinung auszudrücken. Ich hasse den Krieg.

Ich hätte nie gedacht, daß ich das einmal sagen würde. Aber jetzt sage ich es und lerne, daß ich es kann. Ich würde niemals einen Krieg provozieren.«

Devereaux' Blick hielt die Augen des Hawk fest. Er würde nicht zulassen, daß MacKenzie sich mit Phrasen herausredete. »Warum sollte ich das glauben? Alles, was Sie getan haben, stinkt nach Geschäft. Nach einem riesigen, faulen Schwindelgeschäft. Warum sollten Sie sich von einem Krieg aufhalten lassen?«

»Warum, fragen Sie, junger Mann?« erwiderte Hawkins leise, ohne Sams Blick auszuweichen. »Weil ich Ihnen gerade die Wahrheit gesagt habe, deshalb.«

»Schön. Und angenommen nun, Sie provozieren einen Krieg, ohne das zu wollen?«

»*Verdammt!* Jetzt treiben Sie mich zu weit!« MacKenzie schritt von dem offenen Kamin zu einer zweiten Ritterrüstung, die rechts davon stand. Das Visier war geöffnet, und er knallte es zu. »Ich habe fast vierzig Jahre Dienst geleistet, und dann haben mich diese Plastikmännchen reingelegt! Nicht daß ich mir selbst leid täte — ich wußte schließlich, was ich tue, und war für das, was ich getan habe, verantwortlich. Aber, verdammt noch mal, verlangen Sie von mir nicht, daß die mir leid tun oder daß ich für ihre Dummheit die Verantwortung übernehmen soll!«

So viel zum Thema persönlicher Aufrichtigkeit, dachte Devereaux. So wie die Strategien eins, zwei, drei und vier am Morgen — damit war nichts anzufangen. Diesmal war das Ganze in einer Aufwallung von Selbstgerechtigkeit untergegangen. Es blieb ihm also keine andere Wahl, als einen neuen Weg zu finden. Und ein solcher würde sich zeigen, davon war Sam überzeugt. Vor dem Hawk lag noch ein beträchtliches Stück Weg, ehe der Papst der katholischen Kirche das Edelweiß in Machenfeld segnete. Irgend etwas würde sich ergeben, und dann würde Strategie sieben — unter Vermeidung der Strategien fünf und sechs — zum Tragen kommen. Für den Augenblick mußte er MacKenzie beruhigen und durfte unter keinen Umständen sein Vertrauen verlieren. Und dann gab es da einen Punkt, der wichtig war, einen juristischen Punkt.

Sam war sauber. Im juristischen Sinne sauber. Nach jeder anderen Betrachtungsweise war der Schmutz einen Zoll dick, aber in bezug auf Beweise würde er es einem Anklagevertreter nicht leicht machen.

»Okay, Mac. Ich werde mich nicht gegen Sie stellen. Man hat Sie hereingelegt, und das habe ich auch gesagt, und ich glaube Ihnen. Sie hassen den Krieg. Vielleicht reicht das schon. Ich weiß es auch nicht. Was mich persönlich angeht, möchte ich einfach nur zurück nach Hause, nach Quincy. Und wenn ich was über Sie in den Zeitungen lese, werde ich mich an die Worte eines narbenübersäten, aber ehrlichen Kriegsmannes erinnern, die in diesem Raum gesprochen wurden.«

»Eine goldene Zunge! Das bewundere ich.«

»So lange diese Zunge nicht in einem Kopf aus Blei steckt, akzeptiere ich das. Haben Sie die Papiere für die Bank in Zürich?«

»Wollen Sie nicht erfahren, wie hoch die Summe ist, die ich für Ihre Leistung – angesammelt habe? Gefällt Ihnen das Wort ›angesammelt‹? Ich bin schließlich Vorstandsvorsitzender einer bedeutenden Firma, müssen Sie wissen. Wir halten uns nicht mit zweitrangigem Vokabular auf.«

»Ich bin beeindruckt. Wie hoch ist der Habenbetrag?«

»Der was?«

»Der Betrag auf der Habenseite. So nennt man das in Wirtschaftskreisen.«

»Schlaumeier! Was würden Sie zu einer halben Million Dollar sagen?«

Sam konnte gar nichts sagen. Er war wie betäubt. Er sah erstaunt, wie seine Hand sich bewegte, und beobachtete sie mit einer gewissen Faszination, ohne ganz sicher zu sein, ob sie ihm gehörte. Aber das mußte sie wohl, denn als er beschloß, mit den Fingern zu wackeln, wackelten sie.

Eine halbe Million Dollar.

Was gab es da zu bedenken? Es war genauso verrückt wie

alles andere. Die Tatsache eingeschlossen, daß man ihm nichts anhaben konnte.

Es war wie im Monopoly. Wir wollen die Schloßallee und die Parkstraße kaufen.

Halt! Gehen Sie ins Gefängnis!

Warum sich den Kopf zerbrechen?

Es nützte doch nichts.

»Das ist vernünftig — eine Abfindung«, murmelte Sam.

»Sonst haben Sie nichts zu sagen? Mit dem Geld, das ich für Sie in New York angelegt habe, können Sie sich diesen jüdischen Knaben anheuern, und er wird den Job mit Vergnügen übernehmen.« MacKenzie gab sich jetzt beleidigt. Offensichtlich rechnete er damit, daß Devereaux eine seiner Überreaktionen zeigte.

»Wir wollen einmal sagen, daß ich dann in Begeisterungsstürme ausbrechen werde, wenn ich mir diese Zahlen — in einem Sparbuch in Boston — ansehe und meine Mutter auf der anderen Zimmerseite sitzt und sich über das neue Management im Copley Plaza beklagt. Okay?«

»Wissen Sie was?« sagte Hawkins mit zusammengekniffenen Augen, »Sie sind irgendwie seltsam.«

»*Ich* bin irgendwie...« Devereaux sprach nicht weiter. Es hatte keinen Sinn.

Das Klicken hoher Absätze war zu hören. Regina Greenberg kam durch den kathedralenartigen Torbogen in den Salon. Sie trug einen beigefarbenen Hosenanzug und hatte das ziemlich strenge Jackett über ihren titanenhaften weiblichen Attributen zugeknöpft. Sie wirkte — nun, ziemlich tüchtig, dachte Sam. Sie lächelte kurz und wandte sich Hawkins zu.

»Ich habe mit dem Personal gesprochen. Fünf wollen bleiben. Drei konnten nicht. Sie würden im Dorf wohnen, und ich habe ihnen erklärt, daß das nicht akzeptabel wäre.«

»Hoffentlich waren sie nicht verletzt.«

Ginny lachte zuversichtlich. »Kaum. Ich habe mit jedem einzeln gesprochen und allen dreien den Lohn für zwei Monate gegeben.«

»Die Übrigen begreifen unsere Bedingungen?« MacKenzie griff in die Tasche, nach einer frischen Zigarre.

Ginny nickte. »Und ihre Prämie sowie das Minimum von drei Monaten. Alle haben Familien, denen sie erklären müssen, daß man sie für die ganze Zeit in Frankreich eingestellt hat. Sie wissen auch, daß sie keine Fragen stellen dürfen.«

»Nicht anders als Überseedienste«, meinte der Hawk. »Und die Bezahlung ist ein gutes Stück besser als der Soldatensold — und ohne eine Waffe weit und breit.«

»Die Logistik kommt dir auch zugute«, fuhr Ginny fort. »Von den fünf sind nur zwei verheiratet. Nicht besonders glücklich, hatte ich das Gefühl. Sie werden ihre Familie nicht vermissen oder von ihr vermißt werden.«

»Trotzdem müssen wir Frauen beschaffen«, konterte MacKenzie. »Für die Truppenbetreuung. Ich werde mir später das Terrain ansehen und den Standort für ein Zelt festlegen — weit genug von den Manövern entfernt, natürlich. Und unser Anwalt fährt nach Zürich, um dort einige finanzielle Dinge für mich zu erledigen. Was meinen Sie, Sam? Wie lange werden Sie brauchen, bis Sie fertig sind?«

Deveraux mußte sich zwingen, über die Frage des Hawk nachzudenken. Die offensichtliche Kontrolle, die MacKenzie über Ginny ausübte, faszinierte ihn. Nach den Aufzeichnungen in den Datenbänken hatte sie sich vor mehr als zwanzig Jahren von MacKenzie scheiden lassen. Und doch unterwarf sie sich ihm hier wie ein Schulmädchen, das in seinen Lehrer verknallt ist.

»Was haben Sie gesagt?« Sam hatte die Frage verstanden, wollte aber Zeit gewinnen, um überlegen zu können.

»Wie lange brauchen Sie in Zürich?«

»Einen Tag. Vielleicht eineinhalb, wenn keine Schwierigkeiten auftreten. Eine ganze Menge wird von der Kontenfreigabe abhängen. Ich denke, die Überweisungen laufen über Genf, aber da kann ich mich auch irren.«

»Könnte man die ›Komplikationen‹ mit ein wenig Honig im Topf ausschalten?«

»Wahrscheinlich. Man könnte beispielsweise auf den Zins verzichten. Die Zeitdauer ist minimal, aber die Summe nicht. Die Depositäre würden ein paar Tausend gewinnen — auf dem Papier. Das könnte ein Anreiz sein.«

»Verdammt, Junge, hören Sie sich? Hören Sie, wie gut Sie sind?«

»Elementare Buchhaltung. Ein Prozeßanwalt liebt Auseinandersetzungen mit Banken. Die haben mehr Mittel und Wege, einander zu belügen — sich und alle anderen — als irgend jemand sonst, seit die Eingeborenenstämme angefangen haben, miteinander Tauschhandel zu betreiben. Ein vernünftiger Anwalt pickt sich einfach die Lügen heraus, von denen er weiß, daß sie am besten in sein Konzept passen.«

»Hast du das gehört, Ginny? Ist der Junge nicht fabelhaft?!«

»Du bist eindrucksvoll, Sam, das muß ich zugeben. Und, Mac — da der Meedscher hier alles unter Kontrolle hat, könnte ich ja vielleicht mit ihm nach Zürich fahren und ihm sozusagen Gesellschaft leisten.«

»Aber sicher, das ist eine prima Idee! Ich weiß gar nicht, weshalb ich nicht selbst daran gedacht habe.«

»Ich kann mir nicht vorstellen, wie Ihnen das entgehen konnte«, sagte Devereaux leise. »Wo Sie doch eine Seele von einem Menschen sind.«

Aus allen Bereichen der Windrose trafen die Offiziere des Hawks ein. Der katzenäugige Chauffeur mit der Baskenmütze und dem Goldzahn, der Rudolph hieß, holte sie am Bahnhof von Zermatt ab. Und Rudolph hatte zwei hektische Tage.

Kreta erschien als erster, ohne Zwischenfall. Das heißt, er schaffte es, die internationalen Grenzen unter den Augen sehr professioneller Behörden ohne Zwischenfall zu überqueren (wenn auch mit einem gefälschten Paß) und erreichte die Station von Zermatt, wo seine Schwierigkeiten begannen. Rudolph weigerte sich nämlich, Kreta als Kreta zu akzeptieren, und das trotz der entsprechenden Markierungen auf seiner Kleidung, und lehnte es daher auch ab, ihn in sein italienisches Taxi zu lassen.

Weil nämlich keine der Eintragungen in den Datenbänken von G-2 — aus Gründen, die Hawkins unerklärlich blieben — auf die Tatsache hingewiesen hatte, daß seine Hautfarbe schwarz war. Und doch war sie das. Kreta war ein hervorragender Flugzeugingenieur, ein Sowjetsympathisant, so lange die Russen ihn bezahlt hatten. Ein übergelaufener Spionageagent inklusive Doktortitel und sehr schwarzer Haut. Rudolph war in höchstem Maße verwirrt, und MacKenzie mußte Rudolph daher am Telefon einige sehr harte Worte sagen, bis der Verrückte mit der Baskenmütze den Neger schließlich auf den Rücksitz seines Wagens ließ.

Dann kamen Marseille und Stockholm. Sie trafen gemeinsam mit dem Flugzeug aus Paris ein, weil sie sich am vergangenen Abend im Les Calvados auf dem Boulevard George Cinque getroffen und eine alte Bekanntschaft erneuert hatten, die bis in die Tage zurückreichte, in denen sich beide ihr Geld gleichzeitig bei den Alliierten und der Achse verdient hatten. Sie waren entzückt, festzustellen, daß sie zu demselben gelben Berg in Zermatt unterwegs waren. Rudolph hatte keine Schwierigkeiten mit Stockholm und Marseille, weil sie ihn entdeckten, ehe er sie entdeckte, und sie sein albernes, auffälliges Benehmen kritisierten.

Beirut kam nicht mit dem Zug aus Zürich. Statt dessen mietete er einen Krankenwagen. Er hatte dafür seine Gründe — unter anderem diverse Auseinandersetzungen mit der Züricher Polizei wegen seiner Schmuggelgeschäfte. Also flog er nach Genf, mietete sich dort unter dem Namen eines Transvestiten aus der besten Gesellschaft einen Wagen, gab ihn in Lausanne ab, nahm mit dem L'Hôpital des Deux Enfants in Montreux Verbindung auf und mietete eine Ambulanz mit der Anweisung, ihn nach Zermatt zu fahren, wo er als Herzkranker seine letzten Tage verbringen wollte. Er stimmte die Zeit sorgfältig auf den Züricher Zug ab, und wenn Rudolph nicht gewesen wäre, wäre alles glattgelaufen.

Unglücklicherweise hatte Rudolph auf einer der Nebenstraßen von Machenfeld eine Reifenpanne und in der sich daraus ergebenden Hast, um rechtzeitig den Bahnhof zu erreichen, auf dem Parkplatz einen Zusammenstoß. Mit der Ambulanz.

Deshalb war es für Rudolph schwierig, den höchst erregten Herzpatienten zu identifizieren, der aus der Hintertür des Wagens kletterte und wütend über hirnlose Idioten schimpfte und dabei eine Figur hatte, die ihn als Beirut identifizierte.

Aber Rudolph begann bereits, sich ein immer häufiger auftretendes Schulterzucken anzugewöhnen. Der Herr von Machenfeld, so begann er zu argwöhnen, war im Kopf nicht ganz richtig. Und die Leute, die er in Zermatt abholen mußte, auch nicht.

Und die reizende Dame, die seit einigen Tagen seine Träume heimsuchte, das Fräulein mit den schönen Brüsten, hatte das Château für ein paar Tage verlassen. Es war zum Weinen.

Rom und Rudolph kamen prächtig miteinander aus. Rom hatte sein Gepäck im Zug verloren. Das kombinierte Chaos der Suche nach seinen drei Koffern und seinem Kontaktmann vom Château erwies sich als eine Belastung, die beinahe über Roms Kräfte ginge. Rudolph hatte Mitgefühl und gestattete ihm, auf der Fahrt zum Château vorn neben ihm zu sitzen.

Biskaya gab sich hochgradig geheimnisvoll. Sobald er sich vereinbarungsgemäß identifiziert hatte (ein paar weiße Handschuhe mit Rosen auf dem Handrücken), entschuldigte er sich, um die Herrentoilette aufzusuchen, und verschwand durch ein Fenster. Nach einer halben Stunde schlug Rudolphs Ungeduld in Neugierde um, und aus der Neugierde wurde wiederum Panik, als er feststellte, daß die Herrentoilette leer war. Er versuchte, unauffällig zu bleiben, während er jeden Winkel, jede Ecke und jeden Gepäckbehälter absuchte. Biskaya folgte ihm diskret. Erst nachdem Rudolph, von Panik erfüllt, Machenfeld angerufen hatte, entschied Biskaya, der ihn aus der Nebenzelle belauscht hatte, daß seine Kontaktperson echt war.

Biskaya nahm auf dem Rücksitz Platz, und Rudolph sprach während der ganzen Fahrt nach Machenfeld kein Wort.

Als letzter traf Athen ein. Wenn Biskaya argwöhnisch war, dann war Athen paranoid. Zu allererst zog er die Notbremse im Zug und veranlaßte dadurch, daß dieser bereits außerhalb des eigentlichen Bahnhofsgeländes auf dem Frachtbahnhof zum Stillstand kam. Schaffner und Lokomotivführer rannten durch die Waggons und suchten nach der Ursache, während Athen aus dem Wagen sprang und über die Geleise zum Bahnsteig rannte, wo er sich hinter einer Betonsäule versteckte. Es bereitete Athen keine Schwierigkeiten, Rudolph ausfindig zu machen.

Schließlich rollte der Zug in die Station. Rudolph musterte sämtliche aussteigende Passagiere. Athen konnte seine Besorgnis sehen. Als außer den Bahnbediensteten niemand mehr auf dem Bahnsteig war, trat Athen von hinten auf Rudolph zu und tippte ihm auf die Schulter. Dabei zeigte er seine Identifizierung (ein rotes Halstuch) und gab Rudolph durch Gesten zu verstehen, daß er ihm folgen sollte.

Worauf Athen ans Ende des Bahnsteigs zurückrannte, auf die Gleise hinuntersprang und sich anschickte, zum Güterbahnhof zu laufen. Er hatte Rudolph bald abgehängt und fing jetzt an, zwischen den unbewegten Waggons herauszuspähen, wie Kinder, die Hasch-mich spielen.

Fünf Minuten später wurde der fast entnervte Rudolph von dem energischen Athen getröstet, als sie durch den Güterbahnhof zum Taxi gingen.

Und während MacKenzie Hawkins, zusah, wie der Wagen auf Machenfeld zurollte, gratulierte er sich noch einmal zu seiner Professionalität. Zweiundsiebzig Stunden waren verstrichen, seit er seine Codekontakte aus dem D'Accord aufgenommen hatte, und in jenen zweiundsiebzig Stunden hatte sich jeder einzelne seiner Offiziere in der Zentrale eingefunden.

Verdammt!

Von dem altbewährten Prinzip ausgehend, daß die Banken Hand in Hand arbeiten, was Bagatelldiebstähle betrifft, erwies sich Sams Reise nach Zürich – genauer gesagt eine Reise zur Staatsbank, um das Kapital der Shepherd Company zu zentralisieren – schon nach kurzer Zeit als so erfolgreich, daß er damit rechnen durfte, den frühen Nachmittagszug zurück nach Zermatt zu erreichen. Und da Regina Greenberg ausgegangen war, um Einkäufe zu machen, hinterließ er ihr im Hotel D'Accord eine Nachricht: ›Bin kegeln gegangen. Komme spät nach Hause.‹ Er wollte jene Stunden im Zug für sich allein haben, um nachzudenken und seine Pläne auszuarbeiten. Denn Strategie sieben definierte sich im Laufe der Stunden immer deutlicher. Dies war insbesondere auf die Papiere zurückzuführen, die er jetzt bei sich trug und die ihm ein transpirierender Bankbeamter übergeben hatte, der jetzt wesentlich wohlhabender war als vor seiner Begegnung mit Sam.

Von den vierzehn Dokumenten bezogen sich vier auf die Überweisungen aus Genf, den Cayman Islands, Berlin und Algier – minus der inzwischen entstandenen Zinsen, versteht sich. Eines zählte die gesamten Aktiva der Shepherd Company, die Freigabecodes und die Kontonummer auf. Eines war auf den Namen der Familie Devereaux ausgestellt (Sam hatte dazu keine Erklärung abgegeben, und der Banker hatte keine Fragen gestellt und das Papier behandelt, als existierte es nicht). Und außerdem gab es acht separate Dokumente, die acht separate Treuhandkonten betrafen. Eines dieser Konten war größer als die anderen, enthielt vier individuelle Beträge – und war offensichtlich für vier Individuen bestimmt. Es bedurfte keiner umfangreichen Analysen seitens Devereaux, um sie zu identifizieren – Mrs. Hawkins eins, zwei, drei und vier.

Verblieben sieben Treuhandkonten, jedes mit einer identischen Höchstsumme.

Sieben.

Das Versorgungspersonal des Hawk.

MacKenzie hatte sieben Männer eingestellt, um den Papst

zu kidnappen. (Sam konnte sich nicht vorstellen, daß es Frauen waren. Die vier Exfrauen des Hawk konnten hauptsächlich Leistungen bringen, die *weiblicher* Fähigkeiten bedurften). Diese sieben waren seine — untergeordneten Offiziere. MacKenzie hatte angedeutet, daß seine untergeordneten Offiziere bald in Machenfeld eintreffen würden.

»Was verstehen Sie unter ›untergeordnete Offiziere‹?« hatte Devereaux gefragt.

»Die Truppen, Junge, die Truppen!« hatte der Hawk geantwortet, und in seinen Augen hatte das Feuer wieder aufgeleuchtet.

»Was verstehen Sie unter ›bald‹?«

»Wir haben blauen Alarm, Junge. Das bedeutet, daß alle Posten besetzt sind, Kontakt wird in Kürze erwartet.«

»Zum Beispiel in ein paar Tagen?«

»Vielleicht früher, das hängt von den gegnerischen Blockademaßnahmen ab. Unsere Truppen werden auf ihrem Weg zum Stützpunktlager feindliches Territorium durchqueren müssen.«

»Was soll das Gerede?«

»Das betrifft Sie nicht. Bringen Sie einfach das Geld aus Zürich mit. Ehe ich meinen ersten Einweisungsvortrag über den Einsatz halte, möchte ich, daß meine untergeordneten Offiziere mit eigenen Augen sehen können, wie gründlich die Befehlszentrale für ihre Interessen gesorgt hat. Das wird ihnen ein Gefühl der Zusammengehörigkeit und der Zielsetzung geben. Das geht von ganz oben aus, müssen Sie wissen. So war das schon immer.«

Das war ein weiterer Grund dafür, daß Strategie sieben anfing, Gestalt anzunehmen. Bringen Sie das Geld mit ... Ehe ich meinen ersten Einweisungsvortrag halte ... Die Befehlszentrale hat für die Interessen der Leute gesorgt.

Die Truppen des Hawk waren rekrutiert worden, ohne genau zu wissen, was das alles zu bedeuten hatte. Vom militärischen Standpunkt aus betrachtet, lag darin nichts Ungewöhnliches. Aber angesichts der enormen Hilfsmittel des geplanten Gegners — nämlich der ganzen Welt —

würden ein paar wohlgewählte Worte wie: ›Ist Ihnen eigentlich klar, was dieser Wahnsinnige vorhat? Den Papst kidnappen!‹ Und: ›Ihr Befehlshaber ist verrückt!‹ Und: ›Dieser Irrsinnige hat einem chinesischen Denkmal die Jadeeier abgeschossen.‹ Solche Worte würden sehr leicht dazu führen, daß das Versorgungspersonal sich nach anderen Betätigungsfeldern umsah.

Es war eine Frage des richtigen Zeitpunkts. Und der Psychologie. Wenn Sam es richtig verstand, so beabsichtigte Hawkins, seine untergeordneten Offiziere mit einer Salve aus zwei Rohren zu treffen — einer hochgradig technischen, strategisch ›machbaren‹ Schilderung der Entführung *und* unwiderlegbaren Dokumeten der Staatsbank von Zürich, die jedem Mann ein Vermögen garantierten — gleichgültig wie die Sache ausging! Es würde gar nicht leicht sein, dagegen zu bestehen, aber genau darum ging es eben bei Strategie sieben.

Sam würde die untergeordneten Offiziere *zuerst* erreichen können. Er würde Kanonen des Zweifels hinsichtlich der Zurechnungsfähigkeit des Hawk abschießen. Für Komplicen bei irgendwelchen Verbrechen gab es nichts Schlimmeres als die Möglichkeit, daß ihre Auftraggeber nicht ganz zurechnungsfähig waren. Eingeschränkte Zurechnungsfähigkeit bedeutete eingeschränktes Urteilsvermögen, ganz gleich, wie gut sich das auch verbarg. Und eingeschränktes Urteilsvermögen konnte auf zehn bis zwanzig Jahre bis lebenslänglich hinauslaufen. In diesem Fall möglicherweise sogar auf einen langen Strick und eine Augenbinde.

Selbst die Unterwelt Europas mußte von dem paranoiden General gehört haben, den man aus China hinausgeworfen hatte. So lang lag das nicht zurück. Und wenn er diesen Teil seines Plädoyers beendet hatte, würde Sam seinen höchsten Trumpf auf den Tisch legen.

Es gab keinen höheren. Die Karte war unwiderstehlich.

Auf der Zugfahrt nach Zermatt würde er sich nämlich die Dokumente der Staatsbank von Zürich ansehen, insbesondere die Treuhandkonten, sich alle Nummern und die Freigabecodes aufschreiben und sie auf sieben Blättern notieren. Er würde jedem Mann eine Karte mit der entsprechenden Information geben. Jeder konnte das Château Machenfeld verlassen, ohne auch nur eine einzige Mahlzeit einzunehmen, nach Zürich fahren — und sein Geld beanspruchen.

Jeder untergeordnete Offizier würde ein Vermögen einheimsen. Dafür, daß er absolut nichts tat. Das war unwiderstehlich.

Giovanni Bombalini, Statthalter Christi, trat in seinen geliebten Garten, um allein zu sein. Er wollte niemanden sehen, mit niemandem sprechen. Er war zornig auf die Welt. Und wenn man zürnte, war es stets die beste Medizin, zu meditieren.

Er seufzte. Wenn er zu sich selbst aufrichtig war, so mußte er zugeben, daß er auf Gott zornig war. Es war nur so sinnlos. Er hob die Augen zum Nachmittagshimmel, und ein einziges Wort entrang sich klagend seinen Lippen.

»Warum?«

Er senkte das Haupt und schlenderte den Weg hinunter. Die Lilien standen in der Frühlingsblüte, begrüßten das Leben.

So wie er im Begriffe war, es zu verlassen.

Die Ärzte hatten ihm gerade ihren gemeinschaftlichen Bericht geliefert. Seine Lebenszeichen wurden zusehends schwächer. Allerhöchstens sechs oder sieben Wochen hatte er noch.

Der Tod selbst war leicht, du lieber Himmel, er war eine Erleichterung! Das *Leben* war das Qualvolle. Qual oder nicht, er hatte noch nicht die notwendigen Kräfte gesammelt, sein Werk und das Roncallis fortzuführen. Er brauchte noch mehr Zeit, er brauchte die Autorität seines Amtes, um die auseinanderstrebenden Parteien einander näherzubringen. Warum konnte Gott das nicht begreifen?

›Wie, mein geliebter Herr? Warum? Nur noch etwas mehr Zeit? Ich verspreche Dir, ich werde nicht zulassen, daß mein Temperament mit mir durchgeht. Auch werde ich den

näselnden — verzeih mir, Allerheiligsten Vater — den Kardinal oder seine Bande vorsintflutlicher Diebe nicht beleidigen. Sechs Monate würden mir genügen. Dann will ich in dankbarer Hingabe in den Armen Christi ruhen. Fünf Monate vielleicht? In fünf Monaten könnte man so viel bewirken ...‹

Giovanni bemühte sich mit ganzem Herzen, um eine himmlische Antwort wahrzunehmen. Aber wenn es eine gab, so war sie zu schwach, um zu seinem Bewußtsein vorzudringen.

›*Vielleicht, lieber Vater, wenn Du mit der Heiligen Jungfrau sprechen würdest? Sie könnte eindringlichere Worte finden, um mein Anliegen zu übermitteln, meine Bitte ... Heißt es denn nicht, daß Frauen in solchen Dingen die bessere Überredungsgabe besitzen?*‹

Immer noch nichts. Nur ein schwacher Schmerz in seinen Knien, ein Schmerz, der ihm sagte, daß das Gewicht zu schwer auf seinen alten Knochen lastete und er sich für eine Weile setzen sollte. Wie hatte die reizende *giornalista* gesagt? Es gab da gewisse Übungen ...

Basta! Das fehlte gerade noch, daß er Liegestütze machte und dabei zusammenbrach. Ignatio Quartze würde seine Leiche unter das Bett rollen, und sie würden ihn eine Woche lang nicht finden. Unterdessen würde Quartze die Kurie einberufen.

Der Papst erreichte seine Lieblingsbank und ließ sich vorsichtig auf den kühlen Stein sinken. Von den Gartenmauern kam eine Brise und ließ die Blätter des Baums über ihm rascheln. War das ein Zeichen? Erfrischend war es jedenfalls. Dann hörte die Brise auf, und er wurde wieder ganz ruhig. Und an die Stelle der raschelnden Blätter traten Schritte, die über den Plattenweg herannahten.

Es war der neue päpstliche Adjutant. Ein junger Negerpriester aus der Diözese New York, ein brillanter Student, der in Harlem viel Gutes getan hatte. Franziskus hatte sich einen solchen verdienstvollen jungen Prälaten ausgesucht — gegen beträchtlichen Widerstand. Es war ein kleiner Teil eines großen Planes.

»Eure Heiligkeit?«

»Ja, mein Sohn. Du wirkst erregt. Was ist?«

»Ich glaube, ich habe etwas falsch gemacht. Ich war verwirrt, und Sie waren nicht in Ihren Gemächern, und ich dachte, ich hätte keine andere Wahl. Es tut mir sehr leid.«

»Nun, Wir werden das Ausmaß dieser Kalamität so lange nicht kennen, wie du es Uns nicht schilderst. Du hast nicht zufällig Kardinal Quartze in meinem Kleiderschrank gefunden und die Wache gerufen?«

Der Negerpriester lächelte. Ignatio hatte kein Hehl daraus gemacht, daß er die Berufung des jungen Mannes mißbilligte. Franziskus nahm jede Gelegenheit wahr, die Beleidigung zu mildern.

»Nein, Eure Heiligkeit. Ich hörte, wie Ihr privates Telefon klingelte. Das in der Schublade neben Ihrem Bett. Es hörte nicht auf zu klingeln ...«

»Das ist ganz einleuchtend, mein Sohn«, unterbrach ihn der Papst. »Es ist nicht mit der Telefonzentrale des Vatikan verbunden. Ein kleiner Luxus. Also hast du abgehoben. Wer hat denn angerufen? Die Nummer haben nur ein paar alte Freunde und ein oder zwei Kollegen. Mit dem, was du getan hast, konntest du keinen großen Schaden anrichten. Wer war es denn?«

»Ein Monsignore in Washington, Heiliger Vater. Er war sehr erregt ...«

»Ah, Monsignore Patrick Dennis O'Gilligan! Ja, der ruft häufig an. Wir spielen Fernschach miteinander.«

»Er war sehr aufgeregt – und er dachte, ich wäre *Sie*. Er hat mir gar keine Gelegenheit zum Sprechen gelassen. Er sprudelte alles so schnell heraus, daß ich ihn gar nicht unterbrechen konnte.«

»Ja, das klingt wie Paddy. Der hat auch seine Probleme gehabt. Wieder die Berrigans? Die zwei sind ...«

»Nein, Heiliger Vater. Viel schlimmer. Der Präsident hat ihn angerufen. Etwas über das Beichtgeheimnis und ob es zulässig wäre ... Er möchte konvertieren, Heiliger Vater!«

»*Che cosa? Madre di Dio!*«

»Es wird noch viel schlimmer, Eure Heiligkeit. Sechzehn Adjutanten des Weißen Hauses möchten Jesus sofort finden. Unter gewissen Bedingungen des Vatikanischen Privilegs — und sie berufen sich auf etwas, das sich christliche Immunität nennt.«

Giovanni seufzte. Es gab soviel zu tun.

›Vier Monate, Herr?‹

20.

Die fremden Gesichter hatten eines gemeinsam, dachte Sam. Sehr muskulöse Körper. So als hätte jeder Spaß daran, an der frischen Luft zu sein, und hielte sich dadurch fit, daß er unter den wachsamen Blicken von Zuchthauswärtern Steine bewegte. Und um von Blicken zu sprechen — das war noch etwas, das sie gemeinsam hatten. Ihre Augen wirkten alle ein wenig schläfrig, mit halb geschlossenen Lidern. Aber so schien es nur. Wenn man sie genauer betrachtete, so konnte man sehen, daß ihre Augen in ihren Höhlen kreisten wie Stahlbälle zwischen den Polen eines Magneten. Es gab nur sehr wenig, was ihnen entging.

Da war zunächst ein hochgewachsener, blonder Mann, der so aussah, als wäre er einer Fernsehwerbung für skandinavische Zigarren entsprungen — ein Schwarzer, der die ganze Zeit stumm nickte und ein Englisch sprach, wie man es mit den Vorlesungssälen einer Universität in Verbindung brachte. Und ein weiterer dunkelhäutiger Bursche mit scharf geschnittenen nordischen Zügen, dessen Akzent an jenen der feinen Leute im Savoy erinnerte. Da waren zwei Franzosen, die irgend etwas mit Schiffen zu tun hatten, ein langhaariger Mann in ganz engen Hosen, der beim Gehen wie ein Tangotänzer stolzierte und dabei die ganze Zeit den Hintern schwenkte — unverkennbar ein Italiener. Und schließlich ein Grieche mit wilden Augen, der ein rotes Tuch um den Hals trug und immer Witze erzählte, die keiner richtig verstand.

Sie hatten alle eine leise Höflichkeit an sich, die geradezu salbungsvoll wirkte, und dazu kamen Manieren, die aus einem guten Elternhaus und Wohlstand zu stammen schienen – wenn da nur nicht die unsteten Augen gewesen wären. Sie fühlten sich ganz offensichtlich in dem riesigen Salon des Château Machenfeld daheim, wo der Hawk sie alle vor dem späten Abendessen versammelte.

Im Interesse internationaler Sicherheit machte er sie nicht miteinander bekannt. Es wurden keine Namen genannt.

Sam war um sieben ins Château zurückgekehrt. Er hätte eine Stunde früher eintreffen können, aber er hatte die letzten drei Meilen zu Fuß gehen müssen, weil kein Taxi aus Zermatt über einen bestimmten Punkt hinaus fahren durfte und Rudolph nirgends zu finden gewesen war. Als Sam die Auskunft anrief, um die Telefonnummer von Machenfeld zu erfragen, stellte er fest, daß es einen solchen Ort überhaupt nicht gab.

Das hätte ihm den letzten Rest geben können, aber Strategie sieben hielt ihn in Bewegung. Er wußte, wann er einen Fall gewonnen hatte.

MacKenzie hatte ihn mit gemischten Gefühlen begrüßt. Der Hawk war froh, daß er die Finanzpapiere so prompt zurückgebracht hatte, war aber andererseits der Ansicht, daß er sich Regina gegenüber nicht gerade wie ein Gentleman benommen hätte. Jetzt würde Sam sich nicht richtig von ihr verabschieden können.

Warum nicht?

Weil ihr Gepäck zum Flughafen geschickt worden war. Ginny würde nach Kalifornien zurückreisen und in Rom einen kurzen Aufenthalt einlegen, um die Museen zu besuchen.

So viel zum Thema Ginny, dachte Devereaux. Er war ein bißchen traurig, aber Strategie sieben erfüllte sein ganzes Denken. Und langsam gelangte er zu dem Schluß, daß das Timing perfekt war.

MacKenzie sagte ihm, daß am ersten Abend keine geschäftlichen Gespräche geführt werden würden. Nur Konversation und Spaziergänge im Garten und Cocktails und

Dinner und dann ein Brandy. Warum? Weil die Truppen seiner Ansicht nach eine Gelegenheit brauchten, um einander zu testen, ihre Zimmer nach elektronischen Wanzen abzusuchen, ihre Waffen zu ölen und sich ganz allgemein zu vergewissern, daß Machenfeld nicht etwa eine Falle von Interpol war. Sam würde damit rechnen müssen, während der Nacht Geräusche zu hören. Die meisten der Männer würden die Umgebung selbst durchforschen, und das war gut, weil sie ohne Zweifel aufeinanderstoßen und dadurch erneut erkennen würden, daß alles so war, wie es sein sollte.

Am Morgen, wenn alle erfrischt und ausgeruht waren, würde der Hawk seine erste Informationssitzung abhalten. Vorher würde er sich aber ganz sicher die Zeit nehmen, um sich von Sam zu verabschieden. Er würde seinen jungen Freund vermissen, daran gab es keinen Zweifel. Aber das Wort eines Generals war für ihn Verpflichtung — das war der Leim, der seine Bataillone zusammenhielt.

Devereaux' Arbeit war getan. Rudolph würde ihn nach Zermatt fahren, und dort würde er den Frühzug nach Zürich und die Nachmittagsmaschine nach New York nehmen.

Eines sollte Sam freilich wissen, nur für den Fall, daß er nervös werden oder sonstwie in Unruhe geraten sollte. Während der nächsten vier Wochen würden einige Bekannte des ersten Firmeninvestors, Mr. Dellacroce, mit ihm in Verbindung bleiben. Ihre Namen lauteten, soweit Hawkins sich erinnern konnte, Fingers und Meat. Das sei aber nur eine vorläufige Angelegenheit, Sam sollte es ihm nicht verübeln.

Ja. Sam begriff. Es erübrigte sich für MacKenzie, noch deutlicher zu werden.

Devereaux hatte das Gespräch beendet und gesagt, er wollte sich rasieren, sich den Schweiß und den Staub der drei Meilen Bergstraße abwaschen und dann zum Cocktail erscheinen.

In seinem Zimmer fand Sam die Schere, mit der Ginny seine Unterhose ruiniert hatte, und schnitt mit ihr sieben Streifen Papier ab, jeder fünf Zoll lang und einen Zoll breit. Auf jeden Streifen schrieb er dasselbe.

›Von äußerster Wichtigkeit, daß Sie sich mit mir auf meinem Zimmer treffen — zweites Stockwerk Hinterhaus, letzte Tür rechts im Nordkorridor. Pünktlich zwei Uhr morgens. Ihr Leben hängt davon ab. Ich bin Ihr Freund. Vergessen Sie nicht, zwei Uhr heute morgen!

Er faltete die Papierstreifen sorgfältig zusammen, so daß sie in seine Handfläche paßten, und steckte sie sich in die Jackentasche. Dann holte er die sieben Karteikarten mit den Kontonummern und den Freigabecodes aus seinem Aktenkoffer und schob sie in die Hosentasche. Das waren seine Trümpfe. Unwiderstehlich!

Er kehrte in den Salon zurück und setzte all den gesellschaftlichen Schliff ein, den eine gute Erziehung in Boston einbringt. Er schüttelte den Männern die Hand.

Und übergab jedem seinen Zettel.

Um halb zwei Uhr morgens war er bereit. Der Italiener kam als erster. Seine Hände steckten in eng anliegenden schwarzen Handschuhen, die Füße in so etwas wie Ballettschuhen, mit Profilgummisohlen. Und dann erschienen sie, einer nach dem anderen, in Kleidung, die der des Italieners stark ähnelte. Es gab eine Vielfalt von Handschuhen und weichen Schuhen oder Mokassins und schwarzen Pullovern und engen Hosen mit dicken Gürteln, an denen noch dickere Messer hingen und kleine Halfter mit kleinen Pistolen und, in einigen Fällen, aufgewickeltes Seil.

Insgesamt eine sehr professionelle Gruppe von Psychopathen, dachte Sam, als er ihnen mit leiser, nicht ganz echt empfundener Autorität sagte, sie sollten sich entspannen und es sich bequem machen und rauchen, wenn sie wollten.

Da sie alle entspannt *waren* und die meisten bereits rauchten, war er nicht sicher, ob das eine gute Eröffnung war. Aber die besten Plädoyers werden aus leisen, vielleicht sogar etwas verlegenen Anfängen aufgebaut.

Und so begann er. Zuerst mit ganz weicher Stimme. Er fing mit einem Menschen als Stammesangehörigen an, der zum

Himmel aufblickte und dort eine Bedeutung suchte, die über seinen täglichen Kampf um das Überleben hinausging. Und der in dem Trost fand, was er eigentlich nicht verstehen konnte, weil primitiver Glauben stets beruhigte. Die natürlichen Phänomene hatten eine Struktur, waren organisiert, und das bedeutete, daß es eine Kraft geben mußte, ein Bewußtsein, eine profunde, allwissende Intelligenz, die das Ganze wahrnahm. Und die doch nie wahrhaft verstanden werden konnte.

In diesem ungenügenden Verstehen war Schönheit, weil alle Menschen in sich das Bestreben verspürten, über sich hinaus die allsehende, allwissende Kraft zu erfassen, die diese Erde geschaffen hatte, kannte und liebte.

Ohne dieses Suchen war der Mensch ein bloßes Tier. Mit ihm griff er über sich hinaus, und das Mitfühlen wurde ein Teil seiner selbst.

Sam erklärte, daß Symbole und Titel für sich allein betrachtet nicht wichtig waren, weil man zwischen allen Religionen Beziehungen herstellen konnte. Das Wesen war, daß man zwischen dem Guten und dem Bösen zu unterscheiden vermochte. Aber Symbole und Titel hatten eine mystische Bedeutung und lieferten Millionen überall profundes Behagen. Glauben. Die Armen und Unterdrückten beteten sie an, brachten ihnen Hoffnung entgegen, verehrten sie. Und für Millionen waren diese Symbole das warme Licht in ihren endlosen Wintern der Finsternis.

Devereaux hielt inne. Jetzt war der Augenblick für das Crescendo gekommen.

»Gentlemen, vor Ihnen liegt ein Verbrechen von solch ungeheuerlichem Ausmaß, ein Verbrechen, das so durch und durch böse ist, ein Verbrechen, das unmöglich Erfolg haben kann und das nur jeden von Ihnen in den Tod führen wird. Oder in ein Leben, das Sie in einer brutalen Gefängniszelle erdulden, nicht leben werden. Denn in den Mauern dieses Châteaus gibt es einen Mann, der Sie all Ihrer unschätzbaren Besitzungen berauben will! Ihrer Freiheit! Ihres Lebens! Weil er sich das Unmögliche vorgenommen hat. In seinem unausgeglichenen – kläglich unausgeglichenen – Bewußtsein ist er überzeugt, der schnellen und schrecklichen Reaktion und der Rache der ganzen Welt gewachsen zu sein, sie sogar überwältigen zu können. Er rechnet damit, Sie in den gähnenden Schlund des Vergessens zu führen. Er beabsichtigt, den Papst der katholischen Kirche zu entführen! Mit einem Wort, er ist *wahnsinnig!*«

Sam hielt inne. Seine Augen bohrten sich in die eines jeden einzelnen Mannes. Zigaretten blieben in der Luft hängen, Münder standen ungläubig offen, Augen weiteten sich, und ihr starrer Blick verkündete eine aus dem Schock geborene Paralyse.

Er hatte sie überzeugt! Er hatte die Geschworenen in der Hand! Die Sätze waren wie Donner aus ihm hervorgebrochen.

Jetzt war es an der Zeit, seine Trümpfe auszuspielen. Jene unwiderstehlichen Zahlen und die Codewörter zu nennen, die jeden Mann im Raum reich machen würden. Sehr, sehr reich. Dafür, daß sie nichts taten und nur dem Risiko der Vernichtung auswichen.

»Gentlemen, ich kann erkennen, in welchem Schockzustand Sie sich befinden, und es schmerzt mich, das zu sehen. Es schmerzt mich, daß ich das verursacht habe. Wie jener große Römer Marc Aurel einmal sagte – wir alle müssen das tun, was wir tun müssen, in dem Augenblick, in dem das Schicksal verlangt, daß wir es tun. Aber wie der indische Prophet Baga Nishyad ebenfalls feststellte – man kann mit Tränen gefüllte Eimer über das Korn gießen, und der Reis wird wie Juwelen wachsen. Ich habe keine Juwelen, Gentlemen, aber ich habe für jeden von Ihnen Reichtümer. Verdienten Lohn. Summen, die Ihren Schmerz verringern und Sie in das Land Ihrer Wahl führen können, um dort in Freiheit zu leben, frei von Angst vor der Vernichtung, vor der Sorge. Hier. Ich übergebe Ihnen diese kleinen Karteikarten. Jede ist die Eintrittskarte in Ihr persönliches Nirwana. Lassen Sie mich erklären...«

Und Sam erklärte.

Die sieben untergeordneten Offiziere studierten die Karten, sahen einander an.

»Sprechen Sie französisch?« fragte einer der Franzosen.

Devereaux lachte — eine Spur zu fröhlich, wie er fand. »Eigentlich nicht.«

»Danke«, sagte der Franzose und wandte sich zu den anderen. »*Vous tous parlez français?*«

Alle nickten.

Und dann begannen alle französisch zu sprechen.

Leise. Schnell. Bis wieder sieben Köpfe zustimmend nickten. Sam war gerührt. Er wußte, daß sie nach einem Weg suchten, um ihm zu danken.

Deshalb war er sehr bestürzt, als zwei der Männer plötzlich auf ihn zugingen und ihn packten, ihn herumdrehten und anfingen, seine Handgelenke mit Draht zu umwickeln.

»Was zum Teufel machen Sie da?« schrie er. »Was machen Sie mit meinen Händen? Und was zum Teufel soll das?«

Er deutete mit einer Kopfbewegung auf das rote Halstuch, das der Grieche sich ruckartig vom Hals gezogen hatte und jetzt zusammendrehte.

»Und was zum Teufel soll das jetzt?!«

Damit meinte er klickende metallische Laute, die seltsamerweise wie Waffen klangen, die man überprüfte.

»Wir besitzen jenes Mitgefühl, von dem Sie sprachen, Monsieur«, sagte der Franzose. »Wir bieten einem Menschen die Wahl einer Augenbinde an, ehe wir ihn exekutieren.«

»Was!?«

»Seien Sie tapfer, Signore«, rief der Italiener. »Wir alle kennen unser Geschäft. Wir nehmen die Risiken auf uns, oder wir spielen nicht.«

»Ja«, fügte der Wikinger hinzu. »Es ist ein Spiel. Manche gewinnen. Manche verlieren. Sie haben verloren, mein Herr.«

»*Waaas?!*«

»Führen Sie ihn in den Hof hinaus«, sagte der zweite Franzose. »Wir sagen den Angestellten, es sei eine Schießübung.«

»*Mac! Maac! Maac!*« Sie führten ihn den Korridor hinunter. Einige Händepaare legten sich auf seinen Mund, er biß danach. »*Um Himmels willen! Hawkins! Wo zum Teufel stecken Sie?*«

Erneut drückten die Hände auf seinen Mund. Die Eskorte marschierte präzise den Korridor hinunter, auf die großartige Wendeltreppe zu. Wieder zwang Devereaux seinen Mund auf und biß wütend auf das Fleisch rings um seine Zähne — Hände und Arme lösten sich sekundenlang von ihm. Das reichte Sam aus, um nach vorn und hinten zu treten und sich für einen Augenblick zu befreien.

Er rannte los und stürzte sich die Treppe hinunter, überschlug sich dabei ein paarmal.

»*Hawkins! Sie Hundesohn, her mit Ihnen! Diese Verrückten wollen mich erschießen!*«

Er taumelte über die Treppenstufen, stieß gegen die Wand und stürzte mit dem Kopf voran gegen die letzte Stufe. Seine Rufe wurden immer undeutlicher, aber ihre Bedeutung war unverkennbar.

»*Scheiße! Augenbinden — autsch! Pistolen! Verdammt — sollt ihr — oh — ohh — Hawkins! Jesus — mein Kopf!*«

Schließlich war er unten an der Treppe angelangt, ein völlig durcheinander geratenes Häuflein Elend. Der Hawk kam durch den kathedralenähnlichen Bogen aus dem Salon, eine Zigarre zwischen den Zähnen, ein paar zusammengefaltete Karten in der Hand. Er sah Sam an, der auf dem Boden lag, und blickte dann zu der Gruppe untergeordneter Offiziere auf.

»*Verdammt!* Junge! Das ändert *alles*!«

Wieder nahm man ihm die Kleider weg, nur daß diesmal im Kleiderschrank nicht einmal Damenkleider hingen. Rudolph brachte ihm seine Mahlzeiten.

Der Hawk erklärte, daß es einer Kommandoentscheidung bedurft hätte, ihm das Leben zu retten, und daß die Truppen damit überhaupt nicht einverstanden wären.

»Tatsächlich hätte ich es beinahe mit einer Meuterei zu tun

bekommen, ehe die Brigade die Fahnen strich«, hatte Hawkins ihm am nächsten Morgen gesagt.

»Ihre — was strich? Schon gut, sagen Sie es mir nicht!«

»Ehrlich, Junge. Ich mußte strenge Maßnahmen ergreifen und ihnen von vornherein klarmachen, daß in Angelegenheiten höchster Präjudiz keine Autorität — auch nicht, wenn ein Konsens besteht — die eines Generals übersteigt. Eine Weile stand es auf des Messers Schneide, aber ich habe zum Glück schon mit übleren Burschen zu tun gehabt. Diese Knaben, auch wenn sie noch so gut sind, waren mir nicht gewachsen. Man sieht das in den Augen, Junge. Immer in den Augen.«

»Ich verstehe das nicht«, hatte Devereaux gejammert. »Ich habe ihnen alles so schön erklärt. Alles — den Hintergrund, das Motiv. Jesus! Selbst das Geld! Ich hatte die in der Hand!«

»Gar nichts hatten Sie«, erwiderte der Hawk knapp. »Sie haben zwei große Fehler gemacht. Zunächst einmal nahmen Sie an, daß eine solche Gruppe von Männern, ein solch ausgezeichnetes Offizierskorps, Geld nehmen würde, ohne es zu verdienen ...«

»Hören Sie auf!« hatte Devereaux ihn angebrüllt. »Mir verkaufen Sie doch diesen Quatsch von Ehre unter Dieben nicht. Das nehme ich Ihnen einfach nicht ab!«

»Ich glaube, Sie beurteilen das falsch, Junge. Aber wenn Sie das so sehen, dann sollten Sie auch noch Ihren zweiten Fehler in Betracht ziehen.«

»Welchen Fehler?«

»Eine der ältesten Fallen in der Trickkiste von Interpol besteht darin, ein heißes Bankkonto zu errichten und jemanden danach zu schicken. Es überrascht mich, daß Sie das nicht wußten. Sie haben sieben auf einmal errichtet.«

Sam hatte sich unter der Daunendecke verkrochen und sie über den Kopf gezogen. Unglücklicherweise konnte er MacKenzies Worte damit nicht zum Verstummen bringen.

»Wissen Sie, Sam, das Leben ist eine Folge einzelner Abschnitte, von denen einige miteinander in Beziehung stehen, die meisten aber getrennt sind. Aber gelegentlich müssen diese parallelen Abschnitte, wie ich sie nenne, akzeptieren, daß sie nicht allein sind, sondern daß es auch andere gibt. Sie haben mir in Peking das Leben gerettet, Sie haben Ihr Geschick und Ihre Erfahrung eingesetzt und mich vor der Vernichtung bewahrt, von der Sie, wie ich höre, gesprochen haben. Und letzte Nacht habe ich in der Schweiz *Ihr* Leben gerettet, wobei ich die Fähigkeiten und die Erfahrung, die *ich* besitze, genutzt habe. Wir sind quitt. Unsere Abschnitte in diesem Bereich liegen nicht mehr parallel. Machen Sie also keinen Scheiß, Junge. Ich bin nicht mehr für Sie verantwortlich, und das ist das Wort eines Generals.«

Nach zwei Wochen war Sam überzeugt, daß er den Rest seiner Zurechnungsfähigkeit verlieren würde. Der bloße Gedanke an Kleider trieb ihn in den Wahnsinn. Während seines ganzen Lebens waren Kleider ein akzeptierter Bestandteil seines Lebens gewesen – manchmal angenehm, sogar sein Ego fördernd. Aber sie waren nie ein Thema gewesen, mit dem er sich längere Zeit hatte befassen müssen.

›Das ist ein hübsches Jackett, und der Preis stimmt auch. Kauf es. Hemden? Seine Mutter sagte, er sollte Hemden kaufen. Irgendwas gegen Filene's einzuwenden? Na schön, dann bin ich Anwalt, also weiße Hemden und grauer Flanell. Socken? Irgendwie hatte er stets Socken in der Schublade. Und Unterhosen und Taschentücher. Ein Anzug war eine ziemlich aufwendige Angelegenheit, ein paarmal im Leben als Erwachsener, wenn man einen kaufte. Trotzdem war er nie in Versuchung gewesen, sich einen beim Schneider anfertigen zu lassen. Und in der gottverdammten Army waren seine Ziviljacke und die Hosen nur deshalb zur Hand, weil sie eine Abwechslung von der gottverdammten Uniform waren. Nein, Kleider waren nie ein wichtiger Faktor in seinem Leben gewesen.‹

Aber jetzt waren sie das.

Aber Not – dazu gehörte auch zum Teil das Bedürfnis, verstanden zu werden – macht erfinderisch. Ein wahreres Wort war nie gesprochen worden. So begann Sam zu erfinden, und die These seiner Erfindung bestand darin, daß er ernsthaft im Begriff war, die Position zu wechseln.

Es mußte stufenweise geschehen, auf den vorhandenen Alternativen aufbauend. Da er so vollkommen, so rückhaltslos in die Operationen der Shepherd Company verwickelt war, auch im *juristischen* Sinne. Da ihm alle Möglichkeiten einer Abspaltung genommen waren, welchen Zweck hatte es da, länger dagegen anzukämpfen? Das Leben bestand aus einzelnen Abschnitten. Und er war in einen Safe eingeschlossen, der sich MacKenzie Hawkins nannte — und der außerdem vierzig Millionen Dollar enthielt, und das war eine ganze Menge gehackte Leber.

Vielleicht, nur vielleicht, war seine negative Einstellung zum Untergang verurteilt, wenn man alles in Betracht zog. Möglicherweise sollte er seine Energien mehr in produktivere Bereiche lenken. Eines jedenfalls stand fest. Wenn die Shepherd Company aufflog, würde es eine Menge Scherben geben, und die würden das zweite Vorstandsmitglied treffen, das einzige, das es außer MacKenzie Hawkins gab.

Dies waren die Vermutungen, die er während MacKenzies täglicher Besuche zu Anfang der dritten Woche in Worte zu kleiden begann — zuerst ohne Überzeugung. Aber dann wurde ihm klar, daß es nicht sehr überzeugend wirkte, diese Worte einfach nur auszusprechen. Der Hawk mußte sehen, wie Sams Geist arbeitete, mußte die Wandlung beobachten.

Am Mittwoch war er bei folgenden Überlegungen angelangt.

»Mac, haben Sie die juristischen Aspekte bedacht, nach dem — Sie wissen schon — nach dem ...«

»Basis Zero reicht mir. Was für juristische Aspekte? Mir scheint, in dem Punkt haben Sie gute Arbeit geleistet.«

»Da bin ich nicht so sicher. Ich mußte mich schon öfter um außergerichtliche Einigungen bemühen. Von Boston bis Peking.«

»Wovon reden Sie?«

»Von nichts. Ich wollte nur — ach, nichts.«

Und am Donnerstag: »Es könnte Konsequenzen geben

nach – dieser Basis Zero, die Sie nicht bedacht haben. In der Position des Vorstandsvorsitzenden der Shepherd Company könnte sich ein Krebsgeschwür entwickeln, das am Ende das Amt beeinträchtigen könnte.«

»Raus damit, Junge.«

»Nun ... Nein, lassen wir das. Das ist ja nur eine Annahme. Was war das für Lärm heute nacht? Es klang sehr aufregend.«

Der Hawk sah ihn aus zusammengekniffenen Augen an, ehe er auf die Frage einging. »Verdammt, es war aufregend«, sagte er nach ein paar Sekunden. »Es geht nichts über Präzision bei Manövern! Da wird einem richtig warm ums Herz! Wovon, zum Teufel, haben Sie gerade geredet? Diese Krebsgeschichte ...«

»Oh, vergessen Sie es. Das war nur mein Juristenverstand, der auf Abwege geriet. Sind die Manöver wirklich so – erstklassig?«

»Ja ...« Hawkins schob sich die Zigarre von einem Mundwinkel zum anderen. »Sie sind in Ordnung, glaube ich.«

Und am Freitag: »Wie war die Übung heute? Klang ja großartig.«

»Übung? Verdammt, das ist keine Übung, das sind Manöver!«

»Entschuldigung. Und wie waren sie?«

»Ein bißchen schlampig. Es gibt da ein paar kleinere Schwierigkeiten.«

»Oh, das tut mir leid. Aber ich habe Vertrauen zu Ihnen. Sie werden das doch hinkriegen.«

»Ja ...« Der Hawk ging am Fußende des Bettes auf und ab. Seine Zigarre war inzwischen zu Brei zerrieben. »Vielleicht muß ich mir noch ein paar Truppen zur Ablenkung besorgen. Zwei oder drei vielleicht. Ich habe mich nicht richtig konzentriert. Und, verdammt, Sam, wenn Sie mir nicht diesen Ärger gemacht hätten, wäre ich genau im Zeitplan geblieben.«

»Ich sagte Ihnen doch, daß mir das wirklich alles leid tut. Ich habe mich auch nicht konzentriert ...«

MacKenzie blieb ruckartig stehen und stieß hervor: »Ist das Ihr Ernst?«

»Ja«, erwiderte Devereaux langsam und voll Überzeugung. »Als erstes lernt ein Anwalt, mit Fakten umzugehen, mit harten Beweisen, mit allen, nicht nur einzelnen Stücken. Genau das habe ich getan. Das war ein Fehler. Das tut mir wirklich leid.«

»Ich will jetzt nicht so tun, als würde ich diesen Bockmist verstehen. Aber wenn Ihnen mit dem, was Sie sagen, ernst ist — wovon, zum Teufel, haben Sie dann eigentlich gestern geredet? Und, verdammt noch mal, vorgestern? Diese Konsequenzen von Basis Zero!«

Bingo! wie man in Boston zu sagen pflegt, dachte Devereaux. Aber er ließ sich keine Gefühlsregung anmerken. Er blieb der ruhige, überlegte Anwalt, dem nichts als die Interessen seines Mandanten am Herzen liegen. »Also schön, ich will es Ihnen erklären. Ich kenne diese Treuhandkonten, Mac. Abgesehen von dem einen größeren Treuhandkonto, bei dem es sich wahrscheinlich um das Ihre handelt, können Ihre sieben Männer auf Grundlage der ersten Codefreigaben bis zu dreihunderttausend entnehmen (oder von den Leuten, die sie dazu bestimmt haben, entnehmen lassen). Die zweiten Codefreigaben sind auf einem Blatt in einem der anderen Dokumente festgehalten. Einem Computerausdruck. Der Ausdruck erfordert Ihre Gegenzeichnung, und ich nehme an, daß Sie ihn, bevor Sie nach Basis Zero aufbrechen, nach Zürich schicken werden. Habe ich bisher recht?«

»Ich habe mir über diese Geschichte mit den Treuhandkonten wirklich den Kopf zermartert. Was stimmt denn nicht?«

»Bis jetzt ist alles okay. Nach der zweiten Freigabe hat jeder Mann insgesamt fünfhunderttausend, stimmt das? Das ist sein Honorar, stimmt's? Eine halbe Million für Basis Zero. Jeder bekommt gleich viel.«

»Nicht übel für sechs Wochen Arbeit.«

»Da sind noch andere Dinge zu bedenken. Wenn in großem Maßstab hinter verschlossenen Türen über einen

Schuldspruch verhandelt wird, dann kann es da um mehr als nur Straffreiheit gehen. Und auch nicht darum, ob jemand ein Buch schreibt, obwohl meines Wissens heutzutage eine Menge Bargeld durch Verlage läuft.«

»Wovon reden Sie?« Der Hawk drückte seine Zigarre am Bettpfosten aus.

»Was hindert denn irgendeinen oder alle Ihrer untergeordneten Offiziere daran, geradewegs zu den Behörden zu gehen — unter Einschaltung von Mittelsmännern, natürlich — und jeder für sich einen Handel abzuschließen? Nach der Tat. Dann haben sie ihr großes Geld und vermeiden die Strafverfolgung, weil sie die Behörden unterstützen wollen. Vergessen Sie nicht, wir sprechen hier über einen der größten Coups der Geschichte. Die würden über das hinaus, was sie bekommen haben, noch ein paar tausend machen.«

Plötzlich weiteten sich MacKenzies zusammengekniffene Augen erleichtert. Da war auch so etwas wie Befriedigung. Sein Grinsen zeigte ganz eindeutig ein Gefühl des Triumphes. »Ist es das, worüber Sie sich beunruhigt haben, Sam?«

»Sie sollten das nicht so leicht abtun ...«

»Verdammt, nein, das will ich ja nicht. Und das habe ich auch nicht. Keiner meiner Männer würde so etwas tun. Weil die nämlich alle verschwinden wollen wie Kaninchen, die vor einem Buschfeuer fliehen. Die werden nirgends mehr zum Vorschein kommen, weil sie Angst haben, *miteinander* zusammenzustoßen.«

»Jetzt verstehe *ich* nichts mehr«, sagte Sam bedrückt.

Der Hawk setzte sich auf das Bett. »Das habe ich alles berücksichtigt, Junge. Etwa in der gleichen Art, wie ich Sie an die geladene Haubitze gebunden habe. Sie haben mich auf die Idee gebracht. Ich beabsichtige, mich von jedem einzelnen Offizier separat zu verabschieden. Und dabei werde ich jedem einen Pfandbrief im Wert einer zusätzlichen halben Million übergeben. Und ihm sagen, daß *er* der einzige sei, der so etwas bekommt. Weil ich wie ein guter General meine Kriegstagebücher geführt habe und beim nochmaligen Durchlesen erkannt habe, daß die Mission ohne *seinen* ganz speziellen strategischen Beitrag nicht erfolgreich verlaufen wäre. Dann hängen die. Nach beiden Richtungen. Ein Mann wird niemals ein Verbrechen verpfeifen, das ohne *seine* Erfahrung nicht hätte begangen werden können — besonders dann nicht, wenn dieser Beitrag eine zusätzliche halbe Million wert ist. Und er wird seinen Mitverschwörern ganz bestimmt verheimlichen wollen, daß er eine Vorzugsbehandlung im Wert einer halben Million erfahren hat.«

»Mein Gott!« Sam konnte nicht verhindern, daß sich Bewunderung in seine Stimme schlich.

»Clausewitz macht in seinen Schriften klar, daß man mit den Berbern nicht auf die gleiche Art kämpft, wie man gegen die Dragoner des Königs Krieg führt. Es ist eine Frage der anwendbaren Taktik.«

Wieder war Devereaux von der Kühnheit des Hawks beeindruckt. Seine Stimme war nicht lauter als ein Flüstern, kaum zu hören. »Sie reden da von — Jesus! — dreieinhalb Millionen Dollar!«

»Das ist richtig. Sie sind ein schneller Rechner. Und eine Million pro Nase für die Girls, das sind vier weitere Millionen. Plus die ursprüngliche Zahlung für die Offiziere, noch einmal dreieinhalb. Und zu Ihrer Information, wenn ich mir das auch wahrscheinlich noch einmal überlegen sollte, ich habe für Sie auch ein Inhaberzertifikat ausstellen lassen. Das ist eine Million auf Ihrem Honorarkonto.«

»*Was?*«

»Ich hatte so das dumpfe Gefühl, daß Sie den Kapitalbedarf von vierzig Millionen nie begriffen haben. Ich habe da nämlich nicht einfach eine Zahl aus dem Hut gezogen, müssen Sie wissen. Vielmehr bin ich auf diese Zahl nach sehr sorgfältiger Überlegung gekommen. Ich habe mir eine Broschüre vom Börsenausschuß besorgt. Und in der stand, was man für eine gediegene Firmenfinanzierung braucht. Sehen Sie, ehe die Gesellschaft auch nur anfängt, ihre Dienstleistungen auf den *Markt* zu bringen, haben wir knapp fünfzehn Millionen Geldbedarf für Mitarbeiterbezüge. Dann kamen die Ausgaben für Geldbeschaffung einschließlich Reisekosten und Scouthonorare — in dem Punkt war ich zu Ihnen nicht ganz ehrlich, aber ich wußte, daß Ihnen noch einiges Gute bevorstand. Dann der Immobilienbesitz der Firma und die Einrichtungen, die für den Vertrieb notwendig waren ...«

Sams Ohren schienen unwillkürlich die Schallwellen etwas zu verzerren. Isolierte Sätze wie ›Erwerb von Flugzeugen, geschätzt auf fünf Millionen‹ und ›Kurzwellenkommunikationsrelais auf eins Komma zwei Millionen geschätzt‹ und ›Überholung und Vorräte‹ und ›zusätzliche Firmenbüros‹ — all das kam hinreichend klar durch, so daß Sam anfing, sich zu fragen, wo er eigentlich war. Splitternackt unter einer Daunendecke irgendwo in der Schweiz oder völlig bekleidet in einem Sitzungssaal irgendwo im Chrysler-Gebäude. Unglücklicherweise — nämlich für den Zustand seines Magens — kam alles auf einmal, in der kurzen Zusammenfassung des Hawks.

»Diese Broschüre des Börsenausschusses entwickelte sehr klare Vorstellungen über die flüssigen Mittel, die als Reservekapital zur Verfügung stehen mußten. Außerdem wurde ein Sicherheitsfaktor von zwanzig bis dreißig Prozent empfohlen. Dann habe ich mir die handelsüblichen Gepflogenheiten bei Gesellschaften mit beschränkter Haftung angesehen und festgestellt, daß man da im großen und ganzen mit zehn bis fünfzehn Prozent rechnet — was mir als unzureichend vorkam. Also habe ich mir ein wenig den Kopf zerbrochen und mich schließlich für fünfundzwanzig Prozent Plus entschieden. Und genau das haben wir. Die Etatschätzungen vor Beginn der Marketingphase belaufen sich auf ziemlich genau dreißig Millionen. Von dieser Zahl ausgehend fügen Sie fünfundzwanzig Prozent oder zehn Millionen für Unvorhergesehenes hinzu. Das macht vierzig Millionen. Das ist der Betrag, den ich beschafft habe. Verdammt gute Kalkulation, würde ich sagen.«

Einen Augenblick lang war Devereaux sprachlos. Seine Gedanken überschlugen sich, aber er brachte kein Wort hervor. MacKenzie, der militärische Verrückte, war plötzlich zu Hawkins, dem Finanzgenie, geworden. Und das war erschreckender als alles, was er bisher überlegt hatte. Militärische Prinzipien (oder Mangel daran) kombiniert mit industriellen Prinzipien (woran Mangel herrschte) bewirkten einen militärisch-industriellen Komplex. Der Hawk war ein wandelnder militärisch-industrieller Komplex ...

Wenn es vorher zwingend nötig gewesen war, daß Sam MacKenzie an seinem Tun hinderte, so war es dies jetzt in dreimal so starkem Maße.

»Sie sind unbesiegbar«, sagte Sam schließlich. »Ich nehme alle meine bisherigen Vorbehalte zurück. Lassen Sie mich mitmachen, wirklich mitmachen. Lassen Sie mich diese alberne Million verdienen, die Sie für mich ausgesetzt haben.«

24.

Jedem Offizier war eine Farbe in französischer Sprache zugeteilt. Nicht nur, daß alle französisch sprachen, sondern die Worte für die Farben klangen in Französisch deutlicher als in jeder anderen Sprache.

Der amerikanische Neger aus Kreta war natürlich *Noir*. Der Wikinger aus Stockholm *Gris*. Der Franzose von der Biskaya *Bleu*, während sein Landsmann aus Marseille *Vert* hieß. Der dunkelhäutige Nicht-Neger aus Beirut hieß *Brun*, Rom *Orange* und Athen schließlich zu Ehren seines allgegenwärtigen Halstuchs *Rouge*. Um unter den Männern einen Sinn für Disziplin und Identität zu schaffen, bestand der Hawk noch darauf, daß der Titel ›Captain‹ vor jede Farbe gesetzt wurde.

Dieser Aspekt der Autorität und Identität war wünschenswert, weil MacKenzies zweiter Befehl seine Männer notwendigerweise jeglicher Individualität beraubte. Der Angriff auf Basis Zero sollte nämlich in Strumpfmasken ausgeführt werden. Haupt- und Gesichtshaar waren auf ein Minimum zu reduzieren. Die Haut war auf mittlere Weißwerte zu bleichen oder zu pudern, und die ohne Zweifel sorgfältig getarnte Art zu gehen, unterschied sich drastisch vom gewöhnlichen Fortbewegungsstil der Männer.

Sie nahmen den Befehl ohne Widerspruch entgegen. Rasiermesser, Scheren und Bleichmittel taten ihre Wirkung. Keiner verspürte den Wunsch, sich deutlicher von seinen Kollegen abzuheben, als es die Natur unbedingt forderte. In der Anonymität lag Sicherheit, und das wußten sie.

Die Manöver erstreckten sich jetzt in die vierte Woche. Die Waldstraße, die an die Felder von Machenfeld grenzte, war so verändert worden, daß sie so gut wie möglich Basis Zero glich. Man hatte Felsbrocken bewegt, Bäume entwurzelt und ganze Gebüsche verpflanzt. Ein zweiter Standort war ausgewählt und kosmetisch behandelt worden — ein sich windender, schmaler Feldweg, der einen relativ steilen Hang im Wald hinabführte.

Bei der Neuanlage der beiden Standorte arbeiteten die Männer nach stark vergrößerten Fotografien — einhundertdreiundzwanzig Fotografien, um es genau zu sagen — die eine freundliche Rom-Touristin namens Lillian von Schnabe geschickt hatte. Aber Mrs. von Schnabe legte keinen Wert auf Urheberrechte. Tatsächlich wurden die Filmrollen sogar in unentwickeltem Zustand und durch zwei Kuriere, die einander nicht kannten, übermittelt und schließlich einem verwirrten Rudolph in Zermatt übergeben. In einigen Schachteln mit Damenbinden. Rudolph verstaute die seltsame Fracht im Kofferraum seines italienischen Taxis unter den Werkzeugen. Schließlich galt es, seine Würde zu wahren.

Am dritten Tag der vierten Woche setzte der Hawk den ersten kompletten Durchlauf des Angriffs an. Notwendigerweise war dies eine Start-Stop-Stellunghalten-Übung, da die Männer die Rollen tauschen und auch die Rolle des Gegners spielen mußten. Motorräder rasten, Limousinen fegten dahin, Gestalten in Strumpfmasken sprangen von ihren Kampfstationen vor, um ihre Aufträge zu erfüllen. MacKenzie bediente sich einer Stoppuhr, um jede Phase des Manövers festzuhalten. Er hatte für den ganzen Ablauf acht Hauptphasen entwickelt, vom Eindringen bis zur Flucht.

Und, verdammt noch mal, seine Offiziere machten hervorragende Fortschritte. Sie wußten, der Gesamterfolg von Basis Zero hing davon ab, daß jeder einzelne Auftrag innerhalb jeder Phase völlig glückte. Ein Versagen war in den Plänen nicht vorgesehen.

Dies war auch der Grund, weshalb die Captains einstimmig der taktischen Neuerung des Hawks widersprachen — völlige Abwesenheit von Handwaffen. Ein richtig eingesetztes Messer oder eine schnell zur Hand genommene Würgeschlinge hatte ihnen allen in vergangenen Auseinandersetzungen gute Dienste geleistet und häufig den Unterschied zwischen Überleben und Gefangennahme ausgemacht. Aber MacKenzie blieb hartnäckig — diese Taktik bot gleichzeitig die Garantie und den Beweis, daß dem Papst kein Schaden zugefügt werden konnte, bis die Lösegeldsumme bezahlt war. Deshalb wurden alle Pistolen, Messer, Fußstollen, Fingerspitzen — sogar Schlagringe — eliminiert. Außerdem war auch jede Art von Nahkampftechniken oberhalb der Grundbegriffe des Judo verboten.

Am Ende akzeptierten sie die Einschränkungen. »In Schweden gibt es ein Sprichwort«, verkündete Captain Gris mit seiner nordischen Lispelstimme. »Ein Volvo in der Garage ist einen lebenslänglichen Freifahrtschein auf der skandinavischen Eisenbahn wert. Ich füge mich dem Kommandanten.«

»*Oui*«, pflichtete Captain Bleu, der Franzose aus der Biskaya, bei. »Angesichts des zur Diskussion stehenden Honorars. Wenn man es von mir verlangt, werde ich ihn mit Wiegenliedern aus der Gascogne in den Schlaf singen.«

Aber Wiegenlieder wurden nicht benötigt. Der Schlaf sollte vielmehr durch halbzöllige Injektionsspritzen herbeigeführt werden, die Natriumpentothallösungen enthielten. Jeder Offizier würde mit einem schmalen ›Patronengurt‹ quer über die Brust ausgerüstet sein, welcher winzige Injektionsnadeln in kleinen Gummibehältern enthielt — wo früher einmal Patronen gewesen waren. Es war leicht, sie schnell herauszuziehen. Wenn es richtig eingesetzt wurde — rechts unten am Hals in einem Radius von drei Zoll — würde das Lähmungsmittel in Sekundenschnelle wirken. Das Problem bestand lediglich darin, das Opfer so lange bewegungsunfähig zu machen, bis die Droge den Zusammenbruch herbeiführte. Aber das war kein schwieriges Problem, und da die Fahrzeuge beträchtlichen Lärm erzeugen würden, würde man sogar einen halb erstickten Schrei oder zwei nicht hören.

So überdachten die Offiziere, nachdem sie die weisen Worte von Gris und Bleu gehört hatten, die Einwände, die sie gegenüber den Befehlen des Hawk hatten. In gewisser Weise war das Ganze eine Herausforderung, und keiner interessierte sich sonderlich für eine lebenslange Freikarte auf der skandinavischen Eisenbahn. Nicht, wenn er eine ganze Flotte Volvos besitzen konnte.

Die besonderen Erfahrungen jedes einzelnen Captain wurden benötigt. Captain Gris und Captain Bleu waren Meister der Tarnung und der Fluchtkartografie. Captain Rouge war Sprengexperte. Er hatte persönlich sechs Piers in der Meerenge von Korinth in die Luft gejagt, als das Gerücht kursierte, die amerikanische Flotte würde sich nähern. Sedativmedizin war eine Spezialität des Engländers Captain Brun, der seine Haut für ein Leben in Beirut dunkler gemacht hatte. Die meisten Narkotika interessierten ihn. Flugzeugtechnik und Elektronik waren brillant vertreten. Ersteres war natürlich das Ressort von Captain Noir, dessen Leistungen in Houston — und Moskau — legendär waren. Letzteres war der Bereich von Captain Vert, der es in Marseille nützlich fand, eine außergewöhnliche Vielfalt von Radiokommunikation aufrecht zu erhalten. Es war ein so geschäftiger Hafen, und die Interpol machte dauernd Schwierigkeiten.

Das Thema Orientierung, last but not least, war Captain Orange überlassen, der Rom wie seine Hosentasche kannte. Er würde in allen nötigen Details acht unauffällige Zusammenstellungen von Kleidern schildern, die im Straßenbild kein Aufsehen erregen würden. Außerdem würde er mindestens vier separate Transportmethoden bereitstellen, wobei soweit wie möglich öffentliche Verkehrsmittel zum Standort von Basis Zero eingesetzt werden sollten. Während der letzten Tage der vierten Woche sollte nämlich jeder Captain nach Rom reisen und persönlich die Angriffszone inspizieren.

Der Flughafen von Zaragolo würde unproblematisch sein. Darin stimmten alle überein. Und das gleiche galt für den Hubschrauber bei Basis Zero. Er würde in der Nacht vor dem Angriff eingeflogen werden. Gris und Bleu versicherten ihnen, sie würden ihn so tarnen, daß niemand ihn entdecken konnte.

Verdammt, dachte MacKenzie, als er am Ende der Phase acht des Manövers auf den Knopf seiner Stoppuhr drückte. Einundzwanzig Minuten! Noch ein oder zwei Tage, und sie würden die optimalen achtzehn erreicht haben. Er verspürte eine Aufwallung von Stolz in seiner einst von Medaillen gezierten Brust. Seine Truppe begann sich zu einer der besten Ministreitkräfte in der Militärgeschichte zu entwickeln.

Selbst die drei gemeinen Soldaten (die Ablenkungstruppen) waren hervorragend. Sie hatten nur zwei Funktionen – sie mußten schreien und stillhalten. Aber wie es sich für die niedrigste Rangstufe geziemte, wußten sie nichts. Captain Brun hatte sie auch aus Mohnfeldern im türkischen Hochland rekrutiert, und dorthin würden sie auch sofort zurückkehren, sobald Basis Zero abgeschlossen war. Man hatte sie gegen festes Honorar eingestellt, sie legten keinen Wert darauf, irgend etwas zu wissen, und sie waren natürlich auch in einer separaten Kaserne für gemeine Truppen untergebracht und aßen nicht in der Offiziersmesse.

Sie hießen einfach Schütze eins, zwei und drei.

Als die Übung abgeschlossen war, sammelten sich die Offiziere um den Hawk neben der riesigen Schiefertafel, die er im Feld auf ein Gerüst aufgebaut hatte. Der Schweiß quoll ihnen durch die Strumpfmasken. Diejenigen, die Priesterhabitus trugen, nahmen ihn vorsichtig ab und untersuchten ihre Gewänder, ob irgendwelche Reparaturen notwendig waren. Dann tauchten die unvermeidlichen Zigaretten und

Streichhölzer aus ihren Taschen auf. Keine Feuerzeuge — von Feuerzeugen konnte man Fingerabdrücke abnehmen.

Die drei gemeinen Soldaten sonderten sich natürlich ab. In Sicht-, aber nicht in Hörweite. Gemeine Soldaten hatten keinen Zugang zu taktischen Analysen. Das gehörte sich nicht.

Die Analyse begann. Obwohl Hawkins sehr zufrieden war, ging er darauf nicht ein. Er schilderte ihnen ihre Fehler und notierte seine Kritik mit solch scharfer Autorität auf der Tafel, daß die Offiziere sich wie verängstigte Kinder duckten.

»Präzision, Gentlemen! Präzision ist alles! Sie dürfen nie zulassen, daß Ihre Konzentration nachläßt, nicht einmal eine Sekunde lang! Captain Noir, die Zeit, die Sie zwischen Phase Eins und Ihrer Station Phase Sechs hatten, war zu knapp. Captain Gris, Sie hatten Schwierigkeiten mit Ihrer Soutane über der Uniform, das müssen Sie üben, Mann! Captain Rouge und Captain Brun, Ihre Ausführung von Phase Fünf war einfach schlampig! Sie müssen diese Radioanlage funktionsfähig machen! Üben Sie Ihre Bewegungen! Captain Orange! Ihr Lapsus war der schlimmste!«

»*Che cosa?* Ich mache keine Fehler!«

»Phase Sieben, Captain! Wenn Phase Sieben nicht korrekt ausgeführt wird, geht der ganze Einsatz hoch! Das ist der Austausch, Soldat! Sie sind derjenige, der am besten Italienisch spricht. Ich setze diesen Frescobaldi in den Wagen des Papstes und nehme den Papst. Wo, zum Teufel, waren Sie?«

»Auf Posten, *Generale*!«

»Sie waren auf der falschen Straßenseite! Und, Captain Bleu, für einen Experten für Tarnung haben Sie auf Ihrer Station für Phase Vier wie eine gerupfte Ente dagestanden! *Deckung*, Mann! Sie müssen das Blattwerk als Deckung nutzen! Und was jetzt diese Latrinenparole angeht, daß einige von Ihnen bezüglich Phase Acht unglücklich sind, wegen der Fluchtwege nach Zaragolo — daß einige von Ihnen der Ansicht sind, daß wir zwei Helikopter auf Basis Zero haben sollten ... Nun, ich will Ihnen sagen, daß für

Radar keine Vorkehrungen getroffen sind, Gentlemen. Ein kleiner Vogel mit italienischen Luftwaffenmarkierungen kann durchkommen, wenn er tief fliegt. Zwei Helikopter würden auffallen. Ich glaube nicht, daß irgendeiner von Ihnen Lust hat, den Arsch tausend Fuß in der Luft zu haben, umgeben von der ganzen italienischen Luftwaffe. Das geht nicht gegen Sie, Captain Orange.«

Die Captains sahen einander an. Sie hatten offensichtlich über Phase Acht gesprochen, und da der kleine Helikopter im Zielzentrum nur den Hawk, den Papst und die zwei Piloten ausfliegen würde, hatten sie zu murren begonnen. Aber ihr Befehlshaber wirkte überzeugend. Die Fluchtrouten auf dem Boden waren gründlich von Gris und Bleu analysiert worden, und Gris und Bleu waren nicht nur die besten Leute, die es in der Branche gab, sondern würden diese Routen auch benutzen. Es war durchaus vorstellbar, daß die Bodenroute sicherer war.

»Wir ziehen unsere Einwände zurück«, sagte Captain Vert.

»Gut«, erwiderte MacKenzie. »Jetzt wollen wir uns darauf konzentrieren, wie ...«

Weiter kam er nicht. In der Ferne, auf der anderen Seite des südlichen Feldes war nämlich jetzt die Gestalt von Sam Devereaux in Trainingshosen zu sehen, der durch das Gras rannte und schrie, so laut er konnte.

»Eins, zwei, drei, vier! Warum macht uns das *Laufen* solchen Spaß? Wegen der Gesundheit, der *Gesundheit*! Fünf, sechs, sieben, acht! Und hoch das Bein! Vier, drei, zwo, eins! Das macht Spaß!«

»*Mon dieu!*« rief Captain Bleu. »Dieser Schwachkopf hört doch nie auf! So treibt der das jetzt schon seit fünf Tagen!«

»Ehe wir morgens aufstehen!« fügte Gris hinzu. »Während wir rasten, immer wenn einen Augenblick Ruhe herrscht, dann schreit er unter den Fenstern herum.«

Die anderen Offiziere stimmten ihm lauthals zu. Sie hatten die Entscheidung des Generals akzeptiert, den Idioten nicht zu erschießen, hatten sogar widerstrebend eingeräumt, daß es kein Schaden war, wenn man den Schwachkopf aus dem

Zimmer ließ, damit er Bewegung bekam — so lange nur zwei Wachen aus dem Stab von Machenfeld auf ihn angesetzt waren. Entkommen konnte der Esel nicht — nicht in Trainingshosen, ohne Oberteil, über einen hohen Stacheldrahtzaun, hinter dem der undurchdringliche Schweizer Wald aufragte. Aber eine Teilnahme des Clowns an Basis Zero kam nicht in Frage. In dem Punkt blieben sie hart.

Und jetzt versuchte er, sie mit seinem Training zu beeindrucken. Ein armseliger Athlet, der es nicht schafft, ins Team aufgenommen zu werden, der aber einfach nicht aufgibt.

»Schon gut, schon gut«, sagte der Hawk und unterdrückte ein Lächeln. »Ich werde mit ihm sprechen und versuchen, ihn zu beruhigen. Er tut es ja nur Ihretwegen, wissen Sie. Er will wirklich dabeisein.«

Er machte sie alle wahnsinnig, und das wußte er. Natürlich gab es Zeiten, wo er glaubte, er würde vor Erschöpfung zusammenbrechen, aber das Wissen, daß seine Clownereien die gewünschte Wirkung hatten, hielt ihn aufrecht. Alle mieden ihn, manche ergriffen sogar die Flucht, wenn sie ihn zu Gesicht bekamen. Sein verrücktes Verhalten begann lästig zu werden. Die drei Hunde, die plötzlich aus dem Nichts aufgetaucht waren, um ihn zu bewachen, hatte man bereits von dem Korridor vor seinem Zimmer wieder ins Personalquartier hinuntergebracht, weil sie dauernd bellten. Und er rannte bewußt immer wieder an den Personalquartieren vorbei. Die Hunde, die es ihrerseits müde waren, daß man sie dauernd wegen ihrer völlig natürlichen Reaktionen anschrie, hoben jetzt nur noch die Köpfe und starrten ihn haßerfüllt an, wenn er an ihrer Tür vorbeirannte.

Ebenso wie das Personal — und MacKenzies Offiziere. Sam war laut und lästig, ein Witz, der niemanden mehr belustigte. Das hieß natürlich, daß man ihn zwar nicht ernst nahm, wohl aber tolerierte. Und in ein paar Tagen würde er das ausnützen.

Obwohl er nicht mit Mac und seiner Bande von Psychopathen essen durfte, war der Hawk immerhin so liebenswürdig, ihn jeden Tag am späten Nachmittag zu besuchen, wenn man Sam in sein Zimmer zurückgebracht und ihm die Trainingshosen genommen hatte. Devereaux begriff. Hawkins brauchte jemanden, an dem er seine Begeisterung ausprobieren konnte. Und indem er prahlte, ließ er die Information fallen, daß er und seine Männer für ein oder zwei Tage weg sein würden, um Basis Zero zu inspizieren. Danach würden sie zurückkehren, um ihre Strategie ein letztesmal zu überprüfen.

Aber Sam brauchte sich keine Sorgen zu machen. Er würde in Machenfeld nicht einsam sein. Schließlich waren da ja die Posten, die Hunde und das Personal.

Sam lächelte. Wenn der Hawk und seine Irren nämlich das Château verließen, dann war das seine persönliche Basis Zero. Er hatte angefangen, seine Wachen, den wildäugigen Rudolph und irgendeinen offensichtlichen Killer ohne Namen, darauf vorzubereiten. Er hatte Rudolph und Namenlos einige Male dazu gebracht, daß sie sich mitten ins Feld setzten, während er um sie herumrannte. Es war nicht schwierig — sie waren froh, wenn sie sich nicht zu bewegen brauchten. Sie saßen einfach im Gras und hielten zwei gefährlich aussehende Pistolen auf ihn gerichtet, während er um sie herumrannte und gelegentlich anhielt, um gymnastische Übungen zu vollführen. Bei jedem Mal hatte er den Abstand zwischen sich und seinen Bewachern vergrößert, so daß er an diesem Nachmittag beinahe zweihundertfünfzig Meter von ihnen entfernt war.

Etwas hatte er in seiner Militärzeit über kleine Waffen gelernt. Er wußte, daß es keine Handwaffe gab, die auf eine Distanz von mehr als dreißig Metern viel taugte. Nicht, wenn es auf Treffsicherheit ankam. Eine verirrte Kugel war etwas anderes, ein gewisses Risiko mußte er eingehen. Den Hawk von seinem wahnsinnigen Tun abzuhalten, war ein Ziel von der Art, wie es im Krieg aus unheroischen Soldaten Helden machte. Was hatte MacKenzie gesagt? ›Es kommt auf die Verpflichtung an, die Hingabe, die man empfindet. Nichts kann das übertreffen. Die ganze Munition der Welt ist dafür kein Ersatz ...«

Und Sam empfand solche Hingabe. Die Aussicht auf den Dritten Weltkrieg lastete jeden Tag schwerer auf ihm.

Sein Plan war einfach – und relativ sicher. Er würde hier auf dem südlichen Feld joggen, so wie er das jetzt tat – dort, wo der angrenzende Wald am dichtesten und das Gras höher als auf den anderen Wiesen war. Er würde den Abstand zwischen sich und den Wächtern vergrößern, so wie er es heute nachmittag getan hatte, und dazwischen gymnastische Übungen einlegen. Darunter auch Liegestütze. Was ihn natürlich näher an den Boden brachte und damit ans hohe Gras.

Und im richtigen Augenblick würde er, so schnell er konnte, wegkriechen, auf den Wald zu, und dann zum Zaun rennen. Aber wenn er dann den Zaun erreichte, würde er *nicht* darüberklettern. Statt dessen würde er seine Trainingshosen ausziehen – entsprechend zerfetzen – und sie hinüberwerfen. Und wenn dann alles so lief, wie es sollte, wenn Rudolph und Namenlos gleichzeitig in verschiedene Richtungen rannten, würde er schreien, als wäre er schwer verletzt, und dann verduften. In den dichten Wald hinein.

Rudolph und Namenlos würden natürlich zu der Stelle am Zaun rennen, die Trainingshose auf der anderen Seite sehen und ohne Zweifel angemessen handeln. Einer würde über den Zaun klettern, während der andere zum Château zurückraste, um die Hunde zu holen.

Und Sam würde warten, bis er das Bellen hörte. Dann würde er nach Machenfeld zurückeilen, das Château durch die Tür betreten, Kleider und eine Waffe stehlen. Und dann ein Auto in der Einfahrt, eine Pistole, um den Torwärter damit zu bedrohen – alles war ganz einfach.

So mußte es klappen. Was konnte da schon schieflaufen?

Der Hawk war nicht der einzige, der imstande war, Strategien zu entwickeln. Er würde es lernen, einem Bostoner Anwalt aus dem Weg zu gehen, der für Aaron Pinkus arbeitete.

Schreie rissen ihn aus seinen Gedanken. Er war in Sichtweite des Manövergebietes, konnte die seltsamen Straßenschilder und die Fahrzeuge sehen. Rudolph und Namenlos brüllten, er sollte gefälligst umkehren. Natürlich würde er ihnen diesen Gefallen tun. Es war ihm nicht erlaubt, die Manöver zu beobachten.

»Tut mir leid, Leute!« schrie er atemlos und kehrte um, seine Füße stampfen auf dem weichen Boden. »Laufen wir zum Tor hinunter, und machen wir Schluß!«

Rudolph und Namenlos schnitten Grimassen und erhoben sich aus dem Gras. Rudolph machte eine obszöne Handbewegung, die Sam kannte, Namenlos eine, die ihm fremd war.

Sam achtete darauf, daß sein Joggen jeden Nachmittag mit einem Lauf zum Haupttor endete. Es war eine gute Idee, das Gelände so gründlich wie möglich zu studieren und sich damit auf seine Flucht vorzubereiten. Möglicherweise würde er den Mechanismus selbst betätigen müssen, je nachdem, welcher Art die dann herrschende Panik sein würde. Im Maximalfall (wie MacKenzie es ausdrücken würde) könnte das Tor möglicherweise sogar offenstehen.

Er befaßte sich mit dieser Möglichkeit, während seine Füße über die Bohlen klapperten, die den Burggraben abdeckten, als ihn plötzlich ein Gefühl des Unbehagens erfaßte. Unten am Tor wurde gerade eine lange schwarze Limousine unter vielen Verbeugungen und untertänigem Grinsen seitens des Torwächters hereingelassen. Und als er die Worte hörte, die ihm von der Fahrerseite entgegenhallten, als das Auto in einem scharfen Bogen aus dem Torbereich auf ihn zuschoß, erstarrte er und zog in Betracht, sich im Buggraben von Machenfeld zu ertränken.

»Das glaube ich nicht!« schrie Lillian Hawkins von Schnabe, die hinter dem Steuer saß. »Sam Devereaux in *Trainingshosen*! Allmächtiger Gott, dann hast du also auf meinen Rat gehört. Du versuchst doch tatsächlich, in dieses Wrack, in dem du lebst, etwas Schwung zu bekommen!«

Und wenn er bei Lillians Worten in Betracht gezogen hatte,

sich zu ertränken, so trieb ihn die nächste Stimme, die er hörte, an das Geländer.

»Du siehst ganz sicher besser aus als in London!« schrie Anne aus Santa Monica, Mrs. Hawkins Nummer Vier – ›Abfallend aber Argumentativ‹. »Deine kleine Reise muß dir ja mächtig gutgetan haben!«

22.

Devereaux' Fluchtplan wurde nicht verworfen wie die Strategien eins bis vier. Er wurde auch nicht übergangen, wie die Strategien fünf und sechs. Ebensowenig war der Plan in einem Sturm von Verwünschungen explodiert, wie es das Schicksal von Strategie sieben gewesen war. Er wurde nur verschoben.

Plötzlich mußte er sich mit zwei weiteren Wachen auseinandersetzen, wobei das Auftauchen der einen den Hawk ebenso schockierte, wie Sam durch das Erscheinen der beiden aus der Fassung geriet. MacKenzie gab es zu. Ganz beiläufig, ohne zuzulassen, daß es seinen Zeitplan über den Haufen warf – einfach, indem er die Realität dazu benutzte, um seine allgemeine Stärke noch zu stützen – indem er ein Ärgernis in einen Aktivposten verwandelte.

»Annie hat ein Problem, Mr. Rechtsanwalt«, sagte der Hawk, als sie in Devereaux' Zimmer saßen. »Ich denke, Sie könnten das einmal vom juristischen Standpunkt aus beleuchten. Unternehmen Sie etwas, wenn das alles vorbei ist.«

»Alle Probleme verblassen zur Belanglosigkeit . . .«

»Aber dieses nicht. Sehen Sie, Annies Familie – die ganze gottverdammte Familie – hat mehr Zeit im Gefängnis als außerhalb verbracht. Mutter, Vater, Brüder – sie war das einzige Mädchen – hatten alle Vorstrafenlisten, die den größten Teil der Polizeiakten in Detroit ausmachten.«

»Darauf bin ich aber nie gestoßen. In den Datenbänken ist davon nichts enthalten.« Devereaux sah sich einen Augenblick lang von seinen eigenen Sorgen abgelenkt. MacKenzie versuchte jetzt nicht, ihn hereinzulegen. In seinen Augen stand kein Feuer, nur Traurigkeit – Wahrheit. Aber in Annes Akte wurden keine Vorstrafen erwähnt. Wenn er sich richtig erinnerte, wurde sie nur als die Tochter eines obskuren Lehrerehepaars aus Michigan bezeichnet, das Gedichte in mittelalterlichem Französisch geschrieben hatte. Beide Eltern waren tot.

»Natürlich nicht«, sagte der Hawk. »Ich habe das alles für die Army geändert. Und alles andere auch, insbesondere das, was Annie betraf. Für das Mädchen war das eine schwere Last – das hat sie niedergedrückt.« MacKenzie senkte die Stimme, als wären diese Worte für ihn schmerzhaft, aber eine Realität, die man nicht einfach wegwischen konnte. »Annie war eine Nutte. Sie hatte Schwierigkeiten, als sie aufwuchs, und arbeitete auf den Straßen. Damals wußte sie es nicht besser. Sie hatte kein Zuhause, im buchstäblichen Sinn. Wenn Sie nicht als Nutte tätig war, verbrachte sie ihre Zeit in Bibliotheken, sah sich die ganzen hübschen Magazine an und malte sich aus, wie es sein müßte, ein anständiges Leben zu führen. Sie versuchte die ganze Zeit, ihre Lage zu verbessern, und hörte nie auf zu lesen. Jetzt ist sie immer noch eine Leseratte, obwohl sich ihre Lebensumstände entschieden gebessert haben. Weil sie im Kern ein sehr wertvoller Mensch ist. Und das war sie immer.«

Sams Gedächtnis machte einen Sprung zurück ins Savoy. Anne im Bett – mit einer farbenfrohen Taschenbuchausgabe von ›Die Frauen von Heinrich VIII.‹ auf dem Schoß ... Und dann, später, die Worte, die sie mit soviel Überzeugung ausgesprochen hatte, während sie sich anzog – Worte, die ihr viel bedeuteten ...

Devereaux blickte zum Hawk auf und wiederholte sie mit leiser Stimme: »›Man darf das Äußere nicht zu sehr verändern, sonst bringt man das Innere durcheinander.‹ Sie hat gesagt, das würde von Ihnen stammen.«

MacKenzie schien in Verlegenheit zu geraten. Offensichtlich hatte er den Satz nicht vergessen. »Sie hatte Probleme. Wie ich gerade sagte, im Kern war da ein Mensch, den sie gar nicht richtig erkannte, zum Teufel, aber *ich* habe ihn erkannt. Jeder hätte ihn erkannt.«

»Und worin besteht ihr juristisches Problem?« fragte Sam.

»Es geht um diesen gottverdammten Kellnergigolo, den sie geheiratet hat. Seit sechs Jahren steckt sie jetzt mit diesem Knallkopf zusammen. Er war ein Strandcasanova mit heißen Hosen, und er hat es nur ihr zu verdanken, daß ihm heute ein paar Restaurants gehören. Sie hat diese Restaurants aufgebaut. Sie ist verdammt stolz darauf. Und diese Art zu leben gefällt ihr. Eine schöne Aussicht über das Wasser — all die Boote... Nette Leute... Sie lebt jetzt anständig, und *sie hat es geschafft.*«

»Und?«

»Er will sie loswerden. Er hat sich ein anderes Weib angelacht und will nicht mehr auf Annie hören. Eine Scheidung in aller Stille — und sie soll verduften.«

»Und sie will die Scheidung nicht?«

»Das ist unwesentlich. Sie will die Restaurants nicht verlieren. Das ist eine Frage des Prinzips, Sam. Sie hat so hart dafür gearbeitet.«

»Er kann sie ihr nicht einfach wegnehmen. Da muß eine Besitzregelung getroffen werden, und die kalifornischen Gesetze sind da ziemlich hart.«

»Das ist er auch. Er ist nach Detroit gefahren und hat ihre Polizeiakte ausgegraben.«

Sam überlegte. »Das ist ein juristisches Problem.«

»Werden Sie sich darum kümmern?«

»Von hier aus kann ich nicht viel tun. Da geht es um eine Konfrontation, eine große Auseinandersetzung. Feuer gegen Feuer, man muß Gegenanklagen ausgraben.« Devereaux schnippte mit den Fingern — er hatte seine Entscheidung getroffen. »Ich will Ihnen was sagen. Lassen Sie mich hier raus, und ich fliege geradewegs nach Kalifornien. Ich heuere einen von den besten Privatdetektiven an, die es in Los Angeles gibt — einen Typen, wie man sie immer im Fernsehen sieht. Und dann knöpfen wir uns diesen Schweinehund vor.«

»Sehr gut, Junge«, erwiderte der Hawk und nickte befriedigt. »Dieser aggressive Ton gefällt mir — merken Sie sich das für später. Sagen wir, in ein, zwei Monaten.«
»Warum nicht jetzt? Ich könnte ...«
»Ich fürchte, Sie können nicht. Das kommt nicht in Frage. Sie bleiben für die Dauer der Aktion hier. Aber sprechen Sie mit Annie. Sehen Sie, daß Sie noch einiges in Erfahrung bringen. Vielleicht kann Ihnen Lillian helfen. Die hat einiges auf dem Kasten.«
Mit diesen Worten befreite sich MacKenzie von seinem Ärgernis und gewann einen Aktivposten. Sam war jetzt von zwei weiteren Personen umgeben, die ein Auge auf ihn warfen. Vielleicht würde er es schaffen, Rudolph und Namenlos hereinzulegen, aber den Girls war er nicht gewachsen.
Wenige Stunden nach ihrer Ankunft wurde es Sam freilich klar, daß Lillian sehr wenig Zeit haben würde, sich um ihn zu kümmern. Mit ihrer inzwischen schon vertrauten geradlinigen Art stürzte sie sich in geradezu wütende Aktivität und stellte dabei, ohne lang zu fragen, zwei der Machenfeld-Angestellten in ihre Dienste. Die Arbeit begann gleich am Morgen, als die Brigade zum Manöver auszog.
Oben. In den Zimmern im obersten Geschoß und auf den Zinnen des Châteaus.
Man konnte das Krachen von Hämmern, das Kreischen von Sägen und das Knacken im Verputz hören. Mobiliar wurde über die lange Wendeltreppe hinauf und hinunter geschleppt. Die Stücke, die zu groß oder zu umfangreich waren, wurden mittels Flaschenzügen und Seilen an den Außenwänden hinauf und hinunter gezogen. Dutzende von Topfpflanzen, Büschen und kleinen Bäumen wurden an den Mauerzinnen aufgestellt. Sam sah sie von unten aus, denn zu den Gemächern oberhalb des zweiten Stocks hatte er keinen Zutritt. Farbe und Pinsel und Bretter wurden täglich von Lillian und ihren zwei Helfern umhergetragen. Und als Sam schließlich diese Bemühungen nicht länger ignorieren konnte, fragte er, was Lillian eigentlich machte.

»Ich nehme nur ein paar Änderungen vor«, erwiderte sie vielsagend.

Schließlich wurden Kisten mit Kieselsteinen an den Wänden hinaufgezogen, dazu ein paar Betonblöcke und (falls Sam sich nicht täuschte, und da er aus Boston stammte, war das nicht anzunehmen) ein Betstuhl aus Marmor.

Plötzlich war Devereaux völlig klar, was Lillian hier tat. Sie verwandelte das Obergeschoß und die Wälle von Château Machenfeld in eine ausgewachsene päpstliche Residenz. Komplett mit Apartments und Betstühlen.

O mein Gott! Eine päpstliche Residenz!

Annie hingegen verbrachte den größten Teil ihrer Zeit mit Sam. Da MacKenzie es für unpassend gehalten hatte, daß die Girls ›in der Offiziersmesse‹ aßen — nach seiner Ansicht würde es die Truppen zu sehr ablenken, wenn vor dem Kampf Frauen in ihrer Gesellschaft speisten — nahmen Annie und Lillian ihre Mahlzeiten in Devereaux' Zimmer ein, wobei Sam selbstverständlich unter der Daunendecke saß. Aber Lillian ließ sich selten dort blicken. Sie verbrachte den größten Teil ihrer Zeit oben — bei ihren Bauarbeiten.

So wurden Sam und Annie zusammengeführt. Auf überraschend platonischer Basis. Er machte zwar keine Annäherungsversuche, aber sie machte ihrerseits auch keine Angebote. Es war, als begriffen beide, welcher Wahnsinn rings um sie herum inszeniert wurde, wobei keiner wollte, daß der andere hineingezogen wurde, und jeder in einem sehr realen Sinne den anderen beschützte. Und je länger sie sich unterhielten, desto klarer begann Sam zu begreifen, was MacKenzie in bezug auf Anne gemeint hatte. Sie war der argloseste Mensch, dem er je begegnet war — lupenrein! Alle vier Girls waren völlig ungekünstelt, aber Annie strahlte noch etwas anderes aus. Während die anderen ein gewisses Niveau erreicht hatten und sich ihres Werts bewußt waren, war Annie nicht zufrieden. Sie hatte ein herrlich respektloses Zielbewußtsein an sich, das in die ganze Welt hinausschrie, daß sie sich noch steigern konnte, daß es für sie noch neue Erfahrungen gab, aber — *du lieber Gott* — daß es schließlich keinen Grund gab, das irgendwie trübsinnig hinzunehmen.

Devereaux erkannte die Gefahr, in der er schwebte. Er konnte wirklich abgelenkt werden. Er begann zu glauben, daß er etwa fünfzehn Jahre nach diesem Mädchen gesucht hatte.

Und daran *durfte* er nicht denken. Ein anderer Plan hatte in seinem Kopf Gestalt angenommen. Ein Plan, von dem er wußte, daß er funktionieren würde.

Und zwar genau an dem Tag, an dem Hawkins und seine Brigade von verrückten Captains nach Basis Zero aufbrechen würden.

Die letzten süßen und sauren Klänge des Orchesters erfüllten das Theater. Guido Frescobaldi trat vor den Vorhang, verbeugte sich und wischte sich dabei eine Träne aus den Augen. Er mußte jetzt seine Kunst vergessen und in anderen Kategorien denken. Er mußte in seine Garderobe eilen und dort seine Schminke wegschließen.

Der Ruf an ihn war ergangen. Er würde nach Rom reisen. Sein geliebter Vetter würde ihn umarmen, der beliebteste aller Päpste, Giovanni Bombalini, Franziskus, Statthalter Christi! Oh! Ihm Guido, sollte diese Gnade widerfahren! Nach all den Jahren wieder vereint zu werden ...

Aber er durfte nichts sagen. Gar nichts. So war es vereinbart. So wünschte es Bombalini — *Madre di Cristo* — so wünschte es Franziskus, und man stellte die Wünsche eines so erhabenen Papstes nicht in Frage. Trotzdem wunderte sich Guido ein klein wenig. Warum bestand Giovanni darauf, daß er der Direktion jene kleine Lüge auftischte, er würde seine Familie in Padua besuchen, nicht in Rom? Selbst sein Freund, der Regisseur, hatte ihm zugezwinkert, als er es ihm gesagt hatte.

»Vielleicht könnten Sie Ihre ›Familie‹ darum bitten, zum Heiligen Petrus um ein paar geheiligte Lire zu beten, Guido. Die Einnahmen waren in dieser Saison nicht besonders gut.«

Was wußte der Regisseur? Seit wann wußte er es?

Das paßte gar nicht zu dem Giovanni, den er kannte, sich so geheimnisvoll zu geben. Und doch, wer war er schon? Wie konnte er die Weisheit seines geliebten Vetters, des Papstes, anzweifeln?

Guido erreichte seine kleine Garderobe und begann sein Kostüm abzulegen. Während er damit beschäftigt war, fiel sein Blick auf seinen Sonntagskirchenanzug, der gebügelt und ordentlich an der Wand hing. Er würde ihn während der Zugfahrt nach Rom tragen. Und dann kam er sich plötzlich sehr undankbar vor und schämte sich.

Giovanni war so gut zu ihm. Wie konnte er auch nur einen einzigen bösen Gedanken hegen? Die Journalistin, die sie zusammenführte, hatte nach seinen Maßen gefragt. Nach jedem einzelnen. Er hatte sich nach dem Grund erkundigt, und da hatte sie es ihm gesagt. Er war in Tränen ausgebrochen. Giovanni wollte ihm einen neuen Anzug kaufen.

Der Hawk und seine untergeordneten Offiziere kehrten aus Rom zurück. Die letzte Überprüfung von Basis Zero war ohne Hindernisse abgelaufen. Es war nicht erforderlich, irgendwelche Änderungen vorzunehmen.

Außerdem waren inzwischen alle Informationen gesammelt und verarbeitet worden. Unter Einsatz grundlegender Überwachungstechniken, wie man sie im feindlichen Terrain anzuwenden pflegte, hatte Hawkins eine feindliche Uniform angelegt (in diesem Fall einen schwarzen Anzug mit einem Priesterkragen). Er hatte sich einen Passierschein für den Vatikan und eine Identifikation besorgt, die ihn als Jesuiten auswies, der mit einem Beratungsauftrag für das Schatzamt betraut worden war. Er hatte freien Zugang zu allen Kalendern und persönlichen Zeitplänen. Von den Apartments bis zu den Kasernen der Schweizer Garde.

Alles bestätigte die Planung des Hawk.

Der Papst würde am selben Tag nach Castel Gandolfo abreisen, den er auch in den vergangenen zwei Jahren für diese Reise gewählt hatte. Er verfügte über ein beträchtliches Organisationstalent und plante seine Zeit angemessen im

Hinblick auf Bedürfnisse und Obliegenheiten. Castel Gandolfo erwartete ihn, und er würde dort sein.

Der Papst würde dieselbe bescheidene Eskorte benutzen, die er in der Vergangenheit eingesetzt hatte. Er war weder ein verschwenderischer noch ein prätentiöser Mann. Ein Motorrad an der Spitze mit je zwei vorderen und hinteren Flanken. Elementar. Die Limousinen beschränkten sich auf zwei — seine eigene, in der ihn seine persönlichen Adjutanten begleiteten, und eine zweite für Sekretäre und geringere Prälaten, die seine augenblicklichen Arbeitspapiere bei sich trugen.

Die Route der Kavalkade führte über die landschaftlich schöne Straße, von der er immer voll Gefühl sprach, wenn er Gandolfo erwähnte — die herrliche Via Appia Antica zwischen den sanften Hügeln und vielen Überresten des antiken Rom.

Via Appia Antica. Basis Zero.

Die beiden Lear Jets waren nach Zaragolo geliefert worden. Das war ein Flughafen der Reichen. Die kleine Fiatlimousine, die von den türkischen Soldaten zur Ablenkung eingesetzt werden sollte, war von Captain Noir im Namen der äthiopischen Botschaft gekauft worden. Sie stand in einer Garage, die während der ganzen Nacht geöffnet war, in der Nähe einer Polizeistation mit geringem Aufkommen an Straftaten.

Guido Frescobaldi war nach Rom unterwegs. Regina würde sich seiner annehmen. Sie würde ihn in einer von ihr gemieteten *pensione* unterbringen, die sich Il Doge nannte, in der Via Due Macelli, ganz in der Nähe der Spanischen Treppe. Und sie würde sich bis zum Morgen des Angriffs um den alten Mann kümmern. An jenem Morgen würde sie ihn mit einer Thiopentallösung vollpumpen, die dafür sorgen sollte, daß er für mindestens zwölf Stunden high war, ohne ihn zu gefährden.

Der Hawk beabsichtigte, Guido auf dem Weg zu Basis Zero mit dem Fiat abzuholen. Regina würde natürlich dafür sorgen, daß er bis dahin angemessen gekleidet war, mit einem voluminösen Mantel, der seine auffälligen Kleider bedeckte. Seine Röcke, um es genauer zu sagen.

Jetzt blieb nur noch eine letzte Kleinigkeit zu erledigen. Die beiden in den Manövern eingesetzten Limousinen mußten an einen Ort namens Valtournanche gebracht werden, der ein paar Meilen nordwestlich des Bergdorfes Champoluc lag. An einem wenig benutzten privaten Flughafen, der von den Angehörigen des Jet-Set benutzt wurde, wenn sie ihre Schihütten aufsuchten. Die Limousinen würden dort nicht auffallen. Sie waren auf die Namen nicht existierender Griechen eingetragen, und die Schweizer belästigten *niemals* Griechen, die sich solche Autos leisten konnten.

Lillian würde die Übergabe erledigen, genauer gesagt — überwachen. Sie konnte die zwei Männer einsetzen, die ihr dabei behilflich gewesen waren, die päpstliche Residenz herzurichten. Sobald die Wagen ihre Position erreicht hatten, würden die Männer gemeinsam mit Lillian verschwinden. Mac würde ihnen natürlich Prämien auszahlen.

Rudolph und diesen Verrückten würde er auch loswerden, sobald sie von der Basis Zero zurückgekehrt waren und der Papst sicher — und unauffällig — sein Quartier bezogen hatte. Der Küchenchef mußte bleiben. Zum Teufel, selbst wenn er herausfand, für wen er kochte, er war schließlich ein französischer Hugenotte, den die Polizeibehörden von sechzehn Ländern suchten.

Nun mußte sich der Hawk nur noch um Annie kümmern. Und natürlich um Sam.

Mit Sam würde er klarkommen. Sam war mit so unzerreißbaren Fesseln an diese geladene Haubitze gebunden, daß er fast schon als ein Teil der Lafette angesehen werden mußte. Aber Annie bereitete ihm Kopfzerbrechen. Was hatte sie vor? Warum reiste sie nicht ab? Warum hatte sie seinen eigenen Schwur gegen ihn eingesetzt?

»Du hast uns feierlich dein Wort gegeben, wenn je eine von uns zu dir käme und in Not wäre, würdest du uns nie im Stich lassen. Du würdest nie zulassen, daß uns ein Unrecht geschieht, wenn du es verhindern könntest. Ich bin hier. Ich bin in Not, und man hat mir unrecht getan. Ich weiß nicht, wohin ich sonst gehen soll. Bitte, laß mich bleiben.«

Natürlich konnte er ihr diese Bitte nicht abschlagen. Schließlich hatte sie das Wort eines Generals.

Aber warum setzte sie ihm so zu? War Sam dafür verantwortlich? *Verdammt!*

Er würde also in Gandolfo sterben. Es hätte schlimmer sein können, dachte Giovanni Bombalini und blickte zu den Fenstern seines Studierzimmers hinaus. Vor einem halben Jahrhundert war die einzige Zukunft, die er sich hatte vorstellen können, ein Grab an der Goldküste gewesen — und vorher eine endlose Zeremonie, die zur Hälfte in lateinischer Sprache und zur Hälfte in Kwa ablaufen würde, während Fliegenschwärme um seinen Kopf kreisten. Gandolfo hatte da ohne Zweifel seine Vorzüge.

Er würde auch in Gandolfo besser arbeiten und die ihm noch verbleibenden Wochen dazu nutzen können, seine eigenen, nicht sehr umfangreichen Angelegenheiten zu regeln. Und er würde sein Bestes tun, um einen Kurs für die unmittelbare Zukunft der Kirche vorzubereiten. Er würde ein paar hundert Analysen der mächtigsten Diözesen der ganzen Welt mit sich tragen und Dutzende von Beförderungen aussprechen, würde ein Gleichgewicht herstellen, aber ein Gleichgewicht zugunsten jüngerer, kraftvollerer Perspektiven. Was häufig überhaupt nichts mit Jugend zu tun hatte.

Er mußte sich immer wieder daran erinnern, daß es galt, auch die schwer zu führende alte Garde nicht zu verschmähen. Diese alten Streitrösser hatten kirchliche Schlachten durchgestanden, die eine Vielzahl jener nicht kannte, die nach Reformen und Änderungen schrien. Es war nicht leicht, die Philosphien eines ganzen Lebens zu ändern. Aber die guten alten Streitrösser wußten, wann es Zeit war, beiseite zu treten, und auf den Weiden zu grasen, bereit, mit liebevollem Blick Rat zu geben, wenn sie danach gefragt wurden, und Mitgefühl auszustrahlen — gleichgültig, ob man es wollte oder nicht. Die anderen — die Ingatio Quartzes der Welt — brauchten einen Anstoß.

Papst Franziskus entschied, daß zu seinen letzten Handlungen auf dieser Welt auch ein paar solcher Anstöße gehören würden. Und zwar in Gestalt einer Dissertation, die nach seinem Tode der Kurie verlesen und dann veröffentlicht werden sollte. Es war ein wenig anmaßend, überlegte er, aber wenn Gott nicht wollte, daß er die Dissertation fertigstellte, so konnte Er ihn immer noch zu sich rufen, wann Er wollte.

Er hatte mit der Dissertation angefangen und diktierte sie dem jungen schwarzen Priester. Und er hatte ein päpstliches Memorandum an jedes Büro im Vatikan geschickt und den jungen Adjutanten zum Verwalter seines persönlichen Nachlasses ernannt, für den Fall, daß er in die Arme Christi gerufen werden sollte.

Giovanni erfuhr, daß Ingatio Quartze fast eine Stunde lang erbrechen mußte, nachdem er die päpstlichen Instruktionen erhalten hatte. Für die Nasenhöhlen des Kardinals mußte das schrecklich gewesen sein.

»Eure Heiligkeit?« Der junge Neger kam mit einem Koffer in der Hand zur Schlafzimmertür herein. »Ich kann das Miniaturschach nicht finden. Es befindet sich nicht in der Schublade mit dem Telefon.«

Giovanni überlegte kurz und hustete dann etwas verlegen. »Ich fürchte, es ist im Badezimmer, Pater. Seit Monsignore O'Gilligan seine Übertrittsprobleme mit einer Erläuterung des Bußthemas gelöst hatte, machte er katastrophale Züge. Ich mußte mich sehr konzentrieren.«

»Ja, Herr.« Der junge Priester lächelte und stellte den Koffer ab. »Ich werde es in den Kleiderkoffer packen.«

»Sind wir mit Packen fertig? Ich sage ›wir‹, dabei hast du die Arbeit getan.«

»Fast, Heiliger Vater. Die Pillen und die Tropfen bleiben in meinem Handkoffer.«

»Ein guter, alter Brandy würde auch nicht schaden.«

»Den habe ich auch, Eure Heiligkeit.«

»Du bist wahrhaft ein Mann Gottes, mein Sohn.«

23.

RIGIRATI! COSTRUZIONE!

Die große Blechtafel war in der Mitte der hölzernen Schranke befestigt, die sich quer über den Feldweg erstreckte.

Das Ganze wirkte sehr offiziell, bis zu den winzigen roten Katzenaugen und dem imposanten Siegel der Stadtverwaltung von Rom. Die Schranke sperrte damit offiziell einen Teil der Via Appia Antica für alle Fahrzeuge und bot statt dessen ein Umleitung an, die durch die Wälder am Appischen Hügel führte. Und da dieser Abschnitt der Via Appia der engste der ganzen Route war, gab es keine Alternative für die Umleitung, wenn die fraglichen Fahrzeuge größer als der winzigste Fiat waren. Nicht einmal so groß wie der Fiat, den der Hawk aus der Garage neben der Polizeistation gefahren hatte und der jetzt umgestürzt am Fuß des Hügels lag.

Ein größeres Automobil würde nicht genug Platz zum Wenden finden. Um die Richtung zu ändern, würde der Fahrer seinen Wagen fast eine Meile weit rückwärts lenken müssen, über zahlreiche Schlaglöcher und um eine Vielzahl von Haarnadelkurven. Natürlich könnte der Fahrer auch beschließen, sein Glück auf den Feldern zu versuchen, die in regelmäßigen Abständen die appischen Wälder durchsetzten, aber diese Felder wimmelten von Erdhügeln und Felsbrocken und einzelnen Steinmauern, die zum Teil noch aus der Antike stammten. Die Felder waren nicht nur gefährlich, sondern es war auch verboten, darauf zu fahren.

Diese Gedanken beschäftigten Captain Noir, der reglos im Gebüsch hinter der Schranke wartete, das schwarze Gesicht, unter der Strumpfmaske gepudert. Er hatte das Geräusch der Motorräder in der Ferne gehört.

Alles war bereit.

Basis Zero war angekommen.

Die Lage war perfekt. Nur Bäume, Felder und Hügel — der General hatte gut geplant. Man hätte die Entführung wahrscheinlich auf diesem abgelegenen Stück Straße auch ohne die Umleitung durchführen können, aber in mancher Hinsicht war diese Umleitung der wichtigste Aspekt von Basis Zero. Die Fahrzeuge konnten umkehren, wenn sie ganz vorsichtig waren — aber das würden sie nicht. Sie würden die Umleitungsstraße nehmen.

Und für den Fall, daß sie das nicht taten, hielt Captain Noir eine durchdringend schrille Hochfrequenzpfeife bereit. Wenn er sie benutzte, so bedeutete das, daß Plan Anton Phase Eins, Positionen eins bis drei, gestrichen war, worauf sofort Plan Berta, Phase Doppel-Null, Position hunderteins bis hundertzehn, in Kraft trat — Entführung weiter oben an der Appia.

Weiter unten an der Straße, jenseits der Schranke, leuchtete ein blauer Helm mit einem weißen Emailkreuz wie ein riesiges Juwel in der italienischen Sonne. Er saß auf dem Kopf des Motorradpolizisten vor der päpstlichen Kolonne. Die Vatikanspitze, wie der General den Mann bezeichnet hatte. Der uniformierte Offizier fuhr mit mäßiger Geschwindigkeit. Es wäre für die Insassen der Limousinen unbequem gewesen, auf dieser alten Straße schneller zu fahren.

Der Polizist entdeckte die Schranke mit der großen offiziellen Tafel und fuhr darauf zu. Captain Noir hielt den Atem an. Der Beamte sprang von seinem Motorrad, trat den Kickständer heraus und ging zu dem Hindernis. Seine Brauen schoben sich verwirrt nach oben, und er blickte über die Barrikade, suchte Anzeichen von Bauarbeiten und murmelte etwas Unverständliches.

Dann drehte er sich um und hob die Hand. Der vordere Wagen hatte einen Punkt erreicht, der etwa hundert Fuß von der Schranke entfernt war.

Der Polizist ging zu dem Motorrad zurück, das im Leerlauf vor sich hinbrummte, stieg auf, drehte den Lenker herum, fuhr zu der vorderen Limousine und redete erregt auf deren Insassen ein.

Die hintere Tür öffnete sich. Ein Priester in einer schwarzen Soutane stieg aus, ging mit dem Polizisten zu der Schranke. Sie blickten die abschüssige Straße hinunter, die über den Appischen Hügel führte.

Captain Noir konnte hören, wie die beiden miteinander redeten, dann beobachtete er eine Folge von Handbewegungen, die lediglich erkennen ließen, daß sie sich unschlüssig waren. Der Priester drehte sich um, hob den Saum seiner Soutane und ging mit schnellen Schritten an dem vorderen Wagen vorbei zur päpstlichen Limousine.

Noir konnte nicht besonders gut sehen, was da vorging, aber die leichte Appische Brise trug die Laute von erregtem Geschnatter zu ihm herüber. Er schluckte und griff nach seiner Pfeife.

Dann hörte er zu seiner großen Erleichterung Gelächter. Und der Priester kehrte zu seinem Wagen zurück, nickte, winkte dem Streifenpolizisten auf der linken Seite zu und stieg wieder ein.

Eine abenteuerliche Entscheidung war soeben getroffen worden – der General kannte seinen Feind.

Die Fahrzeuggruppe bog nach links, fuhr den Hügel hinunter, hinter dem Motorradpolizisten her. Alle Fahrzeuge bewegten sich sehr langsam. Und als die Nachhut, die aus den zwei Motorrädern bestand, die erste Kurve am Hang erreichte, erhob sich Noir aus dem Gras, rannte zur Schranke, zog sie vor die Umleitungsstraße. Er riß die oberste Tafel ab, so daß jetzt die zweite sichtbar wurde.

DINAMITE! FERMA! PERICOLO!

Er hatte es geschafft! Bei Gott, er hatte es geschafft! Er war aus Machenfeld entkommen und befand sich jetzt auf dem Weg nach Rom. Und wenn alles klappte, würde bis morgen niemand bemerken, daß er verschwunden war. Und dann würde es zu spät sein. Der Hawk würde zur Basis Zero unterwegs sein.

Sie konnten unmöglich erfahren, daß er verschwunden war. Es sei denn, sie brachen die Tür zu seinem Zimmer auf, was unter den gegebenen Umständen höchst unwahrscheinlich war. Annie redete nicht mit ihm. Sie war wütend zu ihrem Zimmer im Südflügel gestampft. Er hatte eine Auseinandersetzung provoziert, die man bis auf den Gipfel des

Matterhorn hören konnte, und sie dabei zu Ausdrücken gereizt, die sie von ihrer kriminellen Familie gelernt haben mußte.

Rudolph und Namenlos wollten absolut nichts mit ihm zu tun haben. Und am allerwenigsten wünschten sie seine Nähe. Nach dem Streit mit Annie hatte er begonnen, sich bei seinen Bewachern über plötzliche quälende Schmerzen im Unterleib zu beklagen. Zusammengekrümmt hatte er geschrien: »O Jesus! Das ist die Kuwaitische Encephalitis! Das habe ich vor fünf Wochen in der algerischen Wüste gesehen! Oh, mein Gott! Ich hab' mich angesteckt! Da schwellen einem die Hoden wie Basketbälle an, nur schwerer werden sie! Ich brauche einen Arzt! Einen Arzt!«

»Kein Arzt. Keine Verbindung nach draußen, bis der Herr von Machenfeld zurückkehrt.« Rudolph war sehr streng.

»Dann sollten Sie aufpassen!« fuhr Sam fort. »Das ist hochgradig ansteckend!«

Worauf er in Ohnmacht gefallen war und sich an den Unterleib gegriffen hatte. Sie waren in Panik geraten. Namenlos und Rudolph drängten sich gegen die Wand des Salons. Wieder aus seiner Ohnmacht erwacht, aber offensichtlich mörderische Schmerzen leidend, war Sam aus dem Zimmer und die Treppe hinauf gekrochen. Um seinem Schöpfer in Frieden und mit riesigen Hoden entgegenzutreten.

Rudolph und Namenlos blieben zurück, bis Sam sein Zimmer erreicht und die Tür geschlossen hatte. Als er sie noch einmal öffnete, sah er, daß sich seine Bewacher bis an das Ende des Korridors zurückgezogen und sich doppelte Taschentücher über das Gesicht gebunden hatten. Dichte Wolken von Desinfektionsnebel aus Aerosoldosen hüllten sie ein.

Die Bahn war frei. Für einen schönen, narrensicheren Abgang aus Machenfeld.

Lillian und zwei Angestellte brachten die Limousinen zu einem Flugplatz irgendwo im Süden. Er hatte zugehört, wie der Hawk Mrs. Hawkins Nummer drei die Route erklärt hatte.

Die Fahrt nahm vier Stunden in Anspruch, und es war ungemein wichtig, daß die Fahrzeuge auf einer Straße im Westen des Flugplatzes postiert wurden.

Ein Flugplatz!

Das bedeutete Flugzeuge. Und Flugzeuge flogen nach Rom. Selbst wenn sie das nicht taten — oder wollten —, gab es Telefone. Und Radios.

Und damit hatte sein neuer Plan Gestalt angenommen. Er würde im Kofferraum der zweiten Limousine liegen, die von einem Angestellten des Châteaus gesteuert werden würde. Es war kein Problem gewesen, das Kofferraumschloß zu beschädigen, während er sich von Lillian verabschiedet hatte, nachdem er ihr mit dem Gepäck behilflich gewesen war.

Sobald seine Bewacher in den Desinfektionsmittelwolken verschwunden waren, hatte Sam drei Bettlaken aneinandergeknüpft. Er war vom Balkon hinuntergeklettert, zu der Limousine in der Einfahrt gerannt und hatte sich dort in den Kofferraum gezwängt.

Drinnen hatte er sich die Laken um den Oberkörper gewickelt, wobei er für seine Trainingshosen dankbar war, und hatte gewartet. Er rechnete damit, daß die Natur ihm den Weg zu seinem Ziel bahnen würde, und wurde auch nicht enttäuscht.

Die Limousinen rasten durch das Tor — die Reise hatte begonnen. Nach dreieinhalb Stunden unsanfter Fahrt, auf und ab durch die Schweizer Berge, hörte Sam, wie jemand ein paarmal hintereinander schnell auf die Hupe der Limousine drückte. Sekunden später war von dem Wagen, der vorn fuhr, eine Antwort zu hören, dann verlangsamte sich die Fahrt, und sie kamen schließlich ganz zum Stillstand. Der Fahrer stieg schnell aus. Devereaux konnte Schritte hören, dann ein unverwechselbares Plätschern.

Er öffnete den Kofferraumdeckel, kletterte lautlos heraus und versetzte dem urinierenden Schweizer einen kräftigen Schlag mit einem Schraubenschlüssel.

Ehe eine halbe Minute verstrichen war, hatte Devereaux dem Mann Hosen, Jackett und Schuhe ausgezogen. Während er in die Hose und das Jackett schlüpfte, die ihm in der nächtlichen Finsternis Tarnung bieten sollten, rannte er auf die Fahrertür zu. Er ließ sich auf den Sitz fallen und drückte zweimal auf die Hupe, zum Zeichen, daß die Fahrt fortgesetzt werden konnte.

Lillian hupte zurück und startete ihren Wagen.

Der Flugplatz in Valtournanche (so hatte es auf der Tafel gestanden) stellte ein kleineres Problem dar, aber der außergewöhnliche Geldbetrag, den Sam in dem Jackett des Schweizers gefunden hatte, glich das aus. Fünftausend Dollar! Der Hawk mußte den Angestellten eine Prämie ausgezahlt haben.

Das führte automatisch zur Geburt eines neuen, unglaublichen Plans, eines grandiosen Finales.

Er konnte den Hawk ohne die Polizei aufhalten! Ohne die Behörden! Er konnte die Operation Basis Zero auffliegen lassen und die Brigade gleichzeitig auflösen! Ohne daß Schüsse fielen, Henker in Aktion treten mußten, oder daß irgend jemand zu einer lebenslänglichen Zuchthausstrafe verurteilt wurde! Es war perfekt. Und es war völlig ausgeschlossen, daß er einen Fehler begehen würde.

Am westlichen Rand des Flugplatzes beschrieb die Straße einen leichten Bogen. Sam verlangsamte das Tempo seiner Limousine und hielt in dem Augenblick, in dem Lillians Fahrzeug die Kurve hinter sich gebracht hatte, schaltete die Zündung ab, packte das Hemd und die Schuhe, sprang hinaus und rannte in den Wald.

Dann wartete er in der Dunkelheit auf das Unvermeidliche. Lillians Wagen war jetzt im Rückwärtsgang zu hören. Sie stieg mit ihrem Begleiter aus, und sie rannten zurück zu dem verlassenen zweiten Wagen.

»Ist das nicht die Höhe!« rief Lillian ärgerlich. »Dieser undankbare Wurm hat im letzten Augenblick kalte Füße bekommen. Und das, nachdem Mac ihm soviel Geld gegeben hat! Aber so etwas war vorauszusehen. Seine Nackenmuskeln waren ganz schlaff — das ist immer ein Zeichen von Schwäche. Los! Einsteigen! Wir sind fast da.«

Eine Stunde später blätterte Devereaux, bekleidet mit einer Lederjacke und Hosen, die ihm viel zu groß waren, einem verblüfften Piloten in einem Hangar zweitausendfünfhundert Dollar hin. Das Honorar für einen hastigen, außerplanmäßigen Flug nach Rom. Sam hatte sich einen Mann ausgewählt, der ein gutes Stück kleiner als er war, allem Anschein nach ganz ohne Muskeltonus. Piloten, die solche Aufträge übernahmen, galten nicht gerade als Inbegriff der Moral. Jedenfalls legte er keinen Wert darauf, über den Alpen aus dem Flugzeug geworfen zu werden.

Aber er hatte es geschafft! Sie flogen! Sie würden Rom vor der Morgendämmerung erreichen. Und dann würde er, Sam Devereaux, der beste junge Anwalt, den Boston aufzubieten hatte, das beste Plädoyer seiner ganzen Laufbahn halten.

Die Captains Gris und Bleu — in gutsitzende Polizeiuniformen gekleidet, standen aufrecht und unbewegt hinter den Stämmen zweier Appischer Ahornbäume zu beiden Seiten der Straße — reglos, abgesehen von ihren rechten Händen, die sie immer wieder bewegten und dabei die kurzen Hohlnadeln liebkosten, die zwischen ihren Fingern hervorstachen.

So, wie der Befehlshaber es vorhergesagt hatte, waren die beiden Motorräder an den vorderen Flanken der päpstlichen Limousine zurückgefallen und fuhren jetzt parallel vor der Motorradeskorte, von der die Nachhut flankiert wurde. Und — auch in diesem Punkt war die Prophezeiung des Kommandanten eingetroffen — der Lärm war ohrenbetäubend.

Ein Fahrzeug nach dem anderen rollte vorbei. Als die beiden hinteren Polizisten die zwei Ahornbäume erreichten, sprangen Gris und Bleu heraus, drückten den beiden Fahrern von hinten den linken Unterarm gegen die Kehle, und jeder stieß seinem Mann eine kleine Nadel in den Hals. Sekunden später sanken die Polizisten schlaff in sich zusammen.

Gris und Bleu ließen die Motorräder zwischen ihren Beinen heruntersinken, zerrten die zwei reglosen Körper ins Unterholz. Dann drangen sie gemeinsam in den Wald ein und rannten schräg bergab durch das dichte Blattwerk, um für ihren nächsten Einsatz Posten zu beziehen. An diesen Positionen lagen bereits die Soutanen versteckt, die sie über ihre Uniform ziehen sollten.

Die Captains Orange und Vert lagen einander gegenüber, vom dichten Gras und Unkraut verborgen, auf dem Bauch. Sie hatten am Ansatz zur zweiten Kurve Stellung bezogen, auf der Nebenstraße, die nach unten führte. Durch das dichte Gewächs sahen sie — und lächelten dabei —, daß die zwei letzten Motorräder nicht auftauchten.

Das zweite Polizistenteam hatte Mühe, die Motorräder gerade zu halten, während sie hinter der zweiten Limousine einherrollten.

Captain Orange bekreuzigte sich, als ihn das Fahrzeug des Papstes passierte.

Captain Vert spuckte aus. Höchste Zeit, daß die Kirche einen *französischen* Papst einsetzte — in diesem Punkt waren die Italiener regelrechte Schweine.

Der päpstliche Wagen bog in die letzte bergabführende Kurve. Orange und Vert sprangen auf und führten blitzartig ihre vielfach geübten Manöver gegen die Motorradeskorten durch.

Die Polizisten brachen zusammen, die päpstliche Limousine rollte in die Biegung am Fuße des Appischen Hügels. Jetzt blieben nur noch Sekunden bis zur Detonation von Phase vier, den Rauchbomben in dem umgekippten Fiat.

Orange und Vert rannten zu ihrem nächsten Einsatz — dem ruhmreichsten von allen — Phase sieben. Jeden Augenblick würden jetzt Phase fünf und sechs ablaufen, die Zerstörung der Funkanlage und die Betäubung des päpstlichen Gefolges.

Phase sieben war der Höhepunkt von Basis Zero — der Austausch der Päpste. Guido Frescobaldi gegen Giovanni Bombalini.

Die Explosionen, die aus dem Fiat schossen, waren wahrhaft erschreckend, die Schreie der hysterischen Türken angsterregend. Der Hawk grinste bewundernd. *Verdammt!* Was für ein herrlicher Anblick! All der Rauch und der Lärm — nur das Geschrei war übertrieben.

Die Fahrzeuge hielten abrupt an, erregte Stimmen klangen auf. Ein Motorrad und zwei Limousinen auf einer isolierten Feldstraße, gesäumt von einem steilen Hügel an der Südseite und einem hohen, dichten Wald im Norden ...

Optimal, dachte der Hawk, der den unruhigen Guido Frescobaldi zwischen den Büschen festhielt.

Captain Noir erreichte seinen Posten und winkte Rouge und Brun zu. Sie standen im Abstand von zehn Metern da und warteten drauf, Phase fünf durchzuführen — die Zerstörung sämtlicher Funkanlagen.

Und dann war der Augenblick gekommen.

Der einzige noch verbliebene Vatikanpolizist sprang von seinem Motorrad und rannte auf den rauchenden Fiat mit seinen schreienden, eingeschlossenen Passagieren zu. Sämtliche Türen der beiden Limousinen flogen auf. Die Fahrer und die Priester schrien und fuchtelten mit den Händen und riefen allen und niemandem Befehle zu und rannten dann zu dem umgekippten Wagen.

Jetzt!

Als Priester gekleidet, sprangen Noir, Rouge und Brun aus ihren Verstecken. Rouge und Brun warfen sich auf den Vordersitz der ersten Limousine und rissen jeden sichtbaren Draht heraus. Noir rannte zum zweiten Wagen, der päpstlichen Limousine, und stürzte sich durch die offene Tür auf die Funkanlage.

Plötzlich zuckte eine Hand über den Sitz vor, gefolgt von einem Arm, der in einer weißen Soutane steckte. Aber die Hand und der Arm waren nicht weiß. Sie waren *schwarz!* Und der Griff, mit dem Noirs Hals festgehalten wurde — begleitet von schnellen, harten Schlägen, die auf seinen Kopf niederprasselten — gehörte zu einer Straßentaktik, die Noir gut kannte. Einer Taktik, die einer Gegend namens Harlem entstammte.

Noir zog seinen schmerzenden Kopf weg und sah sich plötzlich zu seiner großen Überraschung einem Bruder gegenüber — einem Rassenbruder im weißen Kleid der Kirche.

Es ging Noir gegen den Strich, einen Bruder kampfunfähig zu machen, aber es hatte keinen Sinn. Der katholische Junge war gut, aber sein Training war nicht über das hinausgegangen, was man oberhalb der Hundertachtunddreißigsten Straße lehrte. Noir bohrte Daumen und Zeigefinger in das empfindlichste Fleisch. Der Negerpriester schrie und ließ Noirs Kopf los, während der ihn halb über den Sitz zerrte. Er seufzte, als er dem katholischen Jungen einen kurzen, trockenen Schlag am Schädelansatz verpaßte. Dann ging er an seine Arbeit, riß Drähte heraus, zerschlug Wählscheiben. Der fette alte Mann in weißen Kleidern — *er* selbst, dachte Noir — beugte sich nach vorn und zog den Jungen auf den Rücksitz, hielt seinen Kopf auf dem Schoß, als ob der Bursche wirklich verletzt wäre.

»Dem fehlt nichts, Alterchen. Ich weiß nicht, wie ihr Leute das macht. Ich *schwör's*, ich weiß es nicht! Die Baptisten haben den ganz schön fertiggemacht — seine Leute zu Hause, meine ich. *Rhythmus* haben die! Aber ihr hier habt natürlich die Bullen . . .«

Verdammte Scheiße! Was zum Teufel konnte da schieflaufen? Was für weitere Verzögerungen lauerten da noch im blendenden, grellen Sonnenlicht des Leonardo da Vinci-Flughafens von Rom? Es war ein Alptraum, der sich da am hellen Morgen vollzog, ohne die Gnade des Schlafes.

Dieser verdammte zwergwüchsige Sohn einer Hündin von einem Piloten aus Valtournanche bestand darauf, daß seine Maschine von den Inspektoren der Rauschgiftbrigade freigegeben wurde. Keinen interessierte es, ob ein Flugzeug sechs Kisten mit gestohlenem Gold oder unverzollte Diamanten oder streng geheime Pläne für die ganze Nato hereinbrachte, so lange nur kein Joint an Bord war. Und Sam konne protestieren, so laut er wollte — es machte überhaupt keinen

Unterschied. Nun ja, doch, den machte es schon. Es führte dazu, daß man ihn dazu zwang, sich nackt auszuziehen, und ihn dann durchsuchte. »Per favore, Signore. Wo ist Ihre Unterwäsche? Wo haben Sie die gelassen? Wir müssen das Flugzeug noch einmal durchsuchen.«

»Das ist doch verrückt!« schrie Devereaux. »Wie kann man wegen einem Paar Shorts ...«

»Che cosa?« erkundigte sich der Capitano argwöhnisch.

»Shorts!« Sam verdeutlichte ihm durch Gesten, was er meinte. »Wo könnte ich denn ...«

»Aha«, unterbrach ihn der Capitano. »Die Schweizer aus den Bergen tragen lange Unterhosen. Mit Taschen. Und Patten. Und vielen Knöpfen. Knöpfe sind hohl.«

»Ich bin kein Schweizer! Ich bin Amerikaner!«

Die Brauen des Capitano schossen in die Höhe, während er gleichzeitig die Stimme senkte. »Aha – Mafia, Signore?«

Und so ging es weiter, bis Sam zehn Hundert-Dollar-Noten ausgegeben hatte, was mit dem Ende der Schicht des Capitano zusammenfiel, worauf Sam freigelassen wurde.

»Wo kann ich ein Taxi bekommen?«

»Lassen Sie zuerst Ihr Geld einwechseln, Signore. Kein Taxi kann amerikanische Hundert-Dollar-Noten wechseln.«

»Ich habe keine Hunderter mehr. Nur Fünfhunderter.«

»Dann wird man die Polizei rufen. Denn so ein Geld kann unmöglich echt sein. Sie werden Lire brauchen.«

O Gott, die Polizei, dachte Sam. Die Polizei und hysterische Taxifahrer waren das letzte, was er gebrauchen konnte. Sie paßten ganz sicher nicht in sein großes Finale, in dem er die Pläne des Hawk durchkreuzen wollte.

Und so verbrachte er fast eine Stunde in der Schlange vor dem Wechselschalter, nur um dann von einer Dame mit einem Bartansatz zu erfahren, daß Scheine dieser Größenordnung spektografisch untersucht werden mußten.

»Vielen Dank, Signore«, sagte der Schnurrbart schließlich. »Wir haben diese Noten jetzt unter vier verschiedenen Geräten überprüft, und sie sind wunderschön. Hier sind Ihre Lire. Haben Sie einen leeren Koffer?«

Es war neun Uhr fünfundvierzig. Immer noch Zeit! Das Taxi nach Rom kostete ihn etwa eine Stunde, wenn man den Verkehr in Betracht zog, und dann brauchte er vielleicht noch einmal eine halbe Stunde, um den südlichen Stadtrand zu erreichen und dort die Via Appia.

Die Fahrt die Appia hinunter würde höchstens zwanzig Minuten in Anspruch nehmen. Er würde die Tafeln erkennen, die er während der Manöver gesehen hatte, dessen war er ganz sicher. Er würde Basis Zero mindestens eine halbe Stunde vor der Operation erreichen.

Er würde den Hawk stoppen, den Dritten Weltkrieg verhindern, das drohende Schemen lebenslanger Haft eliminieren und mit einem echten Schweizer Bankkonto nach Hause, nach Boston zurückkehren.

Verdammt! Wenn er zwei Zigarren gehabt hätte, er hätte sie beide gleichzeitig geraucht.

Er rannte quer durch die Abfertigungshalle zu der Tür unter der Tafel, die in drei Sprachen ›Taxi‹ verkündete. Atemlos stürmte er hinaus.

Wohin sein Blick auch fiel, standen Hunderte von unbeweglichen Karren, die mit Gepäck angefüllt waren, Gruppen von Männern drängten sich auf der Straße, ein Aufruhr schien unmittelbar bevorzustehen.

Sam wandte sich an einen Touristen. »Was geht hier vor?«

»Diese verdammten Spaghettifresser haben einen Taxistreik ausgerufen!« Sam zog sich zurück. Er hatte ein paar Millionen Lire in den Taschen. Es mußte doch irgendwo auf einem der Parkplätze einen Autobesitzer geben.

Er fand ihn. Um zwanzig Minuten nach elf. Und bot ihm Geld an. Je schneller er fuhr, desto mehr Zehntausend-Lire-Noten würde er bekommen. Der Mann erklärte sich einverstanden.

Elf Uhr zweiunddreißig! Er würde es schaffen!

Er mußte es schaffen!

Es war das Plädoyer seines Lebens!

Warum machte er sich eigentlich etwas vor? Es war sein Leben.

Gris und Bleu zogen an den Kordeln, die ihre Priestergewänder zusammenhielten. Sie lagen auf den Knien, und das dichte Strauchwerk und die tiefhängenden Zweige ganz unten am Hügel verhinderten, daß sie von der alten Straße aus gesehen wurden. Beide waren darauf vorbereitet, durch das Unterholz zu springen, um Phase sechs durchzuführen, die Immobilisierung der Fahrzeugeskorte. Der umgekippte Fiat lag direkt vor ihnen, überall wallte Rauch, und die fünf päpstlichen Adjutanten, die zwei Chauffeure und der übriggebliebene Polizist versuchten alle, an die schreienden Türken heranzukommen.

Die zahlenmäßige Stärke der Gegenseite war kein Problem. Sobald Gris und Bleu sich in das rauchgeschwängerte Durcheinander stürzten, würden sie schnelle Arbeit leisten. Ihre geistlichen Gewänder würden die Verwirrung noch steigern. Es würde ganz einfach sein, zuerst einen Widersacher und dann den nächsten kampfunfähig zu machen. Rouge würde sich von der Westflanke her anschließen und jeden aufhalten, der die Operation vorzeitig entdecken und versuchen könnte, zu den Limousinen zu rennen.

Jetzt!

Gris und Bleu warfen sich aus dem Buschwerk in das Durcheinander aus Rauch, Geschrei und herumschlagenden Armen. Ihre weiten Soutanen flatterten im Wind, und ihre Nadeln waren bereit.

Die Mitglieder des päpstlichen Gefolges brachen zusammen, einer nach dem anderen, mit einem beglückten Lächeln auf den friedlichen Gesichtern.

»Fesselt sie! Ich brauche Schnüre!« rief Gris den Türken zu, während die drei ›Opfer‹ aus den Fenstern heraus und unter dem Wagen hervorkrochen.

»Nicht so straff, ihr Verrückten!« fügte Bleu schroff hinzu. »Denkt an das, was der Kommandant gesagt hat!«

»Mon Dieu!« brüllte Bleu plötzlich, packte Gris an der Schulter und wies auf das Gelände hinter dem aufwallenden Rauch. *»Qu'est-ce que c'est ça?«*

In der Mitte der Straße, auf halbem Weg zu den Limousinen, lag Rouge flach auf dem Rücken, einen Arm halb erhoben, das Handgelenk abgebogen, als wäre er mitten in einer Pirouette erstarrt. Die Strumpfmaske konnte den Ausdruck olympischer Abgeklärtheit nicht verdecken, der sich darunter ausgebreitet hatte. In der Verwirrung war er über seine Soutane gestolpert und hatte sich dabei die Nadel selbst in den Leib gerannt.

»Schnell!« schrie Gris. »Das Gegenmittel! Der General denkt an alles!«

»Das muß er auch«, meinte Bleu.

»*Jetzt!*« befahl der Hawk, während er Guido Frescobaldi festhielt, der plötzlich die Stimme zum Gesang erhoben hatte.

Mac konnte sehen, wie Orange sich auf der anderen Seite des Feldwegs bekreuzigte, ehe er aus den Büschen heraussprang, auf die päpstliche Limousine zu. Das war eine vergeudete Bewegung, dachte er. Der Papst würde nicht zu fliehen versuchen. Er hatte seinen Adjutanten auf den Sitz gelegt und stieg jetzt mit zornigem Blick aus dem Wagen.

Der Hawk nahm Frescobaldi an der Hand und führte ihn auf die Limousine zu.

»Ich wünsche einen guten Tag, Sir«, sagte der Hawk zum Papst. Das war ein angemessener militärischer Gruß für eine Übergabe.

»*Animale!*« brüllte der Papst mit einer Stimme wie Donner, der durch die Appischen Wälder und Hügel hallte. »*Uccisore! Assassino!*«

»Was ist das?«

»*Basta!*« widerhallte der Donner. Und der Blitz zuckte in Franziskus' Augen — den Augen eines Riesen im Körper eines Sterblichen. »Ihr könnt mein Leben nehmen! Ihr habt meine geliebten Kinder getötet! Die Kinder Gottes! Ihr erschlagt die *innocenti*! Schickt mich zu Jesus! Tötet auch mich! Und möge Gott Barmherzigkeit mit euren Seelen haben!«

»Oh, um Himmels willen, seien Sie still! Niemand wird jemanden töten.«

»Ich sehe, was ich sehe! Die Kinder Gottes sind erschlagen!«

»Pferdekacke! Niemand ist verletzt, und niemand wird verletzt werden.«

»Sie sind doch alle *morto*«, sagte Franziskus, schon etwas weniger überzeugt, und seine Augen huschten verwirrt umher.

»Auch nicht mehr als Sie. Wenn sie tot wären, würden wir sie doch schließlich nicht fesseln, oder? Orange! Herkommen!«

»*Si, Generale.*« Orange eilte um die Motorhaube der Limousine herum und bekreuzigte sich wiederholt.

»Schaffen Sie diesen farbigen Jungen aus dem Wagen. Das muß ein Hausgast des Papstes sein.«

»Der Mann ist Priester«, erklärte Franziskus. »Mein persönlicher Adjutant!«

»Was Sie nicht sagen! Der muß ja im Chor Klasse sein. Vorsichtig, Orange!« rief MacKenzie, als der Italiener den bewußtlosen dunkelhäutigen Prälaten aus dem Auto zog. »Legen Sie ihn ins Unterholz, und lockern Sie ihm das Gewand. Hier ist es verdammt heiß für Ponchos.«

»Sie meinen«, fragte Giovanni darauf ungläubig, »die leben alle?«

»Sicher leben die«, erwiderte MacKenzie und bedeutete Vert, Frescobaldi für den Austausch vorzubereiten. Das Double des Papstes saß würdevoll da.

»Ich glaube Ihnen nicht! Sie haben sie ermordet!« brüllte Franziskus plötzlich.

»Wollen Sie jetzt ruhig sein!« Der Hawk stellte mit diesen Worten keine Frage. »Hören Sie mir zu! Ich weiß nicht, wie Sie Ihr Kommando führen, aber ich nehme an, daß Sie erkennen, ob ein Soldat lebt oder nicht.«

»*Che cosa?* ...«

»Captain Gris!« rief MacKenzie dem maskierten Skandinavier zu, der gerade einen Priester neben der ersten Limousine fesselte. »Heben Sie diesen Mann auf, und bringen Sie ihn bitte hierher.«

Gris kam der Aufforderung nach. MacKenzie nahm die rechte Hand des Papstes.

»Legen Sie Ihre Finger hier neben dem Schlüsselbein an seine Kehle. Spüren Sie den Puls?«

Die Augen des Papstes verengten sich, er konzentrierte sich ganz auf seinen Tastsinn. »Das Herz ... Ja, Sie haben die Wahrheit gesprochen. Die anderen? Ist es da genauso? Ihre Herzen schlagen?«

»Ich habe Ihnen mein Wort gegeben«, entgegnete der Hawk streng. »Ich muß Sie tadeln, Sir. Gegnerische Befehlshaber lügen nicht, wenn die Gefangennahme sicher ist. Wir sind keine Tiere, Sir. Aber wir haben nicht viel Zeit.« Der Hawk befahl Vert, den narkotisierten Frescobaldi herüberzubringen. »Wir müssen jetzt leider einige Ihrer Kleider austauschen. Ich werde ...«

MacKenzie hielt inne. Papst Franziskus starrte Frescobaldi an. Erst jetzt nahm er den Sänger wahr, der glattrasiert war und jetzt, ohne seinen Schnurrbart, Giovanni Bombalini ähnlicher sah als Giovanni Bombalini sich selbst.

»Guido! Das ist Guido Frescobaldi!« Die Stimme des Papstes hallte so laut über die Wiesen und Wälder, daß man sie wahrscheinlich bis zum Golf von Neapel hörte. »Guido, mein eigenes Fleisch und Blut! Das ist Guido! *Madre de Dio!* Du hast Teil an dieser – dieser Ketzerei?!«

Signore Guido Frescobaldi lächelte.

»*Che gelida – manina – a rigio esanime – ah, la-la – la-laaa –.*«

»Er ist es«, bestätigte Mac. »Aber er ist seit heute früh ein bißchen durcheinander. Das wird er auch noch eine ganze Weile bleiben. Kommen Sie jetzt. Wir müssen einiges von Ihrem Klempnerladen auf ihn übertragen. Captain Orange? Captain Vert? Helfen Sie Mr. Franziskus!«

»So!« Der Hawk sprach im Tonfall eines siegreichen Generals. Er hielt den grinsenden Guido Frescobaldi an den Schultern und bewunderte das Resultat. »Er sieht wirklich schön aus, oder?«

Franziskus, der wie erstarrt dastand, konnte nicht anders. »*Jesus et Spiritus Sanctus.* Der häßliche Frescobaldi sieht aus wie ich. Das ist ein Wunder Gottes.«

»Sie beide gleichen sich wie ein Ei dem anderen, Mr. Pope!«

Der Papst sprach jetzt so leise, daß man ihn kaum mehr hören konnte. »Sie werden — Frescobaldi — auf den *Stuhl von St. Peter* — setzen?«

»Für etwa zwei Stunden, wenn wir Glück haben — nach meinen Berechnungen.«

»Aber warum?«

»Das geht nicht gegen Sie persönlich. Wie ich höre, sind Sie ein sehr netter Bursche.«

»Aber warum? Im Namen Gottes, *warum*? Das ist keine Antwort.«

»Das sollte es auch nicht sein«, erwiderte der Hawk. »Ich möchte nur nicht, daß Sie hier lauthals zu schreien anfangen. Sie haben eine mächtig laute Stimme.«

»Dann werde ich — lauthals zu schreien anfangen — wenn Sie es mir nicht sagen — Aiyeeeee ...«

»Also gut, wir entführen Sie. Wir halten Sie gegen Lösegeld fest. Es wird Ihnen nichts passieren, darauf haben Sie das Wort eines Generals.«

Die Konferenz wurde von Captain Gris und Bleu unterbrochen, die heraufgerannt kamen und Haltung annahmen.

»Das Areal ist gesichert, General«, meldete Gris.

»Alle Betäubungsmaßnahmen abgeschlossen«, fügte Bleu hinzu. »Wir sind abmarschbereit.«

»Gut! Dann wollen wir abmarschieren. *Truppen!* Areal räumen. Fertigmachen zur Flucht! Los!«

Wie auf ein Stichwort war jetzt das Motorengeräusch des Helikopters aus der getarnten Zone zu hören, fünfzig Meter von Basis Zero entfernt.

Und dann erklang ein weiteres Geräusch herüber. Von der Straße oben an dem Appischen Hügel. Ein Wagen kam mit quietschenden Reifen zum Stillstand.

»Halt!« tönte es klagend aus dem Wald. »Um Himmels willen, halt!«
»Was?«
»*Mon Dieu!*«
»*Che cosa?!*«
»Wie?«
»*Tokig!*«
»*Bakasi!*«
»*Scheiße!*«

Sam stolperte den alten Feldweg herunter. Er kam um die letzte Kurve gerannt und fiel hin.

Giovanni Bombalini sah erstaunt zu. Dann erteilte er automatisch der knienden Gestalt seinen etwas verwirrt wirkenden Segen. »*Deus et figlio* ...«

»Wollen Sie den Mund halten!« fuhr MacKenzie den Papst an. »*Verdammt!* Sam! Was zum Teufel haben Sie hier verloren! Sie sollten doch sterbenskrank sein ...«

»*Alle herhören!*« fiel ihm Sam ins Wort. »Alle hierher!« Er rappelte sich hoch — die Offiziere standen wie festgewurzelt da, und ihre Gesichter ließen eine gewisse Gefühllosigkeit erkennen. »Flieht! Rennt um euer Leben! Verlaßt diesen Mann! Es ist eine Falle! Machenfeld ist gefallen! Es ist letzte Nacht passiert! Hunderte von Interpol-Leuten schwärmen ...« Plötzlich fiel Sam der Unterkiefer herunter, und sein Mund bildete ein großes, rundes O, während er den Hawk anstarrte. »*Was haben Sie gesagt?*«

»Sie sind mir so eine Type, Junge. Ich habe wirklich Respekt vor Ihrer Chuzpe, das habe ich ja schon einmal gesagt. Aber ich könnte nicht behaupten, daß Sie viel Respekt vor meinem Sachverstand haben.« MacKenzie knöpfte einen der Lederriemen auf, die schräg über seine Feldjacke verliefen. Daran hing ein ziemlich großes Lederetui. »Keine Angriffsoperation läuft ohne Kontakt zur Kommandozentrale. Jedenfalls nicht seit 1971. Verdammt, ich hatte Funkverbindung von Ly Sol in Kambodscha bis hinunter zu den Einheiten im Mekong.«

»*Was?*«

»Hochfrequenz-Radiokontakt, Junge. Man braucht nur einen Zeitplan festzulegen, dann kann man gleichzeitig empfangen und senden. Sie sind altmodisch, Sam! Bis vor einer Stunde sind auf Machenfeld höchstens Schmetterlinge herumgeschwirrt. Ich weiß nicht, wie Sie es gemacht haben, aber Sie können von Glück reden, daß Sie allein hierhergekommen sind ... Jetzt, wo ich es mir überlege, müßten Sie ein verdammter Narr sein, wenn sie noch jemanden mitgebracht hätten. Also, Männer! Phase acht fortsetzen! Los, Sam, Sie kommen mit. Und das will ich Ihnen jetzt sagen, Freundchen — wenn Sie mir noch einmal Ärger machen, dann öffne ich in zweitausend Fuß Höhe die Tür, und Sie können allein fliegen.«

»Mac, das dürfen Sie nicht! Denken Sie doch an den Dritten Weltkrieg!«

»Denken Sie an einen hübschen freien Fall — ohne Fallschirm — geradewegs in eine Schüssel Spaghetti!«

Und dann war ein anderes Geräusch zu hören. Ein furchterregender Lärm drang vom Hügel herab, von der Straße.

Die Captains und die Türken erstarrten.

Der Kopf des Hawk fuhr herum — nach oben — zur Via Appia.

Der Papst sagte ein Wort.

»Carabinieri.«

Die klagenden, durchdringenden Sirenentöne der italienischen Staatspolizei erklangen in der Ferne. Immer näher kam das Kreischen.

»*Verdammt! Wie?!* Was zum Teufel ist da *passiert*? Sam, Sie haben doch nicht ...«

»Mein Gott, *nein!* Ich habe nicht! Das würde ich *niemals!*«

»Ich glaube, da liegt eine Fehlkalkulation vor, Signore«, sagte Papst Franziskus mit weicher Stimme.

»Was? Was für eine Sch ... Was für eine Fehlkalkulation?«

»Die Fahrzeuggruppe sollte in dem kleinen Dorf — nun, besonders groß ist es nicht — Tuscabondo haltmachen. Das liegt eine reichliche Meile hinter der *deviazone*, Ihrer Umleitung.«

»Jesus!«

»Er kann barmherzig sein, *Signore Generale*.«

»Diese Schweinehunde werden über die Hügel und die Felder ausschwärmen. Verdammt!«

»Und in der Luft, Generale«, fügte Captain Orange erregt hinzu, und der Schweiß brach ihm unter seiner Maske aus. »Die *Carabinieri* haben ganze Flotten von *elicotteri*. Das sind die *pazzi* des Himmels!«

»Jesus Christus!«

»*Figlio di Santa Maria* — *Figlio di Dio* — Er ist unser Weg, *Generale*.«

»Ich habe Ihnen gesagt, Sie sollen den Mund halten! *Männer!* Sehen Sie sich Ihre Karten an! Schnell! Gris und Bleu, Sie überprüfen Fluchtrouten E acht und E zwölf. Unsere bisherigen Routen waren schneller, aber leichter einzusehen. Liefern Sie mir Ihre Entscheidung in einer Minute! Orange und Vert. Geben Sie mir Frescobaldi! Sie gehen zu den anderen! Sam, Sie bleiben hier!«

Die heulenden Sirenen waren nähergerückt, hatten jetzt fast den Angriffspunkt an der Appia erreicht. Frescobaldi, der in MacKenzies Händen schwankte, sang aus voller Brust.

»*Signore!*« Giovanni Bombalini trat einen Schritt auf MacKenzie zu. »Sie sprechen hier vom Wort eines Generals. Es klingt sehr aufrichtig, wenn Sie das sagen.«

»Was? Ja, natürlich. Sie sind da auch nicht wesentlich anders, nehme ich an. Ein Kommando ist eine große Verantwortung.«

»In der Tat, das ist es. Und die Wahrheit ist der rechte Arm der Verantwortung.« Der Papst warf den bewußtlosen Gestalten seiner Eskorte noch einen Blick zu. Jeder einzelne war bequem ausgestreckt, keiner verletzt. »Und Mitgefühl natürlich.«

Der Hawk hörte kaum zu. Er hielt Frescobaldi fest, ließ den verblüfften Sam Devereaux nicht aus dem Auge und beobachtete gleichzeitig Gris und Bleu, die ihre Karten auswerteten. »Wovon reden Sie?«

»Sie sagen, Sie hätten nicht den Wunsch, meiner Person Schaden zuzufügen.«

»Natürlich nicht. Für eine Leiche würden wir nicht viel Lösegeld bekommen. Nun, bei *Ihren* Leuten vielleicht ...«

»Und Frescobaldi ist stark wie ein Ochse«, sagte der Papst ebenso zu sich selbst wie zu MacKenzie, während er den halb bewußtlosen Guido studierte. »Das war er immer. *Signore Generale*, wenn ich mich bereit erklären würde, mit Ihnen zu gehen, ohne Sie zu behindern, vielleicht sogar im Geiste der Zusammenarbeit, würden Sie mir dann eine kleine Bitte erfüllen? Sozusagen als Kollege, Sie wissen schon — als Befehlshaber?«

Der Hawk sah den Papst aus zusammengekniffenen Augen an. »Was für eine Bitte?«

»Eine kurze Notiz, nur ein paar Worte — in Englisch — die ich bei meinem Adjutanten zurücklassen möchte ... Sie können sie natürlich lesen, *Generale*.«

MacKenzie zog einen Block aus der Jackentasche, riß ein Blatt ab, zog den wasserfesten Bleistift hervor und reichte beides dem Papst. »Sie haben genau fünfzehn Sekunden Zeit.«

Der Papst legte das Papier auf das Dach der Limousine und schrieb ein paar Zeilen darauf. Dann gab er dem Hawk das Blatt zurück.

›Ich bin in Sicherheit. Mit Gottes Segen werde ich dich auf dem Weg erreichen, den der schachspielende O'Gilligan benutzt. Honkey.‹

»Wenn das ein Code ist, dann ein ziemlich armseliger. Nur zu, stecken Sie es dem armen Neger in die Tasche. Mir gefällt es, daß Sie schreiben, Sie seien in Sicherheit.«

Giovanni rannte zu seinem bewußtlosen Adjutanten stopfte ihm den Zettel unter die Soutane und kehrte zum Hawk zurück. »Jetzt, *Signore Generale*, vergeuden Sie Ihre Zeit.«

»Was?«

»Setzen Sie Frescobaldi in die Limousine! Schnell! Drinnen ist ein Koffer. Mit meinen Pillen. Holen Sie ihn, bitte.«

»Was?«

»Sie würden in der Kurie keine fünf Minuten überstehen! Wo ist der *elicottero*?«

»Der Hubschrauber?«

»Ja.«

»Dort drüben. Auf einer Lichtung.«

Die Captains Gris und Bleu hatten ihre schnelle Konferenz beendet. Gris rief: »Wir haben die Männer informiert, General! Wir fahren! Wir treffen uns in Zaragolo!«

»*Zaragolo!*« wiederholte der Papst. »Der Flughafen bei Monti Prenestini?«

»Ja«, antwortete der Hawk und starrte Papst Franziskus plötzlich argwöhnisch an. »Was ist damit?«

»Sagen Sie ihnen, sie sollen sich nördlich von Rocco Priora halten! In Rocco Priora sind ein paar Polizeibataillone.«

»Das ist östlich von Frascati ...«

»Ja!«

»Sie haben gehört, was er gesagt hat, Captains! Rocco Priora umflanken! Und jetzt *weg*!« brüllte der Hawk.

»*Nein!*« schrie Sam und stürmte den Hügel hinauf. »Alle sind verrückt! Sie haben den Verstand verloren! Ich werde Sie aufhalten. Sie alle!«

»Junger Mann!« Giovanni stand plötzlich kerzengerade da und sprach mit der ganzen Würde seines Amtes zu Sam. »Wollen Sie bitte still sein und tun, was der General sagt!«

Noir kam aus der Lichtung hervor. »Der Vogel ist bereit, General! Startfläche klar.«

»Wir haben einen zusätzlichen Passagier. Nehmen Sie den Anwalt, Captain. Sie können ihm ja eine Nadel zeigen, wenn Sie das schaffen.«

»Mit dem größten Vergnügen«, sagte Noir.

»Eine Dosis, Captain!«

»Scheiße!«

Und so frachteten Giovanni Bombalini, der Heilige Vater der katholischen Kirche, und MacKenzie Hawkins, zweimaliger Gewinner der Kongreßehrenmedaille, Guido Frescobaldi in die päpstliche Limousine und rannten, als wäre der Teufel hinter ihnen her, durch den Appischen Wald zum Helikopter.

Für Franziskus war es schwierig. Der Papst stieß einen bescheidenen Fluch aus, gerichtet an Sebastian, den Schutzheiligen der Athleten, und zog schließlich in seiner Verzweiflung die Röcke seines Talars hoch, so daß ziemlich dicke Bauernbeine sichtbar wurden. Dann hätte er MacKenzie auf dem Weg zum Flugzeug fast überholt.

Der Lear Jet pfiff über der Wolkendecke von Zaragolo dahin, mit Captain Noir am Steuer und Captain Rouge auf dem Sitz des Copiloten. Der Hawk und der Papst saßen im vorderen Teil der Maschine einander gegenüber, jeder an einem Fenster. MacKenzie starrte Franziskus verwirrt an. Er wußte aus langjähriger Erfahrung, daß es am besten war, nichts zu tun, wenn ein Kommando lahmgelegt werden sollte — es sei denn, die anstehenden Kampfhandlungen erforderten sofortige Gegenschläge.

Das war jetzt nicht der Fall. Das Problem war, daß Franziskus sich wie keiner der Feinde benahm, gegen die der Hawk je gekämpft hatte.

Verdammt!

Da saß er, den schweren Talar bis aufs Unterhemd aufgeknöpft, die Schuhe ausgezogen und die Hände friedlich über dem mächtigen Leib gefaltet, und blickte zum Fenster des Lear Jet hinaus, wie ein zufriedener Besitzer eines Feinkostgeschäfts beim ersten Flug. Es war erstaunlich. Und verwirrend.

Verdammt!

Warum?

MacKenzie wurde plötzlich klar, daß es keinen Sinn hatte, seine Strumpfmaske noch länger zu tragen. Die anderen mußten das zu ihrem eigenen Schutz tun, aber für ihn machte es keinen Unterschied.

Er zog sie mit einem dankbaren Seufzen herunter. Franziskus blickte zu ihm hinüber, es war kein unfreundlicher Blick. Dann nickte der Papst, als wollte er sagen: ›Wie nett, Sie von Angesicht zu Angesicht kennenzulernen!‹

Verdammt!

MacKenzie griff in die Tasche, zog eine Zigarre heraus, biß die Spitze ab und holte ein Streichholzbriefchen aus einer anderen Tasche.

»*Per favore?*« Franziskus beugte sich zu ihm hinüber.

»Was?«

»Eine Zigarre, *Signore Generale*. Für mich. Macht es Ihnen etwas aus?«

»Oh, ganz und gar nicht. Hier, bitte.« Hawkins zog eine zweite Zigarre aus dem Päckchen und reichte sie dem Papst. Und griff dann, als wäre ihm das jetzt erst eingefallen, in die andere Tasche, um ein Messer herauszuholen.

Aber es war schon zu spät.

Franziskus hatte die Spitze abgebissen und ausgespuckt, ohne unelegant zu wirken, hatte Mac die Streichhölzer weggenommen und eines angezündet.

Papst Franziskus, der Statthalter Christi, zündete sich seine Zigarre an. Und als dann der aromatische Rauch über seinem Kopf in Ringen aufstieg, lehnte er sich im Sessel zurück, schlug die Beine unter dem Talar übereinander und genoß die Landschaft in der Tiefe.

»*Grazie*«, sagte Franziskus.

»*Prego*«, erwiderte MacKenzie.

TEIL IV

Am Ende hängt der Erfolg einer jeden Firma von ihrem wichtigsten Produkt oder ihrer wichtigsten Dienstleistung ab. Der ins Auge gefaßte Verbraucher muß durch aggressive Öffentlichkeitsarbeit davon überzeugt werden, daß das Produkt oder die Dienstleistung wesentlich für ihn ist — existenzwichtig, wenn möglich.

Shepherds Laws of Economics
Buch CCCXXI, Kapitel 173

24.

Sam saß auf dem gepolsterten, schmiedeeisernen Sessel in der Nordwestecke der Machenfeldgärten. Anne hatte die Stelle nach sorgfältiger Überlegung ausgewählt. Es war jener Teil der Gärten, der die beste Aussicht auf das Matterhorn bot, dessen Spitze man in der Ferne sehen konnte.

Das Schreckliche lag jetzt drei Wochen zurück.

Basis Zero.

Die Captains und die Türken waren abgereist — in unbekannte Teile der Welt, und man würde nie wieder von ihnen hören. Das Personal war auf einen Koch reduziert worden, der Anne und Sam zusätzlich beim Saubermachen und im Garten half. MacKenzie verstand sich auf keines von beidem sonderlich gut, aber er fuhr abwechselnd mit Anne in die Ortschaft, um Zeitungen zu holen. Außerdem sprach er täglich mit dem teuren Arzt, den er für alle Fälle aus New York eingeflogen hatte. Der Arzt, ein Spezialist für Innere Medizin, hatte keine Ahnung, weshalb man ihm ein so außergewöhnlich hohes Honorar dafür bezahlte, daß er absolut nichts tat und ein großzügiges Leben auf einem Schloß führte. Und so nahm er im Geiste der amerikanischen Ärztevereinigung das Bargeld an, von dem die Steuerbehörde nichts wußte, und beklagte sich nicht.

Franziskus (Sam brachte es einfach nicht fertig, Papst zu sagen) hatte es sich in den völlig abgeriegelten Apartments im oberen Stockwerk bequem gemacht und war täglich dabei zu beobachten, wie er durch seine Dachgärten hinter den Zinnen schlenderte.

MacKenzie hatte es wirklich geschafft. Er hatte das größte militärische Ziel seiner Karriere erreicht.

Und im Augenblick war er durch eine komplizierte Reihe außergewöhnlich komplexer, nicht überprüfbarer Kontakte dabei, dem Vatikan seine Lösegeldforderungen zu stellen. Ultrahochfrequenz-Richtstrahlsendungen mit Codemitteilungen, die von den Alpen nach Beirut und nach Algerien verliefen und über die Wüste, über die Türme in Marseille nach Paris, von dort nach Mailand und weiter dann nach Rom.

Nach dem Zeitplan, den er gefordert hatte, mußte die Antwort des Vatikan aus Rom gefunkt und von Beirut bis fünf Uhr nachmittags weitergeleitet werden.

MacKenzie hatte Machenfeld verlassen, um zu der isolierten Sendezentrale zu fahren — einer einsamen Hütte, hoch in den oberen Alpen, in der die besten, modernsten Radioanlagen installiert waren, die man mit Geld kaufen konnte. Les Châteaux Suisse hatte sie nach Machenfeld geliefert, aber der Hawk selbst hatte sie installiert. Niemand außer MacKenzie wußte, wo diese Berghütte lag.

O Gott! Fünf Uhr heute nachmittag! Sam lenkte seine Gedanken mit Gewalt von der schrecklichen Sache ab.

Oben im Château bewegte sich etwas. Anne war zur Terrassentür herausgekommen. Sie trug, wie üblich, ein großes, buntes Bilderbuch unter dem Arm und hatte ein silbernes Tablett mit Gläsern in beiden Händen. Sie ging über den Rasen in den Garten. Ihr Gang war fest, feminin — eine elegante, natürliche Tänzerin, die sich des subtilen Rhythmus' nicht bewußt war, der ihrer Grazie innewohnte. Das hellbraune Haar fiel ihr locker auf die Schultern und umrahmte ihr feingeschnittenes Gesicht. Ihre großen, hellblauen Augen schienen das Sonnenlicht widerzuspiegeln.

Er hatte von jedem der ›Girls‹ etwas gelernt, dachte Devereaux. Von jeder etwas anderes — das waren Geschenke. Und wenn er je in ein normales Leben zurückkehren sollte, würde er für diese Gaben dankbar sein.

Aber vielleicht hatte er das Wichtigste von Anne gelernt: Bemühe dich um Verbesserung — aber leugne nicht das, was vergangen ist.

Vom Rasen hallte Gelächter zu ihm herüber. Anne blickte zu den Zinnen hinauf, wo Franziskus, in einen bunten Skipullover gekleidet, an der Mauer lehnte.

Das war zu ihrem ganz privaten Spiel geworden, einem Spiel, das Anne und Franziskus miteinander spielten. Jedesmal, wenn der Hawk außer Sichtweite war, unterhielten sie sich. Und Sam war sicher, weil Anne es nicht leugnete, daß sie ihn häufig in seinen privaten Gemächern besucht und ihm Chianti gebracht hatte, was für ihn ganz besonders streng verboten war. Anne und Franziskus waren gute Freunde geworden.

Einige Minuten später bestätigte sich diese Vermutung. Anne stellte das silberne Tablett mit den Gläsern neben Sam auf den Tisch. Ihre Augen lachten.

»Wußtest du eigentlich, Sam, daß Jesus ein sehr praktischer, lebensnaher Mensch war? Als ihm Maria Magdalena die Füße wusch, ließ er damit jeden wissen, daß sie für ihn ein menschliches Wesen war. Vielleicht sogar ein ganz besonders wertvolles, und das trotz ihrer Lebensweise. Und daß die Leute nicht mit Steinen nach ihr werfen sollten, weil ihre Füße vielleicht nicht so sauber waren.«

MacKenzie brauchte für den letzten Felsvorsprung einen Alpenstock. Die letzten zweihundert Meter der Straße, die sich spiralförmig nach oben wand, waren zu verschneit als daß er mit dem Motorrad hätte fahren können. Also ging es schneller, wenn er zu Fuß hinaufstieg. Es war elf Minuten vor fünf, Züricher Zeit.

Die Signale würden in elf Minuten beginnen. Aus Beirut. Nach einer Pause von fünf Minuten würden sie wiederholt werden, für den Fall, daß sich beim dechiffrieren Fehler eingeschlichen hatten. Am Ende der zweiten Serie würde er den Empfang bestätigen, indem er das vereinbarte Signal an die Verbindungsstelle in Beirut gab. Viermal lang, zweimal kurz.

Im Innenraum der Hütte angelangt, ließ der Hawk die Generatoren an und sah dann befriedigt zu, wie sich Tausende von Rädern mit einem leisen Surren in dem Gehäuse drehten und die Skalen anfingen, den Output zu registrieren.

Als die zwei grünen Lämpchen aufflammten und damit verkündeten, daß die maximale Leistung erreicht war, stöpselte er die Elektroheizung ein, verspürte die Wärme, die von den glühenden Heizdrähten ausging. Er griff zu dem

Kurzwellensender hinüber, betätigte die Empfangsschalter, und drehte die Verstärkerspulen auf höchste Leistung. Noch drei Minuten.

Er ging zur Wand. Langsam begann er an einem Rad zu drehen und hörte, wie die Zahnräder ineinandergriffen. Hinter dem Eisengitter des winzigen Fensters fuhr eine Scheibenantenne aus und kreiste langsam.

Er kehrte zum Schaltbrett zurück und drehte mit langsamer Präzision an den parallelen Skalen.

Stimmen in einem Dutzend Sprachen drangen aus dem Lautsprecher. Als die Nadel die exakten Punkte erreichte, die er suchte, herrschte Stille. Noch eine Minute.

MacKenzie holte eine Zigarre aus der Tasche und zündete sie an. Er inhalierte befriedigt und blies einen Rauchring nach dem anderen aus.

Plötzlich waren die Signale da. Vier kurze, schrille Töne — einmal wiederholt. Der Kanal war frei.

Er nahm einen Bleistift, und seine Hand wartete über einem Blatt Papier, bereit, den Code niederzuschreiben, der von Beirut ausgestrahlt wurde.

Als die Nachricht zu Ende war, hatte der Hawk fünf Minuten Zeit zum Dechiffrieren, um die Signale in Ziffern zu übertragen und dann aus den Ziffern Buchstaben und aus den Buchstaben Worte zu machen.

Als er fertig war, starrte er die Antwort des Vatikan ungläubig an.

Es war unmöglich.

Offensichtlich hatte er beim Empfang der Sendung aus Beirut Fehler gemacht.

Die Signale klangen noch einmal auf.

Der Hawk fing an, auf ein neues Blatt Papier zu schreiben.

Sorgfältig.

Präzise.

Die Sendung endete so, wie sie begonnen hatte — viermal kurz, das Ganze einmal wiederholt.

MacKenzie legte den Dechiffrierungsplan vor sich hin. Er hatte geglaubt, er hätte ihn gründlich memoriert, und jetzt

durfte er sich keinen Fehler erlauben. Er überprüfte jeden Punkt, jeden Strich.
Jedes Wort.
Da waren keine Fehler.
Das Unglaubliche war geschehen.

Hinsichtlich der wahnsinnigen Forderung eines Beitrags von vierhundert Millionen amerikanischer Dollar, zu verteilen auf alle Diözesen der Welt auf der Basis von einem Dollar pro Gemeindemitglied, sieht sich das Schatzamt des heiligen Stuhls außerstande, eine solche Forderung in Erwägung zu ziehen. Oder überhaupt irgendeine Forderung für eine Wohltätigkeitsmaßnahme dieser Art. Der Heilige Vater erfreut sich ausgezeichneter Gesundheit und schickt seinen Segen in Namen des Vaters und des Sohnes und des Heiligen Geistes.

Ingatio Quartze,
Kardinal Omnipitum,
Bewahrer des Vatikanischen Schatzamtes

Die Shepherd Company stellte ihre Tätigkeit ein.

MacKenzie Hawkins ging auf den Ländereien von Château Machenfeld umher, eine Zigarre im Mund, und starrte ausdruckslos auf die unendliche Schönheit der Alpen.

Sam fertigte eine Aufstellung der Firmengeldmittel an, exklusive Immobilien und Einrichtungen. Von der ursprünglichen Kapitalausstattung von 40 000 000 Dollar blieben 12 810 431,02.

Zuzüglich ein Sonderfond von 150 000 Dollar, die nicht angerührt worden waren.

Gar nicht. Insbesondere, da die Investoren bis auf den letzten in Panik geratenen Geier eine Rückzahlung ablehnten. Sie wollten überhaupt nichts mit der Shepherd Company oder irgendeinem ihrer Manager zu tun haben. Niemand war auch nur im geringsten daran interessiert, den Steuerverlust geltend zu machen, so lange nur die Vorstandsmitglieder der

Firma schworen — auf die Bibel, *Burkes Adelsverzeichnis, Mein Kampf* und den Koran —, nie wieder mit ihm Verbindung aufzunehmen.

Und Franziskus, der sich jetzt zusätzlich zu seinem Schipullover noch einen Tirolerhut zugelegt hatte, durfte die Gemächer im Obergeschoß verlassen. Um der Zurechnungsfähigkeit aller willen hatte man sich darauf geeinigt, ihn künftig als Zio Francesco zu bezeichnen, als Onkel von irgend jemandem.

Da er keinerlei Neigung zeigte, irgendwohin zu gehen oder irgend etwas anderes zu tun, als die Gesellschaft zu genießen, die ihm zur Verfügung stand, konnte sich Zio Francesco frei bewegen. Es war immer jemand in der Nähe, aber nicht, um ihn an der Flucht zu hindern, sondern um ihm nötigenfalls behilflich zu sein. Schließlich war er über siebzig.

Besonders der Koch hatte Zuneigung zu ihm gefaßt, da er sich häufig in der Küche aufhielt, bei den Saucen behilflich war und gelegentlich darum bat, ein bestimmtes Gericht zubereiten zu dürfen.

An den Hawk trat er mit einer Bitte heran. Der Hawk lehnte sie ab.

Nein! Unter gar keinen Umständen! Zio durfte sein Apartment im Vatikan nicht anrufen! Daß es sich um ein privates Telefon handelte, das nicht im Telefonbuch eingetragen war und in der Schublade seines Nachttisches verborgen war, änderte daran überhaupt nichts — schließlich konnten Telefonanrufe abgehört und zu dem Anrufer zurückverfolgt werden.

Nicht, wenn sie über Funk abgesetzt wurden, beharrte Francesco. Der Hawk hatte sie alle häufig dadurch beeindruckt, daß er ihnen erzählte, auf wie kompliziertem Weg er mit Rom Verbindung hielt. Natürlich würde man einen einfachen Telefonanruf bei weitem nicht so kompliziert gestalten müssen. Eine kleine Zwischenstation vielleicht ...

Nein! Die vielen Spaghetti waren Zio in den Kopf gestiegen. Sein Hirn war weich geworden.

Das des Hawks war vielleicht noch weicher, meinte

Francesco. Was für Fortschritte machte der General denn? Hatte sich nicht inzwischen eine Pattsituation eingestellt? Hatte Kardinal Quartze ihn nicht mit einer Flankenbewegung besiegt?

Wie konnte ein Telefongespräch das ändern?

Wie konnte ein Telefonanruf die Dinge noch schlimmer machen, beharrte Francesco. Der Hawk könnte sich ja ans Radio stellen, die Hand an einem Schalter, bereit, die Verbindung abzubrechen, wenn Zio irgend etwas Unpassendes sagen sollte. War es denn nicht für den General vorteilhafter, wenn wenigstens zwei Leute wußten, daß er lebte? Daß die Täuschung *wahrhaftig* eine Täuschung war? Selbstverständlich gab es nichts zu verlieren, weil der Hawk bereits verloren hatte. Und möglicherweise gab es etwas zu gewinnen. Vielleicht vierhundert Millionen amerikanischer Dollar.

Außerdem brauchte Guido Hilfe. Das war keineswegs eine Kritik an seinem Vetter, der nicht nur stark wie ein Bulle war, sondern auch eine höchst sanftmütige und bedächtige Person. Aber der Job war neu für ihn, und er würde ganz bestimmt auf seinen Vetter Giovanni Bombalini hören. Natürlich mit Unterstützung durch Giovannis persönlichen Adjutanten, dem jungen amerikanischen Priester aus Harlem.

Über Nacht würde man die Situation ganz bestimmt *nicht* verbessern können — denn es galt, gesundheitliche und logistische Fragen in Betracht zu ziehen, aber was für Alternativen hatte der Hawk denn zu guter Letzt?

Er hatte ganz offensichtlich keine. Und so schleppte MacKenzie eines nachmittags drei in Segeltuch gehüllte Kartons mit Radiogeräten von der Alpenhütte herunter und machte sich daran, die Instrumente in einem Schlafzimmer von Machenfeld zu installieren.

Als alles fertig war, gab der Hawk ein unwiderrufliches Kommando aus. Nur er selbst und Zio Francesco durften während der Radiosendungen im Raum sein.

Annie und Sam hatten nichts dagegen einzuwenden. Sie verspürten gar nicht den Wunsch, dabei zu sein. Der Koch dachte, daß alle verrückt wären, und ging in die Küche zurück.

Und von da an wurde die riesige Scheibenantenne wenigstens zweimal die Woche — sehr spät in der Nacht — herausgerollt und über den Zinnen ausgefahren. Weder Sam noch Annie wußten, was besprochen wurde oder ob das Ganze etwas bewirkte, aber wenn sie im Garten saßen, um sich zu unterhalten und den herrlichen Schweizer Mond zu betrachten, hörten sie oft aus dem Obergeschoß schallendes Gelächter. Der Hawk und der Papst waren wie kleine Jungen, die sich köstlich mit einem neuen Spiel amüsierten.

Mit einem geheimen Spiel, das in ihrem ganz persönlichen Klubhaus gespielt wurde.

Sam saß im Garten und starrte geistesabwesend auf die *London Times*. Das Leben in Château Machenfeld war zur Routine geworden. So fuhr zum Beispiel jeden Morgen einer von ihnen in die Ortschaft, um die Zeitungen zu holen. Kaffee im Garten — mit den neuesten Zeitungen, das war eine wundervolle Art, den Tag zu beginnen. Diese Welt war ein so schreckliches Durcheinander — und das Leben in Machenfeld war so friedlich.

Als der Hawk dann feststellte, daß es auf dem Anwesen Reitwege gab, kaufte er ein paar gute Pferde und ritt häufig aus, manchmal stundenlang. Er hat etwas gefunden, was er immer schon gesucht hatte, dachte Sam.

Francesco entdeckte die Freuden der Malerei. Er schlenderte dann mit seinem Tirolerhut, von Annie oder dem Koch begleitet, über die Felder, stellte seine Staffelei auf und hielt seine Eindrücke von der Alpenschönheit für die Nachwelt fest. Das heißt, wenn er nicht in der Küche beschäftigt war oder Annie das Schachspielen beibrachte oder — stets auf angenehme Art — mit Sam über juristische Feinheiten debattierte.

Eines hatte Francesco an sich, worüber niemand redete, aber von dem alle wußten, daß es etwas mit seinem Verhalten zu tun hatte. Francesco war kein gesunder Mann gewesen, als man ihn in die Appischen Berge gebracht hatte. Überhaupt nicht gesund. Das war der Grund, weshalb Mac darauf bestanden hatte, den Spezialisten aus New York in Bereitschaft zu halten.

Aber während die Wochen verstrichen, schien sich Francescos Zustand in der würzigen Alpenluft zu bessern.

Ob es sonst auch so gewesen wäre?

Niemand war natürlich bereit, darüber Spekulationen anzustellen, aber Francesco hatte eines Abends beim Essen etwas gesagt, das sich ihnen allen eingeprägt hatte.

»Diese Ärzte! Jeden einzelnen von ihnen werde ich überleben. Die hätten mich schon vor einem Monat begraben.«

Der Hawk antwortete darauf mit einem Hustenanfall.

Und Sam? Was war mit ihm?

Was auch immer es war, er wußte, daß es Annie mit einschloß.

Er sah sie jetzt im Licht der späten Morgensonne an, wie sie auf dem Stuhl saß und die Zeitung las, neben sich ihr allgegenwärtiges Buch. ›Die Geschichte der Schweiz in Bildern‹ lautete der Titel heute.

Sie war so nett, so herrlich − sie war eben Annie. Sie würde ihm helfen, ein besserer Anwalt zu werden, indem sie dafür sorgte, daß ihm das Gesetz nicht mehr so wichtig vorkam.

Jetzt begann er über andere Dinge nachzudenken.

Über Dinge wie − Richter Devereaux.

Boston würde Annie mögen. Seine Mutter würde sie auch mögen. Und Aaron Pinkus. Aaron würde aus ganzem Herzen zustimmen.

Wenn Richter Devereaux je nach Boston zurückkehrte.

Er würde darüber nachdenken. Morgen würde er das tun.

»Sam?« Annie sah zu ihm hinüber.

»Was?«

»Hast du diesen Artikel in der *Tribune* gelesen?«

»Welchen Artikel? Ich hatte die *Tribune* noch nicht in der Hand.«

»Hier.« Sie deutete darauf, gab ihm aber die Zeitung nicht.

Sie war völlig vertieft. »Er handelt von der katholischen Kirche. Der Papst hat ein fünftes ökumenisches Konzil einberufen, und hier steht, daß hundertdreiundsechzig Operngesellschaften unterstützt werden sollen, um den Geist der Kreativität zu fördern. Und ein berühmter Kardinal — mein Gott, Sam — das ist dieser Ingatio Quartze! Der, von dem Mac immer redet.«

»Was ist mit ihm?«

»Anscheinend zieht er sich in eine Villa zurück, die sich San Vincente nennt. Es hat etwas mit päpstlichen Auseinandersetzungen über die Zuweisungen des Vatikan zu tun. Ist das nicht seltsam?«

Devereaux schwieg eine Weile, ehe er antwortete: »Ich glaube, unsere Freunde dort oben waren sehr emsig am Werk.«

In der Ferne klangen Hufschläge auf. Wenige Sekunden später erschien MacKenzie Hawkins auf dem Feldweg zwischen den Bäumen und den Feldern, wo noch vor wenigen Wochen Manöver abgehalten worden waren. Er zügelte sein Pferd und trottete dann langsam zur Nordwestecke des Gartens.

»Verdammt! Ist das nicht ein herrlicher Tag? Man kann die Matterhornspitze sehen!«

Aus der anderen Richtung war der Klang eines Triangels zu hören. MacKenzie winkte. Devereaux und Anne drehten sich um und sahen Francesco auf der Terrasse vor der Küchentür. Er hielt den Triangel und eine silbern schimmernde Stange in der Hand, trug einen großen Schurz, und der Tirolerhut saß auf seinem Kopf.

Zio Francesco rief: »Das Mittagessen ist fertig! Das *speciale di giorno* ist *fantastico*!«

»Ich habe Hunger wie ein Pferd!« brüllte der Hawk zurück und tätschelte seinem Tier den Hals. »Was gibt's denn, Zio?«

Francesco hob seine Stimme zu den Alpenhügeln, und in seinen Worten war Musik. »Meine lieben Freunde. *Linguini Bombalini!*«

Epilog

MacKenzie Hawkins, von Zios Linguini und dem grandiosen Chianti Classico, den Francesco sich von seinem Vetter Frescabaldi zum Bahnhof von Zermatt liefern ließ, angenehm übersättigt, schlenderte über die Alpenwiese an den Rand des Feldes, wie immer bewegt von dem herrlichen Panorama der majestätischen Berge. Dies war ein weiteres Ritual, das zu einem Teil seiner täglichen Gewohnheiten geworden war. Ein paar Minuten des Alleinseins, des wirklichen Alleinseins, ohne sein Pferd, ohne den Klang menschlicher Stimmen, umgeben nur vom Rascheln der hohen Gräser, die die sanfte Alpenbrise streichelte. Er brauchte diese Augenblicke, weil ein Mann sich seinen Leistungen ebenso wie seinen Fehlern alleine stellen und die Folgen ohne Bedauern hinnehmen mußte, solange er nur wußte, daß er sein Bestes getan hatte, daß er alles gegeben hatte.

Was Zio anging, hatte er sowohl gewonnen wie verloren. Die erhofften vierhundert Millionen Dollar hatte er nicht erreicht, aber was von den vierzig Millionen übriggeblieben war, war auch nicht gerade eine Hungermahlzeit. Aber dafür hatte er etwas anderes gewonnen, etwas, das viel wichtiger war: einen wiederhergestellten, gesunden, *vitalen* Papst Francesco den Ersten, einen Papst, den mehr als alles andere der Wunsch bewegte, die Arbeit zu Ende zu führen, die Johannes der Dreiundzwanzigste begonnen hatte. Die Spinnweben aus den Katakomben zu blasen und seine Kirche in das einundzwanzigste Jahrhundert zu führen. Zio würde zurückkehren müssen, darauf hatten sie sich beide geeinigt, ohne es den anderen zu sagen. Sie würden sich schon irgend etwas einfallen lassen. Irgendwie.

Nun, für Onkel Zio war das verdammt in Ordnung, aber was war mit *ihm*, dem Hawk? Was zum Teufel sollte *er* tun? Sollte er im Edelweiß auf seinem Arsch sitzen, die Welt an sich vorbeiziehen lassen und einfach nur *dahinvegetieren?*

»Du mußt dir eben etwas anderes suchen, Mac, vielleicht etwas Weltlicheres«, hatte Francesco vorgeschlagen. »Die

Welt wimmelt von solchen Dingen, und du besitzt außergewöhnliche Talente, mein Sohn ...«

»Spar dir den Scheiß von wegen ›mein Sohn‹, Zio.«

»Tut mir leid, das gehört zu meinem Amt. Wenn ich so viele ›Söhne‹ hätte, wäre das ein Hohn auf den Zölibat — ein Thema, das ich übrigens eines Tages aufs Tapet bringen möchte. Das ist wirklich etwas Unnatürliches, etwas Unsinniges, und die Schrift äußert sich dazu keineswegs eindeutig.«

»Vielleicht sollte ich dich einfach hierbehalten, ehe die dich auf dem Petersplatz hängen.«

»Nein, nein, ich muß zurück ... Aber was ist mit dir, mein Freund? Was wirst du tun?«

Der Hawk hatte keine Antwort gegeben, weil er damals keine gewußt hatte. Jetzt dachte er darüber nach und blickte auf das atemberaubende Panorama der jetzt schneebedeckten Alpen, als plötzlich von irgendwo aus der Höhe ein Adler herunterstieß, auf der Suche nach einer Beute, die ihm Nahrung liefern würde.

Ein Adler. Ein einsamer Adler, der in Glanz und Freiheit am Himmel schwebte, Herr des Himmels und der Erde, mit unglaublicher Flügelspannweite. Der herrliche Vogel kreiste im Wind, sank immer tiefer herab und stürzte sich plötzlich mit atemberaubender Geschwindigkeit auf ein Feld weit in der Tiefe ... Irgend etwas *passierte:* Die mächtigen Schwingen des Adlers flatterten wütend — er war gefangen. Irgend etwas hatte ihn erfaßt, hielt ihn am Boden fest! Dann, quälende Augenblicke später, riß der Vogel sich los, seine Bewegungen waren hektisch, bis er schließlich wieder den freien Luftraum erreicht hatte und in die Höhe stieg.

MacKenzie starrte über das Feld, das dem Adler beinahe zum Grab geworden wäre, und fragte sich, was diesen beinahe tragischen Zwischenfall verursacht hatte. Die Antwort stellte sich Sekunden später ein: Zwei Männer rannten aus einem Gebüsch, sichtlich darüber verärgert, daß ihr Vorhaben gescheitert war. Sie hoben das tödliche, mit einer Tierattrappe bedeckte Instrument auf und warfen es dann angewidert zu Boden.

Der Vorfall rief in Hawk Erinnerungen wach, Bilder aus einer fernen Vergangenheit, als er noch ein junger Offizier auf einem Ausbildungsstützpunkt irgendwo in den Bergen von Nebraska oder Iowa gewesen war. Der Adler selbst war nicht das einzige, was diese Erinnerungen auslöste. Er sah vor sich den Kopfschmuck, der die Häupter einst mächtiger Häuptlinge gekrönt hatte, mit einfachen, doppelten und dreifachen Federn, die die jungen Krieger sich durch Mutproben erworben hatten.

Die Indianer.

Etwa zwanzig Meilen von der geheimen Ausbildungsbasis entfernt hatte es eine Indianerreservation gegeben. Nicht daß der Stützpunkt den Indianern verborgen geblieben wäre, die immer wieder zu den kraftstrotzenden, gut ernährten Soldaten gekommen waren, um sich alles mögliche zu erbetteln. Das war so jämmerlich und mitleiderregend, daß eine ganze Anzahl der jungen Rangers, darunter auch der Hawk, einen Ausflug zu der Reservation machte, um das Ganze besser zu begreifen. Es war eine *Schande!* Diese ursprünglichen Bewohner, die *Besitzer* des Landes, lebten dort in jämmerlicher Armut, von den weißen Eindringlingen skandalös betrogen! Von diesem Tag an stahlen die Rangers dem Zahlmeister alles, was nicht niet- und nagelfest war, so daß die Indianer bis zu dem Tag, an dem die Soldaten schließlich abzogen, um am *D-Day* die Klippen der Normandie zu erklettern, besser lebten als je zuvor.

Die *Indianer* — von denselben Scheißkerlen um ihr Erbe betrogen, die General MacKenzie Hawkins aus der Army geworfen hatten. Jene edlen Wilden würden seine *Sache* sein; es würde vielleicht Monate dauern, sogar Jahre, aber *verdammt noch mal,* das war eine Sache, derer anzunehmen sich lohnte.

Der Hawk machte kehrt und rannte quer über das Feld, so daß die hohen Grashalme hinter ihm wehten. Er sah

Francesco im Gemüsegarten damit beschäftigt, seine wertvollen Kräuter zu gießen. »Zio, Zio, ich *hab's!*«

»Was hast du denn, mein Sohn — verzeih mir, ich meine Mac?«

»Ich werde unsere amerikanischen Indianer befreien, ich meine, sie *wirklich frei* machen!«

»Sind sie in *Ketten?*« fragte der verwirrte Francesco und achtete dabei gar nicht darauf, daß er mit seiner Gießkanne seine Lederhose benetzte.

»Schlimmer noch, sie leiden wirtschaftliche Not, sind versklavt, werden von diesen weißen Scheißkerlen um das betrogen, was ihnen gehört!«

»Manchmal klingst du recht verwirrend, MacKenzie —«

»*Begreifst* du denn nicht, Zio? Das ist mein Gral, meine Suche, meine *Sache!* Zum Teufel, das kann sehr lange dauern, vielleicht sogar ein paar Jahre. Aber dort sind die Leute, denen man ihr Recht genommen hat, das weiß ich, das *spüre* ich!«

»Darf dieser demütige Landpriester im voraus jene segnen, die du aus dieser Sklaverei befreien willst? ... Im Namen des Vaters, des Sohnes und des Heiligen Geistes, betet zu Eurem Schöpfer, meine Kinder. Der Falke ist an Eurem Horizont.«

Das Ostermann-
Wochenende

Teil 1

Sonntagnachmittag

1.

Saddle Valley, New Jersey, ist ein Dorf.

Zumindest fanden die Immobilienmakler und Bauträger ein Dorf, als sie Ende der dreißiger Jahre, von Alarmsignalen aus einem zerbröckelnden Manhattan der oberen Mittelklasse aufgeschreckt, in seine bewaldeten Gefilde eindrangen.

Die weiße, wappenförmige Tafel an der Valley Road trägt die Aufschrift

> SADDLE VALLEY
> GEGRÜNDET 1862
> Willkommen

Das ›Willkommen‹ ist kleiner geschrieben als die Worte davor, denn in Wirklichkeit sind in Saddle Valley Fremde gar nicht willkommen, Fremde, wie jene Sonntagsausflügler, die den Dorfbewohnern gerne bei ihren sonntäglichen Vergnügungen zusehen. Am Sonntagnachmittag patrouillieren zwei Polizeiwagen aus Saddle Valley die Straßen.

Man könnte vielleicht noch feststellen, daß das Schild nicht lautet

> SADDLE VALLEY, NEW JERSEY

oder gar

> SADDLE VALLEY, N.J.

sondern nur

SADDLE VALLEY

Das Dorf akzeptiert keine höhere Autorität; es ist sein eigener Herr. Isoliert, sicher, unverletzbar.

An einem nicht weit zurückliegenden Sonntagnachmittag im Juli wirkte einer der beiden Streifenwagen aus Saddle Valley besonders gründlich. Der weiße Wagen mit den blauen Streifen rollte ein wenig schneller als gewöhnlich über die Straßen. Er fuhr von einem Ende des Dorfes zum anderen, drang in die Wohngebiete ein, auch hinter die geräumigen, geschmackvoll gestalteten Grundstücke, von denen jedes einen Acre* groß war.

Dieser Streifenwagen fiel an diesem besonderen Sonntagnachmittag einigen Bewohnern von Saddle Valley auf.

Das sollte er auch.

Das gehörte zu dem Plan.

John Tanner, bekleidet mit alten Tennisshorts, dem Hemd von gestern und Turnschuhen ohne Socken, war damit beschäftigt, seine Doppelgarage auszuräumen und hörte dabei mit halbem Ohr auf die Geräusche, die vom Pool herüberdrangen. Sein zwölfjähriger Sohn Raymond hatte Freunde zu Besuch, und Tanner ging immer wieder mal weit genug in die Einfahrt hinein, um am Hinterhof vorbei zum Pool zu sehen und sich zu vergewissern, daß bei den Kindern alles in Ordnung war. Genauer gesagt, er ging nur dann hinaus, wenn das Geschrei auf normale Gesprächslautstärke zurückging – oder wenn es gar eine Weile still war.

---

* 1 Acre = ca. 4000 Quadratmeter

Tanners Frau Alice kam mit nervtötender Regelmäßigkeit durch den Hausarbeitsraum in die Garage, um ihrem Mann zu sagen, was er als nächstes wegwerfen sollte. John warf ungern etwas weg, und die daraus folgende Ansammlung von Kram brachte sie zur Verzweiflung. Diesmal deutete sie auf einen zerbrochenen Grassammler, der seit Wochen hinten in der Garage gelegen hatte.

John bemerkte ihre Geste. »Ich könnte ihn ja auf ein Stück Schmiedeeisen montieren und ihn dem Museum of Modern Art verkaufen«, sagte er. »Überreste vergangener Ungerechtigkeiten. Vor-Gärtner-Periode.«

Alice Tanner lachte. Ihr Mann stellte wieder einmal fest, wie er das schon seit so vielen Jahren tat, daß es ein hübsches Lachen war.

»Ich leg' ihn neben die Einfahrt. Die holen das Zeug montags ab.« Alice griff nach dem Relikt.

»Schon gut. Ich mach' das schon.«

»Nein, machst du nicht. Du überlegst es dir auf halbem Wege anders.«

Ihr Mann hob das Gerät über einen Briggs-and-Stratton-Rasenmäher, während Alice sich an dem kleinen Triumph vorbeischob, den sie stolz als ihr ›Statussymbol‹ bezeichnete. Als sie anfing, den Grassammler die Einfahrt hinunterzurollen, fiel das rechte Rad ab. Beide lachten.

»Jetzt wär' der Handel mit dem Museum perfekt. Das Ding ist unwiderstehlich.«

Alice blickte auf und hörte zu lachen auf. Vierzig Meter entfernt vor ihrem Haus rollte langsam der weiße Streifenwagen den Orchard Drive hinunter.

»Heute nachmittag kümmert sich die Polizei aber gründlich um die Bauern«, sagte sie.

»Was?« Tanner hob das Rad auf und warf es in die Abfalltonne.

»Saddle Valleys Stolz ist bei der Arbeit. Das ist jetzt das zweite- oder drittemal, daß die durch den Orchard Drive fahren.«

Tanner blickte dem Streifenwagen nach. Der Fahrer, Officer Jenkins, erwiderte seinen Blick. Er winkte ihm nicht zu, auch keine Grußgeste. Nichts. Dabei waren sie miteinander bekannt, wenn nicht gar Freunde.

»Vielleicht hat der Hund letzte Nacht zu viel gebellt.«

»Unser Babysitter hat nichts gesagt.«

»Für einen Dollar fünfzig die Stunde kann man auch den Mund halten.«

»Jetzt solltest du das Ding wegstellen, Darling.« Alices Gedanken wandten sich von dem Polizeiwagen ab. »Ohne Rad wird das eine Arbeit für Papi. Ich kümmere mich um die Kinder.«

Tanner zog das klappernde Gerät hinter sich her, bis zum Straßenrand. Ein helles Licht, das etwa sechzig Meter entfernt war, zog seinen Blick auf sich. Der Orchard Drive führte in westlicher Richtung um ein paar Bäume herum. Ein paar hundert Fuß hinter der Biegung wohnten Tanners nächste Nachbarn, die Scanlans.

Das Licht, das ihm aufgefallen war, war der Reflex der Sonne von dem Streifenwagen. Er parkte jetzt am Straßenrand.

Die beiden Polizisten hatten sich in ihren Sitzen umgedreht und starrten zum Heckfenster hinaus, starrten *ihn* an, da war er ganz sicher. Ein oder zwei Sekunden lang blieb er reglos stehen. Dann setzte er sich langsam auf den Wagen zu in Bewegung. Die beiden Beamten drehten sich um, gaben Gas und rollten davon.

Tanner blickte dem Wagen verblüfft nach und ging dann langsam zu seinem Haus zurück.

Der Saddle-Valley-Polizeiwagen raste zur Peachtree Lane; dort verlangsamte er seine Fahrt und rollte wieder im Schrittempo dahin.

Richard Tremayne saß in seinem klimatisierten Wohnzimmer und sah zu, wie die Mets einen Vorsprung von sechs Runs verpatzten. Die Vorhänge der weiten Erkerfenster waren offen.

Plötzlich erhob sich Tremayne aus seinem Sessel und ging zum Fenster. Da war der Streifenwagen schon wieder. Nur, daß er sich diesmal kaum bewegte.

»Hey, Ginny!« rief er seiner Frau. »Komm mal her.«

Virginia Tremayne ging die drei Stufen ins Wohnzimmer hinunter. »Was ist denn? Du hast mich doch ganz bestimmt nicht gerufen, um mir zu sagen, daß deine Mets oder Jets etwas getroffen haben?«

»Als John und Alice gestern abend hier waren – haben da er und ich – irgend etwas gemacht? Ich meine, wir waren doch nicht zu laut oder so etwas, oder?«

»Ihr wart beide blau. Aber freundlich. Warum?«

»Ich weiß, daß wir betrunken waren. Das war auch eine lausige Woche. Aber wir haben doch nicht irgend etwas Unpassendes getan?«

»Natürlich nicht. Anwälte und Reporter sind Muster an Wohlanständigkeit. Warum fragst du?«

»Der verdammte Polizeiwagen ist jetzt zum fünften Mal vorbeigefahren.«

»Oh.« Virginia spürte, wie sich in ihrem Magen etwas verkrampfte. »Täuschst du dich auch nicht?«

»*Den* Wagen übersieht man doch am hellichten Tage nicht.«

»Nein, da hast du recht... Du hast gesagt, es sei eine miese Woche gewesen. Meinst du, daß dieser schreckliche Mann vielleicht...«

»Großer Gott, nein! Ich hab' dir doch gesagt, daß du das vergessen sollst. Er ist ein Großmaul. Er hat den Fall zu persönlich genommen.« Tremayne blickte immer noch zum Fenster hinaus. Der Polizeiwagen entfernte sich jetzt.

»Aber er hat dich bedroht. Das hast du gesagt. Er sagte, er hätte Verbindungen...«

Tremayne drehte sich langsam herum und sah seine Frau an. »Wir alle haben Verbindungen, oder? Manche, die bis in die Schweiz reichen.«

»Dick, bitte. Das ist doch absurd.«

»Natürlich ist es das. Der Wagen ist jetzt weg. Wahrscheinlich hat das Ganze nichts zu besagen. Die sollen im Oktober eine Gehaltserhöhung kriegen. Wahrscheinlich sehen sie sich nach Häusern um, die sie kaufen können. Diese Dreckskerle! Die verdienen mehr, als ich fünf Jahre nach dem Studium verdient habe.«

»Ich glaube, du bist jetzt ein wenig gereizt und verkatert.«

»Ich denke, du hast recht.«

Virginia beobachtete ihren Mann. Er starrte immer noch zum Fenster hinaus. »Das Mädchen möchte am Mittwoch frei haben. Da gehen wir zum Essen aus, einverstanden?«

»Sicher.« Er drehte sich nicht um.

Seine Frau ging wieder in den Korridor zurück. Sie sah sich nach ihrem Mann um; jetzt sah er sie an. Schweißtropfen hatten sich auf seiner Stirn gebildet. Dabei war es kühl im Zimmer.

Der Streifenwagen nahm Kurs nach Osten, auf die Route Five zu, die wichtigste Verbindungsstraße mit dem sechsundzwanzig Meilen entfernten Manhattan. An einer Stelle, von der aus man die Ausfahrt 10 A überblicken konnte, hielt er an. Der Streifenpolizist, der rechts vom Fahrer saß, holte einen Feldstecher aus dem Handschuhkasten und begann die

Fahrzeuge zu mustern, die von der Ausfahrt kamen. Es war ein Zeiss-Glas.

Nach einigen Minuten tippte er Jenkins, den Fahrer, an, der durch das offene Fenster herübersah. Er ließ sich den Feldstecher geben, hob ihn an die Augen und verfolgte den Wagen, den ihm sein Kollege gezeigt hatte. Dann sagte er nur ein Wort: »Bestätigt.«

Jenkins legte den Gang ein und fuhr in südlicher Richtung. Er nahm den Telefonhörer ab. »Hier ist Wagen zwei. Fahren in südlicher Richtung auf der Register Road. Verfolgen grünen Ford. New Yorker Kennzeichen. Mit Niggers oder P.R.s.«

Über den Lautsprecher hallte es knatternd: »Verstanden, Wagen zwei. Verjagt sie.«

»Wird gemacht. Kein Problem. Ende.«

Der Streifenwagen bog nach links und jagte die lange Rampe zur Route Five hinunter. Sobald sie auf dem Highway waren, trat Jenkins das Gaspedal bis zum Boden durch, und der Wagen kam auf der glatten Straße schnell auf Touren. Binnen sechzig Sekunden zeigte der Tachometer zweiundneunzig Meilen die Stunde an.

Vier Minuten später verlangsamte der Streifenwagen in einer langen Kurve die Fahrt. Ein paar hundert Meter hinter der Kurve standen zwei Telefonzellen, deren Glas das grelle Licht der Julisonne reflektierte.

Der Polizeiwagen kam zum Stillstand, und Jenkins' Begleiter stieg aus.

»Hast du einen Dime?«

»Ich werd verrückt, McDermott!« Jenkins lachte. »Fünfzehn Jahre bei der Firma und hast noch nicht einmal Kleingeld, um Kontakt herzustellen.«

»Schlaumeier. Ich hab' Nickel, aber einer hat einen Indianerkopf.«

»Hier.« Jenkins holte eine Münze aus der Tasche und reichte sie McDermott. »Du würdest selbst dann einen Roosevelt-Dime nicht für einen Alarmruf verwenden, wenn irgendwo eine Atomrakete unterwegs wäre.«

»Weiß ich nicht.« McDermott ging zu der Telefonzelle, schob die ächzende Türe auf und wählte ›O‹. In der Zelle war es drückend heiß, die Luft in ihr schien völlig stillzustehen. Er hielt deshalb die Tür mit dem Fuß auf.

»Ich fahr' die Straße hinunter und kehre um«, rief Jenkins vom Wagen. »Ich lass' dich auf der anderen Seite zusteigen.«

»Okay... Vermittlung. R-Gespräch nach New Hampshire. Vorwahl drei-eins-zwei. Sechs-fünf-vier-null-null. Mr. Leather.«

Er hatte ganz deutlich gesprochen. McDermott hatte ein Gespräch nach New Hampshire bestellt, und das Mädchen in der Vermittlung stellte es auch durch. Was sie nicht wissen konnte, war, daß diese spezielle Nummer nicht dazu führte, daß ein Telefon im Staate New Hampshire klingelte. Vielmehr wurde irgendwo unter der Erde, in einem riesigen Komplex mit Tausenden von Leitungen ein winziges Relais ausgelöst, und eine kleine magnetisierte Stange fiel herunter und stellte eine andere Verbindung her. Diese Verbindung führte dazu, daß ein Telefon, das zweihundertdreiundsechzig Meilen *südlich* von Saddle Valley, New Jersey, stand, nicht etwa klingelte, sondern leise summte.

Das Telefon befand sich in einem Büro im ersten Stock eines roten Ziegelgebäudes, das von einem zwölf Fuß hohen, mit Strom geladenen Zaun umgeben war. Das Gebäude gehörte zu einer Gruppe von zehn ähnlichen Gebäuden, die alle miteinander verbunden waren und daher einen einzigen Komplex bildeten. Außerhalb der Umfriedung stand dicht belaubter Wald. Es handelte sich um McLean, Virginia. Der

Komplex beherbergte die Central Intelligence Agency. Isoliert, sicher, unverletzbar.

Der Mann, der in dem Büro im ersten Stock hinter dem Schreibtisch saß, drückte erleichtert seine Zigarette aus. Er hatte unruhig auf den Anruf gewartet. Er stellte befriedigt fest, daß die kleinen Räder des Aufnahmegerätes sich automatisch zu drehen begannen. Er nahm den Hörer ab.

»Hier spricht Andrews. Ja, ich nehme das R-Gespräch an.«

»Hier Leather«, hallte es an sein Ohr.

»Geht klar. Band läuft, Leather.«

»Bestätige Anwesenheit aller Verdächtigen. Die Cardones sind gerade vom Kennedy Airport eingetroffen.«

»Wir wußten, daß er gelandet ist...«

»Warum zum Teufel mußten wir dann hierher rasen?«

»Die Fünf ist eine ziemlich miese Straße. Er hätte einen Unfall haben können.«

»Am Sonntagnachmittag?«

»Oder zu jeder beliebigen anderen Zeit. Wollen Sie die Unfallstatistiken für diese Strecke?«

»Gehen Sie doch zu Ihren verdammten Computern zurück...«

Andrews zuckte die Achseln. Diese Außendienstler regten sich dauernd über alles mögliche auf. »Wie ich Ihrem Bericht entnehme, sind alle drei Verdächtigen anwesend. Korrekt?«

»Korrekt. Die Tanners, die Tremaynes und die Cardones. Alle anwesend. Alle warten. Die ersten zwei haben wir scharf gemacht. Jetzt kümmern wir uns in ein paar Minuten um Cardone.«

»Sonst noch etwas?«

»Für den Augenblick nicht.«

»Wie geht's der Frau?«

»Jenkins hat es gut. Der ist Junggeselle. Lillian starrt dauernd diese Häuser an und will eines haben.«

»Nicht bei unserem Gehalt, McDermott.«

»Sag' ich ihr ja auch immer. Sie will, daß ich abhaue.«

Andrews ging auf McDermotts Witz ein. »Die zahen noch schlechter, hab' ich gehört.«

»Unmöglich... Da ist Jenkins. Ich melde mich wieder.«

Joseph Cardone steuerte seinen Cadillac in die kreisförmige Einfahrt und parkte vor der Steintreppe, die zu der mächtigen Eichentür hinaufführte. Er schaltete den Motor ab und streckte sich, hob dabei die Ellbogen bis ans Wagendach. Dann seufzte er und weckte seine zwei Jungen, sechs und sieben Jahre alt. Ein drittes Kind, ein vielleicht zehnjähriges Mädchen, las ein Comic-Heft.

Neben Cardone saß seine Frau Betty. Sie blickte zum Fenster hinauf auf das Haus. »Es ist gut, einmal wegzukommen, aber noch besser ist es, wenn man dann wieder zu Hause ist.«

Cardone lachte und legte seiner Frau die große Hand auf die Schulter. »Ich glaube, du meinst das ernst.«

»Tu' ich auch.«

»Bestimmt. Du sagst das nämlich jedesmal, wenn wir nach Hause kommen. Wort für Wort.«

»Ist auch ein schönes Haus.«

Cardone öffnete die Tür. »Hey, Prinzessin... Du kannst mit deinen Brüdern eurer Mutter mit den kleineren Taschen helfen.« Cardone zog den Schlüssel aus dem Zündschloß. Er ging zum Kofferraum. »Wo ist Louise?«

»Sie kommt wahrscheinlich erst Dienstag. Wir sind ja drei Tage früher gekommen, weißt du. Ich hab' ihr bis Dienstag freigegeben.«

Cardone zuckte zusammen. Der Gedanke an die Kochkünste seiner Frau war nicht besonders angenehm. »Dann gehen wir auswärts essen.«

»Das müssen wir auch heute. Es dauert zu lange, etwas aufzutauen.« Betty Cardone ging die Steintreppe hinauf und holte den Haustürschlüssel aus der Handtasche.

Joe tat die Bemerkung seiner Frau ab. Er liebte gutes Essen und war mit den kulinarischen Künsten seiner Frau nicht zufrieden. Reiche Debütantinnen aus Chestnut Hill kochten eben nicht so gut wie italienische Mamas von der Südseite von Philadelphia.

Eine Stunde später lief die zentrale Klimaanlage, und die stickige Luft in dem seit fast zwei Wochen ungelüfteten Haus begann langsam wieder erträglich zu werden. Er bemerkte solche Dinge. Er war ein ungewöhnlich erfolgreicher Sportler gewesen – seine Straße zum Erfolg, gesellschaftlich wie finanziell. Er trat auf die vordere Terrasse und blickte auf den Rasen mit der großen Trauerweide, um die die kreisförmige Zufahrt herumführte. Die Gärtner hatten das alles hübsch in Ordnung gehalten. Das konnte man auch erwarten, bei dem Geld, das die verlangen. Nicht, daß es ihm noch darauf ankam.

Und da war er plötzlich wieder. Der Streifenwagen. Das war das drittemal, daß er ihn jetzt sah, seit er den Highway verlassen hatte.

»Hey, Sie da! Stehenbleiben!«

Die beiden Beamten in dem Wagen sahen einander kurz an und schienen davonrasen zu wollen. Aber Cardone war schneller.

»Hey!«

Der Streifenwagen hielt an.

»Ja, Mr. Cardone?«

»Was ist denn los? Hat es hier Ärger gegeben?«

»Nein, Mr. Cardone. Es ist Ferienzeit. Wir überprüfen nur

unsere Zeitpläne, wenn die Leute vom Urlaub zurückkehren. Sie sollten heute nachmittag zurückkommen, also wollten wir uns vergewissern, daß das auch Sie waren. Jetzt können wir Ihr Haus von unserer Liste streichen.«

Joe musterte den Polizisten. Er wußte, daß der Beamte log, und der Polizist wußte, daß er das wußte.

»Sie verdienen sich Ihr Geld.«

»Wir geben uns Mühe, Mr. Cardone.«

»Ich wette, daß Sie das tun.«

»Guten Tag, Sir.« Der Streifenwagen jagte davon.

Joe blickte ihm nach. Er hatte erst Mitte der Woche wieder ins Büro gehen wollen, aber das ging jetzt nicht. Er würde morgen nach New York fahren.

Zwischen fünf und sechs an Sonntagnachmittagen pflegte Tanner sich in sein Arbeitszimmer einzuschließen, ein mit Nußbaumpaneelen verkleidetes Zimmer mit drei Fernsehgeräten. Er sah sich dann gleichzeitig drei verschiedene Interviewsendungen an.

Alice wußte, daß ihr Mann das tun mußte. Als Chef der Nachrichtenredaktion von Standard Mutual gehörte es zu seinen Aufgaben, über die Konkurrenz informiert zu sein. Dennoch fand Alice, daß an einem Mann, der alleine in einem schwach beleuchteten Raum saß und gleichzeitig drei Fernsehgeräte beobachtete, etwas Unheimliches war, und sie machte ihm auch oft deshalb Vorhaltungen.

Heute erinnerte Tanner seine Frau daran, daß ihm der nächste Sonntag entgehen würde – Bernie und Leila würden da sein, und nichts und niemand durfte ein Osterman-Weekend stören. Also saß er in dem verdunkelten Raum und wußte nur zu gut, was er sehen würde.

Jeder Chefredakteur eines jeden Senders hatte sein Lieblingsprogramm, das, dem er besondere Aufmerksamkeit widmete. Für Tanner war das die Woodward-Show. Eine halbe Stunde am Sonntagnachmittag, in der der beste Nachrichtenkommentator in der ganzen Branche sich mit einem Thema befaßte, gewöhnlich einer etwas kontroversen Gestalt, die im Augenblick Schlagzeilen machte.

Heute interviewte Charles Woodward einen Ersatzmann, Undersecretary Ralph Ashton vom State Department. Der Secretary selbst hatte wegen dringender Geschäfte absagen müssen, also mußte Ashton einspringen.

Seitens des State Department war das ein eklatanter Fehler. Ashton war ein witzloser, prosaischer ehemaliger Geschäftsmann, dessen Hauptfähigkeit darin bestand, daß er sich darauf verstand, Geld herbeizuschaffen. Daß man ihn auch nur dafür in Betracht zog, die Administration vor der Kamera zu vertreten, war ein großer Fehler. Es sei denn, andere Motive waren dafür maßgeblich.

Woodward würde ihn ans Kreuz schlagen.

Während Tanner sich Ashtons ausweichende, leere Antworten anhörte, war ihm bewußt, daß eine ganze Anzahl Leute in Washington bald anfangen würden, einander anzurufen. Woodwards höfliche Andeutungen konnten die wachsende Abneigung nicht verbergen, die er gegenüber dem Undersecretary empfand. Sein Reporterinstinkt wurde frustriert; bald würde Woodwards Ton eisig werden, und dann würde er Ashton schlachten. Höflich, versteht sich, aber nichtsdestoweniger schlachten.

Tanner war es peinlich, so etwas ansehen zu müssen. Er schaltete die Lautstärke des zweiten Geräts höher. Ein Moderator schilderte gerade mit behäbiger, nasaler Stimme den Hintergrund und die politischen Positionen der Expertenteams, die im Begriff waren, den UN-Delegierten aus Ghana zu befragen. Der schwarze Diplomat sah aus, als sollte er aufs Schaffott geführt werden.

Keine Konkurrenz also.

Der dritte Sender war besser, aber auch nicht gut genug. Keine Konkurrenz.

Tanner beschloß, daß er genug hatte. Das Ganze war schon viel zu weit gediehen, als daß es noch Sinn gehabt hätte, sich Sorgen zu machen, und außerdem würde er sich Woodwards Band morgen ansehen. Es war erst zwanzig Minuten nach fünf, und die Sonne schien noch auf den Pool. Er hörte die Schreie seiner Tochter, die vom Country Club zurückkehrte, und den widerstrebenden Abzug von Raymonds Freunden aus dem Hinterhof. Seine Familie hatte sich versammelt. Alle drei saßen jetzt wahrscheinlich draußen und warteten, bis er mit Fernsehen fertig war und das Feuer für die Steaks in Gang setzte.

Er würde sie überraschen.

Er schaltete die Geräte ab und legte Block und Bleistift auf den Schreibtisch. Jetzt war Zeit für einen Drink.

Tanner öffnete die Tür seines Arbeitszimmers und ging in den Wohnraum. Durch die Hinterfenster sah er Alice und die Kinder sich einander über das Sprungbrett und durch den Pool jagen. Sie lachten, waren glücklich und zufrieden.

Alice verdiente das. Herrgott! Und wie sie es verdiente!

Er beobachtete seine Frau. Sie sprang – in vorbildlicher Haltung – ins Wasser und kam sofort wieder an die Oberfläche, um sich zu vergewissern, daß die achtjährige Janet gut abkam.

Bemerkenswert! Nach all den Jahren liebte er seine Frau mehr denn je.

Er erinnerte sich an den Streifenwagen, tat den Gedanken dann aber ab. Die Polizisten würden sich einfach eine abgelegene Stelle suchen, um sich auszuruhen oder sich ungestört das Spiel anzuhören. Er hatte gehört, daß Polizisten in New

York so etwas taten. Warum also nicht in Saddle Valley? Saddle Valley war viel sicherer als New York.

Saddle Valley war wahrscheinlich der sicherste Ort auf der Welt. Wenigstens schien es John Tanner an diesem Sonntagnachmittag so.

Richard Tremayne schaltete seinen einzigen Fernseher ab, zehn Sekunden nachdem John Tanner seine drei abgeschaltet hatte.

Die Mets hatten also doch gewonnen.

Seine Kopfschmerzen waren verflogen und damit auch seine Gereiztheit. Ginny hatte recht gehabt, dachte er. Er war einfach unruhig, aber das war noch lange kein Grund, das an der Familie auszulassen. Sein Magen fühlte sich jetzt besser. Wenn er eine Kleinigkeit aß, würde alles wieder in Ordnung sein. Vielleicht würde er Johnny und Ali rufen und mit Ginny zu den Tanners hinübergehen, um ein paar Runden im Pool zu schwimmen.

Ginny fragte ihn immer wieder, warum sie nicht auch einen hätten. Ihr Einkommen war weiß Gott höher als das der Tanners. Jeder konnte das sehen. Aber Tremayne wußte warum.

Ein Pool würde genau ein Statussymbol zu viel sein. Zu viel für vierundvierzig. Es reichte schon, daß sie nach Saddle Valley gezogen waren, als er erst achtunddreißig war. Ein Vierundsiebzigtausend-Dollar-Haus mit achtunddreißig Jahren. Mit einer Fünfzigtausend-Dollar-Anzahlung. Ein Pool hatte Zeit bis zu seinem fünfundvierzigsten Geburtstag. Dann würde es gehen.

Woran die Leute – seine Klienten – natürlich nicht dachten, war, daß er sein Examen an der Yale-Universität unter den besten fünf Prozent seiner Klasse gemacht hatte und dann drei Jahre auf der untersten Rangstufe seiner gegenwärtigen

Firma tätig gewesen war, ehe er angefangen hatte, Geld zu verdienen. Als er dann freilich anfing, kam es reichlich und schnell.

Tremayne ging hinaus. Ginny und ihre dreizehnjährige Tochter Peg stutzten an einem weißen Spalier Rosen. Sein ganzer Hinterhof, der fast einen halben Acre ausmachte, war gepflegt, ja beinahe manikürt. Überall gab es Blumen. Der Garten war Ginnys Zeitvertreib, Hobby, Vergnügen – neben Sex ihre große Leidenschaft. Gegen Sex kam eben nichts an, dachte ihr Mann und lächelte unbewußt.

»Hier! Laßt euch helfen«, rief Tremayne und ging auf sie zu.

»Du fühlst dich wohl wieder besser«, sagte Virginia und lächelte.

»Schau dir die an, Daddy! Sind die nicht schön?« Seine Tochter hielt ihm einen Bund roter und gelber Rosen hin.

»Reizend sind sie, Liebes.«

»Dick, habe ich dir das schon gesagt? Bernie und Leila kommen nächste Woche nach Osten. Sie sind Freitag hier.«

»Johnny hat es mir gesagt... Ein Osterman-Weekend. Ich muß sehen, daß ich noch in Form komme.«

»Ich dachte, du hättest gestern abend geübt.«

Tremayne lachte. Er entschuldigte sich nie dafür, wenn er sich einmal betrunken hatte; es geschah zu selten, und er war dann auch nicht unangenehm. Außerdem hatte er es gestern abend verdient. Es war wirklich eine scheußliche Woche gewesen. Sie gingen zu dritt zum Haus zurück. Virginia schob ihre Hand unter seinen Arm. Wie groß Peggy geworden ist, dachte ihr Vater und lächelte. Das Telefon auf der Terrasse klingelte.

»Ich geh' schon hin!« Peg rannte los.

»Warum auch nicht?« fragte ihr Vater gespielt verzweifelt. »Es ist ja doch nie für uns!«

»Wir müssen ihr einfach ein eigenes Telefon besorgen.«
Virginia Tremayne kniff ihren Mann verspielt in den Arm.
»Ihr treibt mich noch ins Armenhaus.«
»Es ist für dich, Mutter. Mrs. Cardone.« Plötzlich legte Peggy die Hand über die Sprechmuschel. »*Bitte* sprich nicht so lang, Mutter. Carol Brown hat gesagt, sie würde mich anrufen, wenn sie zu Hause ist. Du weißt doch, ich hab' es dir gesagt. Der Choate-Junge.«
Virginia Tremayne lächelte wissend und warf ihrer Tochter einen verschwörerischen Blick zu. »Carol wird schon nicht von zu Hause ausreißen, ohne es dir zu sagen, Darling. Wahrscheinlich braucht sie mehr als das Taschengeld für eine Woche dazu.«
»Oh, Mutter!« Richard beobachtete die beiden amüsiert. All das tat ihm ungemein gut. Seine Frau leistete wirklich prima Arbeit mit ihrem Kind. Niemand konnte da etwas sagen. Er wußte, daß es Leute gab, die Ginny kritisierten, die sagten, sie kleide sich ein wenig auffällig. Er hatte das schon ein paarmal gehört und wußte, daß es da noch eine versteckte Nebenbedeutung gab. Aber die Kinder. Die Kinder umschwärmten Ginny förmlich. Das war heutzutage sehr wichtig. Vielleicht wußte seine Frau etwas, das die meisten anderen Frauen nicht wußten.

Die Dinge liefen gut, dachte Tremayne.

Selbst was die äußere Sicherheit betraf, wenn man Bernie Osterman glauben durfte.

Es war ein gutes Leben.

Er würde mit Joe telefonieren, wenn Ginny und Betty ihr Gespräch je beendeten. Dann würde er John und Ali anrufen. Nachdem Johnnys Fernsehshows vorüber waren. Vielleicht konnten sie alle sechs in den Club fahren, dort gab es sonntags immer ein Buffet.

Und dann fiel ihm plötzlich wieder der Streifenwagen

ein... Er tat den Gedanken gleich wieder ab. Er war nervös gewesen, gereizt, verkatert. Eigentlich war das doch ganz normal, dachte er. Schließlich war es Sonntagnachmittag und der Stadtrat hatte darauf bestanden, daß die Polizei die Wohngebiete an den Sonntagnachmittagen besonders gründlich überprüfte.

Komisch, überlegte er. Er hatte gar nicht gedacht, daß die Cardones schon so bald wieder zurückkommen würden. Vielleich hatte Joe einen Anruf von seinem Büro bekommen, am Montag dort zu sein. Die Börse spielte zur Zeit verrückt. Besonders bei den Termingeschäften, die Joes Spezialität waren.

Betty nickte am Telefon und beantwortete damit Joes Frage. Das löste das Problem mit dem Abendessen. Das Buffet war nicht schlecht, auch wenn man im Club das Geheimnis eines guten Antipasto immer noch nicht gelernt hatte. Joe sagte dem Geschäftsführer immer wieder, daß man Genueser Salami verwenden mußte, nicht Pastrami, aber der Küchenchef hatte eben mit einem geschickten Lieferanten einen Abschluß gemacht, was konnte da ein ganz gewöhnliches Clubmitglied schon ausrichten? Selbst Joe nicht, der wahrscheinlich der reichste von ihnen allen war. Andererseits war er Italiener – zwar nicht katholisch, aber immerhin Italiener –, und der Saddly Valley Country Club gestattete Italienern erst seit zehn Jahren den Zutritt. Eines Tages würden sie sogar Juden hineinlassen – das würde dann eine große Feier geben.

Diese stillschweigende Intoleranz – denn ausgesprochen wurde das nie – war es, die die Cardones, die Tanners und die Tremaynes veranlaßte, Bernie und Leila Osterman im Club auffällig herzuzeigen, wenn sie nach Osten kamen. Eines mußte man ihnen allen sechs lassen – Spießer waren sie keine. Seltsam, dachte Cardone, als er den Hörer auflegte und in den kleinen Gymnastikraum neben seinem Haus ging, seltsam, daß die Tanners sie zusammengebracht hatten. John und Ali Tanner hatten die Ostermans in Los Angeles gekannt, als Tanner gerade in seinem Beruf anfing. Jetzt fragte sich Joe, ob John und Ali wirklich verstanden, welche Bindung zwischen Bernie Osterman und ihm und Dick Tremayne bestand. Es war eine Beziehung, über die man mit Außenstehenden nicht redete.

Am Ende lief es auf die Art von Unabhängigkeit hinaus, die jederman suchte und um die vielleicht jeder besorgte Bürger betete; es gab Gefahren, Risiken, aber für ihn und Betty war das gut. Auch für die Tremaynes und die Ostermans. Sie hatten untereinander darüber gesprochen, es analysiert, es gründlich durchdacht, und waren gemeinsam zu ihrem Entschluß gekommen.

Für die Tanners wäre es vielleicht auch richtig gewesen. Aber Joe, Dick und Bernie waren übereingekommen, daß das erste Signal von Joe selbst kommen mußte. Das war entscheidend wichtig. Es hatte genügend Andeutungen gegeben, und Tanner hatte nicht reagiert.

Joe schloß die schwere gepolsterte Tür seiner privaten Turnhalle, drehte die Dampfhähne auf und zog sich aus. Er zog Trainingshosen und einen Trainingspullover an, den er von dem Regal aus rostfreiem Stahl nahm. Er lächelte, als er die gestickten Initialen auf dem Flanell sah. Nur ein Mädchen aus Chestnut Hill würde ein Monogramm auf eine Trainingsanzug-Jacke nähen lassen.

J.A.C.

Joseph Ambruzzio Cardone.

Guiseppe Ambruzzio Cardione. Zweites von acht Kindern, die der Ehe von Angela und Umberto Cardione entstammten, ehemals Sizilien und später South Philadelphia. Zu guter Letzt amerikanische Staatsbürger. Amerikanische Fahnen neben zahllosen kosmetikgeschönten Bildern der Jungfrau Maria, die ein engelhaftes Christkind mit blauen Augen und roten Lippen hielt.

Guiseppe Ambruzzio Cardione wuchs zu einem breitschultrigen, ungeheuer starken jungen Mann heran, der so ziemlich der beste Athlet war, den die South Philadelphia High je gesehen hatte. Er war Präsident seiner Seniorenklasse und wurde zweimal in den Städtischen Studentenrat gewählt.

Von den vielen Collegestipendien, die ihm angeboten wurden, wählte er das mit dem größten Prestige aus, Princeton, das auch am nächsten bei Philadelphia lag. Als Princeton-Verteidiger schaffte er für seine Alma Mater das scheinbar Unmögliche. Er wurde zum All-American gewählt, der erste Princeton-Football-Spieler seit vielen Jahren, dem diese Ehre zuteil wurde.

Einige dankbare alte Herren verschafften ihm den Zugang zur Wall Street. Er kürzte seinen Namen zu Cardone ab, wobei der letzte Vokal nur ganz schwach betont wurde. Das klang irgendwie majestätisch, dachte er. Wie Cardozo. Aber natürlich ließ sich davon niemand täuschen, und bald war es ihm gleichgültig. Der Markt expandierte, explodierte förmlich, bis praktisch *jedermann* Obligationen kaufte. Zuerst war er einfach nur ein guter Kundenberater. Ein Italienerjunge, der es zu etwas gebracht hatte, ein junger Mann, der mit den Neureichen reden konnte, die genügend Geld hatten, um es auszugeben; so reden, daß die Neureichen, die in bezug auf Investitionen noch nervös waren, es auch begriffen.

Und es kam, wie es kommen mußte.

Italiener sind feinfühlige Leute. Sie fühlen sich wohler, wenn sie mit ihresgleichen Geschäfte machen. Eine Anzahl der Leute aus dem Baugewerbe, die Castelanos, die Latronas, die Battellas – die mit Industriebauten Vermögen verdient hatten, wanderten zu Cardone. Cardone mit nur zwei Silben. »Joey Cardone«, riefen sie ihn. Und Joey fand steuerbegünstigte Anlagen für sie, Joey besorgte ihnen Wachstumswerte, Joey fand Sicherheit für sie.

Das Geld strömte herein. Der Umsatz der Maklerfirma verdoppelte sich dank Joeys Freunden fast. Worthington und Bennett, Mitglieder der New Yorker Börse, wurden zu Worthington, Bennett und Cardone. Und von da war es nur ein kurzer Schritt zu Bennett-Cardone, Ltd.

Cardone war seinen *Compares* dankbar. Aber der Grund für seine Dankbarkeit war zugleich auch der Grund, warum er ein bißchen zusammenzuckte, wenn ein Streifenwagen zu häufig in der Nähe seines Hauses auftauchte. Denn einige wenige seiner *Compares*, vielleicht sogar mehr als einige wenige, standen am Rande – vielleicht sogar nicht mehr ganz am Rande – der Unterwelt.

Er beendete seine Arbeit mit den Gewichten und stieg auf seine Rudermaschine. Der Schweiß quoll ihm aus den Poren, er fühlte sich jetzt wohler. Die Bedrohung des Streifenwagens begann zu schwinden. Schließlich kehrten neunundneunzig Prozent der Saddle-Valley-Familien am Sonntag aus den Ferien zurück. Wer hatte je von jungen Leuten gehört, die an einem Mittwoch aus den Ferien zurückkehrten? Selbst wenn es so auf der Liste in der Polizeistation stand, war es durchaus möglich, daß ein gewissenhafter diensthabender Sergeant das für einen Fehler hielt und Sonntag daraus machte. Niemand kehrte am Mittwoch zurück. Mittwoch war ein Arbeitstag.

Und wer würde je ernsthaft glauben, Joseph Cardone könnte etwas mit der Cosa Nostra zu tun haben? Er war der Fleisch gewordene Beweis der Arbeitsethik. Die amerikanische Erfolgsgeschichte. Ein Princeton-All-American.

Joe zog seinen Trainingsanzug aus und ging in die Dampfkammer, die jetzt mit Dampf angefüllt war. Er setzte sich auf die Bank und atmete tief. Der Dampf wirkte reinigend. Nach fast zwei Wochen franko-kanadischer Küche bedurfte sein Körper der Reinigung.

Er lachte lauthals in seiner Dampfkammer. Es war gut, wieder zu Hause zu sein, in dem Punkt hatte seine Frau recht. Und Tremayne hatte ihm gesagt, daß die Ostermans am Freitagmorgen kommen würden. Es würde gut sein, Bernie und Leila wiederzusehen. Es waren fast vier Monate vergangen, seit er sie zuletzt gesehen hatte. Aber sie waren in Verbindung geblieben.

Zweihundertfünfzig Meilen südlich von Saddle Valley, New Jersey, liegt jener Teil der Hauptstadt der Nation, den man als Georgetown kennt. In Georgetown ändert sich der Lebensrhythmus jeden Nachmittag um halb sechs. Vorher ist er langsam, aristokratisch, ja delikat. Nachher beschleunigt er sich – nicht plötzlich, aber zunehmend. Die Einwohner von Georgetown, größtenteils Männer und Frauen von Macht und Wohlstand, und beidem verpflichtet, widmen sich mit großer Hingabe der Ausbreitung ihres Einflusses.

Nach halb sechs beginnen die Spiele.

Nach halb sechs ist in Georgetown die Zeit für strategische Schachzüge.

Wer ist wo? Und warum?

Mit Ausnahme des Sonntagnachmittags, wenn die Makler der Macht ihre Kreationen der vergangenen Woche überblicken und sich die Zeit nehmen, um ihre Kräfte für die nächsten sechs Tage des strategischen Spiels neu zu formieren.

Es werde Licht und es ward Licht. Es werde Ruhe und es ward Ruhe.

Nur mit der Ausnahme, daß das nicht für alle gilt.

So zum Beispiel nicht für Alexander Danforth, Berater

des Präsidenten der Vereinigten Staaten. Ein Berater ohne Portefeuille und ohne genau definierte Aufgaben.

Danforth war der Verbindungsmann zwischen der Sicherheits-Kommunikationszentrale in den unteren Stockwerken des Weißen Hauses und der Central Intellience Agency in McLean, Virginia. Er war ein Makler der Macht par excellence, weil er nie sichtbar war und doch seine Entscheidungen zu den wichtigsten in Washington zählten. Unabhängig von den Administrationen hörten alle auf seine leise Stimme. So war das seit Jahren.

An diesem Sonntagnachmittag saß Danforth mit dem stellvertretenden Administrator der Central Intelligence Agency, George Grover, unter dem Bougainvilleabaum, der Danforths kleinen Hinterhof beschattete, vor dem Fernseher. Die beiden Männer waren zu demselben Schluß wie John Tanner zweihundertfünfzig Meilen nördlich von ihnen gelangt: Charles Woodward würde morgen früh Schlagzeilen machen.

»Das Außenministerium wird einen Monatsvorrat an Toilettenpapier verbrauchen«, sagte Danforth.

»Geschieht ihnen recht. Wer nur Ashton hingeschickt hat? Er ist nicht nur dumm, er sieht sogar dumm aus. Dumm und glatt. John Tanner ist für dieses Programm verantwortlich, oder?«

»Ja.«

»Raffinierter Hund. Es wäre nett, wenn man sicher wüßte, daß er auf unserer Seite steht«, sagte Grover.

»Fassett sagt ja.« Die beiden Männer tauschten Blicke. »Nun, Sie haben ja die Akte gesehen. Sind Sie nicht auch der Meinung?«

»Ja. Doch. Fassett hat recht.«

»Das hat er meistens.«

Auf dem mit Keramikplatten belegten Tisch vor Danforth

standen zwei Telefone. Das eine war schwarz und mit einer Steckdose am Boden verstöpselt. Das andere war rot, und ein rotes Kabel führte ins Haus hinein. Das rote Telefon summte – es klingelte nicht. Danforth nahm ab.

»Ja... Ja, Andrews. Gut... Sehr gut. Rufen Sie Fassett an und sagen Sie ihm, daß er herüberkommen soll. Hat Los Angeles die Ostermans bestätigt? Keine Veränderung? Ausgezeichnet. Alles läuft planmäßig.«

Bernard Osterman, Absolvent des Jahrgangs 1946 der C.C.N.Y., zog das Blatt aus seiner Schreibmaschine und sah es an. Dann legte er es auf einen dünnen Stapel beschriebener Blätter und stand auf. Er ging um seinen nierenförmigen Pool herum und reichte das Manuskript seiner Frau Leila, die nackt in ihrem Liegestuhl saß.

Osterman war ebenfalls nackt.

»Weißt du, eine ausgezogene Frau wirkt in der Sonne nicht besonders attraktiv.«

»Du hältst dich wohl für einen Adonis? Gib her!« Sie nahm ihm die Blätter ab und griff nach ihrer großen Sonnenbrille. »Ist das der Schluß?«

Bernie nickte. »Wann kommen denn die Kinder nach Hause?«

»Die rufen vom Strand aus an, ehe sie nach Hause fahren. Ich habe Marie gesagt, sie sollte unbedingt anrufen. Ich möchte nicht, daß Merwyn schon in seinem Alter etwas von nackten Mädchen in der Sonne erfährt. In dieser Stadt gibt es dagegen schon genügend Aversionen.«

»Da hast du recht. Lies!« Bernie sprang in den Pool. Er schwamm drei Minuten lang schnell auf und ab, bis er außer Atem war. Er war ein guter Schwimmer. In seiner Militärzeit hatte man ihn in Fort Dix zum Schwimmlehrer gemacht. Den ›schnellen Juden‹ hatten sie ihn genannt. Aber nur hinter seinem Rücken. Er war ein drahtiger Mann, ungeheuer zäh. Wenn die C.C.N.Y. ein Football-Team gehabt hätte, wäre er sicher ihr Kapitän gewesen. Joe Cardone hatte Bernie gesagt, er hätte ihn gut in Princeton gebrauchen können.

Bernie hatte gelacht, als Joe ihm das sagte. Trotz der scheinbaren Demokratisierung, die er beim Militär erlebt hatte – und die ging nicht sehr tief –, war es Bernard Osterman, aus der Bronx, New York, Tremont Avenue, nie in den Sinn gekommen, ehrwürdige Barrieren zu überspringen und der Ivy League beizutreten. Vielleicht wäre es sogar möglich gewesen, er war intelligent und clever, und es gab immerhin die G.I.-Stipendien, aber es kam ihm überhaupt nie in den Sinn.

Er hätte sich damals dort nicht wohl gefühlt – 1946. Jetzt schon; die Dinge hatten sich verändert.

Osterman stieg die Leiter hinauf. Es war gut, daß er und Leila an die Ostküste reisten, zurück nach Saddle Valley, wo sie ein paar Tage verbringen würden. Irgendwie kam es einem immer vor wie ein kurzer, konzentrierter Kurs im angenehmen Leben. Alle sagten immer, das Leben im Osten wäre hektisch und die Leute stünden alle unter ewigem Druck – in viel stärkerem Maße, als das in Los Angeles der Fall war; aber das stimmte nicht. Das schien nur so, weil dort alles viel beengter war.

Los Angeles, *sein* Los Angeles, und das bedeutete Burbank, Hollywood, Beverly Hills, war da, wo man den wirklichen Wahnsinn praktizierte. Männer und Frauen, die wie verrückt zwischen den Regalen eines von Palmen gesäumten Drugstores auf und ab rannten. Und alles stand zum Verkauf, alles trug ein Etikett, und alle konkurrierten in ihren psychedelischen Hemden und orangefarbenen Hosen.

Manchmal gab es Zeiten, da Bernie sich nichts sehnlicher wünschte, als jemanden in einem grauen Nadelstreifen-Anzug und einem weißen Hemd mit Krawatte zu sehen. Eigentlich hatte es nichts zu bedeuten, es kam wirklich nicht darauf an; es war ihm schnurzegal, welche Kostüme die Stämme von Los Angeles trugen. Vielleicht war es einfach nur dieser übertriebene ewige Angriff auf seinen Gesichtssinn.

Oder sein Pendel war gerade einmal wieder im Begriff, nach unten zu schwingen. Das Ganze machte ihn einfach müde.

Und das war unfair. Der von Palmen gesäumte Drugstore hatte ihn sehr gut behandelt.

»Wie ist es?« fragte er seine Frau.

»Recht gut. Vielleicht bekommst du sogar ein Problem damit.«

»Was?« Bernie schnappte sich ein Handtuch vom Tisch. »Was für ein Problem?«

»Vielleicht legst du damit zu viele Schichten frei. Vielleicht ist es zu schmerzhaft.« Leila legte eine Seite um, während ihr Mann ihr zulächelte. »Sei noch eine Minute still und laß mich zu Ende lesen. Vielleicht kommst du wieder heraus.«

Bernie Osterman setzte sich auf einen Liegestuhl und ließ die warme kalifornische Sonne seinen Körper erwärmen. Er hatte immer noch ein Lächeln um die Lippen; er wußte, was seine Frau meinte, und es tat ihm gut. Die Jahre des formelhaften Schreibens hatten seine Fähigkeit nicht beeinträchtigt, Dinge freizulegen, auf den Kern zu stoßen – wenn er das wollte.

Und es gab Zeiten, da war ihm nichts wichtiger, als das zu wollen. Sich selbst zu beweisen, daß er immer noch dazu imstande war. So wie er das früher getan hatte, als sie noch in New York lebten.

Das waren gute Tage. Provozierend, erregend, angefüllt mit Sinn und einer Aufgabe. Nur, daß da nie etwas anderes war – nur eine Aufgabe, nur Sinn. Ein paar schmeichelhafte

Rezensionen, die andere intensive, junge Schriftsteller schrieben. Man hatte ihn damals *eindringlich* genannt; *sensitiv, einschneidend.* Einmal sogar *außergewöhnlich.*

Das war nicht genug gewesen. Und so waren er und Leila an die Westküste gezogen, in den palmengesäumten Drugstore, und hatten bereitwillig und glücklich ihre Talente der förmlich aus ihren Nähten platzenden Welt des Fernsehens gewidmet.

Aber eines Tages... Eines Tages, dachte Bernard Osterman, würde es wieder dazu kommen. Zu dem Luxus, sich einfach hinzusetzen und alle Zeit der Welt zu haben, um es wirklich zu tun. Um einen großen Fehler zu machen, wenn er das mußte. Es war wichtig, so denken zu können.

»Bernie?«

»Ja?«

Leila deckte sich mit einem Handtuch zu und betätigte den Knopf an der Armlehne ihres Liegestuhls, so daß das Rückenteil sich hob. »Es ist wirklich schön, Süßer. Ich meine, wirklich sehr schön, und ich glaube, du weißt auch, daß es nicht funktionieren wird.«

»Es funktioniert!«

»Die werden das nicht zulassen.«

»Dann können die mich mal!«

»Man zahlt uns dreißigtausend für eine Stunde ganz gewöhnlichen Fernsehspiels Bernie. Nicht für einen zweistündigen Exorzismus, der in einer Begräbnisanstalt endet.«

»Das ist nicht Exorzismus. Das ist zufälligerweise eine traurige Geschichte, die auf dem wahren Leben beruht, und die Zustände im Leben ändern sich nicht. Willst du ins Barrio hinunter fahren und es dir ansehen.«

»Die nehmen dir das nicht ab. Die werden verlangen, daß du es umschreibst.«

»Das mache ich nicht!«

»Die haben doch noch die zweite Rate. Wir kriegen noch fünfzehntausend.«

»Scheiße!«

»Du weißt, daß ich recht habe.«

»Alles Gerede! Verdammtes Geschwätz! In dieser Saison wollen wir einmal etwas *Sinnvolles* haben! Etwas *Kontroverses*! Geschwätz!«

»Die schauen sich bloß die Zahlen an. Auch wenn die *Times* begeistert ist, verkauft das noch lange kein Deodorant in Kansas.«

»Die können mich mal.«

»Beruhige dich. Geh noch mal schwimmen. Der Pool ist groß.«

Leila Ostermann sah ihren Mann an. Er wußte, was dieser Blick bedeutete, und mußte unwillkürlich lächeln. Etwas traurig.

»Okay, dann flick es zusammen.«

Leila griff nach dem Bleistift und dem gelben Block, der neben ihrem Stuhl auf dem Tisch lag. Bernie stand auf und trat an den Poolrand.

»Meinst du, daß Tanner sich uns anschließen möchte? Meinst du, ich könnte vielleicht an ihn herantreten?«

Seine Frau legte den Bleistift weg und blickte zu ihrem Mann auf. »Ich weiß nicht. Johnny ist anders als wir...«

»Anders als Joe und Betty? Dick und Ginny? Ich finde nicht, daß er so völlig anders ist.«

»Ich würde ihn nicht erschrecken. Er ist immer noch ein Nachrichten-Mann. Geier haben die ihn einmal genannt, erinnerst du dich? Der Geier von San Diego. Er hat ein Rückgrat. Ich möchte das nicht biegen wollen. Es könnte zurückschnappen.«

»Er denkt genau wie wir. Er denkt wie Joe und Dick. Wie wir.«

»Noch einmal – du solltest ihn nicht überfallen. Meinetwegen nennst du das die vielgerühmte weibliche Intuition, aber erschrecke ihn nicht... Das könnte Ärger geben.«

Osterman sprang in den Pool und schwamm die sechsunddreißig Fuß bis zum anderen Ende unter Wasser. Leila hatte nur teilweise recht, dachte er. Tanner war in der Tat ein kompromißloser Nachrichten-Mann, aber außerdem war er auch ein sensibles und sensitives menschliches Wesen. Tanner war kein Narr, er sah, was um ihn herum geschah – überall. Das war unvermeidbar.

Das Ganze lief auf das Überleben des Individuums hinaus.

Es lief darauf hinaus, daß man das tun konnte, was man tun wollte. Einen ›Exorzismus‹ schreiben, wenn man dazu imstande war. Ohne sich den Kopf über den Absatz von Deodorants im Staate Kansas zu zerbrechen.

Bernie tauchte auf und hielt sich tief atmend am Poolrand fest. Dann stieß er sich ab und schwamm in langsamen Zügen zu seiner Frau zurück.

»Habe ich dich in die Ecke geboxt?«

»Das konntest du nie.« Leila sprach, ohne von ihrem Block aufzublicken. »Es hat einmal eine Zeit in meinem Leben gegeben, da dachte ich, dreißigtausend Dollar wären alles Geld der Welt. Das Haus Weintraub in Brooklyn war nicht gerade der größte Kunde der Chase Manhattan Bank.« Sie riß die oberste Seite ab und sicherte sie mit einer Pepsi-Cola-Flasche.

»Das Problem hatte ich nie«, sagte Bernie und trat Wasser. »Die Ostermans sind in Wirklichkeit eine unbekannte Nebenlinie der Rothschilds.«

»Ich weiß. Deine Rennfarben sind dunkelbraun und kürbisorange.«

»Hey!« Bernie klammerte sich plötzlich am Beckenrand fest und sah seine Frau erregt an. »Habe ich dir das erzählt?

Der Trainer hat heute morgen aus Palm Springs angerufen. Dieser Zweijährige, den wir gekauft haben, ist die sechshundert Meter in einundvierzig Sekunden gelaufen!« Leila Osterman ließ den Block auf ihren Schoß fallen und lachte. »Weißt du, wir sind schon unmöglich! Und du willst Dostojewski spielen! Ich verstehe, worauf du hinaus willst... Nun, eines Tages.«

»Sicher. Und unterdessen solltest du ein Auge auf Kansas, und das andere auf deine albernen Pferdchen haben.«

Osterman lachte und schwamm zur anderen Seite des Pools. Er dachte wieder über die Tanners nach. John und Ali Tanner. Er hatte sich in der Schweiz nach ihnen erkundigt. Zürich war begeistert.

Bernard Osterman hatte seine Entscheidung getroffen. Irgendwie würde er seine Frau überzeugen.

Er würde am nächsten Wochenende ernsthaft mit John Tanner reden.

Danforth ging durch den engen vorderen Korridor seines Hauses in Georgetown und öffnete die Tür. Laurence Fassett von der Central Intelligence Agency lächelte und streckte ihm die Hand hin.

»Guten Abend, Mr. Danforth. Andrews hat mich aus McLean angerufen. Wir sind uns erst einmal begegnet – Sie erinnern sich bestimmt nicht. Ist mir eine große Ehre, Sir.«

Danforth sah diesen ungewöhnlichen Mann an und erwiderte das Lächeln. In der CIA-Akte stand, daß Fassett siebenundvierzig war, aber Danforth kam er viel jünger vor. Die breiten Schultern, der muskulöse Nacken, das faltenlose Gesicht unter dem kurz-gestutzten blonden Haar: alles das erinnerte Danforth an seinen herannahenden siebzigsten Geburtstag.

»Natürlich erinnere ich mich. Bitte kommen Sie doch herein.«

Als Fassett in den Flur trat, fiel sein Blick auf einige Degas-Aquarelle an der Wand. Er trat einen Schritt näher. »Sind die schön.«

»Ja, das sind sie. Sind Sie Fachmann, Mr. Fassett?«

»O nein. Nur ein begeisterter Amateur... Meine Frau war Künstlerin. Wir waren viel im Louvre.«

Danforth wußte, daß er besser nicht über Fassetts Frau redete. Sie war Deutsche gewesen – mit Bindungen nach Ost-Berlin. Sie war in Ost-Berlin getötet worden.

»Ja, ja natürlich. Bitte kommen Sie. Grover sitzt draußen. Wir haben uns das Woodward-Programm auf der Terrasse angesehen.«

Die beiden Männer traten auf die mit Ziegeln und Naturstein bedeckte hintere Terrasse. George Grover erhob sich aus seinem Stuhl.

»Hello, Larry. Jetzt geraten die Dinge langsam in Bewegung.«

»Sieht so aus. Mir kann es nicht schnell genug gehen.«

»Das gilt, glaube ich, für uns alle«, sagte Danforth. »Nehmen Sie einen Drink?«

»Nein, danke, Sir. Wenn es Ihnen nichts ausmacht, möchte ich das so schnell wie möglich hinter mich bringen.«

Die drei Männer nahmen an dem mit Keramikplatten belegten Tisch Platz. »Dann wollen wir doch gleich anfangen«, sagte Danforth. »Wie ist der Plan?«

Fassett blickte verblüfft auf. »Ich dachte, Sie hätten das alles genehmigt.«

»Oh, ich habe die Berichte gelesen. Ich möchte die Information nur aus erster Hand vom zuständigen Mann.«

»In Ordnung, Sir. Phase eins ist abgeschlossen. Die Tanners, die Tremaynes, die Cardones sind alle in Saddle Valley.

Für den Augenblick sind keine Reisen geplant. Sie werden alle die ganze kommende Woche dort sein. Diese Information wird von allen unseren Gewährsleuten bestätigt. In der Stadt sind dreizehn Agenten, und die drei Familien werden alle rund um die Uhr überwacht. Sämtliche Telefone sind angezapft. So, daß man es nicht feststellen kann.

Los Angeles teilt mit, daß die Ostermans am Freitag mit Flug Nummer 509 kommen und um vier Uhr fünfzig in Kennedy Airport eintreffen. Normalerweise nehmen sie dann ein Taxi. Man wird dem Wagen natürlich folgen...«

»Falls sie sich bis dahin noch normal verhalten«, unterbrach Grover.

»Wenn nicht, dann werden sie nicht in dieser Maschine sein... Morgen bringen wir Tanner nach Washington.«

»Er hat im Augenblick noch keine Ahnung, oder?« fragte Danforth.

»Überhaupt keine – abgesehen von dem Streifenwagen, den wir einsetzen werden, wenn er morgen früh Schwierigkeiten macht.«

»Wie wird er es denn Ihrer Meinung nach aufnehmen?« Grover lehnte sich in seinem Stuhl nach vorne.

»Ich denke, daß er an seinem Verstand zweifeln wird.«

»Vielleicht lehnt er ab«, sagte Danforth.

»Das ist unwahrscheinlich. Wenn ich es richtig anpacke, hat er keine Wahl.«

Danforth musterte den eindringlich wirkenden, muskulösen Mann, der so selbstbewußt sprach. »Für Sie ist es sehr wichtig, daß wir Erfolg haben, nicht wahr? Das ist Ihnen ein persönliches Anliegen.«

»Dazu habe ich allen Grund.« Fassett erwiderte den starren Blick des alten Mannes. Als er dann fortfuhr, klang seine Stimme eher beiläufig. »Die haben meine Frau umgebracht. Um zwei Uhr früh haben sie sie auf dem Kurfürstendamm überfahren – während man mich ›festhielt‹. Sie versuchte, mich zu finden. Haben Sie das gewußt?«

»Ich habe die Akte gelesen. Sie haben mein tiefstes Mitgefühl...«

»Ich will Ihr Mitgefühl nicht. Diese Befehle kamen aus Moskau. Ich will die haben. Ich will Omega.«

Teil 2

Montag
Dienstag
Mittwoch
Donnerstag

2.

Montag – 10.15 Uhr

Tanner stieg aus dem Lift und ging über den mit dicken Teppichen belegten Korridor zu seinem Büro. Er hatte im Vorführraum fünfundzwanzig Minuten damit verbracht, sich das Woodward-Band anzusehen. Es bestätigte, was die Zeitungen berichtet hatten: Charles Woodward hatte Undersecretary Ashton als politische Null bloßgestellt.

»Ganz schöner Mist, was?« sagte seine Sekretärin.

»Wahnsinn, wie mein Sohn das ausdrücken würde. Ich glaube nicht, daß wir in nächster Zeit mit einer Einladung zum Dinner ins Weiße Haus rechnen dürfen. Irgendwelche Anrufe?«

»Aus der ganzen Stadt. Hauptsächlich Gratulationen; ich hab' Ihnen die Namen aufgeschrieben.«

»Das tut gut. Vielleicht brauch' ich das. Sonst noch etwas?«

»Die F.C.C.* hat zweimal angerufen. Ein gewisser Fassett.«

»Wer?«

»Mr. Laurence Fassett.«

»Wir hatten doch immer mit Cranston zu tun?«

»Das dachte ich auch, aber er hat gesagt, es sei dringend.«

»Vielleicht will uns das State Department noch vor Sonnenuntergang verhaften lassen.«

---

* Federal Communications Commission (Bundesnachrichtenkommission)

»Das bezweifle ich. Die würden wenigstens ein oder zwei Tage warten; sieht dann weniger politisch aus.«

»Sie rufen ihn am besten gleich an. Für die F.C.C. ist alles dringend.« Tanner ging in sein Büro, setzte sich an den Schreibtisch und las die Notizzettel, die sie ihm hingelegt hatte. Er lächelte; selbst die Konkurrenz war beeindruckt gewesen.

Sein Telefon summte. »Mr. Fassett auf eins, Sir.«

»Danke.« Tanner drückte den entsprechenden Knopf. »Mr. Fassett? Tut mir leid, ich war nicht da, als Sie anriefen.«

»Ich muß um Entschuldigung bitten«, sagte die höfliche Stimme am anderen Ende der Leitung. »Es ist nur so, daß mein Terminkalender heute ziemlich voll ist und Sie sehr wichtig für mich sind.«

»Was gibt es für Probleme?«

»Routine, aber dringend, so könnte man sagen. Die Papiere, die Sie im Mai für die Nachrichtenabteilung von Standard eingereicht haben, waren unvollständig.«

»Was?« John erinnerte sich an etwas, das Cranston von der F.C.C. vor ein paar Wochen zu ihm gesagt hatte. Er erinnerte sich auch, daß Cranston gemeint hatte, es wäre unwichtig. »Was fehlt denn?«

»Zunächst einmal zwei Unterschriften. Auf den Seiten siebzehn und achtzehn. Und die Aufteilung der geplanten kommunalen Einschaltungen für die sechs Monate ab Januar.«

Jetzt erinnerte sich John Tanner. Das Ganze war Cranstons Fehler gewesen. Die Seiten siebzehn und achtzehn hatten in der Mappe gefehlt, die man ihm aus Washington geschickt hatte – die juristische Abteilung hatte das gegenüber Tanners Büro erwähnt –, und die Einschaltungen sollten noch einen Monat offen bleiben, weil die entsprechenden

Entscheidungen im Sender noch nicht getroffen waren. Auch damit hatte Cranston sich einverstanden erklärt.

»Wenn Sie das nachprüfen, werden Sie feststellen, daß Ihr Mister Cranston die Seiten, auf die Sie sich beziehen, weggelassen hat. Und die Kommunaleinschaltungen wurden aufgeschoben. Er war damit einverstanden.«

Auf der anderen Seite blieb es einen Augenblick lang still. Als Fassett dann wieder sprach, klang seine Stimme eine Spur weniger höflich als vorher.

»Bei aller Freundschaft für Cranston, er war nicht befugt, diese Entscheidung zu treffen. Jetzt haben Sie die Informationen doch ohne Zweifel.«

Das war eine Feststellung.

»Ja, allerdings. Ich schicke sie sofort per Eilboten ab.«

»Ich fürchte, das geht nicht. Wir werden Sie bitten müssen, heute nachmittag hierher zu kommen.«

»Jetzt hören Sie mal. Das ist doch etwas knapp, finden Sie nicht?«

»Ich mache die Vorschriften nicht. Ich führe sie nur aus. Standard Mutual arbeitet seit zwei Monaten nicht den Vorschriften der F.C.C. entsprechend. Das dürfen wir nicht zulassen. Unabhängig davon, wer dafür die Verantwortung trägt, ist das jedenfalls ein Faktum. Wir sollten das noch heute in Ordnung bringen.«

»Also gut. Aber ich warne Sie: Falls das vom State Department ausgeht, schicke ich Ihnen unsere Anwälte auf den Hals, und dann können Sie etwas erleben.«

»Ihre Andeutung mißfällt mir – außerdem weiß ich nicht, wovon Sie reden.«

»Das glaube ich schon. Die Woodward-Show gestern nachmittag.«

Fassett lachte. »Oh, davon hab' ich gehört. Die *Post* hat darüber geschrieben. Und ich glaube, ich kann Sie beruhigen. Ich habe am letzten Freitag zweimal versucht, Sie zu erreichen.«

»So?«

»Ja.«

»Augenblick mal.« Tanner drückte einen Knopf auf seinem Telefon. »Norma? Hat dieser Fassett versucht, mich am Freitag zu erreichen?«

Einen Augenblick lang herrschte Schweigen, während Tanners Sekretärin die Liste der Anrufer überprüfte. »Könnte sein. Da waren zwei Anrufe aus Washington, Vermittlung Platz sechsunddreißig in D.C. Sie sollten zurückrufen, falls Sie bis vier ins Büro kämen. Sie waren bis halb sechs Uhr im Studio.«

»Haben Sie nicht gefragt, wer mich sprechen will?«

»Natürlich habe ich das. Aber man hat mir nur gesagt, das hätte bis Montag Zeit.«

»Danke.« Tanner drückte wieder den Knopf und fragte Fassett: »Haben Sie die Nummer des Vermittlungsplatzes hinterlassen?«

»Platz sechsunddreißig, Washington. Bis sechzehn Uhr.«

»Ihren Namen haben Sie nicht hinterlassen oder Ihre Dienststelle...«

»Es war Freitag. Ich wollte pünktlich weg. Wäre es Ihnen lieber gewesen, wenn ich einen dringenden Anruf hinterlassen hätte, den Sie ohnehin nicht hätten erwidern können?«

»Schon gut, schon gut. Und das hat nicht Zeit für einen Brief?«

»Tut mir leid, Mister Tanner. Wirklich, es tut mir sehr leid, aber ich habe meine Anweisungen. Standard Mutual ist keine kleine Lokalstation. Die Akten hätten vor Wochen komplett sein müssen... Außerdem«, jetzt lachte Fassett wieder, »treten Sie dauernd Leuten auf die Zehen, und ich möchte nicht in Ihrer Haut stecken, wenn irgendein Bonze im

State Department herausfindet, daß Ihre ganze Nachrichtenabteilung nicht vorschriftsmäßig... Und das ist wirklich keine Drohung. Geht doch gar nicht. Wir haben ja beide Fehler gemacht.«

John Tanner lächelte ins Telefon. Fassett hatte recht. Es hatte wirklich keinen Sinn, irgendwelche bürokratischen Repressalien zu riskieren. Er seufzte. »Ich nehme die Ein-Uhr-Maschine. Dann bin ich gegen drei bei Ihnen. Wo ist Ihr Büro?«

»Ich werde bei Cranston sein. Wir halten die Papiere dann bereit, und vergessen Sie den Schaltplan nicht. Das sind natürlich nur unverbindliche Planungen, wir wollen Sie nicht darauf festnageln.«

»Geht klar. Bis dann.« Tanner drückte einen anderen Knopf und wählte seine Nummer zu Hause.

»Tag, Darling.«

»Ich muß heute nachmittag schnell nach Washington.«

»Probleme?«

»Nein. ›Routine, aber dringend‹, hat der Mann gesagt. Eine F.C.C.-Angelegenheit. Ich werd' gegen sieben in Newark sein. Ich wollte dir nur Bescheid sagen, daß ich mich verspäten werde.«

»Okay, Darling. Soll ich dich abholen?«

»Nein, ich nehm' mir ein Taxi.«

»Macht dir das nichts aus?«

»Im Gegenteil. Es wird mir eine Freude sein, daß Standard die zwanzig Eier zahlen muß.«

»Die bist du wert. Übrigens, ich hab' die Berichte über die Woodward-Show gelesen. Dein großer Triumph.«

»Das hab' ich mir auch auf meine Jacke geschrieben: Tanners Triumph.«

»Ich wollte, das würdest du«, sagte Alice leise.

Selbst im Spaß konnte sie nicht damit aufhören. Sie hatte

keine echten finanziellen Probleme, aber Alice Tanner war die ganze Zeit der Meinung, ihr Mann wäre unterbezahlt. Das war die einzige ernsthafte Auseinandersetzung, die sie hatten. Er konnte ihr einfach nicht klarmachen, daß mehr Geld von einer Firma wie Standard Mutual einfach viel mehr Verpflichtung gegenüber diesem gesichtslosen Giganten bedeutete.

»Bis heute abend, Ali.«
»Wiedersehen. Ich liebe dich.«

Wie in stummer Anerkennung der Klage seiner Frau bestellte Tanner eines der Redaktionsfahrzeuge, um in einer Stunde zum La-Guardia-Flughafen zu fahren. Niemand hatte Einwände. Tanner war an diesem Morgen in der Tat ein Triumphator.

Im Laufe der nächsten fünfundvierzig Minuten traf Tanner ein paar administrative Entscheidungen. Als letzter Punkt auf seiner Tagesordnung stand ein Anruf in der juristischen Abteilung von Standard Mutual.

»Mr. Harrison, bitte. Hello, Andy? John Tanner. Ich hab's eilig, Andy; ich muß ein Flugzeug erwischen. Ich möchte nur etwas wissen. Steht zwischen uns und der F.C.C. irgend etwas an, wovon ich nichts weiß? Irgendwelche Probleme? Ich weiß wegen der Kommunaleinschaltungen Bescheid, aber Cranston hat gesagt, wir könnten uns damit Zeit lassen... Sicher, ich warte.«

Tanner spielte mit der Telefonschnur, und seine Gedanken kreisten immer noch um Fassett. »Ja, Andy, ich bin hier... Die Seiten siebzehn und achtzehn. Die Unterschriften... Ja, verstehe. Okay. Danke. Nein, hier gibt's keine Probleme. Nochmals vielen Dank.«

Tanner legte den Hörer auf und erhob sich langsam. Harrison hatte seinen vagen Verdacht noch genährt. Das Ganze schien einfach zu konstruiert. Der Antrag war, mit Ausnahme der letzten zwei Seiten der vierten und fünften Kopie des Dokuments, vollständig gewesen. Es handelte sich nur um Duplikate, die für niemanden wichtig waren und die man leicht kopieren konnte. Und doch hatten diese Seiten gefehlt. Harrison hatte gerade gesagt:

»Ich erinnere mich, John. Ich hatte Ihnen damals eine Notiz geschickt. Für mich sah das damals so aus, als hätte man sie absichtlich weggelassen. Nicht, daß ich wüßte, warum...«

Das wußte Tanner auch nicht.

3.

Montag – 15.25 Uhr

Zu Tanners großer Überraschung wurde er am Flughafen von einer Limousine der F.C.C. abgeholt.

Cranstons Büro befand sich im fünften Stockwerk des F.C.C.-Gebäudes; jeder Nachrichtenchef einer größeren Station war schon irgendeinmal dorthin gerufen worden. Cranston war ein Laufbahn-Beamter – die Fernsehgesellschaften respektierten ihn ebenso wie die wechselnden Administrationen –, und deshalb ertappte Tanner sich dabei, wie er sich über diesen unbekannten Laurence Fassett ärgerte, der indigniert sagen konnte: ›...Cranston war nicht befugt, eine solche Entscheidung zu treffen.‹

Er hatte noch nie von Laurence Fassett gehört.

Tanner stieß die Tür zu Cranstons Vorzimmer auf. Es war leer. Der Tisch seiner Sekretärin war ebenfalls leer – keine Blocks, keine Bleistifte, keinerlei Papiere. Die ganze Beleuchtung kam aus Cranstons Bürotüre. Sie stand offen, und er konnte das leise Summen der Klimaanlage hören. Die Vorhänge waren zugezogen, wahrscheinlich, um die grelle Sommersonne nicht hereinzulassen. Und dann sah er gegen die Bürowand den Schatten einer Gestalt, die auf die Tür zukam.

»Guten Tag«, sagte der Mann, der jetzt auftauchte. Er war etwas kleiner als Tanner, vielleicht einen Meter fünfundsiebzig oder siebenundsiebzig, aber sehr breitschultrig. Sein blondes Haar war kurzgeschnitten, und seine Augen unter buschigen, hellbraunen Brauen standen weit auseinander. Er mochte etwa gleichalt wie Tanner sein, aber ohne Zweifel ein Mann, der viel mehr Sport trieb. Selbst wie er jetzt vor ihm stand, wirkte er sprungbereit, dachte Tanner.

»Mr. Fassett?«

»Richtig. Kommen Sie doch bitte herein.« Statt in Cranstons Büro zurückzugehen, trat Fassett an Tanner vorbei zur Tür und versperrte sie. »Wir sollten nicht gestört werden.«

»Warum nicht?« fragte Tanner verblüfft.

Laurence Fassett sah sich im Zimmer um. »Ja. Ja. Ich verstehe, was Sie meinen. Kommen Sie doch bitte herein.« Fassett ging vor Tanner in Cranstons Büro. Die Vorhänge an den beiden Fenstern zur Straße waren völlig zugezogen; Cranstons Schreibtisch war ebenso leer wie der seiner Sekretärin, abgesehen von zwei Aschenbechern und einem weiteren Gegenstand. In der Mitte der freien Tischfläche stand ein kleines Wollensak-Tonbandgerät mit zwei Schnüren – eine führte vor Cranstons Stuhl, die andere vor den Stuhl vor Cranstons Schreibtisch.

»Ist das ein Tonbandgerät?« fragte Tanner und folgte Fassett ins Büro.

»Ja. Setzen Sie sich doch bitte.«

John Tanner blieb stehen. Als er dann sprach, klang leise Wut aus seiner Stimme. »Nein, ich will mich *nicht* setzen.

Das gefällt mir nicht. Ihre Methoden sind sehr unklar, oder vielleicht auch *zu* klar. Wenn Sie vorhaben, irgend etwas, daß ich sage, auf Band aufzunehmen, wissen Sie ganz genau, daß ich das nicht zulassen werde, wenn nicht ein Anwalt unserer Anstalt zugegen ist.«

Fassett stand jetzt hinter Cranstons Schreibtisch. »Das ist keine F.C.C.-Angelegenheit. Wenn ich Ihnen die Zusammenhänge erklärt haben werde, werden Sie meine – Methoden verstehen.«

»Sie erklären das am besten sehr schnell, weil ich nämlich jetzt wieder gehen werde. Die F.C.C. hat mich gerufen, um die Kommunaleinschaltungen zu liefern, die Standard Mutual eingeplant hatte – die sind in meiner Aktentasche – und zwei Kopien unseres Antrags zu unterzeichnen, die *Ihr* Büro uns nicht geschickt hat. Sie haben mir erklärt, Sie würden mich mit Cranston gemeinsam empfangen. Statt dessen finde ich ein Büro, das offensichtlich nicht benutzt wird... Ich würde sagen, Ihre Erklärung sollte sehr gut sein, sonst hören Sie nämlich binnen einer Stunde von unseren Anwälten. Und wenn das irgendeine Art Vergeltungsaktion gegen die Nachrichtenabteilung von Standard Mutual sein sollte, dann werden Sie von Küste zu Küste davon hören, das verspreche ich Ihnen.«

»Es tut mir leid... Diese Dinge sind nie einfach.«

»Das sollten sie auch nicht sein!«

»Jetzt mal langsam. Cranston ist in Urlaub. Wir haben seinen Namen benutzt, weil Sie schon früher mit ihm zu tun hatten.«

»Sie wollen sagen, Sie hätten absichtlich gelogen?«

»Ja. Der Schlüssel, Mr. Tanner, liegt in dem Satz, den Sie gerade gebracht haben.. ›Die F.C.C. hat mich gerufen‹, sagten Sie, glaube ich. Darf ich Ihnen meine Legitimation zeigen?«

Laurence Fassett griff in die Brusttasche und entnahm ihr ein kleines Plastiketui. Er hielt es über den Schreibtisch.

Tanner klappte es auf.

Die oberste Karte identifizierte Laurence C. Fassett als Angestellten der Central Intelligence Agency.

Die zweite Karte enthielt eine Genehmigung für Fassett, die Anlage in McLean zu jeder Tages- oder Nachtstunde zu betreten.

»Was soll das Ganze? Weshalb bin ich hier?« Tanner reichte Fassetts Papiere zurück.

»Das ist der Grund für das Tonbandgerät. Lassen Sie mich erklären. Ehe ich auf unsere Angelegenheit hier eingehe, muß ich Ihnen ein paar Fragen stellen. Hier sind zwei Schalter, mit denen man das Gerät abstellen kann. Einer hier bei mir, der andere dort bei Ihnen. Wenn ich Ihnen irgendwann eine Frage stellen sollte, die Sie nicht beantworten möchten, brauchen Sie nur den Schalter zu drücken, und das Gerät bleibt stehen. Andererseits – und auch das dient Ihrem Schutz – werde *ich* das Gerät anhalten, wenn ich der Ansicht bin, daß Sie hier Dinge sagen, die uns nichts angehen.« Fassett setzte das Gerät mit seinem Schalter in Gang, griff dann über die Schreibtischplatte nach der Schnur vor Tanners Stuhl und hielt es an.

»Sehen Sie? Ganz einfach. Ich habe schon Hunderte solcher Interviews mitgemacht. Sie brauchen sich wirklich keine Sorgen zu machen.«

»Das klingt wie ein Verhör vor einem Verfahren, ohne daß ich einen Anwalt zur Verfügung hätte oder man mich vorgeladen hätte! Was soll das? Wenn Sie glauben, mich einschüchtern zu können, sind Sie verrückt!«

»Das *soll* Sie ganz einfach eindeutig positiv identifizieren... Und Sie haben völlig recht. Wenn es unsere Absicht war, jemanden einzuschüchtern, dann haben wir uns ohne

Zweifel jemanden ausgesucht, der ebenso verläßlich ist, wie J. Edgar Hoover. Und selbst *er* kontrolliert nicht die Nachrichtenredaktion einer Fernsehanstalt.«

Tanner sah den CIA-Mann an, der höflich hinter Cranstons Schreibtisch stand. Was Fassett da sagte, hatte etwas für sich. Der CIA würde gegen jemanden in seiner Position niemals mit so durchsichtiger Taktik vorgehen.

»Was soll das heißen: ›eindeutig positive Identifizierung‹? Sie wissen, wer ich bin.«

»Das soll Ihnen einen Hinweis auf die Größenordnung und die Bedeutung der Information geben, die ich Ihnen zu übermitteln befugt bin. Es handelt sich lediglich um außergewöhnliche Vorsicht, die angesichts der Bedeutung dieser Daten durchaus angemessen ist... Wußten Sie, daß im Zweiten Weltkrieg ein Schauspieler – ein Korporal in der britischen Armee, um es genau zu sagen – bei Konferenzen auf höchster Ebene die Rolle von Feldmarschall Montgomery spielte und daß sogar einige von Montgomerys Klassenkollegen aus Sandhurst das nicht bemerkten?«

Tanner griff nach der Schnur und betätigte den EIN- und AUS-Schalter. Das Gerät lief an und stoppte wieder. John Tanners Neugierde – in die sich Furcht mischte – wuchs. Er setzte sich.

»Also gut, fangen Sie an. Aber denken Sie daran, daß ich das Band jederzeit abschalten und gehen werde, wenn ich das will.«

»Ich verstehe. Das ist Ihr Recht – bis zu einem gewissen Punkt.«

»Was soll jetzt das wieder heißen? Keine Einschränkungen bitte!«

»Haben Sie Vertrauen zu mir. Sie werden verstehen.« Fassetts beruhigender Blick erfüllte seinen Zweck.

»Also gut«, sagte Tanner.

Der CIA-Mann nahm seinen Aktendeckel und klappte ihn auf. Dann setzte er das Gerät in Gang.

»Ihr voller Name ist John Raymond Tanner?«

»Falsch. Mein gesetzlicher Name ist John Tanner. Raymond ist ein reiner Taufname und ist auf meinem Geburtsschein nicht registriert.«

Fassett lächelte.

»Sehr gut.«

»Danke.«

»Ihre gegenwärtige Adresse ist 22 Orchard Drive, Saddle Valley, New Jersey?«

»Richtig.«

»Sie sind am 21. Mai 1924 in Springfield, Illinois, als Sohn von Lucas und Margaret Tanner geboren?«

»Ja.«

»Ihre Familie zog, als Sie sieben Jahre alt waren, nach San Mateo, Kalifornien?«

»Ja.«

»Warum?«

»Die Firma meines Vaters hat ihn nach Nord-Kalifornien versetzt. Er war Personalleiter für eine Kette von Kaufhäusern. Die Bryant Stores.«

»Bequeme Verhältnisse?«

»Einigermaßen.«

»Sind Sie auf den öffentlichen Schulen von San Mateo ausgebildet worden?«

»Nein. Ich habe an der San-Mateo-Oberschule die zweite Klasse absolviert und ging anschließend für das Abschlußjahr der Sekundarschule auf eine private Anstalt. Winston Preparatory.«

»Nach dem Abschluß haben Sie sich an der Stanford University eingetragen?«

»Ja.«

»Waren Sie Mitglied irgendwelcher Verbindungen oder Clubs?«

»Ja. Alpha-Kappa-Verbindung. Dann die Trylon News Society und noch ein paar andere, an die ich mich nicht erinnere... Fotoclub, denke ich, aber ich bin nicht dabei geblieben. An der Studentenzeitschrift habe ich auch mitgearbeitet, es dann aber aufgegeben.«

»Irgendwelche Gründe?«

Tanner sah den CIA-Mann an. »Ja. Ich hatte starke Einwände gegen die Nisei*-Situation. Die Gefängnislager. Die Zeitschrift hat diese Gefängnislager unterstützt. Meine Einwände bestehen immer noch.

Wieder lächelte Fassett. »Ihre Ausbildung ist unterbrochen worden?«

»Das waren die meisten Ausbildungen. Ich habe mich zum Militärdienst gemeldet.«

»Wo hat man Sie ausgebildet?«

»Fort Benning, Georgia. Infanterie.«

»Dritte Armee, vierzehnte Division?«

»Ja.«

»Sie wurden auf dem europäischen Kriegsschauplatz eingesetzt?«

»Ja.«

»Ihr höchster militärischer Rang war First Lieutenant?«

»Ja.«

»Offiziersausbildung in Fort Benning?«

»Nein. Ich bin in Frankreich im Feld befördert worden.«

---

* Nisei: Amerikanische Staatsbürger japanischer Herkunft, die in den amerikanischen Weststaaten, insbesondere Kalifornien, während des Zweiten Weltkrieges interniert wurden, da man ihnen Sympathien für Japan nachsagte.

»Wie ich sehe, haben Sie auch einige Auszeichnungen erhalten.«

»Das waren Belobigungen der Einheit. Bataillonsbefehle. Keine individuellen Auszeichnungen.«

»Sie waren drei Wochen lang in einem Militärhospital in St. Lô? Geht das auf eine Verwundung zurück?«

Einen Augenblick lang sah Tanner den anderen verlegen an. »Sie wissen ganz genau, daß das nicht der Fall war. In meinen Armeeakten ist kein Purple Heart«, sagte er leise.

»Würden Sie das bitte erklären?«

»Ich fiel auf der Straße nach St. Lô aus einem Jeep. Eine Hüftverrenkung.«

Beide Männer lächelten.

»Sie wurden im Juli 1945 entlassen und kehrten im September darauf nach Stanford zurück?«

»Richtig... Um Ihnen zuvorzukommen, Mr. Fassett, ich habe umgesattelt, von Englischer Literatur auf Journalismus. Mein Examen habe ich 1947 gemacht und mir den Grad eines Bachelor of Arts erworben.«

Laurence Fassetts Blick verweilte immer noch auf dem Aktendeckel, den er vor sich auf den Tisch gelegt hatte. »Sie haben noch während des Studiums eine gewisse Alice McCall geheiratet?«

Tanner griff nach seinem Schalter und schaltete das Gerät ab. »Das könnte jetzt der Punkt sein, wo ich gehe.«

»Beruhigen Sie sich, Mr. Tanner. Nur eine Identifizierung... Wir halten nichts von der Theorie, daß die Sünden der Väter an den Töchtern heimgesucht werden. Ein einfaches Ja oder Nein genügt.«

Tanner setzte das Gerät wieder in Gang. »Richtig.«

An diesem Punkt griff Laurence Fassett nach dem Kabel und betätigte den AUS-Schalter. Tanner sah zu, wie das Band zum Stillstand kam und sah dann den CIA-Mann an.

»Meine zwei nächsten Fragen betreffen Umstände, die zu Ihrer Heirat führten. Ich nehme an, daß Sie die nicht beantworten wollen.«

»Ihre Annahme ist richtig.«

»Glauben Sie mir, sie sind nicht wichtig.«

»Wenn Sie sagen würden, daß sie das sind, würde ich jetzt sofort gehen.« Ali hatte genügend durchgemacht. Tanner würde nicht zulassen, daß irgend jemand die persönliche Tragödie seiner Frau aufs neue hervorzerrte.

Fassett schaltete das Gerät wieder ein. »Ihnen und Alice Mc – Tanner sind zwei Kinder geboren worden. Ein Junge, Raymond, jetzt dreizehn Jahre alt, und ein Mädchen, Janet, acht Jahre alt.«

»Mein Sohn ist zwölf.«

»Sein Geburtstag ist übermorgen. Um noch einmal ein Stück zurückzugehen, Ihre erste berufliche Stelle nach dem Universitätsabschluß war bei der *Sacramento Daily News*.«

»Dort war ich Reporter. Korrektor, Bürohelfer, Filmkritiker und Anzeigenverkäufer, wenn die Zeit es zuließ.«

»Sie blieben dreieinhalb Jahre bei der Sacramento-Zeitung und nahmen dann eine Stelle bei der *Los Angeles Times* an?«

»Nein. Ich war – zweieinhalb Jahre – in Sacramento und hatte dann etwa ein Jahr lang eine Interimsstelle beim *San Francisco Chronicle*, ehe ich den Job bei der *Times* bekam.«

»Bei der *Los Angeles Times* waren Sie als Reporter, der sich mit Recherchen und Nachforschungen befaßte, sehr erfolgreich...«

»Ich hatte Glück. Ich nehme an, Sie meinen damit meine Arbeiten, die sich mit der Hafenszene von San Diego befaßten.«

»Richtig. Man hat Sie, glaube ich, für den Pulitzer-Preis nominiert.«

»Ich habe ihn nicht bekommen.«

»Und dann hat man Sie in die Redaktion der *Times* befördert?«

»Redaktionsassistent. Nichts Besonderes.«

»Sie blieben fünf Jahre bei der *Times*...«

»Eher sechs, denke ich.«

»Bis zum Januar 1958, als Sie in die Standard Mutual in Los Angeles eintraten?«

»Richtig?«

»Sie blieben in dem Büro in Los Angeles bis zum März 1963, wo man Sie nach New York City versetzte. Seitdem sind Sie einige Male befördert worden?«

»Ich kam als Nachrichtenredakteur für das Sieben-Uhr-Abend-Programm nach Osten und habe mich dann mit Dokumentarsendungen und Sonderaufgaben befaßt, bis ich meine gegenwärtige Position erreichte.«

»Und die ist?«

»Chef der Nachrichtenredaktion von Standard Mutual.«

Laurence Fassett klappte den Aktendeckel zu und schaltete das Tonbandgerät ab. Er lehnte sich zurück und lächelte John Tanner zu. »Das war nicht so schmerzhaft, oder?«

»Sie wollen sagen, das wäre alles?«

»Nein, das nicht... *Alles* nicht, aber die Identifizierung ist jetzt abgeschlossen. Sie haben bestanden. Sie haben mir genügend Antworten gegeben, die geringfügig falsch waren, um den Test zu bestehen.«

»Was?«

»Diese Dinge«, meinte Fassett und schlug mit dem Handrücken auf den Aktendeckel, »werden von der Verhörabteilung vorbereitet. Leute mit einer hohen Stirn holen sich andere Leute mit Bärten, und dann jagen sie das ganze Zeug durch den Computer. Sie können unmöglich alles richtig beantworten. Wenn Sie das täten, würde es bedeuten, daß Sie etwas auswendig gelernt haben. Sie waren beispielsweise fast genau drei Jahre bei der *Sacramento Daily News*. Nicht zweieinhalb oder dreieinhalb. Ihre Familie zog nach San Mateo, als Sie acht Jahre, zwei Monate, und nicht sieben Jahre alt waren.«

»Da soll mich doch der Teufel...«

»Offengestanden, wir hätten Sie wahrscheinlich sogar akzeptiert, wenn Sie alles korrekt beantwortet hätten. Aber es ist gut, zu wissen, daß Sie normal sind. In Ihrem Fall mußten wir alles auf Band haben. Und jetzt, fürchte ich, kommt der unangenehme Teil.«

»Unangenehm, verglichen womit?« fragte Tanner.

»Einfach unangenehm... Ich muß jetzt das Gerät einschalten.« Das tat er und griff nach einem Blatt Papier. »John Tanner, ich muß Sie davon in Kenntnis setzen, daß das, was ich im Begriff bin, mit Ihnen zu besprechen, unter den Begriff der Verschlußsache höchster Ordnung fällt. Diese Information hat keinerlei Beziehung zu Ihnen oder Ihrer Familie, was ich hiermit beschwöre. Diese Informationen an irgend jemanden preiszugeben, würde den Interessen der Regierung der Vereinigten Staaten im höchsten Maße schädlich sein. Und zwar in so hohem Maße, daß die Angehörigen oder Beauftragten der Regierung, die im Besitz dieser Information sind, nach dem National Security Akt, Titel achtzehn, Abschnitt sieben-neun-drei, unter Strafverfolgung gestellt werden könnten, sofern sie die Geheimhaltungsvorschriften verletzen. – Ist Ihnen alles, was ich bisher gesagt habe, völlig klar?«

»Das ist es. – Aber ich bin für den Umgang mit Geheimsachen nicht überprüft worden.«

»Das ist mir bewußt. Ich beabsichtige, Sie in drei Stufen an die wesentliche Geheiminformation heranzuführen. Am Ende von Phase eins und zwei können Sie darum bitten, dieses Interview abzubrechen, und wir können uns dann nur auf

Ihre Intelligenz und Ihre Loyalität gegenüber ihrer Regierung verlassen, daß Sie das, was Sie gehört haben, für sich behalten werden. Wenn Sie hingegen mit Stufe drei einverstanden sind, in der Ihnen Identitäten genannt werden, akzeptieren Sie dieselbe Verantwortung wie die Beauftragten der Regierung und können gemäß der National Security Akt unter Strafverfolgung gestellt werden, sofern Sie die vorerwähnten Sicherheitsvorschriften verletzen. Ist das klar, Mr. Tanner?«

Tanner rutschte in seinem Sitz herum, ehe er antwortete. Er sah zuerst auf die sich drehenden Räder des Tonbandgerätes und blickte dann zu Fassett auf. »Das ist klar, aber ich will verdammt sein, wenn ich einverstanden bin. Sie haben kein Recht, mich unter falschen Voraussetzungen hierher zu bestellen und dann Umstände herbeizuführen, unter denen ich mich strafbar machen kann.«

»Ich habe Sie nicht gefragt, ob Sie einverstanden sind. Nur ob Sie klar verstehen, was ich gesagt habe.«

»Wenn das eine Drohung sein soll, können Sie zum Teufel gehen.«

»Ich schildere Ihnen hier nur Umstände und Bedingungen. Ist das eine Bedrohung? Ist das irgend etwas anderes als das, was Sie jeden Tag mit Verträgen tun? Sie können hier jederzeit weggehen, sobald Sie sich verpflichtet haben, keine Namen preiszugeben. Ist das so unlogisch?«

Tanner mußte zugeben, daß es das nicht war. Und außerdem mußte jetzt seine Neugierde befriedigt werden.

»Sie haben vorher gesagt, diese Sache – was auch immer das sein mag – hat nichts mit meiner Familie zu tun? Nichts mit meiner Frau? Oder mir?«

»Das habe ich beschworen, auf Band.« Fassett fiel auf, daß Tanner das ›Oder mir?‹ nachträglich hinzugesetzt hatte. Er wollte seine Frau schützen.

»Gut, dann machen Sie weiter.«

Fassett erhob sich aus seinem Sessel und ging auf das Fenster zu. »Übrigens, Sie brauchen nicht sitzen zu bleiben. Das sind Mikrofone mit hoher Impedanz. Miniaturisiert, natürlich.«

»Ich werde sitzen bleiben.«

»Wie Sie meinen. Vor einigen Jahren hörten wir Gerüchte über eine Aktion des sowjetischen NKWD, die umfangreiche nachteilige Auswirkungen auf die Wirtschaft Amerikas haben könnten, sofern etwas daraus würde. Wir versuchten, den Spuren nachzugehen, etwas darüber zu erfahren. Aber es gelang uns nicht. Es blieb bei den Gerüchten. Das Geheimnis wurde viel besser gehütet als das russische Weltraumprogramm.

Dann lief 1966 ein ostdeutscher Abwehrbeamter über. Von ihm stammen die ersten konkreten Angaben. Er teilte uns mit, daß die ostdeutsche Abwehr Kontakte mit Agenten im Westen unterhielt – einer Zelle, besser gesagt, die nur unter der Bezeichnung *Omega* bekannt war. Die geographische Codebezeichnung gebe ich Ihnen gleich – oder vielleicht nicht. Das kommt in der zweiten Stufe. Das liegt bei Ihnen. Omega sollte regelmäßig Akten an die ostdeutsche Abwehr liefern. Zwei bewaffnete Kuriere flogen sie dann unter strengster Geheimhaltung nach Moskau.

Die Funktion von Omega ist so alt wie die Spionage selbst und in dieser Zeit der großen Firmen und der mächtigen multinationalen Konglomerate ungemein wirksam. Omega ist ein Buch der Vernichtung.«

»Ein was?«

»Ein Buch der Vernichtung. Listen mit Hunderten, inzwischen vielleicht sogar Tausenden von Individuen, die für die Pest ausersehen sind. In diesem Fall nicht die Schwarze Pest, sondern Erpressung. Die Männer und Frauen auf diesen Listen sind Leute an entscheidungsbefugten Positionen in Dutzenden mächtiger Firmen in wichtigen Branchen. Viele verfügen über ungeheuere wirtschaftliche Macht. Sowohl die Macht, Käufe zu tätigen, als auch Käufe abzulehnen. Vierzig oder fünfzig, die abgestimmt handeln, könnten ein wirtschaftliches Chaos herbeiführen.«

»Das verstehe ich nicht. Warum würden sie das tun? Warum sollten sie es tun?«

»Das sagte ich doch. Erpressung. Jeder dieser Menschen ist verletzbar, aus irgendeinem von tausend Gründen erpreßbar. Sex, außerehelich oder abnorm; geschäftliche Verfehlungen; Preisabsprachen; Aktienmanipulationen; Steuerhinterziehung. Das Buch betrifft eine große Zahl von Leuten. Männer und Frauen, deren Ruf, deren Geschäft, deren Beruf, ja sogar deren Familien vernichtet werden könnten. Außer, sie gehorchen.«

»Das deutet auf eine ziemlich niedrige Meinung von der Geschäftswelt, und ich bin nicht sicher, ob diese Meinung zutrifft. Nicht in dem Maße, wie Sie das beschreiben. Nicht in solchem Maße, daß es zu wirtschaftlichem Chaos führen könnte.«

»So? Die Crawford Foundation hat eine ausführliche Studie über die wirtschaftliche Macht in den Vereinigten Staaten in den Jahren von 1925 bis 1945 angestellt. Die Ergebnisse sind noch heute, ein Vierteljahrhundert später, Verschlußsache. Die Studie ergab, daß während dieser Periode zweiunddreißig Prozent der finanziellen Macht in diesem Lande durch fragwürdige, wenn nicht illegale Mittel erzielt wurde. *Zweiunddreißig Prozent!*«

»Das glaube ich nicht. Wenn das zutrifft, sollte man es veröffentlichen.«

»Unmöglich. Das würde ein juristisches Massaker auslösen. Die Beziehung zwischen Gerichten und Geld ist nicht makellos ... Heute sind es die Multis. Sie brauchen doch bloß eine Zeitung aufzuschlagen. Sehen Sie sich den Wirtschaftsteil an und lesen Sie, was dort über die Manipulationen dieser Leute steht. Sehen Sie sich die Vorwürfe und die Erwiderungen an. Omega braucht da nur zuzugreifen. Das ist geradezu eine Liste von Kandidaten. Keiner dieser Leute lebt isoliert. Kein einziger. Da wird ein Darlehen ohne Sicherheiten gewährt, eine Kreditlinie erweitert – kurzfristig –, einem guten Kunden werden Mädchen zur Verfügung gestellt. Omega braucht nur bei den richtigen Leuten ein wenig nachzubohren und schon hat sie eine Menge Material, Dreck! Das ist nicht besonders schwierig. Man muß nur genau sein. Genügend genau, um Angst zu machen.«

Tanner wandte den Blick von dem blonden Mann ab, der mit solcher Präzision sprach. Mit so viel entspanntem Selbstvertrauen. »Ich will einfach nicht glauben, daß Sie recht haben.«

Plötzlich ging Fassett zu dem Tisch zurück und schaltete das Bandgerät ab. Die Spulen kamen zum Stillstand.

»Warum nicht? Es geht nicht nur um die Informationen, die hier zutage kommen – die könnten relativ harmlos sein –, sondern wie sie eingesetzt werden. Nehmen Sie doch zum Beispiel *sich selbst*. Nehmen Sie an – das soll wirklich nur eine Annahme sein –, eine Geschichte, die auf Vorgängen basiert, die sich vor etwa zwanzig Jahren außerhalb von Los Angeles ereignet haben, würde in der Zeitung von Saddle Valley abgedruckt. Ihre Kinder gehen dort zur Schule, Ihre Frau fühlt sich in der Gemeinde wohl ... Wie lange, glauben Sie wohl, daß Sie dort bleiben würden?«

Tanner erhob sich taumelnd aus seinem Sessel und sah den anderen an. Er war so wütend, daß seine Hände zitterten. Als er schließlich sprach, war er so erregt, daß seine Stimme kaum zu hören war.

»Das ist schmutzig!«

»Das ist Omega, Mr. Tanner. Beruhigen Sie sich, es sollte ja nur ein Beispiel sein.« Fassett schaltete das Gerät wieder ein und fuhr fort, während Tanner zögernd zu seinem Stuhl zurück ging. »Omega existiert. Und das bringt mich zum letzten Teil von – Stufe eins...«

»Und was ist das?«

Laurence Fassett setzte sich hinter den Schreibtisch. Er drückte seine Zigarette aus, während Tanner ein Päckchen aus der Tasche holte. »Wir wissen jetzt, daß es einen Zeitplan für Omega gibt. Ein Datum, an dem das Chaos beginnen soll... Ich sage Ihnen nichts, das Sie nicht wissen, wenn ich zugebe, daß meine Dienststellen häufig mit dem Austausch von Personal mit den Sowjets befaßt ist.«

»Nichts, das ich nicht wüßte.«

»Einer von unseren Leuten gegen zwei bis drei von den ihren ist das übliche Verhältnis...«

»Das weiß ich ebenfalls.«

»Vor zwölf Monaten fand an der Grenze zu Albanien ein solcher Austausch statt. Fünfundvierzig Tage des Feilschens. Ich war dort, das ist der Grund, daß ich jetzt hier bin. Während des Austausches sind einige Mitglieder des sowjetischen Außenamtes an unser Team herangetreten. Man könnte sie wohl am besten als Gemäßigte bezeichnen. Ähnlich unseren Gemäßigten.«

»Mir ist bekannt, wogegen unsere Gemäßigten auftreten. Wogegen stellen sich die Gemäßigten der Sowjets?«

»Gegen genau das gleiche. Nur, daß das bei ihnen nicht das Pentagon und ein schwer zu fassender militärisch-industrieller Komplex ist. Bei ihnen sind es die Falken im Präsidium. Die Militaristen.«

»Ich verstehe.«

»Man hat uns davon informiert, daß die Sowjet-Militaristen einen Termin für die letzte Phase der Operation Omega festgelegt haben. An diesem Tag soll der Plan in die Tat umgesetzt werden. Hunderte mächtiger leitender Persönlichkeiten in der amerikanischen Wirtschaft werden mit persönlicher Vernichtung bedroht werden, falls sie nicht den Anweisungen nachkommen, die man ihnen erteilt. Die Folge könnte eine größere finanzielle Krise sein. Eine Wirtschaftskatastrophe ist nicht unmöglich... Und das ist die Wahrheit. – Das ist das Ende von Stufe eins.«

Tanner erhob sich aus seinem Stuhl und zog an seiner Zigarette. Er ging vor dem Schreibtisch auf und ab. »Und mit dieser Information habe ich jetzt die Option, hier wegzugehen?«

»Ja.«

»Sie sind einfach unglaublich. Ehrlich, unglaublich sind Sie! – Das Band läuft. Fahren Sie fort.«

»Gut. Phase zwei. Wir wissen, daß Omega sich aus derselben Art von Individuen zusammensetzt, wie sie angegriffen werden sollen. Das muß so sein, sonst hätten nie die Kontakte hergestellt und die einzelnen Angriffspunkte ermittelt werden können. Im wesentlichen wußten wir also, wonach wir suchen mußten. Männer, die große Firmen infiltrieren konnten, Männer, die entweder in oder für solche Firmen tätig waren, die mit ihren Zielobjekten in Verbindung treten konnten... Wie ich schon eingangs erwähnte, ist Omega eine Codebezeichnung für eine Zelle oder eine Gruppe von Agenten. Es gibt auch noch eine geographische Codebezeichnung; eine Überprüfungsstelle für die Übermittlung von Informationen. Sobald eine Information diese Stelle durchlaufen hat, ist ihre Authentizität gesichert. Die geographische Codebezeichnung für Omega läßt sich nur schwer übersetzen, am ehesten noch mit ›Abgrund des Leders‹ oder ›Ziegenhaut‹.«

»›Abgrund des Leders‹?« Tanner drückte seine Zigarette aus.

»Ja. Erinnern Sie sich bitte, daß wir das vor über drei Jahren in Erfahrung brachten. Nach achtzehn Monaten konzentrierter Nachforschungen wußten wir, daß der ›Abgrund des Leders‹ an einem von insgesamt elf Orten im Lande sein mußte...«

»Wovon einer Saddle Valley, New Jersey, ist?«

»Wir wollen hier den Dingen nicht vorgreifen?«

»Habe ich recht?«

»Wir haben Agenten in diesen Ortschaften untergebracht«, fuhr der CIA-Mann fort und ignorierte dabei Tanners Frage. »Wir haben Tausende von Bürgern überprüft – ein sehr kostenaufwendiges Unterfangen –, und je mehr wir suchten, desto mehr Andeutungen fanden wir, daß die Ortschaft Saddle Valley der ›Abgrund des Leders‹ war. Dabei ist sehr gründlich gearbeitet worden. Wasserzeichen auf Briefbogen, eine Analyse von Staubpartikeln, die der ostdeutsche Beamte uns mit den versiegelten Akten brachte, die er uns übergab, tausend verschiedene Dinge, die wir geprüft und gegengeprüft haben... Aber in allererster Linie basiert unsere Meinung auf den Informationen über gewisse Bewohner von Saddle Valley, die dabei zutage kamen.«

»Ich glaube, jetzt sollten Sie zur Sache kommen.«

»Das werden *Sie* entscheiden müssen. Ich habe die Phase zwei inzwischen ziemlich abgeschlossen.« Tanner blieb stumm, also fuhr Fassett fort. »Sie sind in der Lage, uns unschätzbare Dienste zu erweisen. Bei einer der empfindlichsten Operationen beim gegenwärtigen Stand der Beziehungen zwischen den USA und der Sowjetunion können Sie etwas tun, wozu sonst niemand imstande ist. Vielleicht spricht Sie das sogar an, denn wie Sie aus dem, was ich bisher gesagt habe, sicher entnommen haben, arbeiten die gemäßigten Elemente beider Seiten im Augenblick zusammen.«

»Bitte, erklären Sie das.«

»Nur Fanatiker neigen zu solchen Aktionen. Das ist für beide Länder viel zu gefährlich. Im Sowjet-Präsidium findet ein Machtkampf statt. Es liegt in unserem Interesse, daß die Gemäßigten die Oberhand behalten. Eine Möglichkeit, dies zu erreichen, ist es, auch nur einen Teil von Omega offenzulegen und damit den Zieltermin unmöglich zu machen.«

»Was kann ich dazu tun?«

»Sie kennen Omega, Mr. Tanner. Sie kennen Omega sehr gut.«

Tanner hielt den Atem an. Einen Augenblick lang glaubte er, sein Herz stünde still. Er spürte, wie ihm das Blut in den Kopf schoß. Einen Augenblick lang empfand er eine Art Übelkeit.

»Das ist eine *unglaubliche* Feststellung.«

»So würde ich das an Ihrer Stelle auch sehen. Dennoch trifft sie zu.«

»Ich nehme an, dies ist das Ende von Phase zwei? – Sie Schweinehund. Sie Dreckskerl!« Tanners Stimme war nur noch ein Flüstern.

»Sie können mich nennen, wie Sie wollen. Schlagen Sie mich, wenn Sie das wollen. Ich werde nicht zurückschlagen... Ich sagte Ihnen ja, das ist nicht das erstemal, daß ich so etwas mache.«

Tanner stand auf und drückte die Finger gegen die Stirn. Er wandte sich von Fassett ab und wirbelte dann herum. »Und wenn Sie *unrecht* haben?« flüsterte er. »Angenommen, Ihr verdammten Idioten habt wieder einen Fehler gemacht!«

»Das haben wir nicht... Wir behaupten nicht, Omega völlig ans Tageslicht gefördert zu haben. Aber *eingeengt* haben wir die Möglichkeiten. Sie befinden sich in einer einzigartigen Position.«

Tanner ging ans Fenster und schickte sich an, die Vorhänge aufzuziehen.

»Rühren Sie das nicht an! Lassen Sie die Vorhänge geschlossen!«

Fassett sprang auf und packte Tanners Handgelenk mit der einen und die Vorhangschnur mit der anderen. Tanner sah dem Agenten in die Augen.

»Und wenn ich jetzt hier weggehe, muß ich mit dem leben, was Sie mir gerade gesagt haben? Ohne je zu wissen, wer in meinem Haus ist, mit wem ich auf der Straße spreche? Mit dem Wissen leben, daß Sie meinen, jemand könnte ein Gewehr auf dieses Zimmer abfeuern, wenn ich die Vorhänge öffne?«

»Dramatisieren Sie die Dinge nicht. Das sind nur Vorsichtsmaßnahmen.«

Tanner ging wieder an den Tisch zurück, setzte sich aber nicht. »Verdammt sollen Sie sein«, sagte er leise. »Sie wissen ganz genau, daß ich jetzt nicht gehen kann...«

»Nehmen Sie die Bedingungen an?«

»Ja.«

»Dann muß ich Sie bitten, diese Erklärung zu unterzeichnen.« Er entnahm dem Aktendeckel ein Blatt und legte es Tanner hin. Es war eine knappe Darstellung der Eigenart und der Strafbestimmung des National Security Act. Auf Omega bezog sich der Text nur in ganz allgemeiner Weise – Gegenstand A, definiert als Bandaufzeichnung. Tanner kritzelte seinen Namen hin und blieb stehen. Er starrte Fassett an.

»Ich werde Ihnen jetzt folgende Fragen stellen.« Fassett nahm seinen Aktendeckel und schlug eine der hintersten Seiten auf. »Sind sie mit den Personen vertraut, die ich jetzt nennen werde? Richard Tremayne und seine Frau Virginia. – Bitte antworten Sie.«

Erstaunt sagte Tanner leise: »Ja.«

»Joseph Cardone, geboren als Guiseppe Ambruzzio Cardione, und seine Frau Elizabeth?«

»Ja.«

»Bernard Osterman und seine Frau Leila?«

»Ja.«

»Lauter, bitte, Mr. Tanner.«

»Ich sagte, ja.«

»Ich teile Ihnen jetzt mit, daß eines dieser drei Ehepaare, vielleicht auch zwei oder alle drei, für die Operation Omega wesentlich ist.«

»Sie sind verrückt! Sie sind nicht bei Sinnen!«

»Keineswegs. Ich habe Ihnen von unserem Austausch an der albanischen Grenze berichtet. Man hat uns damals zur Kenntnis gebracht, daß Omega, Abgrund des Leders, von einem Vorort von Manhattan aus operierte – und das bestätigte unsere Analyse. Daß Omega aus Paaren bestand – Männern und Frauen, die den militaristischen Zielen der sowjetischen Expansionisten fanatisch ergeben waren. Diese Paare werden für ihre Dienste gut bezahlt. Die erwähnten Paare – die Tremaynes, die Cardones und die Ostermans – besitzen im Augenblick Nummernkonten in Zürich und in der Schweiz mit Beträgen, die ihre finanziellen Verhältnisse und ihr Einkommen weit übersteigen.«

»Das kann nicht Ihr Ernst sein!«

»Selbst wenn man die Möglichkeit des Zufalls mit in Betracht zieht – und wir haben alle Betroffenen gründlich überprüft –, ist es unsere Meinung, daß Sie im Augenblick als sehr erfolgreiche Deckung für Omega benutzt werden. Sie sind ein Mann der Medien jenseits jeglichen Verdachts.

Wir behaupten nicht, daß alle drei Ehepaare in die Sache

verwickelt sind. Es ist durchaus vorstellbar, daß eines oder möglicherweise auch zwei dieser Paare ebenso wie Sie als Tarnung benutzt werden. Aber das ist zweifelhaft. Die Beweise – die Schweizer Konten, die Berufe, die ungewöhnlichen Umstände ihrer Verbindung – das alles deutet auf eine Zelle.«

»Wie haben Sie denn mich ausgesondert?« fragte Tanner benommen.

»Ihr Leben ist vom Tage Ihrer Geburt an von Fachleuten wie unter einem Mikroskop untersucht worden. Wenn wir uns in Ihrer Person geirrt haben, sollten wir unseren Beruf wechseln.«

Tanner wirkte plötzlich erschöpft. Er ließ sich in den Stuhl sinken. »Was soll ich tun?«

»Wenn unsere Information zutrifft, kommen die Ostermans am Freitag per Flugzeug nach dem Osten und werden das Wochenende mit Ihnen und Ihrer Familie verbringen. Ist das richtig?«

»Das *war* richtig.«

»Ändern Sie nichts. Sie dürfen die Situation nicht verändern.«

»Das ist jetzt unmöglich...«

»Das ist die einzige Möglichkeit, wie Sie uns helfen können. Uns *allen*.«

»Warum?«

»Wir glauben, daß wir Omega während des kommenden Wochenendes eine Falle stellen können. Wenn Sie uns unterstützen. Wenn nicht, dann können wir das nicht.«

»Wie?«

»Bis zum Eintreffen der Ostermans sind noch vier Tage. Während dieser Zeit werden unsere Zielpersonen – die Ostermans, die Tremaynes und die Cardones – unter Druck gesetzt werden. Jedes der drei Ehepaare wird Telefonanrufe von Unbekannten erhalten, Telegramme, die über Zürich kommen, es wird zu zufälligen Zusammentreffen mit Fremden in Restaurants, in Cocktailbars und auf der Straße kommen. Der Sinn des Ganzen ist es, eine gemeinsame Nachricht zu übermitteln: daß John Tanner *nicht* ist, was er zu sein scheint. Sie sind etwas anderes. Vielleicht ein Doppelagent oder ein Informant des Politbüros oder sogar ein Mitglied meiner eigenen Organisation. Die Informationen, die sie erhalten werden, werden verwirrend sein, dazu bestimmt, sie aus dem Gleichgewicht zu bringen.«

»Und gleichzeitig macht das mich und meine Familie zum Angriffspunkt. Das lasse ich nicht zu! Sie würden uns töten!«

»Das ist das einzige, was sie ganz bestimmt nicht tun.«

»Warum nicht? Wenn irgend etwas von dem, was Sie sagen, wahr ist – und ich bin davon keineswegs überzeugt –, ich *kenne* diese Leute. Ich kann das nicht glauben!«

»In diesem Falle besteht überhaupt kein Risiko.«

»Warum nicht?«

»Wenn sie – eines oder alle Ehepaare – nichts mit Omega zu tun haben, werden sie ganz normal handeln. Sie werden die Zwischenfälle der Polizei oder dem FBI melden. Dann schalten wir uns ein. Wenn ein oder zwei Ehepaare solche Meldungen machen und das andere oder die anderen das nicht tun, wissen wir, wer Omega ist.«

»Und – angenommen, Sie haben *recht*. Was dann? Welche Garantien können Sie mir geben?«

»Einige Faktoren. Alle narrensicher. Ich sagte Ihnen schon, daß die ›Information‹ über Sie falsch sein wird. Wer immer Omega ist, wird seine Mittel einsetzen und das, was er erfährt, im Kreml selbst überprüfen. Unsere Verbindungsleute dort sind darauf vorbereitet. Sie werden sich einschalten. Die Information, die Omega aus Moskau erhält, wird die Wahrheit sein. Die Wahrheit bis zu diesem Nachmittag, heißt das. Sie sind einfach John Tanner, Chef der Nachrichtenredaktion von Standard Mutual, und in keine irgendwie geartete Verschwörung verwickelt. Was hinzu kommt, wird die Falle sein. Moskau wird denjenigen, der Sie überprüfen läßt, informieren, er solle gegenüber den *anderen* Ehepaaren auf seiner Hut sein. Es könnten Überläufer sein. Wir teilen also. Wir führen eine Konfrontation herbei und treten auf die Bildfläche.«

»Das ist schrecklich primitiv. Es klingt alles so einfach.«

»Wenn man Ihr Leben oder das Leben Ihrer Familie bedrohte, würde die ganze Aktion Omega in Gefahr sein. Die Gegenseite ist nicht bereit, dieses Risiko einzugehen. Dafür haben sie zu hart gearbeitet. Ich sagte Ihnen doch, daß es Fanatiker sind. Der Zieltermin für Omega liegt nur einen knappen Monat in der Zukunft.«

»Das reicht nicht.«

»Da ist noch etwas. Jedem Mitglied Ihrer Familie werden mindestens zwei bewaffnete Agenten zugeteilt werden. Vierundzwanzigstündige Überwachung. Sie werden nie weiter als fünfzig Meter entfernt sein. Nie.«

»Jetzt weiß ich, daß Sie verrückt sind. Sie kennen Saddle Valley nicht. Fremde, die irgendwo herumlungern, werden schnell entdeckt und verjagt! Wir wären ja Zielscheiben.«

Fassett lächelte. »Im Augenblick haben wir dreizehn Männer in Saddle Valley. Dreizehn. Es sind Bewohner Ihrer Gemeinde.«

»Du lieber Gott!« Tanner sagte das ganz leise. »Neunzehnhundertvierundachtzig kommt immer näher, wie?«

»Die Zeit, in der wir leben, erfordert das häufig.«

»Ich habe keine Wahl, wie? Überhaupt keine Wahl.« Er deutete auf das Tonbandgerät und das Schriftstück daneben. »Jetzt habe ich mich doch selbst aufgehängt, oder?«

»Ich glaube, Sie dramatisieren die Dinge schon wieder.«

»Nein, das tue ich nicht. Ich dramatisiere überhaupt nichts... Ich muß genau das tun, was Sie von mir wollen, oder? Ich *muß*... Die einzige Alternative, die mir zur Verfügung steht, ist, zu verschwinden – und mich jagen zu lassen. Von Ihnen jagen zu lassen und – wenn Sie recht haben – von diesem Omega.«

Fassett erwiderte Tanners Blick ohne eine Spur von Täuschung. Tanner hatte die Wahrheit gesprochen. Beide Männer wußten das.

»Es sind nur sechs Tage. Sechs Tage aus einem ganzen Leben.«

4.

Montag – 20.05 Uhr

Der Flug vom Dulles Airport in Washington nach Newark kam ihm unwirklich vor. Er war nicht müde. Er war erschreckt. Sein Bewußtsein huschte immer wieder von einem Bild zum anderen, und jedes schob das vorangegangene in die Ferne. Da waren die scharfen, starren Augen von Laurence Fassett über den kreisenden Spulen des Tonbandgerätes. Das Dröhnen von Fassetts Stimme, die jene endlosen Fragen stellte; und dann wurde die Stimme lauter und lauter.

›Omega!‹

Und die Gesichter von Bernie und Leila Osterman, Dick und Ginny Tremayne, Joe und Betty Cardone.

Das Ganze gab keinen Sinn! Er würde nach Newark kommen, und dann würde plötzlich der ganze Alptraum vorüber sein, und er würde sich dann erinnern, wie er Laurence Fassett die Liste mit den Einschaltungen gegeben und die fehlenden Seiten der F.C.C.-Akte unterzeichnet hatte.

Nur, daß er wußte, daß es nicht so kommen würde.

Die einstündige Fahrt von Newark nach Saddle Valley verlief schweigend, und der Taxifahrer begriff, daß sein Fahrgast auf dem Rücksitz, der sich eine Zigarette nach der anderen anzündete und ihm keine Antwort gegeben hatte, als er ihn gefragt hatte, wie der Flug gewesen sei, Ruhe haben wollte.

SADDLE VALLEY
GEGRÜNDET 1862
Willkommen

Tanner starrte die Tafel an, als die Scheinwerfer des Taxis sie erfaßten. Als sie dann hinter ihm versank, konnte er nur an die Worte ›Abgrund des Leders‹ denken.

Unwirklich.

Zehn Minuten später hielt das Taxi vor seinem Haus. Er stieg aus und gab dem Fahrer geistesabwesend den Betrag, den sie vereinbart hatten.

»Danke, Mr. Tanner«, sagte der Fahrer und lehnte sich über den Sitz, um das Geld durchs Fenster in Empfang zu nehmen.

»Was? Was haben Sie gesagt?« fragte John Tanner.

»Ich habe gesagt: ›Danke, Mr. Tanner‹.«

Tanner beugte sich hinunter und packte den Türgriff, zog die Tür mit seiner ganzen Kraft auf.

»Woher kennen Sie meinen Namen? Sagen Sie mir, woher Sie meinen Namen kennen!«

Der Taxifahrer konnte die Schweißtropfen sehen, die über das Gesicht seines Fahrgastes rannen, den irren Blick in den Augen des Mannes. Ein Spinner, dachte der Fahrer. Seine linke Hand bewegte sich vorsichtig unter den Sitz. Er bewahrte dort immer ein Stück Bleirohr auf.

»Schauen Sie, Mac«, sagte er, während seine Hand sich um das Rohr schloß, »wenn Sie nicht wollen, daß jemand Ihren Namen gebraucht, dann müssen Sie die Tafel von Ihrem Rasen nehmen.«

Tanner trat zurück und sah über die Schulter. Auf dem Rasen war die schmiedeeiserne Laterne, eine wettersichere Sturmlampe, die an einer Kette von einer Stange hing. Und über der Lampe spiegelten sich im Licht die Worte:

THE TANNERS
22 ORCHARD DRIVE

Er hatte die Lampe und diese Worte tausendmal gesehen. *THE TANNERS. 22 ORCHARD DRIVE.* In diesem Augenblick kamen auch sie ihm unwirklich vor. Als hätte er sie noch nie zuvor gesehen.

»Tut mir leid, Freund. Ich bin ein wenig gereizt. Ich fliege nicht gern.« Er schloß die Tür, und der Fahrer kurbelte die Scheibe hoch. Dann sagte er abgehackt:

»Dann nehmen Sie doch den Zug, Mister. Oder gehen Sie um Himmelswillen zu Fuß!«

Das Taxi brauste davon, und Tanner drehte sich um und sah sein Haus an. Die Tür öffnete sich. Der Hund sprang heraus, um ihn zu begrüßen. Seine Frau stand im Licht der Eingangshalle, und er konnte ihr Lächeln sehen.

5.

Dienstag – 3.33 Uhr, Kalifornische Zeit

Das weiße französische Telefon mit seiner gedämpften Hollywood-Klingel hatte wenigstens schon fünfmal Laut gegeben. Leila dachte schläfrig, wie dumm es doch war, es auf Bernies Seite des Bettes zu stellen. Es weckte ihn nie, immer nur sie.

Sie stieß ihren Mann mit dem Ellbogen in die Rippen. »Darling... Bernie. Bernie! Das Telefon.«

»Was?« Osterman schlug verwirrt die Augen auf. »Das Telefon? Oh, das verdammte Telefon. Wer kann das schon hören?«

Er griff in die Dunkelheit und fand die winzige Gabel mit den Fingern.

»Ja? – Ja, hier spricht Bernard Osterman... Ferngespräch?« Er deckte die Sprechmuschel mit der Hand ab und schob sich in die Höhe. Dann wandte er sich seiner Frau zu. »Wie spät ist es?«

Leila knipste ihre Nachttischlampe an und sah auf die Uhr. »Halb vier. Mein Gott!«

»Wahrscheinlich irgend so ein Idiot wegen dieser Hawaii-Serie. Dort ist es noch nicht einmal Mitternacht.« Bernie lauschte am Hörer. »Ja, Vermittlung, ich warte... Das ist ein sehr fernes Ferngespräch, Honey. Wenn es Hawaii ist, dann können die ihren Produzenten an die Schreibmaschine setzen; ich hab' genug. Wir hätten die Finger davon lassen sollen. Ja, Vermittlung. Bißchen schnell bitte, ja?«

»Du hast doch gesagt, daß du diese Inseln einmal ohne Uniform besuchen möchtest, erinnerst du dich?«

»Ja, da muß ich mich wohl entschuldigen... Ja, Vermittlung, hier *ist* Bernard Osterman, verdammt noch mal! Ja?

Ja? Danke... Hello? Ich kann Sie kaum hören. Hello? – Ja, so ist's besser. Wer spricht? – Was? Was haben Sie gesagt? – Wer spricht? Wie heißen Sie? Ich kann nicht verstehen. Ja, *gehört* hab' ich Sie schon. Aber ich verstehe nicht... Hello? – Hello! Augenblick! Augenblick, hab' ich gesagt!« Osterman schoß hoch und warf die Beine über die Bettkante. Die Decke rutschte ihm über die Füße. Er schlug auf die Gabel des weißen französischen Telefons. »Vermittlung! Vermittlung! Die verdammte Leitung ist tot!«

»Wer war das? Was schreist du denn so? Was haben die denn gesagt?«

»Er – dieser Idiot hat gebrummt wie ein Stier. Er hat gesagt, wir sollten auf den – den – *Tan One* aufpassen. Das hat er gesagt. Er hat es einmal wiederholt. Den *Tan One*. Was zum Teufel ist das?«

»Den *was*?«

»Den Tan One! Das hat er ein paarmal wiederholt!«

»Das gibt doch keinen Sinn... War es wirklich Hawaii? Hat die Vermittlung gesagt, wo das Gespräch her kam?«

Osterman starrte seine Frau in der schwachen Schlafzimmerbeleuchtung an. »Ja. Das hab' ich ganz deutlich gehört. Es war Übersee... Es war Lissabon. Lissabon in Portugal.«

»Wir kennen niemanden in Portugal!«

»Lissabon, Lissabon, Lissabon...« Osterman wiederholte den Namen ein paarmal halblaut. »Lissabon. Neutral. Lissabon war neutral.«

»Was meinst du?«

»*Tan One*...«

»Tan... Tan. Tanner. Könnte das John Tanner sein? John Tanner!«

»Neutral!«

»Es ist John Tanner«, sagte Leila leise.

»Johnny? – Aber was hat er damit gemeint: ›aufpassen‹?

Warum sollten wir aufpassen? Warum ein Anruf um halb vier Uhr früh?«

Leila setzte sich auf und griff nach einer Zigarette. »Johnny hat Feinde. Im Hafen von San Diego, der Artikel, den er damals geschrieben hat.«

»San Diego, sicher! Aber Lissabon?«

»Im *Daily Variety* stand letzte Woche, daß wir nach New York fahren«, fuhr Leila fort und inhalierte tief. »Daß wir dort wahrscheinlich bei unseren ehemaligen Nachbarn, den Tanners, wohnen würden.«

»Und?«

»Vielleicht sind wir zu prominent.« Sie sah ihren Mann an.

»Vielleicht sollte ich Johnny anrufen.« Osterman griff nach dem Telefon.

Leila packte ihn am Handgelenk. »Bist du *verrückt*?«

Osterman legte sich wieder hin.

Joe schlug die Augen auf und sah auf die Uhr. Sechs Uhr fünfundzwanzig. Zeit, aufzustehen, etwas in der Turnhalle zu trainieren und vielleicht dann ein kurzer Spaziergang zum Club, um eine Stunde Golf zu üben.

Er war ein Frühaufsteher, ganz im Gegensatz zu Betty. Wenn man sie ließ, würde sie bis Mittag schlafen. Sie hatten zwei Doppelbetten, für jeden von ihnen eines, weil Joe die schwächende Wirkung von zwei unterschiedlichen Körpertemperaturen unter derselben Decke kannte. Der Nutzen, den einem der Schlaf brachte, wurde um fast fünfzig Prozent vermindert, wenn er die ganze Nacht mit jemand anderem das Bett teilte. Und da der Zweck des Ehebettes ausschließlich sexueller Natur war, hatte es keinen Sinn, den Nutzen des Schlafes zu verlieren.

Zwei Doppelbetten waren da besser.

Er trat zehn Minuten die Pedale seiner Fahrradmaschine

und arbeitete dann fünf Minuten mit siebeneinhalbpfündigen Hanteln. Er blickte durch das dicke Glasfenster des Dampfbades und sah, daß der Raum bereit war.

Ein Licht über der Wanduhr blitzte auf. Das war die Türglocke. Joe hatte sich das einbauen lassen, für den Fall, daß er alleine zu Hause war und gerade trainierte.

Die Uhr zeigte sechs Uhr einundfünfzig, viel zu früh für jemanden in Saddle Valley, um eine Türglocke zu betätigen. Er legte die zwei Hanteln auf den Boden und ging an die Sprechanlage.

»Ja? Wer ist da?«
»Telegramm, Mr. Cardione.«
»Wer?«
»Hier steht Cardione.«
»Ich heiße Cardone.«
»Ist das nicht elf Apple Place?«
»Ich bin gleich da.«

Er schaltete die Sprechanlage aus und griff sich ein Handtuch von der Stange, drapierte es um sich, als er schnell hinaus eilte. Das, was er gerade gehört hatte, gefiel ihm nicht. Er erreichte die Haustür und öffnete sie. Ein kleiner Mann in Uniform stand Gummi kauend da.

»Warum haben Sie nicht angerufen? Es ist doch ziemlich früh, oder?«

»Ich hatte Anweisung, es persönlich auszuliefern. Ich mußte hierher fahren, Mr. Cardione. Fast fünfzehn Meilen. Wir haben einen Vierundzwanzig-Stunden-Service.«

Cardone unterschrieb die Quittung. »Warum fünfzehn Meilen? Western Union hat doch eine Filiale in Ridge Park.«

»Nicht Western Union, Mister. Das ist ein Kabel-Telegramm – aus Europa.«

Cardone riß dem Uniformierten den Umschlag aus der Hand. »Augenblick.« Er wollte nicht den Anschein erwekken, als wäre er erregt, also ging er ganz normal ins Wohnzimmer, wo er sich erinnerte, Bettys Handtasche auf dem Flügel gesehen zu haben. Er entnahm ihr zwei Ein-Dollar-Noten und ging zur Tür zurück. »Hier bitte. Tut mir leid, daß Sie so weit fahren mußten.« Er schloß die Tür und riß den Umschlag auf.

> L'UOMO BRUNO PALIDO NON E AMICO
> DEL ITALIANO. GUARDA BENE VICINI DI
> QUESTA MANIERA. PROTECIATE PER LA
> FINA DELLA SETTIMANA.
> DA VINCI

Cardone ging in die Küche, fand einen Bleistift neben dem Telefon und setzte sich an den Tisch. Er schrieb die Übersetzung auf die Rückseite einer Zeitschrift.

> Der hellbraune Mann ist kein Freund des
> Italieners. Seien Sie vorsichtig bei
> solchen Nachbarn. Schützen Sie sich
> gegen Ende der Woche.
> Da Vinci

Was hatte das zu bedeuten? Was für ›hellbraune Nachbarn‹? In Saddle Valley gab es keine Schwarzen. Die Nachricht gab keinen Sinn.

Plötzlich erstarrte Joe Cardone. Der hellbraune Nachbar – das konnte nur John Tanner bedeuten*. Am Ende der Woche – Freitag – würden die Ostermans eintreffen. Jemand in Europa riet ihm, sich vor John Tanner und dem bevorstehenden Osterman-Wochenende zu schützen.

---

* Tan – ist gleich Sonnenbräune, Anmerkung des Übersetzers

Er packte das Telegramm und blickte auf die Datumszeile.
Zürich.
Herrgott! Zürich!
Jemand in Zürich – jemand, der sich Da Vinci nannte, jemand, der seinen wirklichen Namen kannte, der John Tanner kannte, der über die Ostermans Bescheid wußte, warnte ihn.

Joe Cardone starrte zum Fenster hinaus auf den Rasen seines Hinterhofs. Da Vinci, Da Vinci!

Leonardo.

Künstler, Soldat, Kriegsarchitekt – für jeden etwas.

Mafia!

Herrgott! Wer?

Die Costellanos? Die Batellas? Die Latronas, vielleicht.

Welche der Familien hatte sich gegen ihn gewandt? Und *warum*? Er war ihr *Freund*!

Seine Hände zitterten, als er das Telegramm auf den Küchentisch legte. Er las es noch einmal. Jeder Satz beschwor immer gefährlicher werdende Bedeutungen herauf.

Tanner! John Tanner hatte etwas in Erfahrung gebracht! Aber *was*?

Und warum kam die Nachricht aus Zürich? Was hatten sie mit Zürich zu tun?

Oder die Ostermans?

Was hatte Tanner entdeckt? Was würde er tun? – Einer der Batella-Leute hatte Tanner einmal eine Bezeichnung gegeben... Wie war sie doch?

»*Volturno!*«

Geier.

»...kein Freund des Italieners... Vorsichtig... Schützen Sie sich...«

Wie? Vor *was*? Tanner würde sich ihm nicht anvertrauen. Warum sollte er?

Er, Joe Cordone, gehörte nicht dem Syndikat an; auch keiner *Famiglia*. Was konnte *er* wissen?

Aber ›Da Vincis‹ Nachricht war aus der Schweiz gekommen.

Und das ließ eine Möglichkeit offen, eine besorgniserregende Möglichkeit. Die Cosa Nostra hatte von Zürich erfahren! Sie würden das gegen ihn verwenden, wenn er nicht imstande war, den ›hellbraunen Mann‹, den Feind des Italieners, unter Kontrolle zu halten. Wenn er das nicht verhindern konnte, was John Tanner im Begriff war zu tun, was auch immer es sein mochte, würde er vernichtet werden.

Zürich! Die Ostermans!

Er hatte das getan, was er für richtig gehalten hatte! Was er hatte tun müssen, um zu *überleben*. Osterman hatte ihm das auf eine Art und Weise klargemacht, die keinen Zweifel ließ. Aber jetzt war das in anderen Händen. Nicht in seinen.

Joe Cardone verließ die Küche und kehrte in seine Miniaturturnhalle zurück. Ohne Handschuhe anzuziehen, fing er an, auf den Sack einzuschlagen. Schneller und schneller, immer härter.

In seinem Kopf war ein schrilles Kreischen zu hören.

›Zürich! Zürich! Zürich!‹

Virginia Tremayne hörte ihren Mann um Viertel nach sechs aus dem Bett steigen und wußte sofort, daß etwas nicht stimmte. Ihr Mann stand selten so früh auf.

Sie wartete ein paar Minuten. Als er nicht zurückkehrte, zog sie ihren Morgenrock an und ging hinunter. Er war im Wohnzimmer, stand am Erkerfenster, rauchte eine Zigarette und las etwas, das auf einem Stück Papier stand.

»Was machst du denn?«

»Sieh dir das an«, antwortete er mit leiser Stimme.

»Was denn?« Sie nahm ihm das Papier aus der Hand.

Seien Sie mit Ihrem Reporterfreund äußerst vorsichtig. Seine Freundschaft geht nicht über seinen Ehrgeiz hinaus. Er ist nicht das, was er zu sein scheint. Es kann sein, daß wir seine Besucher aus Kalifornien melden müssen.
Blackstone

»Was ist das? Wann hast du das bekommen?«

»Ich hörte vor etwa zwanzig Minuten Geräusche vor dem Fenster. Gerade laut genug, um mich zu wecken. Und dann wurde ein Wagen angelassen. Der Motor wurde immer wieder hochgejagt... Ich dachte, du hättest es auch gehört. Du hast die Zudecke hochgezogen.«

»Ich denke schon. Ich habe nicht darauf geachtet...«

»Ich ging hinunter und hab' die Tür geöffnet. Dieser Umschlag lag auf dem Fußabstreifer.«

»Was hat das zu bedeuten?«

»Das weiß ich noch nicht genau.«

»Wer ist Blackstone?«

»Die Kommentare. Die Basis unseres juristischen Systems...« Richard Tremayne warf sich in einen Sessel und preßte sich die Hand gegen die Stirn. Mit der anderen rollte er seine Zigarette vorsichtig über den Rand eines Aschenbechers.

»Bitte – laß mich nachdenken.«

Virginia Tremayne sah wieder auf das Papier mit der geheimnisvollen Nachricht. »›Reporterfreund‹. Bedeutet das...?«

»Tanner hat irgend etwas in Erfahrung gebracht, und der Betreffende, der uns das gebracht hat, ist in Panik geraten. Jetzt versuchen sie, mich auch in Panik zu treiben.«

»Warum?«

»Das weiß ich nicht. Vielleicht glauben sie, daß ich ihnen

helfen kann. Und wenn nicht, dann bedrohen sie mich. Uns alle.«

»Die Ostermans.«

»Genau. Sie bedrohen uns mit Zürich.«

»Oh, mein Gott! Sie wissen es! Jemand hat es herausgebracht!«

»So sieht es aus.«

»Meinst du, Bernie hat kalte Füße bekommen? Darüber geredet?«

Tremaynes Auge zuckte. »Er wäre von Sinnen, wenn er das täte. Man würde ihn ans Kreuz schlagen, auf beiden Seiten des Atlantik... Nein, das ist es nicht.«

»Was ist es dann?«

»Wer auch immer das geschrieben hat, es ist jemand, mit dem ich in der Vergangenheit zusammengearbeitet habe oder den ich abgelehnt habe. Vielleicht ist es einer meiner augenblicklichen Fälle. Vielleicht eine der Akten, die jetzt auf meinem Tisch liegen. Und Tanner hat Wind davon bekommen und macht jetzt Lärm. Sie erwarten von mir, daß ich ihn aufhalte. Wenn ich das nicht tue, bin ich erledigt. Ehe ich es mir leisten kann... Ehe Zürich für uns zu arbeiten beginnt.«

»Sie können dir doch unmöglich etwas anhaben!« sagte Tremaynes Frau mit gekünstelter Sicherheit.

»Komm schon, Darling. Wir wollen *uns* doch nichts vormachen. Höflich ausgedrückt, bin ich Spezialist für Firmenübernahmen. Aber in den Vorstandsetagen bin ich ein Pirat. Um Richter Hand zu zitieren, der Firmenmarkt ist zur Zeit mit falschen Käufen verrückt gemacht. Falsch. Das bedeutet Schwindel. Käufe mit Papier.«

»Hast du Schwierigkeiten?«

»Nein, das nicht – ich könnte immer sagen, daß man mich falsch informiert hat. Die Gerichte mögen mich.«

»Sie respektieren dich! Du hast härter gearbeitet als jeder Mann, den ich kenne. Du bist der beste Anwalt, den es gibt!«

»Ich wollte, es wäre so.«

»Du *bist* es!«

Richard Tremayne stand an dem großen Erkerfenster und blickte auf den Rasen seines Vierundsiebzigtausend-Dollar-Ranch-Hauses hinaus. »Ist das nicht komisch. Wahrscheinlich hast du recht. Ich bin einer der besten, die es gibt, in einem System, das ich verachte... Ein System, das Tanner in einem seiner Programme in Stücke reißen würde, wenn er wüßte, was wirklich dahinter steckt. Und das ist es, was dieser Zettel hier meint.«

»Ich glaube, du hast unrecht. Ich glaube, das ist jemand, den du einmal geschlagen hast und der sich an dir rächen möchte. Der Versuch, dir Angst zu machen.«

»Das ist ihm dann auch gelungen. Was dieser – Blackstone mir sagt, ist nichts, was ich nicht schon weiß. Was ich *bin* und was ich *tue*, macht mich zu Tanners natürlichem Feind. Er würde das zumindest so sehen. Wenn er die Wahrheit wüßte.«

Er sah sie an und zwang sich zu einem Lächeln. »Die in Zürich kennen die Wahrheit.«

6.

Dienstag – 9.30 Uhr, Kalifornische Zeit

Osterman schlenderte ziellos auf dem Studiogelände herum und versuchte Ablenkung von dem Anruf in der frühen Morgenstunde zu finden. Aber er kam nicht davon los.

Weder er noch Leila hatten wieder einschlafen können. Sie

hatten versucht, die einzelnen Möglichkeiten zu überprüfen und einzuschränken. Und als sie damit nicht weiter kamen, hatten sie sich der viel wichtigeren Frage zugewandt, *weshalb* dieser Anruf gekommen war.

Warum war gerade *er* angerufen worden? Was stand dahinter? Arbeitete Tanner wieder an einem seiner Exposés?

Wenn ja, dann hatte das nichts mit ihm zu tun. Nichts mit Bernie Osterman.

Tanner sprach nie über Einzelheiten seiner Arbeit. Nur ganz allgemein. Er hatte sehr ausgeprägte Vorstellungen von dem, was er für Ungerechtigkeit hielt, und da die beiden Männer häufig unterschiedlicher Meinung waren über das, was in einer freien Wirtschaftsform als fair oder unfair gelten mußte, vermieden sie es, auf Einzelheiten einzugehen.

Bernie sah in Tanner einen Kreuzfahrer, der nie zu Fuß gegangen war. Er hatte es nie miterlebt, wie ein Vater nach Hause kam und mitteilte, er habe am nächsten Tag keine Stellung mehr. Oder eine Mutter, die eine halbe Nacht aufblieb und das abgetragene Kleidungsstück eines Kindes, das am nächsten Morgen wieder zur Schule mußte, zusammenflickte. Tanner konnte sich seine Indigniertheit leisten und hatte gute Arbeit geleistet. Aber es gab Dinge, die er nie begreifen würde. Das war auch der Grund, weshalb Bernie nie mit ihm über Zürich gesprochen hatte.

»Hey, Bernie, Augenblick mal!« Ed Pomfret, ein rundlicher, unsicherer Produzent in mittleren Jahren holte ihn auf dem Bürgersteig ein.

»Hello, Eddi. Wie geht's denn?«

»Prima! Ich hab' versucht, Sie in Ihrem Büro zu erreichen. Das Mädchen hat gesagt, Sie wären ausgegangen.«

»Nichts zu tun.«

»Ich hab's schon gehört, Sie ja wahrscheinlich auch. Ich freue mich darauf, mit Ihnen zu arbeiten.«

»Wie? – Nein, ich hab' nichts gehört. Woran arbeiten wir denn?«

»Was soll das denn? Machen Sie Witze?« Pomfret wirkte fast beleidigt. Gerade als wüßte er, daß Osterman ihn für zweitklassig hielt.

»Keine Witze. Ich mache hier noch diese Woche dicht. Wovon reden Sie denn? Wer hat Sie angesprochen?«

»Dieser neue Mann aus der Planungsabteilung hat mich heute morgen angerufen. Ich hänge doch in der Interceptor-Serie drin. Er sagte, Sie würden vier Episoden schreiben. Mir sagt die Idee zu.«

»Welche Idee?«

»Das Exposé für die Story. Drei Männer, die an einem großen, geheimen Geschäft in der Schweiz arbeiten. Hat mich sofort gepackt.«

Osterman blieb stehen und blickte auf Pomfret hinunter.

»Wer hat Ihnen das aufgebunden?«

»Mir was aufgebunden?«

»Es gibt keine vier Episoden. Keine Exposés. Kein Geschäft. Und jetzt sagen Sie mir, was Sie mir sagen wollen.«

»Sie müssen Witze machen. Bilden Sie sich ein, ich würde jemanden wie Sie oder Leila auf den Arm nehmen wollen? Ich war wirklich sehr geschmeichelt. Die Planung hat mir am Telefon gesagt, ich soll Sie anrufen und mir die Exposés beschaffen!«

»Wer hat Sie angerufen?«

»Wie heißt er denn – dieser neue Mann, den die Planung aus New York geholt hat.«

»Wer?«

»Hat mir seinen Namen gesagt – Tanner. Ja, das ist's. Tanner. Jim Tanner, John Tanner...«

»John Tanner arbeitet nicht hier! So, und jetzt möchte ich

wissen, wer Sie auf mich angesetzt hat?« Er packte Pomfret am Arm. »Heraus damit, Sie Mistkerl!«

»Nehmen Sie die Hände weg! Sie sind verrückt!«

Osterman erkannte sofort, daß er einen Fehler gemacht hatte: Pomfret war nicht mehr als ein Botenjunge. Er ließ den Arm des Produzenten los. »Tut mir leid, Eddie. Entschuldigen Sie... Ich hab' zuviel um die Ohren. Bitte, verzeihen Sie mir, ich bin wirklich unmöglich.«

»Schon gut, schon gut. Etwas gereizt sind Sie, das ist alles. Sehr gereizt, Mann.«

»Sie sagen, dieser Mann – dieser Tanner – hätte Sie heute morgen angerufen?«

»Vor etwa zwei Stunden. Ehrlich gesagt, ich habe ihn gar nicht gekannt.«

»Hören Sie, das soll ein dummer Witz sein. Verstehen Sie? Ich mache die Serie nicht, glauben Sie mir das... Vergessen Sie's einfach, okay?«

»Ein Witz?«

»Glauben Sie mir, okay? – Ich will Ihnen was sagen; die reden mit Leila und mir über ein neues Projekt. Ich werde darauf bestehen, daß Sie die finanzielle Seite übernehmen, einverstanden?«

»Hey, das ist nett, vielen Dank!«

»Schon gut. Wir wollen bloß diesen kleinen Witz für uns behalten, ja?«

Osterman wartete gar nicht erst auf Pomfrets Dankbarkeit. Er eilte zur Straße hinunter auf seinen Wagen zu. Er mußte nach Hause, zu Leila.

Ein hünenhafter Mann in Chauffeursuniform saß auf dem Vordersitz seines Wagens! Als Bernie heran kam, stand er auf und hielt ihm die hintere Tür auf.

»Mr. Osterman?«

»Wer sind Sie? Was machen Sie in...«

»Ich habe eine Nachricht für Sie.«

»Aber ich will sie nicht hören! Ich will wissen, weshalb Sie in meinem Wagen sitzen!«

»Seien Sie sehr vorsichtig mit Ihrem Freund John Tanner. Seien Sie vorsichtig und überlegen Sie sich gut, was Sie ihm sagen.«

»Wovon in aller Welt reden Sie?«

Der Chauffeur zuckte die Achseln. »Ich überbringe nur eine Nachricht, Mr. Osterman. Möchten Sie jetzt, daß ich Sie nach Hause fahre?«

»Natürlich nicht! Ich kenne Sie nicht! Ich verstehe nicht...«

Die Hintertür schloß sich leise. »Wie Sie wünschen, Sir. Ich wollte Ihnen nur behilflich sein.« Er tippte mit der Hand an den Schirm seiner Uniformmütze und wandte sich ab.

Bernie stand reglos da und starrte ihm nach.

7.

Dienstag – 10.00 Uhr

»Hat irgendeiner unserer Mittelmeerkunden Schwierigkeiten?« fragte Joe Cardone.

Sein Partner, Sam Bennett, drehte sich in seinem Sessel herum und vergewisserte sich, daß die Bürotür geschlossen war. ›Mittelmeer‹ war ihre Codebezeichnung für jene Klienten, von denen beide Partner wußten, daß sie zwar lukrativ, aber auch gefährliche Investoren waren. »Nicht, daß ich wüßte«, sagte er. »Warum? Hast du etwas gehört?«

»Nicht direkt... Vielleicht ist es nichts.«

»Bist du deshalb früher zurückgekommen?«

»Nein, eigentlich nicht.« Cardone konnte auch Bennett nicht alles erklären. Sam hatte mit Zürich nichts zu tun. Also zögerte er. »Nun, teilweise vielleicht doch. Ich habe einige Zeit an der Börse von Montreal verbracht.«

»Und was hast du gehört?«

»Daß das Büro des Staatsanwalts eine neue Aktion vorhat; daß die Börsenaufsicht sämtliche Akten übergibt. Jede mögliche Mafiaverbindung mit Hunderttausend oder darüber wird überwacht.«

»Das ist doch nicht neu. Wo warst du denn?«

»In Montreal. Ich mag es nicht, wenn ich solche Dinge achthundert Meilen von meinem Büro entfernt höre. Und ich überlege es mir dreimal, ehe ich zum Telefon greife und meinen Partner frage, ob einer unserer Klienten im Augenblick vor Gericht steht. – Ich meine, Telefongespräche sind ja heutzutage nicht mehr sicher.«

»Du großer Gott!« lachte Bennett. »Deine Fantasie macht mal wieder Überstunden, wie?«

»Hoffentlich.«

»Du weißt verdammt genau, daß ich mich mit dir in Verbindung gesetzt hätte, wenn so etwas gewesen wäre. Oder auch nur so ausgesehen hätte, als ob es dazu kommt. Du hast doch deshalb nicht deinen Urlaub abgebrochen. Was war denn sonst noch?«

Cardone wich dem Blick seines Partners aus, als er sich setzte. »Okay. Ich will dich nicht anlügen. Da war noch etwas. Ich glaube nicht, daß es etwas mit uns zu tun hat. Mit *dir* oder der Firma. Wenn sich herausstellt, daß es nicht so ist, sage ich dir Bescheid, okay?«

Bennett erhob sich aus seinem Sessel und akzeptierte die Nicht-Erklärung seines Partners. Er hatte im Laufe der Jahre gelernt, nicht in Joe zu dringen. Cardone war nämlich trotz seiner Jovialität ein sehr zurückgezogener Mann. Er hatte den überwiegenden Teil des Kapitals in die Firma eingebracht und arbeitete trotzdem partnerschaftlich mit ihm zusammen. Das reichte Bennett.

Sam ging zur Tür. Er lachte leise. »Wann wirst du endlich aufhören, vor dem Phantom von South Philadelphia zu fliehen?«

Cardone erwiderte das Lächeln seines Partners. »Wenn es aufhört, mich mit einer heißen Lasagne in den Bankers Club zu verfolgen.«

Bennett schloß die Tür hinter sich, und Joe wandte sich wieder der zehntägigen Ansammlung von Post und Notizen zu. Da war nichts. Nichts, das man mit einem Mittelmeerproblem in Verbindung bringen konnte. Nichts, das auch nur auf einen Mafiakonflikt hindeutete. Und doch war während dieser zehn Tage etwas geschehen; etwas, das Tanner betraf.

Er nahm den Hörer ab und drückte den Knopf, der ihn mit seiner Sekretärin verband. »Ist das alles? Sonst hat niemand angerufen?«

»Niemand, den Sie zurückrufen sollen. Ich habe allen gesagt, daß Sie erst Ende der Woche wieder im Büro sein würden. Manche sagten, Sie würden dann anrufen, die anderen melden sich am Montag.«

»Lassen Sie es auch so. Wenn irgend jemand anruft, ich bin Montag wieder da.«

Er legte den Hörer auf die Gabel und schloß die zweite Schublade seines Schreibtischs auf, in der er eine kleine Kartei mit Kärtchen im Format drei mal fünf Zoll aufbewahrte. Die Mittelmeer-Klienten.

Er stellte das kleine Kästchen vor sich auf die Tischplatte und fing an, die Karten durchzublättern. Vielleicht würde ein Name eine Erinnerung auslösen, etwas, das er vergessen hatte und das jetzt vielleicht eine Bedeutung erlangte.

Sein privates Telefon klingelte. Nur Betty rief auf dieser

Leitung an; sonst hatte niemand die Nummer. Joe liebte seine Frau, aber sie besaß eine geradezu geniale Begabung dafür, ihn mit Belanglosigkeiten zu behelligen, wenn er nicht gestört werden wollte.

»Ja, Liebes?«

Schweigen.

»Was ist, Honey? Ich bin sehr beschäftigt.«

Seine Frau sagte immer noch nichts.

Plötzlich hatte Cardone Angst. Außer Betty hatte niemand diese Nummer!

»Betty? Antworte doch!«

Als die Stimme kam, klang sie langsam, tief und präzise.

»John Tanner ist gestern nach Washington geflogen. Da Vinci ist sehr beunruhigt. Vielleicht haben Ihre Freunde in Kalifornien Sie betrogen. Sie waren mit Tanner in Kontakt.«

Joe Cardone hörte das Klicken, als das Telefon auf der anderen Seite der Leitung aufgelegt wurde.

Jesus! Jesus Christus! Die Ostermans waren es! Die hatten die Seiten gewechselt!

Aber warum? Das gab keinen Sinn! Welche Verbindung konnte es zwischen Zürich und der Mafia geben, etwas, das auch nur andeutungsweise mit der Mafia zu tun hatte? Dazwischen lagen doch Lichtjahre!

Aber war das wirklich so? Oder benutzte das eine das andere? Cardone versuchte sich zu beruhigen, aber das war unmöglich. Er ertappte sich dabei, wie er das kleine Blechkästchen zerdrückte.

Was konnte er tun? Mit wem konnte er sprechen?

Mit Tanner selbst? O Gott, natürlich nicht!

Den Ostermans? Bernie Osterman? Herrgott, nein! Nicht *jetzt*.

Tremayne. Dick Tremayne.

8.

Dienstag – 10.10 Uhr

Zu erregt, um sich in eine Bank im Saddle Valley Expreß zwängen zu können, beschloß Tremayne, mit dem Wagen nach New York zu fahren.

Als er auf der Route Five in östlicher Richtung auf die George Washington Brücke zuraste, fiel ihm im Rückspiegel ein hellblauer Cadillac auf. Als er nach links auf die Überholspur abbog und an den anderen Wagen vorbeiraste, folgte ihm der Cadillac. Als er wieder auf die rechte Bahn zurückkehrte und sich in den langsameren Verkehrsfluß hineinzwängte, tat es ihm der Cadillac gleich – immer ein paar Wagen hinter ihm.

An der Brücke näherte er sich einer Mautkabine und sah, daß der Cadillac auf einer schnelleren Spur mit ihm gleichzog. Er versuchte, den Fahrer auszumachen.

Es war eine Frau. Sie wandte das Gesicht ab; er konnte nur ihren Hinterkopf sehen. Und doch wirkte sie auf unbestimmte Weise vertraut.

Der Cadillac jagte davon, ehe er weiter nachdenken konnte. Der Verkehr nahm ihm jede Chance, ihm zu folgen. Er war sicher, daß der Cadillac ihn verfolgt hatte, aber ebenso sicher war, daß die Fahrerin nicht erkannt werden wollte.

Warum? Wer war sie?

War diese Frau ›Blackstone‹?

Er stellte fest, daß es ihm unmöglich war, im Büro irgend etwas zustande zu bringen. Er sagte die paar Verabredungen ab, die er getroffen hatte, und sah sich statt dessen die Aufzeichnungen über die letzten Firmenübernahmen durch, die er erfolgreich durch die Gerichte gebracht hatte. Besonders interessierte ihn eine Akte: *The Cameron Woolens.* Drei Fabriken in einer kleinen Stadt in Massachusetts, die seit Generationen der Familie Cameron gehört hatten. Der älteste Sohn hatte versucht, sie von innen heraus an sich zu ziehen. Ein Erpresser hatte ihn dazu gezwungen, seinen Anteil an der Gesellschaft an eine Bekleidungskette in New York zu verkaufen, die behauptete, sie interessiere sich für die Marke Cameron.

Sie bekamen sie und schlossen die Fabriken; die Stadt ging bankrott. Tremayne hatte die Bekleidungskette vor den Gerichten in Boston vertreten. Die Familie Cameron hatte eine Tochter. Eine unverheiratete Frau, Anfang Dreißig. Selbstbewußt, hartnäckig, verärgert.

Eine Frau hatte den Cadillac gesteuert. Eine Frau, etwa in den richtigen Jahren.

Und doch – jetzt eine Person auswählen, hieß, viele andere Möglichkeiten abzutun. Die Leute, die sich für Firmenübernahmen interessierten, wußten, wen sie anrufen sollten, wenn juristische Situationen etwas kompliziert wurden. Tremayne! Er war der Fachmann. Ein vierundvierzigjähriger Zauberkünstler, der sich in den neuen juristischen Gegebenheiten auskannte, der alte Paragraphen auf dem förmlich explodierenden Gebiet der Zusammenschlüsse einfach beisetefegte.

War die Frau in dem hellblauen Cadillac die Cameron-Tochter gewesen?

Wie sollte er das wissen? Es gab so viele. Die Camerons. Die Smythes aus Atlanta. Die Boyntons aus Chicago. Die Fergusons aus Rochester. Die Übernahmespezialisten machten sich an die alten Familien heran, die Familien mit Geld. Die alten Familien mit Geld ließen es sich gut gehen; sie waren die idealen Zielobjekte. Wer unter ihnen mochte Blackstone sein?

Tremayne erhob sich aus seinem Sessel und ging ziellos in seinem Büro herum. Er konnte das Eingeschlossensein nicht länger ertragen; er mußte hinaus.

Was Tanner wohl sagen würde, wenn er ihn anrief und ihm vorschlug, gemeinsam den Lunch einzunehmen? Wie würde Tanner reagieren? Würde er annehmen, ganz beiläufig vielleicht? Würde er ablehnen? Würde es möglich sein – falls Tanner annahm –, irgend etwas zu erfahren, das mit der Warnung Blackstones in Verbindung stand?

Tremayne griff zum Telefon und wählte. Sein rechtes Augenlid zuckte, fast tat es weh.

Tanner saß in einer Besprechung. Tremayne war erleichtert; es war ohnehin unsinnig gewesen. Er hinterließ keine Nachricht und eilte aus seinem Büro.

An der Fifth Avenue bog ein Checker Taxi genau vor ihm in die Kreuzung und versperrte ihm den Weg.

»Hey, Mister!« Der Fahrer streckte den Kopf zum Fenster hinaus.

Tremayne fragte sich – ebenso wie ein paar andere Fußgänger – wen er wohl meinte.

Sie sahen einander an.

»Sie, Mister! Heißen Sie Tremayne?«

»Ich? Ja...«

»Ich hab' eine Nachricht für Sie.«

»Für mich? Wie haben Sie...?«

»Ich muß mich beeilen, die Ampel schaltet gleich um, und ich hab' zwanzig Eier dafür bekommen. Ich soll Ihnen sagen, Sie sollen auf der Vierundfünfzigsten Straße nach Osten gehen. Gehen Sie einfach so lange, bis Sie Mr. Blackstone treffen.«

Tremayne legte dem Fahrer die Hand auf die Schulter. »Wer hat Ihnen das gesagt? Wer hat Ihnen...«

»Was weiß ich denn? Da sitzt so 'n Knilch seit halb zehn

hinten in meiner Karre, und ich laß die Uhr laufen. Er hat 'nen Feldstecher und raucht dünne Zigarren.«

Das ›*Don't Walk*‹-Zeichen begann zu blinken.

»Was hat er gesagt! – Hier!« Tremayne griff in die Tasche und holte ein paar Geldscheine heraus. Er gab dem Fahrer einen Zehner. »Hier. Und jetzt sagen Sie es mir, bitte!«

»Was ich gesagt habe, Mister. Er ist vor ein paar Sekunden ausgestiegen und hat mir zwanzig Eier gegeben und gesagt, ich soll Ihnen sagen, Sie sollten auf der Vierundfünfzigsten nach Osten gehn. Das ist alles.«

»Das ist *nicht* alles!« Tremayne packte den Fahrer am Hemd.

»Danke für den Zehner.« Der Fahrer stieß Tremaynes Hand weg, drückte auf die Hupe, um die Fußgänger zu verscheuchen, die vor ihm über die Straße gingen, und fuhr davon.

Tremayne hielt seine Panik unter Kontrolle. Er trat auf den Bürgersteig zurück und zog sich unter das Vordach eines Geschäftes zurück und sah die Männer an, die nach Norden gingen, versuchte, einen Mann mit einem Feldstecher oder einer dünnen Zigarre auszumachen.

Als er niemanden fand, begann er sich vorsichtig von Laden zu Laden in Richtung Vierundfünfzigste Straße zu bewegen. Er ging ganz langsam, starrte die Passanten an. Ein paar, die in dieselbe Richtung, aber viel schneller als er gingen, kollidierten mit ihm. Einige andere, die nach Süden gingen, bemerkten das seltsame Verhalten des blonden Mannes in dem teuer geschnittenen Anzug und lächelten.

An der Ecke der Vierundfünfzigsten Straße blieb Tremayne stehen. Trotz der leichten Brise und des leichten Anzugs, den er trug, schwitzte er. Er wußte, daß er nach Osten gehen mußte. Keine Frage.

Eines war klar. Blackstone war nicht die Frau in dem hellblauen Cadillac. Blackstone war ein Mann mit einem Feldstecher und dünnen Zigarren.

Wer war dann aber die Frau? Er hatte sie schon einmal gesehen. Das wußte er!

Er betrat jetzt die Vierundfünfzigste, ging auf der rechten Seite. Er erreichte die Madison Avenue, und niemand hielt ihn auf, niemand gab ihm ein Zeichen. Niemand sah ihn auch nur an. Dann über die Park Avenue mit der Insel in der Mitte.

Niemand.

Lexington Avenue. Vorbei an den großen Baustellen. Niemand.

Third Avenue. Second First.

Niemand.

Jetzt erreichte Tremayne den letzten Block. Eine Sackstraße, die am East River endete, zu beiden Seiten von den Vordächern von Apartment-Häusern flankiert. Ein paar Männer mit Aktentaschen und Frauen mit Kaufhausschachteln kamen und gingen aus beiden Gebäuden. Am Ende der Straße parkte ein hellbeiger Mercedes-Benz quer über die Straße, so als wollte er gerade umkehren. Und daneben stand ein Mann in einem eleganten weißen Anzug und einem Panamahut. Er war ein gutes Stück kleiner als Tremayne. Selbst auf dreißig Meter Entfernung konnte Tremayne erkennen, daß er kräftig gebräunt war. Er trug eine dicke, große Sonnenbrille und sah Tremayne direkt an, als Tremayne auf ihn zuging.

»Mr. – Blackstone?«

»Mr. Tremayne. Tut mir leid, daß Sie so weit gehen mußten. Wissen Sie, wir mußten sicher sein, daß Sie alleine sind.«

»Warum sollte ich das nicht sein?« Tremayne versuchte, den Akzent irgendwo unterzubringen. Er war kultiviert, aber nicht die Art, wie man sie in den nordöstlichen Staaten spricht.

»Ein Mann, der Schwierigkeiten hat, macht oft den Fehler, sich Gesellschaft zu suchen.«

»Was für Schwierigkeiten hab' ich denn?«

»Sie haben doch meine Notiz bekommen?«

»Natürlich. Was sollte sie bedeuten?«

»Genau was in ihr steht. Ihr Freund Tanner ist für Sie sehr gefährlich. Und für uns. Wir wollen das nur betonen, so wie das gute Geschäftsleute untereinander tun sollten.«

»Mit welchen geschäftlichen Interessen sind Sie denn befaßt, Mr. Blackstone? Ich nehme an, daß Blackstone nicht Ihr echter Name ist, ich konnte Sie daher mit nichts in Verbindung bringen.«

Der Mann im weißen Anzug, dem Panamahut und der Sonnenbrille trat ein paar Schritte auf den Mercedes zu.

»Das haben wir Ihnen doch gesagt. Seine Freunde aus Kalifornien...«

»Die Ostermans?«

»Ja.«

»Meine Firma hat nie mit den Ostermans zu tun gehabt. Nie.«

»Aber Sie, nicht wahr?« Blackstone ging um die Motorhaube herum und stand jetzt auf der anderen Seite des Mercedes.

»Das kann doch nicht Ihr Ernst sein!«

»Glauben Sie mir, wenn ich Ihnen sage, daß es schon mein Ernst ist.«

Der Mann griff nach der Türklinke, öffnete die Tür aber nicht. Er wartete.

»Einen Augenblick! Wer sind Sie?«

»Blackstone genügt.«

»Nein! – Das, was Sie gesagt haben! Sie können doch unmöglich...«

Doch, wir können. Das ist es ja gerade. Und da Sie das

jetzt wissen, sollte Ihnen das als Beweis ausreichen, daß wir über beträchtlichen Einfluß verfügen.«

»Worauf wollen Sie hinaus?« Tremayne stützte sich auf die Motorhaube des Mercedes und lehnte sich zu Blackstone hinüber.

»Es ist uns in den Sinn gekommen, Sie könnten vielleicht mit Ihrem Freund Tanner zusammengearbeitet haben. Das ist der Grund, weshalb wir Sie sehen wollten. Das wäre übrigens gar nicht ratsam. Wir würden nicht zögern, Ihren Beitrag zu den Osterman-Interessen der Öffentlichkeit bekanntzumachen.«

»Sie sind verrückt! Warum sollte ich mit Tanner zusammenarbeiten? Und in welcher Angelegenheit? Ich weiß nicht, wovon Sie reden.«

Blackstone nahm die Sonnenbrille ab. Seine Augen waren blau und durchdringend, und Tremayne konnte an seiner Nase und den Wangenknochen ein paar Sommersprossen sehen. »Wenn das stimmt, haben Sie nichts zu befürchten.«

»Natürlich stimmt es! Es gibt überhaupt keinen Grund, daß ich mit Tanner irgendwie zusammenarbeiten sollte!«

»Das ist logisch.« Blackstone öffnete die Tür seines Mercedes. »Sorgen Sie nur dafür, daß es so bleibt.«

»Um Himmels willen, Sie können doch nicht einfach wegfahren! Ich sehe Tanner jeden Tag. Im Club. Im Zug. Was zum Teufel soll ich denn denken, was sagen?«

»Sie meinen, wonach Sie Ausschau halten sollen? Wenn ich *Sie* wäre, würde ich mich so verhalten, als ob nichts geschehen wäre. Als ob wir uns nie begegnet wären... Vielleicht macht er Andeutungen – wenn Sie die Wahrheit sagen –, vielleicht sucht er. Dann werden Sie es wissen.«

Tremayne richtete sich auf, kämpfte um Fassung. »Ich glaube, es wäre für uns alle am besten, wenn Sie mir sagten, wen Sie vertreten. Das wäre wirklich am besten.«

»Oh, nein, mein Freund.« Blackstones Antwort war von einem kurzen Lachen begleitet. »Sie müssen wissen, uns ist aufgefallen, daß Sie sich in den letzten paar Jahren eine beunruhigende Angewohnheit zugelegt haben. Nichts Ernsthaftes, im Augenblick wenigstens, aber etwas, was wir in Betracht ziehen müssen.«

»Was für eine Angewohnheit?«

»In gewissen Zeitabständen trinken Sie zuviel.«

»Das ist lächerlich!«

»Ich sagte ja, nichts Ernstes. Ihre Arbeit ist brillant. Dennoch haben Sie in solchen Zeiten nicht die übliche Kontrolle über sich. Nein, es wäre ein Fehler, Sie damit zu belasten, besonders in Ihrem augenblicklichen Zustand der Angst.«

»Gehen Sie nicht. Bitte!«

»Wir melden uns wieder. Vielleicht erfahren Sie etwas, das uns weiterhilft. Jedenfalls, wir beobachten Ihre – Arbeit stets mit großem Interesse.«

Tremayne zuckte zusammen. »Was ist mit den Ostermans? Das müssen Sie mir sagen.«

»Wenn Sie in Ihrem Juristenkopf ein Hirn haben, werden Sie gegenüber den Ostermans nichts erwähnen! Nicht einmal eine Andeutung machen! Wenn Osterman mit Tanner zusammenarbeitet, werden Sie das erfahren. Wenn nicht, sollten Sie ihn nicht auf irgendwelche Gedanken über *Sie* bringen.« Blackstone setzte sich auf den Fahrersitz des Mercedes und ließ den Motor an. Ehe er wegfuhr, sagte er: »Behalten Sie klaren Kopf, Mr. Tremayne. Wir melden uns wieder.«

Tremayne versuchte Ordnung in seine Gedanken zu bringen; er spürte, wie sein Augenlid wieder zuckte. Gottseidank hatte er Tanner nicht erreicht! Unvorbereitet hätte er vielleicht etwas gesagt – etwas Dummes, Gefährliches.

War Osterman ein solch gigantischer Narr gewesen – oder

Feigling –, um John Tanner gegenüber die Wahrheit über Zürich verlauten zu lassen? Ohne sie zu befragen?

Wenn das der Fall war, würde man Zürich verständigen müssen. Zürich würde sich um Osterman kümmern. Ans Kreuz würden sie ihn schlagen.

Er mußte Cardone finden. Sie mußten entscheiden, was zu tun war. Er rannte zur nächsten Telefonzelle.

Betty sagte ihm, Joe wäre ins Büro gefahren. Cardones Sekretärin sagte ihm, Joe sei noch in Urlaub.

Joe trieb Spielchen. Das Zucken über Tremaynes linkem Auge nahm ihm fast die Sicht.

9.

Dienstag – 7.00 Uhr

Tanner konnte nicht schlafen, er ging in sein Arbeitszimmer, und die grauen Scheiben der drei Fernsehgeräte zogen seinen Blick an. Etwas Totes, Leeres war in ihnen. Er zündete sich eine Zigarette an und setzte sich auf die Couch. Dann dachte er über Fassetts Instruktionen nach: ruhig bleiben, nichts zu Ali sagen. Das hatte Fassett einige Male wiederholt.

Die einzig wirkliche Gefahr würde sich dann einstellen, wenn Ali zur falschen Person etwas Falsches sagte. Gefahr für Ali. Aber Tanner hatte seiner Frau nie etwas vorenthalten. Er war nicht sicher, ob er es schaffen würde. Die Tatsache, daß sie immer offen zueinander waren, war die stärkste Bindung in ihrer starken Ehe. Selbst wenn sie sich stritten, gab es da nie die Waffe unausgesprochener Anklagen. Alice McCall hatte als Kind davon genug gehabt.

Aber Omega würde ihr Leben verändern, zumindest für

die nächsten sechs Tage. Das mußte er akzeptieren, weil Fassett gesagt hatte, daß es für Ali so am besten sein würde.

Die Sonne war inzwischen aufgegangen. Der Tag begann, und die Cardones, die Tremaynes und die Ostermans würden bald unter Druck stehen. Tanner fragte sich, was sie tun würden, wie sie reagieren würden. Er hoffte, daß alle drei Ehepaare Kontakt zu den Behörden suchen und damit beweisen würden, daß Fassett unrecht hatte. Dann würde wieder die Vernunft einziehen.

Aber es war möglich, daß der Wahnsinn gerade begonnen hatte. Wie auch immer, er würde zu Hause bleiben. Wenn Fassett recht hatte, würde er da sein, bei Ali und den Kindern. Über diese Entscheidung hatte Fassett keine Kontrolle.

Er würde Ali glauben lassen, daß er sich eine Grippe zugezogen hatte. Er würde telefonisch mit seinem Büro in Verbindung bleiben und seine Familie nicht verlassen.

Sein Telefon klingelte regelmäßig; Fragen aus seinem Büro. Ali und die Kinder beklagten sich, daß das dauernde Klingeln des Telefons sie verrückt machte, also zogen sich alle drei zum Pool zurück. Abgesehen von ein paar Wolken am Mittag war es ein heißer Tag – ideal zum Schwimmen. Der weiße Streifenwagen fuhr ein paarmal am Haus vorbei. Am Sonntag hatte das Tanner beunruhigt. Jetzt war er dankbar. Fassett hielt sein Wort.

Wieder klingelte das Telefon. »Ja, Charlie.« Er machte sich gar nicht erst die Mühe, hello zu sagen.

»Mr. Tanner?«

»Oh, entschuldigen Sie. Ja, hier spricht John Tanner.«

»Hier Fassett...«

»Augenblick!« Tanner sah zum Fenster hinaus, um sich zu vergewissern, daß Ali und die Kinder noch am Pool waren. Das waren sie.

»Was ist, Fassett? Haben Sie angefangen?«

»Können Sie reden?«

»Ja... Haben Sie etwas in Erfahrung gebracht? Hat einer von ihnen die Polizei angerufen?«

»Negativ. Wenn das geschieht, verständigen wir Sie sofort. Das ist aber nicht der Grund meines Anrufes... Sie haben etwas äußerst Dummes getan. Ich kann gar nicht genug betonen, wie unvorsichtig das war.«

»Wovon reden Sie?«

»Sie sind heute morgen nicht ins Büro gegangen...«

»Allerdings nicht!«

»Aber in Ihrer normalen Routine darf es keinen Bruch geben. Keine Änderung Ihrer üblichen Zeitabläufe. Das ist schrecklich wichtig. Sie *müssen* zu Ihrem eigenen Schutz unseren Anweisungen folgen.«

»Sie verlangen zuviel!«

»Hören Sie mir zu. Ihre Frau und Ihre Kinder befinden sich in diesem Augenblick im Swimming Pool hinter Ihrem Haus. Ihr Sohn Raymond ist nicht zu seiner Tennisstunde gegangen...«

»Das habe ich ihm gesagt. Ich habe gesagt, er solle den Rasen mähen.«

»Ihre Frau hat sich Lebensmittel ins Haus liefern lassen, und das ist ebenfalls nicht üblich.«

»Ich habe ihr erklärt, ich würde sie vielleicht brauchen, um ein paar Notizen aufzunehmen. Das wäre nicht das erste...«

»Worauf es ankommt, ist, daß Sie bisher nicht getan haben, was Sie gewöhnlich tun. Es ist von entscheidender Wichtigkeit, daß Sie Ihre Alltagsroutine beibehalten. Das kann ich nicht eindringlich genug betonen. Sie dürfen nicht, Sie dürfen unter *keinen Umständen* Aufmerksamkeit auf sich ziehen.«

»Ich passe auf meine Familie auf. Ich denke, das ist verständlich.«

»Das tun wir auch. Viel wirksamer als Sie das können. Wir haben kein Mitglied Ihrer Familie auch nur eine Sekunde aus den Augen gelassen. Ich muß mich verbessern. Sie auch nicht. Sie sind zweimal in Ihre Einfahrt gegangen: um neun Uhr zweiunddreißig und um elf Uhr zwanzig. Ihre Tochter hatte eine Freundin zum Mittagessen da, Joan Loomis, acht Jahre alt. Wir sind äußerst gründlich und äußerst vorsichtig.«

Tanner griff nach einer Zigarette und zündete sie sich mit dem Schreibtisch-Feuerzeug an. »Ja, ich denke, das sind Sie.«

»Sie brauchen sich wirklich keine Sorgen zu machen. Für Sie und Ihre Familie besteht keine Gefahr.«

»Wahrscheinlich nicht. Ich glaube, daß Sie alle verrückt sind. Keiner von ihnen hat etwas mit diesem Omega zu tun.«

»Das ist möglich. Aber wenn wir recht haben, werden sie nichts unternehmen, ohne weiter zu prüfen. Sie werden nicht in Panik geraten, dafür steht zu viel auf dem Spiel. Und wenn sie weiter prüfen, werden sie sich sofort gegenseitig beargwöhnen. Geben Sie ihnen um Himmels willen keinen Anlaß, das nicht zu tun. Gehen Sie Ihren Geschäften nach, als ob nichts geschehen wäre. Das ist enorm wichtig. Niemand kann Ihrer Familie etwas zuleide tun. Er käme nicht nahe genug heran.«

»Also gut. Sie überzeugen mich. Aber ich bin heute morgen dreimal in meiner Einfahrt gewesen, nicht zweimal.«

»Nein, das waren Sie nicht. Das dritte Mal blieben Sie unter der Garagentür stehen. Sie haben die Einfahrt nicht betreten. Außerdem war es nicht morgens, es war um zwölf Uhr vierzehn.« Fassett lachte. »Fühlen Sie sich jetzt besser?«

»Ich wäre ein Lügner, wenn ich das nicht zugäbe.«

»Sie sind kein Lügner. Wenigstens im allgemeinen nicht. Das geht eindeutig aus Ihrer Akte hervor.« Wieder lachte Fassett. Selbst Tanner lächelte.

»Sie sind unmöglich, das wissen Sie. Ich gehe morgen ins Büro.«

»Wenn das alles vorbei ist, müssen Sie und Ihre Frau mal mit mir und meiner Frau einen Abend zusammen verbringen. Ich glaube, es würde ein netter Abend. Ich komme für die Getränke auf: Dewars White Label mit viel Soda für Sie und Scotch on the Rocks mit einem Spritzer Wasser für Ihre Frau.«

»Du lieber Gott? Wenn Sie jetzt noch anfangen, unser Sexualleben...«

»Lassen Sie mich nachsehen...«

»Gehen Sie zum Teufel«, lachte Tanner erleichtert. »Auf den Abend komme ich zurück.«

»Sollten Sie auch. Wir würden uns gut verstehen.«

»Sagen Sie den Tag, und wir kommen.«

»Das mache ich am Montag. Ich melde mich. Sie haben die Notrufnummer für die Zeit außerhalb der Bürostunden. Zögern Sie nicht anzurufen.«

»Wird gemacht. Ich bin morgen im Büro.«

»Fein. Und tun Sie mir einen Gefallen. Sehen Sie keine weiteren Programme über uns vor. Meine Chefs mochten das letzte nicht.«

Tanner erinnerte sich. Das Programm, auf das Fassett sich bezog, war eine Woodward Show gewesen. Der Verfasser hatte sich den Titel *Caught in the Act** für die Buchstaben CIA ausgedacht. Das lag fast genau ein Jahr zurück. »Es war nicht schlecht«, schmunzelte er.

---

* Auf frischer Tat ertappt – Anmerkung des Übersetzers

»Aber auch nicht gut. Ich hab' es gesehen. Ich wollte darüber lachen, aber ich brachte es nicht fertig. Ich war mit dem Direktor zusammen – in *seinem* Wohnzimmer. *Caught in the Act*! Jesus!« Wieder lachte Fassett, was Tanner mehr beruhigte, als er für möglich gehalten hätte.

»Danke, Fassett.«

Tanner legte den Hörer auf und drückte seine Zigarette aus. Fassett war ein gründlicher Profi, dachte er. Und Fassett hatte recht. Niemand konnte an Ali und die Kinder heran. Wer weiß, vielleicht hatte das CIA sogar Scharfschützen in den Bäumen versteckt. Für ihn blieb genau das, was Fassett gesagt hatte: nichts. Er mußte einfach seinen Geschäften wie üblich nachgehen. Kein Bruch der Routine, keine Abweichung von der Norm. Er hatte das Gefühl, die Rolle jetzt spielen zu können. Der Schutz, der ihm und seiner Familie geboten wurde, war alles, was Fassett zugesagt hatte.

Aber ein Gedanke störte ihn, und je mehr er darüber nachdachte, desto mehr beunruhigte er ihn.

Es war fast vier Uhr nachmittags. Die Tremaynes, die Cardones und die Ostermans waren inzwischen alle kontaktiert worden. Man hatte angefangen, sie unter Druck zu setzen. Aber keiner von ihnen hatte es für richtig gehalten, die Polizei zu rufen. Oder auch nur, *ihn* zu rufen.

War es wirklich möglich, daß sechs Leute, die jahrelang seine Freunde gewesen waren, gar nicht das waren, was sie zu sein schienen?

10.

Dienstag – 9.40 Uhr, Kalifornische Zeit

Der Karmann Ghia bog vom Wilshire Boulevard in den Beverly Drive. Osterman wußte, daß er die für Los Angeles zulässige Höchstgeschwindigkeit überschritten; es schien ihm völlig unwichtig. Er konnte an nichts anderes als die Warnung denken, die er gerade erhalten hatte. Er mußte nach Hause, zu Leila. Sie mußten jetzt ernsthaft miteinander reden. Sie mußten entscheiden, was zu tun war.

Warum hatte man sie ausgewählt?

Wer war es, der sie warnte? Und in welcher Angelegenheit?

Leila hatte wahrscheinlich recht. Tanner war ihr Freund, einer der besten Freunde, die sie je gehabt hatten. Aber er war auch ein Mann, der bei aller Freundschaft Zurückhaltung zu schätzen wußte. Es gab Bereiche, die man nicht berühren durfte. Es gab immer eine gewisse Distanz, eine dünne Glaswand, die sich zwischen Tanner und alle anderen Menschen schob. Ali natürlich ausgenommen.

Und Tanner besaß jetzt Informationen, die sie irgendwie betrafen, die für ihn und Leila etwas bedeuteten. Und Zürich hatte damit zu tun. Aber, Herrgott, *wie?*

Osterman erreichte die Einfahrt zum Mulholland Hill und fuhr schnell hinauf, vorbei an den Villen jener Leute, die sich ganz oben oder in der Nähe der Spitze des Spektrums von Hollywood befanden. Einige der Häuser begannen bereits zu verblassen, um nicht zu sagen, herunterzukommen, zerfallende Relikte ehemaliger Extravaganz. Die Geschwindigkeitsbeschränkung in Mulholland betrug dreißig. Ostermans Tachometer zeigte einundfünfzig. Er drückte das Gaspedal nieder. Er hatte jetzt entschieden, was zu tun war.

Er würde Leila abholen und nach Malibu fahren. Dann würden sie sich eine Telefonzelle an der Straße suchen und Tremayne und Cardone anrufen.

Das klagende Heulen der Sirene, das immer lauter wurde, ließ ihn zusammenzucken. In dieser Stadt der Kulissen und Fassaden war das ein Klangeffekt. Es war nicht echt, nichts hier war echt. Es konnte nicht ihm gelten.

Aber das tat es natürlich doch.

»Officer, ich wohne hier. Osterman. Bernard Osterman. 260 Caliente. Sie kennen doch sicher mein Haus.« Er wollte den Officer beeindrucken. Caliente war ein vornehmes Viertel.

»Tut mir leid, Mr. Osterman. Ihren Führerschein und Ihre Fahrzeugpapiere bitte.«

»Hören Sie. Ich bekam einen Anruf im Studio, daß meine Frau sich nicht wohlfühlt. Ich glaube, es ist verständlich, daß ich sehr in Eile bin.«

»Nicht auf Kosten der Fußgänger. Ihren Führerschein und Ihre Fahrzeugpapiere bitte.«

Osterman gab sie ihm und blickte starr nach vorne, hielt seinen Ärger unter Kontrolle. Der Polizeibeamte schrieb bedächtig auf das lange rechteckige Formular und knipste, als er dann fertig war, Bernies Führerschein daran.

Als er das Geräusch hörte, blickte Osterman auf. »Müssen Sie den Führerschein beschädigen?«

Der Polizeibeamte seufzte müde und hielt das Formular fest. »Mister, Sie hätten ihn auf dreißig Tage verlieren können. Ich habe eine niedrigere Geschwindigkeit eingetragen; schicken Sie zehn Dollar ein, wie bei einem Parkvergehen.« Er reichte Bernie den Zettel. »Ich hoffe, Ihre Frau fühlt sich bald besser.«

Der Beamte ging zu seinem Streifenwagen zurück. Als er bereits hinter dem Steuer saß, sagte er durch das offene Fenster: »Vergessen Sie nicht, Ihren Führerschein wieder einzustecken.«

Der Polizeiwagen jagte davon.

Osterman warf den Zettel hin und betätigte den Zündschlüssel. Der Karmann Ghia rollte den Mulholland Hill hinunter. Bernie blickte verärgert auf das Formular, das neben ihm auf dem Sitz lag. Dann sah er noch einmal hin.

Etwas stimmte nicht mit dem Papier. Die Form war richtig, und der unlesbare Feindruck drängte sich wie üblich auf zu wenig Platz zusammen, aber das Papier wirkte irgendwie falsch. Es schien zu glänzend, zu verschwommen, selbst für ein Ticket der Verkehrsabteilung der City von Los Angeles.

Osterman hielt an. Er nahm das Papier und sah es scharf an. Der Polizeibeamte hatte die Übertretung oberflächlich, ungenau angekreuzt. Eigentlich hatte er sie überhaupt nicht angekreuzt.

Und dann bemerkte Osterman, daß die Karte in Wirklichkeit nur eine dünne Fotokopie war, die an einem dickeren Blatt Papier befestigt war.

Er drehte sie herum und sah den mit rotem Farbstift geschriebenen Text auf der Rückseite, den sein Führerschein halb verdeckte. Er riß den Führerschein ab und las:

Erfuhren, daß Tanners Nachbarn vielleicht mit ihm kooperiert haben. Das ist eine potentiell gefährliche Situation dadurch verschlimmert, daß unsere Informationen unvollständig sind. Seien Sie äußerst vorsichtig und finden Sie heraus, was möglich ist. Es ist von entscheidender Wichtigkeit, daß wir – Sie – wissen, wie weit sie eingeschaltet sind. Wiederhole:
Seien Sie äußerst vorsichtig.
Zürich

Osterman starrte die rote Schrift an, und seine Angst erzeugte einen plötzlichen stechenden Schmerz an seinen Schläfen.

Die Tremaynes und die Cardones auch!

11.

Dienstag – 16.30 Uhr

Dick Tremayne war nicht im Vier-Uhr-Fünfzig-Zug nach Saddle Valley. Cardone, der in seinem Cadillac saß, fluchte laut. Er hatte versucht, Tremayne im Büro zu erreichen, aber man hatte ihm gesagt, der Anwalt sei früher als sonst zum Mittagessen gegangen. Es hatte keinen Sinn, Tremayne um einen Rückruf zu bitten. Joe hatte beschlossen, nach Saddle Valley zurückzukehren und von halb vier Uhr an auf die Züge zu warten.

Cardone verließ den Bahnhof, bog an der Kreuzung mit der Saddle Road nach links und fuhr in westlicher Richtung aufs freie Land. Er hatte jetzt fünfunddreißig Minuten bis zum nächsten Zug. Vielleicht entspannte ihn die Fahrt etwas. Er konnte nicht einfach am Bahnhof warten. Wenn jemand ihn beobachtete, würde er damit Argwohn erwecken.

Tremayne würde ein paar Antworten liefern können. Dick war ein verdammt guter Anwalt und würde die juristischen Alternativen kennen, wenn es solche gab.

Am Rand von Saddle Valley erreichte Joe eine Straße, die von Feldern gesäumt war. Ein Silver Cloud Rolls-Royce überholte ihn, und Cardone registrierte, daß der schwere Wagen ungewöhnlich schnell fuhr, viel zu schnell für den schmalen Feldweg. Er fuhr ein paar Meilen und nahm nur unbestimmt wahr, daß er jetzt durch offenes Land fuhr. Wahrscheinlich würde er auf der Einfahrt irgendeines Farmers umkehren müssen. Aber vor ihm kam jetzt eine lange, sich windende Kurve. Er erinnerte sich, daß diese Kurve breite Seitenstreifen hatte. Dort würde er kehrtmachen. Es war Zeit, zum Bahnhof zurückzukehren.

Er erreichte die Kurve und verlangsamte seine Fahrt, bereitete sich darauf vor, scharf nach rechts abzubiegen.

Aber das konnte er nicht.

Der Silver Cloud parkte neben der Straße unter den Bäumen und versperrte ihm den Weg.

Verärgert trat Cardone das Gaspedal durch und fuhr noch ein paar hundert Meter weiter, um abzubiegen.

Wieder am Bahnhof angelangt, sah Cardone auf die Uhr. Fünf Uhr neunzehn, fast fünf Uhr zwanzig. Er konnte den ganzen Bahnsteig überblicken. Er würde Tremayne sehen, wenn der ausstieg. Er hoffte, daß der Anwalt mit dem Fünf-Uhr-fünfundzwanzig-Zug kommen würde. Das Warten war unerträglich.

Ein Wagen hielt hinter seinem Cadillac an, und Cardone blickte auf.

Es war der Silver Cloud. Cardone begann heftig zu schwitzen.

Ein massiv gebauter Mann, gute sechs Fuß groß, stieg aus dem Wagen und kam langsam auf Cardones offenes Fenster zu. Er trug eine Chauffeur-Uniform.

»Mister Cardione?«

»Ich heiße Cardone.« Die Hände des Mannes, die Joes Fenster umfaßt hielten, waren mächtig. Viel größer und dicker als seine eigenen.

»Okay, wie Sie meinen...«

»Sie haben mich vor einer Weile überholt, nicht wahr? Auf der Saddle Road.«

»Ja, Sir, das habe ich. Ich bin den ganzen Tag nicht sehr weit von Ihnen entfernt gewesen.«

Cardone schluckte unwillkürlich und verlagerte sein Gewicht. »Ich finde das bemerkenswert. Ich brauche wohl nicht zu sagen, beunruhigend.«

»Es tut mir leid...«

»Entschuldigungen interessieren mich nicht. Ich möchte den Grund wissen. Warum verfolgen Sie mich? Ich kenne Sie nicht. Ich mag es nicht, wenn man mich verfolgt.«

»Das mag niemand. Ich tue nur, was man mir aufgetragen hat.«

»Und was ist das? Was wollen Sie?«

Der Chauffeur bewegte seine Hände, nur ein kurzes Stück, wie um auf ihre Größe und Stärke hinzuweisen. »Man hat mich angewiesen, Ihnen eine Nachricht zu überbringen, dann fahre ich weg. Ich habe eine lange Fahrt vor mir. Mein Chef lebt in Maryland.«

»Was für eine Nachricht? Von wem?«

»Mister da Vinci, Sir.«

»Da Vinci?«

»Ja, Sir. Ich glaube, er ist heute morgen mit Ihnen in Verbindung getreten.«

»Ich kenne Ihren Mr. da Vinci nicht... Was für eine Nachricht?«

»Daß Sie sich Mr. Tremayne nicht anvertrauen sollten.«

»Wovon reden Sie?«

»Nur von dem, was Mr. da Vinci mir aufgetragen hat, Mr. Cardione.«

Cardone starrte dem Hünen in die Augen. Hinter der ausdruckslosen Fassade war Intelligenz. »Warum haben Sie bis jetzt gewartet? Sie haben mich den ganzen Tag verfolgt. Sie hätten mich schon vor Stunden aufhalten können.«

»Dazu hatte ich keine Anweisung. In dem Wagen ist ein

Radiotelefon. Man hat mir erst vor ein paar Minuten den Auftrag gegeben, den Kontakt herzustellen.«

»*Wer* hat Ihnen den Auftrag gegeben?«

»Mr. da Vinci, Sir...«

»Das ist nicht sein Name! Also, wer ist es?« Cardone kämpfte gegen seine Wut. Er atmete tief, ehe er weitersprach. »Sagen Sie mir, wer da Vinci ist.«

»Die Nachricht enthält noch mehr«, sagte der Chauffeur, ohne auf Cardones Frage einzugehen. »Mr. da Vinci sagt, Sie sollten wissen, daß Tremayne mit Mr. Tanner gesprochen haben könnte. Niemand ist bis jetzt noch sicher, aber so sieht es aus.«

»Er hat *was*? Mit ihm über *was* gesprochen?«

»Ich weiß nicht, Sir. Es ist nicht meine Aufgabe, das zu wissen. Man bezahlt mich dafür, einen Wagen zu fahren und Nachrichten zu überbringen.«

»Ihre Nachricht ist nicht *klar*! Ich verstehe sie nicht! Was nützt eine Nachricht, wenn sie nicht klar ist!« Cardone kämpfte um Selbstkontrolle.

»Vielleicht hilft Ihnen der letzte Teil, Sir. Mr. da Vinci ist der Ansicht, es wäre eine gute Idee, wenn Sie herauszubringen versuchten, in welchem Maße Mr. Tremayne sich mit Tanner eingelassen hat. Aber Sie müssen vorsichtig sein. Sehr, sehr vorsichtig. Ebenso wie Sie auch mit Ihren Freunden aus Kalifornien vorsichtig sein müssen. Das ist wichtig.«

Der Chauffeur trat von dem Cadillac zurück und tippte mit zwei Fingern gegen das Schild seiner Mütze.

»Warten Sie!« Cardone wollte die Tür öffnen, aber der hünenhafte Mann in Uniform hielt die Türe zu.

»Nein, Mr. Cardione. Sie bleiben im Wagen. Sie sollten nicht auf sich aufmerksam machen. Der Zug kommt jetzt.«

»Nein, bitte! *Bitte*... Ich möchte mit da Vinci sprechen! Wir müssen uns sprechen! Wo kann ich ihn erreichen?«

»Geht nicht, Sir.« Der Chauffeur hielt die Türe ohne Mühe fest.

»Sie Flegel!« Cardone lehnte sich mit seinem ganzen Gewicht gegen die Tür. Sie gab ein Stück nach und knallte dann unter den Händen des Chauffeurs wieder zu. »Ich reiße Sie in Stücke!«

Der Zug hielt vor dem Bahnsteig an. Einige Männer stiegen aus, und dann heulte die Sirene des Zuges zweimal auf.

Der Chauffeur sagte leise: »Er ist nicht im Zug, Mr. Cardione. Er ist heute morgen mit dem *Wagen* in die Stadt gefahren. Auch das wissen wir.«

Der Zug setzte sich langsam wieder in Bewegung und rollte davon. Joe starrte den Hünen an, der seine Wagentüre zuhielt. Seine Wut war fast nicht mehr unter Kontrolle zu halten, aber er war Realist genug, um zu wissen, daß sie ihm nichts nützen würde. Der Chauffeur trat zurück, salutierte ein zweites Mal formlos und ging schnell auf den Rolls-Royce zu. Cardone schob die Wagentüre auf und trat auf das heiße Pflaster.

»Hello, Joe!« Das war Amos Needham, auch einer der Benutzer des Vorortzuges nach Manhattan. Ein Vizepräsident der Manufacturers Hanover Trust und Vorsitzender des Aktivitätenausschusses des Saddle Valley Country Club. »Ihr Leute von der Börse habt es leicht. Wenn es unruhig wird, bleibt Ihr zu Hause und wartet, bis die Wogen sich wieder glätten, wie?«

»Ja, klar, Amos.«

Cardone hatte immer noch den Chauffeur des Rolls im Auge, der jetzt in den Wagen gestiegen war und den Motor angelassen hatte.

»Das muß ich Ihnen sagen«, fuhr Amos fort, »ich weiß

wirklich nicht, wohin ihr jungen Leute uns noch bringt! – Haben Sie die Notierungen für DuPont gesehen? Alle anderen gehen baden, und die schießt in die Höhe! Ich habe meinem Effektenausschuß gesagt, die sollen lieber den Kaffeesatz lesen. Zum Teufel mit euch Maklern.« Needham lachte glucksend und hob dann plötzlich den Arm und winkte einem Lincoln Continental, der sich dem Bahnhof näherte. »Da kommt jetzt Ralph. Kann ich Sie mitnehmen, Joe...? Aber nein, Sie sind ja selbst gerade aus dem Wagen gestiegen.«

Der Lincoln rollte neben den Bahnsteig, und Amos Needhams Chauffeur schickte sich an, auszusteigen.

»Nicht nötig, Ralph. Ich kann schon noch eine Türe aufmachen. Übrigens, Joe... Dieser Rolls, dem Sie da nachsehen, erinnert mich an einen Freund. Aber das kann er nicht sein. Er hat in Maryland gelebt.«

Cardones Kopf fuhr herum und er starrte den unschuldigen Bankier an. »Maryland? *Wer* in Maryland?«

Amos Needham hielt seine Wagentüre auf und erwiderte Cardones Blick ungerührt. »Oh, Sie werden ihn nicht kennen. Er ist schon seit Jahren tot... Komischer Name. Wir haben uns immer darüber lustig gemacht... Er hieß Cäsar.«

Amos Needham stieg in seinen Lincoln und schloß die Tür. Am höchsten Punkt der Station Parkway bog der Rolls-Royce nach rechts und jagte auf die Hauptstraße nach Manhattan zu. Cardone blickte auf den geteerten Bahnsteig der Saddle Valley Station und hatte Angst.

Tremayne!

Tremayne war bei Tanner!

Osterman war bei Tanner!

Da Vinci... Cäsar!

Die Architekten des Krieges!

Und er, Guiseppe Ambruzzio Cardione, war alleine!

*Oh, Christus! Christus! Sohn Gottes! Gesegnete Maria!
Gesegnete Maria, Mutter Christi! Wasche meine Hände mit
seinem Blut! Dem Blut des Lammes! Jesus! Jesus! Vergib mir
meine Sünden!... Maria und Jesus! Allmächtiger Gott!
Was habe ich getan?*

12.

Dienstag – 5.00 Uhr

Tremayne lief stundenlang ziellos herum; die vertrauten Straßen der East hinauf und hinunter. Und dennoch – wenn jemand ihn aufgehalten und ihn gefragt hätte, wo er sich befände, hätte er keine Antwort bekommen.

Er war ausgepumpt, leer. Erschreckt. Blackstone hatte alles gesagt und nichts aufgeklärt.

Und Cardone hatte gelogen. Entweder seiner Frau gegenüber oder seinem Büro, aber darauf kam es nicht an. Worauf es ankam, war, daß Cardone nicht zu erreichen war. Tremayne wußte, daß die Panik nicht aufhören würde, bis er und Cardone gemeinsam ergründet hatten, was Osterman getan hatte.

Hatte Osterman sie verraten?
War es das wirklich? *War das möglich?*
Er überquerte die Vanderbilt Avenue und erkannte plötzlich, daß er zum Biltmore Hotel gegangen war, ohne überhaupt an ein Ziel zu denken.

Das war begreiflich, dachte er. Das Biltmore brachte ihm Erinnerungen an sorglose Zeiten zurück.

Er ging durch die Lobby und erwartete fast einen vergessenen Freund aus der Jugendzeit zu sehen – und plötzlich starrte er einen Mann an, den er seit mehr als fünfundzwanzig Jahren nicht mehr gesehen hatte. Er kannte das Gesicht, auch wenn es sich in den Jahren schrecklich verändert hatte – aufgedunsen kam es Tremayne vor, faltig –, aber er konnte sich nicht an den Namen erinnern. Das war noch in der Oberschule gewesen.

Etwas verlegen gingen die beiden Männer aufeinander zu.

»Dick... Dick Tremayne! Sie *sind* doch Dick Tremayne, oder?«

»Ja. Und Sie... Jim?«

»Jack! Jack Townsend! Wie geht es dir, Dick?«

Die beiden Männer schüttelten sich die Hand, Townsend mit viel mehr Begeisterung. »Das sind bestimmt schon fünfundzwanzig, nein dreißig Jahre! Prima siehst du aus! Wie zum Teufel schaffst du es, dein Gewicht zu halten? Ich hab's aufgegeben.«

»Gut siehst du aus. Wirklich prima. Ich wußte gar nicht, daß du in New York bist.«

»Bin ich auch nicht. Ich wohne in Toledo. Ich bin bloß auf ein paar Tage hier... Bei Gott, ich hatte eine verrückte Idee, als ich im Flugzeug her kam. Ich habe das Hilton abbestellt und mir gedacht, ich nehme mir hier ein Zimmer. Bloß um zu sehen, ob von der alten Clique noch welche da sind. Verrückt, wie? Und jetzt schau, auf wen ich da stoße!«

»Das ist wirklich komisch. Echt. Ich hab' vor ein paar Sekunden dasselbe gedacht.«

»Trinken wir etwas.«

Townsend gab ununterbrochen Ansichten von sich, die ganz den Traditionen der Geschäftswelt entsprachen. Er war sehr langweilig.

Tremayne dachte die ganze Zeit an Cardone. Als er beim dritten Glas war, sah er sich nach der Telefonzelle in der Bar um, an die er sich noch aus seiner Jugend erinnerte. Sie war in der Nähe des Kücheneingangs versteckt; nur wohlgelittene Stammgäste des Biltmore wußten von ihrer Existenz.

Sie war nicht mehr da. Und Jack Townsend redete und redete, erinnerte sich mit lauter Stimme an alles das, woran man sich nicht erinnern konnte.

Einige Schritte von ihnen entfernt standen zwei Neger in Lederjacken, sie trugen Perlenketten um den Hals.

Früher, in jenen anderen Tagen, hätten die nicht hier gestanden.

In jenen angenehmen Tagen.

Tremayne kippte seinen vierten Drink hinunter; und Townsend hörte und hörte nicht auf zu reden.

Er *mußte* Joe anrufen! Jetzt fing die Panik wieder an. Vielleicht würde Joe das Rätsel um Osterman mit einem einzigen Satz lösen.

»Was ist denn los mit dir, Dick? Du siehst so aufgeregt aus.«

»So wahr mir Gott helfe, das ist das erstemal, daß ich seit Jahren wieder hier bin.« Tremaynes Worte klangen lallend, und er wußte es. »Ich muß telefonieren. Entschuldige bitte.«

Townsend legte Tremayne die Hand auf den Arm. Er sprach ganz leise.

»Willst du Cardone anrufen?«

»Was?«

»Ich hab' dich gefragt, ob du Cardone anrufen willst.«

»Wer bist du? – Wer zum Teufel bist du?«

»Ein Freund von Blackstone. Ruf Cardone nicht an. Du darfst das unter keinen Umständen tun. Wenn du das tust, schlägst du einen Nagel in deinen eigenen Sarg. Verstehst du das?«

»Ich verstehe überhaupt nichts! Wer bist du? Wer ist

Blackstone?« Tremayne versuchte zu flüstern, aber seine Stimme hallte durch den ganzen Raum.

»Ich will mal so sagen. Es kann sein, daß Cardone gefährlich ist. Wir vertrauen ihm nicht. Wir sind seiner nicht sicher. Ebensowenig wie wir uns der Ostermans sicher sind.«

»Was sagst du da?«

»Es kann sein, daß sie sich zusammengetan haben. Vielleicht fliegst du jetzt solo. Du mußt es ganz cool angehen und sehen, was du herausfinden kannst. Wir melden uns wieder... Aber das hat dir ja Mr. Blackstone schon gesagt, oder?«

Und dann tat Townsend etwas Seltsames. Er nahm einen Geldschein aus der Brieftasche und legte ihn vor Richard Tremayne. Er sagte nur zwei Worte, als er sich umdrehte und durch die Glastüre hinaus ging:

»Nimm es.«

Es war eine Einhundert-Dollar-Note.

Was hatte er damit gekauft?

Gar nichts, dachte Tremayne. Es war nur ein Symbol. Ein Preis. Ein beliebiger Preis.

Als Fassett das Hotelzimmer betrat, waren bereits zwei Männer dort, die über einen Kartentisch gebeugt waren und verschiedene Papiere und Landkarten studierten. Einer war Grover. Der andere Mann hieß Cole. Fassett nahm den Panamahut und die Sonnenbrille ab und legte sie auf die Kommode.

»Alles in Ordnung?« fragte Grover.

»Läuft wie geschmiert. Falls Tremayne sich im Biltmore nicht zu sehr betrinkt.«

»Wenn er das tut«, sagte Cole, ohne den Blick von einer Straßenkarte von New Jersey zu nehmen, »wird ein freundlicher, bestechlicher Cop die Situation in Ordnung bringen. Er wird nach Hause kommen.«

»Habt ihr auf beiden Seiten der Brücke Leute aufgestellt?«

»Und bei den Tunnels. Manchmal nimmt er den Lincoln-Tunnel und fährt den Parkway hinauf. Die stehen alle in Funkverbindung.« Cole kritzelte etwas auf ein Blatt durchsichtiges Zeichenpapier, das über der Karte lag.

Das Telefon klingelte. Grover trat an den Nachttisch und nahm ab.

»Hier Grover... Oh? Ja, wir überprüfen das noch einmal, aber ich bin sicher, daß wir es erfahren hätten, wenn er... Machen Sie sich keine Sorgen. Schon gut. Wir bleiben in Verbindung.« Grover legte den Hörer auf und stand neben dem Telefon.

»Was ist denn?« Fassett zog seine weiße Palm-Beach-Jacke aus und begann sich die Ärmel hochzukrempeln.

»Das war die Logistik in Los Angeles. Die haben ihn zwischen der Zeit, in der er das Studio verlassen hat und in der man ihn später auf der Mulholland Drive wieder fand, auf etwa zwanzig Minuten verloren. Sie machen sich Sorgen, daß er vielleicht Cardone oder Tremayne erreicht haben könnte.«

Cole blickte vom Tisch auf. »Gegen ein Uhr nach unserer Zeit – zehn in Kalifornien?«

»Ja.«

»Negativ. Cardone war in seinem Wagen, und Tremayne auf den Straßen. Keiner konnte erreicht werden...«

»Ich verstehe schon, was die meinen«, unterbrach Fassett. »Tremayne hat heute mittag keine Zeit vergeudet, mit Cardone in Verbindung zu treten.«

»Das haben wir einkalkuliert, Larry», sagte Cole. »Wir hätten sie beide aufgehalten, wenn ein Zusammentreffen verabredet worden wäre.«

»Ja, ich weiß. Aber das wäre riskant gewesen.«

Cole lachte und nahm das durchsichtige Papier vom Tisch. »Ihr plant – und wir kontrollieren. Hier ist jede Seitenstraße, die nach ›Leder‹ führt.«

»Die haben wir.«

»George hat vergessen, eine Kopie mitzubringen, und die anderen sind bei den Männern. Eine Kommandozentrale sollte immer eine Landkarte des Zielgebietes haben.«

»*Mea culpa*. Ich war bis zwei Uhr früh in der Besprechung und mußte die Maschine um halb sieben nehmen. Ich hab' auch meinen Rasierapparat und meine Zahnbürste und weiß Gott was sonst noch alles vergessen.«

Wieder klingelte das Telefon und Grover hob ab.

»...verstehe... Augenblick.« Er streckte den Hörer weg und sah zu Laurence Fassett hinüber. »Unser zweiter Chauffeur hatte eine kleine Auseinandersetzung mit Cardone...«

»O Gott! Hoffentlich gab's keinen Ärger.«

»Nein, nein. Unser heißblütiger Sportler versuchte den Wagen zu verlassen und handgreiflich zu werden. Nichts passiert.«

»Sag ihm, er soll nach Washington zurückfahren. Das Zielgebiet verlassen.«

»Fahr zurück nach D.C., Jim... Ja, freilich kannst du das. Okay. Wir sehen uns im Camp.« Grover legte auf und ging an den Kartentisch zurück.

»Was kann Jim ›freilich‹ tun?« fragte Fassett.

»Den Rolls in Maryland abgeben. Er meint, Cardone hätte sich die Nummer notiert.«

»Gut. Und die Familie Cäsar?«

»Prima vorbereitet«, unterbrach Cole. »Sie können es gar nicht erwarten, von Guiseppe Ambruzzio Cardione zu hören. Ganz wie der Vater, und überhaupt nicht wie der Sohn.«

»Was soll das bedeuten?« Grover hielt sein Feuerzeug unter die Zigarette.

»Der alte Cäsar hat sich auf unredliche Weise ein Dutzend Vermögen verdient. Sein ältester Sohn arbeitet im Büro des Generalstaatsanwaltes und führt einen fanatischen Feldzug gegen die Mafia.«

»Der will wohl die Sünden der Familie wegwaschen?«

»So etwas ähnliches.«

Fassett ging ans Fenster und blickte auf die weite Fläche des südlichen Central Park hinunter. Als er weitersprach, war seine Stimme ganz leise, klang aber so befriedigt, daß seine Begleiter lächeln mußten.

»Alles läuft wie am Schnürchen. Jeder hat seinen kleinen Schock bekommen. Die sind alle verwirrt und verstört. Keiner von ihnen weiß, was er tun oder mit wem er reden soll. Jetzt bleiben wir ruhig und beobachten sie. Wir lassen sie vierundzwanzig Stunden in Ruhe. In völliger Ruhe... Und Omega hat keine Wahl. Omega muß handeln.«

13.

Mittwoch – 10.15 Uhr

Es war viertel nach zehn, bis Tanner sein Büro erreichte. Es war ihm fast unmöglich gewesen, sein Haus zu verlassen, aber er wußte, daß Fassett recht hatte. Er setzte sich an seinen Schreibtisch und sah sich geistesabwesend seine Post und die verschiedenen Hausmitteilungen an. Jeder wollte einen sprechen. Keiner wollte ohne seine Zustimmung eine Entscheidung treffen.

Er nahm das Telefon und wählte New Jersey.

»Hello, Ali?«

»Tag, Honey. Hast du was vergessen?«

»Nein... Nein. Ich wollte nur deine Stimme hören. Was machst du?«

Auf Orchard Place 22, Saddle Valley, New Jersey, lächelte Alice Tanner. Ein Gefühl der Wärme durchzog sie. »Was ich mache? Nun, ich beaufsichtige der Anweisung des großen Paschas gemäß den Sohn der beiden, wie er den Keller saubermacht. Und ebenfalls gemäß Anweisung des großen Paschas verbringt seine Tochter einen heißen Julivormittag damit, Lesen zu üben. Wie sollte sie sonst vor Erreichen des zwölften Lebensjahres die Aufnahmeprüfung nach Berkeley schaffen?«

Tanner spürte die Anklage, die in diesen Worten lag. Als seine Frau ein junges Mädchen gewesen war, hatte sie oft einsame, schreckliche Sommertage verbracht. Ali wollte, daß es Janet nicht auch so ging.

»Nun, übertreib's nicht. Laß ein paar Kinder rüberkommen.«

»Das mach ich vielleicht. Aber Nancy Loomis hat angerufen und gefragt, ob Janet zum Mittagessen kommen kann...«

»Ali...« Tanner nahm den Hörer in die linke Hand. »Ich würde mich auf ein paar Tage bei den Loomis ein wenig rar machen...«

»Was soll das heißen?«

John erinnerte sich seiner täglichen Zugfahrten mit Jim Loomis. »Jim hat da so ein kleines Aktienmanöver vor. Eine Menge Leute im Zug wollen mitmachen. Wenn ich ihm bis nächste Woche aus dem Weg gehen kann, kann ich mich da raushalten.«

»Was sagt Joe?«

»Er weiß nichts davon. Loomis möchte nicht, daß Joe etwas erfährt. Hausrivalität, denke ich.«

»Ich sehe nicht ein, daß es etwas damit zu tun hat, wenn Janet...«

»Ist aber besser so. Wir haben das Geld nicht, auf das er aus ist.«

»Das kannst du zweimal sagen!«

»Und – tu mir einen Gefallen. Bleib heute in der Nähe des Telefons.«

Alice sah unwillkürlich den Hörer an, den sie in der Hand hielt. »Warum?«

»Ich kann jetzt nichts sagen, aber ich erwarte einen wichtigen Anruf. Wovon wir immer geredet haben...«

Alice Tanner senkte unwillkürlich ihre Stimme und lächelte. »Jemand hat dir etwas angeboten!«

»Könnte sein. Die wollen mich zu Hause anrufen und eine Verabredung zum Mittagessen mit mir treffen.«

»Oh, John. Wie aufregend!«

»Es könnte interessant sein.« Plötzlich schmerzte es ihn, mit ihr zu sprechen. »Wir reden später noch mal.«

»Klingt herrlich, Darling. Ich drehe die Glocke lauter. So laut, daß man sie in New York hören kann.«

»Ich ruf dich später an.«

»Dann kannst du mir ja Einzelheiten erzählen.«

Tanner legte den Hörer langsam auf die Gabel. Die Lügen hatten angefangen... Aber seine Familie würde zu Hause sein.

Er wußte, daß er sich jetzt um seine Arbeit kümmern mußte. Fassett hatte ihn gewarnt. Es durfte keinen Bruch in seinem normalen Verhalten geben, und der Normalzustand für einen Nachrichtenchef war ein Zustand, der fast der Hysterie nahe kam. Und Tanner war bei Standard Mutual dafür bekannt, daß er Schwierigkeiten unter Kontrolle bekommen konnte. Wenn es je in seinem Berufsleben eine Zeit gab, in der er Chaos vermeiden mußte, dann war diese Zeit jetzt da.

Er nahm den Telefonhörer ab. »Norma. Ich lese Ihnen jetzt die Liste der Leute vor, die ich heute morgen empfange, und Sie rufen sie an. Sagen Sie jedem, daß ich nicht viel Zeit habe, und geben Sie keinem mehr als fünfzehn Minuten, wenn ich es nicht ausdrücklich sage. Es wäre gut, wenn jeder seine Probleme und Vorschläge jeweils auf eine halbe Schreibmaschinenseite zusammenfassen würde. Das können Sie denen ja sagen. Ich habe hier noch ziemlich viel auf dem Tisch.«

Damit war er bis nach halb eins beschäftigt. Dann schloß er seine Tür und rief seine Frau an.

Niemand meldete sich.

Er ließ das Telefon fast zwei Minuten lang klingeln, bis die Abstände zwischen den einzelnen Klingelsignalen länger und länger zu werden schienen.

Keine Antwort am Telefon – dem Telefon, dessen Glocke so laut eingestellt war, daß man sie in New York hören konnte.

Es war zwölf Uhr fünfunddreißig. Ali ging wahrscheinlich davon aus, daß zwischen zwölf und halb zwei niemand anrufen würde. Wahrscheinlich hatte sie etwas aus dem Supermarkt gebraucht. Oder sie hatte beschlossen, mit den Kindern auf ein paar Hamburger in den Club zu fahren. Oder sie hatte Nancy Loomis nicht abweisen können und Janet zum Mittagessen hinübergebracht. Oder sie war in die Bücherei gefahren – Ali pflegte an den Sommernachmittagen häufig am Pool zu liegen und zu lesen.

Tanner versuchte sich Ali bei all diesen Dingen vorzustellen. Daß sie das eine oder das andere oder einiges oder gar alles tat.

Er wählte wieder, und wieder meldete sich niemand. Er rief den Club an.

»Tut mir leid, Mr. Tanner. Wir haben sie draußen ausrufen lassen. Mrs. Tanner ist nicht da.«

Die Loomis. Natürlich, sie war zu den Loomis gegangen.

»Hello, John. Alice hat gesagt, Janet hätte sich den Magen verdorben. Vielleicht ist sie mit ihr zum Arzt gefahren.«

Um acht Minuten nach eins hatte John Tanner weitere zweimal zu Hause angerufen. Das letzte Mal hatte er das Telefon fast fünf Minuten lang klingeln lassen. Er malte sich aus, wie Ali atemlos zur Tür herein gerannt kam und wartete ein weiteres Klingelzeichen ab, hoffte, daß sie abnehmen würde.

Aber es geschah nicht.

Immer wieder sagte er sich, daß er sich albern verhielt. Er selbst hatte den Streifenwagen hinter ihnen gesehen, als Ali ihn zum Bahnhof fuhr. Fassett hatte ihn gestern davon überzeugt, daß seine Wachhunde gründlich waren.

Fassett.

Er nahm den Hörer ab und wählte die Nummer, die Fassett ihm für Notfälle gegeben hatte. Es war eine Nummer in Manhattan.

»Grover...«

Wer? dachte Tanner.

»Hello? Hello? – Hier spricht George Grover.«

»Mein Name ist John Tanner. Ich versuche, Laurence Fassett zu erreichen.«

»Oh, hello, Mr. Tanner. Ist etwas? Fassett ist nicht da. Kann ich Ihnen helfen?«

»Sind Sie ein Kollege von Fassett?«

»Ja, das bin ich, Sir.«

»Ich kann meine Frau nicht erreichen. Ich habe ein paarmal anzurufen versucht. Sie meldet sich nicht.«

»Vielleicht ist sie aus dem Haus gegangen. Ich würde mir da keine Sorgen machen. Sie wird überwacht.«

»Sind Sie da ganz sicher?«
»Natürlich.«
»Ich habe sie gebeten, in der Nähe des Telefons zu bleiben. Sie dachte, ich erwarte einen wichtigen Anruf...«
»Ich nehme Verbindung mit unseren Männern auf und rufe Sie dann gleich wieder an. Das wird Sie beruhigen.«
Tanner legte auf. Plötzlich war es ihm peinlich, daß er angerufen hatte. Aber fünf Minuten verstrichen, und sein Telefon klingelte nicht. Er wählte Fassetts Nummer, aber sie war besetzt. Er legte schnell wieder auf und fragte sich, ob Grover nicht gerade versucht hatte, ihn anzurufen. So mußte es sein. Er würde es gleich wieder versuchen.
Aber sein Apparat klingelte nicht.
Tanner nahm den Hörer auf und wählte langsam und sorgfältig, vergewisserte sich, daß jede Ziffer stimmte.
»Grover.«
»Hier ist Tanner. Ich dachte, Sie wollten gleich zurückrufen!«
»Tut mir leid, Mr. Tanner. Wir haben da ein Problem. Nichts, worüber Sie sich Sorgen zu machen brauchten.«
»Was verstehen Sie unter Problem?«
»Den Kontakt mit unseren Außendienstleuten herzustellen. Das ist nicht ungewöhnlich. Schließlich können wir nicht erwarten, daß sie jede Sekunde in der Nähe des Autotelefons sind. Wir werden sie in Kürze erreichen und Sie dann zurückrufen.«
»Das genügt mir nicht!« John Tanner knallte den Hörer auf die Gabel und sprang auf. Gestern nachmittag hatte Fassett ihm ihre Bewegungen in allen Einzelheiten geschildert – bis zu den präzisen Vorgängen zum Zeitpunkt seines Telefonanrufs. Und jetzt konnte dieser Grover keinen der Männer erreichen, die angeblich seine Familie bewachten. Was hatte Fassett gesagt?

»Wir haben dreizehn Agenten in Saddle Valley...«

Und Grover konnte keinen einzigen von ihnen erreichen. Dreizehn Männer und keiner war zu erreichen!

Er ging zur Türe. »Ich muß dringend weg, Norma. Passen Sie bitte auf mein Telefon auf. Wenn ein gewisser Grover anruft, sagen Sie ihm, ich wäre nach Hause gefahren.«

SADDLE VALLEY
GEGRÜNDET 1862
Willkommen

»Und wohin jetzt, Mister?«

»Geradeaus. Ich zeige es Ihnen.«

Das Taxi erreichte den Orchard Drive, sie waren jetzt nur noch zwei Straßen von seinem Haus entfernt; Tanners Puls hämmerte. Immer wieder malte er sich den Kombi in der Einfahrt aus. Noch eine Biegung, und er würde ihn sehen können – wenn er da war. Wenn er da war, würde alles in Ordnung sein. Herrgott! Laß doch alles in Ordnung sein!

Der Kombi stand nicht in der Einfahrt.

Tanner sah auf die Uhr.

Zwei Uhr fünfundvierzig. Viertel vor drei! Und Ali war nicht da!

»Links. Das Haus mit den Holzschindeln.«

»Ein schönes Haus, Mister. Wirklich schön.«

»Schnell!«

Das Taxi bog in die Einfahrt. Tanner zahlte und riß die Tür auf. Er wartete den Dank des Fahrers nicht ab.

»Ali! Ali!« Tanner rannte durch den Wäscheraum, um in der Garage nachzusehen.

Nichts. Der kleine Triumph stand dort.

Stille.

Und doch war da etwas. Ein Geruch. Ein schwacher, Übelkeit erregender Geruch, den Tanner nicht unterbringen konnte.

»Ali! Ali!« Er rannte zur Küche zurück und sah durch das Fenster den Pool. O Gott! Er starrte die Wasseroberfläche an und rannte zur Hoftüre. Das Schloß hatte sich verklemmt, er warf sich dagegen, riß den Riegel ab und rannte hinaus.

Gott sei Dank! Im Wasser war nichts!

Sein kleiner Welsh-Terrier regte sich im Schlaf. Die Leine des Tieres war mit einer Öse an einem gespannten Drahtseil befestigt, und er fing sofort mit seiner scharfen, hysterisch klingenden Stimme zu bellen an.

Er rannte ins Haus zurück zur Kellertüre.

»Ray! Janet! Ali!«

Stille. Nur das unablässige Bellen des Hundes draußen.

Er ließ die Kellertür offen und rannte zur Treppe.

Hinauf!

Er nahm jeweils ein paar Stufen mit einem Satz; die Türen zu den Kinderzimmern und dem Gästezimmer standen offen. Die Türe zu seinem und Alis Schlafzimmer war verschlossen.

Und dann hörte er es. Den leisen Klang eines Radios. Alis Uhrenradio mit der automatischen Abschaltvorrichtung, die das Radio zu einem beliebigen Zeitpunkt innerhalb einer Stunde abschaltete. Er und Ali benutzten immer diese Abschaltvorrichtung, wenn sie das Radio benutzten, nie den gewöhnlichen Schalter. Es war eine Angewohnheit. Und Ali war seit zweieinhalb Stunden nicht mehr da. Jemand anderer hatte das Radio eingeschaltet.

Er öffnete die Tür.

Da war niemand.

Er wollte schon kehrtmachen und die restlichen Räume des Hauses durchsuchen, als er es sah. Ein Zettel mit roten Farbstiftbuchstaben darauf neben dem Uhrenradio.

Er trat an den Nachttisch.

*Ihre Frau und Ihre Kinder haben eine unerwartete
Fahrt gemacht. Sie finden sie bei einem alten
Bahnhof an der Lassiter Road.*

In seiner Panik erinnerte Tanner sich an den alten aufgegebenen Bahnhof. Er stand mitten im Wald, an einer selten benutzten Nebenstraße.

Was hatte er getan? Um Gottes willen, was hatte er getan? Er hatte sie umgebracht! Wenn das so war, würde er Fassett umbringen! Grover umbringen! Alle umbringen, die hätten aufpassen sollen!

Er rannte aus dem Schlafzimmer, die Treppe hinunter in die Garage. Die Tür stand offen, und er sprang in den Sitz des Triumph und ließ den Motor an.

Tanner jagte den kleinen Sportwagen durch die Einfahrt, fegte durch die lange Kurve des Orchard Drive und versuchte sich zu erinnern, was der schnellste Weg nach Lassiter Road war. Er erreichte einen Teich, Lassiter Lake, wie er sich erinnerte. Die Bewohner von Saddle Valley benutzten ihn im Winter zum Eislaufen. Lassiter Road lag auf der anderen Seite und schien in einem ziemlich verwilderten Waldstreifen zu verschwinden.

Er hielt das Gaspedal niedergedrückt, fing an, auf sich selbst einzureden, dann zu schreien.

Ali! Ali! Janet! Ray!

Die Straße war kurvig. Blinde Flecken, Kurven, Sonnenstrahlen, die zwischen den dicht beieinanderstehenden Bäumen hindurchblitzten. Es gab keine anderen Fahrzeuge, überhaupt keine Spuren von Leben.

Plötzlich tauchte der alte Bahnhof vor ihm auf. Und da war auch sein Kombi – auf dem verwahrlosten Parkplatz, umgeben von hohem Gras. Tanner trat neben dem Kombi auf die Bremsen. Niemand war zu sehen.

Er sprang aus dem Triumph und rannte auf den Kombi zu. Im nächsten Augenblick verlor er die Kontrolle über sein Bewußtsein. Das Schreckliche war Wirklichkeit. Das Unglaubliche war geschehen.

Auf dem Boden vor der vorderen Sitzbank saß seine Frau. Zusammengesunken, reglos. Und hinten die kleine Janet und sein Sohn. Die Köpfe unten, reglos auf die roten Sitzpolster drapiert. Herrgott! Herrgott! Es war geschehen! Seine Augen füllten sich mit Tränen. Er zitterte am ganzen Körper.

Er riß die Türe auf, schrie vor Schrecken auf, und plötzlich schlug ihm ein Geruch entgegen, derselbe Übelkeit erregende Geruch, den er in seiner Garage wahrgenommen hatte. Er packte Alis Kopf und zog sie in die Höhe, so erschreckt, daß all seine Empfindungen wie gelähmt waren.

»Ali! Ali! Mein Gott! *Bitte! Ali!*«

Seine Frau schlug langsam die Augen auf. Sie blinzelte. Bei Bewußtsein und doch nicht bei Bewußtsein. Sie bewegte die Arme.

»Wo... wo? *Die Kinder!*« Sie zog das Wort hysterisch in die Länge. Ihr Schrei riß Tanner in die Wirklichkeit zurück, ließ ihn wieder mit seinen Sinnen eins werden. Er sprang auf und griff über den Sitz nach seinem Sohn und seiner Tochter.

Sie bewegten sich. Sie lebten! Sie lebten *alle*!

Ali stieg aus dem Kombi und sank zu Boden. Ihr Mann hob seine Tochter vom Rücksitz und hielt sie fest, als sie zu weinen anfing.

»Was ist passiert? Was ist passiert?« Alice Tanner zog sich in die Höhe.

»Nicht sprechen, Ali. Du mußt jetzt atmen, ganz tief durchatmen. Komm!« Er ging zu ihr und reichte ihr die schluchzende Janet. »Ich hole jetzt Ray.«

»Was ist passiert? Sag nicht, daß ich nicht...«

»Sei still. Du mußt jetzt nur atmen. Kräftig durchatmen!«

Er half seinem Sohn vom Rücksitz. Dem Jungen war übel, er fing an, sich zu übergeben. Tanner legte seinem Sohn die Hand auf die Stirn und hielt ihn mit dem linken Arm an der Hüfte.

»John, du kannst nicht einfach...«

»Du mußt jetzt gehen. Versuche Janet dazu zu bringen, daß sie auch geht! Tu, was ich sage!«

Alice Tanner tat gehorsam und benommen, was ihr Mann befahl. Der Junge begann den Kopf in Tanners Hand zu bewegen.

»Fühlst du dich jetzt besser, Junge?«

»Mann! – Mann! Wo sind wir?« Plötzlich hatte der Junge Angst.

»Schon gut. Alles ist gut... Ihr seid alle – alle – in Ordnung.«

Tanner sah zu seiner Frau hinüber. Sie hatte Janets Füße auf den Boden gestellt und hielt sie in den Armen. Das Kind weinte jetzt laut, und Tanner sah zu, angefüllt mit Haß und Furcht. Er ging zum Kombi, um nachzusehen, ob die Schlüssel in der Zündung steckten.

Sie steckten nicht. Das ergab keinen Sinn.

Er sah unter den Sitzen nach, im Handschuhfach, auf dem Rücksitz. Dann sah er sie. In ein Stück weißes Papier gewickelt, mit einem Gummiband darum. Das Päckchen war zwischen die Notsitze gezwängt, so, daß man es kaum sehen konnte.

Seine Tochter weinte jetzt laut, und Alice Tanner hob das Kind auf und versuchte es zu beruhigen, wiederholte immer wieder, daß ja alles gut wäre.

Tanner vergewisserte sich, daß seine Frau ihn nicht sehen konnte, hielt das kleine Päcken hinter den Rücksitz, zog das Gummiband herunter und wickelte das Papier auseinander.

Es war leer.

Er zerknüllte das Papier und schob es sich in die Tasche. Er würde Ali jetzt sagen, was passiert war. Sie würden weggehen. Weit weg. Aber er würde es ihr *nicht* vor den Kindern sagen.

»Steig in den Wagen!« Tanner sagte das ganz leise zu seinem Sohn und ging dann zu seiner Frau und nahm ihr das hysterisch weinende Mädchen weg. »Hol die Schlüssel aus dem Triumph, Ali. Wir fahren nach Hause.«

Seine Frau stand vor ihm, die Augen vor Furcht geweitet. Tränen strömten ihr über das Gesicht. Sie versuchte, sich zusammenzureißen, gab sich alle Mühe, nicht zu schreien.

»Was ist passiert? Was ist mit uns passiert?«

Das Heulen eines Motors hinderte Tanner an der Antwort. In seiner Wut war er dankbar dafür. Der Saddle-Valley-Streifenwagen jagte heran und bremste höchstens zehn Meter von ihnen entfernt.

Jenkins und McDermott sprangen aus dem Wagen. Jenkins hatte den Revolver gezogen.

»Alles in Ordnung?« Er rannte auf Tanner zu. McDermott eilte zu dem Kombiwagen und redete leise auf den Jungen ein, der auf dem Rücksitz saß.

»Wir haben den Zettel in Ihrem Schlafzimmer gefunden. Übrigens, wir haben wahrscheinlich den größten Teil Ihres Eigentums sicherstellen können.«

»Unseres was?« Alice Tanner starrte den Polizeibeamten an.

»Welches Eigentum?«

»Zwei Fernsehgeräte, Mrs. Tanners Schmuck, eine Kassette mit Silberbesteck, etwas Bargeld. Wir haben eine Liste auf dem Revier. Wir wissen nicht, ob wir alles haben. Die haben den Wagen ein paar Straßen von Ihrem Haus entfernt stehen lassen. Vielleicht haben sie sonst noch etwas mitgenommen. Sie müssen das prüfen.«

Tanner reichte seine Tochter Ali.

»Wovon zum Teufel reden Sie?«

»Man hat Sie beraubt. Ihre Frau muß zurückgekommen sein, als die gerade bei der Arbeit waren. Sie und die Kinder sind in der Garage mit Gas betäubt worden. Das waren Profis, gar kein Zweifel.

Wirkliche Profimethoden...

»Sie lügen«, sagte Tanner leise. »Da war nichts...«

»Bitte!« unterbrach Jenkins. »Das Wichtigste sind jetzt Ihre Frau und die Kinder.«

Wie auf ein Zeichen rief McDermott jetzt auf dem Kombi. »Ich möchte den Jungen ins Krankenhaus bringen. *Jetzt!*«

»Oh, mein Gott!« Alice Tanner rannte zu dem Wagen, die Tochter in den Armen haltend.

»McDermott kann sie mitnehmen«, sagte Jenkins.

»Wie kann ich Ihnen vertrauen? Sie haben mich belogen. In meinem Haus fehlte nichts. Da waren keine Fernseher verschwunden, keinerlei Anzeichen eines Einbruchs! Warum haben sie gelogen?«

»Jetzt ist keine Zeit. Ich schicke Ihre Frau und die Kinder mit McDermott weg«, sagte Jenkins schnell.

»Die kommen mit *mir*!«

»Nein, das tun sie nicht.« Jenkins hob die Pistole leicht an.

»Ich bringe Sie um, Jenkins.«

»Was steht dann noch zwischen Ihnen und Omega?« sagte Jenkins ruhig. »Seien Sie vernünftig. Fassett ist schon unterwegs. Er möchte Sie sprechen.«

»Es tut mir leid. Wirklich, aufrichtig leid. Das wird – das kann nie wieder vorkommen.«

»Was *ist* denn vorgekommen? Wo war denn Ihr unfehlbarer Schutz?«

»Ein logistischer Fehler in einem Überwachungsplan, der

nicht überprüft war. Das ist die Wahrheit. Es hat keinen Sinn, Sie zu belügen. Ich trage die Verantwortung.«

»Sie waren nicht hier draußen.«

»Trotzdem bin ich verantwortlich. Für das Leder-Team trage ich die Verantwortung. Omega sah, daß ein Posten nicht gesichert war – übrigens weniger als fünfzehn Minuten lang –, und sie haben zugeschlagen.«

»Das kann ich nicht zulassen. Sie haben das Leben meiner Frau und meiner Kinder aufs Spiel gesetzt!«

»Ich sagte Ihnen doch, es ist unmöglich, daß sich das wiederholt. Außerdem – und in gewisser Weise sollte Sie das beruhigen – bestätigt jener Nachmittag, daß Omega nicht tötet. Terror ja. Mord nein.«

»Warum? Weil Sie das sagen? Ich glaube das einfach nicht. Der CIA ist nicht unfehlbar, dafür gibt es genügend Beispiele. Sie treffen keine Entscheidungen mehr für *mich*, damit das einmal klar ist.«

»Oh? Dann treffen *Sie* die jetzt?«

»Ja.«

»Seien Sie kein Narr. Wenn nicht Ihretwegen, dann um Ihrer Familie willen.«

Tanner stand auf. Durch die Jalousetten sah er, daß vor dem Motelfenster zwei Männer Wache hielten.

»Ich bringe sie weg.«

»Wohin werden Sie gehen?«

»Ich weiß nicht. Jedenfalls bleibe ich nicht hier.«

»Sie glauben, daß Omega Ihnen nicht folgen wird?«

»Warum sollte es das... Warum sollten sie das? Ich habe mit *ihnen* nichts zu tun.«

»Das werden sie nicht glauben.«

»Dann werde ich ihnen das klarmachen!«

»Wollen Sie eine Anzeige in die *Times* setzen?«

»Nein!« Tanner fuhr herum und deutete mit ausgestrecktem Zeigefinger auf den CIA-Mann. »Sie werden das tun! Sie können das machen, wie Sie wollen, denn wenn Sie es nicht tun werden, wird jede Nachrichtensendung im ganzen Land von dieser Operation berichten, und wie ungeschickt und dumm Sie sie durchgeführt haben. Das überleben Sie nicht.«

»Sie auch nicht, weil Sie tot sein werden und Ihre Frau auch. Ihr Sohn und Ihre Tochter – tot.«

»Sie können mir nicht drohen...«

»Um Himmels willen, schauen Sie sich doch die Geschichte an! Schauen Sie sich an, was *wirklich passiert* ist!« brach es aus Fassett heraus. Dann senkte er die Stimme plötzlich und hob die Hand an die Brust, sprach langsam. »Nehmen Sie mich... Meine Frau ist in Ost-Berlin getötet worden. Sie haben sie aus keinem anderen Grunde ermordet, als weil sie mit mir verheiratet war. Man – erteilte mir eine Lektion. Und um mir diese Lektion zu erteilen, nahmen sie mir meine Frau. Drohen Sie mir nicht – ich habe das alles hinter mir. Sie waren in Sicherheit. Schön, jetzt sind Sie es nicht mehr.«

Tanner war betroffen. »Was wollen Sie damit sagen?«

»Ich will Ihnen sagen, daß Sie genau das tun werden, was wir geplant haben. Wir sind jetzt zu nahe am Ziel. Ich will Omega.«

»Sie können mich nicht zwingen, und das wissen Sie auch!«

»Doch, das kann ich... Wenn Sie nämlich aussteigen, wenn Sie fliehen, ziehe ich jeden Agenten aus Saddle Valley ab. Dann sind Sie alleine... Und ich glaube nicht, daß Sie alleine mit der Situation fertig werden.«

»Ich schaffe meine Familie weg...«

»Seien Sie nicht verrückt! Omega hat sich einen ganz gewöhnlichen logistischen Fehler zunutze gemacht. Das bedeutet, daß sie, wer auch immer sie sind, wachsam sind. Äußerst wachsam, schnell und gründlich. Welche Chance, glauben Sie wohl, daß Sie haben? Welche Chance geben Sie Ihrer Familie? Wir haben zugegeben, daß wir einen Fehler gemacht haben. Wir werden keine mehr machen.«

Tanner wußte, daß Fassett recht hatte. Wenn man ihn jetzt im Stich ließ, verfügte er nicht über die Mittel, um die Lage zu kontrollieren.

»Sie überlassen nichts dem Zufall, wie?«

»Taten Sie das je – in einem Minenfeld?«

»Ich glaube nicht... Das heute nachmittag. Was war das?«

»Terrortaktik. Ohne Identifizierung. Für den Fall, daß Sie sauber sind. Wir erkannten, was geschehen war und haben eine Gegenerklärung aufgebaut. Wir werden einen Teil Ihres Eigentums zurückhalten – Kleinigkeiten, wie Schmuck, bis das vorbei ist. Das macht es authentisch.«

»Womit Sie sagen wollen, daß Sie von mir erwarten, daß ich diese Einbruchsgeschichte mitmache.«

»Natürlich. Das ist am sichersten.«

»Ja... Natürlich.« Tanner griff in die Tasche nach Zigaretten. Das Telefon klingelte, und Fassett nahm ab.

Er sprach mit leiser Stimme und wandte sich dann Tanner zu.

»Ihre Familie ist wieder zu Hause. Alles in Ordnung. Noch etwas verängstigt, aber okay. Ein paar von unseren Männern schaffen Ordnung. Es sieht ziemlich übel aus. Sie versuchen, Fingerabdrücke abzunehmen. Natürlich wird man feststellen, daß die Diebe Handschuhe trugen. Ihrer Frau haben wir gesagt, daß Sie noch auf dem Revier sind und Ihre Aussage machen.«

»Verstehe.«

»Möchten Sie, daß wir Sie zurückbringen?«

»Nein... Nein, das möchte ich nicht. Ich nehme an, ich werde ohnehin verfolgt.«

»Sicherheitsüberwachung ist der korrekte Begriff.«

Tanner ging in das Village Pub, das einzige elegante Lokal von Saddle Valley, und rief die Tremaynes an.

»Ginny, hier spricht John. Ich würde gerne mit Dick sprechen. Ist er da?«

»John *Tanner*?«

Warum sagte sie das? Sein Name. Sie kannte seine Stimme.

»Ja. Ist Dick da?«

»Nein – natürlich nicht. Er ist im Büro. Was ist denn?«

»Nichts Wichtiges.«

»Kannst du es nicht auch mir sagen?«

»Ich brauche bloß einen kleinen juristischen Rat. Ich versuch's in seinem Büro. Wiedersehen.« Tanner wußte, daß er es schlecht gemacht hatte. Er hatte sich auffällig benommen.

Aber das hatte Virginia Tremayne auch.

Tanner wählte New York.

»Tut mir leid, Mr. Tanner. Mr. Tremayne ist in Long Island. Eine Besprechung.«

»Es ist dringend. Können Sie mir die Nummer geben?«

Tremaynes Sekretärin gab sie ihm widerstrebend. Er wählte.

»Tut mir leid, Mr. Tremayne ist nicht hier.«

»Sein Büro hat gesagt, er hätte dort eine Besprechung.«

»Er hat heute morgen angerufen und abgesagt. Es tut uns leid, Sir.«

Tanner legte den Hörer auf und wählte dann die Nummer der Cardones.

»Daddy und Mommy sind den ganzen Tag nicht da. Onkel

John. Sie haben gesagt, sie kommen nach dem Abendessen. Soll ich sagen, daß sie anrufen sollen?«

»Nein – nein, das ist nicht notwendig...«

Er hatte ein leeres Gefühl im Magen. Er wählte die Vermittlung, gab ihr die Nummer und die seiner Kreditkarte, und dann klingelte dreitausendvierhundert Meilen entfernt in Beverly Hills ein Telefon.

»Hier bei Osterman.«

»Ist Mr. Osterman da?«

»Nein, er ist nicht im Hause. Wer spricht bitte?«

»Ist Mrs. Osterman da?«

»Nein.«

»Wann erwarten Sie sie zurück?«

»Nächste Woche. Wer spricht bitte?«

»Cardone. Joseph Cardone.«

»C-A-R-D-O-N-E...«

»Richtig. Wann sind sie abgereist?«

»Sie sind gestern abend nach New York geflogen. Mit dem Zehn-Uhr-Flug, glaube ich.«

John Tanner legte auf. Die Ostermans waren in New York! Sie waren um sechs Uhr früh eingetroffen!

Die Tremaynes, die Cardones, die Ostermans.

Alle da. Niemand zu erreichen.

Einer oder alle.

Omega!

14.

Donnerstag – 15.00 Uhr

Fassett hatte ein überzeugendes Bühnenbild geschaffen. Als Tanner nach Hause zurückkehrte, waren die Zimmer aufgeräumt, aber es herrschte noch Unordnung. Stühle standen nicht am gewohnten Ort, Teppiche waren verschoben, Lampen standen am falschen Platz; die Hausfrau hatte die Dinge noch nicht zurechtgerückt.

Ali sagte ihm, wie die Polizei ihr geholfen hatte; wenn sie etwas ahnte, ließ sie sich davon jedenfalls nichts anmerken.

Aber Ali hatte als Kind mit der Gewalt gelebt. Der Anblick von Polizisten in ihrem Haus war ihr nicht fremd. Sie konnte mit einem Mindestmaß von Hysterie auf sie reagieren.

Ihr Mann dagegen war überhaupt nicht auf die Rolle vorbereitet, die er spielen mußte. Das war jetzt schon die zweite Nacht, in der sein Schlaf unruhig, am Ende unmöglich war. Er blickte auf das Ziffernfeld des Uhrenradios. Es war fast drei Uhr früh, und seine Gedanken kreisten immer noch, seine Augen weigerten sich, geschlossen zu bleiben.

Das hatte keinen Sinn. Er mußte aufstehen, herumlaufen; vielleicht etwas essen, etwas lesen, rauchen.

Irgend etwas, das ihm half, mit dem Denken aufzuhören.

Er und Ali hatten vor dem Zubettgehen ein paar Brandys getrunken – für Ali zu viel; sie schlief tief, vom Alkohol und von der Erschöpfung.

Tanner stieg aus dem Bett und ging hinunter. Er wanderte ziellos herum; aß die Überreste einer Melone in der Küche auf, las die Drucksachen im Flur, die mit der Post gekommen waren, blätterte im Wohnzimmer in ein paar Zeitschriften herum. Schließlich ging er in die Garage. Der schwache – inzwischen kaum merkbare Geruch des Gases, mit dem man seine Frau und die Kinder betäubt hatte, hing immer noch in der Luft. Er kehrte ins Wohnzimmer zurück, vergaß das Licht in der Garage auszuschalten.

Als er seine letzte Zigarette ausmachte, sah er sich nach einem frischen Päckchen um; mehr um der Sicherheit willen, daß eines da war, als weil er eine Zigarette gebraucht hätte. In seinem Arbeitszimmer war eine Schachtel. Als er die oberste Schublade seines Schreibtischs aufzog, ließ ihn ein Geräusch aufblicken.

Es klopfte am Fenster, und der Lichtkegel einer Taschenlampe kreiste.

»Jenkins, Mr. Tanner«, sagte die halberstickte Stimme. »Kommen Sie an Ihre Hintertür.«

Tanner nickte erleichtert der dunklen Gestalt auf der anderen Seite des Glases zu.

»Der Riegel war abgebrochen«, sagte Jenkins leise, als Tanner die Küchentür öffnete. »Wir wissen nicht, wie es passiert ist.«

»Das war ich. Was machen Sie dort draußen?«

»Wir stellen sicher, daß sich das von gestern nachmittag nicht wiederholt. Wir sind zu viert. Wir haben uns gefragt, was *Sie* tun. Im Erdgeschoß brennt überall Licht. Selbst in der Garage. Ist etwas? Hat Sie jemand angerufen?«

»Wußten Sie das nicht?«

Jenkins lächelte, als er durch die Tür trat. »Eigentlich sollten wir das, das wissen Sie. Aber gegen mechanische Defekte gibt es keine Gewähr.«

»Ja, wahrscheinlich. Mögen Sie eine Tasse Kaffee?«

»Nur wenn Sie genug für die drei anderen mitmachen. Die dürfen ihre Posten nicht verlassen.«

»Sicher.« Tanner füllte die Kanne. »Genügt Pulverkaffee?«

»Freilich. Danke.« Jenkins setzte sich an den Küchentisch

und schob sich das schwere Polizeihalfter zurecht, daß es locker herunterhing. Er musterte Tanner und sah sich dann im Raum um.

»Ich bin froh, daß *Sie* draußen sind. Wirklich, ich bin dankbar. Ich weiß, daß das ein Job für Sie ist, aber...«

»Nicht bloß ein Job. Wir machen uns Sorgen.«

»Das ist gut zu hören. Haben Sie eine Frau und Kinder?«

»Nein, Sir. Ich bin ledig.«

»Ich dachte, Sie wären verheiratet.«

»Nein, mein Partner, McDermott, ist verheiratet.«

»Oh, verstehe... Sie sind jetzt – warten Sie – seit zwei Jahren hier, nicht wahr?«

»Etwa.«

Tanner drehte sich am Ofen um und sah Jenkins an. »Sind Sie einer von ihnen?«

»Wie bitte?«

»Ich fragte, ob Sie einer von ihnen wären. Heute nachmittag haben Sie den Namen Omega gebraucht. Das bedeutet, daß Sie einer von Fassetts Leuten sind.«

»Ich hatte Anweisung, was ich zu Ihnen sagen sollte. Natürlich habe ich Mr. Fassett kennengelernt.«

»Aber Sie sind doch kein Kleinstadtpolizist, oder?«

Jenkins hatte keine Zeit zu antworten. Ein Schrei hallte von draußen herein. Die beiden Männer in der Küche hatten dieses Geräusch schon einmal gehört, Tanner in Frankreich, Jenkins am Jalu-Fluß in Korea. Es war ein Schrei, wie man ihn nur im Augenblick des Todes ausstößt.

Jenkins sprang zur Tür und rannte hinaus, Tanner dicht hinterher. Zwei weitere Männer tauchten aus der Dunkelheit auf.

»Es ist Ferguson! Ferguson!« Ihre Stimmen klangen hart, aber sie schrien nicht. Jenkins rannte um den Pool herum und auf das Wäldchen hinter Tanners Grundstück zu. Der Nachrichtenchef stolperte und versuchte, mit ihm Schritt zu halten.

Die verstümmelte Leiche lag in einem Gebüsch. Man hatte ihr den Kopf abgeschnitten; die Augen waren geweitet, als hätte man die Lider durchbohrt und mit Nägeln festgespannt.

»Kehren Sie um, Mr. Tanner! Bleiben Sie im Haus! Nicht hinsehen! Kein Laut!« Jenkins hielt den erstarrten Nachrichtenchef an den Schultern und stieß ihn von der Leiche weg. Die beiden anderen Männer rannten mit gezogenen Pistolen in das Wäldchen.

Tanner sank zu Boden; ihm war übel, und er empfand Angst, Angst, die alles überstieg, was er bisher empfunden hatte.

»Hören Sie mir zu«, flüsterte Jenkins und kniete neben dem zitternden Mann nieder. »Sie hätten diese Leiche nicht sehen sollen. Das hat nichts mit *Ihnen* zu tun! Es gibt gewisse Regeln, gewisse Zeichen, die wir alle kennen. Dieser Mann ist statt Fassett getötet worden.«

Die Leiche wurde in Segeltuch gehüllt, und zwei Männer hoben sie auf, um sie wegzutragen. Sie bewegten sich lautlos und mechanisch.

»Ihre Frau schläft noch«, sagte Fassett leise. »Das ist gut... Der Junge ist aufgestanden und herunter gekommen. McDermott hat ihm gesagt, Sie würden für die Männer Kaffee machen.«

Tanner setzte sich auf der anderen Poolseite ins Gras und versuchte, Sinn in die letzte Stunde zu bekommen. Fassett und Jenkins standen über ihm.

»Um Gottes willen, wie ist das passiert?« Er sah zu, wie die Männer die Leiche wegtrugen. Seine Stimme war kaum zu hören. Fassett kniete nieder.

»Man hat ihn von hinten angegriffen.«

»Von hinten?«

»Jemand, der das Wäldchen hinter Ihrem Haus kannte.« Fassetts Augen bohrten sich in die Tanners. Der andere spürte die unausgesprochene Anklage.

»Meine Schuld, nicht wahr?«

»Möglich. Jenkins hat seinen Posten verlassen. Seine Position lag daneben... Warum waren Sie unten? Warum brannten sämtliche Lichter im Erdgeschoß?«

»Ich konnte nicht schlafen. Ich bin aufgestanden.«

»In der Garage brannte Licht. Warum waren Sie in der Garage?«

»Ich – ich erinnere mich nicht. Wahrscheinlich habe ich über heute nachmittag nachgedacht.«

»Sie haben das Garagenlicht brennen lassen... Ich kann verstehen, daß man nervös wird, aufsteht, hinunter geht, eine Zigarette raucht, etwas trinkt. Das kann ich verstehen. Aber ich kann nicht verstehen, daß man in die Garage geht und das Licht brennen läßt. Wollten Sie irgendwohin, Mr. Tanner?«

»Irgendwohin? – Nein. Nein, natürlich nicht. Wohin sollte ich denn?«

Fassett blickte zu Jenkins auf, der Tanners Gesicht im schwachen Widerschein des Lichtes beobachtete, das vom Haus herüberkam. Jetzt sprach Jenkins.

»Sind Sie sicher?«

»Mein Gott... Sie dachten, ich wollte wegrennen. Sie dachten, ich würde fliehen, und sind hereingekommen, um mich aufzuhalten.«

»Bleiben Sie leise, bitte.« Fassett stand auf.

»Glauben Sie, daß ich das tun würde? Glauben Sie auch nur einen Augenblick lang, daß ich meine Familie verlassen würde?«

»Sie könnten ja Ihre Familie mitnehmen«, antwortete Jenkins.

»O Gott! Deshalb sind Sie ans Fenster gekommen. Deshalb haben Sie Ihren...« Tanner konnte den Satz nicht zu Ende führen. Ihm war übel, und er fragte sich, ob er sich wohl übergeben würde. Er sah die beiden Beamten an. »Herrgott!«

»Wahrscheinlich wäre es ohnehin passiert.« Fassetts Stimme klang ganz ruhig. »Das gehörte nicht – gehörte nicht zu irgendeinem ursprünglichen Plan. Aber sie müssen verstehen. Sie haben sich *abnormal* verhalten. Es war für Sie nicht *normal*, das zu tun, was Sie getan haben. Sie müssen alles, was Sie tun, genau beobachten. Alles, was Sie tun oder sagen. Das dürfen Sie nicht vergessen. *Niemals.*«

Tanner stand unsicher auf. »Sie machen doch damit nicht weiter? Sie müssen das jetzt abblasen!«

»Abblasen? Einer meiner Männer ist soeben getötet worden. Wenn wir es jetzt abblasen, sind Sie ebenfalls tot. Sie und der Rest Ihrer Familie.«

Tanner sah die Trauer in den Augen des Agenten. Man widersprach solchen Männern nicht. Sie sagten die Wahrheit.

»Haben Sie die anderen überprüft?«

»Ja, das haben wir.«

»Wo sind sie?«

»Die Cardones sind zu Hause. Tremayne ist in New York geblieben; seine Frau ist hier draußen.«

»Und was ist mit den Ostermans?«

»Darauf komme ich später. Sie sollten jetzt hineingehen. Wir haben die Streife verdoppelt.«

»Nein, das werde ich nicht. Was ist mit den Ostermans. Sind sie nicht in Kalifornien?«

»Sie wissen, daß sie das nicht sind. Sie haben heute nachmittag um sechzehn Uhr sechsundvierzig in Kalifornien angerufen.«

»Wo sind sie dann?«

Fassett sah den Nachrichtenchef an und antwortete einfach: »Sie haben sich offensichtlich unter einem anderen Namen ein Zimmer genommen, wir wissen, daß sie in der New Yorker Gegend sind. Wir werden sie finden.«

»Dann hätte es Osterman sein können.«

»Ja, kann sein. Sie sollten jetzt hineingehen. Machen Sie sich keine Sorgen. Wir haben eine ganze Armee hier draußen.«

Tanner blickte zu dem Wäldchen hinüber, wo Fassetts Mann ermordet worden war. Sein ganzer Körper zitterte einen Augenblick lang unkontrollierbar. Die Nähe eines solch brutalen Todes erschütterte ihn. Er nickte dem Beamten zu und ging dann zu seinem Haus. Er spürte nur eine Übelkeit erregende Leere in sich.

»Stimmt das mit Tremayne?« fragte Jenkins leise. »Ist er in der Stadt?«

»Ja. Er hatte ziemlich viel getrunken und hat sich ein Zimmer im Biltmore genommen.«

»Hat jemand sein Zimmer heute abend überprüft?«

Fassett wandte seine Aufmerksamkeit von der Gestalt Tanners ab, der soeben im Haus verschwand. Er sah Jenkins an. »Ja, früher. Unser Mann hat berichtet, daß er kurz nach Mitternacht auf sein Zimmer gegangen – besser getorkelt – ist. Wir haben ihm gesagt, er solle Tremayne gegen sieben wieder übernehmen. Was ist denn, was stört Sie?«

»Das weiß ich noch nicht. Das wird klarer sein, sobald wir Cardones Aufenthalt bestätigt haben.«

»Das haben wir bestätigt. Er ist zu Hause.«

»Wir vermuten, daß er zu Hause ist, weil wir bis jetzt keinen Anlaß hatten, etwas anderes anzunehmen.«

»Das sollten Sie besser erklären.«

»Die Cardones hatten Gäste zum Abendessen. Drei Paare. Sie sind alle zusammen in einem Wagen mit New Yorker Nummer gekommen. Die Überwachung hat gesagt, sie seien um halb eins in großer Eile abgefahren... Ich frage mich jetzt, ob Cardone in diesem Wagen war. Es war finster. Es hätte sein können.«

»Das wollen wir überprüfen. Beides. Das Biltmore wird kein Problem sein. Was Cardone betrifft, so werden wir da Vinci einen weiteren Anruf machen lassen.«

Achtzehn Minuten später saßen die beiden Beamten auf dem Vordersitz eines Wagens einige hundert Meter von Tanners Haus entfernt. Die Übertragung war klar und deutlich:

»Information eingetroffen, Mr. Fassett. Der da-Vinci-Anruf hat uns nicht weitergebracht. Mrs. Cardone sagte, ihr Mann fühle sich nicht wohl; er hätte sich in ein Gästezimmer schlafen gelegt, und sie wollte ihn nicht stören. Sie hat übrigens dann einfach aufgelegt. Das Biltmore hat bestätigt. In Zimmer hunderteinundzwanzig ist niemand. Tremayne hat überhaupt nicht in seinem Bett geschlafen.«

»Danke, New York«, sagte Laurence Fassett und legte den Schalter auf OFF. Er sah zu Jenkins hinüber. »Können Sie sich vorstellen, daß ein Mann wie Cardone um halb fünf Uhr früh einen Anruf ablehnt? Von da Vinci?«

»Er ist nicht da.«

»Und Tremayne auch nicht.«

15.

Donnerstag, 6.40 Uhr

Fassett sagte ihm, er könne am Donnerstag zu Hause bleiben. Nicht, daß es dazu einer Erlaubnis bedurft hätte; keine zehn Pferde hätten ihn wegbringen können. Fassett sagte auch, daß er am Morgen mit ihm Verbindung aufnehmen würde. Die endgültigen Pläne für den totalen Schutz der Familie Tanner würden ihm dargelegt werden.

Der Chefredakteur zog seine Khakihosen an und trug seine Mokassins und ein Sporthemd nach unten. Er sah auf die Küchenuhr: zwanzig Minuten vor sieben. Die Kinder würden frühestens in eineinhalb Stunden aufstehen, und Ali würde, wenn er Glück hatte, bis halb zehn oder zehn schlafen.

Tanner fragte sich, wie viele Männer wohl draußen waren. Fassett hatte gesagt, es wäre eine ganze Armee, aber was würde eine Armee schon nützen, wenn Omega seinen Tod wollte? Was hatte eine Armee dem Agenten im Wald um halb vier Uhr früh genützt? Es gab zu viele Möglichkeiten. Zu viele Gelegenheiten. Fassett mußte das jetzt begreifen. Das Ganze war zu weit gegangen. Wenn das Unglaubliche wahr war, wenn die Ostermans, die Cardones oder die Tremaynes wirklich ein Teil von Omega waren, konnte er sie nicht einfach an seiner Türe begrüßen, als ob nichts geschehen wäre. Es war absurd!

Er ging zur Küchentür, schloß sie auf und ging ins Freie. Er würde auf das Wäldchen zugehen, bis er jemanden sah. Er würde Fassett erreichen.

»Guten Morgen.« Das war Jenkins. Er hatte dunkle Ringe um die Augen, die von Müdigkeit zeugten. Er saß am Waldrand auf dem Boden. Man konnte ihn vom Haus aus nicht sehen, nicht einmal vom Pool aus.

»Hello. Sie kommen wohl überhaupt nicht zum Schlafen?«

»Ich werde um acht abgelöst. Mir macht das nichts aus. Was ist mit Ihnen? Sie sind erschöpft.«

»Hören Sie, ich will Fassett sehen. Ich muß ihn sprechen, ehe er weitere Pläne macht.«

Der Streifenbeamte sah auf die Armbanduhr. »Er wollte

Sie anrufen, sobald wir ihm meldeten, daß Sie auf seien. Ich glaube nicht, daß er damit gerechnet hat, daß es so früh sein würde. Ist aber vielleicht ganz gut. Warten Sie mal.« Jenkins ging ein paar Schritte in das Wäldchen hinein und kam gleich darauf mit einer Segeltuchtasche zurück, die ein Funkgerät enthielt. »Gehen wir. Wir fahren hinüber.«

»Warum kann er nicht herkommen?«

»Seien Sie ganz ruhig. Niemand könnte sich Ihrem Haus nähern. Kommen Sie. Sie werden es gleich sehen.«

Jenkins nahm das Funkgerät an dem Trageriemen und führte Tanner auf einem neu hergerichteten Weg in das Wäldchen, das sein Grundstück umgab. Alle dreißig oder vierzig Fuß waren Männer postiert. Sie knieten, saßen, lagen auf dem Bauch, blickten zum Haus hinüber, unsichtbar aber wachsam. Jedesmal wenn Jenkins und Tanner sich einem der Männer näherten, zog der die Waffe. Jenkins gab das Funkgerät der Streife an der Ostflanke.

»Rufen Sie Fassett. Sagen Sie, wir kommen hinüber«, sagte er.

»Der Agent ist letzte Nacht getötet worden, weil der Killer wußte, daß man ihn erkannt hatte. Ein Teil von Omega wäre identifiziert worden, und das war unannehmbar.« Fassett schlürfte seinen Kaffee und sah Tanner an. »Es war auch eine Warnung, aber das betrifft Sie nicht.«

»Er ist fünfzig Meter von meinem Haus entfernt ermordet worden, praktisch vor den Augen meiner Familie! *Alles* betrifft mich!«

»Schon gut! – Versuchen Sie zu verstehen. Wir können annehmen, daß die Information über Sie zurückgelaufen ist; denken Sie daran, Sie sind bloß Tanner, der Nachrichtenredakteur, sonst nichts. Die kreisen jetzt wie die Falken, und jeder beargwöhnt den anderen. Keiner weiß, ob die anderen

Komplizen haben, eigene Späher... Der Killer – *ein* Tentakel von Omega – hat private Nachforschungen angestellt. Er ist mit dem Agenten kollidiert; er hatte gar keine andere Wahl, als ihn zu töten. Er kannte ihn nicht, hatte ihn nie zuvor gesehen. Das einzige, dessen er sicher sein konnte, war, daß, wer auch immer den Mann aufgestellt hatte, unruhig werden würde, wenn er sich nicht meldete. Wer auch immer für jenen Mann im Wald verantwortlich war, würde kommen und ihn finden. Das war die Warnung; sein Tod.«

»Sie können dessen nicht sicher sein.«

»Wir haben es hier nicht mit Amateuren zu tun. Der Killer wußte, daß die Leiche vor Tagesanbruch entfernt werden würde. Ich habe Ihnen schon in Washington gesagt, Omega ist fanatisch. Eine enthauptete Leiche fünfzig Meter von Ihrem Haus entfernt, das ist die Art von Fehler, die nach einer NKWD-Exekution schreit. *Falls* Omega verantwortlich war. Wenn nicht...«

»Woher wissen Sie denn, daß die nicht zusammenarbeiten? Wenn die Ostermans oder die Cardones oder die Tremaynes damit zu tun haben, könnten sie es ja gemeinsam geplant haben.«

»Unmöglich. Die waren nicht mehr in Verbindung, seit wir angefangen haben, sie unter Druck zu setzen. Wir haben ihnen allen – jedem einzelnen – widersprüchliche Geschichten eingeflößt, unlogische Unterstellungen, Halbwahrheiten. Wir haben Telegramme über Zürich geleitet, Telefonanrufe über Lissabon, Botschaften von Fremden in Sackstraßen übermitteln lassen. Jedes Paar tappt im dunkeln. Keiner weiß, was die anderen machen.«

Der Agent namens Cole blickte von dem Sessel am Hotelfenster zu Fassett auf. Er wußte, daß Fassett sich dieser letzten Behauptung nicht absolut sicher sein konnte. Sie hatten die Ostermans fast zwölf Stunden lang aus den Augen verloren. Bei Tremayne und Cardone gab es Überwachungslücken von drei beziehungsweise dreieinhalb Stunden. Trotzdem, dachte Cole, Fassett hatte recht, das zu sagen.

»Wo sind die Ostermans? Sie sagten letzte Nacht – heute früh –, Sie wüßten nicht, wo sie sind.«

»Wir haben sie gefunden. In einem New Yorker Hotel. Nach dem, was wir erfahren haben, ist es zweifelhaft, daß Osterman letzte Nacht in der Gegend war.«

»Aber sicher sind Sie nicht.«

»Ich sagte zweifelhaft. Nicht außer Zweifel.«

»Und Sie sind überzeugt, daß es einer von ihnen gewesen sein muß?«

»Das vermuten wir. Der Killer war fast sicher ein Mann. Es – es gehörte ungeheure Kraft dazu... Er kannte die Umgebung des Grundstücks besser als wir. Und Sie sollten wissen, daß wir den Besitz schon seit Wochen studiert haben.«

»Um Himmels willen, halten Sie die doch auf! Konfrontieren Sie sie! Sie können nicht zulassen, daß das weitergeht!«

»Wen denn?« fragte Fassett leise.

»*Alle!* Ein Mann ist *getötet* worden!«

Fassett stellte die Kaffeetasse ab. »Wenn wir Ihrem Vorschlag gemäß handeln, was, wie ich zugebe, sehr verlockend klingt – schließlich war es mein Mitarbeiter, der getötet wurde –, geben wir nicht nur jede Chance auf, Omega auffliegen zu lassen, sondern wir gehen auch mit Ihnen und Ihrer Familie ein Risiko ein, das ich nicht rechtfertigen könnte.«

»Sie wissen ganz genau, daß wir möglicherweise ein beliebig größeres Risiko eingehen.«

»Sie sind nicht in Gefahr. Nicht, solange Sie fortfahren, sich normal zu verhalten. Wenn wir jetzt zuschlagen, geben wir zu, daß das Weekend eine Falle ist. Eine Falle, die nicht ohne Ihre Unterstützung aufgebaut werden konnte. Wir würden praktisch Ihr Todesurteil unterzeichnen.«

»Das verstehe ich nicht.«

»Dann glauben Sie es mir, ohne zu verstehen«, sagte Fassett scharf. »Omega muß zu *uns* kommen. Eine andere Möglichkeit gibt es nicht.«

Tanner wartete und musterte Fassett aufmerksam. »Das stimmt nicht ganz, oder? Was Sie sagen, ist... Es ist zu spät.«

»Sie sind sehr scharfsinnig.«

Fassett nahm seine Tasse und ging zu dem Tisch, auf dem eine Thermosflasche mit Kaffee stand. »Wir haben nur noch einen Tag. Höchstens zwei. Bis dahin wird ein Teil von Omega zerbrechen. Wir brauchen nur einen. Einer der sich von ihnen löst. Dann ist es vorbei.«

»Und eine einzige Stange Dynamit in meinem Haus jagt uns alle in die Hölle.«

»Dazu wird es nicht kommen. Keine Gewalttätigkeiten. Keine, die sich gegen Sie richten. Um es ganz einfach auszudrücken, Sie sind unwichtig. Die interessieren sich jetzt nur mehr füreinander.«

»Und was war gestern nachmittag?«

»Wir haben uns mit der Polizei getarnt. Ein Einbruch. Bizarr, zugegeben, aber nichtsdestoweniger ein Einbruchdiebstahl. Genau das, was Ihre Frau meint, daß passiert ist. So wie sie glaubt, daß es sich zugetragen hat. Sie brauchen überhaupt nichts zu leugnen.«

»Aber *die* wissen, daß es eine Lüge ist. Die werden unseren Bluff auffliegen lassen.«

Fassett blickte ruhig von der Thermosflasche auf. »Dann haben wir Omega ja, nicht wahr? Dann wissen wir, wer es ist.«

»Und was soll ich tun? Den Telefonhörer abnehmen und Sie anrufen? Die haben vielleicht andere Vorstellungen...«

»Wir werden jedes Wort hören, das in Ihrem Haus gesprochen wird, beginnend mit Ihrem ersten Gast morgen nachmittag. Im späteren Verlauf des heutigen Morgens werden zwei Fernsehmechaniker kommen, um die Geräte zu reparieren, die bei dem Einbruch beschädigt wurden. Während sie die Antennenanlage überprüfen, werden sie im ganzen Haus miniaturisierte Lauschmikrofone anbringen. Und sobald morgen Ihr erster Gast eintrifft, werden die Mikrofone eingeschaltet.«

»Sie wollen behaupten, daß Sie sie erst dann einschalten?«

Cole unterbrach ihn. »Ja, früher nicht. Wir interessieren uns nicht für Ihr Privatleben, nur für Ihre Sicherheit.«

»Sie sollten jetzt zurückgehen«, sagte Fassett. »Jenkins setzt Sie am Südende Ihres Grundstücks ab. Sie konnten nicht schlafen, also haben Sie einen kleinen Spaziergang gemacht.«

Tanner ging langsam zur Türe. Dort blieb er stehen und sah sich zu Fassett um. »Es ist genauso, wie es in Washington war, nicht wahr? Sie lassen mir keine Alternative.«

Fassett wandte sich ab. »Wir treten mit Ihnen in Verbindung. An Ihrer Stelle würde ich mich entspannen, in den Club gehen, Tennis spielen, schwimmen. Das lenkt Sie ab. Dann fühlen Sie sich besser.«

Tanner sah Fassett ungläubig an. Er wurde entlassen, weggeschickt, so wie ein unwichtiger Untergebener weggeschickt wird, ehe eine wichtige Konferenz beginnt.

»Kommen Sie«, sagte Cole und stand auf. »Ich bringe Sie zum Wagen.« Während sie gingen, fügte er hinzu: »Ich glaube, Sie sollten wissen, daß der Tod jenes Mannes gestern nacht Fassetts Aufgabe wesentlich komplizierter macht, als sie je begreifen werden. Dieser Mord war gegen ihn gerichtet. Er war *seine* Warnung.«

Tanner musterte Cole scharf. »Was wollen Sie damit sagen?«

»Zwischen alten Profis gibt es gewisse Signale, und das ist eines davon. Sie sind jetzt unwichtig... Fassett ist brillant. Er hat die Kräfte in Bewegung gesetzt, jetzt kann nichts mehr sie aufhalten. Die Leute, die Omega ins Leben gerufen haben, erkennen, was geschehen ist. Und sie beginnen zu begreifen, daß sie vielleicht hilflos sein werden. Sie wollen, daß der verantwortliche Mann weiß, daß sie wiederkommen werden. Irgendwann. Ein abgeschnittener Kopf bedeutet ein Massaker, Mr. Tanner. Die haben seine Frau getötet. Jetzt hat er drei Kinder, um die er sich Sorgen machen muß.«

Tanner spürte, wie die Übelkeit wieder in ihm aufstieg.
»In was für einer Art Welt leben denn Leute wie Sie?«
»In derselben Welt wie Sie.«

16.

Donnerstag – 10.15 Uhr

Als Alice am Donnerstag um Viertel nach zehn aufwachte, war ihre erste Reaktion, auf alle Ewigkeit im Bett bleiben zu wollen. Sie konnte die Kinder im Erdgeschoß streiten hören und im Hintergrund die unverständlichen, aber geduldigen Worte ihres Mannes, der die Auseinandersetzung schlichtete. Sie dachte über seinen bemerkenswerten Sinn für kleine Freundlichkeiten nach, aus denen, wenn man sie zusammenrechnete, echte Besorgtheit wurde. Nach so vielen Ehejahren war das nicht schlecht.

Vielleicht war ihr Mann nicht so schnell und nicht so dramatisch wie Dick Tremayne oder so spürbar mächtig wie Joe Cardone oder so witzig und clever wie Bernie Osterman, aber sie hätte um nichts in der Welt mit Ginny, Betty oder Leila tauschen wollen. Selbst wenn alles noch einmal von vorne beginnen würde, würde sie auf John Tanner warten. Er war eine seltene Art Mann. Er wollte teilen, *mußte* teilen. *Alles.* Keiner der anderen war so. Nicht einmal Bernie, obwohl er John am ähnlichsten war. Selbst Bernie hatte seine Geheimnisse, die er für sich behielt, so sagte Leila wenigstens.

Am Anfang hatte sich Alice gefragt, ob das Bedürfnis ihres Mannes, alles zu teilen, nur die Folge des Mitleids war, das er für sie empfand. Sie hatte den größten Teil ihres Lebens, ehe sie John Tanner begegnet war, auf der Flucht oder auf der Suche nach einem Zufluchtsort verbracht. Ihr Vater, ein Mensch, der stets darum bemüht war, all die Unbilden der Welt ins rechte Lot zu setzen, hatte nie lang an einem Ort bleiben können.

Ein zeitgenössischer John Brown.

Die Zeitungen hatten ihn am Ende als einen – Verrückten bezeichnet.

Und ganz am Ende hatte ihn die Polizei von Los Angeles getötet.

Sie erinnerte sich noch an die Worte.

Los Angeles, 10. Februar 1945.
Jason McCall, von dem die Behörden annehmen,
daß er im Sold der Kommunisten stand, wurde
heute außerhalb seines Hauptquartiers im Canyon
erschossen, als er herauskam und mit etwas
herumfuchtelte, das wie eine Waffe aussah.
Die Polizei von Los Angeles und Agenten des
Federal Bureau of Investigation machten McCalls
Aufenthaltsort nach umfänglichen
Suchoperationen ausfindig...

Die Polizei von Los Angeles und die Agenten des FBI hatten sich freilich nicht die Mühe gemacht festzustellen, daß Jason McCalls Waffe ein verbogenes Stück Metall war, das er seine ›Pflugschar‹ nannte.

Zum Glück war Alice bei einer Tante in Pasadena gewesen, als man ihren Vater erschossen hatte. Sie hatte den jungen Studenten der Journalistik, John Tanner, bei der öffentlichen Untersuchung nach dem Tode ihres Vaters kennengelernt. Die Behörden von Los Angeles wollten, daß die Untersuchung öffentlich durchgeführt wurde. Sie wollten keinen Märtyrer schaffen. Sie wollten klarstellen, daß der Tod McCalls unter gar keinen Umständen Mord gewesen war.

Was er natürlich war.

Der junge Journalist, der gerade aus dem Krieg zurückgekehrt war, wußte das und bezeichnete es auch so. Und obwohl seine Geschichte der Familie McCall keinen Nutzen brachte, brachte es ihn dem traurigen, verwirrten Mädchen näher, das dann später seine Frau wurde.

Alice hörte zu denken auf und drehte sich im Bett herum. Das alles gehörte der Vergangenheit an. Sie war jetzt, wo sie sein wollte.

Einige Minuten später hörte sie unten in der Halle fremde Männerstimmen. Sie wollte sich aufsetzen, als die Tür sich öffnete und ihr Mann hereinkam. Er lächelte, beugte sich über sie und küßte sie leicht auf die Stirn. Sie spürte trotz all seiner Beiläufigkeit, daß irgend etwas an ihm angespannt war.

»Wer ist denn unten?« fragte sie.

»Die Fernsehleute. Sie schließen die Geräte wieder an, aber die Antenne ist irgendwie beschädigt. Sie müssen den Fehler suchen.«

»Also muß ich aufstehen.«

»Ja. Ich kann ja schließlich nicht riskieren, daß du dich zwei gut gebauten Männern in Overalls im Bett zeigst.«

»Du hast auch einmal einen Overall getragen. Erinnerst du dich noch? In deinem letzten Semester hattest du den Job an der Tankstelle.«

»Ich erinnere mich auch noch, wie schnell ich die Overalls los war, wenn ich nach Hause kam. So, und jetzt aufstehen!«

Er war wirklich angespannt, dachte sie; er bemühte sich, die Situation und sich selbst unter Kontrolle zu bekommen. Er erklärte, daß er trotz der vielen Arbeit, die er donnerstags immer hatte, an diesem speziellen Donnerstag zu Hause bleiben würde.

Seine Erklärung war ganz einfach. Nach dem, was gestern nachmittag geschehen war, würde er trotz der noch andauernden polizeilichen Untersuchung seine Familie nicht alleine lassen. So lange nicht, bis alles aufgeklärt war.

Er fuhr mit ihnen in den Club, wo er und Ali mit ihren Nachbarn, Dorothy und Tom Scanlan, ein Doppel spielten. Man sagte Tom nach, er wäre so reich, daß er schon zehn Jahre nicht mehr gearbeitet hätte.

Ali fiel auf, wie entschlossen ihr Mann war, das Spiel zu gewinnen. Es war ihr peinlich, als er Tom vorwarf, falsch gezählt zu haben, und sie war geradezu erschüttert, als er einen ungewöhnlich scharfen Schmetterball so placierte, daß der Ball Dorothys Gesicht nur um Haaresbreite verfehlte.

Sie gewannen den Satz, und die Scanlans lehnten einen zweiten ab. Also gingen sie zum Pool, wo John die Kellner schikanierte. Im späteren Verlauf des Nachmittags entdeckte er McDermott und bestand darauf, daß er mit ihnen einen Drink nahm. McDermott war in den Club gekommen – erklärte John seiner Frau –, um ein Mitglied darauf aufmerksam zu machen, daß sein Wagen an einer lange abgelaufenen Parkuhr in der Stadt stand.

Und dann ging Tanner die ganze Zeit zum Telefon im Clubhaus. Er hätte sich eines an den Tisch neben den Pool bringen lassen können, aber das wollte er nicht. Er behauptete, die Woodward-Besprechungen fingen an, hitzig zu werden, und er wolle nicht in der Öffentlichkeit reden.

Alice glaubte das nicht. Ihr Mann besaß viele Talente, und eines der ausgeprägtesten davon war seine Fähigkeit, unter Druck ruhig, ja kalt zu bleiben. Und doch war er heute ganz offensichtlich der Panik nahe.

Sie kehrten um acht Uhr zum Orchard Drive zurück. Tanner schickte die Kinder ins Bett; Alice rebellierte.

»Jetzt reicht's!« sagte sie entschieden. Sie zog ihren Mann ins Wohnzimmer und packte ihn am Arm. »Du bist unvernünftig, Darling. Ich weiß, wie dir zumute war. Ich habe es auch gespürt, aber du hast den ganzen Tag nur Befehle erteilt und Leute angefaucht: Tu dies! Tu das! Das paßt nicht zu dir.«

Tanner erinnerte sich an Fassett. Er mußte ruhig bleiben, normal. Selbst mit Ali.

»Tut mir leid. Wahrscheinlich ist das eine Reaktion auf gestern. Aber du hast recht. Entschuldige bitte.«

»Ist schon vorbei«, meinte sie, ohne seine schnelle Entschuldigung wirklich zu akzeptieren. »Mich hat es wirklich erschreckt, aber jetzt ist alles gut. Es ist *vorbei*.«

Herrgott, dachte Tanner. Wollte Gott, daß es so einfach wäre. »Es ist vorbei, ich habe mich kindisch benommen, und ich möchte, daß meine Frau sagt, daß sie mich liebt, damit wir ein paar Drinks nehmen und dann zusammen ins Bett gehen können.« Er küßte sie leicht auf die Lippen. »Und das, gnädige Frau, ist die beste Idee, die ich den ganzen Tag hatte.«

»Hast lang gebraucht, bis du darauf kamst«, sagte sie und

lächelte ihm zu. »Ich brauche noch ein paar Minuten. Ich habe Janet versprochen, daß ich ihr eine Geschichte vorlese.«

»Was wirst du ihr denn vorlesen?«

»›Die Prinzessin und der Drache‹. Denk darüber nach.« Sie löste sich aus seinen Armen und strich ihm leicht über das Gesicht. »Gib mir zehn, fünfzehn Minuten.«

Tanner blickte ihr nach, wie sie die Treppe hinaufging. Sie hatte so viel durchgemacht und jetzt noch das. Omega.

Er sah auf die Uhr. Es war zwanzig Minuten nach acht, und Alice würde wenigstens zehn Minuten oben sein, wahrscheinlich doppelt so lange. Er beschloß, Fassett im Motel anzurufen.

Es würde nicht das übliche Gespräch mit Fassett werden. Nicht eines, in dem ihm herablassende Anweisungen erteilt wurden, Predigten. Jetzt war der dritte Tag vorbei, drei Tage, an denen die Verdächtigen von Omega bedrängt wurden.

John Tanner wollte jetzt Einzelheiten wissen. Er hatte ein Recht darauf.

Fassett war erschreckt und über die präzisen Fragen Tanners verärgert.

»Ich kann mir nicht die Zeit nehmen, Sie jedesmal anzurufen, wenn jemand über die Straße kommt.«

»Ich will Antworten hören. Das Wochenende fängt morgen an, und wenn Sie von mir wollen, daß ich damit weitermache, werden Sie mir jetzt sagen, was geschehen ist. Wo sind sie jetzt? Wie waren ihre Reaktionen? Ich *muß* das wissen.«

Ein paar Augenblicke lang herrschte Schweigen. Als Fassett wieder sprach, klang seine Stimme resigniert. »Also gut... Tremayne ist letzte Nacht in New York geblieben. Das habe ich Ihnen ja gesagt, erinnern Sie sich? Im Biltmore begegnete er einem Mann namens Townsend. Townsend ist ein bekannter Aktienspekulant, der in Zürich arbeitet. Cardone und seine Frau sind heute nachmittag nach Philadelphia gefahren. Sie hat ihre Familie in Chestnut Hill besucht, und er ist nach Bala Cynwyd gefahren, um sich mit einem Mann zu treffen, von dem wir wissen, daß er ein hochrangiger Kapo in der Mafia ist. Sie sind vor einer Stunde nach Saddle Valley zurückgekehrt. Die Ostermans sind im Plaza. Sie essen heute mit einem Ehepaar namens Bronson zu Abend. Die Bronsons sind alte Freunde. Sie stehen auch auf der Liste des Generalstaatsanwalts unter dem Verdacht subversiver Aktivitäten.«

Fassett hielt inne und wartete, daß Tanner etwas sagte.

»Und sie sind nicht zusammengekommen? Haben nicht einmal miteinander telefoniert? Keine Pläne gemacht? Ich will die Wahrheit hören!«

»Wenn sie miteinander gesprochen haben, dann über kein Telefon, das wir kontrollieren können, und das würde bedeuten, daß sie gleichzeitig in öffentlichen Telefonzellen hätten sein müssen, und das war nicht der Fall. Wir wissen, daß sie sich nicht getroffen haben – einfache Überwachung. Wenn einer von ihnen Pläne hat, dann sind das individuelle, nicht koordinierte Pläne. Wir rechnen darauf, wie ich Ihnen das ja auch sagte. Das ist alles, was es zu sagen gibt.«

»Es scheint also keinerlei Beziehung zu geben. Zu keinem von ihnen?«

»Das ist richtig. Zu dem Schluß sind wir auch gelangt.«

»Das ist aber nicht, was Sie erwartet haben. Sie sagten, die würden in Panik geraten. Omega würde jetzt schon in Panik sein.«

»Ich glaube auch, daß sie das sind. Jeder einzelne von ihnen. Jeder für sich. Unsere Vorhersagen sind da sehr präzise.«

»Was zum Teufel soll das jetzt wieder heißen?«

»Überlegen Sie doch. Ein Ehepaar rast zu einem mächtigen Mafioso. Ein anderes trifft sich mit einem Mann und seiner

Frau, die als Fanatiker gelten. Und der Anwalt trifft sich plötzlich mit einem internationalen Aktienspekulanten aus Zürich. Das ist Panik. Das NKWD hat viele Tentakel. Jeder einzelne von ihnen steht am Rande der Panik. Wir brauchen jetzt nur abzuwarten.«

»Von morgen an wird es gar nicht so leicht sein, einfach abzuwarten.«

»Seien Sie ganz natürlich. Sie werden feststellen, daß Sie ganz bequem auf zwei verschiedenen Ebenen funktionieren können. So ist das immer. Es besteht überhaupt keine Gefahr, selbst wenn Sie es nur *zur Hälfte* schaffen. Sie sind jetzt viel zu sehr miteinander befaßt. Vergessen Sie nicht, Sie brauchen das, was gestern nachmittag war, nicht zu verheimlichen. Reden Sie darüber. Ausführlich. Tun und sagen Sie, was sich ganz natürlich ergibt.«

»Und Sie denken, daß man mir glauben wird?«

»Die haben doch gar keine Wahl! Verstehen Sie denn nicht? Sie haben sich einen Ruf als Reporter gemacht, als Mann, der den Dingen auf den Grund geht. Muß ich Sie denn wirklich daran erinnern, daß die Untersuchungen dann enden, wenn die beobachteten Personen kollidieren? Das ist doch eine uralte Binsenweisheit.«

»Und ich bin der unschuldige Katalysator?«

»Das können Sie noch mal sagen. Je unschuldiger, desto besser.«

Tanner zündete sich eine Zigarette an. Er konnte dem anderen nicht länger widersprechen. Seine Logik war einwandfrei. Und die Sicherheit, das Leben von Ali und seinen Kindern lag in den Händen dieses eiskalten Profis.

»Also gut. Ich werde sie alle an der Türe begrüßen wie lang verschollene Brüder und Schwestern.«

»Genauso ist es richtig. Und wenn Ihnen danach ist, dann rufen Sie sie alle am Morgen an und vergewissern sich, daß

sie auch kommen. Mit Ausnahme der Ostermans natürlich.
Was Sie eben normal tun würden... Und denken Sie daran,
wir sind da. Die besten Geräte der größten Firma der Welt
arbeiten für Sie. Nicht einmal die winzigste Waffe könnte
Ihre Haustüre passieren.«

»Stimmt das?«

»Wir würden es selbst erfahren, wenn jemand ein drei Zoll
langes Messer in der Tasche trägt. Ein vierzölliger Revolver
– und Sie wären in sechzig Sekunden aus dem Haus.«

Tanner legte den Hörer auf und nahm einen langen Zug
an seiner Zigarette. Als er die Hand vom Telefon nahm, hatte
er das Gefühl – das physische Gefühl –, aufspringen, weglaufen zu müssen.

Es war ein seltsames, ein unangenehmes Gefühl der Einsamkeit.

Und dann erkannte er, was es war, und es beunruhigte ihn
sehr.

Von einem Mann namens Fassett hing es nun ab, daß er
den Verstand behielt. Er befand sich völlig in seiner Hand
und unter seiner Kontrolle.

Teil 3

Das Weekend

17.

Das Taxi hielt vor dem Hause der Tanners an. Johns Hund, der drahtige Welsh Terrier, rannte in der Einfahrt auf und ab, kläffte jedesmal, wenn er vorrannte und wieder zurück, und wartete darauf, daß jemand ihn wissen ließ, daß die Besucher willkommen waren. Janet eilte über den Rasen. Die Taxitüre öffnete sich; die Ostermans stiegen aus. Sie trugen in Geschenkpapier gehüllte Schachteln. Der Fahrer holte einen großen Koffer heraus.

Tanner betrachtete sie beide aus dem Hause: Bernie in einem Palm-Beach-Jackett von teurem Schnitt und hellblauen Hosen, Leila in einem weißen Kostüm mit einer Goldkette um die Hüften. Der Rock endete ein gutes Stück über den Knien, ein breitkrempiger, weicher Hut bedeckte ihre linke Gesichtsseite. Sie war das fleischgewordene Symbol kalifornischen Erfolgs. Und doch war an Bernie und Leila irgendeine Spur des Künstlichen; es war erst knapp neun Jahre her, daß sie wirklich zu Geld gekommen waren.

Oder war ihr Erfolg selbst nur eine Fassade, fragte sich Tanner, als er zusah, wie die beiden sich herunter beugten, um seine Tochter zu umarmen. Waren sie statt dessen all die Jahre Bewohner einer Welt gewesen, in der Drehbücher und Aufnahmetermine nur von sekundärer Bedeutung waren – *eine Tarnung*, wie Fassett vielleicht sagen würde?

Tanner sah auf die Uhr. Es war zwei Minuten nach sechs. Die Ostermans hatten sich verfrüht – nach ihrem ursprünglichen Plan. Vielleicht war das ihr erster Fehler. Oder sie rechneten vielleicht gar nicht damit, daß er da war. Er pflegte das Woodward-Studio früher zu verlassen, wenn die Ostermans kamen, aber nicht immer so früh, daß er schon um halb sechs zu Hause war. In Leilas Brief hatte ganz deutlich gestanden, daß ihr Flug aus Los Angeles in Kennedy eintreffen würde. Eine verspätete Maschine war verständlich, normal. Ein Flug, der zu früh eintraf, war unwahrscheinlich.

Sie würden das erklären müssen. Aber würden sie sich die Mühe machen?

»Jonny! Um Himmels willen! Ich hab' mir doch gedacht, daß ich den Hund gehört habe. Das sind Bernie und Leila. Was stehst du denn so herum?« Ali war aus der Küche gekommen.

»Oh, tut mir leid... Ich wollte nur, daß Janet sie einen Augenblick lang allein begrüßen kann.«

»Geh schon hinaus. Ich will nur noch die Uhr stellen.«

Seine Frau ging wieder in die Küche, während Tanner auf die Haustüre zuging. Er starrte den Messingknopf an und fühlte sich so, wie ein Schauspieler sich vielleicht fühlt, ehe er zum erstenmal in einer schwierigen Rolle auftritt. Unsicher – völlig unsicher –, wie man ihn aufnehmen wird.

Er befeuchtete sich die Lippen und fuhr sich mit dem Handrücken über die Stirn. Dann drehte er den Kopf und zog die Tür schnell nach innen. Mit der anderen Hand schob er den Riegel der Gittertüre in ihrem Aluminiumrahmen zurück und trat hinaus.

Das Osterman-Weekend hatte begonnen.

»Willkommen, ihr Drehbuchschmierer!« rief er und grinste breit. Das war seine übliche Begrüßung; Bernie empfand sie als höchst schmeichelhaft.

»Jonny!«

»Tag, Darling!«

Aus dreißig Metern Entfernung erwiderten sie seinen Gruß und lächelten ihr breites Lächeln. Und doch konnte John Tanner selbst auf dreißig Meter Entfernung ihre Augen sehen, die nicht lächelten. Seine Augen suchten die seinen – kurz, aber unverkennbar. Den Bruchteil einer Sekunde lang hörte Bernie sogar zu lächeln auf, im nächsten Augenblick war es vorüber. Es war, als gäbe es eine wortlose Übereinkunft zwischen ihnen, den unausgesprochenen Gedanken nicht nachzugehen.

»Johnny, prima, dich wieder mal zu sehen!« Leila rannte über den Rasen.

John Tanner und Leila umarmten sich, und er ertappte sich dabei, wie er mit mehr Zuneigung auf sie reagierte, als er für möglich gehalten hätte. Er wußte, weshalb das so war. Er hatte den ersten Test bestanden, die ersten Sekunden des Osterman-Weekends. Langsam begann er zu begreifen, daß Laurence Fassett vielleicht trotz alledem recht hatte. Vielleicht würde er es schaffen.

Tun Sie, was Sie ganz normal tun würden; verhalten Sie sich so, wie Sie sich normalerweise verhalten. Denken Sie an nichts anderes.

»John, prima siehst du aus, wirklich prima!«

»Wo ist Ali denn, Süßer?« fragte Leila und trat zur Seite, damit Bernie seine langen, dünnen Arme um Tanner legen konnte.

»Drinnen. Das Essen. Kommt herein! Da, ich nehm' den Koffer. Nein, Janet, Honey, du kannst Onkel Bernies Koffer nicht tragen.«

»Ich wüßte nicht, warum sie das nicht könnte«, lachte Bernie. »Es sind doch bloß Handtücher aus dem Plaza drin.«

»Dem Plaza?« fragte Tanner unwillkürlich. »Ich dachte, euer Flugzeug wäre gerade angekommen.«

Osterman sah ihn an. »Mm-mm. Wir sind schon vor zwei Tagen angekommen. Ich erzähl's dir später...

Auf eine seltsame Art war es wie in alten Zeiten, und Tanner wunderte sich, daß er das einfach akzeptierte. Da war immer noch das Gefühl der Erleichterung beim Wiedersehen, bei dem Wissen, daß Zeit und Entfernung für ihre Freundschaft ohne Bedeutung waren. Da war immer noch das Gefühl, daß sie Gespräche wieder aufgreifen, Anekdoten fortsetzen, Geschichten zu Ende erzählen konnten, die sie vor Monaten angefangen hatten. Und da war immer noch Bernie, der nachdenkliche, sanfte Bernie mit seinen stillen, vernichtenden Bemerkungen über den von Palmen gesäumten Drugstore. Vernichtend, aber irgendwie nie herablassend; Bernie lachte ebenso über sich, wie über seine Berufswelt, denn es war seine Welt.

Tanner erinnerte sich an Fassetts Worte.

...Sie werden feststellen, daß Sie ganz bequem auf zwei Ebenen funktionieren können, das ist immer so.

Wieder hatte Fassett recht. In allen Punkten; in allen Punkten.

Während Tanner Bernie beobachtete, fiel ihm auf, daß Leilas Blick von ihrem Mann weg und zu ihm wanderte. Einmal erwiderte er ihren Blick, und sie senkte die Augen, so wie ein Kind, das man getadelt hat.

In seinem Arbeitszimmer klingelte das Telefon. Alle, mit Ausnahme von Alice, zuckten zusammen. Auf dem Tisch hinter dem Sofa stand ein Nebenapparat, aber John tat so, als sähe er ihn nicht und ging an den Ostermans vorbei auf die Tür seines Arbeitszimmers zu.

»Ich geh' schon hin. Das ist wahrscheinlich das Studio.«

Als er sein Arbeitszimmer betrat, hörte er, wie Leila mit etwas gesenkter Stimme zu Ali sagte:

»Sag mal, Honey, Johnny kommt mir so angespannt vor. Ist etwas? Wenn Bernie so dahinredet, kommt ja keiner zu Wort.«

»Angespannt ist noch eine Untertreibung. Du hättest ihn gestern erleben sollen!«

Wieder klingelte das Telefon; Tanner wußte, daß es nicht normal sein würde, es weiterklingeln zu lassen. Und doch war es ihm ein dringendes Bedürfnis, Ostermans Reaktion zu hören, wenn Ali von dem Schrecklichen erzählte, das sie am Mittwoch erlebt hatte.

Er schloß einen Kompromiß. Er nahm den Hörer von der Gabel, hielt ihn in der Hand und hörte sich das Gespräch noch ein paar Sekunden lang an.

Etwas fiel ihm auf. Bernie und Leila reagierten zu schnell auf Alis Worte, mit zu viel Erwartung. Sie stellten Fragen, ehe sie die Sätze beendet hatte. Sie wußten etwas.

»Hello? Hello! Hello, Hello!« Die Stimme am anderen Ende der Leitung gehörte Joe Cardone.

»Hello, Joe? Tut mir leid, ich habe den Hörer fallen lassen...«

»Ich habe aber nichts gehört.«

»Sehr weiche, sehr teuere Teppiche.«

»Wo? In deinem Arbeitszimmer mit dem Parkettboden?«

»Hey, was ist denn, Joe?«

»Tut mir leid... In der Stadt war's heute scheußlich heiß. Die Börse ist richtig beschissen.«

»So ist's besser. Jetzt klingst du wieder wie der vergnügte Bursche, auf den wir warten.«

»Du meinst, alle sind schon da?«

»Nein, bloß Bernie und Leila.«

»Die sind aber früh dran. Ich dachte, die Maschine käme erst um fünf.«

»Sie sind schon vor zwei Tagen angekommen.«

Cardone wollte etwas sagen, hielt dann aber plötzlich inne. Er schien verstört. »Komisch, daß die nicht angerufen haben. Mich haben sie wenigstens nicht angerufen. Dich?«

»Nein, wahrscheinlich hatten sie zu tun.«

»Sicher, aber man würde ja meinen...« Wieder verstummte Cardone mitten im Satz. Tanner fragte sich, ob dieses Zögern für ihn bestimmt war, um ihn davon zu überzeugen, daß Bernie und Joe sich nicht schon begegnet waren, nicht schon miteinander gesprochen hatten.

»Bernie wird es uns ja wahrscheinlich erklären.«

»Ja«, sagte Cardone, ohne richtig zuzuhören. »Nun, ich wollte euch nur Bescheid sagen, daß wir uns verspäten werden. Ich gehe noch schnell duschen; wir kommen dann gleich.«

»Bis dann.« Tanner legte auf und wunderte sich darüber, wie ruhig er war. Es kam ihm in den Sinn, daß er das Gespräch unter Kontrolle gehabt hatte. *Unter Kontrolle.* Das mußte er. Cardone war ein nervöser Mann und hatte nicht angerufen, um zu sagen, daß er sich verspäten würde. Ganz davon abgesehen, daß es ja noch gar nicht zu spät war.

Cardone hatte angerufen, um zu erfahren, ob die anderen gekommen waren.

Tanner kehrte ins Wohnzimmer zurück und setzte sich.

»Darling! Ali hat uns gerade alles erzählt! Wie furchtbar! Einfach schrecklich!«

»Mein Gott, John! Da habt ihr ja etwas Furchtbares mitgemacht! Die Polizei hat gesagt, es wären Einbrecher gewesen?«

»Das hat die *New York Times* auch geschrieben. Das macht es ja wohl amtlich.«

»Ich hab' in der *Times* nichts gesehen«, erklärte Bernie fest.

»Es waren nur ein paar Zeilen ganz hinten. Das Lokalblatt wird sich nächste Woche ausführlicher damit befassen, denke ich.«

»Ich habe noch nie von einem solchen Einbruch gehört«,

sagte Leila. »Ich würde mich damit nicht zufrieden geben, wirklich nicht.«

Bernie sah sie an. »Ich weiß nicht. Das Ganze ist schon recht raffiniert. Niemand identifiziert und niemand verletzt.«

»Ich verstehe bloß immer noch nicht, daß die uns nicht einfach in der Garage gelassen haben.« Ali wandte sich ihrem Mann zu. Das war eine Frage, die er nicht zu ihrer Zufriedenheit hatte beantworten können.

»Hat die Polizei einen Grund dafür angegeben?« fragte Bernie.

»Sie sagten, das Gas sei nicht sehr wirksam gewesen. Die Diebe wollten nicht, daß Ali oder die Kinder zu sich kommen und sie sehen. Sehr professionell.«

»Sehr beängstigend«, sagte Leila. »Wie haben die Kinder es denn aufgenommen?«

»Ray ist natürlich der Held der ganzen Umgebung«, sagte Ali. »Janet hat noch nicht ganz mitgekriegt, was geschehen ist.«

»Wo ist denn Ray?« Bernie deutete auf das Paket im Flur. »Hoffentlich ist er für Modellflugzeuge nicht schon zu groß. Das ist eines von diesen ferngesteuerten Dingern.«

»Er wird begeistert sein«, sagte Ali. »Er ist im Keller, denke ich. John hat ihn ihm ganz überlassen.«

»Nein, er ist draußen. Im Pool.« Tanner erkannte, daß seine Unterbrechung, die Art und Weise, wie er Ali verbesserte, Bernie veranlaßte, ihn anzusehen. Selbst Ali war von der Abruptheit seiner Worte überrascht.

Meinetwegen, dachte Tanner. Sollten sie doch alle wissen, daß der Vater Bescheid wußte, daß er jeden Augenblick wußte, wo die Seinen sich aufhielten.

Der Hund begann vor dem Haus zu bellen; man konnte einen Wagen in der Einfahrt hören. Alice ging ans Fenster.

»Das ist Dick und Ginny. Und Ray ist *nicht* im Pool«,

fügte sie hinzu und lächelte zu John hinüber. »Er ist vorne und begrüßt sie.«

»Wahrscheinlich hat er den Wagen gehört«, sagte Leila ohne ersichtlichen Grund.

Tanner fragte sich, warum sie die Bemerkung machte; es war, als verteidigte sie ihn. Er ging zur Haustüre und öffnete sie. »Komm herein, Junge. Da sind auch Freunde von dir.«

Als er die Ostermans sah, leuchteten die Augen des Jungen. Die Ostermans kamen nie mit leeren Händen. »Hello, Tante Leila, Onkel Bernie!« Raymond Tanner, zwölf Jahre alt, ließ sich von Leila umarmen und schüttelte Bernie auf Männerart und etwas scheu die Hand.

»Wir haben dir eine Kleinigkeit mitgebracht. Dein Freund Merv hat das vorgeschlagen.« Bernie ging in den Flur hinaus und griff nach dem Paket. »Hoffentlich gefällt es dir.«

»Vielen Dank.« Der Junge nahm das Geschenk und ging ins Eßzimmer, um es auszupacken.

Virginia Tremayne kam herein, ein Abbild kühler Sinnlichkeit. Sie trug ein gestreiftes Männerhemd und einen engen Strickrock, der ihre Bewegungen hervorhob. Es gab Frauen in Saddle Valley, die Ginnys Auftreten nicht mochten, aber die waren nicht in diesen Räumen zugegen. Ginny war eine gute Freundin.

»Ich hab' Dick gesagt, daß du am Mittwoch angerufen hast«, sagte sie zu Tanner, »aber er sagt, du hättest ihn nie erreicht. Der arme Kleine war mit ein paar schrecklichen Geschäftsleuten aus Cincinnati oder Cleveland oder sonst wo in einen Konferenzsaal eingeschlossen. – Leila, Darling! Bernie, Liebster!« Ginny hauchte Tanner einen Kuß auf die Wange und tänzelte an ihm vorbei.

Richard Tremayne trat ein. Er musterte Tanner und war offenbar mit dem, was er sah, zufrieden.

Tanner andererseits spürte den Blick und riß den Kopf zu

schnell herum. Tremayne hatte keine Zeit, den Blick abzuwenden. Wie ein Arzt, der eine Fieberkurve studiert, dachte Tanner.

Den Bruchteil einer Sekunde lang gaben beide Männer wortlos und ohne es zu wollen die Spannung zu, die sie umfaßt hielt. Und dann war es wieder vorüber, ebenso wie es auch bei den Ostermans vorübergegangen war. Keiner der beiden Männer wagte, darauf einzugehen.

»Hey, John! Tut mir leid, daß man mir nichts ausgerichtet hat. Ginny erwähnte, daß es um irgendeine juristische Sache geht.«

»Ich dachte, du hättest vielleicht davon gelesen.«

»Was denn, um Himmels willen?«

»Die New Yorker Blätter haben sich nicht sehr damit befaßt, aber warte nur, bis du am nächsten Montag das Lokalblatt liest. Berühmtheiten werden wir sein.«

»Wovon zum Teufel redest du denn?«

»Wir sind am Mittwoch beraubt worden. Beraubt und entführt und chloroformiert und weiß Gott, was sonst noch alles!«

»Du machst Witze!«

»Den Teufel tut er!« Osterman kam in den Flur. »Wie geht's denn, Dick?«

»Bernie! Geht's dir gut?« Die beiden Männer gaben sich die Hand, aber Tremayne schien dennoch John Tanner nicht aus den Augen zu lassen.

»Hast du gehört, was er gesagt hat? Hast du das gehört? Was da passiert ist? Ich bin schon seit Dienstag in der Stadt. Hatte nicht einmal Zeit, nach Hause zu kommen.«

»Wir erzählen euch das später. Jetzt hole ich etwas zu trinken.« Tanner ging schnell weg. Er konnte Tremayne seine Reaktion nicht übelnehmen. Der Anwalt war von dem, was er gehört hatte, nicht nur erschreckt, sondern er hatte Angst.

So viel Angst, daß er klarstellen mußte, daß er seit Dienstag nicht hiergewesen war.

Tanner machte Drinks für die Tremaynes, ging dann in die Küche und blickte zum Fenster hinaus, auf seinen Pool und das Wäldchen dahinter. Obwohl niemand zu sehen war, wußte er, daß die Männer dort waren. Mit Feldstechern und Radios und wahrscheinlich mit winzigen Mikrofonen, die jedes Gespräch aufnahmen, das im Hause geführt wurde.

»Hey, John, ich hab' das nicht bloß so gesagt!« Das war Tremayne, der jetzt in die Küche kam. »Ehrlich, ich habe nichts gewußt. Wegen Mittwoch, meine ich. Warum hast du mich denn nicht angerufen?«

»Habe ich ja versucht. Ich habe sogar eine Nummer auf Long Island angerufen. Oyster Bay, denke ich.«

»Unsinn! Du weißt doch, was ich meine! Du oder Ali hättet das Ginny sagen sollen. Ich wäre sofort aus der Besprechung gekommen, das weißt du doch!«

»Jetzt ist es vorbei. Hier ist dein Drink.«

Tremayne hob das Glas an die Lippen. Er konnte jeden von ihnen unter jeden beliebigen Tisch trinken.

»Du kannst das nicht einfach so abtun. Warum hast du mich überhaupt angerufen?«

Auf die Frage war Tanner dummerweise nicht vorbereitet.

»Ich... Mir hat die Art und Weise nicht gefallen, wie die Polizei das Ganze behandelt hat.«

»Die Polizei? MacAuliff, das Arschloch?«

»Ich habe gar nicht mit Captain MacAuliff gesprochen.«

»Hast du keine Aussage gemacht?«

»Doch – doch, das habe ich schon getan. Jenkins und McDermott haben sie aufgenommen.«

»Wo zum Teufel war denn unser Oberbonze?«

»Ich weiß nicht. Er war nicht da.«

»Okay, Mac war nicht da. Du sagst, Jenkins und McDermott hätten das erledigt. Ali hat mir gesagt, sie hätten euch gefunden...«

»Ja. Ja, darüber hab' ich mich ja so geärgert.«

»Was?«

»Mir hat die Art und Weise nicht gefallen, wie die das gemacht haben. Zumindestens damals nicht. Jetzt habe ich mich etwas beruhigt. Ich hab' mich geärgert, und deshalb hab' ich versucht, dich zu erreichen.«

»Was hast du denn gedacht? Unachtsamkeit der Polizei? Beeinträchtigung eurer Rechte? Was denn?«

»Ich weiß nicht, Dick! Ich hab' einfach durchgedreht, das ist alles. Wenn man in Panik gerät, will man doch einen Anwalt haben.«

»Ich nicht. Ich will einen Drink.« Tremayne sah Tanner in die Augen. Tanner blinzelte – wie ein kleiner Junge, der sich mit einem größeren angelegt hat.

»Jetzt ist es vorbei. Gehen wir wieder hinein.«

»Vielleicht sollten wir später noch einmal darüber reden. Vielleicht ist da doch etwas, und ich habe das nur noch nicht richtig verstanden.«

Tanner zuckte die Achseln und wußte, daß Dick in Wirklichkeit gar nicht später darüber reden wollte. Der Anwalt hatte Angst, und seine Furcht beeinträchtigte seinen professionellen Instinkt, der ihn eigentlich dazu veranlassen müßte, hier nachzubohren. Als er wegging, hatte Tanner das Gefühl, daß Tremayne ihm über einen Aspekt der Ereignisse vom Mittwochnachmittag die Wahrheit sagte: Er war selbst nicht dort gewesen.

Aber wußte er, wer dort gewesen war?

Um sechs waren die Cardones immer noch nicht eingetroffen. Niemand fragte, weshalb; die Stunde verstrich schnell, und wenn jemand sich Gedanken machte, so verbarg er das gut. Um zehn Minuten nach sechs wurde Tanners Blick von einem Wagen angezogen, der langsam an seinem Haus vorbeifuhr. Es war das Taxi von Saddle Valley, die Sonne spiegelte sich in dem schwarzen Lack des Wagens. Im Hinterfenster sah er einen Augenblick lang Joe Cardones Gesicht. Joe vergewisserte sich, daß sämtliche Gäste eingetroffen waren. Oder noch dort waren, vielleicht.

Fünfundvierzig Minuten später rollte der Cadillac der Cardones in die Einfahrt. Als sie das Haus betraten, war offensichtlich, daß Joe bereits einige Drinks zu sich genommen hatte. Offensichtlich, weil Joe kein Trinker war, Alkohol nicht mochte, und seine Stimme eine Spur lauter war, als sie das normalerweise gewesen wäre.

»Bernie! Leila! Willkommen im Herzen des Establishments der Ostküste!«

Betty Cardone, behäbig, adrett, gepflegt puritanisch, stimmte in die Begeisterung ihres Mannes ein, wie es sich gehörte, und alle vier umarmten sich.

»Betty, du siehst bezaubernd aus«, sagte Leila. »Joe, mein Gott, Joe! Wie kann ein Mann so gesund aussehen? – Bernie hat sich eine Turnhalle gebaut und seht euch an, was *ich* habe!«

»Mach bloß meinen Bernie nicht schlecht!« sagte Joe, den Arm um Ostermans Schulter gelegt.

»Sag es ihr nur, Joe.« Bernie ging auf Cardones Frau zu und erkundigte sich nach den Kindern.

Tanner setzte sich in Richtung Küche in Bewegung und begegnete Ali im Flur. Sie trug ein Tablett mit Hors d'œuvres.

»Alles fertig. Wir können jederzeit essen, also setze ich mich noch eine Weile. Holst du mir etwas zu trinken, Liebster?«

»Sicher. Joe und Betty sind da.«

Ali lachte. Hab' ich mir doch fast gedacht. – Was ist denn los, Darling? Du siehst so komisch aus.«

»Nein, nichts. Ich hab' nur gedacht, ich sollte vielleicht im Studio anrufen.«

Ali sah ihren Mann an. »Bitte, alle sind jetzt da. Unsere besten Freunde. Wir wollen uns amüsieren. Vergiß doch den Mittwoch, *bitte*, Johnny.«

Tanner beugte sich über das Tablett mit Hors d'œuvres und küßte sie. »Du dramatisierst das«, sagte er und erinnerte sich an Fassetts Rat. »Ich muß wirklich im Studio anrufen.«

In der Küche trat Tanner erneut ans Fenster. Es war kurz nach sieben, und die Sonne war hinter den hohen Bäumen bereits untergegangen. Schatten lagen über dem hinteren Teil seines Gartens und dem Pool. Und jenseits der Schatten wachten Fassetts Männer.

Das war es, worauf es ankam.

Wie Ali gesagt hatte, sie waren jetzt alle da. Die besten Freunde.

Das Currybuffett mit einem Dutzend kleiner Nebengerichte war wie üblich ein Triumph für Ali. Die Frauen stellten die üblichen Fragen, und Ali sonnte sich in ihren kulinarischen Fähigkeiten – wie gewöhnlich. Die Männer führten die üblichen Streitgespräche über die Vor- und Nachteile der verschiedenen Baseballteams, und zwischendurch verbreitete sich Bernie über die spaßigen – und ungewöhnlichen – Arbeitsmethoden von Hollywood.

Während die Frauen das Geschirr abtrugen, benutzte Tremayne die Gelegenheit, Tanner über den Einbruch auszufragen. »Was zum Teufel war denn letzten Mittwoch los? Mal ganz offen. Ich glaube die Einbruchsgeschichte nicht.«

»Warum nicht?« fragte Tanner.

»Weil sie keinen Sinn ergibt.«

»Niemand benutzt Gas«, fügte Cardone hinzu. »Einen Totschläger, eine Augenbinde, einen Schuß in den Kopf vielleicht, aber nicht Gas.«

»Ihr denkt da vielleicht fortschrittlicher. Mir ist es offengestanden lieber, daß die ein harmloses Gas eingesetzt haben und keinen Totschläger.«

»Johnny.« Osterman senkte seine Stimme und blickte zum Speisezimmer hinüber. Betty kam gerade aus der Küchentür und holte noch ein paar Teller. Sie lächelte. Er erwiderte ihr Lächeln. »Arbeitest du vielleicht an etwas, womit du dir Feinde machst?«

»Ich denke, das tu ich irgendwie immer.«

»Ich meine, so etwas wie diese San-Diego-Geschichte.«

Joe Cardone musterte Osterman aufmerksam und fragte sich, ob jetzt wohl Einzelheiten kommen würden. San Diego war eine Mafia-Angelegenheit gewesen.

»Nicht, daß ich wüßte. Ich habe natürlich Leute auf viele Bereiche angesetzt, aber nichts von der Sorte. Ich glaube wenigstens nicht. Die meisten meiner besten Leute haben da ganz freie Hand. Versuchst du, das, was Mittwoch war, mit meiner Arbeit in Verbindung zu bringen?«

»Bist du nicht auch auf die Idee gekommen?« fragte Tremayne.

»Nein, zum Teufel! Ich bin Journalist. Bist du etwa beunruhigt, wenn du an einem schwierigen Fall arbeitest?«

»Manchmal schon.«

»Ich hab' von deiner Show am letzten Sonntag gelesen.« Cardone nahm neben Tremayne auf der Couch Platz. »Ralph Aston hat hochgestellte Freunde.«

»Das ist verrückt.«

»Muß nicht sein.« Cardone hatte mit dem Satz einige Schwierigkeiten. »Ich kenne ihn persönlich. Ein schwieriger Mann.«

»Aber verrückt ist er doch nicht«, warf Osterman ein.
»Nein, so etwas ist es bestimmt nicht.«

»Warum sollte es überhaupt etwas sein? Ich meine, etwas anderes als ein Einbruch?« Tanner zündete sich eine Zigarette an und versuchte, die Gesichter der drei Männer zu beobachten.

»Weil es, verdammt noch mal, keine übliche Art für einen Einbruch ist!« rief Cardone aus.

»Oh?« Tremayne sah zu Cardone hinüber, der neben ihm auf dem Sofa saß. »Bist du ein Experte für Einbruch?«

»Genausowenig wie du, Herr Rechtsanwalt«, sagte Joe.

18.

Es war etwas Künstliches an der Art und Weise, wie das Wochenende anfing; das spürte Ali. Vielleicht, weil die Stimmen lauter als gewöhnlich, das Lachen auffälliger war.

Gewöhnlich war das anders – wenn Bernie und Leila kamen, fingen sie alle ganz ruhig an und machten sich langsam mit dem vertraut, was die anderen in der Zwischenzeit getan hatten. Gespräche über dieses oder jenes Kind, diese oder jene berufliche Entscheidung – damit verstrichen immer die ersten paar Stunden. Ihr Mann nannte es das Osterman-Syndrom. Bernie und Leila brachten immer ihre besten Seiten zum Vorschein. Brachten sie zum Reden, dazu, wirklich miteinander zu *reden*.

Bis jetzt hatte keiner ein wirklich wichtiges persönliches Erlebnis beigetragen. Keiner hatte etwas Wesentliches aus seiner jüngsten Vergangenheit zum Vorschein gebracht – abgesehen natürlich von dem Schrecklichen, das sich am Mittwochnachmittag ereignet hatte.

Anderseits, überlegte Ali, machte sie sich natürlich immer noch Sorgen um ihren Mann – machte sich Sorgen darum, daß er nicht ins Büro gefahren war, daß er seit Mittwochnachmittag so gereizt war und sich so seltsam benahm. Vielleicht bildete sie sich auch in bezug auf die anderen etwas ein.

Die anderen Frauen waren wieder zu ihren Männern gegangen. Alice hatte abgedeckt. Die Kinder waren jetzt im Bett. Und sie konnte einfach nicht mehr zuhören, wenn Betty oder Ginny sich über ihre Mädchen unterhielten. Sie konnte sich auch ein Mädchen *leisten!* Aber sie *wollte* keines!

Ihr Vater hatte Mädchen gehabt. ›Jüngerinnen‹, hatte er sie genannt. ›Jüngerinnen‹, die sauber machten und putzten oder einkauften und...

Ihre Mutter hatte sie ›Mädchen‹ genannt.

Ali hörte zu denken auf und fragte sich, ob sie vielleicht zuviel getrunken hatte. Sie drehte den Wasserhahn auf und spritzte sich kaltes Wasser ins Gesicht. Joe Cardone kam durch die Küchentür.

»Der große Boß hat gesagt, wenn ich einen Drink wollte, sollte ich mir selbst einen beschaffen. Du brauchst mir nicht zu sagen, wo die Flaschen stehen, ich bin schon mal hier gewesen.«

»Nur zu, Joe. Ist alles da, was du brauchst?«

»Na klar. Prima Gin; Tonic... Hey, was ist denn? Hast du geweint?«

»Warum denn? Ich hab' mir nur Wasser ins Gesicht gespritzt.«

»Deine Wangen sind ganz naß.«

»So ist das eben, wenn man Wasser im Gesicht hat.«

Joe stellte die Tonicflasche weg und trat auf sie zu. »Habt ihr irgendwelche Probleme, du und Johnny... Dieser Mittwochnachmittag... Schon gut, es war ein verrückter Einbruch, Johnny hat mir alles erzählt. Aber wenn es etwas anderes war, dann würdet ihr mir das doch sagen, oder? Ich meine, wenn er sich mit irgendwelchen unangenehmen Typen eingelassen hat, dann würdet ihr das vor mir doch nicht geheimhalten, oder?«

»Unangenehme Typen?«

»Kredithaie. Ich habe Kunden bei der Standard Mutual. Ich hab' sogar ein paar Aktien von der Gesellschaft. Ich kenne die Firma... Du und Johnny, ihr lebt recht gut, aber sechzigtausend Dollar sind nach den Steuern auch nicht mehr viel.«

Alice Tanner hielt den Atem an. »John geht es sehr gut!«

»Das ist relativ. Nach meiner Ansicht steckt John so richtig mittendrin im Schlamassel. Er kann den Laden nicht übernehmen, und andererseits kann er auch sein kleines Reich nicht aufgeben, um sich etwas Besseres zu suchen. Aber das ist natürlich seine Sache und die deine. Aber ich möchte, daß du ihm das sagst. Ich bin sein Freund. Sein guter Freund. Und ich bin sauber. *Absolut sauber.* Wenn er etwas braucht, dann soll er mich anrufen. Sag ihm das, klar?«

»Joe, jetzt bin ich gerührt. Ehrlich. Aber ich glaube nicht, daß es notwendig ist. Wirklich nicht.«

»Aber du wirst es ihm sagen?«

»Sag es ihm selbst. John und ich haben da eine stillschweigende Vereinbarung. Wir sprechen nicht mehr über sein Gehalt. Ehrlich gesagt, weil ich mit dir einer Meinung bin.«

»Dann habt ihr Probleme.«

»Jetzt bist du nicht fair. Probleme, wie du sie siehst, sind für uns vielleicht gar keine.«

»Hoffentlich hast du recht. Sag ihm das auch.« Cardone ging schnell zur Bar und griff nach seinem Glas. Ehe Ali noch etwas sagen konnte, ging er wieder hinaus ins Wohnzimmer.

Joe hatte versucht, ihr etwas zu sagen, und sie begriff es nicht.

»Niemand hat dich oder sonst jemanden aus den Nachrichtenmedien als unfehlbaren Hüter der Wahrheit aufgestellt! Ich kann das einfach nicht mehr hören! Ich muß jeden Tag damit leben.« Tremayne stand vor dem offenen Kamin, und alle spürten den Ärger, den er empfand.

»Nicht unfehlbar, natürlich nicht«, antwortete Tanner. »Aber niemand hat den Gerichten das Recht verliehen, uns daran zu hindern, uns – so objektiv wir das können – nach Informationen umzusehen.«

»Wenn diese Information für einen Klienten *oder* seinen Gegner präjudizierend ist, habt ihr nicht das Recht, sie zu veröffentlichen. Wenn es sich um Fakten handelt, wird man sie ja vor Gericht hören. Wartet doch, bis das Gericht seinen Spruch fällt.«

»Das ist unmöglich, und das weißt du auch ganz genau.«

Tremayne hielt inne, lächelte mit zusammengekniffenen Lippen und seufzte dann. »Das weiß ich. Wenn man es realistisch betrachtet, gibt es keine Lösung.«

»Bist du sicher, daß du eine finden willst?« fragte Tanner.

»Natürlich.«

»Warum denn? Der Vorteil liegt auf deiner Seite. Wenn du den Prozeß gewinnst, ist ja alles gut. Wenn du ihn verlierst, kannst du behaupten, das Gericht sei von einer voreingenommenen Presse korrumpiert worden. Dann kannst du in Revision gehen.«

»Eine Revision führt nur selten zum Erfolg«, sagte Bernard Osterman, der vor dem Sofa auf dem Boden saß. »Das weiß selbst ich. Wenn es einmal dazu kommt, gibt es eine Menge Publicity, nur ist das selten der Fall.«

»Revisionsverfahren kosten Geld«, fügte Tremayne hinzu

und zuckte die Achseln. »Meistens für nichts und wieder nichts. Besonders in Wirtschaftsprozessen.«

»Dann braucht ihr doch bloß die Presse zu zwingen, sich zurückzuhalten, wenn es heiß her geht. Das ist doch ganz einfach.« Joe leerte sein Glas und musterte Tanner.

»Das ist nicht einfach«, sagte Leila, die in einem Sessel gegenüber dem Sofa Platz genommen hatte. »Das ist dann ja auch ein Urteil. Wer definiert denn, was Zurückhaltung bedeuten soll? Das ist es doch, was Dick meint. Es gibt keine klare Definition.«

»Auf die Gefahr hin, meinen Mann zu ärgern, was Gott verhüten möge«, sagte Virginia und lachte dabei, »ich glaube, daß eine informierte Öffentlichkeit ebenso wichtig ist wie ein unvoreingenommenes Gericht. Vielleicht besteht zwischen den beiden sogar eine Verbindung. Ich stehe auf deiner Seite, John.«

»Wieder eine persönliche Beurteilung«, sagte ihr Mann. »Das ist reine Ansichtssache. Was ist faktische Information und was ist interpretierte Information?«

»Das eine ist die Wahrheit«, sagte Betty leichthin. Sie beobachtete ihren Mann. Er trank zu viel.

»Wessen Wahrheit? Welche Wahrheit? Wir wollen einmal eine hypothetische Situation herstellen. Zwischen John und mir. Gehen wir einmal davon aus, daß ich sechs Monate an einer komplizierten Fusion gearbeitet habe. Als Anwalt mit ethischen Grundsätzen habe ich mit Männern zu tun, an deren Anliegen ich glaube; indem wir eine Anzahl von Firmen zusammenführen, werden Tausende von Arbeitsplätzen gesichert, Firmen, die vor dem Bankrott stehen, werden plötzlich wieder lebensfähig gemacht. Und dann kommen da ein paar Leute, die davon einen Nachteil hätten – wegen ihrer eigenen Unfähigkeit –, und sie fangen an, nach einstweiligen Verfügungen zu schreien. Angenommen, die treten jetzt an

John heran und fangen an, ›Foul!‹ zu schreien. Weil sie den Anschein erwecken – den Anschein erwecken, wohlgemerkt –, sie würden benachteiligt, gibt John ihnen eine Minute, nur *eine Minute* Fernsehzeit im ganzen Lande. Sofort ist mein Fall präjudiziert. Und laß dir bloß von niemandem einreden, Gerichte wären nicht dem Druck der Medien ausgesetzt. *Eine Minute* im Gegensatz zu *sechs Monaten* «

»Und du glaubst, ich würde das zulassen? Du glaubst, irgend jemand von uns würde das zulassen?«

»Ihr braucht doch Material. Das braucht ihr immer! Manchmal verstehst du einfach nicht!« Tremaynes Stimme wurde lauter.

Virginia stand auf. »Unser John würde so etwas nicht tun, Darling. – Ich möchte noch eine Tasse Kaffee.«

»Ich hole sie dir«, sagte Alice und erhob sich vom Sofa. Sie hatte Tremayne beobachtet und war von seiner plötzlichen Gereiztheit erschreckt.

»Sei doch nicht albern«, antwortete Ginny und ging in den Flur hinaus.

»Ich hätte gerne einen Drink.« Cardone hob sein Glas und erwartete, daß jemand es ihm abnähme.

»Gern, Joe.« Tanner nahm sein Glas. »Gin und Tonic?«

»Das hatte ich bisher.«

»Und viel zu viel davon«, fügte seine Frau hinzu.

Tanner ging in die Küche und begann Cardones Drink zu machen. Ginny stand am Ofen.

»Ich mach' noch mal frischen; die Kerze ist ausgegangen.«

»Danke.«

»Ich hab' immer das gleiche Problem. Die verdammten Kerzen gehen aus, und dann ist der Kaffee kalt.«

Tanner lachte leise und öffnete die Tonicflasche. Dann bemerkte er, daß Ginny etwas gesagt hatte, etwas sehr Unwichtiges eigentlich. »Ich habe Ali gesagt, sie sollte sich eine elektrische Kaffeemaschine besorgen, aber das will sie nicht.«

»John?«

»Ja?«

»Es ist so schön draußen. Warum gehen wir nicht in den Pool?«

»Aber sicher. Gute Idee. Ich werde das Filter rückspülen. Ich bring' das nur zuerst Joe.« Tanner ging ins Wohnzimmer zurück und hörte dort die ersten Takte von ›Tangerine‹. Ali hatte eine Langspielplatte mit dem Titel ›Schlager von Gestern‹ aufgelegt.

Die Reaktion darauf war ganz normal. Einige lachten, als sie das Stück erkannten.

»Bitte sehr, Joe. Möchte sonst noch jemand etwas?«

Ein Chor von »nein, danke« antwortete ihm. Betty war aufgestanden und stand Dick Tremayne am Kamin gegenüber. Tanner fand, daß sie aussahen, als ob sie sich gestritten hätten. Ali stand an der Stereoanlage und zeigte Bernie die Rückseite des Plattenalbums; Leila Osterman saß Cardone gegenüber und sah ihm zu, wie er seinen Gin und Tonic trank, und war offenbar verstimmt, daß er so schnell trank.

»Ginny und ich spülen schnell die Filteranlage zurück. Wir gehen schwimmen, ja? Ihr habt sicher alle euere Badeanzüge hier; wenn nicht, dann liegen in der Garage mindestens ein Dutzend herum.«

Dick sah Tanner an. Ein seltsamer Blick, fand er. »Bring Ginny nicht zuviel von dem verdammten Filter bei. Ich laß mich nicht rumkriegen. Kein Pool!«

»Warum nicht?« fragte Cardone.

»Wegen der vielen Kinder.«

»Bau doch einen Zaun«, sagte Joe etwas verstimmt.

Tanner ging zur Küchentür hinaus. Er hörte ein plötzliches

Lachen hinter sich, aber das war nicht das Lachen von Leuten, die Spaß hatten. Es war gezwungen, irgendwie unfreundlich.

Hatte Fassett recht? Zeigte Omega schon die ersten Spuren? Drängten die Feindseligkeiten langsam an die Oberfläche?

Draußen ging er an den Beckenrand, zu der Filteranlage. »Ginny?«

»Ich bin hier drüben, bei Alis Tomatenpflanzen. Da ist eine Stange umgefallen, und ich kann das Band nicht wieder binden.«

»Okay.« Er drehte sich um und ging zu ihr hinüber. »Welche denn? Ich sehe nichts.«

»Hier«, sagte Ginny und deutete.

Tanner kniete nieder und sah die Stange jetzt. Sie war nicht umgefallen, sie war abgebrochen worden. »Eines der Kinder muß hier durchgerannt sein.« Er zog das dünne Stöckchen heraus und legte die Tomatenpflanze vorsichtig auf den Boden. »Das richte ich morgen.«

Er stand auf. Ginny stand ganz nahe bei ihm und legte ihm die Hand auf den Arm. Er erkannte, daß man sie vom Haus aus nicht sehen konnte.

»Ich habe sie abgebrochen«, sagte Ginny.

»Warum?«

»Ich wollte mit dir reden. Alleine.«

Sie hatte ein paar Knöpfe ihrer Bluse geöffnet. Er konnte den Ansatz ihrer Brüste sehen. Tanner fragte sich, ob Ginny wohl betrunken sein mochte. Aber Ginny betrank sich nie, und wenn sie es tat, merkte das niemand.

»Worüber möchtest du denn reden?«

»Dick, zunächst einmal. Ich möchte mich für ihn entschuldigen. Er kann unangenehm werden – richtig brutal, wenn er sich ärgert.«

»War er unangenehm? Verärgert? Mir ist nichts aufgefallen.«

»Natürlich ist es dir aufgefallen. Ich habe dich beobachtet.«

»Da hast du dich geirrt.«

»Das glaube ich nicht.«

»Kümmern wir uns jetzt um den Pool.«

»Augenblick.« Ginny lachte leise. »Ich mache dir doch nicht etwa Angst, oder?«

»Meine Freunde machen mir nicht Angst«, sagte Tanner und lächelte.

»Wir wissen eine ganze Menge voneinander.«

Tanner beobachtete Ginnys Gesicht aus der Nähe, ihre Augen, die leicht zusammengekniffenen Lippen. Er fragte sich, ob dies der Augenblick sein würde, in dem ihm das Unglaubliche eröffnet werden würde. Wenn ja, würde er ihr dabei helfen. »Ich denke, wir glauben immer, daß wir unsere Freunde kennen. Manchmal frage ich mich, ob das wirklich so ist.«

»Ich fühle mich von dir sehr angezogen – körperlich angezogen. Hast du das gewußt?«

»Nein, das habe ich nicht gewußt«, sagte Tanner überrascht.

»Es sollte dich nicht stören. Ich würde Ali um alles in der Welt nicht weh tun wollen. Ich glaube nicht, daß es einen zu etwas verpflichtet, wenn man sich körperlich angezogen fühlt, findest du nicht?«

»Jeder hat seine Träume.«

»Du weichst mir aus.«

»Das tu ich allerdings.«

»Ich sagte dir doch, ich würde deine Verpflichtungen nicht stören.«

»Ich bin ein Mensch. Es würde sie schon stören.«

»Ich bin auch ein Mensch. Darf ich dich küssen? Einen Kuß verdiene ich doch wenigstens.«

Ginny legte dem verblüfften Tanner die Arme um den Hals und preßte ihre Lippen auf die seinen, öffnete den Mund dabei. Tanner merkte, daß sie sich redliche Mühe gab, ihn zu erregen. Er konnte das nicht begreifen. Wenn es ihr mit dem, was sie tat, wirklich ernst war, hatte sie hier keine Chance, es zu Ende zu bringen.

Dann begriff er. Das sollte ein Versprechen sein.

Das war ihre Absicht.

»Oh, Johnny! O Gott, Johnny!«

»Schon gut, Ginny. Schon gut. Du sollst nicht...« Vielleicht war sie wirklich betrunken, dachte Tanner. Morgen würde sie sich wie ein Narr vorkommen. »Wir reden später.«

Ginny wich ein wenig zurück. »Natürlich reden wir später. Johnny? – Wer ist Blackstone?«

»Blackstone?«

»Bitte! Ich muß es wissen! Nichts wird sich ändern, das verspreche ich dir! *Wer ist Blackstone?*«

Tanner hielt sie an den Schultern fest und drehte sie so herum, daß ihr Gesicht vor dem seinen war.

Sie weinte.

»Ich kenne keinen Blackstone.«

»Tu das nicht!« flüsterte sie. »Bitte, um Gottes willen, tu das nicht! Sag Blackstone, er soll *aufhören!*«

»Hat Dick dich herausgeschickt?«

»Er würde mich umbringen«, sagte sie leise.

»Wir wollen das einmal klarstellen. Du bietest mir an...«

»Was du willst! Laß ihn bloß *in Frieden*. Mein Mann ist ein guter Mann. Ein sehr, sehr anständiger Mann. Er ist dir ein guter Freund gewesen! Bitte, tu ihm nicht weh!«

»Du liebst ihn.«

»Mehr als mein Leben. Und deshalb darfst du ihm bitte, bitte nicht weh tun. Und sag Blackstone, daß er aufhören soll!«

Sie rannte in die Garage.

Er wollte ihr nachgehen und sie beruhigen, aber der Schemer von Omega hinderte ihn daran. Und dabei fragte er sich die ganze Zeit, ob Ginny, die imstande war, sich als Hure anzubieten, auch zu viel gefährlicheren Dingen imstande war.

Aber Ginny war keine Hure. Leichtlebig vielleicht, selbst auf harmlose Art provozierend, aber weder Tanner noch irgend jemandem, den Tanner kannte, war es je in den Sinn gekommen, daß sie ihr Bett mit irgend jemand außer Dick teilen würde. Das war nicht ihre Art.

Wenn sie nicht Omegas Hure war.

Wieder drang gezwungenes Gelächter aus dem Hause. Tanner hörte die einleitenden Klarinettentöne von ›Amapola‹. Er kniete nieder und holte das Thermometer aus dem Wasser.

Plötzlich wurde ihm bewußt, daß er nicht alleine war. Leila Osterman stand ein paar Schritte hinter ihm auf dem Rasen. Sie war lautlos herausgekommen, oder er war zu sehr in Gedanken versunken gewesen, um die Küchentür oder ihre Schritte zu hören.

»Oh, du bist's! Du hast mich erschreckt.«

»Ich dachte, Ginny würde dir helfen.«

»Sie – sie hat sich Kieselgur auf den Rock geschüttet. Schau nur, es hat achtundzwanzig Grad. Joe wird sagen, daß es zu warm ist.«

»Wenn er das noch bemerkt.«

»Ja, ich verstehe«, sagte Tanner und erhob sich lächelnd. »Joe ist kein Trinker.«

»Er gibt sich aber große Mühe.«

»Leila, wie kommt es, daß du und Bernie schon vor zwei Tagen angekommen seid?«

»Hat er dir das nicht gesagt?« Leila zögerte und schien verärgert, daß ihr jetzt die Erklärung zugefallen war.

»Nein. Sonst würde ich nicht fragen.«

»Er sieht sich um. Er hatte Besprechungen und Verabredungen.«

»Wonach sieht er sich um?«

»Oh, alles mögliche. Du kennst ja Bernie; er macht da verschiedene Phasen durch. Er kann nie vergessen, daß die *New York Times* ihn einmal aufregend genannt hat – oder scharfsichtig, ich weiß das nicht mehr genau. Unglücklicherweise hat er sich einen teueren Geschmack zugelegt.«

»Jetzt komm' ich nicht mehr mit.«

»Er würde gerne eine Spitzenserie machen; du weißt schon, so einen richtigen Knüller. In den Agenturen wird viel von Qualitätsverbesserung geredet.«

»Wirklich? Davon hab' ich gar nichts gehört.«

»Du bist auch bei den Nachrichten und nicht bei der Unterhaltung.«

Tanner holte ein Päckchen Zigaretten heraus, bot Leila eine an. Als er sie anzündete, konnte er die Besorgnis, die Anspannung in ihren Augen erkennen. »Schließlich spricht doch eine ganze Menge für Bernie. Ihr beide habt den Agenturen eine Menge Geld verdient. Er wird keine Schwierigkeiten haben; außerdem kann er einen durchaus überzeugen.«

»Ich fürchte, da braucht es mehr als Überzeugungsgabe«, sagte Leila. »Sofern du nicht für Prozente an profitlosen kulturellen Serien arbeiten willst. Nein, dazu gehört Einfluß. Ungeheurer Einfluß; so viel, daß die Geldleute es sich anders überlegen.« Leila zog an ihrer Zigarette und wich dabei Tanners Blick aus.

»Kann er das?«

»Er könnte es schaffen. Wenn Bernie etwas sagt, dann hat das durchaus sein Gewicht, mehr als bei den meisten anderen Leuten an der Westküste. Er hat schon Einfluß – Einfluß, der bis nach New York reicht, das kannst du mir glauben.«

Tanner hätte das Gespräch am liebsten nicht fortgesetzt. Es tat weh. Leila hatte es ihm ja fast gesagt, dachte er. Sie hatte die Macht von Omega praktisch hinausposaunt. Natürlich würde Bernie tun, was er tun wollte. Bernie war durchaus imstande, die Leute dazu zu bringen, sich etwas anderes zu überlegen, Entscheidungen umzustoßen. Er oder Omega war dazu imstande, und er war ein Teil davon – ein Teil von ihnen.

»Ja«, sagte er leise. »Ich glaube es dir. Bernie ist ein großer Mann.«

Eine Weile standen sie da, ohne zu reden, dann fragte Leila mit scharfer Stimme. »Bist du zufrieden?«

»Was?«

»Ich habe dich gefragt, ob du zufrieden bist. Du hast mich gerade verhört wie ein Bulle. Ich kann dir sogar eine Liste seiner Verabredungen liefern, wenn du das möchtest. Und die Friseure, die Warenhäuser, die Geschäfte – ich bin sicher, daß sie dir bestätigen würden, daß ich dort gewesen bin.«

»Wovon zum Teufel redest du denn?«

»Das weißt du ganz genau! Das dort drinnen ist keine besonders nette Party, falls du das noch nicht bemerkt hast. Wir benehmen uns alle, als ob wir uns nie zuvor begegnet wären, als ob wir unsere neuen Bekannten nicht leiden könnten.«

»Das hat nichts mit mir zu tun. Vielleicht solltet ihr euch selbst bei der Nase nehmen.«

»Warum?« Leila trat einen Schritt zurück. Tanner fand, daß sie verwirrt wirkte, aber er vertraute nicht auf sein Urteil. »Warum sollten wir das? Was ist denn los, John?«

»Kannst *du* das nicht *mir* sagen?«
»Du lieber Gott, du bist *tatsächlich* hinter ihm her, wie? Hinter *Bernie*.«
»Nein, das bin ich nicht. Ich bin hinter niemandem her.«
»Jetzt hör mir gut zu, John! Bernie würde sein Leben für dich geben! Weißt du das nicht?«

Leila Osterman warf ihre Zigarette ins Gras und ließ ihn stehen.

Als Tanner gerade den Eimer mit Chlortabletten in die Garage tragen wollte, kam Ali mit Bernie Osterman heraus. Einen Augenblick lang fragte er sich, ob Leila wohl etwas gesagt hatte. Aber das war offenbar nicht der Fall. Seine Frau und Bernie wollten bloß wissen, wo er das Selterswasser aufbewahrte, und ihm sagen, daß alle dabei waren, sich umzuziehen.

Tremayne stand unter der Küchentür, das Glas in der Hand, und sah ihnen zu, wie sie sich unterhielten. Auf Tanner wirkte er nervös, verunsichert.

Tanner ging in die Garage und stellte den Plastikeimer in die Ecke, neben die Toilette, die er in die Garage hatte einbauen lassen. Das war der kühlste Ort. Die Küchentür ging auf, und Tremayne kam die Stufen herunter.

»Ich hätte dich gerne einen Augenblick gesprochen.«
»Gern.«

Tremayne drehte sich zur Seite und schob sich an dem Triumph vorbei. »Ich hab' dich diese Kiste nie fahren sehen.«
»Ich mag sie auch nicht. Es ist der reinste Mord, sich hineinzuzwängen und wieder auszusteigen.«
»Ja, bei deiner Größe.«
»Es ist ein kleiner Wagen.«
»Ich... Ich wollte nur sagen, daß mir der Quatsch leid tut, den ich zuerst dahergeredet habe. Ich will mich nicht mit dir

streiten. Ein Reporter vom *Wall Street Journal* hat mich vor ein paar Wochen drangekriegt. Kannst du dir das vorstellen? Das *Journal!* Meine Firma hat den Fall sofort aufgegeben.«

»Freie Presse oder fairer Prozeß. Was du gesagt hast, hatte durchaus Hand und Fuß. Ich habe es nicht persönlich genommen.«

Tremayne lehnte sich gegen den Triumph. Er sprach ganz vorsichtig. »Vor ein paar Stunden hat Bernie dich gefragt – er redete vom vergangenen Mittwoch –, ob du mit irgend etwas wie dieser San-Diego-Geschichte beschäftigt wärest. Ich hab' nie besonders viel darüber erfahren, nur, daß man in den Zeitungen immer noch darauf Bezug nimmt.«

»Das wird mächtig übertrieben. Ein paar Bestechungsfälle im Hafen. Das ist in der Branche so üblich, denke ich.«

»Sei nicht so bescheiden.«

»Bin ich nicht. Es war eine klasse Story, und ich hätte beinahe den Pulitzerpreis bekommen. Meine ganze Karriere ist darauf aufgebaut.

»Also schön... Ich will jetzt aufhören, um den heißen Brei herumzureden. Schnüffelst du in etwas herum, das mich betrifft?«

»Nicht, daß ich wüßte. Es ist so, wie es Bernie gesagt hat; ich habe rund siebzig Leute, die direkt mit den Nachrichtenrecherchen befaßt sind. Ich verlange keine täglichen Berichte.«

»Willst du sagen, daß du nicht weißt, was die tun?«

»So ist es nun auch wieder nicht«, sagte Tanner und lachte kurz. »Ich zeichne ihre Quittungen ab; und es wird nichts gesendet, das ich nicht freigegeben habe.«

Tremayne stieß sich von dem Triumph ab. »All right, ich will die Karten auf den Tisch legen. Ginny ist vor einer Viertelstunde hereingekommen. Ich lebe jetzt mit diesem Mädchen seit sechzehn Jahren zusammen. Ich kenne sie – sie hat geweint. Sie war mit dir draußen und ist weinend wieder hereingekommen. Ich möchte wissen warum.«

»Die Frage kann ich nicht beantworten.«

»Du solltest es aber versuchen! – Dir paßt es nicht, wenn ich soviel Geld verdiene, wie?«

»Das stimmt nicht.«

»Natürlich ist es so! Du meinst wohl, ich hab' nicht bemerkt, wie Ali auf dir herumhackt! Und jetzt läßt du so ganz subtil und beiläufig fallen, daß nichts gesendet wird, ohne daß du es freigibst! Ist es das, was du meiner Frau gesagt hast? Soll ich mir von *ihr* Details geben lassen? Eine Frau kann nicht gegen den eigenen Mann aussagen; *schützt* du uns etwa? Was *willst* du?«

»Reiß dich doch zusammen! Hast du mit etwas so Schmutzigem zu tun, daß du anfängst, paranoid zu werden? Ist es das? Willst du mir davon erzählen?«

»Nein. Nein! Warum hat sie *geweint?*«

»Frag sie doch selbst!«

Tremayne wandte sich ab, und John Tanner sah, daß der Anwalt am ganzen Leibe zitterte, als er mit der Hand über die Motorhaube des kleinen Sportwagens strich.

»Wir kennen uns jetzt eine ganze Zeit; aber du hast mich nie verstanden... Du solltest kein Urteil abgeben, solange du die Menschen nicht verstehst, die du beurteilst.«

Das ist es also, dachte Tanner. Tremayne gab es zu. Er gehörte zu Omega.

Und dann sprach Tremayne weiter, und er zog seinen Schluß zurück. Er drehte sich um, und sein Gesichtsausdruck war bemitleidenswert.

»Mag sein, daß ich nicht ohne Fehl bin, das weiß ich, aber ich tue nichts Illegales. So ist das System eben. Mag sein, daß ich es nicht immer mag, aber es ist ein System, das ich respektiere!«

Tanner fragte sich, ob Fassetts Männer eines ihrer elektronischen Mikrofone in der Garage angebracht hatten. Ob sie die Worte gehört hatten, aus denen solche Sorge klang und die so aufrichtig wirkten. Er sah den gebrochenen Mann an, der vor ihm stand.

»Gehen wir in die Küche. Du brauchst einen Drink, und ich brauche auch einen.«

19.

Alice legte den Schalter unter dem Sims des Wohnzimmerfensters um, so daß man die Musik über die Außenlautsprecher hören konnte. Sie waren jetzt alle draußen vor dem Pool. Selbst ihr Mann und Dick Tremayne hatten den Küchentisch verlassen; sie waren zwanzig Minuten lang dort gesessen, und Ali fand es seltsam, daß sie kaum miteinander geredet hatten.

»Hello, schöne Frau!« Das war Joes Stimme, und Alice spürte, wie sich in ihr etwas spannte. Er tauchte aus dem Flur auf und trug eine Badehose. An Joes Körper war etwas Häßliches; alle ihn umgebenden Gegenstände wirkten durch ihn irgendwie zwergenhaft. »Euch ist das Eis ausgegangen, deshalb habe ich angerufen und welches bestellt.«

»Um diese Stunde?«

»Das ist einfacher, als wenn einer von uns fährt.«

»Wen hast du angerufen?«

»Rudy im Getränkemarkt.«

»Der ist geschlossen.«

Cardone ging auf sie zu, er schwankte dabei etwas. »Ich hab' ihn zu Hause angerufen; er lag noch nicht im Bett. Er ist mir manchmal gefällig. Ich hab' ihm gesagt, er soll ein paar Plastiktüten voll Eis auf die vordere Veranda legen und es mir berechnen.«

»Das war nicht nötig. Ich meine, daß du das bezahlst.«

»Jede Kleinigkeit hilft.«

»Bitte!« Sie ging auf das Sofa zu, allein schon, um außer Reichweite von Cardones ginbeladenem Atem zu kommen. Er folgte ihr.

»Hast du dir das, was ich dir gesagt habe, überlegt?«

»Du bist sehr großzügig, aber wir brauchen keine Hilfe.«

»Hat John das gesagt?«

»Das *würde* er sagen.«

»Dann hast du nicht mit ihm gesprochen?«

»Nein.«

Cardone griff nach ihrer Hand. Sie versuchte instinktiv, sie ihm wegzuziehen, aber er hielt sie fest, ohne eine Spur von Feindseligkeit, da war nur Wärme; aber er ließ sie nicht los. »Mag sein, daß ich ein wenig geladen habe, aber ich möchte, daß du mich ernst nimmst. Ich habe in meinem Leben viel Glück gehabt; es war überhaupt nicht schwierig, wirklich nicht. Offengestanden, ich fühle mich ein wenig schuldig, verstehst du, wie ich das meine? Ich bewundere Johnny. Ich halte eine ganze Menge von ihm, weil er etwas *leistet*. Ich leiste nicht viel; ich nehme nur. Ich tue niemandem weh, aber ich nehme ... Es würde mir sehr gut tun, wenn ihr mich *geben* ließet. Das wäre einmal etwas anderes.«

Er ließ ihre Hand los, und weil sie das nicht erwartet hatte, fiel ihr Arm herunter und stieß gegen ihre Hüfte. Einen Augenblick lang war ihr das peinlich. Sie war verwirrt. »Warum bist du so fest entschlossen, uns etwas zu geben. Was hat dich darauf gebracht?«

Cardone ließ sich schwer auf die Armlehne der Couch sinken. »Man hört alles Mögliche. Gerüchte, Klatsch vielleicht.«

»Über uns? Über uns und Geld?«

»So ähnlich.«

»Nun, es stimmt nicht. Es stimmt einfach nicht.«

»Dann laß es mich anders ausdrücken. Vor drei Jahren, als Dick und Ginny und Bernie und Leila mit uns in Gstaad Skilaufen waren, wolltet ihr nicht mitkommen. Das stimmt doch?«

Alice blinzelte und versuchte, Joes Logik zu folgen.

»Ja, ich erinnere mich. Wir wollten lieber mit den Kindern nach Nassau fahren.«

»Aber jetzt interessiert John sich doch sehr für die Schweiz, stimmt das nicht?« Joe schwankte leicht.

»Nicht, daß ich wüßte. Er hat mir nichts davon erzählt.«

»Dann ist es vielleicht Italien, wenn es nicht die Schweiz ist. Vielleicht interessiert er sich für Sizilien; das ist ein sehr interessanter Ort.«

»Ich verstehe dich einfach nicht.«

Cardone erhob sich von der Armlehne der Couch und stützte sich an der Wand ab. »Du und ich, wir beide unterscheiden uns gar nicht so sehr, wie? Ich meine, das was wir haben, hat man uns nicht gerade auf einem silbernen Tablett überreicht, oder? Wir haben uns das alles auf unsere eigene, verdammte Art verdienen müssen...«

»Ich finde, du wirst beleidigend.«

»Tut mir leid, ich will dich nicht beleidigen. Ich will nur ehrlich sein, und Ehrlichkeit fängt damit an, klar zu erkennen, wo man steht. Wo man einmal war.«

»Du bist betrunken.«

»Ganz bestimmt bin ich das. Ich bin betrunken und ich bin nervös. Eine lausige Kombination. Rede doch mal mit John. Sag ihm, er soll mich morgen oder übermorgen einmal besuchen. Sag ihm, er soll sich keine Sorgen wegen der Schweiz oder wegen Italien machen, okay? Sah ihm, ganz gleich, was passiert, ich bin sauber, und ich mag Leute, die ihren Beitrag leisten und anderen Leuten nicht weh tun. Sag ihm, daß ich bezahlen werde.«

Cardone trat zwei Schritte auf Ali zu und griff nach ihrer linken Hand. Er hob sie mit sanftem Nachdruck an die Lippen, schloß die Augen und küßte ihre Handfläche. Ali hatte diese Art von Kuß früher schon einmal gesehen; in ihrer Kindheit hatte sie gesehen, wie die fanatischen Anhänger ihres Vaters dasselbe taten. Dann wandte Joe sich ab und torkelte in den Korridor.

Am Fenster fiel Ali ein leichter Lichtreflex, vielleicht auch nur ein Wechsel in der Helligkeit auf. Sie drehte den Kopf. Was sie sah, ließ sie erstarren. Draußen auf dem Rasen, höchstens sechs Fuß vom Fenster entfernt, stand Betty Cardone in einem weißen Badeanzug, in das blau-grüne Licht des Swimmingpools gehüllt.

Betty hatte gesehen, was sich zwischen Alice und ihrem Mann zugetragen hatte. Das verrieten ihre Augen Ali.

Joes Frau starrte durch das Fenster, und ihr Blick war grausam.

Die vollen Töne des jungen Sinatra erfüllten die warme Sommernacht, während die vier Ehepaare um den Pool saßen. Einer nach dem anderen – aber jeder einzeln, John Tanner hatte das Gefühl, daß sie das nie zu zweien taten – ließen sie sich ins Wasser fallen und paddelten träge hin und her.

Die Frauen redeten von der Schule und den Kindern, während die Männer am gegenüberliegenden Poolrand etwas weniger leise von der Börse, von Politik und der unergründlichen Wirtschaft redeten.

Tanner saß am Sockel des Sprungbretts, in der Nähe von Joe. Er hatte ihn noch nie so betrunken gesehen, und es lohnte sich, ihn zu betrachten. Wenn irgend jemand von den Leuten, die um den Pool saßen, oder vielleicht alle, zu Omega gehörten, dann war Joe das schwächste Glied. Er würde als erster zerbrechen.

Kleine Streitgespräche entwickelten sich, flackerten auf und erloschen wieder. Einmal wurde Joes Stimme zu laut, und Betty reagierte schnell, aber leise.

»Du bist betrunken, lieber Mann. Sei vorsichtig.«

»Joe ist schon in Ordnung, Betty«, sagte Bernie und schlug Cardone aufs Knie. »Heute war es in New York scheußlich heiß, erinnerst du dich?«

»Du warst doch auch in New York, Bernie«, antwortete Ginny Tremayne und ließ die Füße ins Wasser hängen. »War es wirklich so scheußlich heiß?«

»Scheußlich, Liebste.« Das war Dick, der quer über den Pool hinweg seiner Frau die nicht für ihn bestimmte Frage beantwortete.

Tanner sah, wie Osterman und Tremayne Blicke tauschten. Das bezog sich auf Cardone, aber er, Tanner, hätte das nicht wahrnehmen sollen. Dann stand Dick auf und fragte, wer sein Glas nachgefüllt haben wolle.

Nur Joe beantwortete die Frage mit ja.

»Ich hol's schon«, sagte Tanner.

»Nein, zum Teufel«, erwiderte Dick. »Paß du lieber auf deine Ballspielerin auf. Ich werde das Mädchen jetzt ohnehin anrufen. Wir haben ihr gesagt, sie soll um eins zurück sein, jetzt ist es fast zwei. Man muß da wirklich aufpassen.«

»Du bist ein gemeiner Vater«, sagte Leila.

»Solange ich nur nicht Großvater bin.« Tremayne ging über das Gras auf die Küchentüre zu.

Ein paar Sekunden herrschte Schweigen, dann begannen die Frauen wieder ihr leichtes Gespräch, und Bernie ließ sich über den Beckenrand ins Wasser gleiten.

Joe Cardone und Tanner sagten nichts.

Einige Minuten später kam Dick mit zwei Gläsern aus der

Küchentür. »Hey, Ginny! Peg war richtig sauer, daß ich sie geweckt habe. Was hältst du davon?«

»Ich denke, daß ihr Begleiter sie gelangweilt hat.«

Tremayne ging auf Cardone zu und gab ihm sein Glas. »Bitteschön, Mister Fullback.«*

»Ein verdammter Halfback** war ich. Richtig fertiggemacht hab' ich deinen verdammten Levi Jackson in Yale!«

»Sicher. Aber ich habe mit Levi gesprochen. Er hat gesagt, daß die dich jederzeit fertigmachen konnten. Sie brauchten bloß ›Tomatensauce‹ zu rufen, und schon bist du ins Aus gerannt!«

»Das ist vielleicht komisch! Abgemurkst hab' ich diesen schwarzen Schweinehund!«

»Er hält auch sehr viel von dir«, sagte Bernie und lächelte über den Poolrand.

»Und ich halte viel von *dir*, Bernie! Und Dick auch!« Cardone erhob sich schwerfällig. »Von euch *allen* halte ich viel.«

»Hey, Joe...« Tanner stieg vom Sprungbrett.

»Wirklich, Joe, du solltest dich hinsetzen«, riet Betty. »Sonst kippst du um.«

»Da Vinci!«

Es war nur ein Name, aber Cardone brüllte ihn förmlich hinaus. Und dann noch einmal.

»*Da Vinci...*« Er zog es in die Länge, daß es ganz italienisch klang.

»Was soll *das* denn bedeuten?« fragte Tremayne.

»Das möchte *ich* auch wissen!« brüllte Cardone durch die angespannte Stille, die den Pool umgab.

»Er ist verrückt«, sagte Leila.

---

* [Verteidiger beim Footballspiel. Anm. d. Ü.]
** [Läufer, Anm. d. Ü.]

»Er ist total betrunken, wenn ich das sagen darf«, fügte Ginny hinzu.

»Da wir – zumindest ich – dir nicht sagen können, was ein da Vinci ist, möchtest du uns das vielleicht erklären«, meinte Bernie leichthin.

»Hört auf! *Aufhören* sollt ihr!« Cardone ballte die Fäuste und öffnete sie dann wieder.

Osterman stieg aus dem Wasser und ging auf Joe zu. Die Hände hingen ihm locker herunter. »Beruhige dich doch, Joe. Bitte... Ganz ruhig.«

»*Zürichchchch!*« Der Schrei kam von Joe Cardone und war meilenweit zu hören, dachte Tanner. Jetzt passiert es! Er hatte es gesagt!

»Was meinst du, Joe?« Tremayne trat zögernd einen Schritt auf Cardone zu.

»*Zürich!* Das meine ich!«

»Das ist eine Stadt in der Schweiz! Was zum Teufel soll das?« Osterman stand Cardone gegenüber und sah ihn an; er würde jetzt nicht locker lassen. »Sag uns, was du meinst!«

»Nein!« Tremayne packte Osterman an der Schulter.

»Rede nicht mit mir«, schrie Cardone. »Du bist doch derjenige, der...«

»*Hört auf! Ihr alle!*« Betty stand auf der Betonfläche am Ende des Pools. Tanner hätte es nie für möglich gehalten, daß von Cardones Frau soviel Kraft ausgehen könnte.

Aber sie war da. Die drei Männer lösten sich voneinander wie geprügelte Hunde. Die Frauen sahen Betty an, und dann gingen Leila und Ginny weg, während Ali reglos und ohne zu verstehen dastand.

Jetzt schlüpfte Betty wieder in die Rolle der weichen Vorstadt-Hausfrau, die sie zu sein schien. »Ihr benehmt euch alle kindisch, und ich weiß, daß es für Joe jetzt Zeit ist, nach Hause zu gehen.«

»Ich... Ich denke, wir sollten alle noch einen kleinen Schlummertrunk nehmen, Betty«, sagte Tanner. »Was meinst du?«

»Aber mach den für Joe ganz leicht«, antwortete Betty und lächelte.

»Die anderen auch«, meinte Bernie.

»Ich hole sie.« Tanner ging auf die Türe zu. »Kommen alle rein?«

»Augenblick, Johnny!« Das war Cardone, ein breites Grinsen im Gesicht. »Ich bin hier der unartige Junge, also laß mich helfen. Außerdem muß ich mal für kleine Jungs.«

Tanner ging vor Cardone in die Küche. Er war verwirrt. Als Joe das Wort »Zürich« geschrien hatte, hatte er erwartet, daß alles vorbei sein würde. Zürich war der Schlüssel, der den Zusammenbruch hätte auslösen müssen. Aber es passierte nicht.

Statt dessen passierte das Gegenteil.

Alles war wieder unter Kontrolle, und das ging von der unwahrscheinlichsten Stelle aus, die man sich vorstellen konnte, von Betty Cardone.

Plötzlich war hinter ihm ein Krachen zu hören. Tremayne stand unter der Tür und blickte auf den gestürzten Cardone hinunter.

»Well. Ein Muskelberg aus Princeton ist soeben umgekippt! Schaffen wir ihn in meinen Wagen. Ich bin heute abend der Chauffeur.«

Umgekippt? Tanner glaubte das nicht. Cardone war schon betrunken. Aber dem Zusammenbruch war er keineswegs nahe.

20.

Die drei Männer kleideten sich schnell an und verfrachteten den torkelnden, zusammenhanglos redenden Cardone auf den Vordersitz von Tremaynes Wagen. Betty und Ginny nahmen hinten Platz. Tanner beobachtete die ganze Zeit Joes Gesicht, besonders die Augen, ob dort irgend etwas darauf deutete, daß der andere sich verstellte. Aber da war nichts zu sehen. Und doch stimmte da etwas nicht, dachte er; an Cardones übertriebenen Bewegungen war zuviel Präzision. Setzte Joe sein Schweigen ein, um die anderen zu prüfen, fragte er sich?

Oder verzerrte etwa die zunehmende Spannung seine eigenen Beobachtungen?

»Verdammt!« rief Tremayne aus. »Ich habe mein Jackett im Haus gelassen.«

»Ich bringe es morgen in den Club«, sagte John. »Wir sind ja auf elf Uhr verabredet.«

»Nein, ich hole es lieber. Ich habe ein paar Notizen in der Tasche gelassen; die brauche ich vielleicht. Warte mit Bernie hier. Ich bin gleich wieder da.«

Dick rannte hinein und riß sein Jackett von einem Stuhl im Flur. Er sah Leila Osterman an, die im Wohnzimmer eine Tischplatte polierte.

»Wenn ich diese Ringe jetzt wegwische, bleibt den Tanners vielleicht noch etwas Mobiliar«, sagte sie.

»Wo ist Ali?«

»In der Küche.« Leila fuhr fort, auf der Tischplatte herumzureiben.

Als Tremayne die Küche betrat, räumte Alice gerade die Spülmaschine ein.

»Ali?«

»Oh! – Dick. Alles klar mit Joe?«

»Joe ist in Ordnung. Wie geht's John?«

»Ist er nicht dort draußen, bei euch?«

»Ich bin hier drinnen.«

»Es ist schon spät; für Witze bin ich zu müde.«

»Mir ist wirklich nicht nach Witzen zumute. Wir waren immer gute Freunde, Ali. Du und Johnny, ihr bedeutet uns sehr viel, Ginny und mir.«

»Wir empfinden das genauso; das weißt du.«

»Das dachte ich auch. Das habe ich wirklich geglaubt. Hör mir zu...« Tremaynes Gesicht war gerötet; er schluckte ein paarmal, konnte das Zucken über seinem linken Auge nicht wegbringen. »Trefft keine Entscheidungen. Laß nicht zu, daß John – redaktionelle Entscheidungen trifft, die Leuten weh tun, solange er nicht begreift, warum sie das tun, was sie tun.«

»Ich verstehe nicht, was du...«

»Das ist sehr wichtig«, unterbrach Tremayne sie. »Er sollte versuchen, das zu verstehen. Das ist ein Fehler, den ich vor Gericht nie mache. Ich versuche immer zu verstehen.«

Alice erkannte die unausgesprochene Drohung. »Ich würde vorschlagen, du sagst das, was du sagen willst, ihm selbst.«

»Das habe ich, und er hat mir keine Antwort gegeben. Deshalb sage ich es dir. Denk daran, Ali. Niemand ist immer voll und ganz das, was er scheint. Nur, daß einige von uns etwas geschickter sind. Denk daran!«

Tremayne drehte sich um und ging hinaus; gleich darauf hörte Ali, wie die Haustüre ins Schloß fiel. Als sie auf die leere Tür blickte, bemerkte sie, daß noch jemand in der Nähe war. Das unverkennbare Geräusch eines leisen Schrittes war zu hören. Jemand war durch das Speisezimmer gegangen und stand jetzt bei der Anrichte um die Ecke herum, so, daß sie den Betreffenden nicht sehen konnte. Sie ging langsam und leise zu dem Bogen. Als sie in den kleinen, schmalen Raum trat, sah sie Leila reglos an der Wand stehen und vor sich hin starren.

Leila hatte das Gespräch in der Küche belauscht. Sie erschrak, als sie Ali sah, und lachte dann nervös. Sie wußte, daß sie ertappt worden war.

»Ich wollte mir einen frischen Lappen holen.« Sie zeigte Ali ein Staubtuch und ging ins Speisezimmer zurück, ohne ein weiteres Wort zu sagen.

Alice stand mitten in dem kleinen Anrichteraum und fragte sich, was das Schreckliches war, das ihnen allen widerfuhr. Irgend etwas, das das Leben jedes einzelnen im Hause betraf.

Sie lagen im Bett; Ali lag auf dem Rücken, John auf der linken Seite, von ihr abgewandt. Die Ostermans waren auf der anderen Seite des Korridors im Gästezimmer einquartiert. Das war das erste Mal am ganzen Abend, daß sie miteinander alleine waren.

Alice wußte, daß ihr Mann erschöpft war, aber sie konnte die Frage – oder war es eine Feststellung? – jetzt nicht länger hinausschieben.

»Zwischen dir und Dick und Joe gibt es irgendwelchen Ärger, nicht wahr?«

Tanner drehte sich herum; er blickte fast erleichtert zur Decke. Er hatte gewußt, daß die Frage kommen würde und hatte sich seine Antwort zurechtgelegt. Eine weitere Lüge; er begann sich an die Lügen zu gewöhnen. Aber es würde nicht mehr lange dauern – das hatte Fassett garantiert. Er begann ganz langsam, versuchte, beiläufig zu sprechen.

»Daß du auch so verdammt clever sein mußt.«

»Bin ich das?« Sie drehte sich auf die Seite herum und sah ihren Mann an.

»Es ist häßlich, aber es wird schon wieder vergehen. Du erinnerst dich doch, wie ich dir erzählt habe, daß Joe Loomis im Zug ein Aktienpaket verkaufen wollte?«

»Ja. Du wolltest nicht, daß Janet zum Mittagessen hinübergeht. Zu den Loomis, meine ich.«

»Richtig... Nun, Joe und Dick haben sich mit Loomis eingelassen. Ich habe ihnen gesagt, sie sollen es bleiben lassen.«

»Warum?«

»Ich habe es überprüft.«

»Was?«

»Überprüft habe ich es. Wir haben ein paar Tausend herumliegen, die fünf Prozent einbringen. Ich habe gedacht, warum eigentlich nicht? Also hab ich Andy Harrison angerufen – er ist Syndikus in der Standard, du hast ihn letztes Ostern kennengelernt. Er hat Nachforschungen angestellt.«

»Und was hat er herausgefunden?«

»Die ganze Sache stinkt. Eine krumme Tour.«

»Etwas Ungesetzliches?«

»Das wird es wahrscheinlich nächste Woche sein. Harrison hat vorgeschlagen, daß wir uns damit befassen. Ein Feature. Würde eine Riesen-Show abgeben. Das hab' ich Joe und Dick gesagt.«

»Oh, mein Gott! Du würdest das in dein Programm aufnehmen?«

»Keine Sorge. Wir sind auf Monate ausgebucht. Wichtig ist das nicht. Und selbst wenn wir es tun würden, würde ich es ihnen sagen. Dann könnten sie rechtzeitig aussteigen.«

Ali hörte wieder, wie Cardone und Tremayne sagten: *Hast du mit ihm gesprochen? Was hat er gesagt? Johnny soll keine Entscheidungen treffen...* Sie waren in Panik gewesen, und jetzt begriff sie. »Joe und Dick sind fast krank vor Angst, das weißt du doch, oder?«

»Ja, ich hatte das Gefühl.«

»Du hattest das *Gefühl?* Um Himmels willen, das sind deine Freunde! Sie haben Angst! Schreckliche Angst!«

»Okay. Okay. Morgen im Club werde ich ihnen sagen, daß sie ganz ruhig sein können. Der Geier von San Diego fliegt heute nicht mehr.«

»Wirklich, das war grausam! Kein Wunder, daß sie alle so aufgeregt waren! Sie meinen, daß du etwas Schreckliches tust.« Ali erinnerte sich an Leilas lautlose Gestalt, die sich gegen die Küchenwand drückte und lauschte, wie Tremayne abwechselnd bettelte und drohte. »Sie haben es den Ostermans gesagt.«

»Bist du sicher? Wie denn?«

»Laß nur, das ist nicht wichtig. Sie müssen glauben, daß du ein Unmensch bist. Morgen früh, um Himmels willen, morgen früh mußt du ihnen sagen, daß sie sich keine Sorgen zu machen brauchen.«

»Ich hab' doch gesagt, daß ich das tun würde.«

»Das erklärt so viel. Das dumme Geschrei am Pool, den Streit... Ich bin wirklich sehr böse auf dich.« Aber in Wirklichkeit war Alice Tanner das gar nicht; das Unbekannte war ihr jetzt bekannt. Sie konnte sich damit auseinandersetzen. Sie legte sich zurück, immer noch besorgt, immer noch beunruhigt, dafür aber auch in einem Maße ruhig, wie sie das seit einigen Stunden nicht mehr gewesen war.

Tanner schloß die Augen und atmete langsam aus. Seine Lüge hatte funktioniert. Besser als er das angenommen hatte. Jetzt war es leichter für ihn, leichter, die Tatsachen zu verändern.

Fassett hatte recht gehabt; er konnte sie alle im Griff behalten.

Selbst Ali.

21.

Er stand am Schlafzimmerfenster. Kein Mond am Himmel, nur Wolken, die sich kaum bewegten. Er blickte hinunter auf seinen Rasen und das Gehölz dahinter und fragte sich plötzlich, ob seine Augen ihm vielleicht einen Streich spielten. Da war ganz deutlich das Glühen einer Zigarette zu sehen. Jemand ging vorbei und rauchte eine Zigarette, so, daß man es sehen konnte! Großer Gott! dachte er; ob dem Betreffenden wohl klar war, daß er damit alles verriet?

Und dann sah er genauer hin. Die Gestalt trug einen Morgenrock. Es war Osterman.

Hatte Bernie etwas gesehen? Etwas gehört?

Tanner ging schnell und möglichst lautlos zur Schlafzimmertür, öffnete sie und trat ins Freie.

»Ich hab' mir schon gedacht, daß du auf sein könntest«, sagte Bernie, der in einem Liegestuhl saß und auf das Wasser im Pool blickte. »Dieser Abend war eine Katastrophe.«

»Da bin ich nicht so sicher.«

»Dann muß ich annehmen, daß du dein Hör- und Sehvermögen verloren hast. Das war eine nasse Nacht in Malibu. Wenn wir alle Messer gehabt hätten, würde dieser Pool jetzt rot sein.«

»Deine Hollywood-Mentalität macht wieder einmal Überstunden.« Tanner setzte sich neben ihn.

»Ich bin Schriftsteller. Ich beobachte und destilliere.«

»Ich glaube, du hast unrecht«, sagte Tanner. »Dick hatte geschäftliche Sorgen; das hat er mir gesagt. Joe hat sich betrunken. Na und?«

Osterman schwang die Beine von der Fußstütze und setzte sich vor. »Du fragst dich, was ich hier mache. Das war so etwas wie eine Eingebung, ein Instinkt. Ich dachte, du würdest vielleicht herunterkommen. Du hast auch nicht so ausgesehen, als könntest du schlafen, ebensowenig wie ich.«

»Jetzt machst du mich neugierig.«

»Keine Witze bitte. Es ist höchste Zeit, daß wir miteinander reden.«

»Worüber?«

Osterman stand auf und stellte sich neben Tanner. Er zündete sich am Stummel der letzten eine frische Zigarette an. »Was wünschst du dir am meisten? Ich meine, für dich und deine Familie?«

Tanner konnte nicht glauben, daß er richtig gehört hatte. Osterman hatte mit der abgedroschensten Einleitung angefangen, die man sich vorstellen konnte. Trotzdem antwortete er, als nähme er die Frage ernst.

»Frieden, denke ich. Frieden, genug zu essen, ein Dach über dem Kopf; all die Grundbedürfnisse. Sind das die Worte, die du erwartest?«

»All das hast du. Für deinen augenblicklichen Bedarf jedenfalls.«

»Dann verstehe ich dich *wirklich* nicht.«

»Ist dir je in den Sinn gekommen, daß du nicht mehr über das Recht verfügst, irgend etwas auszuwählen? Dein ganzes Leben ist darauf programmiert, eine vorherbestimmte *Funktion* zu erfüllen; ist dir das klar?«

»Das ist eine ganz universelle Erscheinung, stelle ich mir vor. Ich streite es nicht ab.«

»Du kannst es nicht abstreiten. Das System wird es nicht zulassen. Du wirst für etwas ausgebildet; du erwirbst dir Erfahrung – und das ist es, was du den Rest deines Lebens tust. Keine Einwände.«

»Ich wäre ein mieser Kernphysiker; und du würdest als Gehirnchirurg nicht gerade beliebt sein«, sagte Tanner.

»Natürlich ist alles relativ; ich erzähle hier keine Märchen.

Ich sage nur, daß wir von Kräften kontrolliert werden, die wir selbst nicht mehr kontrollieren können. Wir sind in das Zeitalter der Spezialisierung eingetreten, und das ist unsere Totenglocke. Wir leben und arbeiten in unseren vorgegebenen Kreisen; es ist uns nicht erlaubt, die Grenzen zu überschreiten, uns auch nur umzusehen. Du mehr als ich, fürchte ich. Ich zumindest habe ein gewisses Maß an Wahlmöglichkeit, was für ein Stück Kacke ich schreiben möchte. Aber Kacke ist es trotzdem. Das erstickt uns einfach.«

»Ich bin's zufrieden; ich beklage mich nicht. Außerdem gehe ich ja gewisse Risiken ein.«

»Aber du hast nichts hinter dir, keine Stütze! Nichts! Du kannst es dir nicht leisten, dich hinzustellen und zu sagen, *das bin ich!* Nicht, wenn du *damit* dafür bezahlen mußt!«

Osterman machte eine weit ausholende Handbewegung, die Tanners Haus und sein Grundstück einschloß.

»Mag sein, daß ich das nicht kann. Wenn es auf das Geld ankommt. Aber wer kann das schon?«

Osterman zog sich den Stuhl heran und setzte sich. Er hielt Tanners Augen mit den seinen fest und sagte leise: »Es gibt einen Weg. Und ich bin bereit, dir zu helfen.« Er hielt einen Augenblick inne, als suchte er nach Worten, und fing dann wieder zu reden an. »Johnny...« wieder hielt Osterman inne. Tanner hatte Angst, er würde nicht fortfahren, würde den Mut dazu nicht aufbringen.

»Nur weiter.«

»Ich brauche gewisse – Versicherungen, das ist sehr wichtig!« Osterman sprach schnell, seine Worte überstürzten sich.

Plötzlich wurde die Aufmerksamkeit beider Männer auf das Haus gezogen. Das Licht in Janet Tanners Schlafzimmer war aufgeflammt.

»Was ist das?« fragte Bernie, ohne den Versuch, seine Unruhe zu verbergen.

»Nur Janet. Das ist ihr Zimmer. Wir konnten es ihr endlich eintrichtern, daß sie das Licht einschalten soll, wenn sie ins Badezimmer geht. Sonst stößt sie gegen alles mögliche, und wir sind dann zwanzig Minuten wach.«

Und dann hallte der Schrei durch die Nacht. Schrecklich, ohrenbetäubend. Der Schrei eines Kindes.

Tanner rannte um den Pool herum und durch die Küchentüre. Die Schreie hielten an, und jetzt flammten in den drei anderen Schlafzimmern die Lichter auf. Bernie Osterman wäre fast mit Tanner zusammengestoßen, als die beiden Männer zum Zimmer des kleinen Mädchens rannten. Sie waren so schnell gerannt, daß Ali und Leila erst in diesem Augenblick aus ihren Zimmern kamen. John stieß gegen die Tür, machte sich gar nicht erst die Mühe, den Türknopf zu drehen. Die Türe flog auf, und sie rannten alle vier hinein.

Das Kind stand mitten im Zimmer, über den Kadaver von Tanners Welsh Terrier gebeugt. Es konnte nicht zu schreien aufhören.

Der Hund lag in einer Blutlache da.

Man hatte ihm den Kopf vom Leib getrennt.

John Tanner hob seine Tocher auf und rannte in den Korridor hinaus. Sein Verstand funktionierte nicht mehr, es war wie ein Vakuum. Da war nur das erschreckende Bild der Leiche im Wald, mit der sich das Bild des kleinen Hundes abwechselte. Und die schrecklichen Worte des Mannes auf dem Parkplatz hinter dem Howard Johnson's Motel.

»Ein abgeschnittener Kopf bedeutet ein Massaker.«

Er mußte die Dinge in die Hand bekommen, das *mußte* er.

Er sah, wie Ali Janet ins Ohr flüsterte, sie hin und her wiegte. Er merkte, daß sein Sohn ein paar Schritte von ihm entfernt wartete, und sah die Silhouette von Osterman, der ihn tröstete.

Und dann hörte er die Worte von Leila.

»Ich nehme Janet, Ali. Geh zu Johnny.«

Tanner sprang wütend auf. »Wenn du sie anrührst, bringe ich dich um! Hast du gehört, ich *bringe dich um!*«

»*John!*« schrie Ali ihn ungläubig an. »Was sagst du da?«

»*Sie* war auf der anderen Flurseite! Begreifst du denn nicht? Sie war *auf der anderen Flurseite!*«

Osterman schoß auf Tanner zu, stieß ihn zurück, preßte seine Schultern gegen die Wand. Dann versetzte er ihm eine kräftige Ohrfeige.

»Dieser Hund ist seit Stunden tot! Und jetzt hör auf!«

Seit Stunden. Es konnte nicht seit Stunden sein. Es war gerade geschehen. Die Lichter gingen an und der Kopf wurde abgeschnitten. Der Kopf des kleinen Hundes abgeschnitten. Und Leila auf der anderen Seite des Flurs. Sie und Bernie. Omega! Ein Massaker!

Bernie hielt seinen Kopf fest. »Ich mußte dich schlagen. Du hast durchgedreht... Komm jetzt. Reiß dich zusammen. Es ist schrecklich, wirklich schrecklich, ich weiß. Ich hab' auch eine Tochter.«

Tanner versuchte klarzusehen. Zuerst was seine Augen anging, dann in bezug auf seinen Verstand. Alle sahen ihn jetzt an, selbst Raymond, der immer noch schluchzend neben der Tür seines Zimmers stand.

»Ist denn niemand hier?« Tanner konnte einfach nicht anders. Wo waren Fassetts Männer? Wo in Gottes Namen *waren* sie?

»Wer, Darling?« Ali legte ihm den Arm um die Hüften, für den Fall, daß er noch einmal stürzte.

»Niemand hier.« Das war eine Feststellung, die kam ganz leise.

»*Wir* sind hier. Und wir rufen die Polizei. Jetzt gleich rufen wir sie!« Bernie legte Tanners Hand auf das Treppengeländer und führte ihn hinunter.

Tanner sah den schlanken, kräftigen Mann an, der ihm über die Treppe hinunterhalf. *Verstand Bernie denn? Er war Omega. Seine Frau war Omega! Er konnte nicht die Polizei anrufen!*

»Die Polizei? Du willst die Polizei rufen?«

»Ganz sicher will ich das. Wenn das ein Witz war, dann war es der widerlichste, den ich je erlebt habe. Du hast verdammt recht, daß ich die Polizei rufen will. Du nicht?«

»Ja. Natürlich.«

Sie kamen ins Wohnzimmer; Osterman übernahm das Kommando.

»Ali, du rufst die Polizei an! Wenn du die Nummer nicht kennst, dann rufe die Auskunft!« Dann ging er in die Küche.

Wo waren Fassetts Männer?

Alice ging zu dem beigefarbenen Telefon hinter dem Sofa. Im nächsten Augenblick war klar, daß sie nicht zu wählen brauchte.

Der Lichtbalken eines Scheinwerfers zuckte durch das Fenster und tanzte über die Wohnzimmerwand. Endlich waren Fassetts Leute eingetroffen.

Als die Türglocke anschlug, riß Tanner sich von der Couch los und ging in den Korridor.

»Wir haben Schreie gehört und dann gesehen, daß das Licht an war. Alles in Ordnung?« Das war Jenkins, er konnte seine Angst kaum verbergen.

»Sie kommen ein wenig spät!« sagte Tanner leise. »Kommen Sie besser herein! Omega war hier.«

»Seien Sie ganz ruhig.« Jenkins trat, gefolgt von McDermott, in den Vorraum.

Osterman kam aus der Küche.

»Herrgott! Sie sind aber schnell!«

»Die Schicht von zwölf bis acht, Sir«, sagte Jenkins. »Wir haben gesehen, daß Licht brannte und Leute herumliefen. Das ist um diese Stunde ungewöhnlich.«

»Sie sind sehr aufmerksam, und wir sind Ihnen dankbar...«

»Ja, Sir«, unterbrach ihn Jenkins und ging ins Wohnzimmer. »Ist etwas, Mr. Tanner? Können Sie es uns sagen, oder möchten Sie lieber alleine mit uns sprechen?«

»Es gibt hier nichts Geheimes, Officer.« Osterman folgte dem Polizeibeamten und sprach, ehe Tanner antworten konnte. »Im Obergeschoß liegt ein Hund im ersten Schlafzimmer auf der rechten Seite. Er ist tot.«

»Oh?« Jenkins war sichtlich verwirrt. Er wandte sich wieder Tanner zu.

»Man hat ihm den Kopf abgeschnitten. Wir wissen nicht, wer es getan hat.«

Jenkins blieb ganz ruhig. »Ich verstehe... Wir erledigen das.«

Er blickte zu seinem Partner hinüber, der noch im Flur stand. »Hol eine Decke, Mac.«

»Richtig.« McDermott ging hinaus.

»Darf ich Ihr Telefon benutzen?«

»Natürlich.«

»Captain MacAuliff sollte informiert werden. Ich muß ihn zu Hause anrufen.«

Tanner begriff nicht. Das war doch keine gewöhnliche Polizeiangelegenheit. Hier ging es um Omega! Was machte Jenkins da? Warum rief er MacAuliff an? Fassett sollte er verständigen! MacAuliff war ein Polizeibeamter von Saddle Valley; durchaus akzeptabel, aber im wesentlichen von Politikern ernannt. MacAuliff war dem Stadtrat von Saddle Valley verantwortlich, nicht der Regierung der Vereinigten

Staaten. »Glauben Sie, daß das notwendig ist? Um diese Stunde? Ich meine, ist Captain...«

Jenkins schnitt Tanner abrupt das Wort ab. »Captain MacAuliff ist der Polizeichef. Er würde es als höchst ungewöhnlich ansehen, wenn ich ihm das nicht direkt meldete.«

Jetzt begriff Tanner. Jenkins hatte ihm den Schlüssel gegeben.

Was auch immer geschah, wann auch immer es geschah und wie auch immer es geschah – es durfte keine Abweichung von der Norm geben, dem Üblichen.

Dies war der Abgrund des Leders.

Und außerdem kam Tanner jetzt in den Sinn, daß Jenkins wegen Bernard und Leila Osterman telefonierte.

Captain MacAuliff betrat das Haus der Tanners und machte sofort klar, wo hier die Autorität lag. Tanner beobachtete ihn dabei, wie er den Polizeibeamten mit leiser Stimme seine Instruktionen erteilte. Er war ein hochgewachsener, beleibter Mann mit einem dicken Hals, so dick, daß er ihm über den Hemdkragen trat. Auch seine Hände waren dick, aber seltsam unbeweglich. Sie hingen ihm an der Seite herunter, wenn er ging – das Zeichen eines Mannes, der jahrelang zu Fuß Streife gegangen ist und dabei immer wieder den schweren Knüppel von einer Hand in die andere verlegte.

MacAuliff stammte von der New Yorker Polizei und war das lebende Beispiel des richtigen Mannes für den richtigen Job. Vor Jahren hatte der Stadtrat beschlossen, daß es an der Zeit war, einen tüchtigen Mann herzuholen, jemanden, der dafür sorgen würde, daß Saddle Valley von unerwünschten Elementen freigehalten wurde. Und die beste Verteidigung in diesen Tagen der Laschheit war der Angriff.

Saddle Valley hatte einen Söldner gewollt.

Es hatte sich einen Fanatiker eingestellt.

»All right, Mr. Tanner. Ich hätte gerne eine Aussage. Was ist hier heute nacht passiert?«

»Wir – wir hatten eine kleine Party für unsere Freunde.«

»Wie viele?«

»Vier Ehepaare. Acht Leute.«

»Irgendwelche Hilfskräfte.«

»Nein... Nein, keine Hilfskräfte.«

MacAuliff sah Tanner an und legte dann sein Notizbuch beiseite. »Kein Mädchen?«

»Nein.«

»Hatte Mrs. Tanner am Nachmittag jemanden hier? Als Hilfe?«

»Nein.«

»Sind Sie sicher?«

»Fragen Sie sie doch selbst.« Ali war in seinem Arbeitszimmer, wo sie für die Kinder notdürftig Schlafstätten hergerichtet hatte.

»Es könnte wichtig sein. Während Sie in der Arbeit waren, könnte sie ja irgendwelche Farbigen oder Puertoricaner hiergehabt haben.«

Tanner sah, wie Bernie zurückzuckte. »Ich war den ganzen Tag zu Hause.«

»Okay.«

»Captain«, Osterman trat vor. »Jemand ist in dieses Haus eingebrochen und hat dem Hund den Hals durchgeschnitten. Ist es nicht möglich, daß es ein Dieb war. Mr. und Mrs. Tanner sind am letzten Mittwoch beraubt worden. Sollten wir nicht prüfen...«

Weiter kam er nicht. MacAuliff sah den Schriftsteller an und bemühte sich kaum, seine Verachtung zu verbergen. »Ich leite hier die Ermittlungen, Mr....« Der Polizeichef sah in sein Notizbuch. »Mr. Osterman. Ich möchte, daß Mr. Tanner erklärt, was hier heute nacht vor sich gegangen ist.

Ich wäre Ihnen dankbar, wenn Sie *ihn* antworten ließen. Wir kommen dann noch zu Ihnen.«

Tanner versuchte immer noch, Jenkins Aufmerksamkeit auf sich zu ziehen, aber der Polizist wich seinem Blick aus. Tanner wußte nicht, was er sagen – oder genauer gesagt, was er *nicht* sagen sollte.

Er wollte gerade sprechen, als McDermotts Stimme aus dem Obergeschoß zu hören war.

»Captain! Können Sie einen Augenblick herkommen? Ins Gästezimmer.«

Ohne etwas zu sagen, ging Bernie vor MacAuliff die Treppe hinauf, Leila folgte ihm.

Im gleichen Augenblick trat Jenkins neben Tanners Stuhl und beugte sich vor. »Ich kann das nur einmal sagen. Hören Sie zu. Bringen Sie Omega nicht ins Spiel. Gar nichts. Nichts! Ich konnte es vorher nicht sagen, weil die Ostermans dauernd hier waren.«

»Warum nicht? Um Himmels willen, das war doch Omega! Was soll ich denn sagen? Warum soll ich das nicht erwähnen?«

»MacAuliff ist keiner von uns. Er ist für nichts freigegeben... Sagen Sie nur die Wahrheit über Ihre Party. Das ist *alles!*«

»Sie meinen, er *weiß nichts?*«

»So ist es. Ich sagte Ihnen ja, er ist nicht freigegeben.«

»Und was ist mit den Männern draußen, den Streifen im Wald?«

»Das sind nicht seine Männer. Wenn Sie das jetzt erwähnen, wird er glauben, Sie seien verrückt. Und dann erfahren es die Ostermans. Wenn Sie mich erwähnen, leugne ich alles ab, was Sie sagen. Er wird glauben, Sie seien geistesgestört.«

»Ja, meinen Sie denn, daß MacAuliff...«

»Nein. Er ist ein guter Polizist. Aber außerdem ist er auch

ein Kleinstadt-Napoleon, also können wir ihn nicht gebrauchen. Nicht offen. Aber er ist gewissenhaft, er kann uns helfen. Veranlassen sie doch, daß er herausfindet, wo die Tremaynes und die Cardones hingegangen sind.«

»Cardone war betrunken. Tremayne hat alle nach Hause gefahren.«

»Finden Sie heraus, ob sie auf *geradem Wege* nach Hause gefahren sind. MacAuliff liebt es, Leute zu verhören; er wird sie festnageln, wenn sie lügen.«

»Wie kann ich...«

»Sie machen sich um sie Sorgen, das reicht schon. Und denken Sie daran, es ist fast vorbei.«

MacAuliff kam zurück. McDermott hatte ›irrtümlich‹ den Seitenriegel im Fenster des Gästezimmers als mögliche Spur eines Einbruchs angesehen.

»All right, Mr. Tanner. Fangen wir mit der Ankunft Ihrer Gäste an.«

Und so berichtete John Tanner, gleichzeitig auf zwei Ebenen funktionierend, die etwas verschwommenen Ereignisse des Abends. Bernie und Leila Osterman kamen wieder herunter und fügten sehr wenig von Bedeutung hinzu. Ali kam aus dem Arbeitszimmer und trug überhaupt nichts bei.

»Ausgezeichnet, Ladys and Gentlemen.« MacAuliff stand auf.

»Werden Sie die anderen nicht befragen?« Tanner stand ebenfalls auf und sah den Polizeicaptain an.

»Ich wollte Sie gerade bitten, ob wir Ihr Telefon benützen dürfen. Es gibt da gewisse Vorschriften.«

»Sicher.«

»Jenkins, rufen Sie die Cardones an. Wir sprechen zuerst mit ihnen.«

»Ja, Sir.«

»Was ist mit den Tremaynes?«

»Vorschrift, Mr. Tanner. Nachdem wir mit den Cardones gesprochen haben, rufen wir die Tremaynes an und suchen sie dann auf.«

»Auf die Weise kann keiner mit dem anderen sprechen, stimmt's?«

»Stimmt, Mr. Osterman. Sie kennen sich in der Polizeiarbeit aus?«

»Ich schreibe jede Woche Ihre Texte.«

»Mein Mann schreibt für das Fernsehen«, sagte Leila.

»Captain«, ließ Jenkins vom Telefon hören. »Die Cardones sind nicht zu Hause. Ich habe das Mädchen am Apparat.«

»Rufen Sie die Tremaynes an.«

Die Gruppe wartete stumm, während Jenkins wählte. Nach kurzem Gespräch legte Jenkins den Hörer auf die Gabel.

»Dieselbe Geschichte, Captain. Die Tochter sagt, sie seien auch nicht zu Hause.«

22.

Tanner saß mit seiner Frau im Wohnzimmer. Die Ostermans waren hinaufgegangen, die Polizei weggefahren, um die verschwundenen Ehepaare zu suchen. Weder John noch Ali fühlten sich wohl. Ali, weil sie für sich entschieden hatte, wer den Hund getötet hatte. John, weil er die Implikationen der Tat nicht verdrängen konnte.

»Es war Dick, nicht wahr?« fragte Alice.

»Dick?«

»Er hat mich bedroht. Er ist in die Küche gekommen und hat mich bedroht.«

»Dich *bedroht*?« Wenn dem so war, dachte Tanner,

warum waren Fassetts Männer dann nicht schon früher gekommen? »Wann? Wie?«

»Als sie im Wegfahren waren. Ich meine, nicht, daß er mich persönlich bedroht hat. Er hat ganz allgemein gedroht, uns allen.«

»Was hat er gesagt?« Tanner hoffte, daß Fassetts Männer jetzt zuhörten. Das würde ein Punkt sein, auf den er später zurückkommen würde.

»Er hat gesagt, du solltest keine Entscheidungen treffen. Redaktionelle Entscheidungen.«

»Was noch?«

»Daß manche – manche Leute findiger wären. Das hat er gesagt. Ich sollte bedenken, daß die Leute nicht immer das wären, was sie schienen – daß manche findiger als andere wären.«

»Damit kann er alles mögliche gemeint haben.«

»Es muß eine schreckliche Menge Geld sein.«

»Was ist ein Menge Geld?«

»Das, was er und Joe mit Jim Loomis machen. Das, was du untersucht hattest.«

O Gott, dachte Tanner. Wahrheit und Lüge. Fast hatte er seine Lüge vergessen.

»Es ist eine Menge Geld«, sagte er leise und erkannte zugleich, daß er sich auf gefährlichem Boden befand. Ali würde es in den Sinn kommen, daß selbst Geld nicht ausreichte. Er versuchte, ihr zuvorzukommen. »Mehr als Geld, denke ich. Ihr guter Ruf könnte darunter leiden.«

Alice starrte die einzige Lampe im Raum an, die eingeschaltet war. »Droben hast du – hast du gedacht, daß Leila es getan hatte, nicht wahr?«

»Ich hatte unrecht.«

»Sie war aber auf der anderen Seite des Korridors.«

»Das würde keinen Unterschied machen; wir haben das

mit MacAuliff besprochen. Er war meiner Meinung. Das Blut war größtenteils getrocknet, geronnen. Der Hund ist schon vor Stunden getötet worden.«

»Wahrscheinlich hast du recht.« Ali stellte sich immer noch Leila vor, wie sie mit dem Rücken gegen die Wand gepreßt dastand und ins Leere starrte und das Gespräch in der Küche belauschte.

Die Uhr auf dem Kaminsims zeigte fünf Uhr zwanzig. Sie hatten beschlossen, im Wohnzimmer zu schlafen, vor dem Arbeitszimmer, wo sie den Kindern nahe waren.

Um halb sechs klingelte das Telefon. MacAuliff hatte weder die Tremaynes noch die Cardones gefunden. Er sagte Tanner, er hätte beschlossen, eine Suchmeldung hinausgehen zu lassen.

»Vielleicht haben sie beschlossen, in die Stadt zu fahren, nach New York«, sagte Tanner schnell. Eine Suchmeldung könnte Omega in den Untergrund treiben und damit den Alptraum verlängern. »Ein paar von diesen Kneipen in Village bleiben die ganze Nacht offen. Sie sollten ihnen etwas Zeit lassen. Um Himmels willen, das sind unsere Freunde!«

»Da kann ich Ihnen nicht recht geben. Nach vier bleibt kein Lokal offen.«

»Vielleicht sind sie in ein Hotel gegangen.«

»Das werden wir ja in Kürze wissen. Hotels und Krankenhäuser bekommen Suchmeldungen als erste.«

Tanners Gedanken überschlugen sich. »Die Ortschaften in der Umgebung haben Sie durchsucht? Ich kenne da ein paar Privatclubs...«

»Die kennen wir auch. Überprüft.«

Tanner wußte, daß er sich etwas einfallen lassen mußte. Irgend etwas, das Fassett genügend Zeit verschaffte, um die Lage wieder in den Griff zu bekommen. Fassetts Männer hatten die Leitung angezapft und hörten jetzt mit, daran war kein Zweifel; sie würden die Gefahr sofort erkennen.

»Haben Sie schon die Umgebung der alten Bahnstation abgesucht? Der an der Lassiter Road?«

»Wer zum Teufel würde denn dort hinausfahren? Und wozu?«

»Ich habe meine Frau und meine Kinder am Mittwoch dort gefunden. Nur so eine Idee.«

Der Hinweis erfüllte seinen Zweck. »Ich rufe Sie wieder an«, sagte MacAuliff. »Wir überprüfen das.«

Als er den Hörer auflegte, fragte Ali: »Keine Spur?«

»Nein... Honey, du solltest jetzt versuchen, etwas zu schlafen. Ich kenne da ein paar Lokale – Clubs –, von denen die Polizei vielleicht nichts weiß. Dort versuche ich es einmal. Ich werde das Telefon in der Küche nehmen. Ich will die Kinder nicht wecken.«

Fassett ging sofort ans Telefon.

»Hier ist Tanner. Wissen Sie, was geschehen ist?«

»Ja. Sie haben verdammt schnell gedacht. Sie können einen Job bei uns haben.«

»Das wäre das letzte, was ich wollte. Was werden Sie jetzt tun? Sie können sich doch keine große Suchaktion leisten.«

»Das wissen wir. Cole und Jenkins kümmern sich darum. Wir werden uns schon etwas einfallen lassen.«

»Und dann?«

»Es gibt da einige Möglichkeiten. Ich habe jetzt nicht die Zeit, Ihnen das alles zu erklären. Außerdem brauche ich diese Leitung. Nochmals vielen Dank.« Fassett legte auf.

»Ich hab's bei zweien probiert«, sagte Tanner und ging ins Wohnzimmer zurück. »Kein Glück... Versuchen wir zu schlafen. Wahrscheinlich haben sie irgendwo eine Party gefunden und sich einfach selbst eingeladen. Wir haben das schließlich auch schon gemacht.«

»Schon seit Jahren nicht mehr«, sagte Ali.

Beide taten so, als schliefen sie. Das Ticken der Uhr war wie ein Metronom. hypnotisch, zum wahnsinnig werden. Schließlich merkte Tanner, daß seine Frau eingeschlafen war. Er schloß die Augen, spürte das schwere Gewicht seiner Lider, war sich der völligen Schwärze bewußt, die ihn umgab. Aber sein Gehör wollte nicht zur Ruhe kommen. Um sechs Uhr vierzig hörte er einen Wagen. Das Geräusch kam von der Straße vor seinem Haus. Tanner stand auf und ging schnell ans Fenster. MacAuliff kam auf das Haus zugegangen; er war allein. Tanner ging ihm entgegen.

»Meine Frau schläft. Ich will sie nicht wecken.«

»Das ist jetzt nicht wichtig«, sagte MacAuliff mit beinahe drohender Stimme. »Ich habe mit Ihnen zu tun.«

»Was?«

»Die Cardones und die Tremaynes sind von einer kräftigen Dosis Äther betäubt worden. Man ließ sie abseits der Straße in der Nähe der alten Lassiter-Station im Wagen. Jetzt möchte ich wissen, warum Sie uns dort hingeschickt haben. Woher wußten Sie das?«

Tanner konnte MacAuliff nur stumm anstarren.

»Ihre Antwort?«

»So wahr mir Gott helfe, das weiß ich nicht! Ich habe *nichts* gewußt... Ich werde diesen Mittwochnachmittag so lange ich lebe nicht vergessen. Das würden Sie auch nicht, wenn Sie ich wären. Der Bahnhof ist mir einfach in den Sinn gekommen. Das *schwöre* ich!«

»Ein verdammt seltsamer Zufall, nicht wahr?«

»Hören Sie, wenn ich das *gewußt* hätte, dann hätte ich es Ihnen doch schon vor Stunden gesagt! Ich hätte nicht zugelassen, daß meine Frau das alles mitmacht. Um Gottes willen, seien Sie doch vernünftig!«

MacAuliff musterte ihn fragend. Und Tanner fuhr fort: »Wie ist es passiert? Was haben sie gesagt? Wo sind sie?«

»Sie sind jetzt im Ridge Park Hospital. Man wird sie frühestens morgen früh entlassen.«

»Sie müssen doch mit ihnen gesprochen haben.«

Nach Tremaynes Ansicht, erklärte MacAuliff, wären die vier höchstens eine halbe Meile den Orchard Drive hinuntergefahren, als sie eine rote Notfackel auf der Straße sahen und einen Wagen, der am Straßenrand parkte. Ein Mann hielt sie auf; ein gutgekleideter Mann, der ohne weiteres ein Einwohner von Saddle Valley hätte sein können. Aber das war er nicht. Er hatte Freunde besucht und war auf dem Rückweg nach Westchester. Sein Wagen hatte plötzlich Motorschwierigkeiten bekommen, und er saß fest. Tremayne erbot sich, den Mann zum Haus seiner Freunde zurückzufahren, und der Mann nahm an.

Das war das letzte, woran Tremayne und die beiden Frauen sich erinnerten. Offenbar war Cardone während des ganzen Zwischenfalls bewußtlos gewesen.

An der verlassenen Bahnstation fand die Polizei in Tremaynes Wagen eine unetikettierte Aerosoldose. Man würde sie morgen untersuchen, aber MacAuliff zweifelte nicht, daß es sich um Äther handelt.

»Da muß ein Zusammenhang mit letzten Mittwoch da sein«, sagte Tanner.

»Der Schluß liegt auf der Hand. Aber jeder, der diese Gegend hier kennt, weiß, daß die Umgebung des alten Bahnhofs verlassen ist. Ganz besonders weiß das jeder, der die Zeitungen gelesen oder sonstwie vom letztem Mittwoch gehört hat.«

»Ja, das denke ich auch. Hat man sie – auch beraubt?«

»Kein Geld und keine Brieftaschen oder Schmuck. Tremayne sagte, ihm fehlten einige Papiere aus der Jackentasche. Er war sehr beunruhigt.«

»Papiere?« Tanner erinnerte sich daran, daß der Anwalt erwähnt hatte, in seinem Jackett seien ein paar Notizen. Notizen, die er vielleicht brauchen würde. »Hat er gesagt, welche Papiere?«

»Nicht direkt. Er war völlig hysterisch – mit dem, was er sagte, war nicht viel anzufangen. Er wiederholte immer wieder etwas von ›Zürich‹.«

John hielt den Atem an und spannte, so wie er das gelernt hatte, die Magenmuskeln an und versuchte mit ganzer Kraft seine Überraschung zu unterdrücken. Es war typisch Tremayne, mit schriftlichen Einzelheiten bezüglich der Züricher Konten zu kommen. Wenn es eine Konfrontation gegeben hätte, so hätte er die Fakten zur Verfügung gehabt.

MacAuliff bemerkte Tanners Reaktion. »Sagt Ihnen das etwas?«

»Nein, warum sollte es?«

»Antworten Sie immer mit Gegenfragen, wenn man Sie etwas fragt?«

»Auf die Gefahr, Sie noch einmal zu beleidigen: Werde ich hier offiziell verhört?«

»Allerdings.«

»Also nein. Der Name Zürich sagt mir nichts. Ich kann mir nicht vorstellen, warum er ihn erwähnen sollte. Aber sein Anwaltsbüro ist natürlich international tätig.«

MacAuliff gab sich keine Mühe, seinen Ärger zu verbergen. »Ich weiß nicht, was hier vorgeht, aber eines kann ich Ihnen sagen. Ich bin ein erfahrener Polizeibeamter und habe einige der schwierigsten Reviere geleitet, die man sich vorstellen kann. Als ich diesen Job annahm, habe ich mein Wort dafür verpfändet, diese Stadt sauberzuhalten. Und damit ist es mir Ernst.«

Tanner hatte genug von ihm. »Ganz bestimmt ist es das, Captain. Ich bin überzeugt, daß es Ihnen mit allem, was Sie sagen, Ernst ist.« Er wandte ihm den Rücken und ging auf sein Haus zu.

Jetzt war MacAuliff an der Reihe, verblüfft zu sein. Der Verdächtige ließ ihn einfach stehen, und es gab nichts, was der Polizeichef von Saddle Valley tun konnte, um ihn daran zu hindern.

Tanner stand auf seiner Veranda und sah zu, wie MacAuliff wegfuhr. Der Himmel hatte sich inzwischen etwas aufgehellt, aber man würde in den nächsten Stunden die Sonne nicht zu sehen bekommen. Die Wolken hingen tief, und es würde regnen, aber bis dahin würde noch einige Zeit vergehen.

Doch das war jetzt gleichgültig. Nichts war mehr wichtig. Für ihn war es vorbei.

Der Vertrag war jetzt gebrochen. Der Vertrag zwischen John Tanner und Laurence Fassett war nichtig.

Denn Fassetts Garantie hatte sich als falsch erwiesen. Omega hörte nicht bei den Tremaynes und den Cardones und den Ostermans auf. Omega ging über das Wochenende hinaus.

Er war bereit, nach Fassetts Regeln zu spielen – *mußte* es –, solange die anderen Spieler die Männer und Frauen waren, die er kannte.

Aber das war jetzt nicht mehr der Fall.

Da war jetzt noch jemand – jemand, der in den frühen Morgenstunden einen Wagen auf einer finsteren Straße anhalten und Schrecken verbreiten konnte.

Jemand, den er nicht kannte. Das konnte er nicht akzeptieren.

Tanner wartete bis Mittag, ehe er auf das Wäldchen zuging. Die Ostermans hatten gegen halb zwölf beschlossen, ein kleines Schläfchen zu machen, und er schlug Ali das gleiche vor. Sie waren alle erschöpft. Die Kinder waren im Arbeitszimmer und sahen sich die Trickfilme an, die es am Sonntagmorgen immer gab.

Er schlenderte beiläufig um den Pool herum, ein Sechser-Eisen in der Hand, und gab vor, üben zu wollen, aber in Wirklichkeit beobachtete er die Fenster hinten am Haus: die beiden Kinderzimmer und das Badezimmer im ersten Stock.

Jetzt hatte er das Wäldchen erreicht und zündete sich eine Zigarette an.

Niemand reagierte auf seine Gegenwart. Aus dem kleinen Wäldchen war nichts zu hören, nur Schweigen.

Tanner sprach mit leiser Stimme.

»Ich würde gerne Fassett erreichen. Bitte antworten Sie mir. Es ist dringend.«

Während er das sagte, schwang er den Golfschläger.

»Ich wiederhole! Es ist dringend, daß ich mit Fassett spreche! Sagt doch jemand, wo Sie sind!«

Immer noch keine Antwort.

Tanner drehte sich um, machte noch einmal einen Schlag ins Leere und drang in das Wäldchen ein. Als er von dem dichten Blattwerk umgeben war, setzte er Ellbogen und Arme ein, um sich tiefer in das Wäldchen hineinzuarbeiten, auf den Baum zu, wo Jenkins das Radiogerät gehabt hatte.

Niemand!

Er ging in nördlicher Richtung; trat, schlug, suchte. Schließlich erreichte er die Straße.

Da war niemand! Niemand bewachte sein Haus! Niemand beobachtete die Insel!

Niemand!

Fassetts Männer waren weg!

Er rannte von der Straße zurück, um das Wäldchen herum,

beobachtete die Fenster an der Vorderseite seines Hauses, die jetzt vielleicht fünfzig Meter von ihm entfernt waren.

Fassetts Männer waren weg!

Er rannte über den Hinterhof, um den Pool herum und in die Küche. Drinnen blieb er am Ausguß stehen, holte tief Luft und drehte das kalte Wasser auf. Er spritzte es sich ins Gesicht und richtete sich dann auf, spannte die Rückenmuskeln, versuchte, klar zu denken.

Niemand! Niemand bewachte sein Haus. Niemand bewachte seine Frau und seine Kinder.

Er drehte das Wasser zu, beschloß dann aber, es weiterlaufen zu lassen, um seine Schritte zu übertönen. Er ging durch die Küchentür, hörte das Lachen seiner Kinder aus dem Arbeitszimmer. Er ging nach oben und drehte leise den Knopf an der Schlafzimmertüre. Ali lag auf dem Bett, der Morgenrock war heruntergefallen, ihr Nachthemd zerdrückt. Sie atmete tief und gleichmäßig, schlief.

Er schloß die Tür und lauschte auf irgendwelche Geräusche aus dem Gästezimmer. Doch da war nichts zu hören.

Er ging wieder in die Küche hinunter, schloß die Tür und ging durch den Bogen in die kleine Anrichte, um sich zu vergewissern, daß auch dort die Türe geschlossen war.

Dann ging er zu dem Telefon an der Küchenwand zurück und nahm den Hörer ab. Er wählte nicht.

»Fassett! Wenn Sie oder einer Ihrer Leute in der Leitung ist, dann melden Sie sich! Und zwar *jetzt!*«

Nichts zu hören.

Er wählte die Nummer des Motels. »Zimmer zweiundzwanzig, bitte.«

»Tut mir leid, Sir. Zimmer zweiundzwanzig ist nicht belegt.«

»Nicht belegt? Sie irren! Ich habe um fünf Uhr mit dem Betreffenden gesprochen!«

»Tut mir leid, Sir. Die sind ausgezogen.«

Tanner legte den Hörer auf und starrte ihn ungläubig an. Die Nummer in New York! Die Nummer für Notfälle, die man ihm genannt hatte!

Er nahm den Hörer wieder ab und gab sich Mühe, die Hand am Zittern zu hindern.

Der Pfeifton, der gewöhnlich einer Aufzeichnung voranging, ertönte, und dann eine ausdruckslose Stimme.

»Die Nummer die Sie gewählt haben, ist nicht in Betrieb. Bitte sehen Sie im amtlichen Fernsprechverzeichnis nach. Das ist eine Aufnahme. Die Nummer, die Sie gewählt...«

John Tanner schloß die Augen. Das war unvorstellbar! Fassett war nicht zu erreichen! Fassetts Männer waren verschwunden!

Er war alleine!

Er versuchte zu denken. Er *mußte* denken. Fassett mußte gefunden werden! Irgendein gigantischer Fehler war begangen worden. Der kalte, professionelle Agent mit den unzähligen Listen und Tricks hatte einen schrecklichen Fehler gemacht.

Aber Fassetts Männer waren weg. Vielleicht war das Ganze gar kein Fehler.

Plötzlich erinnerte sich Tanner, daß auch ihm Hilfsquellen zur Verfügung standen. Standard Mutual verfügte über gewisse Verbindungen zu bestimmten Regierungsstellen. Er wählte die Connecticut-Auskunft und ließ sich die Nummer von Andrew Harrison, dem Leiter der juristischen Abteilung von Standard Mutual geben. Er wohnte in Greenwich.

»Hello, Andy? – John Tanner hier.« Er gab sich Mühe, so gefaßt wie möglich zu klingen. »Tut mir schrecklich leid, Sie zu Hause anrufen zu müssen, aber das Asien-Büro hat gerade angerufen. Da ist eine Story aus Hongkong, die ich gerne freihätte. Ich möchte jetzt lieber nicht auf Einzelheiten eingehen, das erzähle ich Ihnen Montag früh. Vielleicht ist es nichts, aber ich würde das gerne prüfen. Ich denke, am besten beim CIA. Ja, in dieser Kategorie ist es. Die haben ja schließlich früher auch schon mit uns zusammengearbeitet. Okay, ich warte.« Tanner klemmte sich den Hörer unter das Kinn und zündete sich eine Zigarette an. Dann gab ihm Harrison eine Nummer durch, die er sich aufschrieb. »Das ist in Virginia, nicht wahr? – Vielen Dank, Andy. Bis Montag dann.«

Er wählte erneut.

»Central Intelligence. Büro von Mr. Andrews.« Eine Männerstimme.

»Mein Name ist Tanner. John Tanner. Nachrichtendirektor von Standard Mutual in New York.«

»Ja, Mr. Tanner? Möchten Sie Mr. Andrews sprechen?«

»Ja. Ja, ich denke schon.«

»Tut mir leid, er ist heute nicht da. Kann ich Ihnen behilflich sein?«

»Tatsächlich versuche ich Laurence Fassett ausfindig zu machen.«

»Wen?«

»Fassett. Laurence Fassett. Er ist in Ihrer Behörde tätig. Ich muß ihn dringend sprechen. Ich glaube, er hält sich zur Zeit in der New Yorker Gegend auf.«

»Steht er mit dieser Abteilung in Verbindung?«

»Das weiß ich nicht. Ich weiß nur, daß er bei der Central Intelligence Agency tätig ist. Ich sage Ihnen doch, es ist dringend! Ein Notfall, um genau zu sein!« Tanner begann zu schwitzen. Jetzt war nicht die Zeit, mit einem Subalternen zu reden.

»All right, Mr. Tanner. Ich werde unser Mitarbeiterverzeichnis überprüfen und ihn ausfindig machen. Bin gleich wieder da.«

Es dauerte volle zwei Minuten, bis er zurückkehrte. Die Stimme klang zögernd, aber sehr präzis.

»Sind Sie sicher, daß Sie den richtigen Namen haben?«

»Natürlich bin ich sicher.«

»Es tut mir leid, aber weder die Zentrale noch irgendeine unserer Karteien weist einen Laurence Fassett auf.«

»Das ist unmöglich! – Hören Sie, ich habe mit Fassett gearbeitet. Verbinden Sie mich mit Ihrem Vorgesetzten.« Tanner erinnerte sich, daß Fassett und auch Jenkins immer wieder auf diejenigen hingewiesen hatten, die für Omega ›freigegeben‹ seien.

»Ich glaube, Sie verstehen nicht, Mr. Tanner. Das hier ist ein Prioritätsbüro. Sie haben meinen Kollegen verlangt. Meinen Untergebenen, wenn Sie wollen. Mein Name ist Dwight. Mr. Andrews untersteht mir.«

»Mir ist egal, wer Sie sind! Ich sage Ihnen doch, es handelt sich um einen Notfall! Ich glaube, Sie sollten mit jemandem in Verbindung treten, der mehr Vollmachten als Sie hat, viel mehr Vollmachten, Mr. Dwight. Deutlicher kann ich nicht werden. Das ist alles! Tun Sie es *jetzt!* Ich warte.«

»Wie Sie wünschen. Es dauert wahrscheinlich ein paar Minuten...«

»Ich warte.«

Es dauerte sieben Minuten, eine Ewigkeit für Tanner, bis Dwight wieder zurückkam.

»Mr. Tanner, ich habe mir die Freiheit genommen, Ihre eigene Position zu überprüfen. Ich gehe daher davon aus, daß ich es mit einem verantwortungsbewußten Menschen zu tun habe. Aber ich kann Ihnen dennoch versichern, daß Sie in die Irre geführt worden sind. Es gibt keinen Laurence Fassett bei der Central Intelligence Agency. Es hat nie einen gegeben.«

23.

Tanner legte den Hörer auf und stützte sich auf den Ausgußrand. Dann stieß er sich ab und ging ohne zu denken zur Küchentüre hinaus in den Hinterhof. Der Himmel war finster. Eine Brise ließ das Laub in den Bäumen rascheln und erzeugte kleine Wellen im Pool. Es würde Sturm geben, dachte Tanner, als er zum Himmel aufblickte. Ein Julisturm zog herauf.

Omega zog herauf.

Mit oder ohne Fassett – Omega war echt, soviel war Tanner klar. Er war echt, weil er seine Macht gesehen und gespürt hatte, die Gewalt, die es erzeugte, eine Gewalt, die imstande war, einen Laurence Fassett zu entfernen, die Entscheidungen und das Personal der ersten Abwehrbehörde des Landes zu manipulieren.

Tanner wußte, daß es keinen Sinn hatte, wenn er jetzt versuchte, Jenkins zu erreichen. Was hatte Jenkins in den frühen Morgenstunden im Wohnzimmer gesagt? – ›Wenn Sie auf mich deuten, werde ich alles ableugnen...‹ – Wenn Omega Fassett zum Schweigen bringen konnte, dann würde es eine Kleinigkeit sein, auch Jenkins zum Schweigen zu bringen.

Aber es mußte doch irgendwo einen Ausgangspunkt geben, einen Hebel, den er ansetzen, eine Türe, die er öffnen konnte und die ihn auf einen Weg führte, vorbei an all den Lügen. Ihm war jetzt alles gleichgültig; es mußte zu Ende gehen, seine Familie mußte in Sicherheit bleiben. Es war nicht mehr sein Krieg. Ihn interessierten jetzt nur noch Ali und die Kinder.

Tanner sah die Gestalt von Osterman durch das Küchenfenster.

Das war es! Osterman war sein Hebel, sein Bruch mit Omega! Er ging schnell ins Haus zurück.

Leila saß am Tisch, während Bernie am Herd stand und Kaffeewasser kochte.

»Wir fahren weg«, sagte Bernie. »Unsere Koffer sind gepackt; ich rufe ein Taxi.«

»Warum?«

»Warum?«

»Irgend etwas stimmt hier nicht«, sagte Leila. »Und es geht uns nichts an. Wir sind nicht betroffen und wollen auch nicht hineingezogen werden.«

»Darüber möchte ich mit euch sprechen. Mit euch beiden.«

Bernie und Leila tauschten Blicke.

»Schieß los«, sagte Bernie.

»Nicht hier. Draußen.«

»Warum draußen?«

»Ich möchte nicht, daß Ali etwas hört.«

»Sie schläft.«

»Es muß draußen sein.«

Sie gingen alle drei am Pool vorbei zum hinteren Ende des Rasens. Tanner drehte sich um und sah sie an.

»Ihr braucht nicht mehr zu lügen. Beide nicht. Ich möchte, daß meine Rolle zu Ende ist. Es interessiert mich nicht mehr.« Er hielt einen Augenblick inne. »Ich weiß über Omega Bescheid.«

»Über was?« fragte Leila.

»Omega... Omega!« Tanners Stimme – sein Flüstern – klang schmerzverzerrt. »Ich mag nicht mehr! So wahr mir Gott helfe, es *ist mir gleich!*«

»Wovon redest du denn?« Bernie sah den anderen an, ging einen Schritt auf ihn zu. Tanner zuckte zurück. »Was ist denn?«

»Um Himmels willen, tu das nicht!«

»Was soll ich nicht tun?«

»Das habe ich dir doch gesagt! Es ist mir jetzt gleichgültig!

Aber bitte! *Bitte!* Laßt Ali und die Kinder in Frieden. Tut mit *mir*, was ihr wollt! Aber laßt *sie in Frieden!*«

Leila legte Tanner die Hand auf den Arm. »Du bist überreizt, Johnny. Ich weiß nicht, wovon du redest.«

Tanner sah auf Leilas Hand und drängte seine Tränen zurück. »Wie könnt ihr das tun? Bitte! Hört auf zu lügen. Ich glaube nicht, daß ich das ertragen könnte.«

»Wieso lügen?«

»Ihr habt nie von irgendwelchen Konten in der Schweiz gehört? In Zürich?«

Leila zog die Hand zurück, und die Ostermans standen beide reglos da. Schließlich sagte Bernie leise: »Doch, ich habe von Konten in Zürich gehört. Wir haben auch zwei.«

Leila sah ihren Mann an.

»Woher habt ihr das Geld?«

»Wir verdienen viel Geld«, antwortete Bernie vorsichtig. »Das weißt du. Falls es dich beruhigt, kannst du ja unseren Steuerberater anrufen. Du kennst ihn, Ed Marcum. Es gibt keinen besseren – oder keinen saubereren – in ganz Kalifornien.«

Tanner war verwirrt. Ostermans Antwort hatte ihn durcheinandergebracht: Das alles war so einfach, so natürlich. »Die Cardones, die Tremaynes. Haben die auch Konten in Zürich?«

»Wahrscheinlich. Ebenso wie fünfzig Prozent der Leute, die ich an der Westküste kenne.«

»Woher haben sie das Geld?«

»Weshalb fragst du sie denn nicht?« Ostermans Stimme klang immer noch leise, beruhigend.

»*Du* weißt es!«

»Jetzt bist du albern«, sagte Leila. »Dick und Joe sind sehr erfolgreiche Leute. Joe wahrscheinlich in höherem Maße als irgendeiner von uns.«

»Aber warum *Zürich? Was ist in Zürich?*«

»Ein gewisses Maß an Freiheit«, antwortete Bernie leise.

»Das ist es, was du gestern nacht verkaufen wolltest! ›Was wünschst du dir am meisten?‹ hast du gesagt. Das waren deine Worte!«

»Man kann in Zürich sehr viel Geld machen, das will ich nicht leugnen.«

»Mit *Omega!* So macht ihr es doch, nicht wahr? Nicht wahr?«

»Ich weiß nicht, was das bedeuten soll«, sagte Bernie, jetzt ebenfalls vorsichtig.

»*Dick* und *Joe!* Die arbeiten mit *Omega!* Und *ihr* auch! Der ›Abgrund des Leders‹! Informationen für Zürich! *Geld für Informationen!*«

Leila griff nach der Hand ihres Mannes. »Die Nachrichten.«

»Leila, bitte... Hör zu, Johnny. Ich schwöre dir, daß ich nicht weiß, wovon du redest. Gestern abend habe ich angeboten, dir zu helfen und habe das auch ernst gemeint. Es gibt günstige Investitionen; ich habe dir Geld für Investitionen angeboten. Das ist alles.«

»Nicht für *Informationen?* Nicht für *Omega?*«

Leila packte die Hand ihres Mannes. Bernie reagierte, indem er sie ansah, ihr wortlos befahl, sich zu beruhigen. Dann wandte er sich wieder Tanner zu. »Ich könnte mir keine Information vorstellen, die du besitzt und die ich haben möchte. Ich kenne kein Omega. Ich weiß nicht, was das ist.«

»Joe weiß es! Dick weiß es! Sie sind beide zu Ali und mir gekommen! Sie haben uns bedroht.«

»Dann habe ich mit ihnen nichts zu tun. *Wir* haben nichts mit ihnen zu tun.«

»O Gott, Bernie. Irgend etwas ist passiert...« Leila konnte nicht mehr an sich halten. Bernie nahm sie in die Arme.

»Was auch immer es ist, es hat nichts mit uns zu tun. Vielleicht solltest du uns erzählen, was das alles bedeutet. Vielleicht können wir helfen.«

Tanner sah sie an, wie sie einander in den Armen hielten. Er wollte ihnen glauben. Er wollte Freunde; er brauchte verzweifelt Verbündete. Und Fassett hatte es ja gesagt, nicht *alle* waren Omega. »Ihr wißt es *wirklich* nicht, nicht wahr? Ihr wißt *nicht*, was Omega ist. Oder was ›Abgrund des Leders‹ bedeutet.«

»Nein«, sagte Leila einfach.

Tanner glaubte ihnen. Er mußte ihnen glauben, denn nur das bedeutete, daß er nicht länger alleine war. Also sagte er es ihnen.

Alles.

Als er geendet hatte, standen die beiden da und starrten ihn an, ohne etwas zu sagen. Es hatte leicht zu tröpfeln begonnen, aber keiner von ihnen spürte den Regen. Schließlich sprach Bernie.

»Und du dachtest, ich würde von... Du dachtest, wir hätten *damit* etwas zu tun?« Bernie kniff ungläubig die Augen zusammen. »Mein Gott! Das ist verrückt!«

»Nein, das ist es nicht. Es stimmt alles. Ich habe es gesehen.«

»Du sagst, Ali wüßte nichts?« fragte Leila.

»Man hat mir aufgetragen, ihr nichts zu sagen, das haben die von mir *verlangt!*«

»Wer? Jemand, den du nicht einmal am Telefon erreichen kannst? Ein Mann, den Washington nicht bestätigen kann? Jemand, der dir solche Lügen über uns aufgetischt hat?«

»Ein Mann ist getötet worden! Meine Familie hätte letzten Mittwoch getötet werden können! Die Cardones und die Tremaynes sind gestern nacht mit Gas betäubt worden!«

Osterman sah seine Frau an, dann wanderte sein Blick zu Tanner zurück.

»Falls sie wirklich mit Gas betäubt worden sind«, sagte er leise.

»Du mußt es Alice sagen«, drängte Leila. »Du kannst ihr das nicht länger vorenthalten.«

»Ich weiß. Das werde ich auch tun.«

»Und dann müssen wir hier weg«, sagte Osterman.

»Wohin?«

»Nach Washington. Es gibt da ein oder zwei Senatoren, ein paar Kongreßabgeordnete. Freunde von uns.«

»Bernie hat recht. Wir haben Freunde in Washington.«

Das Tröpfeln ging in kräftigen Regen über. »Gehen wir hinein«, sagte Leila und berührte Tanner leicht an der Schulter.

»Wartet! Drinnen können wir nicht reden. Wir können im Haus nichts sagen.«

Bernie und Leila reagierten, als ob man sie geohrfeigt hätte. »Überall?« fragte Bernie.

»Ich weiß nicht – ich weiß überhaupt nichts mehr.«

»Dann sprechen wir im Haus nicht, und wenn wir es tun, drehen wir das Radio auf volle Lautstärke und flüstern.«

Tanner sah seine Freunde an. Gott sei Dank! Gott sei Dank! Dies war der Anfang seiner Reise zurück in das Land der Vernunft.

24.

Der Julisturm war in weniger als einer Stunde da. Die Wetterberichte im Radio kündigten Winde von Orkanstärke an, von Hatteras bis Rhode Island wurde den Seglern Sturmalarm gegeben, und die Ortschaft Saddle Valley war weder isoliert noch geschützt genug, um den Fluten zu entgehen.

Ali erwachte beim ersten Donnerschlag, und John sagte ihr – flüsterte ihr zu – von lauten Radioklängen übertönt, daß sie mit Bernie und Leila wegfahren wollten. Er drückte sie an sich und bat sie, keine Fragen zu stellen, Vertrauen zu ihm zu haben.

Die Kinder wurden ins Wohnzimmer gebracht, ein Fernseher vor den Kamin gestellt. Ali packte zwei Koffer und stellte sie neben den Garageneingang. Leila kochte Eier und packte Sellerie und Möhren ein.

Bernie hatte gesagt, daß sie vielleicht ein oder zwei Stunden nicht anhalten würden.

Tanner beobachtete die Vorbereitungen, und seine Gedanken wanderten ein Vierteljahrhundert in die Vergangenheit.

Evakuierung!

Um halb drei klingelte das Telefon. Es war Tremayne, sichtlich bemüht, seine Stimme unter Kontrolle zu halten, und doch irgendwie hysterisch wirkend. Er schilderte – falsch, dachte Tanner – die Ereignisse an der verlassenen Lassiter Station und erklärte, er und Ginny seien noch zu verstört, um zum Dinner herüberzukommen. Das Samstagabend-Dinner eines Osterman-Weekends.

»Du mußt mir sagen, was hier vorgeht!« sagte Alice Tanner in der Anrichte zu ihrem Mann. Ein Transistorradio plärrte in voller Lautstärke, und sie versuchte es leiser zu schalten. Er hielt ihre Hand, hinderte sie daran und zog sie an sich.

»Hab Vertrauen zu mir. Bitte, *hab Vertrauen*«, flüsterte er. »Im Wagen erkläre ich es dir.«

»Im Wagen?« Alis Augen weiteten sich vor Angst. Sie hielt sich die Hand vor den Mund. »O mein Gott! Was du damit sagst, ist... Du *kannst* nicht reden.«

»Hab Vertrauen zu mir.« Tanner ging in die Küche und sagte, besser gesagt, erklärte mit Gesten Bernie: »Wir wollen jetzt laden.« Sie gingen die Koffer holen.

Als Tanner und Osterman aus der Garage zurückkehrten, stand Leila am Küchenfenster und blickte in den Hinterhof. »Das entwickelt sich jetzt zu einem richtigen Orkan.«

Das Telefon klingelte, und Tanner nahm ab.

Cardone war wütend. Er beteuerte immer wieder, daß er den Schweinehund, der sie betäubt hätte, in Stücke reißen würde. Er war auch verwirrt, völlig durcheinander. Seine Uhr war achthundert Dollar wert, und man hatte sie ihm nicht weggenommen. Er hatte ein paar hundert Dollar in der Brieftasche gehabt, und auch die hatte man nicht angerührt.

»Die Polizei sagte, Dick wären einige Papiere gestohlen worden. Irgend etwas mit Zürich.«

Von Cardone war ein scharfer Atemzug zu hören, dann herrschte Schweigen. Als er weitersprach, war er kaum zu vernehmen. »Das hat doch nichts mit *mir* zu tun!« Und dann erzählte er Tanner schnell und ohne viel Überzeugungskraft, daß er telefonisch aus Philadelphia verständigt worden wäre, daß sein Vater sehr krank sei. Er und Betty würden zu Hause bleiben. Vielleicht würden sie alle am Sonntag zusammenkommen. Tanner legte auf.

»Hey!« Leila blickte auf den Rasen hinaus. »Seht euch diese Schirme an. Die werden ja praktisch weggeweht.«

Tanner sah zu dem Fenster über der Spüle hinaus. Die zwei großen Sonnenschirme bogen sich unter der Gewalt des Windes. Das Tuch spannte sich gegen die dünnen Metallstreben. Bald würden sie entweder zerreißen oder sich umdrehen. Tanner wußte, daß es sehr seltsam wirken würde, wenn er sich nicht darum kümmerte. Es würde nicht normal aussehen.

»Ich hole sie herein. Das dauert nur zwei Minuten.«

»Soll ich helfen?«

»Hat doch keinen Sinn, daß wir beide naß werden.«

»Dein Regenmantel ist in dem Schrank im Flur.«

Der Wind war stark, und es goß in Strömen. Er schützte sein Gesicht mit den Händen und kämpfte sich zu dem Tisch vor. Er griff unter dem flatternden Tuch nach oben und spürte, wie seine Finger den Metallgriff erfaßten. Er fing an, ihn zu drücken.

Etwas klirrte gegen die schmiedeeiserne Tischplatte. Metallstücke spritzten auf, sein Arm brannte. Noch ein Knall. Zu seinen Füßen stoben Zementstücke vom Tischsockel. Dann ein weiterer Schuß, jetzt von der anderen Seite.

Tanner warf sich unter den Metalltisch, duckte sich, versuchte Deckung vor den Kugeln zu finden.

Jetzt peitschten schnell hintereinander rings um ihn Schüsse, fegten Metall und Steinpartikel hoch.

Er fing an, rückwärts ins Gras zu kriechen, aber die kleinen Eruptionen rings um ihn lähmten ihn förmlich. Er schnappte sich einen Stuhl und hielt ihn vor sich hin, als wären es die letzten Fäden eines sich auflösenden Seils und als befände er sich hoch über einem Abgrund. Er erstarrte, erwartete seinen Tod.

»Laß los! Verdammt noch mal! Laß los!«

Osterman zerrte an ihm, schlug ihm ins Gesicht, riß ihm die Hände vom Stuhl. Sie rannten zum Haus zurück; Kugeln klatschten rings um sie gegen die Wand.

»Bleib da weg! Weg von der Türe!« schrie Bernie. Aber entweder kam das bereits zu spät, oder seine Frau hörte nicht auf ihn. Leila riß die Türe auf, und Bernie Osterman warf Tanner hinein, sprang über ihn. Leila duckte sich unter das Fenster und warf die Türe ins Schloß.

Die Schüsse verstummten.

Ali rannte zu ihrem Mann und drehte ihn herum, hielt seinen Kopf in den Armen, zuckte zusammen, als sie das Blut an seinen nackten Armen sah.

»Bist du getroffen?« schrie Bernie.

»Nein... Nein, alles in Ordnung.«

»Nichts ist in Ordnung! O Gott! Seht doch seine Arme!« Ali versuchte, mit der Hand das Blut wegzuwischen.

»Leila! Ich brauche Alkohol! Jod! Ali hast du Jod?«

Alice, der die Tränen über die Wangen strömten, konnte die Frage nicht beantworten. Leila packte sie an den Schultern und sagte mit scharfer Stimme:

»Hör auf, Ali! Du sollst *aufhören!* Wo sind Binden, Verbandszeug? Johnny braucht Hilfe!«

»Irgend so ein Sprayzeug – in der Anrichte. Und Watte.« Sie ließ ihren Mann nicht los. Leila kroch auf die Anrichte zu.

Bernie untersuchte Tanners Arme. »Das ist nichts Schlimmes. Nur ein paar Kratzer. Ich glaube nicht, daß etwas steckengeblieben ist.«

John blickte zu Bernie auf und schämte sich. »Du hast mir das Leben gerettet. Ich weiß gar nicht, was ich sagen soll.«

»Kannst mir ja zum nächsten Geburtstag einen Kuß geben. Gutes Mädchen, Leila. Gib das Zeug her.« Osterman nahm eine Sprühdose und richtete die Düse auf Tanners Arme. »Ali, ruf die Polizei an! Geh nicht ans Fenster, aber sieh zu, daß du diesen fetten Metzger herkriegst, den ihr hier als Polizeicaptain habt!«

Alice ließ widerstrebend von ihrem Mann ab und kroch am Küchenfenster vorbei. Jetzt griff sie nach oben und holte den Hörer von der Gabel.

»Die Leitung ist tot.«

Leila stöhnte. Bernie sprang auf Ali zu und riß ihr den Hörer aus der Hand.

»Sie hat recht.«

John Tanner drehte sich herum und drückte die Arme gegen die Kachelwand. Er war wieder in Ordnung. Er konnte sich bewegen.

»Wir wollen herausfinden, wo sie stehen«, sagte er langsam.

»Was meinst du?« fragte Bernie.

»Bleibt ihr Mädchen auf dem Boden. Bernie, der Lichtschalter ist neben dem Telefon. Schalte das Licht ein, sobald ich bis drei gezählt habe.«

»Was hast du vor?«

»Tu, was ich dir sage.«

Tanner kroch zur Küchentür und stand auf, so daß man ihn vom Fenster aus nicht sehen konnte. Der Regen, der Wind, das gelegentliche Rollen des Donners waren die einzigen Geräusche, die in dem Raum zu hören waren.

»Fertig? Ich fange jetzt zu zählen an.«

»Was hat er vor?« Ali wollte aufstehen, aber Osterman packte sie und hielt sie am Boden fest.

»Du kennst das schon, Bernie«, sagte John. »Handbuch für Infanterie. Überschrift: Nachtpatrouille. Keine Sorge. Die Chancen stehen tausend zu eins zu meinen Gunsten.«

»Nicht nach dem Buch, das *ich* kenne.«

»Mund halten! – Eins, zwei, *drei!*«

Osterman knipste den Lichtschalter an, und die Deckenbeleuchtung flammte auf. Tanner sprang zur Anrichte hinüber.

Es kam. Das Signal. Der Beweis, daß der Feind da war.

Ein Knall, Glas zersplitterte, und die Kugel krachte in die Wand, ließ den Verputz wegsplittern. Osterman schaltete das Licht ab.

Auf dem Boden schloß John Tanner die Augen und sagte mit leiser Stimme. »So sieht's also aus. Die Mikrofone waren eine Lüge... Alles eine Lüge.«

»*Nein! Bleib da! Zurück!*« schrie Leila, ehe einer von ihnen begriff, was sie meinte. Sie warf sich quer durch die Küche auf die Türe zu, dicht gefolgt von Alice.

Tanners Kinder hatten die Schüsse draußen nicht gehört; der Regen, der Donner und das Fernsehen hatten sie übertönt. Aber den Schuß, der in die Küche abgefeuert worden war, hatten sie gehört. Die beiden Frauen warfen sich jetzt über sie, zogen sie zu Boden, schützten sie mit dem eigenen Leib.

»Ali, schaff sie ins Speisezimmer! Bleibt auf dem Boden!« befahl Tanner. »Bernie, du hast keine Waffe, oder?«

»Tut mir leid, habe nie eine gehabt.«

»Ich auch nicht. Ist das nicht komisch? Ich war immer dagegen, daß man sich Waffen kauft. Das ist so verdammt primitiv.«

»Was werden wir jetzt tun?« Leila gab sich Mühe, ruhig zu bleiben.

»Wir werden hier verschwinden«, antwortete Tanner. »Die Schüsse kommen von den Büschen. Aber der Heckenschütze weiß nicht, ob wir bewaffnet sind oder nicht. Er wird nicht von vorne das Feuer aufnehmen. Zumindest glaube ich das nicht. Auf dem Orchard Drive kommen verhältnismäßig oft Wagen durch. Wir zwängen uns jetzt alle in den Kombi und sehen, daß wir hier verschwinden.«

»Ich öffne die Tür«, sagte Osterman.

»Für einen einzigen Nachmittag hast du genug den Helden gespielt. Jetzt bin ich dran... Wenn wir es richtig einteilen, gibt es überhaupt keine Probleme. Die Tür geht schnell auf.«

Sie krochen in die Garage.

Die Kinder lagen im hinteren Teil des Kombis zwischen den Koffern, beengt aber geschützt. Leila und Ali kauerten sich hinter den Vordersitz auf den Boden. Osterman saß am Steuer, und Tanner stand neben der Garagentür, bereit, sie hochzuziehen.

»Los jetzt, laß den Motor an!« Er würde warten, bis der Motor auf Touren lief und dann das Tor öffnen und in den Wagen springen. Es gab keine Hindernisse. Der schwere Wagen würde an dem kleinen Triumph vorbeirollen und dann die Einfahrt hinunterrasen.

»Los Bernie! Laß ihn endlich an!«

Aber Osterman öffnete seine Tür und stieg aus. Er sah Tanner an.

»Tot.«

Tanner drehte den Zündschlüssel im Triumph. Der Motor reagierte nicht. Osterman klappte die Motorhaube des Kombi auf und winkte John heran. Die beiden Männer sahen den Motor an, Tanner hielt ein Streichholz.

Jeder einzelne Draht war abgezwickt worden.

»Kann man diese Tür von außen öffnen?« fragte Bernie.

»Ja. Sofern nicht abgesperrt ist.«

»War sie das?«

»Nein.«

»Hätten wir sie öffnen gehört?«

»Wahrscheinlich nicht bei dem Regen.«

»Dann ist es möglich, daß jemand hier drinnen ist.«

Die beiden Männer blickten zu der schmalen Toilettentüre. Sie war geschlossen. Das einzige Versteck in der Garage.

»Holen wir sie raus«, flüsterte Tanner.

Ali, Leila und die beiden Kinder gingen ins Haus zurück. Bernie und John sahen sich an den Garagenwänden nach irgendwelchen Gegenständen um, die als Waffen dienen konnten. Tanner nahm schließlich eine verrostete Axt, Osterman einen Spaten. Beide Männer näherten sich der verschlossenen Tür.

Tanner gab Bernie ein Zeichen, sie aufzuziehen. Tanner rannte vor und hielt die Axt zum Schlag bereit.

Der kleine Raum war leer. Aber an die Wand war mit schwarzer Sprühfarbe der griechische Buchstabe Omega geschmiert.

25.

Tanner drängte sie alle in den Keller. Ali und Leila schafften die Kinder über die Treppe hinunter und machten dabei den matten Versuch, das Ganze als Spiel erscheinen zu lassen. Tanner hielt Osterman an der Treppentüre auf.

»Wir wollen ein paar Hindernisse aufbauen, okay?«

»Meinst du, daß es dazu kommen wird?«

»Ich will einfach kein Risiko eingehen.«

Die beiden Männer krochen unter dem Fenster hindurch und schoben drei schwere Armsessel, einen über dem anderen, den dritten auf der Seite liegend, gegen die Haustüre. Dann krochen sie zu den Fenstern, um sicherzustellen, daß sie verriegelt waren.

Tanner holte eine Taschenlampe aus der Küche und steckte sie ein. Dann schoben sie gemeinsam den schweren Tisch gegen die Außentür. Tanner schob Osterman die Aluminiumstühle hin, worauf dieser sie unter den Tisch packte, so, daß die Rückenlehne eines Stuhles unter die Türklinke geklemmt war.

»So taugt das nichts«, sagte Bernie. »Du dichtest ja alles ab und schließt uns völlig ein. Wir sollten uns aber vielmehr überlegen, wie wir hier wegkommen!«

»Hast *du* dir das überlegt?«

Bei der schwachen Beleuchtung konnte Osterman nur die Silhouette von Tanners Körper sehen. Dennoch spürte er die Verzweiflung in seiner Stimme.

»Nein. Nein, das habe ich nicht. Aber wir müssen es *versuchen!*«

»Ich weiß. Aber inzwischen sollten wir alle Vorsichtsmaßregeln treffen. Wir wissen nicht, was dort draußen ist. Wie viele das sind oder wo sie stecken.«

»Dann laß uns weitermachen.«

Die beiden Männer krochen ans andere Ende der Küche, vorbei an der Anrichte, bis zum Garageneingang. Die äußere Garagentüre war versperrt worden, aber sie schoben trotzdem als zusätzliche Sicherheit den letzten Küchenstuhl unter den Türgriff und krochen dann in den Flur zurück. Sie nahmen ihre primitiven Waffen – die Axt und den Spaten – und gingen in den Keller hinunter.

Man konnte den schweren Regen auf die kleinen rechtekkigen Fenster herunterprasseln hören, die dem Keller Licht verschafften. Immer wieder erhellten Blitze den Raum.

»Hier drinnen ist es trocken«, meinte Tanner. »Wir sind sicher. Wer auch immer dort draußen lauert, ist bis auf die Haut naß und wird nicht die ganze Nacht dort bleiben. Es ist Samstag. Ihr wißt ja, daß die Polizei am Wochenende dauernd Streife fährt. Sie werden sehen, daß hier kein Licht brennt, und nachsehen kommen.«

»Warum sollten sie das?« fragte Ali. »Die werden einfach glauben, wir wären Essen gegangen...«

»Nicht nach dem, was letzte Nacht passiert ist. MacAuliff hat klar und eindeutig gesagt, daß er das Haus im Auge behalten würde. Seine Streifenwagen können nicht bis in den Hinterhof sehen, aber die Vorderfront wird ihnen auffallen. Sie müssen... Da schau!« Tanner packte seine Frau am Ellbogen und führte sie zu dem einzigen Vorderfenster, das genügend weit über der Erde lag, so daß man neben der Eingangstreppe hinaussehen konnte. Der Regen rann in dünnen Rinnsalen über die Glasscheibe; man konnte nur schlecht sehen. Selbst die Straßenlaterne am Orchard Drive war nicht die ganze Zeit sichtbar. Tanner holte die Taschenlampe heraus und winkte Osterman zu sich. »Ich habe Ali gerade gesagt, daß MacAuliff heute morgen versprochen hat, er würde das Haus beobachten lassen. Das wird er auch. Er will keinen weiteren Ärger hier haben. Wir wechseln uns an diesem Fenster ab. Auf diese Weise können keinem die Augen müde werden oder anfangen, ihn zu täuschen. Sobald einer von uns den Streifenwagen sieht, geben wir mit der Taschenlampe Signale – auf und ab. Das werden sie sehen. Dann halten sie an.«

»Das ist gut«, sagte Bernie. »Das ist sogar sehr gut! Ich wünschte, du hättest das oben schon gesagt!«

»Ich war nicht sicher. Komisch, aber ich konnte mich nicht erinnern, ob man von diesem Fenster aus die Straße sehen kann. Ich habe bestimmt hundertmal hier unten saubergemacht, aber ich wußte das einfach nicht mit Bestimmtheit. Er lächelte ihnen zu.

»Jetzt fühle ich mich besser«, sagte Leila und gab sich große Mühe, Johns Zuversicht auch auf die anderen zu übertragen.

»Ali, du übernimmst die erste Schicht. Jeder fünfzehn Minuten. Bernie, du und ich, wir wechseln uns zwischen den anderen Fenstern ab. Leila, bleib du bitte in Janets Nähe, ja?«

»Was kann ich tun, Dad?« fragte Raymond.

Tanner sah seinen Sohn an, war stolz auf ihn.

»Bleib bei deiner Mutter am vorderen Fenster. Du beziehst dort dauernd Posten. Schau nach dem Polizeiwagen aus.«

Tanner und Osterman gingen zwischen den beiden Fenstern am Hinterende des Hauses und dem an der Seite hin und her. Nach fünfzehn Minuten wechselte Leila Ali am Vorderfenster ab. Ali fand eine alte Decke, aus der sie eine Liegestatt bereitete, so daß Janet sich hinlegen konnte. Der Junge blieb mit Leila am Fenster, spähte hinaus und rieb immer wieder mit der Hand über das Glas, als könne er so das Wasser draußen wegwischen.

Keiner sagte ein Wort; das Trommeln des Regens und die Windstöße schienen zuzunehmen. Jetzt war Bernie dran. Als er seiner Frau die Taschenlampe abnahm, drückte er sie ein paar Sekunden lang an sich.

Dann war Tanner an der Reihe, und anschließend nahm Ali wieder ihren Platz ein. Keiner von ihnen sprach es aus, aber sie begannen die Hoffnung aufzugeben. Wenn MacAuliff wirklich Streifen eingesetzt hatte und sich auf ihr Haus konzentrierte, dann schien es unlogisch, daß in mehr als einer Stunde noch kein einziger Polizeiwagen vorbeigekommen war.

»Da ist es, Dad! Siehst du das rote Licht?«

Tanner, Bernie und Leila rannten neben Alice und den Jungen ans Fenster. Ali hatte die Taschenlampe angeknipst und winkte jetzt mit ihr. Der Streifenwagen hatte seine Fahrt verlangsamt; er bewegte sich fast nicht mehr, hielt aber nicht an.

»Gib mir die Lampe!«

Tanner hielt den Scheinwerferkegel gerade, bis er im Wolkenbruch undeutlich aber doch unverkennbar die verschwommenen Umrisse des weißen Wagens erkennen konnte. Dann bewegte er den Lichtkegel schnell auf und ab.

Der Fahrer des Wagens mußte das Licht bemerken. Der Lichtkegel mußte über die Windschutzscheibe wandern, dem Fahrer in die Augen leuchten.

Aber der Streifenwagenfahrer hielt nicht an. Er erreichte die Einfahrt und fuhr langsam weiter.

Tanner schaltete die Lampe aus. Er wollte sich nicht umdrehen, wollte die Gesichter der anderen nicht sehen.

Jetzt sagte Bernie leise: »Mir gefällt das nicht.«

»Er muß es gesehen haben! Er *muß* einfach!« Ali hielt ihren Sohn fest, der immer noch durch das Fenster spähte.

»Nicht unbedingt«, log John Tanner. »Da draußen ist scheußliches Wetter. Seine Fenster sind wahrscheinlich genauso beschlagen wie unsere. Vielleicht noch stärker. Das ist bei Wagenfenstern oft so. Er kommt schon wieder vorbei. Das nächste Mal gehen wir ganz auf Nummer Sicher. Nächstes Mal laufe ich hinaus.«

»Wie denn?« fragte Bernie. »Du schaffst das nie rechtzeitig. Wir haben Möbel vor die Tür gestellt.«

»Durch dieses Fenster.« Tanner maß es in Gedanken ab. Es war viel zu klein. Wie leicht einem doch die Lügen fielen.

»Ich kann durchkriechen, Dad!« Der Junge hatte recht. Vielleicht würde es sich als notwendig erweisen, ihn zu schicken.

Aber er wußte, daß er das nicht tun würde. Er konnte das nicht.

Der Fahrer des Streifenwagens hatte den Lichtstrahl gesehen und nicht angehalten.

»Gehen wir wieder zu den Fenstern zurück. Leila, übernimm du jetzt. Ali, sieh mal nach Janet. Ich glaube, sie ist eingeschlafen.«

Tanner wußte, daß er sie beschäftigt halten mußte, selbst wenn das, was sie taten, sinnlos war. Sonst würde jeder seinen eigenen Gedanken nachhängen, seine eigene, ganz persönliche Panik empfinden.

Der Donner peitschte. Ein Blitz erhellte den Keller.

»Johnny!« Osterman hatte das Gesicht am linken hinteren Fenster. »Komm her.«

Tanner rannte zu Osterman hinüber und sah hinaus. Durch den Wolkenbruch konnte er einen kurzen, senkrechten Lichtstrahl vom Boden aufsteigen sehen. Er bewegte sich weit hinter dem Pool, in der Nähe des Wäldchens. Der Lichtkegel schwankte langsam, ruckartig. Dann erleuchtete ein Blitz die Gestalt, die die Taschenlampe hielt. Jemand kam auf das Haus zu.

»Jemand hat Angst, er könnte in den Pool fallen«, flüsterte Bernie.

»Was ist?« Alis Stimme hallte von der improvisierten Liegestatt ihrer Tochter zu ihnen herüber.

»Da draußen ist jemand«, antwortete Tanner. »Haltet euch völlig ruhig. Es könnte sein... Ja, es könnte die Polizei sein.«

»Oder derjenige, der auf uns geschossen hat! O Gott!«

»Schsch! Still.«

Leila verließ das Vorderfenster und ging zu Alice.

»Nimm das Gesicht von der Scheibe weg, Bernie.«

»Er kommt jetzt näher. Er geht um den Pool herum.«

Die beiden Männer traten zurück und bauten sich neben dem Fenster auf. Der Mann draußen trug einen großen Poncho und hatte seinen Kopf mit einem Regenhut geschützt. Er schaltete seine Taschenlampe aus, als er näher an das Haus kam.

Über sich konnten die Gefangenen jetzt hören, wie die Küchentüre klapperte, dann ein Krachen, als der Mann sich gegen das Holz warf. Bald hörte der Lärm auf, dann herrschte, abgesehen von dem Sturm, wieder Stille. Die Gestalt verließ die Umgebung der Küchentüre, und Tanner konnte jetzt von seinem Aussichtsplatz aus sehen, wie der Lichtstrahl auf und ab zuckte. Dann verschwand er am anderen Ende des Hauses, hinter der Garage.

»Bernie!« Leila richtete sich neben Alice und dem Kind auf. »Schau doch! Dort drüben!«

Durch ihr Seitenfenster fiel ein weiterer Lichtkegel. Obwohl er aus ziemlicher Entfernung kam, war der Lichtstrahl hell; er tanzte näher heran. Derjenige, der die Lampe hielt, rannte offenbar auf das Haus zu.

Plötzlich ging das Licht aus, dann wieder nur Regen und Blitze. Tanner und Osterman gingen an das Seitenfenster, jeder auf einer Seite, und blickten vorsichtig hinaus. Sie konnten niemanden sehen, keine Gestalt, nichts, außer Regen, den der Wind peitschte.

Von oben war ein lautes Krachen zu hören. Und dann noch einmal, diesmal schärfer, Holz, das gegen Holz schlug. Tanner ging auf die Stufen zu. Er hatte die Kellertüre versperrt, aber sie war dünn; ein einziger Fußtritt würde sie aus den Angeln reißen. Er hielt die Axt waagrecht vor sich, bereit, nach allem und jedem zu schlagen, der die Treppe herunterkam.

Stille.

Jetzt waren aus dem Haus keine Geräusche mehr zu hören.

Plötzlich schrie Alice Tanner auf. Eine große Hand rieb die Glasscheibe des vorderen Fensters. Der Lichtkegel einer kräftigen Taschenlampe durchdrang die Finsternis. Jemand kauerte hinter dem Licht, das Gesicht unter einer Regenkapuze versteckt.

Tanner rannte auf seine Frau und seine Tochter zu und hob das Kind von der Decke auf.

»Zurück! Zurück an die Wand!«

Das Glas zersplitterte und flog unter dem Fußtritt des Mannes draußen nach allen Richtungen davon. Weitere Fußtritte folgten. Lehm, Gras, Glas- und Holzsplitter flogen in den Keller. Der Regen fegte durch das zerbrochene Fenster herein. Die sechs Gefangenen kauerten an der vorderen Mauer, während der Lichtkegel über den Boden huschte, dann über die gegenüberliegende Wand und die Treppe.

Was dann folgte, lähmte sie alle.

Ein Gewehrlauf erschien am Rand des Fensterrahmens,

und eine Salve ohrenbetäubender Schüsse traf den Boden und die hintere Wand. Dann wurde es wieder still. Betonstaub wirbelte durch den Kellerraum; im grellen Schein der Taschenlampe sah er aus wie wallende Wolken. Wieder begannen die Schüsse, wild, ungezielt. Der Infanterist in Tanner wußte, was dort geschah. Ein zweites Magazin war in die Kammer eines automatischen Karabiners geschoben worden.

Und dann schlug ein zweiter Gewehrkolben das Glas des linken Hinterfensters, ihnen unmittelbar gegenüber, ein. Ein zweiter Lichtkegel huschte über die Reihe von Menschen, die sich gegen die Mauer drückten. Tanner sah, wie seine Frau ihre Tochter an sich preßte, den kleinen Leib mit dem eigenen schützte, und die Wut wallte in ihm auf, ließ ihn handeln.

Er raste auf das Fenster zu, schwang die Axt gegen das zerschlagene Glas und die geduckte Gestalt dahinter. Der Mann sprang zurück, Schüsse klatschten über Tanners Kopf in die Decke. Der Lichtkegel vom vorderen Fenster erfaßte ihn jetzt. Jetzt ist es vorbei, dachte Tanner. Für ihn würde gleich alles aus sein. Statt dessen schlug Bernie mit dem Spaten nach dem Gewehrlauf und lenkte die Schüsse von Tanner ab. Er kroch zu seiner Frau und den Kindern zurück.

»Hier herüber!« schrie er und schob sie auf die andere Wand zu, die Garagenseite des Kellers. Janet konnte nicht mehr aufhören zu schreien.

Bernie packte seine Frau am Handgelenk und zog sie in die Ecke. Die Lichtkegel kreuzten sich. Weitere Schüsse wurden abgegeben; Staub erfüllte die Luft; es wurde unmöglich zu atmen.

Das Licht vom hinteren Fenster verschwand plötzlich; das von vorne tastete immer noch unsicher durch den Raum. Jetzt veränderte der zweite Karabiner seine Position. Dann krachte etwas am Seitenfenster, und das Geräusch von zerbrechendem Glas war zu hören. Der breite Lichtkegel fiel jetzt wieder herein, blendete sie. Tanner schob seine Frau und seinen Sohn auf die hintere Ecke in der Nähe der Treppe zu. Schüsse peitschten; Tanner konnte das Vibrieren spüren, als die Kugeln gegen die Wand über ihm krachten und rings um ihn abprallten.

Sperrfeuer!

Er hielt den Axtstiel mit beiden Händen umkrampft und warf sich nach vorne durch das Fenster, begriff voll und ganz, daß jede einzelne Kugel jetzt seinem Leben ein Ende machen konnte. Aber niemand würde es beenden können, ehe er sein Ziel erreicht hatte. Nichts konnte ihn daran hindern!

Er erreichte das Seitenfenster und schwang die Axt schräg hinein. Ein erschreckter Schrei folgte; Blut schoß durch die Öffnung. Tanners Gesicht und Arme waren mit Blut bedeckt.

Das Gewehr im Vorderfenster versuchte, in Tanners Richtung zu zielen, aber das war unmöglich. Die Kugeln trafen den Boden.

Osterman rannte auf das andere Gewehr zu, hielt den Spaten an der Schulter. Im letzten Augenblick schleuderte er ihn durch die Umrisse der zerbrochenen Glasscheibe, als wäre er ein Wurfspieß. Ein Schmerzensschrei; das Feuer verstummte.

Tanner stützte sich gegen die Wand unter dem Fenster. In den Blitzen draußen konnte er das Blut über die Steine rinnen sehen.

Er lebte, und das war für sich allein betrachtet schon bemerkenswert.

Er drehte sich um und ging zu seiner Frau und den Kindern zurück. Ali hielt die immer noch schreiende Janet im Arm. Der Junge hatte sein Gesicht gegen die Wand gedreht und weinte unkontrolliert.

»Leila! Herrgott! *Leila!*« Bernies hysterischer Schrei ließ das Schlimmste befürchten. »*Leila, wo bist du?*«

»Hier bin ich«, sagte Leila leise. »Mir fehlt nichts, Darling.«

Tanner fand Leila an der vorderen Mauer. Sie war seiner Anweisung nicht nachgekommen, Deckung zu suchen.

Und dann sah Tanner etwas, das ihm trotz seiner Erschöpfung auffiel. Leila trug eine große, grüne Brosche – sie war ihm vorher nicht aufgefallen. Er sah sie jetzt ganz deutlich, denn sie leuchtete in der Finsternis. Ein irisierendes Leuchten, es handelte sich um eines dieser Modeschmuckstücke, wie sie in Boutiquen verkauft wurden. Es war unmöglich, sie in der Finsternis zu übersehen.

Ein schwacher Blitz erleuchtete die Mauer hinter ihr. Tanner war nicht sicher, aber er hatte kaum Zweifel: Rings um sie waren keine Einschußspuren.

Tanner hielt seine Frau und seine Tochter mit einem Arm und drückte den Kopf seines Sohnes mit dem anderen an sich. Bernie rannte zu Leila hinüber und umarmte sie. Jetzt war im Sturm das Heulen einer Sirene zu hören, der Wind trug das Geräusch durch die zerschmetterten Fenster zu ihnen.

Sie blieben bewegungslos stehen, wo sie waren, völlig ausgepumpt und am Rande ihrer Energie. Einige Minuten später hörten sie die Stimmen und das Klopfen oben.

»Tanner! Tanner! Aufmachen!«

Er ließ Frau und Sohn los und ging langsam zu dem zerbrochenen Vorderfenster.

»Hier sind wir. Hier, ihr verdammten, dreckigen Schweine!«

26.

Tanner hatte diese beiden Streifenbeamten häufig in der Ortschaft gesehen, wenn sie den Verkehr regelten oder in ihren Streifenwagen langsam durch die Straßen rollten, aber ihre Namen kannte er nicht. Sie waren vor einem knappen Jahr eingestellt worden und jünger als Jenkins und McDermott.

Jetzt griff er an. Er stieß den ersten Polizisten unsanft gegen die Flurmauer. Das Blut an seinen Händen besudelte den Regenmantel des Beamten. Der zweite Polizist war die Kellertreppe hinuntergerannt zu den anderen.

»Herrgott, loslassen!«

»Sie dreckiges *Schwein! Scheißkerl!* Wir hätten... Wir wären dort unten *umgebracht* worden! Wir alle! Meine Frau! Meine Kinder! *Warum haben Sie das getan?* Antwort will ich haben, und zwar schnell!«

»Verdammt, loslassen! *Was* getan? *Was* für eine Antwort, um Gottes willen?«

»Sie sind vor einer halben Stunde an diesem Haus vorbeigefahren! Sie haben die verdammte Taschenlampe gesehen und sind abgehauen! Weggerast sind Sie!«

»Sie sind verrückt! Ich war mit Ronnie im Norden! Wir haben vor nicht einmal fünf Minuten über Funk den Befehl bekommen, hierher zu fahren. Ein Ehepaar namens Scanlan hat Schüsse gemeldet...«

»Wer ist in dem anderen Wagen? Ich will wissen, wer in dem anderen *Wagen* ist!«

»Wenn Sie mich jetzt loslassen, dann geh' ich hinaus und hol' den Einsatzplan. Ich hab' vergessen, wer – aber ich weiß, *wo* sie sind. Sie sind drüben am Apple Drive. Dort ist eingebrochen worden.«

»Die Cardones wohnen am Apple Drive!«

»Das Haus der Cardones war es nicht. Das kenne ich. Needham heißen die Leute. Ein altes Ehepaar.«

Ali kam jetzt die Treppe herauf, sie trug Janet in den Armen. Das Kind würgte, rang keuchend nach Luft. Ali weinte leise und wiegte ihre Tochter in den Armen.

Ihr Sohn folgte ihr, das Gesicht vom Staub schmutzig und mit Tränen beschmiert. Anschließend kamen die Ostermans. Bernie hielt Leila an der Hüfte, stützte sie auf der Treppe. Er hielt sie fest, als würde er sie nie wieder loslassen.

Jetzt kam der zweite Streifenbeamte langsam durch die Kellertüre. Sein Gesichtsausdruck erschreckte den anderen Beamten.

»Heilige Maria, Mutter Gottes«, sagte er mit leiser Stimme. »Das reinste Schlachthaus ist das dort unten... Ich schwöre bei Gott, ich verstehe nicht, daß da noch welche am Leben sind.«

»Ruf MacAuliff an. Er soll gleich herkommen.«

»Die Leitung ist tot«, sagte Tanner und führte Ali behutsam zu der Couch im Wohnzimmer.

»Ich mach' es über Funk.« Der Streifenbeamte namens Ronnie ging zur Haustüre. »Er wird es mir nicht glauben«, sagte er leise.

Der andere Polizist holte einen Sessel für Leila. Sie brach förmlich in ihm zusammen und fing zum ersten Mal zu weinen an. Bernie beugte sich von hinten über seine Frau und strich ihr über das Haar. Raymond kauerte neben seinem Vater nieder, vor seiner Mutter und seiner Schwester. Er war so verstört, daß er nichts anderes tun konnte, als seinem Vater ins Gesicht zu starren.

Der Polizeibeamte ging auf die Kellertreppe zu. Es war offensichtlich, daß er hinuntergehen wollte, nicht nur aus Neugierde, sondern auch, weil die Szene im Wohnzimmer irgendwie zu persönlich war.

Die Tür öffnete sich, und der zweite Streifenbeamte beugte sich herein. »Ich hab' es Mac gesagt. Er hat den Anruf über sein Funkgerät entgegengenommen. Herrgott! Du hättest ihn hören sollen. Er kommt gleich.«

»Wie lange wird das dauern?« fragte Tanner von der Couch her.

»Nicht lange, Sir. Er wohnt etwa acht Meilen außerhalb. Und die Straßen sind in ziemlich miesem Zustand. Aber so wie seine Stimme klang, wette ich, daß es nicht lang dauern wird.«

»Ich habe ein Dutzend Beamte außen um das Grundstück herum aufgestellt und zwei Männer im Haus. Einer bleibt im Keller, der andere im Korridor. Ich weiß nicht, was ich sonst noch tun kann.« MacAuliff war mit Tanner zusammen im Keller. Die anderen waren oben. Tanner wollte den Polizeichef für sich.

»Hören Sie mir zu! Irgend jemand, einer von *Ihren* Leuten ist an diesem Haus vorbeigefahren und hat nicht angehalten! Ich weiß ganz genau, daß er die Taschenlampe gesehen hat! Er hat sie gesehen und ist weggefahren!«

»Das glaube ich nicht. Ich habe das überprüft. Niemand in den Streifenwagen hat hier irgend etwas entdeckt. Sie haben den Einsatzplan gesehen.«

»Ich habe *gesehen*, wie der Streifenwagen *wegfuhr*! Wo ist Jenkins? McDermott?«

»Die haben ihren freien Tag. Ich habe schon überlegt, ob ich sie holen soll.«

»Komisch, daß die am Wochenende frei haben, nicht wahr?«

»Ich wechsle meine Männer an den Wochenenden ab. Wir haben genügend Leute im Einsatz, genauso wie der Stadtrat es befohlen hat.«

Tanner fiel der Rechtfertigung suchende Tonfall in MacAuliffs Stimme auf.

»Sie müssen noch etwas tun.«

MacAuliff achtete nicht auf ihn. Er inspizierte die aus Hohlblocksteinen bestehenden Wände. Jetzt bückte er sich und hob ein paar Bleikugeln vom Boden auf.

»Ich möchte, daß jedes Beweisstück hier aufgehoben und zur Analyse eingeschickt wird. Wenn Newark es nicht schafft, setze ich das FBI ein. – Was haben Sie gesagt?«

»Ich sagte, daß Sie noch etwas tun müssen. Es ist äußerst wichtig, aber Sie müssen es mit mir alleine tun. Niemand anderer.«

»Was denn?«

»Sie und ich suchen uns jetzt ein Telefon, und dann werden Sie zwei Anrufe machen!«

»Wen soll ich denn anrufen?« MacAuliff stellte die Frage, weil Tanner ein paar Schritte auf die Kellertreppe zugegangen war, um sich zu vergewissern, daß niemand zuhörte.

»Die Cardones und die Tremaynes. Ich möchte wissen, wo sie sind. Wo sie *waren*.«

»Was zum Teufel...«

»Tun Sie, was ich Ihnen sage!«

»Sie denken...«

»Ich denke *gar nichts!* Ich will bloß wissen, wo sie sind. Wir wollen sagen, daß ich mir immer noch Sorgen um sie mache.«

Tanner ging auf die Treppe zu, aber MacAuliff stand immer noch reglos mitten im Raum.

»Augenblick mal! Sie wollen, daß ich anrufe und wollen sich dann einschalten und sich eine Bestätigung beschaffen. Okay, das kann ich tun... Jetzt bin aber ich dran: Sie gehen mir auf die Nerven! Das ist schlecht für meine Magengeschwüre. Was zum Teufel geht hier vor sich? Mir paßt das alles nicht! Wenn Sie und Ihre Freunde irgendwelche Schwierigkeiten haben, dann rücken Sie gefälligst mit der Sprache raus! Ich kann überhaupt nichts unternehmen, wenn ich nicht weiß, auf wen ich achten muß. Und eines will ich Ihnen sagen«, MacAuliff senkte die Stimme und deutete mit ausgestrecktem Finger auf Tanner, während er sich mit der anderen Hand den Leib hielt, »ich werde nicht zulassen, daß meine Personalakte versaut wird, bloß weil Sie da irgendwelche komischen Spielchen treiben. Ich will in meinem Revier keinen Massenmord, nur weil Sie mir nicht sagen, was ich wissen müßte, und mich so davon abhalten, diesen Massenmord zu verhindern!«

Tanner stand immer noch auf der untersten Stufe. Er sah sich um und überlegte. In der nächsten Minute würde er es wissen, dachte er.

»All right – Omega – Sie haben doch von Omega gehört?« Tanner fixierte MacAuliff und wartete darauf, daß der andere sich irgendwie verriet.

»Aber halt. Sie sind ja nicht für Omega überprüft, oder?«

»Wovon zum Teufel reden Sie?«

»Fragen Sie Jenkins. Vielleicht sagt er es Ihnen... Kommen Sie, wir gehen jetzt.«

Drei Telefonanrufe wurden von MacAuliffs Polizeiwagen aus getätigt. Die Information, die sie erhielten, war klar und präzise. Die Tremaynes und die Cardones waren weder zu Hause noch in der näheren Umgebung.

Die Cardones befanden sich in Rockland Country, beim Abendessen, sagte das Mädchen; ob der Polizeibeamte, falls er sie erreichte, wohl so freundlich wäre, sie zu bitten, zu Hause anzurufen. Eine dringende Nachricht aus Philadelphia wäre da.

Die Tremaynes waren, weil Virginia wieder übel geworden war, zu ihren Ärzten in Ridge Park zurückgekehrt.

Der Arzt bestätigte, daß die Tremaynes seine Praxis aufgesucht hatten. Er war ganz sicher, daß sie nach New York gefahren waren. Er hatte ihnen praktisch ein Dinner und einen Theaterbesuch verordnet. Mrs. Tremaynes' Rückfall hatte in erster Linie psychologische Gründe. Sie mußte auf andere Gedanken kommen, das vergessen, was sie an dem alten Bahnhof in Lassiter erlebt hatten.

Es war alles so klar, dachte Tanner. So gut durch zweite und dritte Personen verbürgt.

Und doch hatte keines der beiden Ehepaare ein sicheres Alibi.

Denn so, wie Tanner sich die Ereignisse im Keller rekonstruierte, hätte eine der Gestalten, die versucht hatte, sie zu töten, gut eine Frau sein können.

Fassett hatte gesagt, daß Omega aus Killern und Fanatikern bestünde. Männern *und* Frauen.

»Da haben Sie Ihre Antwort.«

MacAuliffs Worte drangen in Tanners Bewußtsein ein. »Wenn sie zurückkommen, werden wir das überprüfen. Leicht genug, das zu verifizieren, was sie uns erzählen. Das wissen Sie ja.«

»Ja... Ja, natürlich. Rufen Sie mich anschließend bitte an.«

»Das verspreche ich nicht. Wenn ich der Meinung bin, daß Sie es wissen müssen, werde ich anrufen.«

Der Mechaniker traf ein, um die Wagen zu reparieren. Tanner führte ihn durch die Küche in die Garage und beobachtete seinen Gesichtsausdruck, als er die abgetrennten Drähte inspizierte.

»Sie hatten recht, Mr. Tanner. Jede einzelne Leitung. Ich werde notdürftige Verbindungen herstellen, und dann reparieren wir das drunten in der Werkstatt endgültig. Jemand hat sich da einen üblen Scherz mit Ihnen erlaubt.«

Tanner ging in die Küche zurück zu seiner Frau und den Ostermans. Die Kinder waren oben in Raymonds Zimmer, einer von MacAuliffs Beamten hatte sich erboten, bei ihnen zu bleiben, irgendwelche Spiele mit ihnen zu machen und zu versuchen, sie ruhig zu halten, während die Erwachsenen redeten.

Osterman blieb hartnäckig. Sie *mußten* Saddle Valley verlassen. Sie mußten nach Washington. Sobald der Kombi repariert war, würden sie abfahren, aber statt nach Washington würden sie zum Kennedy Airport fahren und dort ein Flugzeug nehmen. Sie wollten sich weder auf Taxis noch auf Limousinen verlassen. Gegenüber MacAuliff wollten sie auch keine Erklärungen abgeben; sie würden einfach in den Wagen steigen und wegfahren. MacAuliff hatte nicht das Recht, sie festzuhalten.

Tanner saß neben Ali, den Ostermans gegenüber, und hielt ihre Hand. Zweimal hatten Bernie und Leila versucht, ihn dazu zu zwingen, seiner Frau alles zu erklären, und beide Male hatte Tanner gesagt, daß er das erst tun würde, wenn sie alleine waren.

Die Ostermans glaubten, das zu begreifen.

Ali begriff es nicht, deshalb hielt er ihre Hand.

Und jedesmal wenn Leila sprach, erinnerte sich Tanner an ihre glänzende Brosche in der Finsternis des Kellers – und die von Schüssen unversehrte Wand hinter ihr. Es klingelte an der Haustüre, und Tanner ging nachsehen. Er kam zurück und lächelte.

»Geräusche aus der Wirklichkeit. Die Telefonreparaturgruppe.«

Tanner kehrte nicht zu seinem Sessel zurück. Die etwas verschwommenen Umrisse eines Plans begannen vor seinem geistigen Auge langsam Deutlichkeit zu gewinnen. Er würde Ali brauchen.

Seine Frau drehte sich herum und sah ihn an, las seine Gedanken. »Ich sehe mal nach den Kindern.«

Sie ging hinaus, und Tanner trat an den Tisch. Er griff nach seinen Zigaretten und steckte sie sich in die Hemdtasche.

»Wirst du es ihr jetzt sagen?« fragte Leila.

»Ja.«

»Sag ihr alles. Vielleicht kann sie mit diesem – Omega etwas anfangen.« Bernie wirkte immer noch ungläubig. »Ich kann das weiß Gott nicht.«

»Du hast doch das Zeichen an der Wand gesehen.«

Bernie sah Tanner eigenartig an. »Ich habe eine Spur an der Wand gesehen.«

»Entschuldigen Sie, Mr. Tanner.« Das war der Polizist, der vor der Küchentüre Posten bezogen hatte. »Die Telefonleute wollen Sie sprechen. Sie sind in Ihrem Arbeitszimmer.«

»Okay. Komme gleich.« Er wandte sich wieder Bernie Osterman zu. »Um dein Gedächtnis aufzufrischen, das Zeichen, das du gesehen hast, war der griechische Buchstabe Omega.«

Er ging schnell zur Küchentüre hinaus und in sein Arbeitszimmer. Vor den Fenstern hingen tief die Sturmwolken, und es regnete immer noch heftig, wenn auch schwächer als vor einer halben Stunde. Im Zimmer war es dunkel, nur die Schreibtischlampe war eingeschaltet.

»Mr. Tanner.« Die Stimme kam von hinten, und er fuhr herum. Da stand der Mann namens Cole mit der blauen Jacke der Telefongesellschaft bekleidet und musterte ihn aufmerksam. Ein weiterer Mann stand neben ihm. »Bitte, erheben Sie Ihre Stimme nicht.«

Tanners Schock war derartig, daß er die Kontrolle über sich verlor. Er warf sich auf den Agenten. »Du Schweinehund...«

Die beiden Männer hielten ihn auf. Sie drehten ihm die Arme auf den Rücken und drückten sie ihm ins Kreuz. Cole packte ihn an den Schultern und sprach schnell und eindringlich.

»Bitte! Wir wissen, was Sie durchgemacht haben! Daran können wir nichts ändern, aber wir können Ihnen sagen, daß alles vorbei ist! Vorbei, Mr. Tanner. Omega ist zerbrochen!«

»Ich will nichts von Ihnen hören! Ihr Dreckskerle! Ihr schmutzigen Schweine! Es gibt euch gar nicht! Die haben nie etwas von Fassett gehört! Ihre Telefone sind abgeklemmt! Ihr...«

»Wir mußten schnell weg!« unterbrach der Agent. »Wir mußten beide Posten aufgeben. Das war notwendig. Man wird Ihnen das alles erklären.«

»Ich glaube Ihnen kein Wort mehr!«

»Hören Sie nur zu! Entscheiden Sie sich später, aber *hören Sie zu*. Fassett ist keine zwei Meilen von hier und fügt die letzten Stücke zusammen. Er und Washington werden es bald geschafft haben. Bis morgen früh haben wir Omega.«

»Was für ein Omega? Was für ein Fassett? Ich habe Washington angerufen! Ich habe mit McLean in Virginia gesprochen!«

»Sie haben mit einem Mann namens Dwight gesprochen. Dem Titel nach ist er Andrews Vorgesetzter, aber das entspricht nicht den Tatsachen. Dwight war nie für Omega freigegeben. Er hat bei den Geheimdiensten nachgefragt, und der Anruf wurde dem Direktor gemeldet. Es gab keine Alternative, als die, alles abzuleugnen, Mr. Tanner. In Fällen wie diesen leugnen wir immer. *Das müssen wir.*«

»Wo sind die Wachen vor dem Haus? Was ist aus Ihren

gottverdammten Telefonwanzen geworden? Ihre Spezialtruppen, die nicht zulassen sollten, daß man uns auch nur ein Haar krümmt?«

»Das wird Ihnen alles erklärt werden. Ich will nicht lügen. Fehler gibt es immer. Sogar große Fehler, wenn Sie wollen. Wir können sie nie mehr ungeschehen machen, das wissen wir. Aber wir hatten auch noch nie mit einem Omega zu tun. Der wichtigste Punkt ist – das Ziel liegt jetzt vor unseren Füßen. Wir sind soweit!«

»Ach Quatsch! Das *Wichtigste* ist, daß meine Frau und meine Kinder fast getötet wurden!«

»Schauen Sie. Sehen Sie sich das an.« Cole holte eine kleine Metallscheibe aus der Tasche. Sein Kollege ließ Tanners Arme los. »Kommen Sie, nehmen Sie es nur. Sehen Sie es aus der Nähe an.«

Tanner nahm den Gegenstand in die Hand, drehte ihn herum, so daß das Licht darauf fiel. Er sah, daß der winzige Gegenstand korrodiert und wie mit Pockennarben überzogen war.

»Und?«

»Das ist eines der miniaturisierten Mikrofone. Die Korrosion kommt von Säure. Säure, mit der man es besprüht hat, um es funktionsunfähig zu machen. Die Mikrofone sind in jedem einzelnen Zimmer gestört worden. Wir bekamen überhaupt keine Sendungen.«

»Wie hat man sie denn gefunden?«

»Mit der richtigen Ausrüstung ist das ein Kinderspiel. Es gibt keinerlei Spuren daran, keine Fingerabdrücke. Das ist Omega, Mr. Tanner.«

»Und wer ist das?«

»Selbst ich weiß das nicht. Nur Fassett weiß es. Er hat alles unter Kontrolle. Er ist der beste Mann auf drei Kontinenten. Wenn Sie mir nicht glauben wollen, können Sie ja den Außenminister oder den Präsidenten selbst anrufen. In diesem Hause wird nichts mehr geschehen.«

John Tanner atmete ein paarmal tief durch und sah dann den Agenten an. »Es ist Ihnen doch klar, daß Sie überhaupt nichts erklärt haben.«

»Ich sagte doch, später.«

»Das genügt mir nicht!«

Cole erwiderte Tanners fragenden Blick. »Welche Wahl haben Sie denn?«

»Ich könnte diesen Polizisten hereinrufen und zu schreien anfangen.«

»Was zum Teufel würde Ihnen das denn einbringen? Damit könnten Sie sich ein paar Stunden Frieden kaufen. Wie lange würde das dauern?«

Tanner würde ihm noch eine weitere Frage stellen. Dabei war es gleichgültig, wie die Antwort lauten würde. Der Plan kristallisierte sich langsam in John Tanners Bewußtsein. Aber Cole würde das nie erfahren.

»Was muß ich denn machen?«

»Gar nichts müssen Sie – absolut nichts.«

»Verstehe. Vorbei... Also gut, ich – tue – nichts. Darf ich jetzt zu meiner Frau zurück?«

»Natürlich.«

»Sagen Sie, übrigens, ist das Telefon wirklich angezapft?«

»Ja, das ist es.«

Tanner drehte sich um, seine Arme schmerzten. Er ging langsam in den Korridor zurück.

Man konnte jetzt niemandem mehr vertrauen.

Er selbst würde dafür sorgen, daß Omega sich zeigte.

27.

Ali saß am Bettrand und hörte sich die Erzählung ihres Mannes an. Es gab Augenblicke, in denen sie an ihrer Vernunft zweifelte. Sie wußte, daß es Leute wie ihren Mann gab, die den größten Teil der Zeit unter Druck standen und die dann gelegentlich zusammenbrachen. Sie konnte ein gewisses Maß an Verständnis für solche Leute aufbringen, für Amokläufer, für Anwälte und Aktienmakler in der Panik bevorstehender Vernichtung, selbst Johns alles überwältigenden Drang, die Nichtreformierbaren zu reformieren. Aber das, was er ihr jetzt erzählte, überstieg ihr Begriffsvermögen.

»Warum hast du zugestimmt?« fragte sie ihn.

»Es klingt verrückt, aber man hat mich in eine Falle gelockt. Ich hatte keine Wahl. Ich mußte einfach.«

»Du hast dich freiwillig gemeldet!« sagte Ali.

»Eigentlich nicht. Als ich Fassett zustimmte, mir die Namen zu nennen, unterzeichnete ich eine Erklärung, nach der ich gemäß der nationalen Sicherheitsakte unter Anklage gestellt werden konnte. Sobald ich wußte, wer sie waren, hing ich am Strick. Fassett wußte das. Es war unmöglich, normale Beziehungen zu ihnen aufrechtzuerhalten. Und wenn ich das nicht tat, dann bestand die Gefahr, daß man mich unter Anklage stellte, weil ich irgendeinen Formfehler beging.«

»Wie schrecklich«, sagte Ali leise.

»Ich würde eher sagen, schmutzig.«

Dann berichtete er ihr von den Episoden mit Ginny und Leila draußen am Pool. Wie Dick Tremayne ihm in die Garage gefolgt war. Schließlich, wie Bernie gerade angefangen hatte, ihm etwas zu erzählen, ehe Janets Schreie das ganze Haus geweckt hatten.

»Er hat dir nie gesagt, was es war?«

»Er sagte, er biete mir nur Geld für Investitionen an. Ich

warf ihnen beiden vor, Omega anzugehören... Dann rettete er mein Leben.«

»Nein. Augenblick.« Ali beugte sich vor. »Als du hinausgingst, um die Schirme in Sicherheit zu bringen und wir dich alle im Regen beobachteten... Und dann fingen die Schüsse an, und wir gerieten alle in Panik. Ich versuchte hinauszulaufen, und Leila und Bernie hielten mich auf. Also schrie ich und versuchte, mich loszureißen. Leila – nicht Bernie – preßte mich gegen die Wand. Plötzlich sah sie Bernie an und sagte: ›Du kannst gehen, Bernie! Es ist schon gut, Bernie!‹ Ich habe das nicht verstanden, aber sie hat es ihm befohlen.«

»Eine Frau schickt ihren Mann nicht vor das Erschießungspeloton.«

»Darüber habe ich mich auch gewundert. Ich stellte mir die Frage, ob ich den Mut haben würde, dich hinauszuschikken – für Bernie.«

Und dann erzählte Tanner seiner Frau von der Brosche und der Wand ohne Einschüsse.

»Aber sie waren *im* Keller, Darling. Sie waren nicht *draußen*. Das waren nicht die, die auf uns geschossen haben.« Ali hielt inne. Die Erinnerung an das Schreckliche war einfach zuviel. Sie brachte es nicht über sich, weiter davon zu reden. Statt dessen erzählte sie ihm von Joes Hysterie im Wohnzimmer und der Tatsache, daß Betty Cardone sie durch das Fenster beobachtet hatte.

»Da wären wir also«, sagte er, als sie geendet hatte. »Und ich bin einfach nicht sicher, was das alles bedeutet.«

»Aber der Mann im Keller hat doch gesagt, alles wäre jetzt vorbei. Das hat er dir gesagt.«

»Die haben mir eine ganze Menge gesagt... Aber welcher ist es denn? Oder sind es alle drei?«

»Wer?« fragte sie.

»Omega. Es müssen Ehepaare sein. Sie müssen als Paare

auftreten... Aber die Tremaynes und die Cardones sind in dem Wagen mit Gas betäubt worden. Man hat sie an der Lassiter Street hinausgelassen. Aber hat man das wirklich?«

Tanner schob die Hände in die Taschen und ging auf und ab. Er trat ans Fenster, lehnte sich gegen die Wand und blickte in den Garten hinaus.

»Da draußen sind eine Menge Bullen. Die langweilen sich alle zu Tode. Ich wette, die haben den Keller nicht gesehen. Ich frage mich...«

Glas zersplitterte. Tanner fuhr herum, Blut spritzte aus seinem Hemd. Ali schrie und rannte zu ihrem Mann, als der zu Boden fiel.

Weitere Schüsse peitschten, aber keiner kam mehr durch das Fenster. Die Schüsse waren draußen.

Der Polizeibeamte im Flur stieß die Türe auf und rannte zu dem gestürzten Tanner. Höchstens drei Sekunden später kam der Polizist mit gezogener Pistole aus dem Keller gerannt. Draußen waren Stimmen zu hören. Leila kam herein, stöhnte und rannte zu Ali und ihrem Mann, der auf dem Boden lag.

»Bernie! Um Himmels willen, *Bernie!*«

Aber Osterman erschien nicht.

»Wir müssen ihn auf das Bett legen!« schrie der Streifenbeamte aus dem oberen Stockwerk. »Bitte, Madam, lassen Sie los! Ich will ihn auf das Bett legen.«

Man konnte Osterman auf der Treppe schreien hören. »Was zum Teufel ist hier passiert?« Er kam ins Zimmer. »Oh, *Jesus!* Oh, Jesus *Christus!*«

Tanner kam wieder zu Bewußtsein und sah sich um. Mac-Auliff stand neben dem Arzt; Ali saß auf dem Bett. Bernie und Leila standen am Fußende und gaben sich redliche Mühe, ihm aufmunternd zuzulächeln.

»Das kommt alles wieder in Ordnung. Ganz oberflächlich«, sagte der Arzt. »Schmerzhaft, aber nichts Ernstes. Ein paar Knorpel im Schulterbereich, das ist alles.«

»Hat man auf mich geschossen?«

»Ja, das hat man«, nickte MacAuliff.

»Wer hat auf mich geschossen?«

»Das wissen wir nicht.« MacAuliff versuchte, seinen Ärger zu unterdrücken, was ihm aber nicht ganz gelang. Der Captain war offenbar davon überzeugt, daß man ihn ignorierte; daß man ihm wesentliche Informationen vorenthielt. »Aber eines will ich Ihnen sagen: Ich werde jeden einzelnen von Ihnen verhören, und wenn ich die ganze Nacht dazu brauche, um herauszufinden, was hier vorgeht. Sie benehmen sich alle höchst unvernünftig, und ich werde das nicht zulassen!«

»Die Wunde ist versorgt«, sagte der Arzt und schlüpfte wieder in seine Jacke. »Sie können aufstehen und herumlaufen, sobald Ihnen danach zumute ist, aber seien Sie vorsichtig, Mr. Tanner. Das ist nicht viel mehr als ein tiefer Schnitt. Ganz geringfügiger Blutverlust.« Der Arzt lächelte und ging hinaus. Er hatte keinen Anlaß, dazubleiben.

Kaum war die Türe geschlossen, als MacAuliff abrupt sagte: »Würden Sie bitte alle im Keller warten? Ich möchte alleine mit Mr. Tanner sprechen.«

»Captain, er ist gerade angeschossen worden«, sagte Bernie entschieden. »Sie können ihn jetzt nicht verhören; das lasse ich nicht zu.«

»Ich bin Polizeibeamter in dienstlichem Auftrag; ich brauche Ihre Erlaubnis nicht. Sie haben gehört, was der Arzt gesagt hat. Er ist nicht ernsthaft verletzt.«

»Er hat genug durchgemacht!« Ali starrte MacAuliff an.

»Es tut mir leid, Mrs. Tanner. Das ist jetzt notwendig. Wenn Sie jetzt bitte alle...«

»Nein, das werden wir *nicht!*« Osterman ließ seine Frau stehen und ging auf den Polizeichef zu. »Er ist nicht derjenige, der verhört werden sollte. Das sind *Sie*. Ihre ganze verdammte Polizeitruppe sollte man sich vornehmen ... Ich hätte wirklich gerne gewußt, warum dieser Streifenwagen nicht angehalten hat, Captain! Ich habe Ihre Erklärung gehört und kann sie nicht akzeptieren!«

»Wenn Sie so weitermachen, Mr. Osterman, rufe ich einen Beamten herein und lasse Sie einsperren!«

»Das würde ich nicht versuchen...«

»Lassen Sie es nicht darauf ankommen! Ich hatte schon früher mit Leuten Ihres Schlages zu tun! Ich habe in *New York* gearbeitet, Scheißjude!«

Osterman wurde plötzlich ganz leise. »Was haben Sie da gesagt?«

»Provozieren Sie mich bloß nicht!«

»Laß nur!« sagte Tanner vom Bett aus.

»Mir macht es nichts aus, wirklich... Geht nur hinunter, alle.«

Als er mit MacAuliff alleine war, setzte Tanner sich auf. Seine Schulter tat weh, aber er konnte sie unbehindert bewegen.

MacAuliff ging ans Fußende des Bettes und hielt sich mit beiden Händen an der Bettstelle fest. Er sprach ganz ruhig: »Sie werden jetzt reden. Sie sagen mir, was Sie wissen, oder ich stelle Sie unter Anklage wegen Verletzung Ihrer Auskunftspflicht in einem Fall von Mordversuch.«

»Die haben versucht, *mich* zu töten.«

»Das ist genauso Mord. M-o-r-d. Es macht nicht den geringsten Unterschied, ob der Anschlag Ihnen oder diesem Judenschwein galt!«

»Warum sind Sie so feindselig?« fragte Tanner. »Sagen Sie es mir. Eigentlich sollten Sie mir jetzt zu Füßen liegen und betteln. Ich bin ein Steuerzahler, und Sie haben mein Haus nicht beschützt.«

MacAuliff versuchte ein paarmal zu reden, schien aber an seiner eigenen Wut förmlich zu ersticken. Schließlich bekam er sich wieder in den Griff.

»Okay. Ich weiß, daß vielen von Ihnen die Art und Weise nicht paßt, wie ich die Dinge anpacke. Sie und Ihresgleichen wollen mich weghaben und irgendeinen Scheißhippie von der blöden Uni anheuern! Nun, dazu will ich Ihnen etwas sagen – das schaffen Sie nur, wenn ich irgendwo Mist baue. Und ich werde keinen Mist bauen! Dafür sorge ich! Diese Stadt wird sauber bleiben! Also werden Sie mir jetzt sagen, was hier vorgeht. Und wenn ich Hilfe brauche, dann hole ich mir die! Ich kann das erst, sobald ich etwas in der Hand habe!«

Tanner erhob sich von seinem Bett, zuerst etwas unsicher und dann zu seiner eigenen Überraschung ohne Mühe.

»Ich glaube Ihnen. Sie sind zu erregt, um zu lügen. Und Sie haben recht. Eine Menge von uns mögen Sie *tatsächlich* nicht. Aber das kann eine rein gefühlsmäßige Sache sein, wir wollen also nicht weiter darauf eingehen. Trotzdem werde ich hier keine Fragen beantworten. Statt dessen erteile *ich* jetzt einen Befehl. Sie werden dieses Haus Tag und Nacht bewachen, bis ich Ihnen sage, daß Sie aufhören können! Haben Sie das begriffen?«

»Ich nehme keine Befehle an!«

»Von mir schon. Wenn Sie das nicht tun, dann sorge ich dafür, daß Sie auf sechzig Millionen Fernsehschirmen als typisches Beispiel altmodischer, ungebildeter, unaufgeklärter Polizeibrutalität, als eine Bedrohung für echte Polizeiarbeit dargestellt werden! Sie sind überholt. Holen Sie sich Ihre Pension und verschwinden Sie.«

»Das werden Sie nicht tun...«

»Glauben Sie? Hören Sie sich mal um.«

MacAuliff stand da und starrte Tanner an. Die Adern an seinem Hals traten so hervor, daß Tanner glaubte, sie würden jeden Augenblick bersten.

»Wie ich euch Schweine hasse!« sagte er kalt. »Ich kann Sie nicht ausstehen.«

»Ich Sie auch nicht. Ich habe Sie in Aktion gesehen. Aber das hat jetzt nichts zu besagen. Setzen Sie sich.«

Zehn Minuten später rannte MacAuliff aus dem Haus, hinaus in den schwächer werdenden Julisturm. Er knallte die Haustüre hinter sich zu und gab den Beamten, die draußen auf dem Rasen warteten, einige beiläufige Anweisungen. Die Männer reagierten mit schwachen Ehrenbezeugungen, worauf MacAuliff in seinen Wagen stieg.

Tanner holte sich ein Hemd aus einer Schublade und schlüpfte etwas ungeschickt hinein. Dann verließ er das Schlafzimmer und ging die Treppe hinunter.

Ali stand im Flur und sprach dort mit einem Polizeibeamten. Sie eilte ihm entgegen.

»Das ganze Haus wimmelt von Polizei. Ich wollte, es wäre eine Armee. O Gott! Ich gebe mir alle Mühe, ruhig zu sein. Wirklich! Aber ich kann nicht!« Sie umarmte ihn, spürte den Verband unter seinem Hemd. »Was werden wir jetzt *tun*? Wer kann uns *helfen*?«

»Alles wird wieder gut. Wir müssen nur noch kurze Zeit warten.«

»Worauf?«

»MacAuliff beschafft mir Informationen.«

»Was für Informationen?«

Tanner schob Ali gegen die Wand. Er sprach ganz leise und vergewisserte sich, daß der Polizist sie nicht beobachtete. »Wer durch die Kellerfenster auf uns geschossen hat, ist verletzt. Einer ist sogar schwer verwundet – am Bein. Beim anderen sind wir nicht ganz sicher, aber Bernie glaubt, er hätte ihn an der Schulter oder der Brust getroffen. MacAuliff wird die Cardones und die Tremaynes aufsuchen. Dann ruft er mich an. Es kann eine Weile dauern, aber er kommt wieder auf mich zu.«

»Hast du ihm gesagt, worauf er achten soll?«

»Nein. Ich habe ihn nur gebeten, ihre Darstellung zu überprüfen, wo sie waren. Das ist alles. Ich will nicht, daß Mac-Auliff Entscheidungen trifft. Das ist Fassetts Sache.«

Aber in Wirklichkeit war es nicht Fassetts Sache, dachte Tanner. Es war seine Sache, nur die seine. Er würde es Ali sagen, wenn er *mußte*. Im letzten Augenblick. So lächelte er ihr jetzt nur zu, legte ihr den Arm um die Hüfte und wünschte sich, er könnte wieder frei sein, um sie zu lieben.

Um zehn Uhr siebenundvierzig klingelte das Telefon.

»John? Hier spricht Dick. MacAuliff war bei mir.« Tremaynes Atem hallte schwer aus dem Telefon, aber er bemühte sich mit Erfolg, wenigstens seine Stimme einigermaßen ruhig zu halten. Man hatte den Eindruck, daß seine Nerven zum Zerreißen gespannt waren. »Ich habe keine Ahnung, in was du dich da eingelassen hast – versuchter Mord, um Himmels willen! – und ich *will* es auch gar nicht wissen. Aber das ist jedenfalls mehr, als ich ertragen kann! Es tut mir leid, John, aber ich hole meine Familie da raus. Ich habe Plätze auf der Pan Am morgen früh um zehn bestellt.«

»Wohin geht ihr?«

Tremayne gab keine Antwort. Tanner wiederholte seine Frage. »Ich habe dich gefragt, wohin ihr geht.«

»Tut mir leid, John... Das klingt jetzt vielleicht blöd, aber ich will dir das nicht sagen.«

»Ich glaube, ich verstehe... Aber tu uns einen Gefallen. Kommt auf dem Weg zum Flughafen kurz vorbei.«

»Das kann ich nicht versprechen. Wiedersehen.«

Tanner hielt die Gabel mit der Hand fest und ließ sie dann langsam los. Er wählte die Nummer der Polizeistation von Saddle Valley.

»Polizei-Hauptquartier. Sergeant Dale.«

»Captain MacAuliff, bitte. Hier spricht John Tanner.«

»Er ist nicht hier, Mr. Tanner.«

»Können Sie ihn erreichen? Es ist dringend.«

»Ich kann es über Funk versuchen; wollen Sie warten?«

»Nein. Sagen Sie ihm nur, er soll mich so bald wie möglich anrufen.« Tanner gab noch seine Telefonnummer durch und legte dann auf. Wahrscheinlich war MacAuliff zu den Cardones unterwegs. Er hätte eigentlich inzwischen schon dort eintreffen müssen. Er würde bald anrufen. Tanner ging ins Wohnzimmer zurück. Er wollte die Ostermans aus der Fassung bringen.

Das war Teil seines Planes.

»Wer hat angerufen?« wollte Bernie wissen.

»Dick. Er hat gehört, was passiert ist. Er nimmt seine Familie und geht hier weg.«

Die Ostermans tauschten Blicke.

»Wohin?«

»Das hat er nicht gesagt. Sie haben einen Flug morgen früh.«

»Er hat nicht gesagt, wohin sie gehen?« Bernie stand scheinbar beiläufig auf, konnte aber seine Besorgnis nicht verbergen.

»Sagte ich doch. Er wollte es mir nicht sagen.«

»Das hast du nicht gesagt.« Osterman sah Tanner an. »Du hast gesagt, ›hat er nicht gesagt‹. Das ist etwas anderes, als wenn er es nicht sagen *wollte*.«

»Ja, da hast du wohl recht... Bist du immer noch der Ansicht, daß wir nach Washington fahren sollen?«

»Was?« Osterman sah seine Frau an. Er hatte Tanners Frage nicht gehört.

»Bist du immer noch der Ansicht, daß wir nach Washington fahren sollen?«

»Ja.« Bernie starrte Tanner an. »Jetzt mehr denn je. Du brauchst Schutz. Wirklichen Schutz. Die versuchen, dich umzubringen, John.«

»Das frage ich mich allmählich. Ich frage mich wirklich, ob sie *mich* umbringen wollen.«

»Was willst du damit sagen?« Leila stand auf und sah Tanner an.

Das Telefon klingelte.

Tanner eilte in sein Arbeitszimmer zurück und nahm den Hörer ab. Es war MacAuliff.

»Hören Sie«, sagte Tanner leise. »Ich möchte, daß Sie genau – *genau* – beschreiben, wo Tremayne während Ihres Verhörs war.«

»In seinem Arbeitszimmer.«

»*Wo* in seinem Arbeitszimmer?«

»An seinem Schreibtisch. Warum?«

»Ist er aufgestanden? Ist er herumgegangen? Zum Beispiel, um Ihnen die Hand zu geben?«

»Nein... Nein, ich glaube nicht. Nein, das hat er nicht getan.«

»Und was ist mit seiner Frau? Hat sie Sie ins Haus gelassen?«

»Nein. Das war das Mädchen. Tremaynes Frau war im Obergeschoß. Ihr war nicht gut. Das haben wir uns bestätigen lassen; wir haben den Arzt angerufen, erinnern Sie sich?«

»Richtig. Jetzt sagen Sie mir etwas über die Cardones. Wo haben Sie sie gefunden?«

»Zuerst habe ich mit seiner Frau gesprochen. Eines der

Kindermädchen ließ mich ein. Sie lag auf dem Sofa, ihr Mann war in der Garage.«

»Wo haben Sie mit ihm gesprochen?«

»Das sagte ich doch gerade. In der Garage. Ich bin auch gerade richtig hingekommen. Er ist nach Philadelphia unterwegs. Sein Vater ist krank. Sie haben ihm schon die Sterbesakramente verabreicht.«

»Philadelphia? – Wo war er genau?«

»In der *Garage,* sagte ich! Seine Koffer waren gepackt. Er war im Wagen. Er sagte mir, ich solle mich beeilen. Er wollte losfahren.«

»Er war *im* Wagen?«

»Das ist richtig.«

»Ist Ihnen das nicht seltsam vorgekommen?«

»Warum sollte es das? Hergott, sein Vater liegt im Sterben! Er wollte so schnell wie möglich nach Philadelphia. Ich werde das prüfen.«

Tanner legte den Hörer auf.

Keines der beiden Ehepaare war von MacAuliff unter normalen Umständen gesehen worden. Niemand von ihnen stand, niemand ging. Beide hatten gute Gründe, am Sonntag nicht in sein Haus zu kommen.

Tremayne hinter einem Schreibtisch, verängstigt, unbeweglich.

Cardone in einem Automobil sitzend, nur daran interessiert, so schnell wie möglich wegzufahren.

Einer oder beide *verwundet*.

Einer oder vielleicht beide Omega.

Die Zeit war gekommen. Es hatte aufgehört zu regnen; er würde sich jetzt besser bewegen können, obwohl es in den Büschen immer noch naß sein würde.

Er zog sich in der Küche um, zog die Kleider an, die er aus

dem Schlafzimmer heruntergetragen hatte: schwarze Hosen, einen schwarzen Pullover mit langen Ärmeln und Mokassins. Er steckte sich Geld ein und vergewisserte sich, daß wenigstens sechs Dimes dabei waren. Schließlich schob er sich eine Taschenlampe, die nicht viel größer als ein Füllhalter war, in den V-Ausschnitt seines Pullovers.

Dann ging er zur Flurtüre und rief Ali in die Küche. Er hatte vor diesem Augenblick viel größere Angst als vor allem anderen, das vor ihm lag. Und doch gab es keinen anderen Weg. Er wußte, daß er es ihr sagen mußte.

»Was machst du? Warum...«

Tanner hielt den Finger an die Lippen und zog sie an sich. Sie gingen ans andere Ende der Küche, wo die Tür in die Garage führte, dem Punkt, der am weitesten vom Flur entfernt war. Dort flüsterte er ihr leise zu:

»Erinnerst du dich daran, daß ich dich gebeten habe, mir zu vertrauen?«

Ali nickte langsam.

»Ich gehe jetzt eine Weile hinaus; nur auf kurze Zeit. Ich treffe ein paar Leute, die uns helfen können. MacAuliff hat die Verbindung hergestellt.«

»Warum können die nicht herkommen? Ich will nicht, daß du hinausgehst. Du darfst nicht hinausgehen!«

»Es gibt keine andere Möglichkeit. Das ist alles so vorbereitet«, log er und wußte, daß sie die Lüge ahnte. »Ich rufe dich in kurzer Zeit an. Dann wirst du wissen, daß alles gut ist. Aber bis dahin möchte ich, daß du den Ostermans sagst, daß ich spazierengegangen bin. Sag ihnen, ich sei so aufgeregt gewesen, oder sag ihnen, was du willst. Es ist wichtig, daß sie meinen, daß *du* glaubst, daß ich spazierengegangen bin. Daß ich jeden Augenblick wieder zurückkomme. Vielleicht spreche ich sogar mit den Leuten draußen im Garten.«

»Mit wem wirst du dich denn treffen? Das mußt du mir sagen.«

»Mit Fassetts Leuten.«

Sie hielt seinen Blick fest. Die Lüge war jetzt zwischen ihnen vereinbart, und sie blickte ihm suchend in die Augen. »Mußt du das tun?« fragte sie leise.

»Ja.« Er umarmte sie kurz, wollte gehen, ging mit schnellen Schritten zur Küchentüre.

Draußen schlenderte er auf seinem Grundstück herum, sorgte dafür, daß die Polizeibeamten vor und hinter seinem Hause seine Anwesenheit zur Kenntnis nahmen, bis er glaubte, daß sie aufhörten, ihn zu beobachten. Dann, als er das Gefühl hatte, daß niemand mehr auf ihn achtete, verschwand er in dem Wäldchen.

Er schlug einen weiten Bogen nach Westen, wich mit Hilfe des dünnen Lichtkegels seiner Taschenlampe Hindernissen aus. Die Nässe, der weiche Boden, behinderten ihn, aber schließlich sah er die Hofbeleuchtung seiner Nachbarn, der Scanlans, dreihundert Fuß von seiner Grundstücksgrenze entfernt. Er war triefendnaß, als er sich der hinteren Veranda der Scanlans näherte und schließlich klingelte.

Fünfzehn Minuten später – auch das hatte länger gedauert, als Tanner erwartet hatte – stieg er in das Mercedes-Coupé Scanlans und ließ den Motor an. Scanlans Smith & Wesson steckte in seinem Gürtel und drei zusätzliche Magazine in seiner Tasche.

Tanner bog links in den Orchard Drive ein und fuhr in Richtung auf das Ortszentrum. Es war schon nach Mitternacht; später, als er sich zurechtgelegt hatte.

Einen Augenblick lang beschäftigte er sich damit, gleichsam Inventur aufzunehmen, sich selbst und das, war er tat, zu bewerten. Er hatte sich nie für einen außergewöhnlich tapferen Mann gehalten. Jede Anwandlung von Mut, die er je an den Tag gelegt hatte, war immer dem Augenblick entsprungen. Und er kam sich auch jetzt nicht mutig vor. Er war verzweifelt. Das war seltsam. Seine Angst – der profunde, tiefempfundene Schrecken, mit dem er tagelang gelebt hatte – schuf sich jetzt ihr eigenes Gleichgewicht, gebar ihre eigene Furcht. Furcht davor, manipuliert zu werden. Er konnte das nicht länger hinnehmen.

Saddle Valley lag still da, die Hauptstraße im weichen Licht imitierter Gaslampen, die Geschäftsfassaden im Einklang mit dem Image stillen Wohlstands, der Saddle Valley anhaftete. Keine Neonröhren, keine Scheinwerfer, alles gedämpft und wohlanständig.

Tanner fuhr am Village Pub und am Taxistand vorbei, wendete auf der Straße und parkte. Die öffentliche Telefonzelle stand unmittelbar neben dem Mercedes. Er wollte den Wagen weit genug entfernt stehen haben, um die ganze Gegend überblicken zu können. Er überquerte die Straße und tätigte seinen ersten Anruf.

»Ich bin's, Tanner, Tremayne. Sei still und hör mir zu... Omega ist erledigt. Es wird aufgelöst. Ich mache Schluß. Zürich macht Schluß. Das war eure letzte Prüfung, und ihr habt sie nicht bestanden. Die Dummheit, die jeder einzelne an den Tag gelegt hat, ist unglaublich! Ich erteile die Befehle zum Schlußmachen noch heute nacht. Sei um halb drei beim alten Bahnhof an der Lassiter Road. Und versuche nicht, mich zu Hause anzurufen. Ich rufe aus einer Zelle an. Ich nehme mir ein Taxi dorthin. Mein Haus wird beobachtet, das habe ich *euch allen* zu verdanken! Sei um halb drei an der Lassiter Road und bringe Virginia mit. Omega ist zusammengebrochen! Wenn du mit dem Leben davonkommen und aussteigen willst, dann sei dort – halb drei!«

Tanner drückte die Gabel nieder. Als nächstes kamen die Cardones.

»Betty? Hier Tanner. Hör gut zu. Schnapp dir Joe und sag ihm, daß Omega erledigt ist. Mir ist es gleichgültig, wie du das machst, aber schaff ihn wieder her. Das ist ein Befehl aus Zürich. Sag ihm das! – Omega ist zusammengebrochen. Ihr seid alle verdammte Narren gewesen. Es war sehr dumm, meine Wagen lahmzulegen. Ich werde heute um halb drei am alten Lassiter-Bahnhof die Befehle zum Abbruch erteilen. Komm mit Joe hin! Zürich erwartet euch. Und versuche ja nicht, mich zurückzurufen. Ich rufe aus dem Ort an. Mein Haus wird bewacht. Ich nehme ein Taxi. Nicht vergessen. Lassiter-Bahnhof – sag es Joe.«

Wieder drückte Tanner die Gabel herunter. Sein dritter Anruf galt dem eigenen Haus.

»Ali? Alles klar, Darling. Du brauchst dir keine Sorgen mehr zu machen. Und jetzt sage nichts. Gib mir sofort Bernie ans Telefon... Ali, nicht *jetzt*! Ich will Bernie ans Telefon! – Bernie, ich bin's, John. Es tut mir leid, daß ich weggegangen bin, aber das mußte ich. Ich weiß jetzt, wer Omega ist, aber ich brauche deine Hilfe. Ich rufe aus dem Ort an. Ich brauche später einen Wagen... Nicht jetzt; später. Ich möchte nicht, daß man den meinen im Ort sieht. Ich nehme ein Taxi. Komm um halb drei an den Lassiter-Bahnhof. Wenn du aus der Ausfahrt kommst, biegst du nach rechts und fährst auf dem Orchard Drive in östlicher Richtung – er beschreibt einen leichten Bogen nach Norden –, du fährst etwa eine Meile weit. Dann siehst du einen großen Teich, er ist von einem weißen Zaun umgeben. Auf der anderen Seite ist die Lassiter Road. Fahr zwei Meilen die Lassiter hinunter, dann siehst du den Bahnhof. – Es ist vorbei, Bernie. Ich habe Omega um halb drei am Bahnhof. Um Himmels willen, *laß es jetzt nicht auffliegen!* Du mußt mir vertrauen! Rufe niemanden an und tue nichts! Du mußt nur *dort* sein!« Tanner legte den Hörer auf, riß die Tür auf und rannte zu dem Mercedes-Coupé.

28.

Er stand in der abgedunkelten Eingangsnische eines Spielzeugladens. Es kam ihm in den Sinn, daß Scanlans Mercedes im Ort recht bekannt war, und die Tremaynes, die Cardones und vielleicht sogar die Ostermans wußten, daß Scanlan sein nächster Nachbar war. Vielleicht lag darin sogar ein Vorteil für ihn, überlegte er. Wenn man davon ausging, daß er den Wagen ausgeborgt hatte, würde man weiterhin annehmen, daß er in der Gegend geblieben war. Die Suche würde also gründlich sein. Ihm blieb jetzt nur das Warten. Warten, bis kurz nach zwei, ehe er zum alten Lassiter-Bahnhof fuhr.

Im Ortszentrum würde er warten, um zu sehen, wer ihm folgte, wer versuchen würde, ihn daran zu hindern, den Treffpunkt aufzusuchen. Welches Ehepaar? Oder würden es alle drei sein? Denn Omega mußte jetzt von tiefer Angst erfüllt sein. Das Unaussprechliche war gesagt worden, das Geheimnis ans Licht gezerrt.

Omega würde jetzt versuchen, ihn aufzuhalten. Wenn irgend etwas von dem, was Fassett gesagt hatte, stimmte, war das die einzige Möglichkeit, die ihnen offen blieb. Sie mußten ihn aufhalten, ehe er den alten Bahnhof erreichte.

Damit rechnete er. Doch sie würden ihn nicht aufhalten – er würde dafür sorgen, daß es nicht dazu kam. Aber er wollte im voraus wissen, wer der Feind war.

Er blickte die Straße hinauf und hinunter. Vier Leute waren zu sehen. Ein Ehepaar, das einen Dalmatiner spazierenführte, ein Mann, der aus dem Pub kam und der Fahrer, der auf dem Vordersitz seines Taxis schlief.

Tanner sah jetzt, wie sich aus dem Osten langsam das Scheinwerferpaar eines Wagens näherte. Bald erkannte er, daß es sein eigener Kombi war. Er preßte sich in die unbeleuchtete Eingangsnische.

Am Steuer saß Leila Osterman. Alleine.

Tanners Puls beschleunigte sich. Was hatte er getan? Es war ihm nie in den Sinn gekommen, daß eines der Ehepaare sich in einer Krise trennen würde! Und doch war Leila alleine! Und es gab nichts, das Osterman daran hindern konnte, seine Familie als Geisel festzuhalten! Osterman war einer derer, die geschützt wurden, nicht einer der Gejagten. Er konnte sich frei bewegen, das Grundstück verlassen, wenn er das wollte. Er konnte Ali und die Kinder sogar zwingen, mit ihm zu gehen, wenn er das für notwendig hielt!

Leila parkte den Kombi vor dem Pub, stieg aus und ging schnell zu dem Taxifahrer hinüber, rüttelte ihn wach. Sie redeten einen Augenblick miteinander; Tanner konnte die Stimmen nicht hören. Schließlich wandte sich Leila wieder von ihm ab und ging zum Pub zurück, trat ein. Tanner blieb in der Eingangsnische stehen, spielte mit den Münzen, die er in der Tasche hatte, wartete darauf, daß sie wieder herauskam. Das Warten war für ihn wie ein Alptraum. Er mußte zu der Telefonzelle! Er mußte die Polizei erreichen! Er mußte sicherstellen, daß seine Familie in Sicherheit war!

Schließlich erschien sie wieder, stieg in den Wagen und fuhr davon. Fünf oder sechs Häuserblocks westlich von seinem augenblicklichen Standort bog sie nach rechts; der Wagen verschwand.

Tanner rannte über die Straße zu der Telefonzelle. Er warf einen Dime ein und wählte.

»Hello?«

Dem Himmel sei Dank! Es war Ali!

»Ich bin es.«

»Wo bist du...«

»Das ist jetzt nicht wichtig. Alles ist gut... Bei dir alles in Ordnung?« Er hörte scharf hin, ob ihrem Tonfall irgend etwas anzumerken war, das nicht stimmte.

»Natürlich ist hier alles in Ordnung. Wir machen uns große Sorgen um dich. Was machst du?«

Ihre Stimme klang ganz natürlich. Alles war gut.

»Ich habe jetzt keine Zeit. Ich möchte...«

Sie unterbrach ihn. »Leila ist weggefahren, um dich zu suchen. Du hast einen furchtbaren Fehler gemacht... Wir haben miteinander gesprochen. Du und ich, wir hatten unrecht, Darling. Das ist alles ganz *anders*. Bernie hat sich solche Sorgen gemacht, daß er meinte...«

Er unterbrach sie. Er hatte jetzt keine Zeit übrig, die er vergeuden konnte; nicht mit den Ostermans, nicht jetzt.

»Bleib vorsichtig. Tu, was ich sage. Laß sie nicht aus den Augen!«

Er legte auf, ehe sie etwas sagen konnte. Er mußte die Polizei erreichen. Jede Sekunde zählte jetzt.

»Polizeihauptquartier. Jenkins am Apparat.«

Der eine Mann bei der Polizeibehörde von Saddle Valley, der für Omega freigegeben war, war also zurück. MacAuliff hatte ihn zurückgerufen.

»Hauptquartier«, wiederholte der Beamte ungehalten.

»Hier ist John Tanner...«

»Du lieber Gott, wo waren Sie denn? Wir haben die ganze Gegend nach Ihnen abgesucht.«

»Sie werden mich nicht finden. Nicht, solange ich das nicht will... Jetzt hören Sie mir zu! Die beiden Polizisten im Haus – ich möchte, daß sie bei meiner Frau bleiben. Sie dürfen sie keinen Augenblick alleine lassen! Die Kinder auch nicht! Nie! Keiner von ihnen darf mit Osterman alleine sein!«

»Natürlich! Das wissen wir! Jetzt sagen Sie mir, wo Sie sind! Seien Sie doch kein verdammter Narr!«

»Ich rufe später wieder an. Versuchen Sie gar nicht erst herauszufinden, woher dieser Anruf kam. Ich bin bis dahin nicht mehr hier.«

Er warf den Hörer auf die Gabel und öffnete die Tür, sah sich nach einem besseren Aussichtspunkt als dem Ladeneingang um. Von dort konnte er nicht unbeobachtet weglaufen. Er fing an, die Straße zu überqueren. Der Taxifahrer schlief wieder.

Plötzlich hörte Tanner ohne jegliche Warnung das Dröhnen eines Motors. Die verschwommene Silhouette eines Wagens ohne Scheinwerfer schoß auf ihn zu. Er kam mit ungeheurer Geschwindigkeit irgendwo aus dem Nichts. Er rannte auf den gegenüberliegenden Bürgersteig zu, nur wenige Schritte vor dem daherrasenden Wagen, machte einen Satz auf den Bordstein.

Im gleichen Augenblick verspürte er einen kräftigen Schlag am linken Bein. Das durchdringende Geräusch von Reifen, die auf Asphalt bremsten, war zu hören. Tanner stürzte, wälzte sich zur Seite und sah, wie der schwarze Wagen den Mercedes nur knapp verfehlte und dann die Valley Road hinunterraste.

Die Stelle an seinem linken Bein tat scheußlich weh; seine Schulter tobte wieder. Hoffentlich würde er gehen können! Er mußte gehen können!

Der Taxifahrer kam auf ihn zugerannt.

»Herrgott! Was ist passiert?«

»Helfen Sie mir aufstehen, ja?«

»Na klar! Klar! Alles in Ordnung? Der muß vielleicht geladen haben! Herrgott! Umbringen hätte der Sie können. Soll ich einen Arzt holen?«

»Nein. Nein, ich glaube nicht.«

»Ich hab' ein Telefon dort drüben! Ich ruf' die Bullen an! Die haben in Nullkommanichts einen Doktor hier!«

»Nein! Nein, tun Sie's nicht! Es geht schon. Helfen Sie mir nur ein bißchen auf und ab gehen.« Es bereitete ihm Schmerzen, aber Tanner stellte fest, daß er sich bewegen konnte. Das war das Allerwichtigste. Der Schmerz hatte jetzt keine Bedeutung. Nichts außer Omega hatte etwas zu bedeuten. Und Omega hatte sich zeigen müssen!

»Ich glaube, ich rufe doch lieber die Polizei«, sagte der Fahrer, der immer noch Tanners Arm festhielt. »Solche Rowdys gehören nicht auf die Straße.«

»Nein... Ich meine, ich hab' die Nummer nicht gesehen. Nicht einmal, was für ein Wagentyp das war. Es würde nichts nützen.«

»Ja, wahrscheinlich nicht. Würde dem Schweinehund ja recht geschehen, wenn er gegen einen Baum raste.«

»Ja. Das finde ich auch.« Tanner konnte jetzt wieder alleine gehen. Er würde es schon irgendwie schaffen.

Das Telefon am Taxistand auf der anderen Straßenseite klingelte.

»Das ist mein Telefon... Bei Ihnen alles klar?«

»Sicher. Vielen Dank auch.«

»Samstagnacht. Wahrscheinlich der einzige Anruf, den ich während der ganzen Schicht kriege. Die haben um diese Zeit nur ein Taxi im Einsatz. Und das ist schon eines zuviel.« Der Fahrer setzte sich in Bewegung. »Viel Glück und alles Gute. Brauchen Sie auch wirklich keinen Arzt?«

»Nein, wirklich nicht. Vielen Dank noch mal.«

Er sah zu, wie der Fahrer den Hörer abnahm, sich eine Adresse notierte, und hörte dann seine Stimme, als er sie wiederholte:

»Tremayne. Sechzehn Peachtree. Bin in fünf Minuten da, Madam.« Er legte auf und sah, daß Tanner ihn beobachtete. »Was sagen Sie dazu? Zu einem Motel in Kennedy will sie. Mit wem sie's wohl dort treiben mag?«

Tanner wunderte sich. Die Tremaynes hatten zwei eigene Wagen... Hatte Tremayne die Absicht, den Befehl zu ignorieren, zum alten Lassiter-Bahnhof zu kommen? Oder hoffte er nur, ihn im Ort zu isolieren, indem er sicherstellte, daß das einzige Taxi, das zur Verfügung stand, nicht da war?

Beides war möglich.

Tanner humpelte auf eine Seitengasse zu, die am Pub entlangführte und in erster Linie von Lieferanten benutzt wurde. Sie führte zu einem öffentlichen Parkplatz, aus dem er, wenn es nötig sein sollte, ungesehen entkommen konnte. Er blieb in der finsteren Gasse stehen und massierte sein Bein. In einer Stunde würde er dort einen ansehnlichen Bluterguß haben.

Er sah auf die Uhr. Es war zwölf Uhr neunundvierzig. Noch eine Stunde, dann würde er zu dem alten Bahnhof fahren. Vielleicht würde der schwarze Wagen wiederkommen. Vielleicht würden auch andere kommen.

Er hätte gerne geraucht, wollte aber so nahe bei der Straße kein Streichholz anreißen. Das Glühen der Zigarette konnte er hinter der hohlen Hand verbergen, nicht aber die Flamme eines Streichholzes. Er ging zehn Meter in die dunkle Gasse hinein und zündete sich die Zigarette an. Er hörte etwas. Schritte?

Vorsichtig schlich er wieder zum Eingang an der Valley Road zurück. Der Ort war verlassen. Die einzigen Geräusche, die zu hören waren, kamen aus dem Pub. Dann öffnete sich die Tür des Lokals, und drei Leute kamen heraus: Jim und Nancy Loomis, mit einem Mann, den er nicht erkannte. Er lächelte wehmütig.

Da war er jetzt, John Tanner, der angesehene Chef der Nachrichtenredaktion von Standard Mutual, und verbarg sich in einer finsteren Gasse – schmutzig, vom Regen durchnäßt, mit einer Streifschußnarbe an der Schulter und einem beginnenden Bluterguß am Bein, den ihm ein Fahrer zugefügt hatte, der ihn ermorden wollte – und beobachtete Jim und Nancy aus dem Hinterhalt, wie sie das Pub verließen. Jim

Loomis. Omega hatte ihn berührt, und er würde das nie erfahren.

Auf der Valley Road kam aus dem Westen – der Richtung der Staatsstraße fünf – ein Automobil, das leise, mit höchstens zehn Meilen die Stunde, fuhr. Der Fahrer schien auf der Valley Road jemanden oder etwas zu suchen.

Es war Joe.

Er war also nicht nach Philadelphia gefahren. Es gab keinen sterbenden Vater in Philadelphia. Die Cardones hatten gelogen.

Tanner überraschte das nicht.

Er preßte seinen Rücken gegen die Mauer und hoffte, daß man ihn nicht sehen würde, aber er war ein kräftig gebauter Mann. Aus keinem anderen Grund, als weil es ihm ein Gefühl der Sicherheit vermittelte, zog Tanner die Pistole aus dem Gürtel. Wenn nötig, würde er Cardone töten.

Als der Wagen noch vierzig Fuß von ihm entfernt war, ließen zwei kurze Hupentöne eines zweiten Fahrzeugs, das aus der entgegengesetzten Richtung kam, Cardone anhalten.

Der zweite Wagen rollte schnell heran.

Es war Tremayne. Als er an der Gasse vorbeirollte, konnte Tanner sein von panischer Angst verzerrtes Gesicht sehen.

Der Anwalt hielt neben Cardone an, und die beiden Männer redeten schnell, mit leiser Stimme miteinander. Tanner konnte nichts verstehen, merkte aber, daß die beiden Männer schnell und in großer Erregung redeten. Tremayne wendete auf der Straße, und dann rasten die beiden Fahrzeuge in der gleichen Richtung davon.

Tanner entspannte sich, dehnte die verkrampften Glieder. Jetzt wußte er über alle Bescheid. Über alle, die er kannte, und einen weiteren, von dem er nichts wußte. Omega plus eins, überlegte er. Wer war in dem schwarzen Wagen gesessen? Wer hatte versucht, ihn zu überfahren?

Es hatte keinen Sinn, noch länger zu warten. Er hatte gesehen, was er sehen mußte. Er würde jetzt bis auf ein paar hundert Meter an den Lassiter-Bahnhof heranfahren und darauf warten, daß Omega sich erklärte.

Er ging aus der Gasse heraus, auf den Wagen zu. Dann blieb er stehen.

Mit dem Wagen stimmte etwas nicht. Im gedämpften Licht der Gaslaternen konnte er sehen, daß das Hinterende des Wagens auf die Straße heruntergesunken war. Die verchromte Stoßstange stand nur ein paar Zoll über dem Pflaster.

Er rannte auf den Wagen zu und holte die Taschenlampe heraus. Die beiden hinteren Reifen waren platt, das Gewicht des schweren Wagens ruhte auf den Felgen. Er kauerte sich nieder und sah zwei Messer in den Reifen stecken.

Wie? Wann? Er war die ganze Zeit höchstens zwanzig Meter entfernt gewesen! Die Straße war verlassen! Niemand! Niemand hatte sich an den Mercedes heranschleichen können, ohne ihm aufzufallen!

Höchstens vielleicht in diesen paar Augenblicken in der Gasse. Jenen Augenblicken, in denen er sich die Zigarette angezündet und sich an die Wand gepreßt hatte, um Tremayne und Cardone zu beobachten. Jenen Sekunden, in denen er geglaubt hatte, Schritte zu hören.

Die Reifen waren vor höchstens fünf Minuten aufgeschlitzt worden!

Herrgott, dachte Tanner. Es hatte doch noch nicht aufgehört! Omega war ihm auf den Fersen. Sie wußten Bescheid. Wußten über jeden Schritt, den er tat, Bescheid. Jede Sekunde!

Was hatte Ali am Telefon sagen wollen? Bernie hatte – was? Er ging auf die Zelle zu, holte den letzten Dime aus der Tasche. Während er die Straße überquerte, zog er die Pistole aus dem Gürtel. Vielleicht wartete derjenige, der ihm die Reifen aufgeschnitten hatte, irgendwo, beobachtete ihn.

»Ali?«

»Darling, um Gottes willen, komm nach Hause!«

»Es dauert nicht mehr lange, Honey. Ehrlich, es gibt keine Probleme. Gar keine Probleme... Ich möchte dich nur etwas fragen. Das ist wichtig.«

»Es ist genauso wichtig, daß du *nach Hause* kommst!«

»Du hast vorher gesagt, Bernie hätte sich zu etwas entschlossen. Was war das?«

»Oh... Als du das erstemal anriefst. Leila ist dir nachgefahren; Bernie wollte uns nicht alleine lassen. Aber er machte sich Sorgen, daß du nicht auf sie hören würdest, und dann hat er beschlossen, sich selbst auf die Suche nach dir zu machen, nachdem ja Polizei hier war.«

»Hat er den Triumph genommen?«

»Nein. Er hat sich von einem der Polizisten einen Wagen ausgeliehen.«

»O Gott!« Tanner wollte nicht ins Telefon schreien, aber er konnte nicht anders. Der schwarze Wagen, der plötzlich aus dem Nichts aufgetaucht war! Das *plus eins* war in Wirklichkeit doch Teil der drei! »Ist er zurück?«

»Nein. Aber Leila ist wieder da. Sie meint, er hat sich vielleicht verfahren.«

»Ich rufe wieder an.« Tanner legte auf. Natürlich hatte Bernie sich ›verfahren‹. Er hatte noch nicht genügend Zeit gehabt, zurückzufahren. Nicht, seit Tanner in der Gasse gewesen war, nicht, seit man ihm die Reifen aufgeschlitzt hatte.

Und jetzt erkannte er, daß er *irgendwie* zum Lassiter-Bahnhof mußte. Ihn erreichen und dort Stellung beziehen mußte, ehe irgendein Teil von Omega ihn aufhalten konnte oder erfuhr, wo er war.

Die Lassiter Road lag in nordwestlicher Richtung, etwa

drei Meilen vom Ortszentrum entfernt. Und ein oder zwei Meilen dahinter stand der alte Bahnhof. Er würde zu Fuß gehen. Das war alles, was er tun konnte.

Er machte sich so schnell er konnte auf den Weg. Die Schmerzen in seinem Bein ließen bald nach. Nach einer Weile duckte er sich in eine Türnische. Niemand folgte ihm.

Er setzte seinen Marsch im Zick-Zack-Kurs in nordwestlicher Richtung fort, bis er den Rand der Ortschaft erreichte – dort gab es keine Bürgersteige mehr, nur große Rasenflächen. Lassiter war jetzt nicht mehr weit. Zweimal legte er sich flach auf den Boden, wenn Autos an ihm vorbeirasten, deren Fahrer nur auf die Straße vor ihnen achteten, sonst auf nichts.

Schließlich erreichte er durch ein kleines Wäldchen hinter einem gepflegten Rasen die Lassiter Road.

Auf der grob geteerten Straße bog er nach links und setzte zum letzten Teilstück seines Abenteuers an. Seiner Berechnung nach hatte er höchstens noch eine oder eineinhalb Meilen zu gehen. Wenn sein Bein ihm nicht den Dienst versagte, würde er die verlassene Station in fünfzehn Minuten erreichen. Wenn nicht, dann würde er einfach sein Tempo verlangsamen – aber er würde hinkommen. Seine Uhr zeigte ein Uhr einundvierzig. Er hatte noch Zeit.

Omega würde nicht vor der Zeit kommen. Das konnte man sich nicht leisten. Es – oder sie – wußte nicht, was sie erwartete.

Tanner hinkte die Straße entlang und stellte fest, daß er sich besser – sicherer fühlte, wenn er Scanlans Pistole in der Hand hielt. Er sah ein Licht, das hinter ihm aufblitzte. Scheinwerfer, drei- oder vierhundert Meter entfernt. Er drang in das Wäldchen ein, das die Straße säumte, und legte sich flach auf den schlammigen Boden.

Der Wagen rollte langsam an ihm vorbei. Es war derselbe schwarze Wagen, der ihn an der Valley Road attackiert hatte.

Er konnte den Fahrer nicht sehen; die Straße war nicht beleuchtet, es war also recht dunkel.

Als der Wagen verschwunden war, ging Tanner zur Straße zurück. Er hatte überlegt, ob er vielleicht zwischen den Büschen weitergehen sollte, aber das ging nicht. Auf der Asphaltstraße würde er schneller vorankommen. Er ging weiter, humpelte jetzt wieder, fragte sich, ob der schwarze Wagen einem Polizisten gehörte, der augenblicklich auf 22, Orchard Drive, stationiert war. Ob der Fahrer vielleicht ein Schriftsteller namens Osterman war?

Er hatte fast eine halbe Meile zurückgelegt, als die Lichter wieder auftauchten, nur diesmal vor ihm. Er warf sich in das Gebüsch und hoffte, daß man ihn nicht gesehen hatte, entsicherte seine Pistole, während er auf dem Boden lag.

Der Wagen näherte sich jetzt mit unglaublicher Geschwindigkeit. Der Fahrer raste zurück, um irgend jemanden zu finden.

War es sein Ziel, *ihn* zu finden? Oder Leila Osterman?

Oder wollte er Cardone erreichen, der *keinen* sterbenden Vater in Philadelphia hatte. Oder Tremayne, der nicht zu dem Motel am Kennedy Airport unterwegs war.

Tanner stand auf und ging weiter. Sein Bein fühlte sich so an, als würde es ihm jeden Augenblick den Dienst versagen. Er hielt die Pistole fest in der Hand.

Die Straße beschrieb einen leichten Bogen, und dann war er da. Eine einzige Straßenlampe, die schon etwas durchhing, beleuchtete das zerfallende Stationsgebäude. Das alte Bahnhofsgebäude war mit Brettern vernagelt, und aus den Spalten in dem halbverfaulten Holz wucherte Unkraut. Kleine, häßliche Blätter wuchsen aus dem Fundament. Kein Wind, kein Regen war zu verspüren, kein Laut, nur das rhythmische Tropfen von Wasser von Tausenden von Ästen und Blättern – die letzten erschöpften Nachwirkungen des Sturms.

Er stand am Rande der verkommenen, von Unkraut überwucherten Parkfläche und versuchte sich zu entscheiden, wo er Posten beziehen sollte. Es war fast zwei Uhr, und er mußte ein Versteck finden. Das Stationsgebäude selbst! Vielleicht konnte er sich Zutritt verschaffen. Er machte sich auf den Weg, quer über die Kiesfläche.

Ein blinkendes Licht blitzte ihm in die Augen, seine Reflexe ließen ihn einen Satz nach vorne machen. Er rollte sich über die verwundete Schulter ab, fühlte aber keinen Schmerz. Ein kräftiger Scheinwerfer hatte die Düsternis durchstochen, die das Bahnhofsgelände einhüllte, und jetzt hallten Schüsse durch die Nacht. Kugeln bohrten sich rings um ihn in den Boden oder pfiffen ihm über den Kopf. Er rollte sich weiter, wußte, daß eine der Kugeln ihn am linken Arm getroffen hatte.

Jetzt hatte er den Rand der Kiesfläche erreicht und hob seine Pistole, richtete sie auf das blendende Licht. Er feuerte schnell in Richtung auf den Feind. Der Scheinwerfer explodierte; dann hallte ein Schrei. Tanner drückte immer wieder ab, bis das Magazin leer war. Er versuchte, mit der linken Hand in die Tasche zu greifen und einen zweiten Ladestreifen herauszuholen, mußte aber feststellen, daß er den Arm nicht bewegen konnte.

Jetzt herrschte wieder Stille. Er legte die Pistole hin und holte schwerfällig mit der rechten Hand ein Magazin heraus. Dann drehte er die Pistole herum, hielt den heißen Lauf mit den Zähnen fest und schob das frische Magazin in die Kammer, verbrannte sich dabei die Lippen.

Er wartete darauf, daß sein Feind sich bewegte, irgendein Geräusch verursachte. Aber nichts regte sich.

Langsam erhob er sich. Sein linker Arm war jetzt völlig bewegungsunfähig. Er hielt die Pistole vor sich, bereit abzudrücken, wenn sich das geringste im Gras bewegte.

Aber da war nichts.

Tanner schob sich rückwärts durch die Bahnhofstüre, hielt die Waffe in die Höhe, tastete den Boden vorsichtig mit den Füßen ab, um nicht von einem unerwarteten Hindernis zu Fall gebracht zu werden. Jetzt erreichte er die mit Brettern vernagelte Türe, wußte, daß er sich unmöglich Zugang verschaffen konnte, wenn sie zugenagelt war. Sein Körper war jetzt fast bewegungsunfähig. Er verfügte nur noch über wenig Kraft.

Trotzdem drückte er mit dem Rücken gegen die Tür, und das schwere Holz gab leicht nach, ächzte dabei laut. Tanner drehte den Kopf und sah, daß der Spalt drei oder vier Zoll breit war. Die alten Scharniere waren mit Rost verkrustet. Er warf sich mit der rechten Schulter gegen die Tür, und sie gab nach, ließ Tanner in die Finsternis stürzen, auf den verfaulenden Boden des Stationsgebäudes.

Dort blieb er ein paar Sekunden lang liegen. Die Bahnhofstüre stand jetzt zu Dreiviertel offen, die obere Hälfte war aus den Angeln gebrochen. Die fünfzig Meter entfernte Straßenlaterne lieferte stumpfes Licht. Zerbrochene oder fehlende Bretter im Dach ließen etwas Helligkeit hereinfallen.

Plötzlich hörte Tanner ein ächzendes Geräusch hinter sich. Unverkennbar ein Schritt auf dem verfaulenden Boden. Er versuchte sich umzudrehen, versuchte aufzustehen. Zu spät. Etwas schmetterte ihm gegen den Schädel. Er fühlte, wie ihn Benommenheit umfing, sah aber den Fuß. Einen in Verbände gehüllten Fuß.

Als er auf dem verfaulenden Boden zusammenbrach und Schwärze ihn umfing, blickte er nach oben in ein Gesicht.

Tanner wußte, daß er Omega gefunden hatte.

Es war Laurence Fassett.

29.

Wie lange er bewußtlos gelegen hatte, wußte er nicht. Fünf Minuten? Eine Stunde?

Er hatte keine Ahnung. Er konnte seine Uhr nicht sehen, den linken Arm nicht bewegen. Sein Gesicht berührte den zersplitterten Boden des Stationsgebäudes. Er spürte, wie das Blut langsam aus seiner Armwunde tropfte; sein Kopf schmerzte.

Fassett!

Der Manipulator.

Omega.

Wie er so dalag, huschten ihm isolierte Fragmente früherer Gespräche durch den Sinn.

›...wir sollten einmal zusammenkommen... unsere Frauen sollten zusammenkommen...‹

Aber Laurence Fassetts Frau war in Ost-Berlin getötet worden. Ermordet in Ost-Berlin.

Und dann war da noch etwas. Etwas, das mit einer Woodward-Sendung zu tun hatte. Der Sendung über die CIA vor einem Jahr.

›...ich war damals in den Staaten. Ich habe die Sendung gesehen.‹

Aber er war damals nicht ›in den Staaten‹. Fassett hatte gesagt, er wäre vor einem Jahr an der albanischen Grenze gewesen: ›...fünfundvierzig Tage des Feilschens.‹ Im Außendienst. Das war der Grund gewesen, weshalb er mit John Tanner Verbindung aufgenommen hatte, dem soliden, über alle Zweifel erhabenen Chef der Nachrichtenredaktion von Standard Mutual, einem Bewohner des Zielortes, Abgrund des Leders.

Es gab auch noch andere Widersprüche – keine so offensichtlichen mehr, aber es gab sie. Sie würden ihm jetzt nichts nützen. Sein Leben war im Begriff, in den Ruinen der alten Bahnstation von Lassiter ein Ende zu finden.

Er bewegte den Kopf und sah Fassett, der über ihm stand.

»Wir haben Ihnen für vieles zu danken. Wenn sie ein so guter Schütze sind, wie ich glaube, haben Sie dort draußen den perfekten Märtyrer geschaffen. Einen toten Helden. Wenn er nur verwundet ist, wird er ohnehin bald tot sein. Oh, er ist ein Teil von uns, aber selbst er würde erkennen, welch perfekten Beitrag er mit seinem Opfer leistet. Sehen Sie, ich habe Sie nämlich nicht belogen. Wir sind Fanatiker. Das müssen wir sein.«

»Was nun?«

»Wir warten auf die anderen. Ein oder zwei müßten auftauchen. Dann wird es vorbei sein. Deren Leben und das Ihre, fürchte ich. Und Washington wird sein Omega haben. Und dann wird vielleicht ein Außenagent namens Fassett eine weitere Belobigung bekommen. Wenn die nicht vorsichtig sind, machen sie mich eines Tages noch zum Direktor ihrer Operationen.«

»Sie sind ein Verräter.« Tanner spürte in dem dunklen Schatten unter seinem Rücken etwas. Es war ein lockeres Stück des Fußbodens, etwa zwei Fuß lang und ein oder zwei Zoll breit. Er setzte sich schwerfällig und unter Schmerzen auf und zog die Diele zu sich heran.

»Nach meiner Definition nicht. Ein Abtrünniger vielleicht. Kein Verräter. Wir wollen darauf nicht weiter eingehen. Sie würden meinen Standpunkt weder verstehen noch würdigen können. Wir wollen einfach sagen, daß nach meiner Ansicht Sie der Verräter sind. Sie *alle*. Sehen Sie sich doch um...«

Tanner schlug mit dem Stück Holz zu, ließ es mit der ganzen ihm noch verbliebenen Kraft auf den verbundenen Fuß heruntersausen. Blut brach hervor, breitete sich durch das Verbandsgewebe aus. Tanner warf sich in die Höhe, auf Fassetts Unterleib zu, versuchte verzweifelt, die Hand mit der Waffe zu packen. Fassett schrie auf. Tanner fand mit der rechten Hand das Handgelenk des Agenten, sein linker Arm war bewegungsunfähig. Er trieb Fassett gegen die Wand, trat mit dem Absatz auf seinen verwundeten Fuß, trat immer wieder zu.

Tanner riß dem anderen die Waffe weg, und sie fiel zu Boden, glitt auf die offene Türe und den schwachen Lichtstrahl zu, der von draußen hereinfiel. Fassetts Schreie zerrissen die Stille des Stationsgebäudes, als er gegen die Wand taumelte.

John hechtete auf die Pistole zu, hob sie auf und hielt sie in der Hand. Dann stand er auf, jeder Teil seines Körpers schmerzte, und das Blut floß ihm aus dem Arm.

Fassett war kaum noch bei Bewußtsein, stöhnte vor Schmerz. Tanner wollte diesen Mann lebend, wollte Omega lebend. Aber er dachte an den Keller, an Ali und die Kinder, und so zielte er sorgfältig und feuerte zweimal, einmal in die Masse von Blut und Fleisch, die Fassetts Wunde war, und einmal in seine Kniescheibe.

Er taumelte zurück zur Türe, stützte sich am Türrahmen. Von Schmerzen gequält sah er auf die Uhr: zwei Uhr siebenunddreißig. Sieben Minuten nach der für Omega festgesetzten Zeit.

Niemand würde jetzt kommen. Die Hälfte von Omega lag schmerzgepeinigt im Stationsgebäude; der Rest im hohen, feuchten Gras jenseits des Parkplatzes.

Er fragte sich, wer das dort draußen wohl sein mochte.

Tremayne?

Cardone?

Osterman?

Tanner riß ein Stück von seinem Ärmel ab und versuchte, sich den Stoffetzen um die Armwunde zu wickeln. Wenn er nur die Blutung etwas stillen konnte, selbst nur teilweise.

Wenn er das schaffte, würde er es vielleicht bis zu der Stelle schaffen, wo der Scheinwerfer gestanden war.

Aber er brachte es nicht zuwege, verlor das Gleichgewicht und fiel nach hinten zu Boden. Er war nicht besser dran als Fassett. Ihrer beider Leben würde hier verebben, hier an dieser Stelle. In der alten Bahnstation.

Ein Heulen begann; Tanner war nicht sicher, ob das nur seine Fantasie war, oder ob da wirklich etwas heulte. Und doch, es war Wirklichkeit! Es wurde lauter.

Sirenen, das Brausen von Motoren. Dann das Quietschen von Bremsen auf lockerem Kies und feuchtem Untergrund.

Tanner stützte sich auf den Ellbogen. Er bemühte sich mit aller Kraft aufzustehen – und wenn er es nur bis zum Knien schaffte, das würde schon genügen. Das würde ausreichen, um zu kriechen, wenigstens bis zur Türe zu kriechen.

Die Scheinwerferbündel sickerten durch die lockeren Bretter und den abgesprungenen Stuck, ein Lichtkegel hielt den Eingang umfaßt. Dann war eine Stimme zu hören, sie wurde von einem Megafon verstärkt.

»Hier spricht die Polizei! In unserer Begleitung befinden sich die Bundesbehörden! Wenn Sie Waffen haben, werfen Sie sie heraus und kommen Sie mit erhobenen Händen nach! Wenn Sie Tanner als Geisel gefangen halten, geben Sie ihn frei! Sie sind umstellt. Es besteht keine Möglichkeit zur Flucht!«

Tanner versuchte, etwas zu sagen, während er auf die Türe zukroch. Wieder erklang die Stimme.

»Wir wiederholen. Werfen Sie Ihre Waffen heraus...«

Tanner konnte eine andere Stimme schreien hören, diesmal nicht über ein Megafon.

»Hier drüben! Licht bitte! Bei diesem Wagen! Hier drüben im Gras!«

Jemand hatte den Rest von Omega gefunden.

»Tanner! John Tanner! Sind Sie drinnen!?«

Tanner erreichte den Eingang und zog sich am Türrahmen in die Höhe, so daß der Lichtkegel ihn erfaßte.

»Da ist er! Herrgott, schau ihn an!«

Tanner fiel nach vorne. Jenkins rannte neben ihn.

»So, Mr. Tanner. Wir haben Sie so gut wie möglich verbunden. Das reicht, bis die Ambulanz da ist. Sehen Sie, ob Sie gehen können.« Jenkins stützte Tanner an der Hüfte und zog ihn in die Höhe. Zwei andere Polizeibeamte trugen Fassett heraus.

»Das ist er. Das ist Omega.«

»Das wissen wir. Sie sind ein sehr beachtlicher Bursche. Sie haben geschafft, was sonst keiner in fünf Jahren geschafft hat. Sie haben uns Omega geholt.«

»Da ist noch jemand. Dort drüben... Fassett hat gesagt, er wäre der andere Teil von ihnen.«

»Wir haben ihn gefunden. Er ist tot. Er ist immer noch dort. Wollen Sie hinübergehen und sehen, wer es ist? Damit Sie es eines Tages Ihren Enkelkindern sagen können.«

Tanner sah Jenkins an und erwiderte mit stockender Stimme: »Ja. Ja, das möchte ich. Ich denke, ich sollte das wissen.«

Die beiden Männer gingen ins Gras hinüber. Tanner war von dem Augenblick, der ihm jetzt bevorstand, gleichzeitig fasziniert und abgestoßen, dem Augenblick, in dem er selbst das zweite Gesicht von Omega sehen würde. Er fühlte, daß Jenkins das verstand. Er selbst mußte es sehen, er durfte es nicht aus zweiter Hand erfahren. Er mußte für den schrecklichsten Teil von Omega Zeugnis ablegen.

Dem Verrat der Freundschaft.

Dick. Joe. Bernie.

Einige Männer untersuchten den schwarzen Wagen mit

dem zerschossenen Scheinwerfer. Die Leiche lag mit dem Gesicht nach unten neben der Türe der Limousine. In der Finsternis konnte Tanner sehen, daß es ein großer, kräftiger Mann war.

Jenkins knipste seine Taschenlampe an und drehte die Leiche mit dem Fuß herum. Der Lichtkegel fiel ihr ins Gesicht.

Tanner erstarrte.

Es war Captain Albert MacAuliff.

Ein Polizeibeamter trat heran und sagte zu Jenkins:

»Die wollen herüberkommen.«

»Warum nicht? Jetzt kann ja nichts mehr passieren.« In Jenkins' Stimme klang mehr mit als nur eine Andeutung der Verachtung.

»Kommt rüber!« schrie McDermott einigen Männern im Schatten auf der anderen Seite des Parkplatzes zu.

Tanner konnte die drei hochgewachsenen Gestalten über die Kiesfläche gehen sehen. Sie gingen langsam, zögernd.

Bernie Osterman. Joe Cardone. Dick Tremayne.

Er hinkte, auf Jenkins gestützt, aus dem Gras, weg von Omega. Die vier Freunde sahen einander an; keiner wußte, was er sagen sollte.

»Gehen wir«, sagte Tanner zu Jenkins.

»Entschuldigen Sie uns, Gentlemen.«

Teil 4

Sonntagnachmittag

30.

Sonntagnachmittag in Saddle Valley, New Jersey. Die zwei Streifenwagen rollten wie gewöhnlich die Straßen hinauf und hinunter, aber sie rollten langsam dahin und bogen scheinbar träge in die schattigen Seitenstraßen. Die Fahrer lächelten den Kindern zu und winkten den Leuten zu, die ihren sonntäglichen Verrichtungen nachgingen. Man konnte Golftaschen und Tennisschläger in kleinen ausländischen Cabriolets und glänzenden Kombis sehen. Die Sonne leuchtete hell vom Himmel, die Bäume und der Rasen glänzten, erfrischt vom Julisturm.

Saddle Valley war wach, bereitete sich auf einen perfekten Sonntagnachmittag vor. Die Wählscheiben von Telefonen wurden gedreht, Pläne gemacht, unzählige Entschuldigungen für den vergangenen Abend angeboten. Sie wurden weggelacht – was zum Teufel, der letzte Abend war schließlich Samstagabend gewesen. In Saddle Valley, New Jersey, pflegte man alles, was sich Samstagabend zutrug, schnell zu vergeben.

Eine dunkelblaue Limousine mit Weißwandreifen, ein ziemlich neues Modell, fuhr in die Einfahrt der Tanners. Im Haus erhob sich John Tanner von der Couch und ging mühsam zum Fenster. Seine Brust und der ganze linke Arm waren bandagiert. Ebenso sein linkes Bein vom Schenkel bis zum Knöchel.

Tanner blickte zum Fenster hinaus auf die zwei Männer, die jetzt auf das Haus zugingen. Einen kannte er – Jenkins –, aber erst auf den zweiten Blick. Jenkins trug diesmal keine Polizeiuniform. Jetzt sah er wie ein typischer Bewohner von

Saddle Valley aus – leitender Bankangestellter oder Mitarbeiter einer Werbeagentur. Den zweiten Mann kannte Tanner nicht. Er hatte ihn noch nie gesehen.

»Sie sind hier«, rief er zur Küche hinüber. Ali kam heraus und blieb im Flur stehen. Sie war ganz alltäglich gekleidet, Jeans und ein Hemd, aber ihr Blick war alles andere als alltäglich.

»Ich glaube, wir müssen das hinter uns bringen. Der Babysitter ist mit Janet draußen. Ray ist im Club. Bernie und Leila sind inzwischen wohl schon am Flughafen.«

»Wenn sie es rechtzeitig geschafft haben. Sie mußten Aussagen machen und Papiere unterschreiben. Dick hat die juristische Vertretung für alle übernommen.«

Die Glocke schlug an und Ali ging zur Tür. »Setz dich, Darling. Ganz langsam, eines nach dem anderen, hat der Arzt gesagt.«

»Okay.«

Jenkins und sein ihnen unbekannter Partner traten ein. Alice brachte Kaffee, und dann setzten sich alle vier einander gegenüber.

Die Tanners auf der Couch, Jenkins und der Mann, den er als Grover vorstellte, in den Sesseln.

»Sie sind doch derjenige, mit dem ich in New York gesprochen habe, oder?« fragte John.

»Ja, der bin ich. Ich bin in der Agency. Übrigens, Jenkins auch. Er war seit eineinhalb Jahren hier eingeteilt.«

»Sie waren ein sehr überzeugender Polizeibeamter, Mr. Jenkins«, sagte Ali.

»Das war nicht schwierig. Das hier ist ein angenehmer Ort, nette Leute.«

»Ich dachte, es wäre der ›Abgrund des Leders‹.« Tanners Feindseligkeit war offenkundig. Die Zeit für Erklärungen war gekommen. Er hatte sie verlangt.

»Das natürlich auch«, fügte Jenkins mit leiser Stimme hinzu.

»Dann sollten wir besser drüber reden.«

»Also gut«, sagt Grover. »Ich will es in ein paar Worte zusammenfassen. ›Trennen und töten.‹ Das war Fassetts Motto. Omegas Motto.«

»Dann hat es wirklich einen Fassett gegeben. Er hat so geheißen, meine ich.«

»Freilich hat es den gegeben. Laurence Fassett war zehn Jahre lang einer der besten Agenten des CIA. Ausgezeichnete Beurteilungen, tüchtig. Und dann widerfuhr ihm einiges.«

»Er hat an den Feind verkauft.«

»So einfach ist das nie«, sagte Jenkins. »Wir wollen sagen, daß seine Loyalität wechselte. Sie hat sich drastisch verändert. Er wurde der Feind.«

»Und Sie wußten es nicht?«

Grover zögerte, ehe er antwortete. Er schien nach Worten zu suchen, die am wenigsten Schmerz bereiten würden. Er nickte kaum merkbar. »Wir haben es gewußt. Wir haben es schrittweise herausgebracht, über einige Jahre hinweg. Wenn Leute von Fassetts Kaliber abtrünnig werden, so merkt man das nie über Nacht. Das ist ein langwieriger Prozeß; eine Folge von Aufträgen mit einander widersprechenden Zielen. Über kurz oder lang zeigt sich dann ein Schema. Wenn es dazu kommt, macht man das meiste daraus – und genau das haben wir getan.«

»Mir scheint das furchtbar gefährlich und kompliziert.«

»Ein gewisses Maß an Gefahr vielleicht; kompliziert eigentlich nicht. Fassett ist manipuliert worden, so wie er Sie und Ihre Freunde manipuliert hat. Man hat ihn in die Aktion Omega eingeschaltet, weil er dazu geeignet schien. Er war brillant, und dies war eine explosive Situation. Gewisse Gesetze der Spionage sind fundamentaler Natur. Wir nahmen richtig an, daß der Feind Fassett die Verantwortung dafür übertragen würde, daß Omega *intakt* bliebe, er durfte nicht zulassen, daß es zerstört wurde. Er war gleichzeitig der General, der Verteidiger und die Angriffsmacht. Die Strategie war wohlüberlegt, das können Sie mir glauben. Beginnen Sie zu begreifen?«

»Ja.« Dieses Wort Tanners war kaum zu vernehmen.

»›Trenne und töte.‹ Omega existierte. ›Abgrund des Leders‹ *war* Saddle Valley. Die Überprüfung hier ansässiger Personen brachte die Schweizer Konten der Cardones und der Tremaynes zum Vorschein. Als Osterman auftauchte, stellte sich heraus, daß auch er ein Konto in Zürich hatte. Die Umstände waren für Fassett perfekt. Er hatte drei Ehepaare gefunden, die miteinander in eine illegale – oder zumindest höchst fragwürdige – finanzielle Transaktion mit der Schweiz verwickelt waren.«

»Zürich. Deshalb hat das Wort Zürich sie alle so nervös gemacht. Cardone war ja wie vom Blitz gerührt.«

»Dazu hatte er auch allen Anlaß. Er und Tremayne. Einer der Partner in einer höchst spekulationsfreudigen Maklerfirma mit einer Menge Mafia-Finanzierungen, der andere ein Anwalt, dessen Firma sich mit zweifelhaften Fusionsgeschäften befaßte – Tremayne, der Spezialist. Sie hätten ruiniert werden können. Osterman hatte am wenigsten zu verlieren, aber eine Anklage gegen ihn hätte bei seinen Verbindungen zu den Medien katastrophale Auswirkungen haben können. Wie Sie ja besser als wir wissen – die Welt der Medien ist höchst empfindlich.«

»Ja«, sagte Tanner ohne jedes Gefühl.

»Wenn es im Laufe des Wochenendes Fassett gelang, das Mißtrauen zwischen den drei Ehepaaren so zu verstärken, daß sie anfingen, einander Vorwürfe an den Kopf zu werfen

– würde der nächste Schritt Gewalt sein. Und sobald diese *Möglichkeit* einmal bestand, beabsichtigte das echte Omega, wenigstens zwei der Ehepaare zu ermorden. Dann konnte Fassett uns ein Ersatz-Omega liefern. Wer würde ihm da widersprechen können? Die Betreffenden würden tot sein. Es war brillant.«

Tanner erhob sich mit schmerzverzerrtem Gesicht von der Couch und hinkte an den offenen Kamin. Er hielt sich verärgert am Sims fest.

»Ich bin froh, daß Sie dasitzen und professionelle Meinungen äußern können.« Er wandte sich den Agenten zu. »Sie hatten nicht das Recht, *nicht das Recht!* Meine *Frau*, meine *Kinder* sind beinahe *ermordet* worden! Wo waren denn Ihre Männer draußen auf dem Grundstück? Was ist denn aus all den Schutzvorrichtungen der größten Firma der Welt geworden? Wer hat denn auf diesen elektronischen – *Dingern* gelauscht, die angeblich im ganzen Hause installiert waren? *Wo waren denn die Leute? Man ließ uns alleine in diesem Keller, ließ zu, daß wir beinahe starben!*«

Grover und Jenkins warteten. Sie akzeptierten Tanners Feindseligkeit ruhig und voll Verständnis. Dies war nicht das erste Mal, daß sie solches erlebten. Und dann sagte Grover leise, gleichsam als Kontrapunkt zu Tanners Ärger.

»In Operationen wie diesen rechnen wir damit, daß Fehler – ich will ehrlich sein, üblicherweise ein größerer Fehler – passieren. Das ist unvermeidbar, wenn man die Logistik bedenkt.«

»Was für ein Fehler?«

Jetzt sprach Jenkins. »Die Frage möchte ich gerne beantworten. Der Fehler war der meine. Ich war der leitende Beamte in ›Leder‹ und der einzige, der wußte, das Fassett abtrünnig geworden war. Der einzige. Am Samstagnachmittag sagte McDermott mir, daß Cole außergewöhnliche Informationen ausfindig gemacht hatte und mich sofort sprechen müsse. Ich habe das nicht mit Washington überprüft, es nicht bestätigen lassen. Ich habe es einfach akzeptiert und bin so schnell ich konnte in die Stadt gefahren. Ich dachte, daß Cole oder sonst jemand hier in ›Leder‹ herausgebracht hatte, wer Fassett wirklich war. Wenn das der Fall gewesen wäre, hätten wir völlig neue Anweisungen aus Washington bekommen müssen.«

»Wir waren vorbereitet«, unterbrach Grover. »Alternativpläne standen bereit.«

»Ich fuhr nach New York, begab mich in die Hotelsuite – und Cole war nicht da. Ich weiß, daß das unglaublich klingt, aber er war essen gegangen. Er war einfach *zum Abendessen gegangen*. Rr hatte den Namen des Restaurants hinterlassen, also fuhr ich hin. Dies alles nahm Zeit in Anspruch. Taxis, Verkehr. Ich konnte nicht telefonieren; alle Gespräche wurden mitgeschnitten. Fassett hätte etwas erfahren können. Schließlich erreichte ich Cole. Er wußte nicht, wovon ich redete. Er hatte keine Nachricht geschickt.«

Jenkins hielt inne, sein Bericht ärgerte ihn und war ihm sichtlich peinlich.

»Das war der Fehler?« fragte Ali.

»Ja. Das verschaffte Fassett die Zeit, die er brauchte. *Ich verschaffte ihm die Zeit.*«

»Riskierte Fassett denn nicht zuviel? Schließlich ging er damit doch selbst in die Falle? Cole hatte geleugnet, eine Nachricht geschickt zu haben.«

»Das Risiko hat er einkalkuliert. Sich die Zeit dafür ausgerechnet. Da Cole dauernd mit ›Leder‹ in Verbindung war, konnte eine einzige Nachricht, besonders eine aus zweiter Hand, leicht verstümmelt werden. Die Tatsache, daß ich darauf hereinfiel, sagte ihm auch noch etwas. Einfach ausgedrückt, ich mußte getötet werden.«

»Das erklärt aber die Wachen draußen nicht. Daß Sie nach New York fuhren, erklärt nicht, daß die Wachen nicht mehr da waren.«

»Wir sagten doch, daß Fassett brillant war«, fuhr Grover fort. »Wenn wir Ihnen sagen, weshalb die Leute nicht da waren, weshalb im Umkreis von Meilen keine einzige Streife war, werden Sie begreifen, *wie* brillant. Er hat systematisch sämtliche Männer von Ihrem Grundstück abgezogen, und zwar mit der Begründung, daß *Sie Omega* wären. Der Mann, den sie mit ihrem eigenen Leben beschützten, war in Wirklichkeit der Feind.«

»*Was?*«

»Denken Sie darüber nach. Sobald Sie einmal tot waren – wer konnte da noch das Gegenteil beweisen?«

»Aber warum glaubten sie das?«

»Die elektronischen Lauschgeräte. Sie funktionierten in Ihrem ganzen Hause plötzlich nicht mehr. Eines nach dem anderen fielen sie aus. Sie waren der einzige hier, der von ihrer Existenz wußte. Deshalb waren *Sie* derjenige, der sie ausschaltete.«

»Aber das stimmt doch nicht! Ich wußte nicht einmal, wo sie waren! Ich weiß es immer noch nicht!«

»Das hätte auch keinen Unterschied gemacht.« Diesmal sprach wieder Jenkins. »Die Kapazität dieser Sender reichte nur sechsunddreißig bis achtundvierzig Stunden. Nicht länger. Ich habe Ihnen gestern nacht einen gezeigt. Man hat ihn mit Säure behandelt. Es war bei allen der Fall. Die Säure hatte sich langsam durch die Stromkreise gefressen und die Geräte zerstört. Aber die Männer draußen wußten nur, daß sie nicht mehr funktionierten. Und *dann* erklärte Fassett, er hätte einen Fehler gemacht. *Sie* wären Omega, und er hätte das nicht erkannt. Man berichtete mir, daß er das sehr geschickt angepackt hat. Wenn ein Mann wie Fassett einen größeren Fehler zugibt, hat das etwas höchst Eindrucksvolles an sich. Er hat die Streifen zurückgezogen, und dann rückten er und MacAuliff für den Todesstoß vor. Sie waren dazu imstande, weil ich nicht hier war, um sie aufzuhalten. Er hatte mich vom Schauplatz des Geschehens entfernt.«

»Wußten Sie über MacAuliff Bescheid?«

»Nein«, antwortete Jenkins. »Er stand nicht einmal unter Verdacht. Die Deckung, die er sich verschafft hatte, war genial. Ein spießiger Kleinstadtpolizist, ehemaliger Angehöriger der New Yorker Polizei und darüber hinaus ein Rechtsradikaler. Offengestanden, der erste Hinweis, den wir bekamen, war Ihre Aussage, daß der Polizeiwagen nicht angehalten hatte, als Sie ihm aus dem Keller ein Zeichen gaben. Keiner der beiden Streifenwagen befand sich zu der Zeit in der Umgebung Ihres Hauses; das hat MacAuliff eindeutig geklärt. Aber er bewahrt in seinem Kofferraum ein rotes Signallicht auf. Eine ganz einfache Vorrichtung, die man auf dem Wagendach befestigen kann. Er umkreiste Ihr Haus, versuchte, Sie herauszulocken. Als er schließlich hierher kam, fielen uns zwei Dinge auf. Zunächst, daß man ihn über das Funkgerät in seinem Wagen erreicht hatte. Nicht zu Hause. Und zum zweiten eine allgemeine Bemerkung der Diensthabenden. Daß MacAuliff sich nämlich die ganze Zeit den Leib hielt und behauptete, seine Magengeschwüre machten ihm zu schaffen. Aber in MacAuliffs Akten war von Magengeschwüren nichts bekannt. Es war möglich, daß er verletzt worden war. Das erwies sich auch als richtig. Sein ›Geschwür‹ war eine Schnittwunde, die er Mr. Osterman zu verdanken hatte.«

Tanner griff nach einer Zigarette. Ali zündete sie ihm an.

»Wer hat den Mann in dem Wäldchen getötet?«

»MacAuliff. Machen Sie sich da keine Vorwürfe. Er hätte ihn getötet, ob Sie nun aufstanden und das Licht einschalteten oder nicht. Er hat auch Ihre Familie am letzten Mittwoch mit Gas betäubt. Er hat dazu Gas verwendet, das der Polizei für die Bekämpfung von Unruhen zur Verfügung steht.«

»Und was ist mit unserem Hund? Im Schlafzimmer meiner Tochter.«

»Fassett«, sagte Grover. »Sie ließen um dreiviertel Zwei Eiswürfel liefern; sie wurden vor dem Haus abgelegt. Fassett sah eine Chance, Panik zu erzeugen, also trug er sie ins Haus. Sie waren alle am Pool. Sobald er einmal im Haus war, konnte er handeln; schließlich ist er Profi. Er war einfach ein Mann, der Eiswürfel lieferte. Selbst wenn *Sie* ihn gesehen hätten, hätte er Ihnen sagen können, es handle sich um eine zusätzliche Vorsichtsmaßnahme seinerseits. Sie hätten bestimmt keinen Verdacht geschöpft. Und Fassett war ganz offensichtlich der Mann auf der Straße, der die Cardones und die Tremaynes betäubt hat.«

»Alles war darauf abgestimmt, uns *alle* in einem dauernden Zustand der Panik zu halten. Ohne Unterlaß. Mein Mann sollte dadurch gezwungen werden, einen unserer Freunde für den Schuldigen zu halten.« Ali starrte Tanner an und sagte dann mit leiser Stimme: »Und was haben wir getan? Wie haben wir reagiert?«

»Irgendwann war ich von jedem einzelnen überzeugt, daß er – oder sie – sich verraten hatte. Völlig überzeugt.«

»Sie hielten verzweifelt nach Hinweisen Ausschau. Die Beziehungen in diesem Hause während des Wochenendes waren im höchsten Grade persönlich. Fassett wußte das.« Grover sah zu Jenkins hinüber. »Sie mußten natürlich erkennen, daß alle Angst hatten. Sie hatten auch guten Grund dazu. Unabhängig von ihren eigenen persönlichen, beruflichen Schuldgefühlen teilten sie alle eine ganz besondere Schuld.«

»Zürich?«

»Genau. Das erklärt das, was sie am Ende taten. Cardone fuhr gestern nacht nicht zu seinem Vater in Philadelphia, der im Sterben lag. Er hatte seinen Partner Bennett angerufen und ihn gebeten herauszukommen. Er wollte nicht am Telefon mit ihm sprechen. Er dachte, sein Haus könnte vielleicht beobachtet werden. Und doch wollte er sich nicht weit von seiner Familie entfernen.

Sie trafen sich in einer Imbißstube an der Staatsstraße 5. Cardone erzählte Bennett von seinen Manipulationen in Zürich und bot an, von seinem Posten zurückzutreten. Er hatte die Idee, sich als Kronzeuge zu stellen, falls man ihm Immunität zusagte.«

»Tremayne sagte, er würde heute morgen abreisen.«

»Swissair. Direktflug nach Zürich. Er ist ein guter Anwalt und versteht sich auf diese Art von Verhandlungen. Er wollte retten, was zu retten war.«

»Dann ließen sie beide – unabhängig voneinander – Bernie im Stich.«

»Mr. und Mrs. Osterman hatten ihre eigenen Pläne. Ein Syndikat in Paris war bereit, ihre Investitionen zu übernehmen. Sie hätten nur ein Telegramm an ihre Anwälte in Paris zu schicken brauchen.«

Tanner stand auf und hinkte zu dem Fenster, das ihm den Blick auf den hinteren Teil seines Grundstücks bot. Er war nicht sicher, ob er noch mehr hören wollte. Die Krankheit grassierte überall. Sie ließ, wie es schien, niemanden unberührt. Fassett hatte das gesagt.

Das ist eine Spirale, Mr. Tanner. Niemand lebt mehr isoliert, gleichsam in einer Tiefkühltruhe.

Er drehte sich langsam zu den Regierungsbeamten um. »Es sind immer noch Fragen offen.«

»Wir werden nie alle Antworten liefern können«, sagte Jenkins. »Ganz gleich, was wir Ihnen jetzt sagen, werden diese Fragen noch lange da sein. Sie werden Ungereimtheiten finden, scheinbare Widersprüche, und daraus werden wieder Zweifel werden. Alles war für Sie zu subjektiv, zu persönlich. Sie haben fünf Tage lang in einem Zustand der Erschöpfung gearbeitet, mit wenig oder gar keinem Schlaf. Auch darauf baute Fassett.«

»Das meine ich nicht. Ich meine konkrete Dinge. Leila trug eine Brosche, die man in der Finsternis sehen konnte. In der Wand hinter ihr waren keine Einschüsse. Ihr Mann war nicht hier, als ich gestern nacht im Ort war. Jemand hat mir dort die Reifen zerschnitten und versucht, mich zu überfahren. Das Treffen am Lassiter-Bahnhof war *meine* Idee. Wie konnte Fassett davon gewußt haben, wenn nicht einer von ihnen es ihm gesagt hatte? Wie können Sie so sicher sein? Sie wußten nicht über MacAuliff Bescheid. Woher wissen Sie denn, daß sie nicht...« John Tanner hielt inne, als ihm klar wurde, was zu sagen er im Begriffe war. Er sah Jenkins an, der ihn seinerseits anstarrte.

Jenkins hatte die Wahrheit gesprochen. Die Zweifel waren wieder da.

Grover lehnte sich in seinem Sessel vor. »Alles wird zur rechten Zeit beantwortet werden. Jene Fragen sind nicht schwierig. Fassett und MacAuliff arbeiteten als Team. Fassett hatte veranlaßt, daß die Abhörleitungen auf seinen neuen Standort geschaltet wurden, sobald er das Hotel verließ. Er hätte leicht MacAuliff anrufen und veranlassen können, daß er Sie tötete, um dann selbst zum Bahnhof zu fahren, als MacAuliff ihm sagte, daß sein Vorhaben mißlungen war. Es ist kein Problem, sich andere Fahrzeuge zu verschaffen, und keine besondere Kunst, Reifen zu zerschneiden. – Mrs. Ostermans Brosche? Ein Zufall. Die Wand ohne Einschüsse? So wie diese Wand steht, ist direkter Beschuß fast unmöglich.«

»›Fast‹, ›hätte‹, ›können‹... O Gott!« Tanner ging zum Sofa zurück und setzte sich schwerfällig. Er griff nach Alıs Hand. »Augenblick.« Er fuhr zögernd fort: »Gestern nachmittag – ist in der Küche – etwas geschehen...«

»Das wissen wir«, unterbrach ihn Jenkins mit leiser Stimme. »Ihre Frau hat es uns gesagt.«

Ali sah John an und nickte. Ihre Augen blickten traurig.

»Ihre Freunde, die Ostermans, sind bemerkenswerte Leute«, fuhr Jenkins fort. »Mrs. Osterman sah, daß ihr Mann Ihnen helfen wollte, helfen *mußte*. Er konnte nicht einfach dableiben und zusehen, wie Sie getötet wurden. Sie stehen einander sehr nahe. Sie erteilte ihm die Erlaubnis, sein Leben für Sie aufs Spiel zu setzen.«

John Tanner schloß die Augen.

»Ich würde nicht darüber nachdenken«, sagte Jenkins.

Tanner sah Jenkins an und begriff.

Grover erhob sich aus seinem Sessel. Das war ein Signal für Jenkins, der es ihm gleich tat.

»Wir werden jetzt gehen. Wir wollen Sie nicht ermüden. Später wird noch genug Zeit sein. Das sind wir Ihnen schuldig... Oh, eines noch. Das gehört Ihnen.« Grover griff in die Tasche und holte einen Umschlag heraus.

»Was ist das?«

»Die Erklärung, die Sie für Fassett unterschrieben haben. Ihre Übereinkunft mit Omega. Sie werden mein Wort dafür akzeptieren müssen, daß die Bandaufzeichnung in den Archiven begraben ist. Auf tausend Jahre verschwunden. Um beider Länder willen.«

»Ich verstehe... Eines noch.« Tanner hielt inne, er hatte Angst vor seiner eigenen Frage.

»Ja, bitte?«

»Welcher von ihnen hat Sie gerufen? Wer hat Ihnen das von dem Lassiter-Bahnhof gesagt?«

»Sie haben es gemeinsam getan. Sie trafen sich alle hier und beschlossen, die Polizei anzurufen.«

»Einfach so?«

»Das ist ja die Ironie des Ganzen, Mr. Tanner«, sagte Jenkins. »Wenn sie das, was sie hätten tun sollen, früher getan hätten, wäre nichts von all dem geschehen. Aber sie haben sich erst letzte Nacht zusammengetan und einander die Wahrheit gesagt.«

Saddle Valley war von Flüstern erfüllt. In dem schwach beleuchteten Pub sammelten sich Männer in kleinen Grüppchen und redeten leise miteinander. Im Club saßen Ehepaare um den Pool und unterhielten sich mit leiser Stimme über die schrecklichen Dinge, die ihr ruhiges, sympathisches Zuhause berührt hatten.

Seltsame Gerüchte waren im Umlauf – die Cardones hatten einen langen Urlaub angetreten, und niemand wußte wo; in der Firma gab es Schwierigkeiten, sagten manche. Richard Tremayne trank mehr als gewöhnlich, und schon das, was er gewöhnlich trank, war zuviel. Und auch andere Geschichten über die Tremaynes waren im Umlauf. Das Mädchen war nicht mehr bei ihnen. Das Haus bei weitem nicht mehr das, was es einmal gewesen war. Virginias Garten sah bereits ungepflegt aus.

Aber bald hörten die Geschichten auf. Saddle Valley war durchaus widerstandsfähig. Die Leute vergaßen nach einer Weile, sich nach den Cardones und den Tremaynes zu erkundigen. Eigentlich hatten sie ohnehin nie hineingepaßt. Ihre Freunde waren eigentlich nicht von der Art, wie man sie im Club gerne hatte. Es war einfach nicht die Zeit, sich viele Gedanken zu machen. Es gab so viel zu tun. Saddle Valley war im Sommer ein herrlicher Platz. Warum sollte es das auch nicht sein?

Isoliert, sicher, unverletzbar.

Und John Tanner wußte, daß es nie wieder ein Osterman-Weekend geben würde.

Teile und töte.

Omega hatte trotz allem gesiegt.